d'aujourd'hui

étranger

collection dirigée par
Jane Sctrick

PIERRE DE LUNE

W. WILKIE COLLINS

PIERRE DE LUNE

roman

Traduit de l'anglais par L. Lenob

Édition présentée par
CHARLES PALLISER

PHÉBUS

OUVRAGE PUBLIÉ SUR LES CONSEILS
DE MICHEL LE BRIS

Illustration de couverture :
J. M. W. Turner
Music Party, Petworth

Titre original de l'ouvrage en anglais :
The Moonstone

NOTE DE L'ÉDITEUR

Le nom de Wilkie Collins dit encore quelque chose aux oreilles françaises, mais tout juste : on se souvient qu'il a été le grand ami et l'inspirateur de Dickens (il leur est arrivé d'écrire « à quatre mains »)... et l'inventeur du roman policier moderne. Combien d'esprits cultivés – et d'amateurs de romans « noirs » – l'ont vraiment lu chez nous ? Avouons que, contre toute attente (et malgré quelques rééditions de loin en loin), nous l'avions un peu oublié, alors qu'en Angleterre sa popularité est intacte, et ses livres toujours présents dans la bibliothèque des amateurs de mystère. Quel fils d'Albion un peu liseur n'a pas en tête, à propos de Pierre de Lune, *la phrase louangeuse et péremptoire du grand poète T.S. Eliot, qui en fit sa vie durant un de ses livres de chevet : « Le meilleur roman policier de langue anglaise... » ?*

Drôle de bonhomme que ce Collins, opiomane invétéré, hanté par des idées sombres, qui eut quelque peine à affronter les choses de la vie – et à parvenir à la littérature. Né à Londres le 8 janvier 1824 dans un milieu « artiste », soumis dès sa petite enfance aux délires d'un père tyrannique (le peintre paysagiste William Collins), il se réfugiera très tôt dans l'écriture, ce qui aura le don d'irriter son intraitable géniteur – lequel met tout en œuvre pour tuer dans l'œuf cette « vocation absurde » : on l'envoie se former à la dure comme apprenti dans une fabrique de thé, puis on l'oblige à faire son droit. Même après la mort du tyran, ce dernier continuera à le tourmenter : il a exigé dans son testament que son fils, avant d'hériter (et de publier quoi que ce soit d'autre), lui consacre une « biographie officielle ». Ce sera chose faite en 1848 (à compte d'auteur). Libre enfin ! Le jeune William Wilkie, décidé à rester célibataire, vivra auprès de sa douce maman, qui ferme les yeux sur son penchant pour le laudanum. Timidement retranché derrière ses binocles à la Joyce – et derrière une barbe fluviale qui a tout l'air d'un postiche –, nul doute qu'il n'eût volontiers passé son existence entière dans cet aimable écart... si le destin n'en avait décidé autrement.

Le destin : en la personne de Charles Dickens – de douze ans son aîné – qui lui propose de publier dans une des revues dont il s'occupe, et en fait bientôt son confident. Wilkie Collins, entre deux paradis artificiels et deux aquarelles (la peinture l'intéresse quand même), publie donc quelques récits, quelques comptes rendus de voyage, et fréquente discrètement ses pairs, écrivains ou artistes. Un soir qu'il se promène dans Londres avec son frère et le peintre Millais, il entend derrière le mur d'un parc un cri désespéré ; puis une jeune femme très belle, tout de blanc vêtue, apparaît à la grille, s'approche des trois hommes, suppliante, et disparaît... Le lendemain Collins, intrigué, revient sur les lieux et commence son enquête. Il découvre que la jeune femme, Caroline Graves, était séquestrée avec son enfant par un mari demi-fou. Il la délivre... et quelques jours plus tard, tous deux vivent ensemble le début d'une passion brûlante.

Pauvre Caroline ! Elle devra pousser la constance jusqu'à accomplir une démarche à laquelle se risquent rarement les dames, surtout à l'époque : c'est elle *qui* lui *demandera sa main ! Mais le brave garçon, effrayé à l'idée de ce que représente le mariage, s'empresse de prendre la poudre d'escampette. Il se réfugie auprès d'une certaine Martha Rudd (à qui il fera trois enfants), tout en continuant de revoir la « dame en blanc » (Caroline et lui seront, pour finir, enterrés ensemble). Cela dit, s'il refuse sa main à l'élue de son cœur, il lui offre en compensation le plus beau des présents : en 1857 paraît en feuilleton dans* All the year around, *l'une des revues où écrit Dickens, le texte d'un roman « à mystère » intitulé* La Dame en blanc *– qui connaît d'emblée un succès inimaginable, auquel Dickens s'associe de grand cœur. Onze ans plus tard (1868), le même magazine publie* Pierre de Lune (The Moonstone) *et le succès, pour le coup, tourne presque à l'émeute – jusqu'à rendre, dit-on, Dickens jaloux. L'infortuné Collins n'en profitera guère : le peu qu'il écrira ensuite n'atteindra pas à la même altitude. En proie à d'intenses souffrances nerveuses, de plus en* *plus dépendant de l'opium, il se perd dans le labyrinthe de son monde intérieur et meurt en 1889, prématurément vieilli, à soixante-cinq ans à peine – dix-neuf ans après son ami Charles (dont les derniers livres se ressentiront visiblement de son influence).*

*Malgré le traitement fort différent que la postérité – en France en tout cas – devait réserver aux deux hommes, l'on voudra bien se souvenir que Jorge Luis Borges plaçait Collins aussi haut que l'auteur d'*Oliver Twist*; et que tout récemment Charles Palliser, l'auteur du* Quinconce [1], *avouait que son roman-fleuve en forme d'énigme prenait sa source chez Collins non moins que chez Dickens. A relire le* Quinconce *à la lumière – lumière noire – de* Pierre de Lune, *on est même autorisé à aller plus loin... Le projet de l'effroyable Dr Palliser consistait bel et bien à inoculer, dans le corps d'une fiction taillée à la mesure généreuse du tempérament de Dickens, le subtil mais combien efficace poison élaboré par Collins dans l'ombre de son laboratoire. Il n'était donc que justice de laisser ci-après le diabolique Dr Palliser nous révéler quelques-uns des secrets dudit poison...* [2]

J.P.S.

1. Éd. Phébus, Paris, 1993 (5 vol.) ; trad. française par Gérard Piloquet.

2. La présente édition reprend l'ancienne traduction de L. Lenob (celle même qu'avaient élue les Éd. Néo dans une édition parue il y a une dizaine d'années et devenue vite introuvable); mais on a veillé, cette fois-ci, à la revoir entièrement, dans un souci accru de fidélité au texte de Collins.

INVRAISEMBLABLE VÉRITÉ

Avec Pierre de Lune, *Wilkie Collins a pour ainsi dire inventé le roman policier, et produit un modèle du genre. Le livre renferme la plupart des ingrédients qui ont fait depuis plus d'un siècle le succès de ce type de littérature. D'abord la peinture d'un milieu : la famille Verinder, du Yorkshire, et ses proches, gens apparemment ordinaires et sans histoires – jusqu'à l'entrée en scène de la « Pierre de Lune », ce diamant entouré d'une aura de menace et d'ambiguïté inquiétante... laquelle pierre va se trouver à la source d'une série d'événements qui vont bouleverser la vie des différents protagonistes, voire, pour certains, l'amener à un terme brutal. L'agent perturbateur est, semble-t-il, une personne extérieure à la famille : rôdent dans les coulisses du récit de louches individus originaires de ces Indes maléfiques qui sont la patrie du fameux diamant... Mais bientôt nous est instillé le soupçon selon quoi le « crime » sur lequel s'ouvre le roman a pu être commis par un familier de la maisonnée...*

A la différence des classiques du genre, qui viendront plus tard, le « crime » en question n'est pas un meurtre mais un vol – la disparition de la Pierre de Lune. Et la manière même dont elle disparaît est propre à jeter la suspicion sur tout le monde. Collins fut le premier à comprendre à quel point le roman policier peut être dérangeant pour le lecteur puisque, par hypothèse, personne n'est à l'abri du soupçon et qu'un « fait » réputé avéré peut toujours relever d'un mensonge des apparences.

Dans le droit fil déjà d'une tradition encore à venir, le roman commence par exposer des « faits » sans les expliquer. Les témoins racon-

tent ce qu'ils ont vu et entendu, ni plus ni moins. L'auteur joue franc jeu avec le lecteur... à quelques omissions ou erreurs d'appréciation près – les différents témoignages étant supposés fournir la plupart des données nécessaires pour comprendre ce qui s'est effectivement passé et quelques indices susceptibles de nous mettre sur la voie de la vérité cachée. A quoi nous aide l'étonnant personnage du sergent Cuff, premier d'une longue lignée romanesque de détectives : homme d'une intelligence hors du commun – ce qui ne l'empêchera pas, l'heure venue, de se fourvoyer dans l'interprétation de certaines énigmes capitales.

Il est remarquable de voir à quel point Collins avait pressenti toutes les possibilités que ce genre littéraire allait révéler par la suite. Il a très bien perçu l'analogie qui existe entre l'établissement d'un diagnostic par un médecin et le travail du détective – parallèle exploité plus tard par son émule, le docteur Conan Doyle. De même a-t-il compris la nature œdipienne d'une telle entreprise : l'enquêteur – qui n'est pas forcément le détective en titre – doit dans une certaine mesure se sentir responsable du crime, ne serait-ce que parce qu'il appartient à la société dans laquelle s'est joué le drame.

Si, depuis Collins, la composition du roman policier obéit la plupart du temps à une mécanique simple, Pierre de Lune, *œuvre complexe, porteuse de lourds symboles, prend d'emblée ses distances avec les poncifs que nous connaissons tous. La pierre maléfique pourrait elle-même symboliser le livre car, à l'instar du diamant aux mille facettes, le roman reflète le réel au travers d'une succession de récits disposés comme autant de prismes ; dans tous les cas, il s'agit de dévoiler une tare occultée, tel le défaut caché du fabuleux diamant : le mal dissimulé derrière l'apparente respectabilité des individus qui composent la société victorienne.*

Car voilà bien une société qui a quantité de choses à cacher ! Le vol du diamant, à l'origine commis aux Indes, n'est peut-être pas sans lien avec tel secret de famille... et la source de bas calculs et de vengeances déguisées dont on frémit par avance. A la faveur de quoi l'on découvre que les activités charitables de quelques excellentes personnes n'étaient qu'une couverture pour la fraude, la chasse à l'héritage, le libertinage ; que, sous des dehors respectables, un gentleman menait double vie, entretenant une maîtresse avec l'argent détourné d'un fonds à lui confié par fidéicommis; que la piété de Miss Clack n'était, ô ironie, qu'un voile cachant son amertume et son venin, et dissimulant par surcroît une sexualité si bien refoulée que l'intéressée même en ignorait tout.

Alors que les membres de cette petite société – tous de belle naissance et de parfaite éducation – camouflent les pires perversions sous des dehors séduisants, l'inverse est vrai pour les personnages qui évoluent hors de ce milieu « privilégié » : en particulier Rosanna Spearman et Ezra Jennings. Un principe illustré de façon spectaculaire par la scène dans laquelle une infirme, Lucy la Boiteuse (Limping Lucy), dénonce le beau et riche Franklin Blake, avec une douloureuse malice dont le lecteur prendra toute la mesure en découvrant la vérité.

Dans les premiers chapitres, l'histoire du dangereux diamant nous est contée par Franklin Blake à quelques pas des « Sables Frissonnants » (Shivering Sand), un cadre sinistre qui sied parfaitement à l'affaire et laisse le lecteur deviner qu'un des protagonistes au moins risque d'y être englouti. Car ces sables mouvants sont un autre symbole essentiel : ils figurent l'oubli, l'abolition des différences, du temps – l'effacement de l'histoire. Comme le remarque un pêcheur du coin : « Ce que les Sables avalent, ils le gardent pour toujours. »

Mais plus encore, les Sables symbolisent ce que le vocabulaire de l'époque n'appelle pas encore l'inconscient : car le livre traque avec passion tout ce qui peut être refoulé, enfoui dans les profondeurs de l'esprit. Si les romantiques anglais des deux générations précédant celle de Collins s'étaient déjà penchés sur les mystères de la bouche d'ombre, par poèmes interposés, ils ne s'y étaient pas encore aventurés par le biais de la prose – à l'exception signalée de Thomas De Quincey qui, dans ses étonnantes Confessions d'un opiomane anglais *(1821), avait démonté bien des rouages de la mécanique secrète, décrivant des rêves et des états hallucinatoires induits par la drogue; sans oublier non plus la contribution du genre « gothique », autre important moteur de telles explorations. A Collins revient cependant le mérite particulier d'avoir pressenti que l'inconscient des romantiques pouvait s'intégrer à la trame dramatique du roman. Il alla même plus loin, devinant toute la charge « fictionnelle » que le roman allait acquérir dans l'aventure, puisque le genre policier n'est rien d'autre que la mise en question du récit : un récit ancré de prime abord dans la seule réalité consciente, et qui resterait pour jamais incompréhensible si l'auteur, justement, ne conviait son lecteur à combler les invisibles lacunes de la réalité – lesquelles renvoient à ce monde souterrain que n'éclairent qu'avec réticence les lumières de la raison.*

En pleine époque victorienne, où c'était avant tout la sexualité qu'il fallait refouler, dénier, le vol de la Pierre de Lune dans la chambre de Rachel vaut symbole de viol. Un jeune homme, tout juste vêtu d'une chemise de nuit, s'est introduit nuitamment dans l'appartement de sa bien-aimée. Rachel l'accuse : « Je vous ai vu de mes propres yeux prendre vous-même le diamant ! » Lui-même nie les faits, et pourtant l'on verra que tous deux disent vrai, car le bon sens et les données du vécu ordinaire ne comptent plus dès lors que l'inconscient mène le bal.

Voilà d'ailleurs pourquoi le paisible Yorkshire fait si bien figure de lieu de tous les dangers, puisque nulle part on ne peut échapper à la menace du refoulement, de la dissimulation, du malentendu. (Murthwaite, qui a voyagé en Orient, évoque les risques que courrait Rachel si elle portait le diamant en Inde, mais la véritable ironie de la situation reste informulée : en Angleterre même la jeune fille n'est pas mieux lotie !)

Les préromantiques ne s'inquiétaient pas trop des mille et un périls que recèle le quotidien, pas plus qu'ils ne se doutaient de l'intérêt et de l'importance que le détail, *convenablement mis en épingle, peut avoir dans la conduite d'un récit. Collins, lui, en a pleine conscience, qui charge Cuff d'énoncer l'axiome clé du roman policier, lequel se confond avec le principe fondateur de tout le réalisme postromantique : tout compte, tout a un sens, jusqu'au détail le moins signifiant, jusqu'à l'insignifiant.*

La dissimulation, le refoulement sont ici partout présents en arrière-fond, révélés par leur antidote : le travail d'enquête. Gabriel Betteredge et sa fille agissent déjà en détectives avant même la survenue du crime, analysant les indices pour essayer de comprendre ce qui se passe chez leurs maîtres : lequel de ses prétendants Miss Rachel préfère-t-elle ? L'un d'entre eux a-t-il déjà fait sa demande, et comment a-t-elle été accueillie ? Jusqu'à la vieille fille dévote, Miss Clack, qui joue au détective, espionnant, écoutant aux portes pour tâcher d'apprendre ce qui se trame entre Godfrey et Rachel.

Le récit de chaque intervenant est secrètement sous-tendu par une trame de non-dit. Si Miss Clack noircit les faits en y glissant le venin de son amertume, Gabriel, bon enfant, tend à en donner une interprétation par trop compréhensive et bienveillante. Il revient alors au lecteur – et c'est l'un des plaisirs de ce roman – de faire la part des choses en tenant compte de la personnalité et des préjugés de chacun. Gabriel, le premier à parler, est parfaitement choisi pour tenir le rôle de narrateur principal, en raison même de ses limites : son manque d'imagination, sa fameuse « priorité à la raison » qu'il ne cesse de lancer à tout-va, sa loyauté obstinée envers la famille Verinder. Autant de traits qui introduisent une distance d'ironie entre le lecteur et lui – sans pour autant discréditer son témoignage.

Ainsi en vient-on naturellement à juxtaposer à la narration proprement dite tous les récits virtuels que suscite l'enquête, laquelle offre une indéfinité de versions possibles des événements : interprétations des protagonistes, hypothèses des enquêteurs, solutions imaginées par le lecteur, etc. Effrayante version des faits dans le cas de Rachel qui découvre une horrible « facette » de la réalité… mais il serait criminel d'en dire plus.

Le grand détective Cuff, quant à lui, va bâtir une hypothèse entachée de copieuses erreurs d'interprétation, car malgré toute son intelligence et sa finesse, il a omis de tenir compte, par-delà le mensonge ordinaire ourdi à l'usage d'autrui, de cette propension qu'ont les gens de se mentir à eux-mêmes. Il est dans la situation du médecin qui doit se borner à interpréter des symptômes, faute d'une connaissance directe de la maladie – ou de l'intuition qui en expliciterait d'un coup les cheminements.

Le mystère ne cède pas à la logique analytique qui opère au niveau des simples apparences. Un principe magistralement illustré par l'une des plus belles scènes de la littérature policière, où l'on voit les Sables contraints pour une fois de rendre ce qu'ils ont englouti. Mais quel n'est pas l'effarement de l'enquêteur, sondeur de l'inconscient, quand il en voit surgir… l'impossible ! Il comprend que, tel Œdipe, il est lui-même, dans une certaine mesure, le coupable qu'il recherchait : l'enfant du sérail, jeune, beau, riche et charmant, qui devra sa rédemption au véritable paria de l'histoire, un métis d'ascendance orientale… qui est aussi médecin – cela tombe bien ! Ce précurseur des psychologues modernes réussira à trouver la preuve capitale, l'exhumant des profondeurs des Sables, des profondeurs de l'oubli. Mais il emportera dans la tombe le secret de l'intrigue, un mystère dont il deviendra lui-même le symbole puisque ses papiers seront enterrés avec lui... et que le lecteur ne saura rien de son destin malheureux et tragique.

Le processus qui consiste à décrypter un texte apparemment dépourvu de sens en suppléant à ses lacunes, afin de le forcer à livrer son secret, est ici le symbole de toute écriture – policière ou non. En anticipant de quelques dizaines d'années, on pourrait dire que, dans la course à la vérité, le détective se fait coiffer au poteau par le psychanalyste – en quoi Collins lève un lièvre qui courra longtemps après lui[1].

CHARLES PALLISER

1. Le texte de la présente préface est traduit par Katia Holmes.

PROLOGUE

LA PRISE DE SERINGAPATAM

(1799)

PIÈCE EXTRAITE DES PAPIERS DE FAMILLE

J'adresse aujourd'hui ces lignes, écrites aux Indes, à mes parents vivant en Angleterre. Mon but est d'exposer les motifs qui m'ont conduit à repousser la main tendue par mon cousin Herncastle. La réserve que j'ai observée jusqu'ici à ce sujet a été mal interprétée par les membres de ma famille, dont je tiens à garder l'estime. Je les prierai donc de bien vouloir lire l'exposé suivant avant de porter sur moi un jugement définitif : je déclare sur mon honneur ne dire ici que la stricte vérité.

Le différend survenu entre mon cousin et moi naquit au cours d'un grand événement auquel nous prîmes tous deux part : la prise de Seringapatam par le général Baird, le 4 mai 1799.

Afin que vous compreniez parfaitement les faits, je dois revenir à la période précédant l'assaut, alors que se répandait dans notre camp la rumeur qu'un trésor était enfermé dans le palais de Seringapatam.

L'histoire du célèbre diamant jaune est des plus fameuses dans les annales des Indes. Selon les traditions les plus reculées, cette pierre aurait été incrustée dans le front d'un dieu hindou (le dieu aux quatre mains) personnifiant la Lune. Sa couleur particulière, son pouvoir – elle était censée subir l'influence de la divinité qu'elle ornait et son éclat variait selon que la Lune montait ou descendait –, lui valurent le nom qui la désigne encore de nos jours aux Indes, celui de *Pierre de Lune*. Semblable superstition, ai-je lu, existait dans la Grèce et dans la Rome antiques : elle ne concernait pas, il est vrai, comme aux Indes, un diamant consacré à un dieu, mais une gemme moins précieuse, à demi transparente, soumise elle aussi aux influences de l'astre : de la Lune donc lui venait le nom sous lequel la connaissent encore les collectionneurs d'aujourd'hui.

Les aventures du diamant jaune commencent au onzième siècle de notre ère, quand le mahométan Mahmoud de Ghizni envahit les Indes, s'emparant de la ville sainte de Somnath et dépouillant de ses trésors le temple fameux qui se dressait là depuis des siècles – le sanctuaire vers lequel convergeaient tous les pèlerinages hindous, la merveille du monde oriental.

De toutes les statues des divinités adorées dans le temple, seule celle du dieu de la Lune échappa au pillage des vainqueurs mahométans. Gardé par trois brahmanes, le dieu portant le diamant jaune au front fut enlevé pendant la nuit et transporté dans la seconde des villes saintes des Indes, Bénarès.

C'est là qu'un nouveau temple abrita la statue, placée pour être de nouveau adorée au cœur d'un sanctuaire, salle pavée de pierres précieuses, au toit supporté par des piliers d'or. C'est là que, quand tout fut accompli, Vishnou le sauveur apparut en rêve aux trois brahmanes, et insuffla sa divinité au diamant qui ornait le front du dieu. Les brahmanes s'agenouillèrent et se couvrirent la tête de leur ample manteau. Vishnou ordonna que la Pierre de Lune fût désormais veillée nuit et jour par trois prêtres qui la garderaient à tour de rôle, et ceci jusqu'à la fin des siècles : les brahmanes s'inclinèrent devant cette volonté suprême. Le dieu prédit de terribles catastrophes aux mortels présomptueux qui oseraient s'emparer de la pierre sacrée et à leurs descendants ; la malédiction fut écrite en lettres d'or sur les portes du temple.

Le temps succéda au temps. Génération après génération, les héritiers des trois brahmanes veillèrent sans trêve la précieuse Pierre de Lune, jusqu'au dix-huitième siècle chrétien qui marqua l'avènement d'Aurangzeb, empereur des Moghols. Le pillage et la rapine encouragés par ce monarque causèrent cette fois encore d'irréparables pertes dans les temples de Brahma : celui du dieu aux quatre mains ne fut pas épargné, les statues des divinités furent brisées et la Pierre de Lune fut volée par un officier de l'armée d'Aurangzeb.

Dans l'impossibilité de recouvrer leur trésor perdu en ayant ouvertement recours à la force, les trois prêtres gardiens le suivirent et le surveillèrent, en se dissimulant sous un déguisement. Le guerrier sacrilège périt misérablement, mais la Pierre de Lune et les malédictions qui lui étaient attachées passèrent entre les mains d'un autre mahométan. Malgré les péripéties et les dangers, les successeurs des trois brahmanes restèrent fidèles à leur consigne, attendant patiemment le jour où Vishnou le sauveur les remettrait en possession de la pierre sacrée.

A la fin du dix-huitième siècle, le diamant échut à Tippoo, sultan de Seringapatam, lequel en fit orner le manche d'un poignard qu'il plaça parmi les trésors les plus précieux de son musée. Là encore – à l'intérieur même du palais du sultan –, trois prêtres gardiens veillaient en secret. Il y avait dans la garde de Tippoo trois officiers étrangers qui avaient su gagner la confiance de leur maître en faisant acte de soumission – en apparence du moins – à la foi musulmane : ces trois officiers n'étaient autres que nos brahmanes déguisés.

Quand elle fut racontée dans notre camp, cette fabuleuse histoire de la Pierre de Lune n'impressionna sérieusement personne, à l'exception cependant de mon cousin, que l'amour du merveilleux portait à admettre les plus invraisemblables légendes. La nuit qui précéda l'assaut de Seringapatam, il s'emporta même ridiculement contre moi et contre tous ceux qui traitaient de fable ces racontars. Une folle querelle s'ensuivit, qui nous révéla le mauvais caractère de Herncastle. Il se vanta de passer le diamant à son doigt si l'armée anglaise remportait la victoire : un éclat de rire salua cette déclaration et mit fin, à ce que nous crûmes en tout cas cette nuit-là, à l'incident.

Laissez-moi maintenant vous parler du fameux jour de l'assaut : dès les premières minutes, mon cousin et moi fûmes séparés et je ne le vis pas de toute la bataille. Ce ne fut qu'à la nuit tombée, alors que nous nous étions rendus maîtres de la place et que le général Baird en personne avait découvert sous un amoncellement de cadavres la dépouille de Tippoo, que je revis Herncastle.

Nous appartenions tous deux à une division chargée par le général d'empêcher le pillage et la confusion qui suivent toujours une victoire. Il y eut de déplorables excès ; les soldats parvinrent à pénétrer dans la salle du Trésor du palais par une porte qui n'était pas gardée, et ils ne tardèrent pas à s'emparer de joyaux et d'objets d'or des plus rares. C'est dans la cour qui s'ouvrait devant la salle du Trésor que nous nous retrouvâmes, mon cousin et moi, pour tenter de restaurer la discipline parmi nos hommes. Je me rendis compte aussitôt qu'à la suite du terrible carnage auquel nous venions d'assister le tempérament violent de Herncastle avait atteint un degré de délire extrême. A mon avis, John était bien incapable, à ce moment-là, de remplir le devoir pour lequel il était là. Dans la salle du Trésor régnaient le tumulte et le désordre, mais la violence toutefois semblait contenue : les hommes s'insultaient en quelque sorte avec bonhomie. Au milieu de leurs grossiers propos, l'histoire du diamant revenait souvent sous la forme d'une malicieuse plaisanterie : « Qu'est devenue la Pierre de Lune ? » Ce cri de ralliement ponctuait le pillage, lequel n'était interrompu à un endroit que pour reprendre de plus belle autre part. Tandis que je m'efforçais de rétablir l'ordre tant bien que mal, j'entendis d'effroyables hurlements provenant de l'autre côté de la cour : je me précipitai, craignant d'être le témoin d'un nouvel acte de vandalisme.

En me dirigeant vers une porte entrouverte, je distinguai les corps de deux Hindous portant l'uniforme d'officiers du palais : ils gisaient morts devant l'entrée. Un cri m'attira alors dans une pièce qui faisait visiblement office d'armurerie ; un troisième Hindou, mortellement blessé, gisait aux pieds d'un homme qui me tournait le dos. A mon entrée, il se retourna et c'est alors que je reconnus John Herncastle, une torche dans une main, un poignard ensanglanté dans l'autre. Au pommeau de l'arme, une pierre étincelait comme une gerbe de feu sous la lumière de la torche. Écroulé sur les genoux, l'Hindou moribond désigna le poignard et dit dans sa langue maternelle :

– La Pierre de Lune se vengera sur vous et sur tous les vôtres.

Puis il tomba raide mort sur le sol.

Avant que j'eusse pu comprendre de quoi il retournait, les hommes qui m'avaient suivi firent irruption dans la pièce. Mon cousin bondit comme un fou à leur rencontre.

– Fais évacuer, me cria-t-il, et place une sentinelle devant la porte !

Les soldats reculèrent devant cet officier qui s'élançait vers eux, brandissant une torche et un poignard. Je désignai deux hommes dont j'étais sûr pour garder l'entrée. De tout le restant de la nuit, je ne revis plus mon cousin.

A l'aube, le pillage durait encore. Le général Baird annonça publiquement que tout voleur pris sur le fait, quel que fût son grade, serait immédiatement pendu. Le grand prévôt était à son poste, prêt à témoigner du sérieux de la décision du général ; dans la bousculade qui suivit cette proclamation, je rencontrai de nouveau Herncastle.

Il me tendit la main comme d'habitude et me dit bonjour. J'attendis un instant avant de lui donner la mienne.

– Explique-moi d'abord, lui dis-je, comment l'Hindou de l'armurerie a trouvé la mort, et ce que signifient les dernières paroles qu'il a prononcées en montrant le poignard.

– Cet Hindou a été mortellement blessé, je suppose. Quant au sens de ses dernières paroles, je n'en sais guère plus que toi.

Je le regardai attentivement. Sa fureur de la veille s'était atténuée. Je décidai de lui offrir une autre chance.

– N'as-tu rien d'autre à me dire ? lui demandai-je.

– Rien du tout.

Je tournai les talons. Depuis, nous ne nous sommes plus jamais adressé la parole.

Je voudrais que l'on me comprenne bien : ce que j'écris ici au sujet de mon cousin ne regarde que notre seule famille, à moins qu'il ne se révèle nécessaire un jour de publier ce témoignage. Herncastle ne m'a rien dit qui justifierait que j'en réfère au général. Plus d'une fois, ceux qui se rappelaient la colère qui s'était emparée de lui à propos du diamant, avant la prise de la ville, l'ont accablé : mais, comme on le concevra aisément, le souvenir des circonstances où je l'avais surpris dans l'armurerie lui a fait choisir de ne pas répliquer. Le bruit court à présent qu'il cherche à obtenir sa mutation, et qu'il ne cache pas son désir de ne plus faire partie du même régiment que moi.

Que cela soit vrai ou non, il m'est en tout cas impossible de l'accuser : car, si je voulais dévoiler l'affaire, quelles preuves aurais-je à fournir, sinon des présomptions ? Non seulement je ne puis démontrer qu'il a tué les deux hommes dont j'ai vu les corps gisant à l'entrée de l'armurerie, mais je ne peux même pas affirmer que c'est lui qui a tué le troisième, à l'intérieur. Comment rapporter ce que mes propres yeux n'ont pas vu s'accomplir ? Certes, j'ai entendu les paroles de l'Hindou agonisant ; mais si l'on m'opposait que ces paroles furent prononcées au milieu du délire, que pourrais-je répondre ? Encore une fois, je n'ai aucune preuve. Que nos proches, les siens comme les miens, forment leur opinion d'après les faits que je rapporte ici, et qu'ils décident en fin de compte si l'aversion que j'éprouve envers cet homme est fondée ou non.

Encore que je n'attache aucun crédit à cette fantastique légende hindoue, il me faut, avant de terminer, reconnaître que je ne puis me défaire dans cette histoire d'un sentiment de superstition. J'ai la conviction – ou l'illusion – que le crime porte en lui sa fatalité. Non seulement je suis persuadé de la culpabilité de Herncastle, mais j'ai assez d'imagination pour croire qu'il regrettera un jour son acte, s'il garde le diamant. Je crois également que d'autres personnes regretteront d'avoir accepté la Pierre de Lune, si jamais il leur en fait présent.

PREMIÈRE ÉPOQUE

LA PERTE DU DIAMANT

(1848)

RÉCIT DE GABRIEL BETTEREDGE, INTENDANT DE LADY JULIA VERINDER

1

On lit dans *Robinson Crusoé*, à la page 119 de la Première Partie : *Je compris alors la folie d'avoir entrepris un travail avant de savoir si j'en étais réellement capable.*

C'est hier que j'ai ouvert mon *Robinson Crusoé* à cet endroit, et c'est ce matin, 21 mai 1850, qu'est arrivé le neveu de Milady, Mr. Franklin Blake, lequel a eu avec moi la conversation suivante :

– Betteredge, je suis allé consulter mon avocat à propos de certaines affaires de famille et nous avons parlé de la perte du diamant hindou survenue il y a deux ans dans la maison de ma tante. Mr. Bruff pense comme moi que, dans l'intérêt de la vérité, il convient d'inscrire cette affaire au plus tôt dans les archives de la famille.

Ne voyant pas très bien où il voulait en venir, et pensant qu'il est toujours bon de partager les vues d'un homme de loi, je m'empressai d'acquiescer.

– A propos de ce diamant, continua-t-il, des personnes innocentes ont été injustement soupçonnées, comme vous le savez. Il appartient de protéger leur mémoire en transmettant à ceux qui viendront après nous un récit détaillé des faits. Faits étranges s'il en est, mais, voyez-vous, Betteredge, Mr. Bruff et moi-même pensons que nous avons trouvé l'exacte manière de les rapporter. Ces événements ont eu pour témoins des personnes de notre entourage qui semblent tout indiquées pour les raconter. L'idée est donc que chacun d'entre nous relate à tour de rôle l'histoire de la Pierre de Lune, en se bornant aux seuls épisodes dont il a été le témoin. Il nous faut commencer par expliquer comment le diamant tomba entre les mains de mon oncle Herncastle quand il servait aux Indes, il y a de cela cinquante ans ; je possède déjà ce récit sous la forme d'un vieux papier de famille que constitue la déposition d'un témoin oculaire. Il faudra ensuite relater les circonstances dans lesquelles le diamant arriva dans la maison de ma tante, dans le Yorkshire, voici deux ans, et comment il disparut douze heures plus tard environ. Personne ne sait mieux que vous, Betteredge, ce qui se passa dans la maison à cette époque : à votre plume donc, pour entamer l'histoire.

Voilà comment je fus informé de la manière dont j'étais personnellement lié à l'affaire du diamant. Et si vous désirez savoir l'attitude qui fut la mienne à ce moment-là, permettez-moi de vous dire que je fis ce que vous auriez probablement fait à ma place. En toute modestie, je déclarai à mon interlocuteur que j'étais absolument incapable d'une telle tâche, cependant qu'en mon for intérieur je m'y jugeais parfaitement apte, pour peu que je consentisse à en faire l'effort. Sans doute, Mr. Franklin lut-il sur mon visage mes sentiments intimes. Il refusa de se laisser abuser par mon apparente modestie et insista pour que je me misse au travail sur-le-champ.

Deux heures ont passé depuis la fin de cet entretien. A peine Mr. Franklin a-t-il eu le dos tourné que je me suis installé à ma table dans l'intention de commencer à écrire mon récit. J'y suis encore, plongé dans la plus grande perplexité... moi qui avais une telle confiance en mes capacités intellectuelles ! J'éprouve ce qu'a éprouvé Robinson, à savoir le sentiment fou d'entreprendre un travail sans même savoir si l'on en est réellement capable. Souvenez-vous, je vous prie, que c'est par pur hasard que mes yeux sont tombés sur cette phrase, la veille même du jour où j'ai entrepris, bien inconsidérément, le présent récit, et permettez-moi donc de vous demander si ce n'est pas là un signe prophétique.

N'allez pas croire que je sois superstitieux : j'ai lu beaucoup de livres au cours de ma vie : à ma manière, je suis un savant. Malgré mes soixante-dix ans, ma mémoire est encore excellente, et je peux en dire autant de mes jambes. N'allez pas m'accuser non plus d'ignorance ou de stupidité, si je déclare ici qu'aucun livre n'a jamais égalé ni n'égalera jamais *Robinson Crusoé*. Je fréquente ce livre depuis des années – généralement accompagné d'une bonne pipe – et il m'a souvent été un compagnon précieux. Lorsque je suis découragé, j'ai recours à *Robinson Crusoé*. Lorsque j'ai besoin d'un conseil… vite, j'ouvre *Robinson Crusoé*… Autrefois, quand ma femme me mettait hors de moi, et aujourd'hui quand j'ai bu un verre de trop… *Robinson Crusoé*! J'ai fatigué ainsi six exemplaires de *Robinson Crusoé*. A l'occasion de son dernier anniversaire, Milady m'en a offert un septième. Ce jour-là, j'avais encore pris un petit verre en trop : *Robinson Crusoé* a suffi à me remettre d'aplomb. Quatre shillings six pence, reliure bleue, et une gravure en prime !

Mais tout ceci ne ressemble pas au début d'une histoire de diamant, n'est-ce pas ? Il semble que je m'éloigne de mon sujet pour me perdre Dieu sait où… Nous prendrons donc une nouvelle feuille de papier, si vous le voulez bien, afin de reprendre le début de l'histoire.

2

Je viens de parler de Milady. Or, il faut savoir que le diamant ne serait jamais entré dans notre maison s'il n'avait été offert à la fille de Milady ; et la fille de Milady n'aurait jamais vécu ni reçu ce bijou si Milady ne l'avait mise au monde dans les douleurs de l'enfantement. En commençant donc par l'histoire de Milady, j'ai la certitude de remonter assez haut dans le déroulement des faits, ce qui ne laisse pas de me réconforter, croyez-m'en, compte tenu de l'ampleur de ma tâche.

Si vous connaissez un peu le beau monde, vous avez sans nul doute entendu parler des trois belles demoiselles Herncastle : Miss Adélaïde, Miss Caroline et Miss Julia – cette dernière étant la plus jeune et la plus charmante des trois sœurs, à mon avis du moins. Or, comme vous allez le voir, je suis bien placé pour en juger.

J'entrai au service du vieux lord, leur père (Dieu merci ! il n'a pas à entrer, lui, dans cette affaire de diamant, avec son caractère soupe au lait et sa langue qu'il n'avait pas dans sa poche), j'entrai, dis-je, au service du vieux lord à l'âge de quinze ans, comme domestique des trois jeunes demoiselles. J'y restai jusqu'au mariage de Miss Julia avec feu sir John Verinder. Ce dernier était un excellent homme, à qui il ne manquait sans doute qu'une maîtresse femme : il eut la grâce de la rencontrer et, du jour où Milady le conduisit à l'autel jusqu'à l'heure où elle recueillit son dernier soupir et lui ferma les yeux pour le repos éternel, il ne connut plus que l'embonpoint, le bonheur et la prospérité d'une vie qui s'écoula facilement jusqu'à son terme.

Il me faut dire ici que je suivis la nouvelle épousée chez son jeune mari. « Sir John, lui avait-elle dit, je ne peux me passer de Gabriel Betteredge. – Milady, lui avait-il répondu, il me sera également impossible de me passer de lui. »

C'étaient là les façons de sir John à l'égard de Milady ; et c'est ainsi que je fis partie de sa maison. Pour moi, du reste, peu importait où j'allais, pourvu que je fusse avec ma jeune maîtresse.

Dès que je m'aperçus que Milady prenait intérêt aux travaux de la campagne, bref à tous les travaux extérieurs, j'y pris intérêt, moi aussi. J'étais le septième fils d'un petit fermier. Milady me plaça sous les ordres du régisseur du domaine : on fut tellement content de moi et de mes services que je montai bientôt en grade. Quelques années plus tard, supposons que cela se passait un lundi, Milady déclara :

– Sir John, votre régisseur est un vieillard qui ne convient plus du tout à son emploi. Donnez-lui une bonne pension, et que Gabriel Betteredge prenne sa place !

Pas plus tard que le mardi, sir John annonçait :

– Milady, je viens de promettre une bonne pension au régisseur en le congédiant : Gabriel Betteredge a pris sa place.

Entend-on assez dire qu'il y a de mauvais ménages ! Voici un exemple du contraire ! Que ce soit un avertissement pour certains, et un encouragement pour d'autres. Quant à moi, je poursuis mon histoire.

Eh bien ! direz-vous, voilà une place en or ! Le respect et la confiance, une maisonnette réservée à mon seul usage, les inspections du domaine occupant mes matinées, les comptes occupant mes après-midi, ma pipe et mon *Robinson Crusoé* me faisant passer des soirées agréables, que pouvait-il me manquer pour être parfaitement heureux ? Rappelez-vous ce qu'il manquait à Adam lorsqu'il se trouva seul au jardin d'Éden; si vous comprenez Adam, vous me comprendrez aussi.

La femme sur laquelle je jetai mon dévolu fut celle qui était chargée de faire mon ménage. Elle s'appelait Selina Goby. J'agrée à ce que dit feu William Cobbett concernant le choix d'une femme. Voyez si elle mâche bien ses aliments, si elle pose en marchant un pied ferme sur le sol, et soyez sûr qu'ainsi tout ira bien ! Selina Goby était parfaite à ces deux égards, ce qui était un premier motif pour l'épouser. Mais j'avais une autre raison, purement liée celle-là à ma condition personnelle : tant que Selina était célibataire, sa nourriture et ses services me coûtaient une somme rondelette chaque semaine; devenue ma femme, elle ne pourrait plus me compter son entretien et ferait pour rien mon ménage. Tel était le point de vue d'où j'envisageai la chose : des économies agrémentées d'un zeste d'amour. Je fis part de ce projet à Milady, ainsi qu'il était de mon devoir, aussi simplement que je me l'étais exposé à moi-même.

– J'ai beaucoup pensé à Selina Goby, lui dis-je, et je crois, Milady, que cela me coûterait moins cher de l'épouser que de l'entretenir.

Milady éclata de rire et déclara qu'elle ne savait pas ce qui devait la choquer le plus – mes propos ou mes principes ! Elle aimait assez les plaisanteries, je suppose, du genre de celles que l'on ne peut se permettre, à moins d'être une personne de qualité. Comprenant dès lors que j'étais libre d'aller m'ouvrir à Selina, je le fis sans attendre. Et que me répondit Selina ? Dieu ! que vous connaissez peu les femmes si vous posez semblable question. Elle me dit oui, évidemment.

Comme la date fatidique approchait et qu'il était question de me faire faire un nouvel habit pour la cérémonie, craintes et doutes commencèrent à m'assaillir l'esprit. J'ai comparé avec les miens les sentiments d'autres hommes s'étant trouvés dans la situation où je me trouvais alors : tous, ils ont avoué avoir éprouvé, à l'approche de l'événement, le désir d'y échapper. J'allai pour ma part un peu plus loin qu'eux en ceci que j'essayai réellement d'y échapper. Pas pour rien, bien sûr ! J'étais trop perspicace pour espérer que Selina me laisserait là pour rien. Offrir quelque chose en compensation à la femme quand l'homme renonce au mariage est une loi en vigueur en Angleterre. En me conformant donc à la loi, et après y avoir mûrement réfléchi, j'offris à Selina Goby un dédommagement de cinquante shillings pour reprendre ma liberté. Vous me croirez difficilement si je vous dis qu'elle fut assez stupide pour refuser : c'est pourtant la pure vérité.

C'en était fait de moi, donc. Pour mon habit, je tâchai de m'en tirer au meilleur compte ; le reste fut à l'avenant. Nous ne formions pas un couple heureux, guère davantage un couple malheureux. Blanc bonnet et bonnet blanc. Impossible de me l'expliquer, mais c'est un fait : nous semblons toujours, quoique dans les meilleures intentions du monde, nous gêner mutuellement. Lorsque j'avais à monter à l'étage supérieur, ma femme en descendait : quand elle descendait, c'était moi qui montais. Voilà exactement ce qu'est la vie conjugale, si je m'en rapporte à ma propre expérience.

Après cinq années passées sur l'escalier en malentendus, il plut à la très sage Providence de nous soulager l'un et l'autre en rappelant ma femme au ciel. Je restai seul avec ma petite Pénélope – je n'avais pas d'autre enfant. Peu de temps après, sir John mourut, et Milady resta seule avec sa petite fille, Miss Rachel – Milady n'avait pas d'autre enfant. Je vous aurai fait un bien piètre portrait de Milady s'il m'est encore besoin de préciser ici que ma petite Pénélope fut élevée sous l'œil vigilant de ma bonne maîtresse, qu'elle fut mise à l'école où elle devint une fillette studieuse, à l'intelligence vive, et que, lorsqu'elle eut atteint l'âge requis, Milady lui fit l'honneur de l'engager comme femme de chambre de Miss Rachel.

Quant à moi, je continuai des années encore dans mes fonctions de régisseur du domaine, jusqu'à la Noël 1847. C'est à cette époque qu'un changement survint dans mon existence. Milady s'était invitée à venir prendre une tasse de thé chez moi. Au cours de la conversation elle fit remarquer que, si l'on remontait à l'année où j'entrai, tout jeune garçon, chez son père, il y avait plus de cinquante ans que j'étais à son service ; et comme pour fêter cet anniversaire, elle me mit entre les mains un beau gilet de laine qu'elle avait tricoté elle-même pour me tenir chaud pendant les grands froids d'hiver.

J'acceptai ce magnifique présent sans trouver les mots convenables pour remercier Milady de l'honneur qu'elle me faisait ainsi. Mais, à ma grande surprise, je compris bientôt qu'il ne s'agissait pas d'un honneur mais plutôt d'une sorte de compensation ; Milady en effet s'était aperçue que je devenais vieux avant que je ne m'en fusse aperçu moi-même, et sa visite avait pour seul motif de me cajoler (s'il m'est permis d'user d'une telle expression !). Son but était de me faire renoncer à mon emploi de régisseur du domaine, pour me confier à la place celui, bien moins pénible, d'intendant de la maison. Je me défendis de souhaiter une vie douillette, mais ma maîtresse connaissait mon côté faible : elle me présenta la chose comme une immense faveur que je lui ferais. L'entretien prit fin tandis que, tel un vieil idiot, je m'essuyais les yeux d'un coin de mon nouveau gilet de laine en disant que j'y réfléchirais.

A force de réfléchir, j'eus l'esprit à ce point troublé qu'il me fallut avoir recours au seul remède efficace dans ces circonstances pénibles. J'allumai une pipe et ouvris mon *Robinson Crusoé*. Je n'étais pas plongé depuis cinq minutes dans cette extraordinaire lecture que je tombai sur un passage des plus encourageants (p. 158) : *Nous aimons aujourd'hui ce que nous détesterons demain*. Aussitôt, je vis clair en moi. Aujourd'hui, je désirais continuer mes fonctions de régisseur : demain, si j'en croyais *Robinson Crusoé*, je serais d'un tout autre avis ! A chaque jour suffit sa peine... L'esprit tranquillisé, je me couchai ce soir-là régisseur de lady Verinder, pour me réveiller le lendemain matin intendant de la maison de Milady. Sans plus d'efforts que cela, et grâce à mon cher *Robinson Crusoé* !

Ma fille Pénélope vient de regarder par-dessus mon épaule ce que j'ai écrit jusqu'ici. C'est très bien, me dit-elle, et tout ce que je raconte est absolument vrai. Elle me fait pourtant une objection, une seule. Elle me dit que, au point où j'en suis arrivé, je n'ai encore rien fait de ce que l'on attend de moi. On m'a demandé d'écrire l'histoire du diamant et, au lieu de cela, je conte ma propre histoire ! Voilà qui est curieux, voilà une chose que je ne m'explique vraiment pas. Je me demande s'il arrive aux écrivains de métier de voir leur propre vie interférer de la sorte avec celle de leurs personnages, ce qui ne me surprendrait guère... Quoi qu'il en soit, j'ai de nouveau raté le début de mon récit et gaspillé d'autres feuilles de papier. Que faire, sinon prier mes lecteurs de ne pas trop s'irriter et recommencer ma tâche une troisième fois ?

3

J'ai tenté de résoudre la question du démarrage de mon récit de deux manières ; d'abord en me creusant la tête, ce qui n'a rien donné ; puis en prenant conseil auprès de ma fille Pénélope, laquelle m'a ouvert de nouvelles perspectives. L'idée de Pénélope est que je dois commencer par noter fidèlement, jour par jour, les événements à partir du jour où la visite de Mr. Franklin Blake fut annoncée. Lorsque vous cherchez à fixer votre souvenir sur une certaine date, il est surprenant de constater les faits qui surgissent alors dans votre mémoire. La seule difficulté est précisément d'en retrouver les dates. Pénélope s'offre de m'aider en se reportant au journal qu'on lui a appris à tenir lorsqu'elle était à l'école et qu'elle a continué à tenir régulièrement depuis lors. En réponse à une suggestion que je lui ai faite alors, à savoir qu'elle pourrait écrire ce récit à ma place, d'après ce qu'elle a noté dans son journal, Pénélope m'a rétorqué, le rouge aux joues et me foudroyant du regard, que son journal ne concernait qu'elle seule et que jamais d'autres yeux que les siens ne liraient ce qu'elle y avait écrit. Quand j'ai voulu savoir ce que ce cahier contenait de si précieux, elle m'a fait : « Broutilles ! » J'en ai conclu : « Amourettes ! »

D'après les indications que m'a données Pénélope, je me souviens donc parfaitement à présent que le mercredi 24 mai 1848 au matin, Milady me fit appeler dans son petit salon.

– Gabriel, me dit-elle, voici des nouvelles qui vous surprendront : Franklin Blake est enfin de retour. Il est descendu chez son père à Londres et il arrivera demain ; il restera un mois avec nous pour pouvoir fêter l'anniversaire de Rachel.

Si j'avais eu un chapeau en main, le respect seul m'eût empêché de le lancer au plafond. Je n'avais plus vu Mr. Franklin depuis qu'il était enfant et qu'il vivait avec nous. C'était à l'époque le plus charmant garçon du monde. Rachel cependant, qui était présente lorsque je fis cette remarque, riposta qu'il lui avait laissé le souvenir d'un monstre à cause de la façon dont il torturait ses poupées et dont il conduisait les petites filles, rênes et fouet à la main.

– Je brûle d'indignation et je suis malade de fatigue rien qu'en pensant à lui.

Telle était l'opinion de Miss Rachel sur son cousin Franklin.

Comment se fait-il, allez-vous vous demander, que Mr. Franklin ait passé tant d'années de sa jeunesse à l'étranger ? Je vous répondrai à cela que son père avait eu la malchance de vouloir prétendre à l'héritage d'un duché mais d'être incapable de prouver ses droits.

En deux mots, voici l'histoire :

La sœur aînée de Milady avait épousé le célèbre Mr. Blake, qui dut sa célébrité tant à son immense richesse qu'à l'incroyable procès en justice qui occupa sa vie. Impossible de décrire ici les longues années pendant lesquelles il assiégea littéralement les tribunaux afin de déposséder le duc et de prendre sa place, le nombre d'avocats dont il remplit la bourse jusqu'à pleins bords, le nombre d'innocents qu'il lança dans la bataille et dressa les uns contre les autres. Sa femme et deux de ses trois enfants moururent avant que les tribunaux se fussent résolus à lui montrer la porte et à ne plus accepter son argent. L'affaire étant ainsi close, et le duc restant en possession de tous ses biens, Mr. Blake se dit que la seule façon de se venger de son pays était de lui ôter l'honneur d'assurer l'éducation de Mr. Blake fils. « Comment pourrais-je avoir confiance dans les institutions de mon pays, avait-il l'habitude de dire, après avoir vu comment ces mêmes institutions ont agi envers moi ? » Ajoutez à cela que Mr. Blake ne supportait pas les enfants, pas plus le sien que les autres, et vous admettrez alors que l'histoire devait nécessairement se terminer ainsi. Mr. Franklin fit ses adieux à ses parents et à ses amis d'Angleterre, et fut envoyé dans une institution digne de la confiance de son père, en Allemagne, pays supérieur à tous égards. Quant à Mr. Blake père, il restait tranquillement en Angleterre pour rendre meilleurs ses concitoyens à la Chambre des Communes et publier un rapport sur LE duc en question, rapport que l'on attend encore aujourd'hui.

Voilà qui est fait, Dieu merci ! J'ai raconté aussi brièvement que possible l'histoire de Mr. Blake père. Ni vous ni moi ne nous préoccuperons plus de lui. Laissons-le à son duché, et parlons du diamant.

Le diamant nous ramène à Mr. Franklin, car ce fut lui qui, bien innocemment, introduisit le fatal joyau dans la maison.

Notre aimable garçon ne nous avait pas oubliés durant son séjour à l'étranger. Il écrivait de temps à autre : tantôt à Milady, tantôt à Miss Rachel, tantôt à moi-même. Avant son départ, nous avions fait ensemble une petite opération – il m'avait emprunté une boule de ficelle, un canif à quatre lames et une somme de sept shillings et six pence dont je n'ai jamais revu la couleur et que d'ailleurs je n'ai pas l'espoir de jamais revoir. Les lettres qu'il m'adressait avaient pour principal objet son désir de contracter d'autres emprunts. Cependant, Milady me tenait au courant de l'existence qu'il menait à l'étranger et de ses succès à mesure que les années passaient. Après qu'il se fut nourri de ce que les institutions allemandes avaient à lui enseigner, il goûta à la France, puis à l'Italie. Ces voyages firent de lui une sorte de génie universel, à ce que j'ai pu comprendre. Il écrivait un peu, peignait un peu, chantait, jouait et même composait d'assez jolies choses, toutes activités dans lesquelles, je suppose, il avait conservé l'habitude de se livrer à certains emprunts, comme du temps de notre petite opération. Il hérita la fortune de sa mère (une rente annuelle de sept cents shillings) lorsqu'il atteignit sa majorité. Mais il avait les poches percées : plus il avait d'argent, plus il lui en fallait. Partout où il allait, son air dégagé, ses manières enjouées, plaisaient, et on l'accueillait à bras ouverts. Il se sentait chez lui n'importe où ; il nous recommandait d'adresser ses lettres « Poste restante, Europe – A conserver jusqu'à réclamation ». A deux reprises, il se décida à revenir en Angleterre pour nous revoir : mais, les deux fois (si cette petite indiscrétion m'est permise), il trouva sur sa route une de ces femmes peu recommandables… Elle l'empêcha de mettre son projet à exécution. Sa troisième tentative toutefois réussit, comme en témoignent les propos que me tint Milady et que je vous ai rapportés plus haut. Le jeudi 25 mai, nous devions donc découvrir quel homme était devenu notre gentil petit garçon. Jeune homme d'excellente naissance, il devait être d'un caractère ferme et avoir vingt-cinq ans, si nous comptions bien.

Voilà, vous en savez, au sujet de Mr. Franklin, autant que j'en savais moi-même… avant qu'il revînt chez nous.

Il faisait, ce jeudi-là, un temps absolument radieux. N'attendant pas Mr. Franklin avant l'heure du dîner, Milady et Miss Rachel étaient allées déjeuner chez des amis du voisinage.

Dès qu'elles furent parties, j'allai jeter un coup d'œil à la chambre à coucher préparée pour notre hôte ; tout y était en ordre. Puis, comme je remplissais les fonctions de sommelier en même temps que celles d'intendant (et cela, sachez-le, à ma propre demande, car il m'eût été pénible de voir confiée à tout autre que moi la clef de la cave de notre regretté sir John), je descendis chercher une bouteille de notre fameux vin de Bordeaux et la remontai à chambrer un peu avant le dîner. Me disant enfin que ce qui est bon pour le vieux bordeaux est bon aussi pour un vieil homme, j'allai m'asseoir au soleil, dans l'arrière-cour, quand je fus arrêté par un bruit semblable au léger battement d'un tambour qui venait de la terrasse du château.

En faisant le tour de la maison, je trouvai trois Hindous couleur d'acajou, en blouses et culottes blanches, en train d'examiner le bâtiment. Ces hommes, ainsi que je le constatai en les regardant de plus près, portaient de petits tambours suspendus à leur cou. Derrière eux se tenait un jeune garçon anglais, au visage délicat et aux cheveux blonds, qui portait un sac. Je pris ces Hindous pour des magiciens ambulants, accompagnés d'un valet portant leur matériel de scène. L'un des trois parlait anglais et semblait avoir d'assez bonnes manières : il me demanda l'autorisation d'exécuter ses tours devant la maîtresse de maison.

Je ne suis pas en général un vieillard trop désagréable et je suis bien la dernière personne au monde à mal juger son prochain sous le prétexte que sa peau est légèrement plus foncée que la mienne ; cependant, je suis un peu soupçonneux et, me souvenant des paniers d'argenterie dont la table de l'office était chargée, je répondis à l'Hindou que la maîtresse du logis était absente, et l'invitai à débarrasser les lieux au plus vite. En réponse, il me fit une magnifique révérence et disparut aussitôt, entraînant ses compagnons avec lui.

Je retournai alors m'asseoir à l'endroit le plus ensoleillé de la cour et tombai aussitôt, s'il faut l'avouer, dans une douce somnolence.

Je fus réveillé par ma fille Pénélope se précipitant vers moi comme si la maison était en feu. Que me voulait-elle ? Il fallait à tout prix s'emparer des trois Hindous qui, disait-elle, étaient au courant de l'arrivée de notre jeune maître et cherchaient certainement à lui nuire.

Le nom de Mr. Franklin acheva de me réveiller : j'ouvris les yeux et obligeai ma fille à s'expliquer plus clairement. Voici ce qu'elle me raconta :

Elle-même et la fille de la concierge avaient vu les trois Hindous sortir de la propriété, accompagnés du jeune Anglais. S'imaginant que ce dernier, qui était pâle et maigre, était maltraité par les étrangers, les deux jeunes filles les avaient espionnés en se dissimulant derrière la haie bordant la route.

Les Hindous, tout d'abord, avaient regardé de tous les côtés afin de s'assurer qu'ils étaient seuls, puis ils s'étaient retournés pour contempler notre maison. Ils avaient alors entamé dans leur langue une discussion visiblement difficile. Puis, comme s'ils comptaient sur son aide, ils s'étaient tournés vers le jeune garçon auquel l'Hindou qui parlait anglais avait dit :

– Tendez votre main.

Pénélope m'avoua qu'à ces mots, elle ne savait pas ce qui avait empêché son cœur de s'envoler de sa poitrine. Je pensai en moi-même que c'était sans aucun doute son corset, mais me bornai à lui dire qu'elle me donnait la chair de poule (N.B. – Les femmes adorent ce genre de petit compliment.)

Ayant entendu les paroles de l'Hindou, le garçon recula, secoua la tête et refusa d'obéir. L'Hindou lui demanda alors s'il voulait retourner à Londres et à sa vie de mendiant. A contrecœur, l'enfant tendit alors la main : son maître sortit une fiole cachée dans ses vêtements et en versa le contenu couleur d'encre dans la paume ouverte ; il toucha ensuite la tête du jeune garçon et, faisant en l'air quelques signes, il lui dit : « Regarde ! » L'enfant, qui paraissait pétrifié, se raidit en fixant le liquide contenu dans le creux de sa main.

Rien d'autre que jongleries et gaspillage insensé d'encre, me disais-je, prêt à reprendre ma sieste, quand les propos de Pénélope me firent soudain dresser l'oreille de nouveau.

Les trois Hindous, après avoir une nouvelle fois vérifié qu'ils étaient seuls, s'étaient approchés du garçon et le chef lui avait demandé :

– Vois-tu le gentleman anglais qui arrive de l'étranger ?

– Je le vois, répondit le garçon.

– Se dirige-t-il vers cette maison ou vers une autre ?

– C'est bien ici que vient le gentleman anglais.

– Le gentleman anglais LA porte-t-il sur lui ?

– Oui.

L'Hindou posa une troisième et dernière question :

– Le gentleman anglais arrivera-t-il ici, comme il l'a promis, à la fin de la journée ?

– Je ne puis l'affirmer.

– Pourquoi ?

– Je suis fatigué, répondit l'enfant, le brouillard m'aveugle et me gêne. Je ne puis rien dire de plus aujourd'hui.

C'est ainsi que la séance se termina. Le chef adressa quelques mots dans sa langue aux deux autres hommes bruns en leur désignant l'enfant et, après avoir fait sur la tête de ce dernier des signes cabalistiques, il le réveilla brusquement. Ils reprirent ensuite leur chemin vers la ville et les jeunes filles n'en apprirent pas davantage.

Que signifiait tout cela ?

Les conclusions auxquelles j'arrivai étaient les suivantes : 1) le chef des jongleurs, ayant entendu parler du retour de Mr. Franklin par les domestiques, avait vu là un moyen de gagner un peu d'argent ; 2) ils avaient l'intention de surveiller le retour de Milady, puis de revenir lui faire miraculeusement prédiction de l'arrivée du jeune homme ; 3) Pénélope les avait tout simplement entendus répéter leur rôle comme le feraient les acteurs d'une comédie ; 4) je ferais bien de garder l'œil sur l'argenterie et enfin, si ma fille consentait à se calmer, il était temps pour moi de continuer mon petit somme.

Rien de cela, naturellement, ne parut sensé à Pénélope. Elle jugeait l'histoire beaucoup plus grave et, se souvenant tout spécialement de la troisième question de l'Hindou : « Le gentleman anglais LA porte-t-il sur lui ? », me dit avec anxiété :

– Père, ne plaisantez pas : que désigne ce LA ?

– Si vous voulez bien attendre un peu, ma chérie, lui répondis-je, nous interrogerons Mr. Franklin à ce sujet.

J'avais dit cela en plaisantant, mais vis que ma fille le prenait le plus sérieusement du monde.

– Quel rapport Mr. Franklin pourrait-il bien avoir avec toute cette histoire ? lui demandai-je alors.

– Demandez-le-lui, me rétorqua ma fille, et vous verrez s'il prend tant de plaisir que vous à ce récit.

Sur ce trait final, elle me quitta.

Après son départ, je réfléchis plus sérieusement et me promis d'interroger Mr. Franklin, ne fût-ce que pour rassurer Pénélope. Ce qui découla de l'entretien que j'eus effectivement avec lui un peu plus tard dans la journée, vous le saurez ultérieurement : mais comme je ne voudrais pas vous donner de faux espoirs, je veux bien d'ores et déjà vous avertir que vous n'y trouverez pas l'ombre d'une plaisanterie. A ma grande surprise, le jeune maître, tout comme Pénélope, considéra l'événement avec le plus grand sérieux. Vous le concevrez aisément quand je vous aurai dit que, pour lui, LA désignait la *Pierre de Lune*.

4

Je suis vraiment désolé de retenir encore votre attention sur ma modeste personne : un vieillard endormi dans une cour ensoleillée n'est pas un sujet bien intéressant, j'en suis parfaitement persuadé !

Il nous faut pourtant procéder avec ordre. Encore quelques instants de patience, et l'arrivée de Mr. Franklin Blake ne va pas tarder à se produire.

Tandis que je sommeillais après le départ de ma fille Pénélope, un bruit de vaisselle provenant de l'office m'avertit que le dîner était prêt : n'ayant pas pour habitude de présider au repas des domestiques, je me bornai à leur souhaiter un bon appétit, pris ma pitance, et retournai dans mon fauteuil. Je venais à peine d'allonger les jambes quand une femme se précipita vers moi ; cette fois-ci, ce n'était plus Pénélope, mais Nancy, la fille de cuisine. Je me trouvais juste sur son chemin et comme elle me demandait de passer, je notai son air renfrogné, chose qu'en ma qualité de chef du personnel je ne pouvais guère tolérer sans poser de questions.

– Pourquoi tournez-vous le dos au dîner ? Qu'arrive-t-il, Nancy ?

Nancy essaya de passer sans me répondre ; je me levai et lui pinçai l'oreille. C'est une fille jeune et gentille, assez grassouillette et c'est ainsi que je lui manifeste en général mon affection.

– Qu'arrive-t-il ? répétai-je.

– Rosanna est encore une fois en retard pour le dîner, répondit

Nancy, et on m'envoie la chercher; dans cette maison, la besogne la plus pénible tombe toujours sur moi. Ne me touchez pas, Mr. Betteredge!

Rosanna était notre deuxième femme de chambre. La prenant en pitié (vous saurez bientôt pourquoi) et comprenant à l'expression du visage de Nancy qu'elle allait chercher sa compagne avec l'intention de la gronder sévèrement, je pensai immédiatement que, n'ayant rien de très particulier à faire, je pouvais tout aussi bien aller la chercher moi-même. Je lui ferais comprendre doucement la nécessité d'être ponctuelle à l'avenir, ce qu'elle ne manquerait pas d'entendre venant de moi.

– Où est Rosanna?

– A la plage, probablement; elle a eu ce matin un de ses coutumiers coups de fatigue, et elle a demandé la permission de sortir pour respirer un peu d'air frais. Elle m'impatiente de plus en plus!

– Retournez à votre dîner, ma fille; j'ai pour elle plus d'indulgence et je vais aller la trouver.

Nancy (qui a bon appétit) parut satisfaite de ma décision. Quand elle est contente, elle est bien plus jolie et je lui prends alors le menton : rien d'immoral, juste une habitude.

Je saisis donc ma canne et me dirigeai vers la plage.

Mais non! Il me faut encore vous dire un mot avant de vous emmener là-bas, et croyez bien que je suis navré de retarder encore la suite de mon récit; mais il est indispensable que vous connaissiez l'histoire des Sables et celle de Rosanna, car l'une et l'autre sont étroitement liées à l'aventure du diamant. Ah! qu'il est difficile de poursuivre sans faire de digression, et que j'y réussis mal! Les êtres humains ou les choses inanimées suivent rarement sur cette terre le cours que vous leur aviez assigné; ce serait folie que de vouloir passer outre et il faut savoir faire contre mauvaise fortune bon cœur. Parlons peu, mais parlons bien, nous serons bientôt au cœur du mystère, je vous le promets…

Rosanna (pour faire passer l'être humain avant la chose, ce qui n'est que simple politesse) était la seule des domestiques qui ne fût pas depuis longtemps dans la maison. Quatre mois environ avant l'époque dont nous parlons, Milady était allée à Londres la chercher dans une maison de rééducation qui accueillait les filles perdues à leur sortie de prison et s'efforçait de les remettre dans le droit chemin. La directrice, comprenant tout de suite que Milady s'intéressait grandement à cette œuvre, attira tout spécialement son attention sur une certaine Rosanna Spearman, dont elle lui conta la très triste histoire. Je n'ai pas le courage de la répéter ici, car je n'aime pas – pas plus que vous d'ailleurs – me laisser aller inutilement à la tristesse. En bref, Rosanna Spearman avait volé. Mais comme elle n'était pas de ces voleurs qui ont pignon sur rue et dans la City et pratiquent le vol à grande échelle en dédaignant les petits larcins, la justice avait mis la main sur elle. L'opinion de l'éducatrice était qu'en dépit de ce qu'elle avait fait, cette jeune fille méritait de courir sa chance auprès d'une âme charitable. Milady, bonne chrétienne s'il en fut jamais, répondit qu'elle allait précisément la lui offrir en la prenant à son service. Une semaine plus tard, Rosanna Spearman entrait ici comme seconde femme de chambre.

Personne ne fut mis au courant de l'histoire de la jeune fille, excepté Miss Rachel et moi-même. Milady, qui me faisait souvent l'honneur de me consulter lorsqu'il y avait une décision à prendre, me demanda mon avis au sujet de Rosanna. Et comme, depuis quelque temps, j'avais pris l'habitude qu'avait sir John de toujours se conformer aux vues de Milady, je fus, cette fois encore, entièrement d'accord avec elle.

Rosanna Spearman avait en vérité une chance incroyable : les autres domestiques ne pouvaient faire allusion à son passé puisqu'ils l'ignoraient, elle recevait les mêmes gages et était traitée en tous points comme eux, et Milady la prenait de temps à autre à part pour lui donner un mot d'encouragement. En retour, elle se montrait, je dois en convenir, tout à fait digne de cette grande bonté. Malgré quelques défaillances, comme celle dont nous venons de parler, elle faisait son travail très soigneusement et sans jamais se plaindre. Elle ne s'était toutefois liée d'amitié avec personne, sauf peut-être avec ma fille Pénélope, sans qu'il y eût jamais pourtant entre elles de véritable intimité.

J'avais du mal à comprendre pourquoi Rosanna n'était pas aimée. Ce n'était pas de la jalousie, car elle était la femme la moins jolie de la maison et, de plus, elle avait une épaule plus forte que l'autre. Je pense que les autres lui reprochaient surtout ses manières silencieuses : à ses heures de loisir, elle lisait ou travaillait, tandis que les autres bavardaient. Et quand venait son jour de sortie, neuf fois sur dix elle prenait son chapeau et partait seule. Elle ne se querellait jamais avec personne, gardait toujours une certaine distance vis-à-vis du reste du personnel. Ajoutez à cela que, malgré son absence de beauté, il y avait en elle un je ne sais quoi qui la distinguait des autres et la faisait ressembler à une véritable dame. Était-ce sa voix, ou quelque chose dans sa physionomie ? Je ne saurais le dire. Toujours est-il que les autres femmes la prirent en grippe dès le premier jour, en prétendant qu'elle se donnait de grands airs, ce qui était parfaitement injuste.

Il me reste maintenant à vous mentionner l'une des singularités de cette étrange fille.

Notre maison est située sur la côte du Yorkshire, au bord de la mer. Tout autour serpentent de délicieuses promenades, à l'exception d'une seule, affreux sentier qui s'allonge sur un quart de mille, à travers un mélancolique bois de pins, et aboutit sur des falaises basses, dans la baie la plus solitaire et la plus laide de toute notre côte.

La dune descend jusqu'à la mer et se termine par deux langues de terre rocheuse qui vont se perdre dans l'eau : l'une est appelée pointe Nord, l'autre pointe Sud. Entre les deux, avançant ou reculant selon les saisons, s'étendent les terribles sables mouvants de la côte du Yorkshire. Aux changements de marée, il se produit dans les profondeurs un mouvement mystérieux qui fait trembler et frissonner cette langue de sable, de la manière la plus impressionnante qui soit ; d'où le nom de Sables Frissonnants que lui ont donné les habitants de la région.

Un large banc, à un demi-mille de là, ferme l'ouverture de la baie et brise la force du courant qui vient du large. Été comme hiver, au moment du flux, la mer semble abandonner les vagues derrière elle sur le banc, pour rouler ses eaux mollement et recouvrir la grève en silence.

C'est un endroit horriblement solitaire. Les bateaux ne s'aventurent pas dans cette baie et les enfants des pêcheurs du village voisin, Cobb's Hole, ne viennent jamais jouer sur la plage ; les oiseaux eux-mêmes ne la survolent pas. Qu'une jeune femme ayant le choix parmi une douzaine de jolies promenades et de nombreuses compagnes pour les partager en fît son lieu de prédilection était vraiment assez extraordinaire.

Et pourtant – essayez de vous l'expliquer si vous le pouvez – c'était bien la promenade favorite de Rosanna Spearman, quand elle ne se rendait pas à Cobb's Hole, chez la seule amie qu'elle eût dans le voisinage. J'allai donc chercher Rosanna dans le lieu présumé de sa retraite afin de la ramener dîner, ce qui, fort heureusement, nous ramène, nous, à notre point de départ et nous remet dans le droit chemin.

Je ne la vis pas dans les bois mais, parvenu sur la dune, je l'aperçus sur la plage. Elle était coiffée de son petit chapeau de paille et vêtue d'un simple manteau gris qu'elle portait toujours pour dissimuler sa difformité. Elle était là, toute seule, et regardait le sable et la mer. Elle sursauta quand j'arrivai près d'elle, et détourna la tête. Ne permettant jamais par principe, en tant que chef du personnel, que l'on ne me regardât pas dans les yeux sans que j'en connusse la raison, je saisis la jeune fille par les épaules, l'obligeai à se tourner vers moi ; je vis qu'elle pleurait. Mon grand mouchoir de couleur – un des nombreux et magnifiques cadeaux de Milady – étant tout prêt dans ma poche, je le pris, et dis à Rosanna :

– Asseyons-nous, ma chère petite : d'abord je vais essuyer vos larmes, et ensuite je vous demanderai la raison de votre chagrin.

Lorsque vous aurez mon âge, vous vous apercevrez que s'asseoir sur une plage, même si elle est un peu en pente, demande plus de temps que vous ne le pensez aujourd'hui ; aussi, au moment où, enfin, je m'étais installé tant bien que mal, la jeune fille avait elle-même séché ses larmes avec son mouchoir, d'une qualité bien inférieure au mien, en vérité ! Elle paraissait très calme, mais très malheureuse ; toutefois, en enfant obéissante qu'elle était, elle s'assit à côté de moi dès que je le lui demandai. La meilleure façon, et la plus rapide, de consoler une femme, c'est de la prendre sur vos genoux. J'avais naturellement envisagé ce moyen infaillible, mais, voyez-vous, Rosanna n'est pas Nancy, ce qui fait toute la différence !

– Allons, mon enfant, dites-moi : pourquoi pleurez-vous ?

– C'est ma vie passée, Mr. Betteredge, répondit tranquillement la jeune fille ; elle me tourmente toujours.

– Votre vie passée ! Mais elle est complètement effacée ; pourquoi ne pouvez-vous pas l'oublier ?

Elle saisit un des pans de ma veste. Je suis un vieillard négligent, et une bonne partie de ce que je mange et de ce que je bois se répand sur mes vêtements. La veille, Rosanna avait nettoyé ma veste avec une composition nouvelle recommandée à cet effet. La graisse en était bien partie, mais il restait un petit endroit terni sur le tissu là où l'on avait frotté. La jeune fille me le désigna et secoua la tête.

– La tache est partie, mais la marque reste et elle se voit.

Il était en vérité bien difficile de répondre à pareille remarque, et la façon dont elle me regardait me fit de la peine. Elle me considérait de ses jolis yeux bruns, avec une sorte de respect, comme si jamais elle ne parviendrait à atteindre au degré de dignité et de respectabilité qu'elle m'attribuait.

Ne me sentant pas capable de la consoler, j'essayai de l'emmener dîner.

– Aidez-moi à me lever, lui dis-je. Vous êtes en retard pour le dîner, Rosanna, et je suis venu vous chercher.

– Vous, Mr. Betteredge ?

– Nancy en était chargée, mais j'ai pensé, mon enfant, que, venant de moi, la réprimande vous serait moins pénible.

Au lieu de m'aider à me relever, la pauvre petite glissa sa main dans la mienne qu'elle serra à plusieurs reprises. Elle s'efforça de ne plus pleurer et y parvint, ce qui fit que je l'estimai davantage.

– Vous êtes très bon, Mr. Betteredge, mais je n'ai pas besoin de dîner aujourd'hui. Permettez-moi de rester ici encore un peu.

– Pourquoi, lui demandai-je, revenez-vous toujours dans cet endroit si peu réjouissant ?

– J'y suis pour ainsi dire attirée, avoua la jeune fille en dessinant avec ses doigts des images dans le sable. J'essaie de m'en éloigner et je n'y arrive pas… Parfois, Mr. Betteredge, fit-elle à voix basse comme effrayée de sa propre idée, je pense que ma tombe m'y attend.

– C'est un rôti de mouton et un bon pudding qui vous attendent à la maison ! répondis-je. Rentrez vite dîner, votre estomac vide vous donne de sombres pensées, Rosanna.

Je parlai sévèrement, réellement indigné à mon âge, d'entendre une jeune fille de vingt-cinq ans évoquer ainsi sa propre mort.

Elle ne parut pas m'entendre : elle posa la main sur mon épaule afin de m'obliger à rester auprès d'elle.

– Je crois que ce lieu exerce un charme sur moi. J'en rêve toutes les nuits : j'y pense même pendant mon travail. Vous savez que je suis une fille reconnaissante, Mr. Betteredge, que j'essaie de me rendre digne de votre bonté et de la confiance de Milady. Mais je suis parfois étonnée que la vie ici soit si tranquille et si heureuse pour quelqu'un qui a un passé comme le mien. Toutes ces honnêtes personnes parmi lesquelles je me trouve sont pour moi de vivants reproches. Non, ne me grondez pas, je fais mon travail correctement après tout ; et surtout, n'allez pas dire à Milady que je suis mécontente. Ce n'est pas vrai, c'est simplement que parfois mon âme est tourmentée.

Elle enleva sa main de mon épaule et soudain la pointa dans la direction des Sables Frissonnants.

– Regardez, n'est-ce pas merveilleux ? N'est-ce pas terrible ? J'ai vu ce spectacle des douzaines de fois et il est toujours aussi nouveau pour moi.

Je regardai dans la direction qu'elle m'indiquait : la marée descendait et l'horrible sable commençait à remuer. La vaste surface sombre se souleva lentement, se rida et frémit entièrement.

– Savez-vous ce que cela représente pour moi ? dit Rosanna en me saisissant de nouveau l'épaule. C'est comme si des centaines de personnes y étaient enfoncées et s'efforçaient de remonter à la surface sans y parvenir, comme si elles s'abîmaient à jamais dans ces sombres profondeurs. Jetez-y une pierre, Mr. Betteredge, vous verrez comme le sable l'aspire.

C'étaient des paroles morbides : l'effet d'un estomac vide sur un esprit inquiet. Je m'apprêtai à couper court par un propos assez tranchant – qui n'était que dans l'intérêt de la malheureuse fille –, quand je fus arrêté tout à coup par une voix venant des dunes :

– Betteredge, où êtes-vous ?

– Ici ! criai-je sans comprendre qui m'interpellait de la sorte.

Rosanna se redressa et regarda dans la direction de la voix. J'allais me relever lorsque je fus frappé par le soudain changement qui s'était peint sur la figure de Rosanna.

Son teint était devenu d'un rouge éclatant ; elle rayonnait, et sa voix comme sa respiration étaient coupées par la surprise.

– Qui est-ce ? demandai-je.

Rosanna ne fit que répéter ma question :

– Oui, qui est-ce ? fit-elle doucement, plus pour elle-même que pour moi.

Je me retournai pour regarder derrière moi. Un jeune homme vêtu avec élégance, coiffé et ganté de frais, une rose à la boutonnière, s'avançait vers nous, le visage souriant. Il me donna une bourrade qui me fit presque perdre le souffle.

– Cher vieux Betteredge, je vous dois sept shillings six pence ! Avez-vous deviné maintenant qui je suis ?

Que Dieu nous bénisse et nous protège : quatre heures plus tôt que prévu, Mr. Franklin Blake se tenait devant nous ! Je vis le regard de mon jeune maître aller de moi à Rosanna. J'examinai à mon tour la jeune fille : elle était plus rouge que jamais. Brusquement, sans le moindre geste de politesse, elle s'en fut, ce qui ne laissa pas de me surprendre, accoutumé que j'étais à ses excellentes manières, bien meilleures en vérité que celles des gens de sa qualité.

– Quelle étrange jeune fille ! Qu'aura-t-elle vu en moi de si extraordinaire ?

– Je suppose, monsieur, dis-je pour me moquer gentiment de son éducation continentale, que c'est l'éclat des pays étrangers qui l'a à ce point stupéfiée.

Je rapporte ici et la question enjouée de Mr. Franklin et la boutade par laquelle je lui répondis, afin qu'elles puissent servir de consolation et d'encouragement aux personnes plutôt bornées ; car – j'ai eu l'occasion de le remarquer – c'est toujours un soulagement pour les moins doués d'entre nous que de surprendre les plus intelligents en flagrant délit de stupidité. Ni Mr. Franklin, malgré toute son étonnante instruction acquise à l'étranger, ni moi, malgré mon âge, mon expérience de la vie et mon bon sens inné, n'avions la moindre idée de ce que signifiait la conduite de Rosanna Spearman. De fait, la pauvre fille avait quitté nos pensées avant même que son manteau gris eût disparu derrière les dunes. Quelle importance ? allez-vous sans doute demander. Lisez, doux ami, lisez et attendez avec patience. Il se peut qu'en apprenant le secret de Rosanna Spearman vous ayez le cœur aussi serré que fut le mien quand je sus la vérité.

5

Dès que nous fûmes seuls, j'essayai pour la première fois de me relever. Mr. Franklin m'arrêta.

– Cette horrible plage, me dit-il, possède au moins un avantage :

nous y sommes tranquilles. Restez assis, Betteredge, j'ai quelque chose à vous dire.

Tandis qu'il parlait, je le regardais, cherchant à retrouver dans ses traits d'homme quelque chose du petit garçon dont je me souvenais. Mais plus aucune trace des petites joues roses enfantines ni de la petite veste impeccable que je lui avais connue. Il avait maintenant le teint pâle ; le bas de son visage, à ma grande surprise et à ma grande déception, était couvert d'une barbe ainsi que d'une moustache brunes et frisées. Son allure était vive, plaisante, agréable, je l'admets ; mais rien de comparable à l'élégante désinvolture d'antan. Et lui qui, enfant, promettait d'être grand n'avait nullement tenu sa promesse. Il était mince, bien fait et bien mis, mais il ne dépassait pas la taille moyenne. Oui, il me décevait. N'était son regard franc et brillant, les années en s'écoulant n'avaient rien laissé de l'enfant qu'il était. Dans ses yeux, au moins, je retrouvais bien notre petit garçon, et c'est sur ce point que je mis un terme à mon examen.

– Bienvenue parmi nous, Mr. Franklin. Nous sommes bien aise de vous voir arriver quelques heures plus tôt que vous ne l'aviez annoncé.

– Ce n'est pas sans raison. Écoutez-moi : j'ai le sentiment d'avoir été suivi et espionné à Londres pendant ces trois ou quatre derniers jours ; j'ai pris le train du matin au lieu de celui de l'après-midi pour fausser compagnie à certain étranger au regard sombre.

Ces paroles m'inquiétèrent grandement : elles me rappelèrent immédiatement les trois jongleurs et l'anxiété de Pénélope au sujet de notre jeune maître.

– Pourquoi vous espionnerait-on, monsieur, demandai-je ?

– Parlez-moi un peu des trois Hindous qui sont venus à la maison aujourd'hui, continua Mr. Franklin sans s'arrêter à ma question. Il se peut, précisément, que ces trois jongleurs et mon étranger soient les pièces d'un même puzzle.

– Comment avez-vous appris, monsieur, la venue de ces hommes ? fis-je encore, répondant à sa question par une autre question. (Certes le procédé est vilain, mais qu'espérez-vous de moi, vous qui n'attendez pas grand-chose de la nature humaine ?)

– J'ai vu Pénélope à la maison, et elle m'en a parlé. Votre fille promettait d'être une jolie fille, Betteredge, et, ma foi, elle a tenu sa promesse ! Elle a l'oreille toute menue et le pied fin. Dites-moi, serait-ce de la regrettée Mrs. Betteredge qu'elle tient ces inestimables avantages ?

– La regrettée Mrs. Betteredge avait beaucoup de défauts, monsieur, répondis-je. Pour n'en citer qu'un, elle ne savait jamais s'en tenir au sujet de la conversation. Elle ressemblait plus à une mouche qu'à une femme : incapable de se fixer sur quoi que ce soit.

– Elle m'aurait merveilleusement convenu ! s'écria Mr. Franklin. Moi aussi, je change toujours d'avis. Betteredge, vous avez l'esprit plus vif que jamais [1]. Votre fille me l'a, du reste, fait entendre, lorsque je lui ai demandé des détails au sujet des jongleurs. « Père vous dira tout cela, m'a-t-elle répondu. Il est étonnant, extraordinaire pour son âge. Il s'exprime admirablement. » Voilà les propres paroles de Pénélope... Elle rougissait de façon charmante en les prononçant. Mon respect pour vous n'a même pas pu m'empêcher de... mais je l'ai connue enfant, n'est-ce pas... Enfin, laissons cela, et venons-en à des choses plus graves. Qu'ont fait les jongleurs ?

J'étais assez mécontent de ma fille, non pas parce qu'elle s'était laissé embrasser par Mr. Franklin – Mr. Franklin ne pouvait après tout faire montre d'un meilleur goût ! – mais parce qu'elle m'obligeait à répéter après elle son invraisemblable histoire. Je n'avais pourtant guère le choix ; il me fallut reprendre le même récit, aussi détaillé que possible. A mesure que je parlais, la gaieté de Mr. Franklin disparaissait. Il s'assit à côté de moi en fronçant les sourcils et en tortillant sa barbe. Quand j'eus fini, il répéta après moi deux des questions que le chef des jongleurs avait posées au jeune garçon comme pour bien les fixer dans son esprit : « Est-ce bien le chemin qui conduit à la maison et n'y en a-t-il pas d'autre que puisse prendre aujourd'hui le gentleman anglais ? Le gentleman anglais LA porte-t-il sur lui ? »

– Je suppose, poursuivit-il en sortant un petit paquet de sa poche que LA signifie CECI, et ceci, Betteredge, est le fameux diamant de mon oncle Herncastle.

– Grand Dieu ! m'écriai-je. Comment êtes-vous en possession du diamant du méchant colonel ?

– Le méchant colonel l'a légué comme présent d'anniversaire à ma

1. Franklin exploite le patronyme de son interlocuteur, quelque chose comme « meilleur tranchant ». *(NdT)*

cousine Rachel. Et mon père, en sa qualité d'exécuteur testamentaire, m'a chargé de l'apporter ici.

Si la mer, arrivant alors doucement sur les Sables Frissonnants, s'était subitement, sous mes yeux, changée en désert, ma surprise n'aurait pas été plus grande qu'en entendant ces mots.

– Le diamant du colonel donné à Miss Rachel, m'exclamai-je, abasourdi. Et votre père, monsieur, l'exécuteur testamentaire ! J'aurais pourtant parié qu'il n'aurait jamais touché le colonel, même avec des pincettes.

– Quel langage, Betteredge ! En somme, que reprochait-on au colonel ? Il appartenait à votre époque, non à la mienne. Dites-moi ce que vous savez de lui, et je vous raconterai comment mon père devint son exécuteur testamentaire et bien d'autres choses encore. J'ai fait, à Londres, des découvertes sur l'oncle Herncastle et sur son diamant qui, à mon humble avis, est bien en deçà de sa réputation. Vous venez d'appeler mon oncle le méchant colonel. Creusez dans vos souvenirs, mon ami, et dites-moi pourquoi.

Ce que je lui racontai, je vais, à votre intention, le coucher maintenant sur le papier. Je vous en prie, soyez fort attentif ou bien vous ne vous y retrouverez plus du tout quand nous progresserons plus avant dans l'histoire. Oubliez enfants, dîner, emplettes, que sais-je encore ? Si cela vous est possible, ne pensez plus ni à la politique, ni aux chevaux, ni aux prix que demandent les marchands de la Cité, ni même aux ennuis que vous avez au club. J'espère que la liberté que je prends en vous parlant de la sorte ne vous choquera nullement. De cette seule façon, il me semble, je puis captiver l'attention de mon aimable lecteur. Seigneur ! Même lorsqu'ils ont les plus grands auteurs entre les mains, les gens ne sont-ils pas trop souvent prêts à laisser vagabonder leurs pensées ?

Je fis un retour en arrière. Je parlai du père de Milady, le vieux lord, avec son caractère soupe au lait et sa langue qu'il n'avait pas dans sa poche. Il avait eu cinq enfants. Deux fils au début de son mariage puis, longtemps après, trois jeunes ladies qui se succédèrent aussi rapidement que la nature le permettait. Ma maîtresse était la plus jeune et la meilleure des trois.

Des deux fils, l'aîné, Arthur, hérita du titre et des biens ; le second, l'honorable John, entra dans l'armée.

On traite de mauvais oiseaux ceux qui salissent leur nid; considérant la noble famille de Herncastle comme ma véritable famille, je préférerais ne pas entrer dans les détails au sujet de l'honorable John. Il était, je dois l'avouer, un des plus mauvais sujets que j'eusse jamais connus; je pourrais difficilement le qualifier autrement. Il commença sa carrière dans l'armée en entrant dans les Gardes, qu'il quitta avant d'avoir eu vingt-deux ans (peu importe pour quelle raison). On est très strict dans l'armée, trop probablement pour l'honorable John. C'est pourquoi il partit pour les Indes, pensant sans doute que le règlement y était moins sévère et voulant s'essayer au service actif. Il avait de la bravoure à revendre (puisqu'il faut bien lui rendre ce qui lui est dû), mais à la manière d'un bouledogue ou d'un coq de combat, avec sauvagerie. Il combattit lors de la célèbre prise de Seringapatam. Il passa, peu de temps après, dans un autre régiment, puis dans un troisième. C'est dans cette dernière garnison qu'il fut gratifié du grade de lieutenant-colonel, mais aussi d'une méchante insolation qui le fit revenir en Angleterre.

Son mauvais caractère lui ferma les portes de toute sa famille. Milady, à peine mariée, prit les devants et déclara – avec l'approbation de son mari naturellement – que son frère ne mettrait plus jamais les pieds chez elle. Il y avait certainement plus d'une tache sur le passé du colonel pour rendre son entourage aussi méfiant, mais l'affaire du diamant est la seule qui nous occupe ici.

On apprit qu'il était entré en possession d'un bijou indien par des moyens qu'il ne daigna jamais faire connaître. N'ayant pas besoin d'argent (il n'accordait d'ailleurs pas à ce dernier, nous devons bien le reconnaître, beaucoup d'importance), il ne tenta pas de le vendre. Il ne montra le joyau à personne. D'aucuns prétendaient que c'était parce qu'il craignait d'avoir des difficultés avec les autorités militaires, les autres, se trompant lourdement sur la véritable nature de l'homme, affirmaient qu'il craignait pour sa vie.

Il y avait peut-être néanmoins un grain de vérité dans cette dernière explication. S'il était faux de dire qu'il fût un lâche, il est vrai que sa vie avait été deux fois menacée lorsqu'il était encore aux Indes, et l'on crut fermement que la Pierre de Lune en était la cause.

Lorsqu'il revint en Angleterre, détesté de tous, le mystère de sa vie le suivit et en fit partout un proscrit. Les hommes ne l'admettaient pas dans leurs clubs ; les femmes n'en voulurent pas pour mari ; tous, famille et relations, devinrent suffisamment myopes pour ne plus le reconnaître lorsqu'ils le croisaient dans la rue.

Certains, dans sa situation, auraient tout tenté pour se réconcilier avec le monde, mais l'honorable John ne voulait se soumettre à personne. Aux Indes, il avait gardé le diamant malgré sa crainte d'être assassiné ; en Angleterre, il le conserva en défiant l'opinion publique.

Tel était le portrait de cet homme : un caractère téméraire et un visage d'une beauté diabolique.

Il nous parvenait parfois quelques nouvelles à son sujet. On racontait qu'il s'était mis à fumer de l'opium et à collectionner des livres anciens ; qu'il se livrait à d'étranges expériences de chimie ; d'autres fois, on affirmait l'avoir vu boire et s'amuser en compagnie de gens mal famés dans les pires bouges de Londres. Une vie solitaire et vouée au vice, telle était en vérité l'existence que menait le colonel. Une fois, une fois seulement, après son retour en Angleterre, je me trouvai face à lui.

Deux ans environ avant l'époque où j'écris et un an et demi avant sa mort, le colonel arriva inopinément chez Milady, à Londres. C'était le soir de l'anniversaire de Miss Rachel, le 21 juin, et l'on donnait, comme à l'habitude, une fête en l'honneur de ma jeune maîtresse. Le valet de pied vint me dire qu'un gentleman désirait me voir. Je me rendis dans le hall et trouvai le colonel maigri, usé, vieilli et misérable, mais aussi vindicatif et méchant que jamais.

– Allez cherchez ma sœur, m'ordonna-t-il, et dites-lui que je suis venu souhaiter un heureux anniversaire à ma nièce.

Par lettres, il avait souvent essayé de se réconcilier avec Milady, toujours en vain, mais c'était la première fois qu'il revenait à la maison.

J'allais répondre que ma maîtresse était en train de recevoir ses invités, mais l'intrépide regard de cet homme me dompta. Je montai l'escalier et le laissai, selon son désir, attendre dans le hall.

Les domestiques se tenaient à distance devant lui, les yeux écarquillés, comme s'il était un engin de destruction, chargé de poudre et de plomb, prêt à fondre sur eux.

Milady avait hérité, en faible dose seulement, du terrible caractère de la famille.

– Dites au colonel Herncastle, répondit-elle quand je lui eus répété les paroles de son frère, que Miss Verinder est occupée et que personnellement je refuse de le voir.

Je tentai d'obtenir une réponse plus civile. Bien en vain ! Le mauvais caractère familial ressurgit immédiatement :

– Quand j'ai besoin de vos conseils, vous savez que je ne m'en prive pas. Ce n'est pas le cas aujourd'hui !

Je redescendis donc l'escalier et transmis le message, dont je me permis cependant de donner une version amendée par mes soins :

– Milady et Miss Rachel sont occupées, colonel ; elles s'excusent de ne pouvoir avoir l'honneur de vous recevoir.

Je m'attendais à voir l'homme bondir. A ma grande surprise, il n'en fit rien : il m'alarma au contraire par son calme inaccoutumé. Ses yeux d'un gris étincelant se posèrent un instant sur moi et il rit, mais pas d'un grand éclat de rire, non, intérieurement, d'un rire étouffé, satanique.

– Merci, Betteredge, dit-il. Je me souviendrai de l'anniversaire de ma nièce.

Sur ces mots, il tourna les talons et sortit.

L'année suivante à la même date, nous apprîmes qu'il était malade et gardait le lit. Six mois plus tard, c'est-à-dire six mois avant l'époque dont je parle, Milady reçut une lettre d'un très digne et respectable prélat lui annonçant deux surprenantes nouvelles : la première était que le colonel avait sur son lit de mort pardonné à sa sœur, la seconde qu'il avait pardonné à tous ses semblables et qu'il avait eu une fin des plus édifiantes. Moi-même, en dépit des évêques et du clergé, j'avais pour l'Église un respect profondément sincère ; mais j'ai la conviction tout aussi profonde que le diable continuait à posséder entièrement l'honorable John, et que le dernier acte odieux, après tant d'autres, de celui-ci, avait été, s'il m'est permis de m'exprimer ainsi, de jouer un bon tour au prélat !

Voilà qui résume ce que j'avais à dire à Mr. Franklin.

Je remarquai qu'il écoutait avec une curiosité grandissante à mesure que j'avançais dans mon récit, et qu'en particulier l'épisode de l'anniversaire, au cours duquel le colonel avait été refoulé à la porte de sa sœur, semblait l'avoir atteint comme un projectile aurait touché sa cible. Il ne l'avoua pas, mais je vis bien à son visage combien il était mal à l'aise.

– Vous avez fini, Betteredge ; à mon tour, maintenant. Mais avant de vous faire part des découvertes que je fis à Londres et de la manière dont je me trouve mêlé à cette affaire du diamant, je dois encore savoir quelque chose. On croirait, mon vieil ami, que vous ne comprenez pas bien de quoi nous parlons : vos yeux mentent-ils ?

– Non, monsieur, répondis-je, mes yeux disent la vérité.

– Eh bien, avant d'aller plus loin, je vais tâcher de vous amener à mon point de vue. Je vois trois questions très sérieuses en rapport avec le cadeau d'anniversaire du colonel à ma cousine Rachel. Suivez-moi bien, Betteredge, et comptez sur vos doigts si cela peut vous aider, ajouta-t-il sur un ton moqueur, me rappelant étonnamment l'ancien temps de son enfance. Première question : le diamant du colonel était-il aux Indes l'objet d'une conspiration ? Deuxième question : cette conspiration a-t-elle suivi le colonel à son retour en Angleterre ? Troisième question : le colonel était-il au courant de cette conspiration et est-ce délibérément qu'il a légué cet héritage néfaste et dangereux à sa sœur, par l'intermédiaire de son innocente nièce ? Voilà ce que je voudrais vous faire comprendre. Je ne l'ai pas dit pour vous effrayer.

Il m'avait pourtant fait grand-peur.

S'il voyait juste, notre paisible demeure anglaise allait soudain être habitée par ce diabolique diamant hindou, apportant avec lui une horde de bandits, jetés sur nous par la vengeance d'un mort. Telle était la situation où nous nous trouvions, ainsi que me l'avaient révélé les dernières paroles de Mr. Blake ! A-t-on jamais ouï pareille chose, au milieu du dix-neuvième siècle, à l'âge du progrès, et dans notre Angleterre qui se réjouit des bienfaits de sa constitution ? Non, personne n'avait jamais entendu semblable histoire, et personne, donc, n'y croira. Néanmoins, je poursuis mon récit.

Lorsque la peur vous saisit, comme elle me saisissait à ce moment-là, neuf fois sur dix votre estomac s'en ressent, et lorsque vous êtes pris de malaise, votre attention s'égare et vous ne tenez plus en place. Je ne répondis rien, mais je me mis à me tortiller sur le sable. Mr. Franklin remarqua que j'étais en proie à des troubles d'estomac ou à de graves pensées (comme vous voudrez, car c'est exactement la même chose) et, s'interrompant au moment où il allait poursuivre, il me demanda brusquement :

– Que voulez-vous donc, Betteredge ?

Ce que je voulais ? Je ne le lui dis pas ; mais, à vous, je vais l'avouer : j'aurais tant aimé allumer ma pipe et lire un passage de *Robinson Crusoé* !

6

Ne laissant donc rien deviner de mes sentiments, je priai Mr. Franklin, avec tout le respect que je lui devais, de bien vouloir continuer.

– Alors, cessez de vous trémousser, Betteredge ! fit-il.

Et il m'apprit que c'était lors d'une récente visite à Hampstead, chez l'avocat de la famille, qu'il avait découvert la vérité au sujet du méchant colonel et du diamant. Un mot qu'il avait dit par hasard, un jour qu'après dîner il se trouvait seul avec Mr. Bruff, fit comprendre à ce dernier que Mr. Blake père avait confié à son fils un cadeau d'anniversaire pour Miss Rachel. Une chose en amenant une autre, l'avocat précisa en quoi consistait réellement ce cadeau et comment étaient nées les relations amicales entre Mr. Blake père et le défunt colonel. Les circonstances de cette amitié sont si extraordinaires, en vérité, que je doute pouvoir me fier à ma propre prose pour vous les faire connaître. Je préfère, pour autant que cela soit possible, vous rapporter les paroles mêmes de Mr. Franklin :

– Vous rappelez-vous, Betteredge, l'époque où mon père essayait de prouver son titre à la possession d'un malheureux duché ? Bien ! C'était aussi l'époque où mon oncle Herncastle revint des Indes. Mon père découvrit que son beau-frère possédait justement certains papiers qui pourraient l'aider dans son procès. Il fit au colonel une visite, sous le prétexte de lui souhaiter la bienvenue à Londres, mais la finesse diabolique d'Herncastle ne put s'y tromper :

» – Vous avez certainement besoin de moi ! s'exclama-t-il. Autrement, vous ne vous seriez pas risqué, en venant chez moi, à compromettre votre réputation.

» Mon père comprit alors que sa seule chance était de jouer franc-jeu, il l'admit et avoua qu'il avait besoin de certains papiers. Le colonel demanda à réfléchir pendant vingt-quatre heures. Sa réponse arriva sous la forme d'une lettre des plus extraordinaires. Mon oncle commençait par dire qu'il avait lui-même un service à demander à mon père : le hasard de la guerre, c'était l'expression dont il se servit, l'avait mis en possession du plus gros diamant du monde, et il avait des raisons de croire que ni lui, ni son précieux joyau n'étaient en sécurité nulle part, dans aucun coin du globe où ils seraient ensemble. Étant donné ces circonstances, il avait décidé de confier son diamant à une autre personne qui n'aurait, elle, nul risque à courir. Il lui suffirait de déposer la Pierre dans un endroit sûr, comme par exemple le coffre-fort d'une banque ou d'un joaillier. Sa principale responsabilité en la matière serait toute passive. Il lui suffirait de recevoir – soit en personne soit par l'intermédiaire d'un homme de confiance –, à une adresse convenue et à dates déterminées, une note du colonel établissant que ce dernier était en vie. Dans le cas où, à la date dite, aucune note n'aurait été envoyée, on pourrait aisément en conclure que le colonel avait été assassiné. Dans ce cas seulement, il faudrait ouvrir la lettre jointe au diamant, contenant des instructions qui devraient être scrupuleusement suivies. Si mon père acceptait cette étrange charge, les papiers du colonel seraient en retour à sa disposition.

– Que fit votre père, monsieur ? demandai-je.

– Ce qu'il fit ? répliqua Mr. Franklin. Je vais vous le dire, ce qu'il fit ! Il voulut lire la lettre du colonel à la lumière de cette faculté inappréciable que l'on appelle le bon sens. Toute cette affaire, à l'entendre, était simplement absurde. Quelque part, au cours de ses voyages aux Indes, le colonel avait trouvé ce pauvre éclat de cristal, et il l'avait pris pour un diamant ! Quant au risque qu'il courait d'être tué, et aux précautions qu'il avait prises afin de mettre à l'abri et sa vie et son morceau de cristal, nous ne devions pas oublier que nous vivions au dix-neuvième siècle et que la police était là, prête à répondre à tout appel. Chacun savait que le colonel était grand amateur d'opium et, si la seule manière d'obtenir les papiers nécessaires était d'accepter comme un fait réel les rêveries d'un fumeur d'opium, mon père consentait très volontiers à assumer la responsabilité insignifiante qui lui incombait, d'autant plus que cela ne lui causait absolument aucun souci. Le diamant et les instructions secrètes furent donc enfermés dans le coffre-fort d'une banque, et les lettres du colonel qui périodiquement attestaient qu'il était en vie parvenaient à l'avocat de notre famille, Mr. Bruff, qui les ouvrait. Tout homme de bon sens, se trouvant dans une situation semblable, aurait considéré l'affaire de la même façon. Rien, Betteredge, n'est prévisible en ce monde, à moins que l'on ne fasse appel à notre imagination, et nous ne croyons aux aventures romanesques que lorsque nous les voyons imprimées dans un journal.

Je me rendais parfaitement compte que Mr. Franklin jugeait inconsidérée l'opinion de son père au sujet du colonel.

– Et vous, monsieur, lui demandai-je, que pensez-vous de tout cela ?

– Laissez-moi d'abord achever l'histoire du colonel. Il est curieux, Betteredge, comme l'esprit anglais procède sans ordre : votre question, mon ami, en est un exemple. Lorsque nous ne nous occupons pas de mécanique, nous sommes les gens les plus désordonnés de la terre !

« Voilà bien, pensai-je, l'effet de son éducation étrangère ! C'est en France, je suppose, qu'il a ainsi appris à se moquer de nous. »

Cependant, Mr. Franklin reprenait le fil de son discours.

– Mon père obtint les papiers dont il avait besoin, et jamais, depuis lors, il ne revit son beau-frère. Chaque année, aux jours convenus, la lettre du colonel arrivait et était ouverte par Mr. Bruff. J'en ai vu plusieurs, toutes écrites dans le style le plus laconique, telles des lettres d'affaires : « Monsieur, ces mots pour vous donner l'assurance que je suis toujours vivant. Que le diamant reste où il est. John Herncastle. » C'était tout. Ces missives arrivaient toujours avec une remarquable exactitude jusqu'au jour où – il y a six ou sept mois – la forme de l'épître changea pour la première fois : « Monsieur, il paraît que je suis mourant : venez recevoir mes dernières volontés. » Mr. Bruff alla chez lui, dans sa petite villa des environs de Londres, où il avait vécu dans la solitude depuis son retour des Indes, avec pour toute compagnie ses chiens, ses chats et quelques oiseaux. Aucun être humain ne l'approchait, à part la personne chargée de son ménage et le docteur qui le soignait, lequel se tenait ce jour-là à son chevet. Les dernières volontés du colonel était fort simples, car il avait dissipé la plus grande partie de sa fortune en expériences de chimie. Le testament comprenait en tout et pour tout trois clauses, qu'il dicta de son lit, en pleine possession de toutes ses facultés : la première concernait la garde et la nourriture de ses bêtes ; par la seconde, il créait une chaire de chimie dans une université du Nord ; par la troisième, il léguait la Pierre de Lune à sa nièce, comme cadeau d'anniversaire, à condition que mon père fût l'exécuteur testamentaire. Celui-ci refusa tout d'abord. A la réflexion cependant, il accepta, en partie parce qu'il était convaincu que cette charge ne lui causerait aucun embarras, en partie aussi parce que Mr. Bruff lui suggéra que le diamant pouvait avoir une certaine valeur.

– Le colonel n'expliquait-il pas, monsieur, demandai-je, pourquoi il léguait le diamant à sa nièce ?

– Non seulement il en donna la raison, mais de surcroît il la coucha par écrit sur son testament. J'en ai obtenu un extrait que vous allez voir. Un peu de patience, Betteredge : je vais vous relater maintenant ce qui arriva après la mort du colonel. Il était absolument indispensable de connaître la valeur du diamant avant d'homologuer le testament. Tous les joailliers consultés furent de l'avis du colonel : cette pierre était un des plus beaux diamants du monde. L'évaluation exacte présentait cependant de sérieuses difficultés. Sa taille en faisait un phénomène sur le marché ; sa couleur le plaçait dans une catégorie à part. Ajoutez à ces éléments d'incertitude le fait que le diamant comportait un défaut, une paille au cœur même de la pierre. Même avec ce sérieux handicap, l'estimation la plus basse atteignit vingt mille livres. Vous concevez l'étonnement de mon père. Il s'en était fallu d'un cheveu pour qu'il refusât d'être l'exécuteur testamentaire du colonel, et laissât ainsi ce merveilleux joyau échapper à la famille. L'intérêt qu'il prit alors à l'affaire le conduisit à ouvrir les papiers contenant les instructions secrètes déposées avec le diamant. Mr. Bruff m'a montré ce document ainsi que les autres lettres, ce qui m'a permis d'entrevoir la nature de la conspiration qui menaçait la vie du colonel.

– Vous croyez donc, monsieur, à l'existence d'une conspiration ?

– Ne possédant pas le merveilleux bon sens de mon père, reprit Mr. Franklin, je crois que la vie du colonel était menacée comme il le disait. Dans l'éventualité d'une mort violente, c'est-à-dire si aucune lettre n'était parvenue à la date convenue, mon père avait pour instructions de se rendre secrètement à Amsterdam, où le diamant, déposé chez un diamantaire bien connu, serait divisé en cinq à six morceaux : chaque pierre serait alors vendue après estimation, et la somme obtenue employée à créer cette chaire de chimie déjà mentionnée dans le testament. Maintenant, Betteredge, exercez votre esprit pénétrant, et observez bien la conclusion vers laquelle tendent les instructions du colonel !

Je fis appel à toute mon intelligence : mais comme elle est anglaise, et désordonnée, tout lui devint aussitôt extrêmement confus, et il fallut que Mr. Franklin, la prenant en main, pourrait-on dire, la dirigeât et lui montrât ce qu'elle devait voir.

– Remarquez, reprit-il, que l'intégralité du diamant est habilement liée ici au fait que le colonel échappe à une mort violente. En effet, il ne lui est pas suffisant de dire aux ennemis qu'il redoute : « Tuez-moi, mais vous n'en serez pas pour autant en possession du diamant ; la Pierre se trouve dans le coffre-fort bien gardé d'une banque. » Il va plus loin : « Tuez-moi et le diamant n'existera plus, son identité disparaîtra. » Comprenez-vous ?

– Mais oui, monsieur ! (Il me sembla qu'une fulgurance du génie étranger venait de me pénétrer.) Cela aurait naturellement diminué la valeur de la Pierre, au grand dam des bandits.

– Pas du tout, rétorqua Mr. Franklin, je me suis renseigné à ce sujet. Le diamant avec paille, une fois divisé, vaudrait davantage que le diamant entier, pour la simple raison qu'on en tirerait cinq à six diamants parfaits dont la valeur d'ensemble serait plus grande que cette pierre très grosse mais imparfaite. Si notre conspiration n'avait pour seul motif que le vol crapuleux, les instructions du colonel, strictement exécutées, n'auraient fait qu'augmenter la valeur du butin : il serait plus lucratif et infiniment plus facile à écouler sous la forme des pierres retaillées à Amsterdam.

– Mais alors, monsieur, de quel genre de conspiration s'agit-il ?

– D'une conspiration fomentée par les Hindous qui possédaient primitivement le joyau ; elle aurait pour origine une vieille superstition indienne ; une vieille légende est à la base de cette conspiration. Et ma théorie est confirmée par un papier de famille que j'ai en ma possession.

Je compris alors pourquoi l'apparition des trois jongleurs hindous dans notre maison avait revêtu, aux yeux de Mr. Franklin, une si grande importance.

– Je ne cherche pas à vous influencer, continua mon jeune maître, mais le dévouement de certains adeptes d'une vieille croyance hindoue, malgré toutes les difficultés et les dangers que représente la reprise de cette pierre sacrée, me paraît parfaitement en accord avec tout ce que nous savons de la patience orientale et du poids que peut avoir là-bas la religion. Mais revenons-en au principal : la conspiration touchant la Pierre de Lune a-t-elle survécu à la mort du colonel, et ce dernier le savait-il en offrant le diamant à sa nièce comme cadeau d'anniversaire ?

Je commençais à comprendre comment Milady et Miss Rachel allaient finalement être mêlées à toute cette histoire.

– Je n'étais pas très chaud, poursuivit Mr. Franklin, quand je découvris l'histoire de la Pierre de Lune, à l'idée d'être celui qui introduirait le diamant ici. Mais Mr. Bruff me rappela que le fameux legs devait être remis à ma cousine en main propre, et que j'étais le mieux qualifié pour remplir cette charge. Après avoir retiré le diamant de la banque, j'eus l'impression d'être suivi dans les rues par un homme mal vêtu, au teint basané. Je me rendis chez mon père pour prendre ma valise et y trouvai une lettre qui me retint à Londres pour quelque temps. Je retournai donc à la banque avec mon précieux joyau et, là encore, l'étranger me suivit. Je le revis une troisième fois en allant reprendre le diamant à la banque. J'ai réussi aujourd'hui à lui fausser compagnie : avant qu'il ait pu retrouver ma trace, je me suis jeté dans le train du matin au lieu d'attendre celui de l'après-midi. Me voici arrivé sain et sauf avec le diamant et que m'annonce-t-on immédiatement ? Que trois vagabonds hindous se sont présentés à la maison et que, pensant être à l'abri d'oreilles indiscrètes, ils ont spéculé sur mon arrivée et sur un certain objet que j'apporterais avec moi. Je ne m'attarderai pas à parler avec vous de l'encre qu'ils ont répandue dans la main du jeune garçon : c'est un procédé souvent employé en Orient. La question pour le moment est de décider si j'ai oui ou non tort d'attacher de l'importance à ce qui n'est peut-être qu'une coïncidence, ou si ces Hindous sont bel et bien sur les traces de la Pierre de Lune ?

Ni lui ni moi ne souhaitions manifestement approfondir ce second aspect de la question ; nous nous regardions, puis nous contemplions la mer qui venait s'étendre mollement sur les Sables Frissonnants.

– A quoi pensez-vous ? me demanda soudain Mr. Franklin.

– Je pense que j'aurais grande envie de lancer ce maudit bijou dans les Sables, afin qu'il n'en soit plus jamais question.

– Si vous avez en poche la valeur du diamant, répondit-il, n'hésitez pas, Betteredge, et allez-y !

Il est surprenant de constater à quel point, dans l'extrême inquiétude, une plaisanterie insignifiante peut vous soulager. La simple idée de nous débarrasser ainsi de la propriété légale de Miss Rachel fut pour nous une vraie source de gaieté, comme l'idée de mettre Mr. Blake, l'exécuteur testamentaire, dans une situation terrible. Ce qu'il y avait de drôle dans tout cela, j'aurais toutes les peines du monde à vous le dire aujourd'hui.

Ce fut Mr. Franklin qui ramena la conversation à son véritable sujet. Il prit une enveloppe dans sa poche, l'ouvrit et en sortit un papier qu'il me tendit.

– Betteredge, me dit-il, il nous faut savoir pourquoi le colonel a légué le bijou à sa nièce. Rappelez-vous la manière dont sa sœur le traita quand il fut de retour des Indes et la promesse qu'il vous fit de se souvenir de l'anniversaire de sa nièce. Maintenant, lisez ceci.

C'était l'extrait du testament du colonel.

En troisième et dernier lieu, je donne, après ma mort, à ma nièce, lady Rachel Verinder, fille unique de ma sœur Julia – si celle-ci est toujours vivante au prochain anniversaire de ladite Rachel – le diamant jaune m'appartenant, connu aux Indes sous le nom de Pierre de Lune. Je désire que mon exécuteur testamentaire remette le diamant soit lui-même, soit par l'intermédiaire d'une personne de confiance, directement entre les mains de ma nièce, le jour de son prochain anniversaire, et cela en présence de ma sœur, lady Julia Verinder. De plus, je désire que cette dernière soit informée par copie de cette troisième clause de mon testament. Je lègue ce diamant à sa fille comme signe du pardon que je lui accorde : elle m'a gravement injurié et a causé un très grand tort à ma réputation dans les dernières années de ma vie quand, sur son ordre, un de ses domestiques a fermé sur moi la porte de sa demeure, le jour de l'anniversaire de sa fille. Elle saura ainsi que j'oublie à l'heure de ma mort l'insulte faite à un gentilhomme et à un officier.

Quelques lignes suivaient, stipulant que si Milady et Miss Rachel étaient mortes à l'époque du décès du testateur, le diamant devait être envoyé en Hollande, selon les instructions secrètes déposées avec la pierre. Le produit de la vente serait alors ajouté à la somme déjà destinée par la volonté du défunt à l'installation d'une chaire et d'un laboratoire de chimie dans une université nordique.

Je rendis le document à Mr. Franklin sans faire de commentaire. Personnellement, je pensais que le colonel était mort aussi méchant qu'il avait vécu. La lecture de son testament ne changeait pas mon opinion ; disons simplement qu'elle l'ébranlait.

– Eh bien, me dit Mr. Franklin, que pensez-vous des dernières volontés du colonel ? En apportant la pierre dans la maison de sa sœur, suis-je l'aveugle exécutant d'une vengeance ou le fidèle serviteur d'un bon chrétien repentant ?

– Il me semble difficile d'affirmer avec certitude que le colonel est mort avec cet horrible sentiment de vengeance dans le cœur et un affreux mensonge sur les lèvres. Dieu seul le sait !

Mr. Franklin s'assit : il tourna et retourna le document entre ses doigts, comme s'il espérait en faire sortir la vérité. Subitement, il changea d'attitude ; un calme étrange succéda à l'agitation qu'il manifestait jusqu'alors.

– Voyez-vous, Betteredge, c'est une question que l'on peut envisager sous deux aspects différents : l'aspect objectif et l'aspect subjectif. Lequel allons-nous choisir ?

Mr. Franklin avait reçu, on le sait, une double éducation : l'une française, l'autre allemande. L'une l'avait, à mon avis du moins, tenu sous sa discipline jusqu'à présent. Et voici que l'autre, si je comprenais bien, prenait à son tour le dessus. Mais c'est une règle que je me suis faite de ne jamais m'arrêter à ce qui m'échappe. Aussi me bornai-je à demeurer dans un juste milieu entre l'objectif et le subjectif. En parfait Anglais, je regardai droit devant moi, et ne répondis rien.

– Essayons, reprit Mr. Franklin, de trouver les raisons secrètes qui amenèrent mon oncle à faire ce legs à Rachel. Pourquoi n'a-t-il pas tout simplement légué le diamant à ma tante ?

– Il n'est pas difficile, monsieur, de deviner à quels sentiments obéissait le colonel. Il connaissait assez bien sa sœur pour savoir qu'elle refuserait tout legs venant de lui.

– Et comment savait-il que Rachel ne refuserait pas, elle ?

– Existe-t-il, monsieur, une jeune femme capable de ne pas être tentée par un présent comme la Pierre de Lune ?

– Voilà précisément l'aspect subjectif de la question. Cela vous fait honneur, Betteredge, de considérer ainsi le subjectif. Mais un autre mystère entoure la donation du colonel. Comment expliquer l'obligation de ne remettre ce cadeau à la fille que si la mère est encore vivante ?

– Je ne voudrais pas calomnier un mort, monsieur, mais si le colonel a voulu sciemment faire un legs pénible et dangereux à sa sœur, par l'intermédiaire de sa nièce, il fallait nécessairement, pour qu'elle en fût victime, qu'elle fût encore vivante.

– Ah ! C'est ainsi que vous interprétez son intention, n'est-ce pas ? Interprétation subjective, de nouveau ! Avez-vous séjourné en Allemagne, Betteredge ?

– Non, monsieur. Mais puis-je vous demander quelle est votre propre interprétation ?

– Je pense que le but du colonel fut non d'avantager sa nièce qu'il n'avait jamais vue, mais de bien montrer à sa sœur qu'il mourait en lui pardonnant, et de le lui prouver en faisant ce présent à sa fille. Explication toute différente de la vôtre, n'est-ce pas, Betteredge ? Je me place, vous voyez, du point de vue subjectivement objectif… A y bien réfléchir, nos deux interprétations sont probablement aussi justes l'une que l'autre.

Arrivé à cette agréable et consolante conclusion, Mr. Franklin pensa sans doute qu'il n'avait plus rien à ajouter ; il s'étendit, le dos sur le sable, et me demanda ce qu'il y avait de plus pressé à faire.

Il avait parlé de façon si adroite et si clairvoyante, jusqu'au moment où il s'était exprimé dans ce galimatias étranger, et il avait à ce tel point semblé maîtriser toute l'affaire, que sa question me surprit entièrement. Pourquoi, tout à coup, s'en remettait-il ainsi à moi ? Ce n'est que plus tard que je compris – avec l'aide de Miss Rachel qui fut la première à le découvrir – combien ces surprenantes transformations et les sautes d'humeur de Mr. Franklin étaient dues à son éducation étrangère. A l'âge où la plupart d'entre nous prennent leur « coloration » définitive, sous l'influence des « colorations » d'autrui, il avait été envoyé à l'étranger et était passé d'un pays à l'autre avant même que l'influence de chacun d'entre eux eût pu se faire sentir d'une manière prédominante. C'est ainsi qu'il avait acquis un caractère composé de tant de facettes qu'il semblait passer sa vie en état de contradiction permanente avec lui-même. Il pouvait être très actif et fort paresseux, nuageux et précis, décidé et hésitant. Il avait des côtés français, allemand et italien, avec un fond anglais qui reprenait parfois le dessus. Miss Rachel prétendit que lorsqu'il semblait abandonner la partie et, de sa manière charmante et irrésistible, se décharger de ses responsabilités sur vos épaules, c'était le côté italien qui l'emportait. Chacun sera d'accord pour dire que, cette fois encore, c'était bien ce côté-là qui prédominait.

– N'est-ce pas à vous, monsieur, qu'il appartient de décider ? rétorquai-je.

Il ne parut pas voir la portée de ma question. A vrai dire, sa position couchée sur le sable ne lui permettait guère que de contempler le ciel au-dessus de sa tête.

– Je ne dois pas alarmer ma tante sans raison, dit-il. Il faut cependant l'avertir. Si vous étiez à ma place, Betteredge, que feriez-vous ?

– J'attendrais.

– Soit, et combien de temps ?

J'entrepris de m'expliquer.

– Vous êtes obligé de mettre le fameux diamant entre les mains de Miss Rachel le jour de son anniversaire ; or, celui-ci a lieu le 21 juin et nous ne sommes que le 25 mai. Nous avons donc quatre semaines devant nous. Attendons et voyons ce qui arrivera ce jour-là. Et quant à avertir votre tante, voyons ce que nous dicteront les circonstances.

– Parfait, Betteredge. Mais entre ce jour et celui de l'anniversaire, que vais-je faire du diamant ?

– Ce que fit votre père. Il le mit en sûreté dans une banque de Londres : déposez-le à celle de Frizinghall (Frizinghall était la ville la plus proche). Si j'étais à votre place, monsieur, ajoutai-je, j'irais immédiatement à cheval jusque-là, sans attendre l'arrivée de ces dames.

L'idée de pouvoir agir et, qui mieux est, de faire une course à cheval fit l'effet d'un stimulant sur Mr. Franklin. Il se redressa vivement et m'entraîna à sa suite.

– Betteredge, vous valez votre pesant d'or ! s'exclama-t-il. Rentrons et sellez immédiatement le meilleur cheval de l'écurie.

Dieu soit loué ! le fond anglais triomphait ici de tous les vernis étrangers ! Enfin je retrouvais le jeune Mr. Franklin, tel qu'il était autrefois, tout rayonnant à l'idée d'une course à cheval, et je me croyais revenu au bon vieux temps ! Seller un cheval pour lui ? J'en aurais sellé une douzaine, si seulement il avait pu les monter tous ensemble !

Nous retournâmes à la maison en toute hâte, et mon jeune maître partit aussitôt pour aller déposer une fois encore le maudit diamant dans le coffre-fort d'une banque.

Lorsque j'entendis le bruit des sabots de son cheval s'éteindre sur la route, que je revins dans la cour et me retrouvai seul, j'étais enclin à me demander si je ne me réveillais pas d'un rêve.

7

J'en étais là de mes pensées pleines de confusion, songeant qu'un peu de tranquillité allait me permettre de recouvrer mes esprits, quand Pénélope vint se mettre en travers de mon chemin (exactement comme sa pauvre mère ne manquait jamais de le faire dans l'escalier) et me demanda sans ambages de lui dire de quoi Mr. Franklin et moi avions parlé. En pareilles circonstances, la seule chose à faire était d'endormir sur-le-champ la curiosité de ma fille. Je lui répondis donc que nous nous étions entretenus de politique étrangère jusqu'à ce que, n'en pouvant plus, nous nous fussions assoupis tous les deux sous la douce chaleur du soleil. Je vous conseille d'essayer une telle réponse la prochaine fois que votre femme ou votre fille viendra vous poser une question importune. Fiez-vous à la tendresse naturelle des femmes : un baiser vous réconciliera à la première occasion.

Vers la fin de l'après-midi, Milady et Miss Rachel rentrèrent à la maison. Inutile de dépeindre leur étonnement lorsqu'elles apprirent que Mr. Franklin était déjà arrivé mais reparti à cheval. Elles ne manquèrent pas, cela va sans dire, de poser d'importunes questions et, à court d'imagination, sachant pertinemment que ni la politique étrangère ni le petit somme au soleil ne me feraient un second usage, j'arguai d'un caprice de Mr. Franklin pour expliquer son arrivée anticipée comme sa course à cheval.

Tiré d'embarras avec mes maîtresses, je rencontrai de nouvelles difficultés en regagnant ma chambre. Avec la douceur naturelle des femmes, Pénélope entra pour m'embrasser et, poussée par cette curiosité toute féminine, elle me demanda ce qui était arrivé à Rosanna Spearman, notre seconde femme de chambre.

Après nous avoir si brusquement quittés, Mr. Franklin et moi, Rosanna, paraît-il, était rentrée à la maison dans un état d'esprit inaccoutumé. S'il fallait en croire Pénélope, son visage avait pris successivement toutes les couleurs de l'arc-en-ciel. Elle avait d'abord paru gaie sans motif, pour devenir triste sans plus de raisons. En l'espace de quelques secondes, elle avait réussi à poser une centaine de questions sur Mr. Franklin Blake et, l'instant d'après, s'était disputée avec Pénélope, qui avait osé insinuer que ce gentleman qu'elle ne connaissait pas paraissait bien l'intéresser. On l'avait surprise ensuite écrivant en souriant le nom de Mr. Franklin sur sa boîte à ouvrage ; on l'avait également vue pleurer en regardant dans la glace son épaule difforme.

Connaissait-elle notre jeune maître avant cette rencontre ?

C'était impossible. Avaient-ils entendu parler l'un de l'autre ? Impossible également : j'avais pu constater le sincère étonnement de Mr. Franklin en voyant la jeune fille le fixer avec insistance.

Pénélope exprima ensuite une supposition parfaitement ridicule :

– Père, dit-elle tout à fait sérieusement, il n'y a qu'une explication possible : Rosanna est tombée subitement amoureuse de Mr. Franklin.

Vous avez déjà entendu parler de belles demoiselles tombant amoureuses au premier coup d'œil, et cela a bien pu vous paraître naturel ; mais il est complètement absurde de penser qu'une femme de chambre sortie d'un pénitencier, une jeune fille ayant pour toute beauté une épaule difforme, puisse avoir le coup de foudre pour un gentleman venu en visite chez sa patronne. A cette idée, je me mis à rire aux larmes. Pénélope prit très mal cet accès de gaieté.

– Je ne vous aurais jamais cru aussi méchant, père, dit-elle très doucement, en tournant les talons.

Les paroles de ma fille me firent l'effet d'une douche froide ; je me sentis assez confus.

Le soir arriva et la cloche du dîner sonna avant que Mr. Franklin fût rentré de Frizinghall. Je montai moi-même son eau chaude dans sa chambre, espérant apprendre ce qui avait causé un si grand retard.

A mon grand désappointement – et au vôtre également, j'imagine –, rien n'était arrivé. Il n'avait rencontré les Hindous ni à l'aller ni au retour. Il avait déposé la Pierre de Lune à la banque, la désignant simplement comme un joyau de grande valeur, et il avait mis le reçu dans sa poche. Je descendis avec le sentiment que c'était là une bien morne fin de journée après l'excitation des épisodes précédents.

Je ne saurais malheureusement vous renseigner sur les retrouvailles entre Mr. Franklin, sa tante et sa cousine. J'aurais tout donné pour servir à table ce soir-là mais, à cause de ma situation dans la maison, servir à table (je le faisais uniquement les jours de grande fête) aurait compromis ma dignité aux yeux des autres domestiques, ce que, à entendre Milady, je n'avais déjà que trop tendance à faire. Les nouvelles me parvinrent donc ce soir-là par Pénélope et par le valet de pied. Pénélope avait remarqué le soin particulier que Miss Rachel avait pris à sa coiffure et elle ne l'avait jamais vue si jolie que lorsqu'elle descendit au salon pour y rencontrer son cousin. Le valet de pied m'avoua qu'il n'avait jamais eu plus de difficultés, depuis qu'il était en service, à conserver son attitude respectueuse et impassible que lors de ce dîner auquel assistait Mr. Franklin.

Plus tard dans la soirée, nous entendîmes les jeunes gens chanter des duos : Milady les accompagnait au piano. C'était fort agréable de les écouter du jardin, par les fenêtres grandes ouvertes. A la fin de la soirée, j'allai au fumoir porter à Mr. Franklin son whisky-soda. Je pus constater qu'il pensait plus à Miss Rachel qu'au fameux diamant.

– C'est certainement la plus charmante jeune fille que j'aie jamais rencontrée, me dit-il avec enthousiasme.

Ce furent les seules paroles que je pus lui faire prononcer ce soir-là, alors que j'essayais d'amener la conversation vers un sujet plus sérieux.

Vers minuit, je fis le tour de la maison pour fermer les portes, accompagné comme d'habitude de mon second, Samuel, le valet de pied. Quand toutes les portes furent fermées, à l'exception de celle qui donne sur la terrasse, j'envoyai Samuel se coucher et fis quelques pas pour respirer l'air frais avant de me retirer.

La nuit était calme et la pleine lune brillait dans le ciel. Le silence était si parfait que je parvenais à entendre de temps à autre le léger clapotis des vagues et le soulèvement du sable de notre petite baie. Un côté de la terrasse était plongé dans l'obscurité, mais la lune éclairait parfaitement l'allée sablée qui longe l'autre côté : en regardant dans cette direction, je vis une ombre qui se dissimulait.

Malgré mon âge avancé, j'étais encore assez leste pour me dispenser d'appeler à l'aide, mais le bruit que firent mes pas sur le gravier me trahit. Avant d'avoir pu me glisser furtivement dans l'angle de la maison, j'avais déjà perçu des pas plus légers que les miens, ceux de deux personnes au moins qui s'enfuyaient à la hâte. Quand j'arrivai sur place, les inconnus avaient déjà atteint les framboisiers et s'étaient dissimulés dans les buissons. De là, ils pouvaient aisément gagner la route. Si j'avais eu quarante ans de moins, j'aurais eu une chance de les saisir avant qu'ils ne fussent sortis du domaine. Mais je dus me résigner à rentrer pour chercher de plus jeunes jambes que les miennes. Sans déranger personne, Samuel et moi prîmes chacun un fusil pour faire le tour de la maison et traverser les framboisiers. Après nous être assurés que nul ne se cachait dans la propriété, nous décidâmes de rentrer. En suivant le chemin où l'ombre m'était apparue, je remarquai un petit objet brillant sous la lumière de la lune : c'était une fiole contenant un liquide parfumé, épais et noir comme de l'encre.

Je ne dis rien à Samuel. Mais, me rappelant le récit que m'avait fait Pénélope au sujet des jongleurs qui avaient versé de l'encre dans le creux de la main du jeune garçon, je compris aussitôt ce qui était arrivé : j'avais dérangé les trois Hindous qui surveillaient la maison, dans leur quête du diamant, ainsi que le leur commandait leur religion païenne.

8

Ici, il me faut ouvrir une parenthèse.

En évoquant mes propres souvenirs, et en me référant aux indications que me donne Pénélope après avoir consulté son journal, je m'aperçois qu'il n'y a rien à signaler pour la période qui s'écoula entre le jour de l'arrivée de Mr. Franklin Blake et celui de l'anniversaire de Miss Rachel. Rien d'extraordinaire, en effet, ne survint pendant ce temps. Toutefois, avec votre permission et l'aide de Pénélope, j'attirerai votre attention sur certaines dates, me réservant de reprendre mon récit jour par jour à partir du moment où l'affaire de la Pierre de Lune sera devenue la principale préoccupation de chacun dans notre maison.

Cela dit, poursuivons... en parlant d'abord, naturellement, de cette petite bouteille d'encre parfumée que j'avais trouvée dans l'allée. Le lendemain matin, 26 mai, je montrai l'objet à Mr. Franklin et lui fis part de ce que vous savez déjà. Pour lui, non seulement les Hindous cherchaient le diamant, mais pour le découvrir ils avaient recours aux pratiques magiques dont il a déjà été question plus haut. Convaincus que la pierre se trouvait dans la maison, ils faisaient, dit mon jeune maître, appel à la clairvoyance de leur médium pour qu'il leur en indiquât l'emplacement exact.

– Croyez-vous qu'ils feront de nouvelles tentatives ? demandai-je.

– Cela dépend du pouvoir de leur jeune garçon : si ce dernier peut voir le diamant à travers le métal du coffre de la banque de Frizinghall, nous ne serons plus, pour le moment du moins, importunés par leurs diableries. S'il n'y parvient pas, nous les trouverons probablement cachés dans les framboisiers avant que beaucoup de nuits se soient écoulées.

J'attendis patiemment qu'une telle éventualité se présente : ce fut en vain. Les jongleurs avaient peut-être appris à la fin que Mr. Franklin était allé à la banque et en avaient tiré les conclusions qui s'imposaient, ou bien leur médium avait réellement vu l'endroit où le diamant était déposé, ce qui me paraissait improbable. Toujours est-il qu'on ne vit plus trace des Hindous pendant les semaines qui précédèrent l'anniversaire de Miss Rachel. Les jongleurs restèrent en ville ou dans les environs, s'adonnant à leurs activités habituelles, et Mr. Franklin et moi demeurâmes là où nous nous trouvions, attendant d'éventuels événements, fermement décidés à ne rien faire qui pût montrer trop tôt aux coquins que nous les soupçonnions.

Mais laissons là les Hindous pour le moment.

Le 29 du mois, Miss Rachel et Mr. Franklin trouvèrent une nouvelle manière de s'occuper pour passer le temps qui, employé autrement, leur aurait semblé bien long. J'ai des raisons particulières de vous entretenir de leurs occupations ; vous y trouverez un rapport avec la suite de notre histoire.

Les gens du beau monde ont en général, suspendue au-dessus de leurs têtes, une épée terrible – je veux parler de l'oisiveté. Leur existence se passant le plus souvent à chercher autour d'eux une chose ou une autre à entreprendre, il est curieux de constater – surtout quand leurs goûts peuvent être qualifiés d'« intellectuels » – comme ils peuvent entreprendre à l'aveuglette des tâches vaines. Neuf fois sur dix, ils se mettent à démolir ceci, à gâter cela, et sont convaincus qu'ils se cultivent l'esprit, alors qu'ils ne font purement et simplement que semer le désordre là où ils passent. Combien ai-je vu, et je le dis à regret, de jeunes dames ou de jeunes messieurs, sortir tous les jours de chez eux, par exemple, munis de boîtes à pilules vides, et passer la matinée ou l'après-midi à attraper tritons, araignées et grenouilles, puis, de retour à la maison, fixer au moyen d'épingles les pauvres bêtes sur un quelconque bout de carton et les découper en morceaux sans le moindre remords. Vous verrez alors la demoiselle ou le jeune homme examinant soigneusement une de leurs araignées à la loupe ou bien vous rencontrerez une de leurs grenouilles décapitée descendant l'escalier. Lorsque vous demandez ce que signifie cette cruauté dégoûtante, on vous répond que cela prouve chez le jeune homme ou chez la demoiselle un penchant prononcé pour l'histoire naturelle. Parfois aussi, vous les voyez occupés des heures durant à déchiqueter une jolie fleur à l'aide d'instruments pointus, parce qu'ils ont la sotte curiosité de savoir de quoi se compose cette corolle. La teinte en est-elle plus délicate ou le parfum plus doux, une fois que l'on sait cela ? Mais voilà, les pauvres âmes doivent bien passer le temps, n'est-ce pas ? Oui, elles doivent passer le temps… Enfant, on s'amuse dans la boue avec laquelle on fait des gâteaux ; adulte, voilà qu'on se divertit à se salir les mains en se penchant sur la science, en disséquant des araignées, en abîmant des fleurs. Le secret de tout cela, à présent comme alors, ce sont une pauvre tête vide qui n'a rien à penser et des mains oisives qui n'ont rien à faire. Il faut donc bien finir par barbouiller des toiles en répandant du grenier jusqu'à la cave une odeur pestilentielle, ou par conserver des têtards dans un verre plein d'eau sale, ce qui donne mal au cœur à tous les habitants de la maison. On peut encore s'adonner à la taille de pierre, ce qui ne manque pas de consteller d'éclats fort indigestes toutes les victuailles de la cuisine; se salir les doigts enfin en s'essayant à la photographie, sans la moindre pitié pour les visages des parents et amis malheureusement immortalisés ! Ceux qui doivent réellement gagner leur vie trouvent souvent très pénible d'avoir à travailler pour se procurer des vêtements, un toit pour s'abriter et la nourriture nécessaire à leur survie. Mais comparez la journée de travail la plus dure que vous ayez jamais eue avec l'oisiveté qui détruit les fleurs, qui ouvre les estomacs des grenouilles, et alors vous remercierez votre étoile d'avoir rempli votre tête de choses auxquelles penser, et vos mains de choses à faire.

Pour en revenir à Mr. Franklin et à Miss Rachel, ils ne démolirent rien, Dieu merci ! Ils se contentèrent de faire un beau gâchis ! Rendons-leur justice, ils n'abîmèrent que le panneau d'une porte.

Le génie universel de Mr. Franklin avait alors trouvé à s'exprimer dans ce qu'il appelait l'art décoratif. Il avait inventé une nouvelle mixture pour peindre à l'aquarelle. Je ne sais de quoi cette dernière était composée, mais indiscutablement elle sentait mauvais. Ce nouveau procédé ne souriant guère à Miss Rachel, mon jeune maître y ajouta un parfum qui faisait éternuer les chiens quand ils s'en approchaient. Fier de ce résultat, il épingla un tablier à bavette sur la robe de sa cousine et ils se mirent à décorer le petit salon de la jeune fille, auquel nous donnons le nom français de « boudoir », n'ayant pas de mot en anglais pour désigner cette pièce.

Ils commencèrent par la porte. Mr. Franklin en ponça sans pitié tout le beau vernis, pour préparer ce qu'il nommait sa planche de travail. Sous sa direction, Miss Rachel en couvrit ensuite toute la surface d'oiseaux, d'amours, de fleurs et autres ravissants sujets, copiés sur les peintures d'un Italien célèbre dont le nom m'échappe – je veux parler de celui qui couvrit le monde de Madones et aima une boulangère. Ce travail était lent, l'exécution en était pénible et difficile, mais cependant les deux cousins ne s'en fatiguaient pas. Quand ils ne montaient pas à cheval, ne rendaient pas visite à leurs amis, ne prenaient pas leurs repas ou ne chantaient pas, ils s'acharnaient, aussi affairés que des abeilles, à salir cette malheureuse porte.

La date suivante méritant d'être notée est le dimanche 4 juin. Ce soir-là, nous discutions pour la première fois à l'office d'une question qui se rattache aussi bien que la décoration de la porte aux événements à venir.

Constatant le plaisir que Mr. Franklin et Miss Rachel avaient à se trouver ensemble et notant le beau couple qu'ils formaient (ceci dit avec tout le respect dont ils sont dignes), nous spéculions naturellement sur leurs chances de s'unir autrement qu'avec l'intention d'orner une porte. Les uns disaient qu'avant la fin de l'été il y aurait un mariage dans la maison ; d'autres, moi en tête, admettaient que Miss Rachel pût être la mariée, mais doutaient, pour des raisons que je vais exposer, que son époux pût être Mr. Franklin.

Que ce dernier fût amoureux, personne, certes, ne pouvait en douter ; la difficulté était de percer à jour les sentiments de Miss Rachel.

Mais laissez-moi l'honneur de vous faire mieux connaître ma jeune maîtresse ; après quoi vous pourrez juger vous-mêmes de la situation.

Elle allait avoir dix-huit ans le 21 juin. C'était une ravissante jeune fille, petite et mince, mais de proportions parfaites ; elle avait tout pour retenir et captiver l'attention des hommes, et tout homme sensé voyait immédiatement que son charme (si vous me permettez de m'exprimer ainsi) émanait bien d'elle et non de ses habits. Ses cheveux d'un noir de jais, ses yeux très sombres, son teint doré enchantaient Mr. Franklin, et il se plaisait à le dire, croyez-moi ! Elle avait de plus un port de tête superbe, une voix claire et mélodieuse et un sourire qui naissait dans ses yeux avant de s'épanouir sur ses lèvres. Tel était son portrait du mieux que je puis le peindre.

Mais venons-en à sa nature. Cette charmante créature avait-elle des défauts ? Autant que vous, mesdames, ni plus ni moins. Il en est un cependant que je dois en toute impartialité vous faire connaître : elle était terriblement obstinée. Elle différait totalement des jeunes filles de son âge, en ceci qu'elle avait des idées personnelles et poussait l'entêtement jusqu'à résister à la mode, si la mode ne lui plaisait pas. Pour des bagatelles, ce trait de caractère était sans gravité, mais quand il s'agissait de prendre d'importantes décisions, nous pensions, Milady et moi, qu'il pourrait la mener trop loin. Elle jugeait avec une autorité digne des femmes ayant le double de son âge, elle ne demandait conseil à personne et ne faisait jamais connaître ses intentions, elle se confiait peu, et uniquement à sa mère. Miss Rachel suivait en somme son chemin sans s'occuper des autres ; elle se suffisait parfaitement à elle-même. Milady avait coutume de dire : « La meilleure amie de Rachel, c'est Rachel ; sa pire ennemie, c'est encore Rachel. »

Ajoutons que sa réserve et son opiniâtreté ne la rendaient pas le moins du monde hypocrite. Je ne me souviens pas qu'elle ait jamais manqué à sa parole ; je ne lui ai jamais entendu dire non quand elle pensait oui. Je me rappelle maintes occasions, dans son enfance, où la pauvre petite fut punie pour une faute commise par l'une de ses compagnes. Elle acceptait sans rien dire la correction, refusant même de reconnaître qu'elle avait été victime d'une erreur, lorsque l'on découvrait la vérité. De cette autre obstination, elle était à nouveau punie, mais elle ne recourait pas davantage au mensonge quand on lui demandait des explications : elle vous regardait dans les yeux, secouait la tête, et déclarait tout simplement : « Je ne dirai rien ! » Réprimandée une fois de plus, elle demandait pardon d'avoir répondu ainsi mais, bien que mise au pain sec, elle ne s'en tenait pas moins au silence le plus complet. Entêtement, vilaine obstination, oui, je l'admets, et cependant Miss Rachel était bien la créature la plus charmante qu'on ait rencontrée ici-bas ! Contradiction, penserez-vous peut-être... A ce propos, laissez-moi vous dire un mot à l'oreille. Observez bien votre femme, pendant les prochaines vingt-quatre heures. Si, durant ce laps de temps, la bonne dame ne révèle dans son caractère aucune contradiction, c'est que – le ciel vous vienne en aide ! – vous avez épousé un monstre.

A présent que je vous ai fait connaître Miss Rachel, il serait peut-être bon que je vous parle des perspectives matrimoniales de cette jeune fille.

Le 12 juin, Milady écrivit à un certain jeune homme à Londres, le priant de venir fêter l'anniversaire de sa fille. C'était l'heureux mortel pour lequel je soupçonnais que cette dernière nourrissait une secrète inclination ; il s'appelait Godfrey Ablewhite et était un de ses cousins, au même degré que Mr. Franklin.

Une des sœurs de Milady (je vous en prie, ne vous effrayez pas, nous n'approfondirons pas cette fois plus qu'il n'est nécessaire les affaires de famille), une des sœurs de Milady, disais-je, avait eu dans sa jeunesse une déception amoureuse. Quand elle se maria par la suite, elle fit ce que l'on appelle une mésalliance. On cria beaucoup dans la famille quand l'honorable Miss Caroline annonça qu'elle était décidée à épouser Mr. Ablewhite, simple mortel et banquier à Frizinghall. Certes, Mr. Ablewhite était très riche et très respectable, et il engendra une nombreuse famille – toutes choses à son honneur –, mais d'humble condition sociale, il avait voulu s'élever dans le monde, et cela jouait contre lui. Toutefois, le temps et le progrès des idées firent que les choses rentrèrent dans l'ordre ; la mésalliance fut oubliée. Tout le monde est libéral aujourd'hui et, pourvu que vous puissiez m'égratigner si je vous égratigne, est-ce que je me soucie si, au Parlement ou au-dehors du Parlement, vous êtes duc ou boueur ? Telle est l'opinion moderne, et je fais mienne l'opinion moderne. Les Ablewhite habitaient une belle maison et possédaient des terres dans les environs de Frizinghall. C'étaient des gens dignes et respectés. Nous ne les rencontrerons pas beaucoup au cours de ces pages, à l'exception de Mr. Godfrey, le second fils de Mr. Ablewhite, qui jouera un rôle assez important ici, à cause précisément de Miss Rachel.

Malgré toute sa vivacité d'esprit et son intelligence, Mr. Franklin n'avait, à mon avis, qu'une faible chance de surpasser Mr. Godfrey dans l'estime de ma jeune maîtresse.

D'abord, Mr. Godfrey était de loin, quant à la taille, le plus bel homme des deux. Il mesurait six pieds de haut, avait un teint magnifique, un visage rond et aussi lisse que votre main ; ses cheveux étaient blonds. Il était avocat, et fort aimé des dames. Il faisait partie de nombreuses sociétés charitables ; c'était le philanthrope le plus accompli et l'orateur le plus habile à vous tirer les larmes des yeux et l'argent de votre poche. La dernière fois que je me rendis à Londres, Milady m'avait fait deux recommandations : aller voir au théâtre la danseuse la plus fameuse du moment et entendre Mr. Godfrey à l'*Exeter Hall*, l'une triomphant par ses jambes, l'autre par son éloquence. Ce jeune homme avait de plus un caractère d'une grande douceur et il savait se rendre agréable à tous grâce à ses manières d'une affabilité charmante.

Quelle chance, dites-moi, aurait pu avoir Mr. Franklin ou tout autre individu d'intelligence et de réputation moyennes, contre un homme tel que lui ?

La réponse de Mr. Godfrey nous parvint le 14 au matin : il acceptait l'invitation de Milady. Il arriverait le mercredi pour rester jusqu'au vendredi soir, ces dames des comités de charité ne pouvant se passer de sa présence à Londres. A sa lettre étaient joints quelques vers à l'intention de sa cousine. Miss Rachel et Mr. Franklin, me raconta-t-on, se moquèrent beaucoup de ses vers au dîner, et Pénélope, qui tenait pour Mr. Franklin, me demanda avec un air de triomphe ce que je pensais de cela.

– Miss Rachel vous a menée sur une fausse piste, ma fille, répondis-je, mais j'ai plus de flair que vous. Attendez un peu que les vers de Mr. Ablewhite soient suivis par Mr. Ablewhite en personne !

A cela, Pénélope répliqua que Mr. Franklin pouvait très bien tenter sa chance, voire remporter la victoire avant que les vers ne fussent suivis par le poète. Et je dois reconnaître que Mr. Franklin ne laissa rien au hasard pour tenter de gagner les bonnes grâces de Miss Rachel.

Fumeur invétéré, il renonça à ses cigares du jour où sa cousine lui dit qu'elle ne supportait pas l'odeur de tabac dont étaient imprégnés ses vêtements. Ce sacrifice lui valut de telles insomnies – tant son organisme était habitué au tabac – qu'il descendait chaque matin avec un visage fatigué et défait. Miss Rachel le pria alors de se remettre à fumer. Mais non ! Il ne fumerait plus jamais le cigare, si cela déplaisait le moins du monde à la jeune fille ; il y renoncerait définitivement et il retrouverait bien le sommeil, tôt ou tard, en ayant simplement la patience de l'attendre. Semblable empressement, direz-vous (comme certains d'entre nous le disaient à l'office), ne pouvait manquer d'impressionner favorablement Miss Rachel, d'autant plus que s'ajoutait à cela la décoration quotidienne de la porte. Parfait ! Mais elle avait dans sa chambre une photographie de Mr. Godfrey – une photographie prise lors d'une des conférences du jeune homme – sa chevelure soulevée par le souffle de sa propre éloquence, ses yeux irradiant de ce charme qui vous tirait l'argent de votre poche. Tous les matins – je tiens l'information de Pénélope – la photographie de l'homme dont les femmes ne pouvaient se passer regardait Miss Rachel pendant qu'on la coiffait. A mon avis, avant longtemps, l'homme en question assisterait réellement à la toilette.

Le 16 juin vit diminuer encore les chances de Mr. Franklin. Un gentleman parlant l'anglais avec un fort accent étranger vint le demander pour affaires. Il ne dut pas être question de diamant, car mon jeune maître ne me souffla mot de leur entretien ; mais, dès le départ de l'inconnu, il se rendit chez Milady qui, elle-même, eut bientôt un entretien avec sa fille. Le soir même, Miss Rachel fit à son cousin de sévères observations au sujet des gens avec qui il s'était lié à l'étranger et des manières qu'il avait adoptées là-bas. Le lendemain, pour la première fois, ils ne travaillèrent pas ensemble à la décoration de la porte. Je soupçonne que quelque imprudence commise par Mr. Franklin sur le continent – histoire de femme ou de dettes – l'avait suivi en Angleterre. Mais ce n'étaient, de ma part, que des suppositions. Cette fois, non seulement Mr. Franklin, mais encore Milady (chose assez surprenante) me laissèrent dans l'obscurité la plus complète.

Le 17 juin, quoi qu'il en soit, le nuage était déjà dissipé. Ils reprirent leurs travaux de décoration et semblèrent de nouveau aussi bons amis qu'auparavant. Selon Pénélope, Mr. Franklin avait profité de la réconciliation pour faire sa demande à Miss Rachel qui ne l'avait ni acceptée ni refusée. Ma fille était sûre que ma jeune maîtresse avait décliné la demande de Mr. Franklin, car elle ne la prenait pas au sérieux, mais qu'elle avait secrètement regretté sa décision par la suite.

Pénélope était plus familière avec notre jeune lady que ne le sont en général les femmes de chambre, car elles avaient été élevées ensemble. Mais je connaissais assez bien le caractère de Miss Rachel pour savoir qu'elle n'avait pas dû lui faire de confidences ; les suppositions de ma fille étaient donc toutes gratuites.

Le 19, survint un autre événement : le docteur fut appelé pour soigner l'une des personnes que je vous ai déjà présentées, Rosanna Spearman, notre seconde femme de chambre. La pauvre enfant, qui m'avait, comme vous le savez, tant intrigué à la plage des Sables Frissonnants, m'étonna encore bien davantage par la suite. L'impression de Pénélope, selon laquelle elle était amoureuse de Mr. Franklin (ce sur quoi, par mon ordre, ma fille garda le secret) ne me semblait pas moins absurde. Mais j'avoue cependant que la conduite de notre seconde femme de chambre nous paraissait de plus en plus mystérieuse.

La jeune fille, par exemple, se trouvait constamment et sans raison valable sur le chemin de Mr. Franklin. Il ne faisait pas plus attention à elle qu'à un chat. La pauvre fille dépérissait ; le matin, ses yeux gonflés prouvaient qu'elle avait pleuré toute la nuit. Pénélope fit un jour une découverte fâcheuse que nous étouffâmes sur-le-champ. Tandis que Rosanna était en train de mettre le couvert, Pénélope la vit enlever une rose que Miss Rachel avait destinée à la boutonnière de Mr. Franklin et la remplacer par une autre, cueillie de ses propres mains. Elle fut de plus insolente envers moi à deux reprises, lorsque je lui conseillai de se montrer plus réservée. Pis encore, elle n'était pas toujours respectueuse quand Miss Rachel, par hasard, lui adressait la parole.

Milady remarqua elle aussi ce changement et me demanda ce que j'en pensais. J'essayai de défendre la pauvre fille en mettant sa nervosité sur le compte de sa mauvaise santé, et c'est ainsi que le docteur fut appelé.

Celui-ci trouvant Rosanna trop nerveuse pour continuer son service, Milady proposa de l'envoyer se reposer quelque temps dans l'une de nos fermes ; mais la malade pria et supplia, les larmes aux yeux, d'être gardée à la maison. Mal inspiré, je conseillai à ma maîtresse de la soigner à domicile : si j'avais pu un seul instant deviner les événements futurs, j'aurais sur-le-champ chassé Rosanna.

Le 20, le facteur apporta une lettre de Mr. Godfrey. Pour consulter son père sur des affaires en cours, le jeune avocat avait décidé de s'arrêter à Frizinghall et d'y passer la nuit. Dans l'après-midi du lendemain, il arriverait à cheval, accompagné de ses deux sœurs, quelques heures avant le dîner. Un élégant coffret en nacre accompagnait ce mot ; il devait être présenté à Miss Rachel avec l'affection et les meilleurs souhaits de son cousin. Mr. Franklin avait offert un médaillon de bien moindre valeur, mais Pénélope malgré tout, tant est grande l'obstination des femmes, le donnait encore gagnant.

Grâce au ciel ! nous voilà enfin arrivés à la veille de l'anniversaire. Vous reconnaîtrez, je pense, que je vous ai, cette fois, amenés au véritable sujet sans trop m'arrêter en chemin. Courage ! Un autre chapitre commence qui va nous entraîner au cœur même de l'histoire !

9

Le 21 juin, jour de l'anniversaire, le ciel, sombre et nuageux dans la matinée, s'éclaircit vers midi.

A l'office, nous commençâmes, selon la coutume, par offrir nos petits cadeaux à Miss Rachel, accompagnés du traditionnel discours, que je prononçai en ma qualité de chef du personnel.

Pour ce discours, je suis toujours le plan qu'a adopté la reine une fois pour toutes à l'ouverture du Parlement – plan qui consiste à dire régulièrement la même chose chaque année. Avant que je le prononce, on l'attend avec impatience, exactement comme celui de la reine, avec autant d'impatience que si l'on n'avait jamais rien entendu de pareil. Après, lorsqu'on s'aperçoit que ce que j'ai dit n'est pas nouveau, il y a bien sûr quelques grognements dans l'assistance, mais chacun se console en espérant que la version de l'année suivante sera toute différente. Eh oui ! C'est un peuple facile à gouverner que le nôtre, au Parlement comme à l'office !

Après le déjeuner, Mr. Franklin et moi nous entretînmes secrètement au sujet de la Pierre de Lune ; le moment était enfin venu de la retirer de la banque pour la remettre entre les mains de ma jeune maîtresse.

Déçu dans la cour qu'il faisait à sa cousine, ou brisé par ses nuits d'insomnie, Mr. Franklin n'était pas frais et dispos le matin de l'anniversaire. En vingt minutes, il changea au moins dix fois d'idée sur le diamant. Je m'en tins pour ma part aux simples faits que nous connaissions. Rien n'était survenu qui nous permît d'alarmer Milady au sujet du joyau et rien ne pouvait changer l'obligation qu'avait légalement contractée Mr. Franklin de le remettre à sa cousine. Telle était mon opinion. Nous finîmes donc par décider qu'il partirait à cheval à Frizinghall après le lunch, et rapporterait le bijou, accompagné de Mr. Godfrey et des deux jeunes filles qui, vraisemblablement, feraient route avec lui.

Cette décision prise, mon jeune maître retourna chez Miss Rachel. Ils passèrent toute la matinée et le début de l'après-midi à l'éternelle décoration de la fameuse porte ; Pénélope, assise auprès d'eux, mélangeait les couleurs. Trois heures sonnèrent qu'ils n'avaient pas encore enlevé leurs tabliers ni consenti à faire un peu de toilette pour se rendre présentables ; ils étaient très fiers de leur travail, à présent terminé. Les Amours, les oiseaux, les fleurs et le reste, étaient, je le reconnais, magnifiques à regarder ; toutefois, il y en avait tant, dans un tel entrelacs de guirlandes de fleurs et dans tous les sens – certains Amours avaient la tête en haut, d'autres la tête en bas –, que, des heures après que vous les aviez contemplés, il vous semblait que leur image restait collée sur votre rétine sans que vous puissiez l'effacer. Si j'ajoute que Pénélope fut prise d'un malaise fort pénible dans l'arrière-cuisine, ce n'est pas que j'en veuille à la mixture de Mr. Franklin. Nullement ! Car, une fois séchée, elle ne sentait plus ; et si l'Art exige ce genre de sacrifice, quoique la victime dans ce cas soit ma propre fille, eh bien ! que l'on se sacrifie pour l'amour de l'Art !

Après une légère collation, Mr. Franklin partit donc à cheval pour Frizinghall, afin d'escorter ses cousins, dit-il à Milady.

Cet anniversaire étant une des plus grandes fêtes de la famille, je surveillai moi-même la bonne ordonnance de la table. Bien des choses allaient m'occuper l'esprit en l'absence de Mr. Franklin. Après avoir veillé aux vins et passé en revue ceux et celles qui devaient servir le dîner, je me retirai dans ma chambre pour me recueillir avant l'arrivée des invités. Ma pipe et un coup d'œil à certain livre que j'ai déjà eu l'occasion de mentionner me permirent de retrouver mon calme. Mon recueillement cependant fut de courte durée, bientôt interrompu par un bruit de sabots sur le pavé de la cour : Mr. Franklin était de retour, accompagné de ses trois cousins et d'un des vieux grooms de Mr. Ablewhite.

Mr. Godfrey me sembla assez étrange ; il n'était pas comme d'habitude. Il me serra les mains et se montra enchanté de revoir son vieil ami Betteredge en aussi bonne santé ; mais il avait une mine soucieuse à laquelle je n'étais pas habitué, et quand je lui demandai comment il avait trouvé son père, il me répondit assez brièvement : « Comme d'habitude. »

Les deux jeunes demoiselles Ablewhite se montraient fort joyeuses, ce qui rétablissait quelque peu l'équilibre. Elles étaient aussi grandes que leur frère ; bien bâties, les cheveux blonds, c'étaient de fraîches jeunes filles, d'une gaieté et d'une santé débordantes. Les pattes des pauvres chevaux tremblaient sous leur charge et, quand elles abandonnèrent leur monture (sans attendre aucune aide), je peux affirmer qu'elles rebondirent sur le sol comme des balles de caoutchouc. Lorsque les demoiselles Ablewhite ouvraient la bouche pour parler, leurs discours commençaient toujours par un grand « Oh ! » ; elles se mouvaient avec force bruits et elles riaient et criaient pour un oui ou pour un non – très souvent sans raison. Des balles de caoutchouc, vous dis-je.

A la faveur du désordre causé par cette arrivée, je pus m'entretenir discrètement dans le hall avec Mr. Franklin.

– Avez-vous le diamant, monsieur ?

Il me fit un signe de tête affirmatif, tout en me désignant la poche de son gilet.

– Avez-vous vu les Hindous ?

– Pas l'ombre d'un.

Sur ce, il s'enquit de Milady et, apprenant qu'elle se tenait dans le petit salon, il s'y rendit immédiatement. Il n'était pas dans la pièce depuis une minute que la cloche sonnait et que Pénélope était chargée de monter chez Miss Rachel pour lui annoncer que Mr. Franklin désirait lui parler.

En traversant le hall, une demi-heure plus tard, je fus arrêté par des clameurs venant du petit salon. Je ne fus pas alarmé, car j'avais reconnu le rire éclatant des demoiselles Ablewhite. Sous le prétexte de demander des instructions, j'entrai dans la pièce pour savoir si rien de grave n'était réellement survenu.

Miss Rachel se tenait devant un guéridon, le diamant du colonel dans la main ; elle semblait fascinée. A côté d'elle, agenouillées, les deux cousines dévoraient la pierre des yeux et poussaient des cris d'admiration chaque fois qu'elle scintillait. De l'autre côté du guéridon, Mr. Godfrey applaudissait comme un enfant et s'exclamait : « Merveilleux, absolument merveilleux ! »

Mr. Franklin, l'air inquiet, assis sur une chaise près de la bibliothèque, tripotait sa barbe et regardait vers la fenêtre devant laquelle se tenait Milady, l'extrait du testament du colonel dans la main. Elle se tourna vers moi quand je lui demandai des instructions ; je reconnus immédiatement dans ses yeux ce regard courroucé qui était la marque de la famille et, au coin de sa bouche, l'expression de colère que je connaissais si bien pour l'avoir maintes fois observé chez feu son père.

– Venez dans ma chambre dans une demi-heure, me dit-elle, j'aurai à vous parler.

Sur ces mots, elle sortit. Il était assez évident que la difficulté qui nous avait embarrassés, Mr. Franklin et moi, la contrariait elle aussi. Le legs de la Pierre de Lune lui rappelait-il qu'elle avait traité son frère avec mépris ? ou prouvait-il que ce frère était encore plus odieux qu'elle ne l'avait cru ? C'était pour Milady un problème épineux à résoudre. Sa fille, elle, qui ne savait rien du caractère du colonel, restait émerveillée, son cadeau d'anniversaire dans la main.

Quand ce fut mon tour de quitter la pièce, ma jeune maîtresse, toujours aimable avec le vieux serviteur qui l'avait vue naître, m'arrêta soudain.

– Regardez, Gabriel, dit-elle, en faisant miroiter la pierre dans un rayon de soleil qui arrivait de la fenêtre.

Dieu nous garde ! C'était donc LE diamant, presque aussi gros qu'un œuf de pluvier. La lumière qu'il répandait évoquait celle de la pleine lune. Si vous baissiez les yeux sur la Pierre, vous les plongiez dans un or profond qui absorbait tout entier votre regard. Ce joyau, que vous pouviez tenir entre vos doigts, semblait aussi insondable que le ciel. Placé dans le soleil, il interceptait la lumière de la pièce ; dans l'obscurité, il avait l'éclat de la lune.

Était-il étonnant que Miss Rachel parût fascinée ? que ses cousines s'exclamassent sans fin ? Le diamant fit sur moi un effet tel que je ne pus l'exprimer qu'avec un « Oh ! » qui rivalisait avec ceux des susdites balles de caoutchouc. Au milieu de cette excitation, seul Mr. Godfrey restait calme et maître de lui. Passant un bras autour de la taille de chacune de ses sœurs, et promenant un regard de pitié du diamant à moi et de moi au diamant, il me dit :

– Sans valeur, Betteredge ! Sans valeur. Simple charbon !

Il voulait m'instruire, je suppose. Tout ce à quoi il parvint, en tout état de cause, fut de me rappeler le dîner. Je courus rejoindre les domestiques à la cuisine. Comme je sortais, j'entendis Mr. Godfrey dire :

– Ce cher vieux Betteredge ! Quelle véritable estime j'ai pour lui !

Tout en m'honorant de ce témoignage d'affection, il embrassait ses sœurs et jetait des œillades à Miss Rachel. Un trop-plein d'amour, sans doute, qui devait s'épancher ! Mr. Franklin, à côté de ce jeune homme, faisait figure de rustre.

Au bout d'une demi-heure, je me présentai, ainsi que nous en étions convenus, dans la chambre de Milady.

Il se dit entre ma maîtresse et moi sensiblement la même chose que ce qui s'était dit lors de l'épisode des Sables entre Mr. Franklin et moi, à ceci près que, jugeant inutile de l'inquiéter sans raison, je ne lui parlai pas des jongleurs. Quand ma maîtresse me congédia, je pus constater qu'elle interprétait funestement la générosité du colonel et qu'elle mettrait tout en œuvre, dès qu'elle le pourrait, pour arracher le joyau des mains de sa fille.

En retournant à ma chambre, je tombai sur Mr. Franklin qui cherchait sa cousine. Je ne sus le renseigner, pas plus que je ne pus lui indiquer où se trouvait Mr. Godfrey. Mais je soupçonnais qu'ils ne devaient pas être loin l'un de l'autre et mon jeune maître pensa probablement comme moi ; il tira sur sa barbe et alla s'enfermer dans la bibliothèque en claquant la porte derrière lui, ce qui en disait suffisamment long.

Je ne fus plus interrompu dans les préparatifs du dîner d'anniversaire, jusqu'au moment où il fut temps pour moi d'aller me mettre en grande tenue pour recevoir les invités. Comme je me disposais à passer ma veste blanche, Pénélope entra dans mon cabinet de toilette sous prétexte de brosser les quelques cheveux qui me restaient. Elle voulut aussi nouer ma cravate blanche.

Ma fille était joyeuse et je compris qu'elle avait quelque chose à me dire ; elle m'embrassa sur le front et murmura :

– Une grande nouvelle, père : Miss Rachel vient de LE refuser !

– Qui ? demandai-je.

– L'homme des comités de dames, père, ce personnage peu sympathique que je déteste parce qu'il veut absolument supplanter Mr. Franklin.

Si j'avais eu assez de souffle, j'aurais certainement protesté contre cette manière de parler d'un éminent philanthrope, mais ma fille nouait à ce moment-là ma cravate et toute la force de ses sentiments passait dans ses doigts ; de ma vie, je ne fus jamais plus prêt de mourir étranglé.

– Je les ai vus marcher seuls dans la roseraie, m'expliquait Pénélope. J'attendais derrière le buisson de houx. A l'aller, ils marchaient bras dessus bras dessous et ils riaient ; au retour, ils avançaient séparément, aussi graves que possible et regardant loin devant eux d'une manière qui ne pouvait tromper personne. Je ne me suis jamais autant amusée de ma vie, père, en pensant qu'il y avait au moins une femme au monde capable de résister à Mr. Godfrey Ablewhite ; d'ailleurs, si j'étais une dame, je serais la seconde.

Ici, j'aurais encore voulu protester, mais ma fille, cette fois, avait la brosse à cheveux en main, et c'était dans la brosse qu'elle faisait passer toute la force de ses sentiments ! Les chauves comprendront ce que dut subir mon pauvre crâne ; que les autres remercient Dieu de leur avoir laissé sur la tête une protection contre les agressions d'une brosse.

– Arrivé de l'autre côté du buisson de houx, continua Pénélope, Mr. Godfrey s'arrêta : « Vous préférez, dit-il, que je reste ici comme si rien ne s'était passé ? » A quoi Miss Rachel riposta vivement : « Certainement, puisque vous avez accepté l'invitation de ma mère. A moins que vous ne désiriez faire un scandale dans la maison, vous êtes tenu de rester. » Elle fit quelques pas et sembla ralentir sa marche : « Oublions ce qui s'est passé, Godfrey, dit-elle en lui tendant la main, et restons amis. » Il lui baisa la main et elle le quitta. Il attendit un instant la tête basse, grattant du talon de son soulier le gravier du chemin. Vous n'avez jamais vu, père, homme plus déconfit que lui. « Maladroit ! » fit-il entre ses dents, en relevant la tête et en se dirigeant vers la maison. Je partageais la même opinion. Après tout cela, je n'ai qu'une seule chose à dire, termina Pénélope en m'écorchant le crâne plus énergiquement que jamais : Mr. Franklin sera l'élu.

Je lui enlevai la brosse des mains et ouvris la bouche pour dire à ma fille ce que je pensais et de son langage et de sa conduite ; elle méritait, en vérité, une sévère réprimande !

Mais avant que je n'aie eu le temps de prononcer un mot, nous entendîmes les roues d'une voiture sur la terrasse ; les premiers invités arrivaient, et Pénélope dut s'échapper. J'endossai ma veste et me regardai dans la glace. J'avais sans doute la tête aussi rouge qu'une écrevisse, mais il n'empêche que je portais admirablement l'habit de cérémonie. J'arrivai dans le grand vestibule juste à temps pour annoncer les deux premiers invités. Rien de particulier à dire à leur sujet : ce n'étaient que le père et la mère du philanthrope, Mr. et Mrs. Ablewhite.

10

Les autres invités suivirent de près les Ablewhite ; avec la famille, ils composaient une réunion de vingt-quatre personnes. Quel beau spectacle c'était de les voir tous assemblés autour de la table, écoutant le recteur de Frizinghall qui s'était levé pour dire les grâces (avec une parfaite élocution, je dois le dire) !

Inutile de vous donner la liste des convives ; à l'exception de deux d'entre eux, vous n'en entendrez plus parler au cours de mon récit. Ces deux derniers étaient placés à droite et à gauche de Miss Rachel qui, en sa qualité de reine du jour, faisait converger sur sa personne tous les regards ; il faut dire qu'au grand dam de sa mère, elle arborait son merveilleux cadeau d'anniversaire, l'éblouissante Pierre de Lune. C'était une pierre non montée qui avait été déposée dans sa main, mais Mr. Franklin, toujours ingénieux, avait trouvé le moyen de la fixer sur une tige d'argent et de l'accrocher en broche sur le corsage de la jeune fille.

Tous admiraient la grosseur et l'éclat du diamant, mais les deux seules personnes à qui il inspira autre chose que des banalités furent précisément celles qui étaient assises aux côtés de Miss Rachel.

A sa gauche se trouvait Mr. Candy, notre médecin, qui était un agréable compère, mais avait le défaut de plaisanter à tout propos et de prendre à chaque instant la parole sans y être invité. Un gaffeur-né qui ne manquait jamais de susciter des conversations déplacées parmi les convives ! Dans sa profession en revanche, il se montrait plus prudent et, à en croire ses ennemis, compensait cette prudence par une sorte d'instinct : très souvent, on s'apercevait qu'il avait parfaitement raison là où certains de ses confrères, procédant à leurs examens avec plus de soin ou de curiosité, se trompaient finalement.

Ce qu'il dit ce soir-là à Miss Rachel à propos du diamant, il le dit, bien sûr, comme d'habitude, en manière de plaisanterie. Il pria la jeune fille de lui confier la pierre ; une fois chez lui, il la brûlerait et ferait en même temps une expérience scientifique.

– Comprenez-moi bien, Miss Rachel ; nous l'amènerons à tel et tel degré de chaleur, puis nous la placerons dans un courant d'air et, peu à peu, elle s'évaporera, et ainsi mille et mille inquiétudes vous seront épargnées, puisque vous n'aurez plus à garder sous votre toit ce précieux joyau !

Milady écoutait l'air fort soucieux, paraissant vraiment souhaiter que le docteur eût fait cette proposition sérieusement, et qu'il trouvât Miss Rachel toute prête à sacrifier à la science son cadeau d'anniversaire.

L'autre invité, assis à la droite de ma jeune maîtresse, était un homme connu, un célèbre explorateur, Mr. Murthwaite, qui avait pénétré, souvent au risque de sa vie, dans les parties les plus secrètes des Indes, dans des contrées qu'aucun Européen n'avait encore approchées. C'était un homme grand, maigre, nerveux, brun et silencieux. Il paraissait fatigué, mais son regard était cependant ferme et attentif. On prétendait qu'il était las de la vie monotone de nos pays, et qu'il désirait retourner dans les régions plus sauvages de l'Orient. En dehors des quelques compliments qu'il fit à Miss Rachel sur son bijou, il ne prononça pas dix paroles au cours du dîner, et il ne but qu'un verre de vin. La Pierre de Lune était l'unique objet qui semblait l'intéresser un tant soit peu, car il en avait souvent entendu parler pendant ses pérégrinations à travers les Indes. Il l'examina longuement et déclara froidement :

– Si vous allez jamais aux Indes, Miss Verinder, n'emportez pas le cadeau d'anniversaire de votre oncle. Un diamant, aux Indes, a souvent une valeur symbolique et religieuse. Je connais un temple où, parée comme vous l'êtes en ce moment, votre vie serait en grand danger.

Vivant en toute sécurité en Angleterre, Miss Rachel fut manifestement ravie d'apprendre qu'elle courait aux Indes un terrible danger. Les balles de caoutchouc se réjouirent plus encore : elles laissèrent retomber bruyamment leurs couteaux et leurs fourchettes et, ensemble, s'écrièrent :

– Oh ! comme c'est intéressant !

Milady se remua un peu sur sa chaise, et fit dévier la conversation.

Tandis que le repas se poursuivait, je remarquai qu'il était beaucoup moins animé que ceux des années précédentes. En repensant à cet anniversaire à la lumière de ce qui suivit, je suis enclin à croire que le maudit diamant avait jeté un sort sur toute la compagnie. Je versai pourtant le vin en abondance, tout en prodiguant mes encouragements aux convives.

Il y eut de nombreux blancs dans la conversation – ce qui me mettait personnellement mal à l'aise –, et quand quelqu'un s'efforçait de la relancer, c'était en général le plus maladroitement du monde.

Mr. Candy, le docteur, se surpassa dans le manque de tact. Un seul exemple vous montrera à quel point il me rendit la tâche difficile, moi à qui il incombait que la fête fût des plus réussies !

Une de nos invitées au dîner était la très digne Mrs. Threadgall, veuve d'un professeur. Cette bonne dame parlait continuellement de son mari, sans jamais préciser qu'il était mort ; elle pensait, je suppose, que tous les Anglais normalement constitués devaient le savoir. Or, pour combler un moment de silence, un des convives se mit à parler de l'anatomie humaine, sujet assez désagréable, à mon avis. Là-dessus, la bonne Mrs. Threadgall déclara bien entendu que l'anatomie était une étude qui passionnait son mari à ses heures de loisir, sans davantage préciser que celui-ci n'était plus de ce monde. La malchance voulut que le Dr Candy, assis en face d'elle et ignorant tout du professeur Threadgall, l'entendit. Étant l'homme le plus poli du monde, il saisit l'occasion de fournir maints renseignements qui pourraient aider le professeur dans ses passe-temps anatomiques.

– L'amphithéâtre de médecine possède depuis quelque temps de remarquables squelettes, dit-il à haute voix et fort content de lui-même. Je conseille au professeur, madame, d'aller les voir, dès qu'il le pourra.

On aurait entendu une mouche voler. Personne ne parlait, sans doute par respect pour la mémoire du professeur. Je me trouvais précisément à ce moment derrière Mrs. Threadgall, à qui je versais discrètement un verre de vin blanc du Rhin. Elle baissa la tête et dit d'une voix presque imperceptible :

– Mon cher mari n'est plus.

Le Dr Candy n'entendit rien et, à mille lieues de soupçonner la vérité, reprit, plus empressé que jamais de se montrer poli :

– Le professeur ignore peut-être que la carte de membre de

l'Université lui donne accès à l'amphithéâtre tous les jours, excepté le dimanche de dix heures du matin à quatre heures de l'après-midi.

Mrs. Threadgall plongea la tête jusque dans sa guimpe et, d'une voix plus imperceptible encore :

– Mon cher mari n'est plus, répéta-t-elle.

Je lançai un coup d'œil significatif au docteur, Miss Rachel lui toucha le bras, Milady chercha également à attirer son attention du regard : rien n'y fit ! Il continuait à parler avec une cordialité que rien n'aurait pu interrompre.

– Je serais enchanté, madame, d'envoyer ma carte au professeur si vous voulez bien me donner son adresse actuelle.

– Son adresse actuelle, c'est la tombe, monsieur ! s'écria alors Mrs. Threadgall gagnée par la colère, d'une voix qui fit trembler tous les verres sur la table. Le professeur est mort depuis dix ans !

– Bonté du ciel ! s'écria le Dr Candy.

A part les éclats de rire des deux demoiselles Ablewhite, il se fit un silence tel que l'on aurait pu croire que tous les convives avaient rejoint le professeur.

Voilà pour le Dr Candy. Quant aux autres, chacun à leur façon, ils furent aussi maladroits que le docteur. Quand ils auraient dû parler, ils se taisaient ; quand ils parlaient, c'était mal à propos.

Mr. Godfrey, si éloquent d'ordinaire, refusa de prendre la parole. Son insuccès dans la roseraie le rendait sans doute sombre, furieux contre lui-même. Il réserva toute son éloquence pour l'oreille de la dame – une parente – assise à côté de lui. Cette dernière faisait partie de l'un de ses nombreux comités ; c'était une femme spirituelle, avec un beau décolleté et un goût particulier pour le champagne qu'elle aimait sec et en abondance. Étant derrière eux tandis que je débouchais les bouteilles et découpais le gigot, je puis affirmer, d'après ce que j'entendis de leur conversation, que Milady et ses invités perdirent mille réflexions du plus grand intérêt. Ils parlèrent sans doute de leurs comités de charité mais, au moment où je saisis leur conversation, ils en avaient terminé du sort des filles perdues – celles qu'il fallait interner et celles qui pouvaient être sauvées – et avaient abordé des sujets infiniment plus sérieux. La religion, disait en substance Mr. Godfrey, signifie l'amour. Et l'amour signifie la religion. Et la terre, malgré tout, est déjà le paradis. Et le paradis est la terre, une terre renouvelée en quelque sorte. Certes, il y a sur terre des gens à qui l'on peut reprocher beaucoup de choses ; mais, en compensation, toutes les femmes au paradis devaient être membre d'un gigantesque comité de charité où l'on ne se querellait jamais, et dans lequel tous les hommes étaient à leur service, tels des anges gardiens. Merveilleux ! Merveilleux ! Mais pourquoi fallait-il que Mr. Godfrey gardât tous ces beaux propos pour sa voisine de table ?

Et Mr. Franklin, direz-vous ? En d'autres circonstances, il n'eût assurément pas manqué de divertir la société. Il était merveilleusement en forme, Pénélope l'ayant probablement informé de ce qui s'était passé dans la roseraie. Mais bien qu'il fût loquace, neuf fois sur dix il amenait dans la conversation un sujet qu'il aurait mieux fait d'éviter ; ou alors il s'adressait à une personne en la prenant pour une autre ; bref il blessa certains invités, déconcerta les autres. Son éducation étrangère – ces côtés français, allemand et italien dont j'ai déjà parlé – produisit autour de la table si hospitalière de Milady une bien curieuse impression.

Que penserez-vous, par exemple, si je vous dis qu'il lança la question de savoir jusqu'à quel point une femme mariée peut admirer un homme qui n'est pas son mari et que, témoignant en cela de son esprit français et clairvoyant, il demanda à ce sujet l'avis de la tante du vicaire de Frizinghall, une vieille célibataire ? Puis que, le côté allemand prenant le dessus, il affirma à un grand propriétaire terrien qui faisait part de son expérience du bétail et particulièrement de l'élevage des taureaux, que l'expérience à proprement parler ne comptait pour rien, et que la seule façon d'élever des taureaux était d'y réfléchir mûrement et d'arriver à se former une idée du taureau parfait. Enfin, quand le député de notre comté, s'échauffant au moment du fromage et de la salade à propos des progrès de la démocratie en Angleterre, s'écria : « Si nous perdons nos anciens privilèges Mr. Blake, que nous restera-t-il, je vous le demande ? » Mr. Franklin, se plaçant du point de vue italien, répondit : « Il nous restera trois choses, monsieur : l'amour, la musique et la salade. » Tout cela ne vous choque-t-il pas, vous aussi ? Mais il ne se contenta pas d'abasourdir les invités par de telles sorties : lorsque son côté anglais reprit le dessus, il oublia toute sa douceur étrangère et, abordant le sujet de la profession médicale, il se moqua tant et si bien des médecins que le bon petit Dr Candy entra réellement en colère.

La discussion avait commencé quand Mr. Franklin avait avoué qu'il avait très mal dormi la nuit précédente. Le docteur lui avait alors conseillé de passer un sérieux examen médical et de prendre, en attendant, quelque remède pour calmer ses nerfs. Mr. Franklin se lança alors dans une comparaison entre les consultations médicales et l'expérience qui consiste à se déplacer à tâtons dans le noir – ce qui revenait au même à l'en croire. Avec un grand sens de la repartie, le docteur répliqua qu'il n'avait qu'à continuer à chercher le sommeil dans l'obscurité. Mon jeune maître, saisissant la balle au bond, raconta qu'on lui avait souvent parlé d'aveugles en conduisant d'autres, et qu'il comprenait maintenant ce que cela voulait dire. Ils continuèrent sur ce ton jusqu'à perdre tout contrôle d'eux-mêmes ; Milady dut intervenir.

La conversation reprit péniblement, mais le diable (ou le diamant) était de la partie, et tous furent soulagés quand la maîtresse de maison se leva et invita les dames à se retirer.

Je venais de placer les carafons à liqueurs et les boîtes à cigares devant le vieux Mr. Ablewhite qui faisait fonction de chef de famille, quand parvint de la terrasse un bruit qui me fit sursauter. Nous nous regardâmes, Mr. Franklin et moi, en reconnaissant le son du tambour ; aussi vrai que je suis là, les jongleurs revenaient chez nous en même temps que la Pierre de Lune !

Comme ils étaient en train de faire le tour de la terrasse, j'allais les prier de se retirer quand, par malchance, les bruyantes demoiselles Ablewhite me devancèrent. Elles s'agitaient éperdument, folles de joie à la vue des Hindous exhibant leurs tours. Les autres dames les suivirent, les hommes sortirent de leur côté. Avant que j'aie pu les en empêcher, les coquins entamaient leurs salamalecs et les deux sœurs Ablewhite couvraient le jeune garçon de bruyantes et démonstratives marques d'affection.

Mr. Franklin avait suivi Miss Rachel et je me plaçai moi-même derrière eux. Si mes soupçons étaient exacts, les Hindous allaient bientôt reconnaître le diamant ornant le corsage de la jeune fille, elle qui ignorait l'effrayante vérité !

Je ne saurais vous dire quels tours ils exécutèrent devant nous ;

partagé entre le dépit que me causait l'insuccès du dîner et ma rage de voir ces étrangers arriver juste au bon moment pour trouver le diamant sous leur nez, j'avais vraiment perdu la tête. Je me rappelle seulement la soudaine apparition sur la scène de Mr. Murthwaite, le fameux explorateur ; franchissant le demi-cercle des invités, il se dirigea tranquillement vers les jongleurs et leur parla dans leur propre langue. S'il les avait piqués avec la pointe d'une baïonnette, je doute que les Hindous eussent été plus interloqués. Au premier mot, ils bondirent comme des tigres, puis ils saluèrent Mr. Murthwaite avec une extrême politesse et une certaine servilité. Après un court échange de paroles, l'explorateur se retira aussi calmement qu'il s'était avancé. Le chef hindou s'était tourné vers nous et je remarquai alors que son visage brun avait viré au gris après l'intervention de Mr. Murthwaite. Il s'inclina devant Milady et lui annonça que la représentation était terminée. Les sœurs de Mr. Godfrey manifestèrent leur désappointement et leur colère contre l'explorateur qui avait arrêté la séance. Le chef hindou croisa humblement ses mains sur sa poitrine et répéta que ses tours étaient achevés ; le jeune garçon passa devant les invités, son chapeau à la main. Les dames retournèrent au salon et les hommes, à l'exception de Mr. Franklin et de Mr. Murthwaite, regagnèrent la table. Le valet de pied et moi suivîmes les Hindous jusqu'à ce qu'ils eussent franchi les limites de la propriété.

En revenant par l'allée des framboisiers, je sentis l'odeur du tabac et je trouvai Mr. Franklin et Mr. Murthwaite – ce dernier un cigare aux lèvres – qui marchaient lentement le long de la rangée d'arbustes. Mon jeune maître me fit signe de les rejoindre.

– Voici justement Gabriel Betteredge, le vieux serviteur et ami de notre famille dont je vous parlais à l'instant. Répétez-lui, je vous prie, ce que vous m'avez raconté.

Mr. Murthwaite retira le cigare de sa bouche et s'appuya nonchalamment contre un tronc d'arbre.

– Mr. Betteredge, ces Hindous ne sont pas plus jongleurs que vous et moi.

C'était une nouvelle surprise ! Je lui demandai naturellement s'il les avait déjà rencontrés.

– Jamais, mais je sais ce que c'est qu'un vrai jongleur hindou ; je connais tous leurs tours et ce que vous avez vu n'en est qu'une vulgaire parodie. A moins de m'être complètement trompé, je puis vous affirmer que ces hommes sont des brahmanes d'une caste supérieure. Je leur ai reproché de s'être déguisés et vous avez pu constater de vos propres yeux l'effet de mes paroles, malgré l'empire qu'ont sur eux-mêmes les Hindous. Il y a dans la conduite de ceux-ci un mystère que je ne m'explique pas. Ils ont par deux fois transgressé les commandements de leur caste : 1) en traversant la mer ; 2) en se déguisant en jongleurs. Il aura fallu pour qu'ils en arrivent là une raison impérieuse, et suffisante pour leur permettre, de retour dans leur pays, de retrouver leur rang.

J'étais abasourdi. Mr. Murthwaite reprit son cigare. Après m'avoir regardé, Mr. Franklin brisa le silence :

– J'éprouve quelque hésitation, dit-il, à vous ennuyer par des affaires de famille auxquelles vous ne pouvez vous intéresser et que je ne suis pas désireux de divulguer. Mais après ce que vous nous avez révélé, je me sens obligé, dans l'intérêt de lady Verinder et de sa fille, de vous faire une confidence.

Après ce préambule, Mr. Franklin répéta à l'explorateur notre conversation de la plage ; Mr. Murthwaite s'y intéressa au point d'en oublier son cigare.

– Et maintenant, acheva mon jeune maître, quelles conclusions vous dicte votre expérience ?

– Elle me laisse croire que votre vie a été souvent menacée ; plus souvent que la mienne, ce qui n'est pas peu dire.

Ce fut au tour de Mr. Franklin d'être stupéfait.

– Est-ce aussi grave que cela ? demanda-t-il.

– Oui, je le crois. Et j'ai la certitude, depuis que vous m'avez parlé, que la restitution de la Pierre de Lune au front d'une idole hindoue est le motif qui a justifié la double transgression à laquelle je faisais allusion tout à l'heure. Ces hommes attendront patiemment une occasion favorable et ils agiront alors avec une férocité de tigres. Je ne peux imaginer comment vous avez pu leur échapper, ajouta l'éminent explorateur en rallumant son cigare et en regardant fixement Mr. Franklin. Vous vous êtes promené avec ce diamant à Londres et ici même, et vous êtes encore vivant ! Mais permettez-moi, je vous prie, de me faire préciser quelques détails. Était-ce en plein jour que vous avez rapporté ce joyau de la banque de Londres ?

– Oui, en plein jour.

– Y avait-il beaucoup de monde dans les rues ?

– Énormément.

– Il vous a fallu naturellement un certain temps pour arriver chez lady Verinder ; entre la gare et cette propriété, le pays est désert. Êtes-vous arrivé à l'heure convenue ?

– Non, quatre heures plus tôt que je ne l'avais annoncé.

– Laissez-moi vous en féliciter ! Quand êtes-vous allé porter le diamant à la banque de Frizinghall ?

– Une heure après mon arrivée ici, trois heures avant qu'on ne s'attendît à m'y voir.

– Laissez-moi vous féliciter de nouveau. Étiez-vous seul pour le rapporter ?

– Non, je suis revenu à cheval accompagné de mes cousins et de leur domestique.

– Mes compliments pour la troisième fois. Si vous avez jamais envie de voyager hors des frontières de nos pays civilisés Mr. Blake, faites-moi signe et je vous accompagnerai bien volontiers. La chance est avec vous.

C'est ici que j'intervins. Rien de ce que disait ce grand voyageur ne s'accordait avec mes idées d'Anglais.

– Vous ne voulez pas donner à entendre, monsieur, lui demandai-je, que, pour rentrer en possession du diamant, ils auraient été jusqu'à tuer Mr. Franklin, s'ils en avaient eu l'occasion ?

– Vous fumez, Mr. Betteredge ? fit Mr. Murthwaite.

– Oui, monsieur.

– Vous souciez-vous beaucoup des cendres qui sont dans votre pipe, lorsque vous la secouez ?

– Non, monsieur.

– Eh bien ! dans le pays d'où viennent ces hommes, tuer leur prochain leur cause exactement aussi peu de soucis qu'à vous quand vous jetez n'importe où les cendres de votre pipe ! Si, pour reprendre le diamant, ils devaient tuer mille hommes, et s'ils pensaient pouvoir le faire sans qu'on les arrêtât, ils supprimeraient ces mille hommes ! Transgresser les commandements de sa caste est une chose très grave aux Indes, vous comprenez ? En revanche, le sacrifice d'une vie est absolument sans importance.

Là-dessus, je fis connaître mon véritable sentiment : les Hindous, pour moi, n'étaient qu'une bande de voleurs et d'assassins. Mr. Murthwaite affirma au contraire que c'était un peuple admirable. Mr. Franklin n'émettant aucune opinion, son silence nous ramena au sujet qui nous occupait.

– Les Hindous ont vu la Pierre de Lune au corsage de Miss Verinder, dit-il enfin. Que doit-on faire ?

– Ce que votre oncle avait envisagé, répondit Mr. Murthwaite. Le colonel Herncastle avait compris à quel peuple il avait affaire. Envoyez le diamant demain à Amsterdam sous bonne garde. Faites-le morceler. L'identité de la Pierre de Lune une fois détruite, il n'y aura plus de conspiration.

Mr. Franklin se tourna alors vers moi.

– Il n'y a pas à hésiter, nous parlerons demain à lady Verinder.

– Et cette nuit, monsieur, si les Hindous revenaient ?

Ce fut l'explorateur qui me répondit :

– Ils ne se risqueront pas cette nuit. La ligne droite n'est jamais celle qu'ils empruntent, croyez-moi, surtout dans une affaire comme celle-ci où la plus légère erreur peut compromettre le résultat de leur entreprise.

– Mais supposons que les coquins soient plus audacieux que vous ne le pensez, insistai-je.

– Dans ce cas, laissez les chiens en liberté. En avez-vous ?

– Deux, monsieur. Un bouledogue et un limier.

– Cela suffira. Dans la circonstance présente, Mr. Betteredge, le limier et le bouledogue ont sur vous un grand avantage : ils ne seront pas troublés par leurs scrupules sur le caractère sacré d'une vie humaine.

Le son un peu trop soutenu du piano nous parvint par la fenêtre ouverte du salon, au moment où Mr. Murthwaite lançait ce trait. Il jeta son cigare et passa son bras sous celui de Mr. Franklin pour retourner auprès des dames. Comme je les suivais vers la maison, je levai la tête et vis que le ciel se couvrait. Mr. Murthwaite le remarqua aussi car, se retournant, il me dit d'un ton moqueur :

– Les Hindous devront prendre leurs parapluies, cette nuit, Mr. Betteredge !

Parfaite, la plaisanterie ! Mais je n'étais pas, comme lui, un grand voyageur, et l'existence que j'avais menée sur cette terre ne m'avait pas appris à jouer avec ma vie, au milieu d'un peuple de voleurs et d'assassins. Je montai à ma chambre, me laissai tomber tout couvert de sueur dans mon fauteuil, et me mis à réfléchir aux décisions qu'il nous fallait prendre sans tarder; mais en vain… aucune idée ne me venait à l'esprit. Seule mon inquiétude persistait, grandissait au point que d'autres, se trouvant dans les mêmes dispositions, n'eussent pu échapper à une forte fièvre. Pour moi, les choses tournèrent autrement : j'allumai ma pipe et ouvris mon *Robinson Crusoé*. Cinq minutes ne s'étaient pas écoulées que j'arrivai à ce passage étonnant (page 161) : *La crainte du danger est mille et mille fois plus terrible que le danger au moment où vous devez l'affronter; et l'anxiété nous est beaucoup plus pénible à supporter que le mal qui nous cause cette anxiété.*

L'homme qui, après cela, ne croira pas à *Robinson Crusoé* a sûrement l'intelligence détraquée, ou alors c'est qu'il est perdu dans le brouillard de la trop bonne opinion qu'il a de lui-même.

J'en étais à ma seconde pipe, encore éperdu d'admiration pour ce livre merveilleux lorsque Pénélope, après avoir servi le thé, entra dans ma chambre m'apporter des nouvelles du salon. Au moment où elle était sortie, les balles de caoutchouc chantaient un duo – entamant chacune de leurs phrases par un grand « Oh », amplement soutenu par la musique. Ma fille avait remarqué que Milady commettait des erreurs en jouant au whist, assurément pour la première fois de sa vie. Elle avait vu notre grand voyageur assoupi dans un coin du salon; elle avait entendu Mr. Franklin faire de l'esprit en s'adressant à Mr. Godfrey, aux dépens des dames de charité du monde entier, et Mr. Godfrey lui répliquer sur un ton plus vif et plus blessant qu'il ne sied à un gentleman tout dévoué aux bonnes œuvres. Elle avait surpris Miss Rachel, apparemment occupée à calmer Mrs. Threadgall en lui montrant des photographies, mais qui, en réalité, ne cessait de jeter à la dérobée des regards vers Mr. Franklin, chose qui ne peut échapper à aucune femme de chambre intelligente. Enfin, Pénélope me raconta que le Dr Candy, qu'elle n'avait pas vu sortir du salon, y rentra tout aussi subrepticement pour entamer une conversation avec Mr. Godfrey. Dans l'ensemble, me semblait-il, tout allait mieux que ce que nous avions pu espérer pendant le dîner. Encore une heure de patience, et le temps ferait avancer les voitures de nos invités et nous débarrasserait d'eux.

Tout passe en ce monde, et même l'effet bienfaisant de *Robinson Crusoé*. Après que Pénélope m'eut quitté, je redevins agité et décidai d'aller surveiller les abords du château avant la pluie. Au lieu d'emmener le valet de pied, dont le nez n'est qu'un nez d'homme et donc d'aucune utilité en l'occurrence, je pris avec moi le limier. On pouvait compter sur le flair de cette bête, lorsqu'il s'agissait d'étranger… Nous fîmes le tour de la maison, traversâmes le parc pour gagner la route, puis nous revînmes aussi tranquillement que nous étions partis, n'ayant rien découvert qui ressemblât à une créature humaine aux aguets.

Les voitures arrivèrent au moment où la pluie se mettait à tomber. Il pleuvait à verse, et on avait l'impression qu'il pleuvrait ainsi toute la nuit. Excepté le Dr Candy, qui allait monter dans son cabriolet, les autres invités retournèrent confortablement chez eux, à l'abri, dans des voitures fermées. Je dis au docteur ma crainte qu'il ne se fît tremper jusqu'aux os.

– Comment ! s'écria-t-il. A votre âge, est-ce que vous ne savez pas que la peau d'un médecin est imperméable ?

Et il s'éloigna sous la pluie battante, riant de sa plaisanterie.

Tous ces gens étaient enfin partis… Il me faut maintenant conter l'histoire de cette nuit-là.

11

Je rentrai dans la salle à manger, où je trouvai Samuel en train de servir les alcools. Milady et Miss Rachel sortaient du salon, accompagnées des deux cousins. Mr. Godfrey prit une fine à l'eau ; Mr. Franklin, lui, ne voulut rien boire et alla s'asseoir dans un coin ; il paraissait mort de fatigue. Ses efforts de conversation l'avaient sans doute épuisé.

Milady leur souhaita bonsoir à tous et regarda d'un air terrible le legs du colonel qui brillait au corsage de sa fille.

– Rachel, demanda-t-elle, où allez-vous mettre votre diamant cette nuit ?

Miss Rachel était d'humeur enjouée et facétieuse (comme le sont en général les jeunes filles après une journée chargée en émotions); elle déclara tout d'abord ne pas savoir où mettre le joyau.

– Je le déposerai sur ma table de toilette, en compagnie de mes autres bijoux, dit-elle enfin.

Puis, se souvenant que la pierre répandait dans l'obscurité une intense lumière qui pourrait l'effrayer pendant la nuit, elle songea au petit meuble en bois des Indes placé dans son boudoir. Les deux merveilles, originaires du même pays, auraient ainsi le loisir de s'admirer mutuellement tout à leur aise.

Sa mère intervint alors :

– Mais, ma chère enfant, votre petit meuble ne ferme même pas à clef.

– Grand Dieu, maman, s'écria ma jeune maîtresse, sommes-nous ici dans un hôtel ? Y a-t-il des voleurs dans la maison ?

Sans s'inquiéter davantage des fantaisies de sa fille, Milady souhaita une bonne nuit aux jeunes gens, puis elle se tourna vers Rachel qu'elle embrassa.

– Pourquoi ne pas me le confier pour cette nuit ?

Miss Rachel accueillit la proposition de sa mère comme elle l'aurait reçue dix ans auparavant, s'il s'était agi de se séparer d'une nouvelle poupée. Et Milady comprit qu'il n'était pas la peine d'insister.

– Venez dans ma chambre demain, dès que vous serez levée ; j'aurai à vous parler.

Elle sortit lentement sur ces mots, manifestement contrariée par les pensées qui l'assaillaient.

Miss Rachel se retira peu après. Elle serra d'abord la main de Mr. Godfrey, qui se tenait au fond de la pièce où il contemplait une peinture. Puis elle revint vers Mr. Franklin, toujours assis dans un coin, las et silencieux.

J'ignore ce qu'ils se dirent mais, debout près du vieux cadre de chêne qui soutient notre grande glace, je vis dans cette dernière la jeune fille détacher l'épingle qui tenait son bijou et la montrer à son cousin avec un sourire qui en disait long. Elle monta ensuite se coucher.

Ce petit épisode ébranla un peu la confiance que j'avais en mon propre jugement; Pénélope pouvait bien avoir raison après tout dans l'opinion qu'elle s'était faite des sentiments de sa jeune maîtresse.

Miss Rachel partie, Mr. Franklin s'avisa que j'étais là. Son humeur versatile l'avait déjà ramené aux Hindous.

– Betteredge, me dit-il, je crains d'avoir pris les paroles de Mr. Murthwaite trop au sérieux. Il a sans doute voulu nous éblouir par le récit de ses aventures de voyage. Pensez-vous vraiment qu'il faille détacher les chiens?

– J'enlèverai leur muselière et les laisserai libres de sortir s'ils sentent quelque présence.

– Fort bien. Pour le reste, nous aviserons demain. Je ne voudrais pas alarmer ma tante sans raison importante. Bonne nuit, Betteredge.

Il paraissait si fatigué et si pâle en me faisant un signe de tête amical et en prenant son bougeoir pour monter l'escalier, que je me risquai à lui proposer un verre de brandy. Mr. Godfrey qui nous avait rejoints, venant de l'autre côté du hall, soutint ma proposition, par amitié pour son cousin qu'il s'efforça de convaincre.

Je note ces faits qui en eux-mêmes n'ont pas une grande importance, simplement parce qu'à ce moment-là, il me plut de constater qu'après les événements de la journée la même camaraderie régnait encore entre les deux cousins. De véritables gentlemen! Voilà certainement le mérite des gens du beau monde : ils sont moins querelleurs entre eux que les gens de basse extraction.

Mr. Franklin refusa le brandy et monta l'escalier avec Mr. Godfrey. Sur le palier cependant, soit que son cousin le lui eût conseillé, soit qu'il eût changé d'idée, il me cria :

– Après tout, peut-être en aurai-je envie cette nuit; voulez-vous m'en faire monter dans ma chambre?

J'envoyai Samuel le lui porter, et je sortis pour lâcher les chiens. Les pauvres bêtes furent toutes surprises de se voir ainsi libérées et sautèrent sur moi comme deux jeunes fous. La pluie cependant les calma bientôt; ils lapèrent chacun une goutte d'eau et retournèrent dans leur niche. Je remarquai en rentrant que le ciel faisait prévoir une éclaircie; pour le moment, il pleuvait encore très fort et le sol était trempé.

Je fis avec Samuel le tour de la maison pour fermer portes et fenêtres, comme de coutume. Ne me fiant pas à mon second, j'examinai moi-même minutieusement chaque entrée. Tout était en ordre quand j'allai enfin reposer mes vieux os.

La journée avait probablement été trop fatigante pour moi car, comme Mr. Franklin, je souffris d'insomnie et le soleil se leva avant que j'eusse fermé l'œil. Tant que je restai éveillé, la maison resta aussi tranquille qu'une taupe; pas d'autre bruit que le clapotis de la pluie et le sifflement du vent dans les arbres. Une brise légère s'éleva avant le point du jour.

A sept heures et demie, je me levai et ouvris ma fenêtre sur une belle journée ensoleillée. La pendule avait sonné huit heures et j'allais sortir pour enchaîner de nouveau les chiens, quand j'entendis dans l'escalier un rapide frou-frou de jupons. Je vis arriver Pénélope qui courait comme une folle.

– Père, venez pour l'amour de Dieu : le diamant a disparu !

– Avez-vous perdu la raison ? demandai-je.

– Il a disparu ! Personne ne sait comment. Venez voir.

Elle m'entraîna dans le boudoir de notre jeune maîtresse. Sur le seuil de sa chambre se tenait Miss Rachel, presque aussi blanche que le déshabillé qu'elle portait. Je vis le petit meuble des Indes dont les portes étaient grandes ouvertes; un des tiroirs en était complètement tiré.

– Regardez ! cria Pénélope; j'ai vu moi-même, cette nuit, Miss Rachel déposer le diamant dans ce tiroir.

Je m'en approchai : il était vide.

– Est-ce vrai, mademoiselle ?demandai-je.

Avec un regard absent et une voix méconnaissable, Miss Rachel répéta ce qu'avait dit ma fille :

– Le diamant a disparu.

Après avoir prononcé ces mots, elle se retira dans sa chambre dont elle ferma la porte à clef.

Avant que nous ayons pu prendre une décision, Milady, entendant ma voix dans le boudoir de sa fille, était arrivée pour savoir ce qui se passait. La nouvelle de la perte de la Pierre de Lune sembla la pétrifier. Elle se dirigea vers la porte de Miss Rachel et insista pour entrer : Miss Rachel lui ouvrit.

L'alarme se répandit comme une traînée de poudre à travers la maison et ne tarda pas à atteindre les deux cousins.

Mr. Godfrey fut le premier à sortir de sa chambre. La seule chose qu'il sut faire en apprenant ce qui s'était passé fut de lever les bras d'un air égaré, ce qui ne témoignait pas d'une grande force de caractère.

Mr. Franklin, sur la clairvoyance de qui j'avais compté, parut tout aussi impuissant que lui. Par extraordinaire, il avait eu une bonne nuit, et ce bienfait inaccoutumé le laissait, disait-il lui-même, encore à moitié abruti. Cependant, après une tasse de café, ses idées devinrent plus claires et il prit l'affaire en main. Il fit d'abord comparaître les domestiques, à qui il ordonna de maintenir les portes et les fenêtres du rez-de-chaussée fermées – à l'exception de l'entrée principale –, exactement comme nous les avions laissées la veille au soir. Avant toute chose, il nous proposa, à son cousin et à moi, de vérifier si le diamant n'avait pas accidentellement glissé quelque part, dans un autre tiroir ou derrière le petit meuble, ou encore sous la table. Ayant cherché partout sans rien trouver, ayant également questionné Pénélope sans en obtenir plus qu'elle n'en avait déjà dit, Mr. Franklin suggéra que nous pourrions interroger Miss Rachel, et il envoya Pénélope frapper à sa porte.

Milady vint ouvrir elle-même et referma la porte derrière elle. Un moment plus tard, nous entendions Miss Rachel se verrouiller chez elle. Ma maîtresse nous rejoignait, douloureusement affligée. La perte du diamant, nous dit-elle, semblait avoir complètement bouleversé sa fille, qui était secouée de frissons et dans l'incapacité de parler à quiconque.

Ayant accru notre angoisse par ces inquiétantes nouvelles, Milady, prenant sur elle-même, retrouva son sang-froid et son sens de la décision habituel.

– Il n'y a rien d'autre à faire, déclara-t-elle, que d'avertir immédiatement la police.

– Il faut à tout prix, enchaîna Mr. Franklin, qu'elle mette la main sur les jongleurs qui étaient ici la nuit dernière.

Milady et Mr. Godfrey, qui ignoraient tous les deux ce que nous, nous savions, se regardèrent avec étonnement.

– Je ne puis m'attarder à vous donner des explications, reprit mon jeune maître, mais ce sont certainement ces Hindous qui ont volé le diamant. Donnez-moi une lettre d'introduction pour l'un des magistrats de Frizinghall. Avertissez-le dans celle-ci que je représente vos intérêts, et laissez-moi partir sur-le-champ. Si nous voulons nous emparer de ces voleurs, il n'y a pas une minute à perdre. (Que ce fût le côté français ou le côté anglais de son caractère qui dominât à ce moment, c'était en tout cas le bon côté. Restait à savoir combien de temps cela durerait.)

Il plaça plume, encre et papier devant Milady qui, me sembla-t-il, s'exécuta à contrecœur. S'il avait été possible de faire abstraction de la perte que représentait un joyau d'une valeur de vingt mille livres, je crois qu'avec les pressentiments qui agitaient Milady et ses doutes sur l'intention attachée au legs de son frère, elle eût vraiment éprouvé une sorte de soulagement à savoir les voleurs de la Pierre de Lune à l'abri de toutes poursuites.

J'accompagnai Mr. Franklin aux écuries et en profitai pour lui demander comment les Hindous (que je soupçonnais autant que lui) auraient pu pénétrer dans la maison.

– L'un deux, me répondit-il, a pu se glisser dans le hall pendant le mouvement de sortie du dîner. Le coquin était peut-être caché sous le canapé quand ma tante et Rachel discutaient l'endroit le meilleur où déposer le diamant. Il n'aura eu ainsi qu'à attendre que chacun fût profondément endormi pour enlever la pierre enfermée dans le tiroir du meuble.

Sur ces mots, il se fit ouvrir le portail par le groom et partit au galop.

Cette explication semblait assez vraisemblable. Mais comment alors le voleur aurait-il pu s'échapper de la maison ? J'avais trouvé ce matin même la porte d'entrée barricadée, telle que je l'avais laissée la veille au soir. Quant aux autres portes et fenêtres, elles étaient également closes. Et les chiens ? A supposer que le voleur fût parvenu à sortir de la maison, comment leur aurait-il échappé ? Leur avait-il donné de la viande empoisonnée ? Comme l'idée m'en traversait l'esprit, je les vis venir à moi avec de grands bonds de joie que j'eus grand-peine à calmer pour les enchaîner de nouveau. L'explication de Mr. Franklin me paraissait de moins en moins satisfaisante.

Mais c'était l'heure du petit déjeuner – quoi qu'il arrive dans une maison, vol ou meurtre, le petit déjeuner est sacré. Celui-ci terminé et Milady m'ayant appelé, je fus forcé de lui faire le récit complet du petit drame que nous avions dissimulé jusque-là, sans rien omettre en ce qui concernait les Hindous. C'était une femme d'un grand courage, et elle dut promptement dominer l'effroi que lui avait causé mon récit. Son esprit semblait d'ailleurs bien plus préoccupé de l'état de sa fille que de ce complot de païens.

– Vous savez, me dit-elle, combien Rachel est parfois étrange, si peu semblable aux jeunes filles de son âge ; mais je ne l'ai jamais vue si bizarre ni si renfermée qu'aujourd'hui. La perte de son bijou semble lui avoir troublé l'esprit. Qui eût cru qu'en si peu de temps ce misérable diamant aurait pris un tel empire sur elle ?

Oui, c'était certainement bizarre, car Miss Rachel n'attachait pas, généralement, beaucoup d'importance aux bijoux et autres frivolités. Or elle paraissait à présent inconsolable de cette perte. Mais puis-je me permettre d'ajouter qu'elle n'était pas la seule ce jour-là à ne pas être dans son état normal ?

Mr. Godfrey, par exemple. Ce consolateur des affligés par excellence était tout désorienté. Livré à lui-même, n'ayant pas le loisir d'essayer sur Miss Rachel les recettes éprouvées qu'il appliquait d'habitude aux pauvres femmes en détresse, il parcourait la maison et le parc en proie à une pénible agitation. A la suite du malheur qui nous était arrivé, son esprit flottait entre deux partis à prendre : devait-il, en tant qu'invité, délivrer la famille de sa présence, ou était-il au contraire de son devoir de rester en offrant ses humbles services ? Il jugea finalement que la dernière de ces deux solutions était encore la meilleure dans l'état de grande détresse où se trouvait sa famille.

Ce sont les circonstances qui permettent d'apprécier de quel métal un homme est fait ; soumis à cette épreuve, le caractère de Mr. Godfrey se montra moins bien trempé que je ne l'aurais cru.

Les femmes de chambre, à l'exception de Rosanna Spearman qui se tenait à part, se mirent à chuchoter de tous les côtés et à promener partout des regards méfiants, comme le font d'habitude les femmes dès qu'un événement insolite survient dans une maison.

Je conviens que je fus moi-même agité et de méchante humeur pendant toute la journée ; la maudite Pierre de Lune nous avait tous bouleversés.

Mr. Franklin revint peu avant onze heures. Le côté résolu de sa nature semblait déjà avoir cédé sous le poids de l'anxiété. Parti au galop, il était rentré au pas : ferme au début comme de l'acier, il nous revenait mou comme du coton.

– Eh bien, lui demanda Milady, la police arrive-t-elle ?

– Oui, répondit-il, elle me suit en voiture. L'inspecteur Seegrave, de votre police locale, amène deux de ses hommes. Pure formalité, l'affaire est sans espoir !

– Quoi, demandai-je, les Hindous auraient-ils disparu ?

– Ces pauvres jongleurs ont été appréhendés bien injustement : ils sont aussi innocents que l'enfant qui vient de naître. Mon idée, selon laquelle l'un d'eux aurait pu se cacher dans la maison, s'est évanouie en fumée, comme d'ailleurs le reste de mes théories. Il a été prouvé, continua-t-il, paraissant vouloir insister sur sa propre incompétence, que c'était tout bonnement impossible.

Après avoir constaté la surprise que nous causait ce nouvel éclairage sur l'affaire du diamant, notre jeune gentleman s'assit à la demande de sa tante, et commença à s'expliquer.

Le côté résolu de sa nature avait tenu bon jusqu'à Frizinghall ; là, il avait exposé sans commentaires les événements au magistrat qui fit appeler la police. La première enquête se rapportant aux Hindous révéla clairement qu'ils n'avaient nullement tenté de quitter la ville ; la seconde établit qu'ils avaient regagné la ville tous les trois avec le jeune Anglais la nuit précédente entre dix et onze heures, ce qui, compte tenu de la distance, prouvait qu'ils s'étaient rendus directement de chez nous à Frizinghall. Plus tard encore, à minuit environ, la police avait eu l'occasion de visiter l'hôtel meublé où ils logeaient et les avait vus tous les trois, toujours accompagnés de l'enfant. J'avais moi-même fermé toutes les portes de la maison peu avant minuit : il était donc clairement prouvé qu'ils n'étaient pas coupables. Le magistrat convint que l'ombre même d'un soupçon ne pouvait planer sur eux, mais cependant, comme il n'était pas impossible que des recherches plus approfondies pussent les mettre en cause, il prit sur lui de les faire arrêter et de les garder à notre disposition pour une durée d'une semaine. Il n'eut guère de mal à trouver le prétexte : une légère infraction à nos lois, que les trois hommes avaient commise avant tout par ignorance.

Toute institution humaine (la Justice y compris) s'adapte au mieux à l'usage que vous souhaitez en faire, pour peu que vous vous y preniez de la façon qui convient. Le digne magistrat était un vieil ami de Milady, aussi les Hindous furent-ils « mis à notre disposition » le jour même.

Tel fut le rapport que nous fit Mr. Franklin sur son expédition à Frizinghall. La clef du mystère ne reposait donc plus entre les mains des Hindous. Mais s'ils étaient innocents, qui donc avait bien pu retirer le diamant du tiroir du petit meuble de Miss Rachel ?

Dix minutes plus tard arriva, à mon grand soulagement, l'inspecteur Seegrave. Il avait, nous dit-il, rencontré Mr. Franklin qui se chauffait au soleil sur la terrasse (je suppose que son côté italien avait repris le dessus); celui-ci l'avait prévenu que les recherches seraient vaines.

L'inspecteur de police de Frizinghall était, pour une famille placée dans notre situation, l'homme le plus rassurant qu'on pût souhaiter. Grand, de belle prestance, d'allure militaire, il joignait à une magnifique voix pleine d'autorité, un regard fier et assuré. Il portait une longue redingote, sévèrement boutonnée jusqu'au menton. Tout en lui proclamait : « Je suis l'homme qu'il vous faut ! » Et le ton sans réplique sur lequel il donnait ses ordres à ses subordonnés indiquait qu'avec lui il n'y avait pas lieu de plaisanter.

Il commença par visiter la maison et les alentours; ses investigations lui prouvèrent qu'aucun voleur n'avait pénétré chez nous par effraction et qu'en conséquence le vol avait été commis par quelqu'un de la maison. Je vous laisse à deviner l'agitation des domestiques lorsque cette déclaration parvint à leurs oreilles. L'inspecteur décida qu'il visiterait le boudoir de Miss Rachel et qu'ensuite il interrogerait le personnel. En même temps, il posta l'un de ses hommes sur l'escalier qui menait aux chambres de service, en lui enjoignant de ne laisser monter personne jusqu'à nouvel ordre.

Cette dernière mesure exaspéra le sexe faible; les femmes s'élancèrent vers le boudoir de Miss Rachel (prise dans le mouvement collectif, Rosanna Spearman se trouvait parmi elles) et elles sommèrent l'inspecteur Seegrave de leur dire laquelle d'entre elles il soupçonnait.

L'inspecteur ne faiblit pas ; il leur en imposa par sa voix et sa contenance décidée.

– Faites-moi le plaisir de redescendre immédiatement, je ne peux supporter la présence d'aucune de vous ici. Voyez déjà de quoi vous êtes cause…

Il leur désignait une petite tache sur la peinture de la porte de Miss Rachel, juste au-dessous de la serrure.

– Voyez, reprit-il, ce qu'ont fait vos jupons. Videz la place.

Rosanna, la plus rapprochée de lui et de la porte tachée, donna la première l'exemple de l'obéissance et retourna instantanément à son ouvrage ; les autres la suivirent. L'inspecteur termina l'examen de la pièce et ne découvrit rien de nouveau. Il me demanda qui avait eu en premier lieu connaissance du vol ; c'était ma fille et elle fut mandée sur-le-champ, priée de comparaître devant l'inspecteur Seegrave.

Le chef de la police prit d'abord un ton tranchant pour s'adresser à elle.

– Jeune fille, prêtez-moi toute votre attention et prenez soin de dire toute la vérité.

A cette injonction, Pénélope prit feu :

– Je n'ai jamais appris à mentir, monsieur l'inspecteur. Si mon père, qui est ici, supporte sans broncher que sa fille soit soupçonnée de vol et de mensonge, je ne le reconnais plus pour un bon père.

Heureusement, un mot prononcé par moi fort à propos parvint à réconcilier la Justice et Pénélope. Questions et réponses se succédèrent pourtant sans rien éclaircir. Ma fille affirmait avoir vu, un instant avant d'aller se coucher, Miss Rachel déposer le diamant dans le meuble en bois des Indes. En venant, à huit heures du matin, lui porter son thé, elle avait trouvé le tiroir ouvert et vide. Elle avait alors donné l'alarme et n'en savait pas davantage.

L'inspecteur de police demanda ensuite à voir Miss Rachel. Ma fille transmit l'ordre à travers la porte ; la réponse nous parvint par le même canal :

– Je n'ai rien à faire avec la police et je ne veux voir personne.

L'inspecteur parut surpris, offensé dans sa dignité.

Je lui dis que Miss Rachel était souffrante, qu'il fallait prendre patience et essayer de la voir un peu plus tard. Nous redescendîmes et croisâmes dans le hall Mr. Godfrey et Mr. Franklin.

En tant qu'habitants de la maison, les deux cousins furent eux aussi interrogés par l'inspecteur Seegrave, qui espérait tirer quelque lumière de cet entretien. Ni l'un ni l'autre ne purent cependant le renseigner. Avaient-ils entendu quelque bruit au cours de la nuit précédente ? Rien que la pluie tombant sans discontinuer. Et moi qui m'étais endormi tard, avais-je entendu remuer quelqu'un ? Non, personne.

L'interrogatoire achevé, Mr. Franklin, qui persistait à croire le cas désespéré, me murmura :

– Cet homme est un âne ; il ne nous sera d'aucune utilité.

Mr. Godfrey à son tour me glissa à l'oreille :

– Betteredge, cet agent est un as. Il connaît son affaire et m'inspire la plus grande confiance.

Autant d'hommes, autant d'opinions, comme on dit…

L'inspecteur Seegrave inspecta à nouveau le boudoir ; ma fille et moi le suivions de près. Il tenait à s'assurer qu'aucun meuble n'avait été déplacé pendant la nuit, sa précédente investigation ne lui ayant pas suffi.

Comme nous tournions autour des chaises et des tables, la porte de la chambre s'ouvrit et Miss Rachel qui, quelques minutes auparavant refusait de se montrer, fit irruption parmi nous. Elle prit son chapeau de jardin abandonné sur une chaise et s'adressant à Pénélope lui demanda :

– Mr. Franklin vous a chargé ce matin d'un message pour moi ?

– Oui mademoiselle.

– Il désirait me parler, n'est-ce pas ?

– Oui mademoiselle.

– Où est-il maintenant ?

Entendant des voix sur la terrasse, je regardai par la fenêtre et vis les deux messieurs qui se promenaient. Je répondis alors pour ma fille :

– Mr. Franklin est sur la terrasse, mademoiselle.

Sans ajouter un mot, sans s'occuper de l'inspecteur de police qui cherchait à lui parler, pâle comme une morte et perdue dans ses pensées, Miss Rachel quitta la pièce et alla rejoindre ses cousins.

Je manquai alors à toute convenance et ne pus m'empêcher d'observer par la fenêtre comment allait se dérouler l'entrevue. La jeune fille se dirigea vers Mr. Franklin sans paraître s'apercevoir de la présence de Mr. Godfrey, lequel se retira et les laissa seuls. Elle se mit à parler à son cousin avec une grande véhémence. Cet entretien ne dura qu'un moment, mais à en juger par l'expression qui se peignit sur le visage de Mr. Franklin, il causa à ce dernier la plus vive des stupéfactions. Sur ces entrefaites, Milady parut. Miss Rachel dit alors un dernier mot à son cousin et regagna la maison avant que sa mère ait eu le temps de la rejoindre. Surprise, et notant l'air d'étonnement de son neveu, Milady s'approcha de lui ; Mr. Godfrey les rejoignit également. Mr. Franklin leur raconta, je pense, ce qui venait de se passer, car ils semblèrent tous les trois au comble de la surprise. Je regardais cette scène lorsque la porte du boudoir s'ouvrit violemment : Miss Rachel traversa rapidement le petit salon pour se rendre dans sa chambre ; elle avait les yeux brillants et les joues en feu, et paraissait furieuse. L'inspecteur tenta une fois de plus de lui parler ; elle se retourna et s'écria avec rage :

– Je ne vous ai pas fait chercher. Je n'ai rien à voir avec vous. Mon diamant est perdu ; ni vous, ni personne ne le retrouverez jamais.

Sur ces mots, elle rentra dans sa chambre en nous fermant la porte au nez. Pénélope l'entendit fondre en larmes dès qu'elle fut seule.

D'abord furieuse, puis à présent en sanglots. Que signifiait tout cela ? J'expliquai à l'inspecteur Seegrave qu'une telle attitude venait certainement du choc causé par la perte du joyau.

Soucieux de sauvegarder l'honneur de la famille, il me répugnait de voir Miss Rachel si peu maîtresse de soi, même devant un inspecteur de police, et je cherchai donc à l'excuser par tous les moyens. A la vérité, il me serait impossible de dire à quel point le langage et la conduite de la jeune fille me déconcertaient. Si l'on s'en tenait à ce qu'elle avait déclaré en rentrant dans sa chambre, il était possible de deviner que nous l'avions terriblement blessée en envoyant chercher la police, et que l'étonnement qu'avait montré Mr. Franklin lors de leur bref entretien sur la terrasse provenait des reproches qu'elle lui avait faits à ce sujet. Mais si cette supposition était exacte, pourquoi, son diamant lui ayant été dérobé, s'opposait-elle à ce que la police mît tout en œuvre pour le retrouver ? Et comment, au nom du ciel, pouvait-elle savoir que la Pierre de Lune resterait désormais introuvable ?

Au point où en étaient les choses en tout cas, il ne fallait espérer aucune réponse à ces questions, de qui que ce fût dans la maison.

Mr. Franklin semblait mettre un point d'honneur à ne pas répéter, même au vieux serviteur que j'étais, ce que Miss Rachel lui avait dit sur la terrasse ; Mr. Godfrey, qui en tant que parent avait été admis dans la confidence, se jugeait sans doute lié par le secret; quant à Milady, elle aussi dans le secret et bien qu'elle fût la seule à avoir été reçue par Miss Rachel, elle avouait qu'elle ne pouvait rien tirer de sa fille, si ce n'est les propos que je rapporte ici : « Vous me rendez folle en me parlant du diamant ! »

Nous étions donc dans l'impasse avec Miss Rachel, comme avec le diamant. Dans le premier cas, Milady était impuissante à nous secourir; dans le second, comme vous allez en juger par vous-même, l'inspecteur Seegrave ressemblait de plus en plus à un inspecteur à court de ressources. Après avoir fureté partout sans rien découvrir, cet officier expérimenté fit appel à moi pour savoir si les domestiques étaient au courant de l'endroit où le bijou avait été déposé.

– Je savais où il se trouvait, commençai-je; Samuel, le valet de pied, était également présent dans la salle à manger quand il a été question de le déposer dans le meuble des Indes pour la nuit. Ma fille, enfin, connaissait la cachette, ainsi qu'elle vous l'a elle-même déclaré. Elle ou Samuel en ont peut-être parlé aux autres, ou ces derniers ont pu entendre des échos de la discussion qui a eu lieu dans la salle à manger. Tout ce que je peux dire, c'est que nous pouvions tous connaître l'endroit où allait être rangé le diamant.

Ma réponse offrait à vrai dire un vaste champ de recherches à l'inspecteur. Il essaya de le rétrécir en m'interrogeant sur le personnel.

Je songeai tout de suite à Rosanna Spearman. Mais ce n'était pas à moi d'orienter les soupçons sur une pauvre fille dont l'honnêteté n'avait jamais été prise en défaut depuis que je la connaissais, et d'ailleurs, je ne le désirais nullement. Aux dires de la directrice de la maison de rééducation, Rosanna s'était montrée sincèrement repentante et on pouvait avoir confiance en elle. Si l'inspecteur avait des raisons de la soupçonner, il m'appartiendrait alors – mais alors seulement – de lui révéler dans quelles circonstances la jeune fille était entrée au service de Milady.

– Tous les domestiques sont parfaitement honnêtes, dis-je, et tous ont mérité la confiance de Milady.

Il ne restait plus qu'une chose à faire à l'inspecteur Seegrave : interroger lui-même les domestiques.

Ils furent convoqués les uns après les autres; ils affirmèrent tous avec indignation n'avoir rien à déclarer. Les femmes étaient surtout furieuses de ne pouvoir retourner dans leurs chambres. Quand ils eurent tous repris leurs occupations, ma fille fut convoquée et interrogée pour la seconde fois. Le mouvement d'humeur de Pénélope dans le boudoir et sa promptitude à se croire suspectée avait probablement produit chez l'inspecteur une impression défavorable. Il n'avait pas oublié non plus qu'elle était la dernière personne à avoir vu le diamant. Le second interrogatoire terminé, ma fille vint me trouver ; elle était folle de rage. Le policier lui aurait presque déclaré que c'était elle la voleuse ! Comme je ne partageais pas encore le point de vue de Mr. Franklin, selon lequel cet inspecteur ne valait guère mieux qu'un âne, je me bornai à rire des déclarations emportées de Pénélope.

Les recherches qui suivirent déclenchèrent une nouvelle crise. L'inspecteur eut avec Milady une conversation à laquelle j'assistai. Après l'avoir informée que le diamant avait probablement été volé par quelqu'un de la maison, il lui demanda la permission de visiter les chambres des domestiques. Ma bonne maîtresse, en femme noble et généreuse qu'elle était, refusa de nous voir traiter comme des malfaiteurs.

– Je ne souffrirai pas qu'on emploie de tels procédés vis-à-vis de fidèles serviteurs, dévoués à ma maison.

L'inspecteur s'inclina en jetant dans ma direction un regard qui semblait dire : « Pourquoi m'employez-vous si vous m'empêchez d'agir ? »

En ma qualité de chef du personnel, je sentis qu'il était de notre devoir de nous soumettre à toutes les obligations exigées par les circonstances, sans tenir compte de la générosité de notre maîtresse.

– Nous vous sommes très reconnaissants, Milady, dis-je, mais nous vous demandons la permission de nous conformer au désir de monsieur l'inspecteur et de lui remettre nos clefs. Quand Gabriel Betteredge aura donné l'exemple, ajoutai-je en arrêtant l'inspecteur à la porte, les autres suivront, je vous le promets. Voici mes clefs, commencez par ma chambre.

Milady me prit la main avec des larmes dans les yeux. Dieu ! que n'aurais-je pas donné à ce moment-là pour pouvoir frapper ce détestable policier !

Comme je l'avais prédit, les autres serviteurs suivirent mon exemple, un peu à contrecœur naturellement, mais se ralliant tous à mon point de vue. Il était assez amusant d'observer les femmes tandis que les policiers fouillaient leurs tiroirs. La cuisinière en particulier regardait l'inspecteur Seegrave avec l'air de vouloir le cuire tout vif sur son fourneau, et les autres l'auraient certainement dévoré avec le plus grand plaisir.

L'enquête terminée sans qu'aucune trace du diamant n'ait été trouvée, l'inspecteur se retira dans ma chambre pour prendre de nouvelles dispositions. Lui et ses hommes étaient déjà depuis d'assez longues heures dans la maison, et ils ne nous avaient encore rien appris au sujet de la disparition de la Pierre de Lune et de son voleur.

Laissant l'officier de police perdu dans ses pensées, j'allai retrouver Mr. Franklin dans la bibliothèque. A mon incroyable étonnement, en ouvrant la porte je me trouvai nez à nez avec Rosanna Spearman !

Le ménage fini dans la bibliothèque, aucune femme de chambre, première ou seconde, n'avait plus à y pénétrer de la journée. J'arrêtai donc la jeune fille et la grondai de son intrusion.

– Que faites-vous dans la bibliothèque à cette heure-ci ? lui demandai-je sévèrement.

– Mr. Franklin Blake avait oublié sa chevalière en haut, me répondit-elle, je suis venue la lui rapporter.

Le visage de Rosanna s'était subitement empourpré et elle s'éloigna avec un mouvement de tête et un air d'importance que je ne parvins pas à m'expliquer. L'enquête faite dans la maison avait sans aucun doute bouleversé tous les esprits, mais, plus que tout autre, celui de la seconde femme de chambre paraissait en être affecté. Elle avait visiblement perdu ses esprits.

Je trouvai Mr. Franklin en train d'écrire, installé devant le bureau. Dès qu'il me vit, il me demanda de donner l'ordre qu'on lui préparât une voiture. Il se rendait à la gare. (Le ton de sa voix m'apprit tout de suite que c'était son côté résolu qui dominait à présent. L'homme de coton avait disparu ; j'avais devant moi l'homme d'acier.)

– Pour aller à Londres, monsieur ? lui demandai-je.

– Pour télégraphier à Londres, corrigea-t-il. J'ai décidé avec ma tante qu'il nous faut un homme plus clairvoyant que l'inspecteur Seegrave, et elle m'a permis de télégraphier à mon père qui connaît le chef de la police, lequel pourra lui indiquer un homme capable de résoudre le mystère du diamant. A propos de mystères, continua

Mr. Franklin en baissant la voix, je voudrais vous dire encore un mot. N'en parlez à personne, mais, ou bien la tête de Rosanna Spearman est tout à fait dérangée, ou bien elle en sait sur la Pierre de Lune plus long qu'elle ne le devrait.

Je fus aussi surpris que perturbé de l'entendre parler ainsi. Plus jeune, je l'aurais avoué à Mr. Franklin ; mais, avec l'âge, vous prenez l'excellente habitude de vous taire chaque fois que vous n'y voyez pas très clair.

– Elle est venue m'apporter une chevalière que j'avais égarée dans ma chambre, poursuivit Mr. Franklin. Je m'attendais à la voir partir, après que je l'eus remerciée comme il se devait, mais elle n'en fit rien et a continué à me regarder de la plus singulière façon. « C'est une étrange histoire que celle de ce diamant, monsieur », m'a-t-elle dit ensuite. Je lui ai répondu par l'affirmative, me demandant ce qui allait suivre. Sur mon honneur, Betteredge, je pense qu'elle est complètement folle ! Elle m'a alors déclaré : « Ils ne retrouveront jamais le diamant, monsieur, ni lui ni la personne qui l'a pris, j'en suis certaine. » Puis elle a hoché la tête et m'a souri. Avant que j'aie pu lui demander ce qu'elle voulait dire, vos pas se sont fait entendre. Je pense qu'elle s'est effrayée à la pensée que vous puissiez la trouver ici ; toujours est-il qu'elle a changé de couleur et a brusquement quitté la pièce. Qu'en pensez-vous ? Je ne peux supporter l'idée de faire arrêter cette pauvre fille simplement à cause de quelques paroles extraordinaires, et cependant, si elle les avait prononcées devant l'inspecteur, stupide comme il est, j'ai peur que…

Il n'acheva pas sa phrase.

– Le mieux à faire, monsieur, serait d'en toucher deux mots à Milady à la première occasion. Votre tante s'est fort attachée à Rosanna Spearman, et la pauvre fille a peut-être parlé de manière inconséquente. Quand des événements comme ceux que nous vivons se produisent dans une maison, les femmes de chambre ont tendance à vouloir dramatiser la situation : s'il y a un malade, elles le croient déjà mort ; si un bijou est perdu, il est certain pour elles qu'il ne sera jamais retrouvé.

Cette façon de voir sembla grandement soulager Mr. Franklin. Il plia son télégramme et me congédia. En allant aux écuries pour ordonner qu'on attelle le cabriolet, je lançai un regard vers l'office où les domestiques étaient en train de dîner; Rosanna n'y était pas. J'appris qu'elle s'était sentie brusquement souffrante et qu'elle était partie se coucher.

– C'est curieux, elle me semblait en bonne santé lorsque je la vis pour la dernière fois, remarquai-je.

Pénélope me suivit à l'extérieur.

– Ne parlez pas ainsi devant les autres, père, me dit-elle. Ils sont déjà assez mal disposés envers cette pauvre fille. Elle a le cœur brisé à cause de Mr. Franklin Blake.

Évidemment, on pouvait regarder les choses sous cet angle... Si Pénélope avait raison, l'étrange langage et la conduite de Rosanna avaient pu être causés par son désarroi en présence de celui qu'elle aimait. Dieu veuille que ce fût là l'explication de l'énigme. Bien qu'il n'eût prononcé que quelques mots, elle avait obtenu ce qu'elle voulait : il lui avait parlé.

Je surveillai le harnachement du poney. Dans l'infernal enchevêtrement de mystères et d'incertitudes qui nous entourait, j'affirme que c'était pour moi un véritable soulagement de constater à quel point les courroies s'ordonnaient entre elles sans difficulté ! La vue du poney attelé à la voiture présentait au moins l'image d'une chose indubitable, plaisir à ne pas bouder dans la situation où nous nous trouvions !

En conduisant le cabriolet devant l'entrée principale, je constatai que non seulement Mr. Franklin m'y attendait, mais aussi Mr. Godfrey et l'inspecteur Seegrave qui se tenaient à côté de lui, sur le perron.

Après avoir constaté l'inutilité de ses recherches dans la maison, les réflexions du policier semblaient avoir pris un autre tour. Toujours convaincu que c'était un membre de notre personnel qui avait dérobé le diamant, il en était arrivé à la conclusion que le voleur (il avait heureusement la sagesse de ne pas accuser la pauvre Pénélope quoique, dans son for intérieur, il la soupçonnât) avait agi de conserve avec les Hindous, et il se proposait d'aller lui-même interroger ces derniers dans leur prison.

Mr. Franklin s'était proposé de conduire l'inspecteur à Frizinghall, d'où il pourrait tout aussi bien expédier son télégramme pour Londres au lieu de l'envoyer de la gare. Mr. Godfrey, tout acquis à l'inspecteur Seegrave et désireux de connaître la déposition des jongleurs, avait demandé à les accompagner. Un des deux policiers subalternes devait demeurer dans la maison pour le cas où un événement insolite se produirait; l'autre suivrait son chef. De cette façon, la voiture était au complet.

Avant de prendre les rênes, Mr. Franklin me prit à l'écart pour me glisser quelques mots à l'oreille :

– J'attendrai pour télégraphier à Londres que l'on ait interrogé les prisonniers. Ma conviction est faite; ce borné inspecteur de police locale ne voit pas la moindre lueur dans toute cette histoire et il essaie simplement de gagner du temps. L'idée qu'un de nos domestiques pourrait être de connivence avec les Hindous me semble absolument ridicule. Surveillez bien la maison, Betteredge, jusqu'à mon retour. Occupez-vous de Rosanna Spearman. Je ne vous demande rien de contraire à votre dignité et à votre bon cœur. Exercez seulement vos talents d'observation. Tâchons d'inquiéter ma tante le moins possible, mais laissez-moi vous dire que tout cela est infiniment plus grave que vous ne le supposez.

– Vingt mille livres sont en jeu, dis-je, en pensant à la valeur monétaire du diamant.

– C'est avant tout la tranquillité d'esprit de Rachel qui est en jeu, répondit Mr. Franklin gravement. Je suis très anxieux à son sujet.

Il me quitta brusquement comme s'il désirait couper court à la conversation. Je pensai comprendre pourquoi : en parlant davantage, il risquait de me laisser entendre ce que Miss Rachel lui avait appris sur la terrasse.

Ils partirent donc pour Frizinghall. J'aurais désiré, quant à moi, avoir un entretien avec Rosanna Spearman, et ce dans son propre intérêt, mais l'occasion ne se présenta pas. La jeune fille ne descendit qu'à l'heure du thé. Elle semblait bizarre et nerveuse et eut ce que l'on nomme une crise d'hystérie. Milady lui ordonna alors de prendre une potion calmante et la renvoya au lit.

La journée s'étira en longueur, sombre et lugubre, vous pouvez m'en croire! Miss Rachel garda la chambre, déclarant se sentir trop mal pour descendre dîner. Milady montrait tant d'anxiété au sujet de sa fille que je ne pus me résoudre à l'inquiéter davantage en lui rapportant les paroles de Rosanna Spearman à Mr. Franklin. Quant à Pénélope, elle persistait à croire qu'elle allait être accusée de vol, jugée et condamnée à la déportation! Les autres domestiques s'étaient réfugiées dans leur bible et leurs livres de prières, lectures dont elles ne semblaient tirer que de l'amertume – n'est-ce pas en règle générale le résultat auquel aboutissent les manifestations de piété inopinées ? Pour moi, je n'eus même pas le courage d'ouvrir mon *Robinson Crusoé*. Je sortis dans la cour en quête d'une société réconfortante ; je m'installai près du chenil et me mis à parler aux chiens.

Une demi-heure avant le dîner, les deux gentlemen revinrent de Frizinghall après être convenus avec l'inspecteur Seegrave qu'il nous rejoindrait le lendemain. Ils étaient passés chez Mr. Murthwaite, l'explorateur, qui habitait près de la ville et qui, à la requête de Mr. Franklin, avait aimablement accepté d'interroger les trois jongleurs qui s'exprimaient difficilement en anglais. Cet interrogatoire n'avait donné aucun résultat. Rien ne pouvait faire supposer que les Hindous avaient été en rapport avec l'un de nos domestiques. Mr. Franklin avait donc envoyé son télégramme à Londres et nous n'avions plus maintenant qu'à attendre jusqu'au lendemain.

Voilà donc pour le récit des événements qui suivirent l'anniversaire de Miss Rachel. Il s'en fallait que la journée qui venait de s'écouler nous ait apporté l'ombre d'un commencement de solution. Un coin du voile cependant se souleva dans les jours qui suivirent. Comment, et avec quelles conséquences, c'est ce que vous allez apprendre à présent.

12

La nuit du jeudi se passa sans incident, mais la matinée du vendredi nous apporta deux faits nouveaux.

Le boulanger, d'abord, nous déclara avoir rencontré Rosanna Spearman dans l'après-midi de la veille. Un voile épais recouvrant son visage, elle se dirigeait vers Frizinghall par le petit chemin qui traverse la lande. A cause de son épaule, il était impossible de ne pas reconnaître la pauvre fille ; l'homme cependant s'était certainement trompé, puisque, comme vous le savez, Rosanna, malade ce jour-là, était restée dans son lit tout l'après-midi.

Le facteur, ensuite, nous fit une autre révélation. Le Dr Candy, lorsqu'il était reparti sous la pluie le soir de l'anniversaire de Miss Rachel, avait une fois de plus eu une parole malheureuse en m'affirmant qu'un médecin avait la peau imperméable. Car, nous apprit le facteur, il avait été trempé jusqu'aux os en revenant chez lui, et était maintenant alité, en proie au délire. A ce que l'on disait, il débitait encore plus de sottises, et avec plus de volubilité, le pauvre, qu'en temps ordinaire ! Nous fûmes tous attristés pour le petit docteur, Mr. Franklin, à ce que je pus comprendre d'une conversation qu'il eut en ma présence avec Milady, encore plus que nous tous : l'état de sa cousine l'inquiétait tellement qu'il pensait que, si la Pierre de Lune ne se retrouvait pas, il faudrait certainement avoir recours aux soins d'un médecin.

Le déjeuner était à peine terminé qu'un télégramme apportait la réponse de Mr. Blake père ; ce dernier annonçait à son fils qu'avec l'aide de son ami, l'inspecteur en chef de la police, il avait mis la main sur l'homme dont nous avions actuellement besoin. Son nom était Cuff, le sergent Cuff, et son arrivée pouvait être attendue dès le lendemain matin.

En lisant le nom du détective, Mr. Franklin ne put réprimer un mouvement de surprise. Il avait entendu, pendant son bref séjour à Londres, circuler de surprenantes anecdotes sur le sergent Cuff.

– Je commence à croire que nous verrons bientôt la fin de notre anxiété, dit-il, car si la moitié des histoires qu'on raconte sont vraies, le sergent Cuff n'a pas son pareil en Angleterre pour éclaircir les mystères les plus ténébreux.

Nous étions donc tous très impatients de voir paraître cet homme à la renommée universelle. L'inspecteur Seegrave revint à l'heure convenue. Lorsqu'il apprit l'arrivée du sergent, il s'enferma dans une chambre, armé de plumes, d'encre et de papier, pour rédiger le rapport qu'on ne manquerait pas de lui réclamer.

Il m'eût été agréable d'aller moi-même à la gare chercher le sergent Cuff, mais il ne fallait pas songer à prendre la voiture et les chevaux de Milady, le voyageur fût-il le fameux sergent Cuff ; Mr. Godfrey avait déjà retenu le cabriolet. Il regrettait vivement d'être obligé de quitter sa tante en un moment si critique, et il décida même de ne partir que par le dernier train afin de savoir ce que le policier londonien allait penser de l'affaire. Mais il lui fallait absolument être en ville le vendredi soir, ayant le samedi matin une réunion avec les dames de son comité qui avaient besoin de le consulter à propos d'un cas difficile.

Quand approcha l'heure de l'arrivée du nouveau détective, j'allai jusqu'à la grille pour le recevoir.

Comme j'atteignais la loge, je vis paraître une voiture de louage. Il en sortit un homme d'âge mûr, aux cheveux grisonnants, squelettiquement maigre. Il était sobrement vêtu de noir et portait une cravate blanche. Sa figure en lame de couteau était recouverte d'une peau virant au jaune, aussi racornie qu'une feuille d'automne. Ses yeux, d'un gris d'acier, vous fixaient d'une façon déconcertante, comme s'il avait voulu pénétrer vos pensées plus profondément que vous-même. Sa démarche était silencieuse, sa voix mélancolique et ses longues mains décharnées. Il aurait aussi bien pu passer pour un pasteur ou pour un entrepreneur de pompes funèbres – pour tout ce que vous voudrez, sauf pour ce qu'il était réellement. Il offrait le plus frappant contraste avec l'inspecteur Seegrave. En bref, rien de moins réconfortant que ce sergent qui n'était certainement pas l'homme dont avait besoin une famille en détresse.

– Suis-je bien chez lady Verinder ?

– Oui monsieur.

– Je suis le sergent Cuff.

– Veuillez me suivre, je vous prie.

En traversant le parc, je lui fis part de mon nom et de la situation que j'occupais chez lady Verinder, afin de lui faire comprendre qu'il pouvait en toute confiance me parler de l'affaire qui l'amenait chez nous. Et pourtant il n'en dit pas un mot, pas un traître mot ! Il admirait les parterres et me faisait remarquer combien l'air était frais et vivifiant, tandis qu'à part moi, je me demandai comment le fameux Cuff avait pu acquérir une telle réputation… Nous arrivâmes devant la maison, dans le même état d'esprit que deux chiens qui ne se connaissent pas et sont attachés l'un et l'autre pour la première fois de leur vie à la même laisse. On nous dit que Milady était dans l'une des serres ; retournant au jardin, nous envoyâmes un domestique l'avertir de l'arrivée du sergent. Tandis que nous attendions, le détective jeta un œil vers l'arceau de verdure qui se trouvait sur notre gauche, aperçut la roseraie et s'y engagea, comme si, enfin, il consentait à trouver de l'intérêt à quelque chose. Au grand émerveillement du jardinier et pour ma plus grande contrariété, je dois l'avouer, notre célèbre policier se révéla un puits de science en matière de roses.

– Ah ! vous avez là la bonne exposition – sud et sud-est ! fit-il en hochant la tête et d'une voix où le plaisir perçait sous l'intonation monocorde. Et une disposition parfaite pour une roseraie, pas un parterre circulaire comme on en voit dans les jardins publics. Oui... oui... c'est cela, une allée entre chaque parterre... Mais il ne faudrait pas du gravier, comme vous avez là... De l'herbe, monsieur le jardinier, des allées d'herbe entre vos roses... Le gravier, c'est trop dur voyez-vous. Ces roses blanches et ces roses rouges sont bien jolies. Leurs teintes se marient toujours admirablement, n'est-ce pas ? Voici la rose blanche musquée, Mr. Betteredge, notre rose anglaise peut rivaliser avec les espèces les plus belles et les plus nouvelles ! Charmante petite !

Et il caressa la rose musquée de ses longs doigts maigres.

Était-ce bien là l'homme en qui nous avions mis tout notre espoir de retrouver le diamant de Miss Rachel et le voleur qui l'avait pris ?

– Vous paraissez beaucoup aimer les roses, sergent.

– J'ai trop peu de temps pour rien aimer parfaitement, répondit-il. Mais lorsque j'ai le loisir de témoigner un peu de tendresse, le plus souvent c'est aux roses qu'elle va. J'ai commencé ma vie parmi elles, dans le jardin de mon père, et je compte bien finir mes jours au milieu d'elles également. Oui... s'il plaît à Dieu, je renoncerai bientôt à attraper les voleurs et je me consacrerai à la culture des roses. Mais il y aura des allées d'herbe entre mes parterres, monsieur le jardinier.

Vraiment, les allées de gravier de notre roseraie semblaient préoccuper gravement le sergent Cuff.

– C'est un goût assez étrange, monsieur, chez un homme de votre profession, me hasardai-je à dire.

– Si vous regardez autour de vous (ce dont peu de gens se donnent la peine), me répondit-il, vous vous apercevrez que les goûts des hommes, dans la plupart des cas, sont aussi opposés que possible à leur métier. Montrez-moi deux choses plus dissemblables qu'une rose et un voleur, et alors je corrigerai mes goûts, s'il n'est pas trop tard... Voyez-vous, monsieur le jardinier, les roses les plus délicates... Ah ! voici une dame ! Est-ce lady Verinder ?

Il avait aperçu ma maîtresse avant que le jardinier ou moi-même ayons deviné son approche, alors que nous connaissions parfaitement le chemin qu'elle devait emprunter pour nous rejoindre. Je commençai à croire que le nouvel arrivant était plus intelligent qu'il ne m'avait paru au premier abord.

L'aspect du sergent ou peut-être la mission dont il était chargé parurent causer quelque embarras à Milady, ce qui ne laissa pas de me surprendre de sa part, mais le policier parvint rapidement à la mettre à l'aise.

Quand il apprit la présence de l'inspecteur Seegrave dans la maison, il exprima le désir de lui parler avant d'entreprendre quoi que ce soit.

Milady se dirigea vers la maison. Avant de la suivre, le sergent voulut encore dire un mot au jardinier au sujet du gravier :

– Que lady Verinder essaye l'herbe ! Pas de gravier, pour l'amour du ciel ! Pas de gravier !

Je ne puis m'expliquer pourquoi l'inspecteur de la police locale me parut si petit en présence du sergent Cuff ; c'est pourtant l'impression qu'il me fit. Les deux hommes se retirèrent tous deux et restèrent un long moment enfermés à l'abri des oreilles et des yeux indiscrets. Quand ils sortirent enfin, l'inspecteur Seegrave semblait très agité et le sergent Cuff bâillait.

– Le sergent Cuff demande à voir le boudoir de Miss Verinder, me dit l'inspecteur Seegrave avec beaucoup d'amabilité ; il aura peut-être quelques questions à vous poser. Accompagnez-nous.

Tandis qu'il me donnait ces ordres, je jetai un coup d'œil sur l'illustre Cuff qui, de son côté, ne perdait pas de vue l'inspecteur Seegrave ; il l'examinait de ce regard dont j'ai déjà parlé. Je n'affirmerais pas qu'il épiait sur le visage de son confrère une expression lui confirmant qu'il avait affaire à un âne, mais je le soupçonnais fortement.

Je conduisis les deux hommes. Le sergent inspecta le boudoir et examina le meuble en bois des Indes, posant des questions – parfois à l'inspecteur, le plus souvent à moi – dont la pertinence, je peux le dire, nous échappait à l'un comme à l'autre. Le cours de ses investigations le mena devant la porte, face au panneau décoratif que vous connaissez déjà.

Il posa son doigt décharné sur la petite tache faite au-dessous de la serrure que l'inspecteur Seegrave avait déjà remarquée alors qu'il réprimandait les femmes de chambre pour leur intrusion dans la pièce.

– Quel dommage ! Comment cet accident est-il arrivé ?

C'est à moi qu'il s'adressait. Je répondis que les domestiques avaient pénétré dans le boudoir le matin du vol et causé le malheur avec leurs jupons.

– C'est alors, ajoutai-je, que l'inspecteur Seegrave leur a ordonné de sortir.

– Exact, approuva le chef de la police locale. Ce sont certainement les jupons de ces dames qui ont endommagé la peinture.

– Avez-vous remarqué laquelle d'entre elles portait le jupon qui a fait la tache ? demanda le sergent en s'adressant non pas à son confrère mais toujours à moi.

– Non, monsieur.

Il se tourna alors vers l'inspecteur :

– Et vous, je suppose que vous le savez ?

L'inspecteur Seegrave sembla être pris au dépourvu ; il voulut s'en tirer du mieux qu'il put.

– Je ne puis m'encombrer la mémoire ainsi, sergent, répondit-il. Ce n'est d'ailleurs qu'un détail sans importance, un simple détail.

Le sergent Cuff regarda Mr. Seegrave exactement de la même manière que, dans la roseraie, il avait regardé les allées de gravier et, de sa même voix monocorde, il nous livra une première occasion d'apprécier son habileté.

– J'ai fait la semaine dernière, monsieur l'inspecteur, une enquête privée. Au départ de l'enquête, il y avait un meurtre ; à l'arrivée, une tache d'encre sur une nappe que personne ne pouvait expliquer. La longue expérience que j'ai de mon vilain métier m'a enseigné que rien n'est jamais un simple détail. Avant de poursuivre nos recherches, occupons-nous donc de ces fameux jupons responsables de cette tache et efforçons-nous de découvrir à quel moment cette peinture a pu être humide.

L'inspecteur parut assez vexé et demanda s'il fallait convoquer les femmes de chambre. Le sergent Cuff, l'ayant considéré un instant, soupira et secoua la tête.

– Non, d'abord la peinture. Cette question sera rapidement résolue, tandis que les histoires de jupons sont toujours beaucoup plus longues à régler. A quelle heure les femmes de chambre ont-elles fait irruption dans la pièce ? Onze heures, n'est-ce pas ? Quelqu'un pourrait-il nous dire si la peinture était sèche à ce moment-là ?

– Mr. Franklin Blake, le neveu de Milady, doit le savoir, répondis-je.

– Ce monsieur est-il dans la maison ?

Mr. Franklin qui brûlait d'être présenté à l'illustre sergent, n'était guère loin de nous. Il arriva une demi-minute plus tard et donna le témoignage suivant :

– Cette porte, sergent, a été peinte par Miss Verinder sous ma direction, avec un mélange qui sèche en douze heures, quelles que soient les couleurs employées.

– Vous rappelez-vous, monsieur, quand la partie tachée a été terminée ?

– Parfaitement. C'est par là que nous avons achevé notre travail. Nous voulions à tout prix avoir fini mercredi dernier et c'est moi-même qui ai mis la dernière touche vers trois heures de l'après-midi.

– Nous sommes aujourd'hui vendredi, constata le sergent Cuff en s'adressant cette fois à l'inspecteur Seegrave. Récapitulons donc. A trois heures, mercredi après-midi, cette partie du panneau était terminée. Le mélange mettant douze heures à sécher, le panneau devait être sec à trois heures du matin, le jeudi. A onze heures du matin ce jour-là, vous avez perquisitionné dans cette pièce ; enlevez trois de onze, il vous reste huit heures. Cette peinture était donc sèche depuis huit heures au moment où vous prétendez que le mal a été fait.

Quel coup pour l'inspecteur Seegrave ! S'il ne s'était montré soupçonneux envers Pénélope, j'aurais peut-être eu pitié de lui.

Ayant résolu la question de la peinture, le sergent Cuff considéra désormais son confrère comme quantité négligeable et s'adressa directement à Mr. Franklin qui semblait davantage en mesure de l'assister.

– C'est à vous, monsieur, lui dit-il, que nous devons d'avoir trouvé la première lueur qui nous aidera peut-être à tout découvrir.

Comme il achevait ces paroles, la porte de la chambre s'entrouvrit, laissant paraître Miss Rachel. Elle s'adressa directement au sergent sans paraître se préoccuper du fait qu'il ne lui avait pas été présenté.

– Ne disiez-vous pas, demanda-t-elle en désignant Mr. Franklin, qu'il vous avait fourni une première lueur dans cette affaire ?

– C'est Miss Verinder, murmurai-je au sergent.

– Ce gentleman, affirma ce dernier dont les yeux d'acier examinaient attentivement le visage de la jeune fille, ce gentleman, mademoiselle, nous a peut-être livré le premier mot de l'énigme.

Elle hésita un instant, puis son regard essaya de croiser celui de son cousin. Je dis « essaya », car elle se détourna soudain, avant que leurs yeux se rencontrent. Son esprit semblait étrangement troublé. Elle rougit, puis pâlit ; sa physionomie se couvrit d'une expression déconcertante.

– Ayant répondu à votre question, mademoiselle, je vous demanderai la permission d'en poser une à mon tour. Il y a une tache sur la peinture de votre porte. Savez-vous quand elle a été faite et par qui ?

Au lieu de répondre, Miss Rachel fit comme si elle n'avait rien entendu.

– Seriez-vous par hasard un autre inspecteur ? demanda-t-elle.

– Je suis le sergent Cuff, mademoiselle, de la police d'investigations.

– Pensez-vous que l'opinion d'une jeune fille telle que moi puisse vous être utile ?

– Cela me ferait plaisir de la connaître, mademoiselle.

– Faites ce que vous avez à faire tout seul, et ne laissez pas Mr. Franklin se mêler de vos affaires.

Elle lança ces mots si méchamment, si sauvagement et avec tant d'exaltation mauvaise dans la voix et dans le regard que moi, qui l'avais connue enfant et l'avais aimée et respectée presque autant que ma maîtresse, j'eus honte d'elle pour la première fois de ma vie.

Le regard impénétrable du sergent Cuff ne l'avait pas quittée un seul moment.

– Merci mademoiselle, mais ne savez-vous vraiment rien sur cette tache ? Ne l'auriez-vous pas faite vous-même accidentellement ?

– Je ne sais rien du tout sur cette tache.

Là-dessus elle s'éloigna et referma sur elle la porte de sa chambre. Je l'entendis bientôt qui pleurait à chaudes larmes.

Je ne pouvais me décider à regarder le sergent ; je jetai plutôt un œil vers Mr. Franklin qui paraissait encore plus malheureux que moi de ce qui venait de se passer.

– Je vous disais bien que j'étais inquiet, dit-il ; vous comprenez maintenant pourquoi.

– Miss Verinder paraît un peu surexcitée par la perte de son diamant, remarqua le sergent. C'est ma foi bien naturel.

Cette excuse, je l'avais moi-même formulée la veille quand elle s'était emportée devant l'inspecteur Seegrave, mais voilà qu'à présent c'était un homme qui ne la connaissait absolument pas et qui n'avait aucun intérêt, à l'inverse de moi, à prendre ainsi sa défense ! Un brusque frisson, que je ne pus m'expliquer sur le moment, me parcourut. Je sais maintenant que je venais sans doute d'éprouver le premier soupçon – et quel horrible soupçon ! – de la lumière qui venait de se faire dans l'esprit du sergent Cuff, à la suite de l'attitude et des paroles de Miss Rachel lors de ce premier interrogatoire.

– La langue d'une jeune dame a ses privilèges, monsieur, dit-il à Mr. Franklin. Oublions ce qui vient de se passer et poursuivons notre travail. Nous savons, grâce à vous, quand la peinture s'est trouvée sèche. Il s'agit maintenant de savoir à quel moment elle a été vue encore intacte. Vous me suivez bien, n'est-ce pas ?

Mr. Franklin se ressaisit avec un certain effort et oublia Miss Rachel pour revenir à la question qui nous préoccupait.

– Avez-vous revu votre travail dans l'après-midi du mercredi, après l'avoir terminé ?

Mr. Franklin hocha la tête et répondit :

– Je ne pourrais l'affirmer.

– Et vous, l'avez-vous vu ? me demanda le sergent

– Je ne pourrais pas non plus l'affirmer, répondis-je.

– Quelle est la dernière personne à être entrée dans cette pièce le mercredi soir ?

– Miss Rachel, je suppose.

– Ou peut-être votre fille, Betteredge.

C'était Mr. Franklin qui venait de prononcer ces mots. Il se tourna vers le sergent pour lui expliquer que ma fille était la femme de chambre personnelle de Miss Verinder.

– Mr. Betteredge, priez votre fille de monter. Non, attendez !

M'ayant attiré près de la fenêtre, il me dit sans être entendu des autres :

– L'inspecteur m'a fait un rapport complet sur sa façon de conduire l'enquête. De son propre aveu, il s'est aliéné les domestiques. Il est très important de les calmer. Parlez à votre fille et aux autres et dites-leur avant tout que rien ne prouve que le diamant ait été volé, qu'il a peut-être été tout simplement perdu. Dites-leur ensuite que j'ai besoin de leur aide pour le retrouver.

Ma propre expérience me suggéra alors une idée.

– Puis-je, sergent, vous demander une preuve de confiance qui vous les conciliera immédiatement ? Accordez-leur la liberté de regagner leurs chambres.

– C'est d'accord.

– Cela les apaisera toutes autant qu'elles sont.

– Allez et faites vite, Mr. Betteredge.

Je ne mis pas plus de cinq minutes à accomplir ma mission. Il n'y eut qu'une difficulté : une fois annoncée la restitution des chambres à coucher, j'eus toutes les peines du monde à empêcher nos femmes de nous suivre, Pénélope et moi, tant était subitement grand leur enthousiasme, à l'idée d'apporter leur aide au sergent.

Celui-ci parut être intéressé par le témoignage que fit Pénélope ; son visage s'éclaira un peu, comme lorsqu'il s'était penché dans le jardin sur la rose blanche musquée. Ma fille, en vérité, se montra à la hauteur de la situation. C'est bien mon enfant, elle ne tient absolument rien de sa mère, Dieu merci ! absolument rien…

Elle se livra à une petite récapitulation : elle avait pris d'abord grand intérêt à la réalisation du panneau, à laquelle elle avait apporté sa contribution en mélangeant les couleurs ; elle avait remarqué l'endroit qui se trouvait sous la serrure, car c'était bien celui qui avait été peint en dernier ; elle avait vu le panneau quelques heures après, sans aucune tache ; à minuit, la peinture était encore intacte : c'est à ce moment-là qu'elle avait souhaité une bonne nuit à sa maîtresse ; elle avait entendu l'heure sonner dans le boudoir au moment où elle posait la main sur la poignée de la porte en question ; comme elle savait la peinture encore toute fraîche, elle s'était appliquée à n'y pas toucher ; elle affirmait avoir retenu sa jupe et maintenait qu'alors aucune tache n'était visible ; il ne lui était cependant pas possible de jurer qu'elle n'avait pas frôlé le panneau en sortant ; mais elle se souvenait parfaitement de la robe qu'elle portait ce jour-là (une robe neuve que lui avait donnée Miss Rachel) et son père s'en souviendrait lui aussi certainement, et pourrait le confirmer. La robe en question fut amenée, identifiée par le père comme étant celle qu'elle portait ce soir-là, examinée en détail sans qu'on y trouvât la moindre trace de peinture. – Fin du témoignage clair et concis de ma fille Pénélope.

Le sergent demanda ensuite si les chiens, en entrant par hasard dans la maison, auraient pu commettre le dégât avec leur queue.

S'étant entendu répondre par la négative, il se procura une loupe pour regarder la tache de plus près. La peinture ne portait pas trace d'empreinte humaine. Tous les signes apparents indiquaient qu'une robe était passée par là. En rapprochant le témoignage de Pénélope et celui de Mr. Franklin, il devenait évident qu'une personne avait pénétré dans la pièce entre minuit et trois heures, et avait malencontreusement abîmé la peinture.

Arrivé à ce stade de ses investigations, le sergent Cuff, s'avisant que l'inspecteur Seegrave était présent, résuma les faits à l'intention de son collègue.

– Ce détail, comme vous le prétendiez, monsieur l'inspecteur, dit-il en désignant la porte tachée, a grossi en importance depuis que vous l'avez remarqué pour la première fois. Trois découvertes en découlent : il faut premièrement trouver dans la maison l'accessoire de toilette qui porte la marque de cette peinture ; trouver deuxièmement à qui il appartient ; découvrir troisièmement comment cette personne a pénétré dans cette pièce entre minuit et trois heures du matin. Si elle ne peut donner de réponse satisfaisante, nous n'aurons pas à chercher plus loin qui a pris le diamant. Je ferai moi-même ces recherches, si vous le voulez bien, et nous ne vous détournerons pas davantage des affaires qui vous réclament en ville. Veuillez laisser un de vos hommes à ma disposition et permettez-moi de vous dire au revoir.

Si l'inspecteur Seegrave avait une haute opinion du sergent Cuff, il s'estimait plus encore. Le coup fut dur pour lui, aussi essaya-t-il de faire front en décochant l'une de ses flèches :

– Je me suis abstenu jusqu'à présent d'exprimer mon opinion. J'aurai cependant une petite objection à formuler avant de laisser l'affaire entre vos mains : il me semble, sergent, que d'une simple taupinière vous êtes en train de faire une montagne. Au revoir.

– Votre tête étant trop haute pour voir une taupinière, il n'est pas étonnant qu'elle ne vous préoccupe pas.

Ayant retourné en ces termes le compliment de son collègue, le sergent Cuff se retira dans l'embrasure de la fenêtre.

Mr. Franklin et moi restions là, attendant la suite des événements. Le sergent regardait par la fenêtre, les mains dans les poches, sifflant tout bas « La dernière rose de l'été ». Je devais bientôt découvrir qu'il ne se mettait à siffler que lorsqu'il était plongé dans ses réflexions, cherchant à élucider un point particulièrement important de son enquête. Dans ces moments-là, de toute évidence, « La dernière rose de l'été » l'aidait et l'encourageait. Cet air lui rappelait sans doute les fleurs qu'il aimait tant, mais à la manière dont il le sifflait c'était l'air le plus triste qu'on n'eût jamais entendu.

Quittant la fenêtre au bout de quelques minutes, il s'arrêta au milieu de la pièce, l'air préoccupé et le regard fixé sur la porte de la chambre de Miss Rachel. Puis il se ressaisit, hocha la tête comme pour dire : « Allons-y ! » et, s'adressant à moi, il me pria de solliciter de ma maîtresse quelques minutes d'entretien à l'heure qui lui conviendrait le mieux.

Comme je sortais pour aller la prévenir, j'entendis Mr. Franklin poser une question au sergent. J'attendis sur le seuil pour en connaître la réponse.

– Auriez-vous par hasard déjà deviné qui a volé le diamant ?

– Personne n'a volé le diamant, répondit le sergent Cuff.

Nous fûmes tous deux interloqués d'entendre cette extraordinaire conclusion et nous suppliâmes l'officier de police de s'expliquer.

– Attendez un peu, nous dit-il, toutes les pièces du puzzle ne sont pas encore assemblées.

13

Je trouvai Milady dans son boudoir. Elle eut un mouvement d'humeur et parut contrariée lorsque je lui dis que le sergent Cuff désirait lui parler.

– Est-ce vraiment indispensable ? demanda-t-elle. Ne pouvez-vous pas me remplacer, Gabriel ?

Ma maîtresse me mettait dans l'embarras. Je le lui montrai si bien que, lisant sur mon visage, elle fut assez bonne pour me donner ses raisons.

– J'ai bien peur d'avoir les nerfs en mauvais état, et ce policier m'effraye. J'ai comme le pressentiment qu'il a apporté avec lui le trouble et le malheur. C'est peut-être de la folie de ma part, mais c'est ainsi.

Je ne savais vraiment que lui répondre ; pour ma part, plus je voyais le sergent Cuff à l'œuvre, plus je l'estimais. D'ailleurs, après m'avoir ouvert son cœur, Milady se résigna, car c'était, comme je vous l'ai déjà dit, une femme d'un immense courage.

– S'il le faut, je le verrai donc. Mais restez avec nous pendant cette entrevue, Gabriel.

Pour la première fois peut-être depuis que je l'avais connue toute jeune fille, ma maîtresse manifestait une nervosité inaccoutumée. Je regagnai le boudoir où je trouvai Mr. Franklin qui s'apprêtait à rejoindre au jardin Mr. Godfrey, dont l'heure du départ approchait. Le sergent Cuff et moi nous rendîmes directement dans la chambre de Milady.

Celle-ci pâlit affreusement à la vue du policier ; elle se maîtrisa cependant rapidement et demanda au sergent s'il permettait que j'assiste à l'entretien ; elle fut assez bonne pour ajouter que j'étais son conseiller fidèle et qu'elle tenait à ce que je sois au courant de tout. Le sergent répondit avec courtoisie qu'il considérerait ma présence comme une faveur, ayant déjà apprécié mon aide en tant que chef du personnel. Milady nous désigna deux chaises et nous entrâmes directement dans le vif du sujet.

– J'ai déjà une opinion sur l'affaire qui nous occupe, commença le sergent, mais je vous demande la permission, Milady, de n'en rien dire pour le moment. Mon travail consiste uniquement aujourd'hui à vous rapporter ce que j'ai découvert là-haut dans le petit salon de Miss Verinder, et à vous communiquer mes décisions à ce sujet, si toutefois vous n'y voyez pas d'inconvénient.

Il parla alors de la tache qui souillait la peinture et répéta les conclusions auxquelles il était déjà arrivé en notre présence. Il s'exprima cependant avec beaucoup plus de précautions qu'il ne l'avait fait devant l'inspecteur Seegrave.

– Un fait est certain, dit-il en terminant, c'est que le diamant a disparu du tiroir du meuble en bois des Indes. Et ce dont je suis presque aussi sûr, c'est que la peinture a dû laisser des marques sur un vêtement appartenant à quelqu'un de la maison. Il faut donc avant toute chose mettre la main sur ce vêtement.

– Et sa découverte, répliqua ma maîtresse impliquera, je suppose, celle du voleur.

– Je vous demande pardon, Milady, mais je n'ai jamais dit que le diamant avait été volé. Je constate simplement qu'il a disparu. La découverte de la robe tachée peut nous aider à le retrouver.

Milady me regarda.

– Pouvez-vous comprendre cela ? me demanda-t-elle.

– L'essentiel est que le sergent se comprenne, répondis-je.

– Comment vous proposez-vous de retrouver cette robe, demanda Milady en s'adressant au sergent. Je suis honteuse à la pensée que mes domestiques, si fidèles et dévoués, ont dû subir une perquisition dans leurs chambres, et je ne pourrais tolérer que cette humiliation leur soit infligée une seconde fois.

– C'est justement le point que je voulais vous soumettre, Milady, reprit le sergent. Le policier qui m'a précédé a commis une grosse erreur en laissant deviner aux domestiques qu'il les soupçonnait. Si je leur montre que moi aussi je doute de leur honnêteté, ils mettront alors mille obstacles sur mon chemin, les femmes surtout. Il est cependant indispensable que les placards soient à nouveau visités, pour la bonne et simple raison que la première perquisition ne concernait que le diamant, tandis qu'il nous faut maintenant chercher une robe tachée. J'ai parfaitement conscience qu'il faut ménager les sentiments des domestiques, je suis parfaitement d'accord avec vous, Milady, mais j'ai également conscience que les armoires doivent être visitées.

– Nous sommes alors dans une impasse, riposta Milady.

– J'ai un plan qui peut aplanir toutes les difficultés, reprit le sergent Cuff ; s'il a votre approbation, Milady, je propose d'expliquer aux domestiques…

– Les femmes vont immédiatement se croire soupçonnées, interrompis-je.

– Non, Mr. Betteredge, pas si je peux leur déclarer que toutes les garde-robes des personnes présentes dans la maison le soir de la disparition du diamant vont être perquisitionnées, sans exception. Il ne s'agira naturellement que d'une simple formalité, conclut-il en lançant un regard entendu à ma maîtresse, mais les domestiques accepteront dans ces conditions d'être traités comme leurs maîtres. Je pense même qu'au lieu d'entraver les recherches, ils mettront leur point d'honneur à nous seconder.

Je compris qu'il avait raison. La surprise passée, Milady se rangea également à ses raisons.

– Êtes-vous sûr que cette perquisition soit vraiment nécessaire ? demanda-t-elle encore.

– C'est le moyen le plus rapide, Milady, pour mener l'enquête à bonne fin.

Ma maîtresse se leva pour sonner la femme de chambre.

– Vous parlerez vous-même au personnel, me dit-elle, en leur montrant que vous avez dans les mains les clefs de ma propre garde-robe.

C'est alors que le sergent Cuff l'interrompit par une question tout à fait inattendue :

– Ne ferions-nous pas mieux d'abord de nous assurer du consentement des autres dames et des autres messieurs de la maison ?

– En fait de dames, il n'y a en dehors de moi que Miss Verinder, répondit ma maîtresse avec un regard étonné ; les seuls messieurs sont mes neveux, Mr. Blake et Mr. Ablewhite. Ils ne refuseront certainement pas.

Je rappelai alors à ma maîtresse que Mr. Godfrey était sur le point de partir. A ce moment précisément, ce dernier frappa à la porte pour venir faire ses adieux. Il était suivi de Mr. Franklin qui s'était proposé de l'accompagner à la gare. Milady exposa la situation. Mr. Godfrey ne fit aucun problème ; il appela Samuel par la fenêtre et lui enjoignit de remonter sa valise aussitôt et d'en remettre les clefs au sergent.

– Mes bagages me rejoindront à Londres lorsque l'enquête sera terminée.

Le sergent le remercia et lui présenta ses excuses :

– Je suis désolé, monsieur, de vous causer cet embarras pour une simple formalité, mais l'exemple donné par les maîtres incitera les domestiques à accepter facilement cette nouvelle enquête.

Après avoir aimablement pris congé de ma maîtresse, Mr. Godfrey laissa pour Miss Rachel un mot d'adieu dont les termes me firent comprendre qu'il n'avait pas pris le « non » de la jeune fille pour une réponse définitive et qu'il avait bien l'intention de revenir à la première occasion sur la question du mariage. En suivant son cousin, Mr. Franklin informa le sergent que toute sa garde-robe était à sa disposition et qu'il n'avait rien mis sous clef. Le policier le remercia. Sa manière de voir, vous l'observez, avait immédiatement rencontré l'assentiment de Milady, Mr. Godfrey et Mr. Franklin. Il ne restait qu'à convaincre Miss Rachel avant de réunir les domestiques et de se mettre à la recherche du vêtement taché.

Quand les jeunes gens se furent retirés, l'étrange aversion que Milady avait pour le sergent rendit la suite de notre entretien plus pénible encore.

– Si je vous descends les clefs de Miss Verinder, dit-elle, je pense que j'aurai fait tout ce que vous désirez de moi pour l'instant ?

– Je vous demande pardon, Milady, répondit le sergent, mais avant de commencer mon enquête, j'aimerais jeter un coup d'œil sur le carnet de blanchissage. Le vêtement qui nous occupe est peut-être de la lingerie. Si les perquisitions ne donnent rien, il me faudra également vérifier toute la lingerie de la maison, y compris celle qui est partie au blanchissage. Si un article manque, nous pourrons alors supposer qu'il a été taché et envoyé intentionnellement au nettoyage hier ou aujourd'hui par la personne à qui il appartient. L'inspecteur Seegrave, ajouta le sergent en se tournant vers moi, a attiré l'attention des domestiques sur la tache. C'est une faute, une nouvelle à ajouter à toutes celles qu'il a commises.

Milady me pria de sonner pour réclamer le carnet de blanchissage. Elle voulut bien rester avec nous pour le cas où le sergent aurait une nouvelle requête à lui adresser.

Le livre fut apporté par Rosanna Spearman. Elle était descendue ce matin-là prendre son petit déjeuner avec un visage pâle et hagard, mais elle affirmait être suffisamment remise de son indisposition pour reprendre son travail. Le sergent Cuff examina attentivement notre seconde femme de chambre. Quand elle sortit, je vis qu'il regardait son épaule difforme.

– Avez-vous encore à me parler ?demanda Milady, plus désireuse que jamais de fuir la société du sergent.

L'illustre Cuff ouvrit le carnet de blanchissage, l'étudia quelques secondes, puis le referma.

– Je regrette de vous troubler encore, Milady, avec une autre question : la jeune fille qui vous a apporté ce livret est-elle depuis longtemps à votre service ?

– Pourquoi me posez-vous cette question ?

– La dernière fois que je l'ai vue, elle était en prison pour vol.

Il n'y avait plus à présent qu'à lui révéler la vérité. Ma maîtresse insista particulièrement sur la bonne conduite de Rosanna depuis qu'elle était à son service et sur l'excellente opinion qu'avait d'elle la directrice du pénitencier.

– Vous ne la soupçonnez pas, j'espère, conclut Milady prête à s'enflammer.

– Je vous ai déjà dit, madame, que, jusqu'à preuve du contraire, je ne soupçonnais personne dans cette maison d'avoir volé le diamant.

Ayant obtenu cette réponse, Milady se leva pour monter chercher les clefs de Miss Rachel. Le sergent m'avait devancé pour aller lui ouvrir la porte et s'inclina très respectueusement tandis qu'elle sortait. En passant devant lui, Milady réprima un frisson.

Nous attendîmes, attendîmes encore, mais les clefs n'arrivaient pas. Le sergent Cuff ne fit aucune remarque. Il tourna seulement son visage mélancolique vers la fenêtre, mit ses mains décharnées dans ses poches et siffla tout bas « La dernière rose de l'été ».

Ce fut Samuel qui arriva enfin. Sans les clefs, mais avec un mot pour moi. Je cherchai mes lunettes, très mal à l'aise de sentir le regard scrutateur du sergent fixé sur moi. Le mot ne comportait que deux ou trois lignes, écrites au crayon, de la main de Milady ; elles m'informaient que Miss Rachel avait refusé tout net de laisser examiner sa garde-robe. Sommée de s'expliquer, elle s'était mise à pleurer et avait crié : « Je ne veux pas, c'est tout. Je céderai à la force si vous l'exigez, mais à rien d'autre. »

Je comprenais que ma maîtresse n'ait pas désiré transmettre elle-même la réponse de sa fille au sergent, et eussé-je été plus jeune, il est probable que j'aurais bien rougi d'avoir à le faire moi-même.

– C'est au sujet des clefs de Miss Verinder ? demanda le policier.

– Ma jeune maîtresse refuse de laisser visiter sa garde-robe.

– Ah ! fit-il simplement, comme s'il s'attendait à recevoir cette réponse.

Son ton m'irrita et m'inquiéta tout ensemble, je ne saurais dire pourquoi.

– Faut-il alors abandonner les recherches ? demandai-je.

– Oui, à cause du refus de Miss Rachel. Il faut examiner toutes les garde-robes de la maison ou n'en examiner aucune. Vous pouvez faire partir les bagages de Mr. Ablewhite par le premier train, et rendre ce carnet de blanchissage à la jeune fille qui nous l'a remis.

Il le déposa sur la table et, sortant son canif de sa poche, commença à se tailler les ongles.

– Vous ne semblez pas réellement déçu, remarquai-je.

– Non. Pourquoi le serais-je ?

– Expliquez-moi donc pourquoi Miss Rachel nous met des bâtons dans les roues. Quel intérêt a-t-elle à contrarier ainsi nos recherches ?

– Patientez encore un peu, Mr. Betteredge.

Un homme plus lucide que moi ou moins attaché que je ne l'étais à ma jeune maîtresse aurait déjà deviné où il voulait en venir. La répulsion de Milady pour le sergent, je l'ai pensé plus tard, provenait probablement de ce qu'elle pressentait la vérité. Quant à moi, je n'y voyais pas encore clair.

– Qu'allons-nous faire maintenant ?demandai-je.

Le sergent Cuff acheva posément de se couper les ongles, me regarda et me dit avec un sourire mélancolique :

– Allons voir les roses.

14

Le plus court chemin pour se rendre au jardin en sortant du boudoir de Milady était l'allée de framboisiers que vous connaissez bien. Pour vous permettre de mieux comprendre ce qui va maintenant se dérouler, j'ajouterai que ce sentier était la promenade favorite de Mr. Franklin. Quand il avait disparu, c'est toujours là que nous finissions par le découvrir.

Il me faut bien avouer que je suis plutôt un vieil obstiné, et plus le sergent Cuff voulait me cacher ses pensées, plus j'étais décidé à les connaître. Comme nous tournions dans l'allée des framboisiers, je tentai de le circonvenir une nouvelle fois.

– Vu les circonstances, dis-je, si j'étais à votre place, je serais à bout de ressources.

– Si vous étiez à ma place, répliqua-t-il, vous vous seriez déjà fait une opinion et, dans la situation présente, vos derniers doutes sur les conclusions auxquelles vous seriez arrivé seraient bel et bien balayés.

Mais ne vous inquiétez pas encore de mes conclusions, Mr. Betteredge. Je ne vous ai pas amené ici pour que vous me tiriez les vers du nez. Je vous ai amené ici pour vous demander quelques renseignements. Oh ! Vous auriez très bien pu, sans doute, me les donner dans la maison ; mais il est étonnant de voir comme les gens, dans une maison, aiment le voisinage des portes ; d'autre part, nous avons dans ma profession la saine passion du grand air.

Qui donc aurait pu faire dire à cet homme ce qu'il ne voulait pas dire ? Je renonçai. Il ne me restait plus, vraiment, qu'à faire preuve de patience.

– Nous n'essayerons pas de comprendre les motifs qui font agir votre jeune maîtresse, poursuivit le sergent Cuff, mais j'avoue qu'il est malheureux qu'elle refuse de m'aider, car elle retarde ainsi l'enquête et la rend beaucoup plus difficile. Il nous faut malgré tout éclaircir le mystère de la tache sur la porte, car, je vous le dis, il ne fait qu'un avec celui du diamant. J'ai décidé de voir les domestiques, de les interroger sur leurs faits et gestes plutôt que d'interroger leurs garde-robes. Mais, avant de commencer, j'ai encore une ou deux questions à vous poser, Mr. Betteredge. Vous êtes observateur. Avez-vous remarqué, chez l'une de vos femmes de chambre, quelque anomalie ? Par exemple de l'effroi ou de la nervosité quand on a constaté la disparition du diamant ? Une dispute ? Une mauvaise humeur soudaine de l'une d'entre elles, ou une brusque indisposition ?

Je pensai immédiatement au malaise de Rosanna, la veille au soir, à table, mais je n'eus pas le temps de répondre, car je vis le regard du sergent se tourner tout à coup vers les framboisiers et l'entendis s'exclamer tout bas :

– Aïe !

– Qu'y a-t-il ?

– Une attaque de rhumatisme au dos, répondit le sergent d'une voix forte, comme s'il eût tenu à se faire entendre par une tierce personne. Nous aurons d'ici peu un changement de temps.

Quelques pas encore et nous atteignions le coin de la maison. En tournant à droite, nous arrivâmes sur la terrasse, puis empruntâmes l'escalier du milieu pour parvenir de l'autre côté du jardin. Le policier s'arrêta dans un espace découvert qui lui ouvrait la vue sur les alentours.

– Cette jeune Rosanna Spearman… fit-il. Avec un physique comme le sien, il ne semble pas vraisemblable qu'elle ait un amoureux. Pourtant, dans son intérêt, il faut que vous me disiez si la pauvre fille, comme la plupart de ses compagnes, a un amoureux.

Pourquoi me posait-il cette question ? Au lieu de lui répondre, je le regardai fixement.

– Figurez-vous, continua-t-il, que je l'ai vue se cacher dans les framboisiers au moment où nous approchions.

– Au moment où vous avez dit : « Aïe » ?

– Absolument. Si elle a un amoureux, il est très vraisemblable qu'elle désire se cacher ; si ce n'est pas le cas, vouloir se dissimuler dans les circonstances présentes me paraît grandement suspect, et j'aurai le pénible devoir d'agir en conséquence.

Que répondre à cela ? Je savais que l'allée des framboisiers était la promenade favorite de Mr. Franklin et qu'il y passerait en revenant de la gare. Pénélope m'avait dit avoir souvent aperçu Rosanna rôdant de ce côté et elle m'avait affirmé que c'était dans le but d'attirer l'attention de mon jeune maître. Si Pénélope avait raison, c'était peut-être ce qu'elle avait en tête quand le policier l'avait surprise. J'étais placé devant le dilemme de faire part à ce dernier des romanesques suppositions de ma fille ou de laisser une créature malheureuse subir les terribles conséquences des soupçons du sergent Cuff. Pris de pitié pour la jeune femme de chambre, je fournis les explications nécessaires et lui déclarai que la jeune fille avait été assez folle pour s'amouracher de Mr. Franklin Blake.

Le sergent Cuff ne riait jamais. Dans les rares moments où il était amusé, il retroussait légèrement le coin de sa lèvre, rien de plus. C'est ce qu'il fit alors.

– Le fait d'être amoureuse d'un gentleman tel que Mr. Blake ne semble pas ce qu'il y a de plus fou dans la conduite de cette jeune fille ; dites plutôt qu'elle a le tort d'être laide et rien d'autre qu'une pauvre domestique. Je suis néanmoins heureux que la question soit éclaircie. Soyez tranquille, Mr. Betteredge, je garderai le secret. Je suis assez indulgent pour les faiblesses humaines quoique dans ma profession je n'aie guère l'occasion de pratiquer cette vertu aussi souvent que je le souhaiterais. Mr. Franklin soupçonne-t-il les sentiments de cette jeune fille ? Ah, il l'aurait assez vite découvert si elle avait été jolie ! Les femmes laides n'ont pas de chance, ce qu'elles espèrent ne se réalise trop souvent que pour les autres… Quel beau jardin vous avez là, et comme la pelouse est bien entretenue ! Constatez vous-même que les fleurs font bien meilleur effet avec le gazon qu'avec le gravier. Non merci, je ne cueillerai pas de roses ; mon cœur souffre à l'idée de briser leur tige. De la même façon que le vôtre est malheureux quand un événement insolite vient jeter le trouble à l'office. N'avez-vous rien remarqué depuis la perte du diamant ?

J'avais agi jusque-là en toute franchise avec le sergent Cuff, mais il me regarda alors d'une façon si singulière que je me tins sur mes gardes. En fait, je n'avais pas envie de répondre à des questions qui ne me plaisaient pas.

– Je n'ai rien remarqué. Nous avons tous perdu la tête, moi comme les autres.

– Est-ce vraiment là tout ce que vous avez à déclarer ?

– Absolument tout, répondis-je avec la plus grande impassibilité.

Les yeux sévères du policier se posèrent sur moi :

– Mr. Betteredge, insista-t-il, auriez-vous par hasard un reproche à me faire pour refuser ainsi de m'aider, alors que j'éprouve précisément pour vous une profonde sympathie ?

Comment aurais-je pu ne pas être flatté de compter ainsi parmi les quelques rares personnes qui méritaient la sympathie de l'illustre Cuff ? Mais pourquoi diable choisissait-il justement le moment où je manquais de franchise à son égard pour m'exprimer la bonne opinion qu'il avait de moi ?

Nous rentrâmes. Le sergent demanda une chambre où il pût s'installer, puis il convoqua tous les domestiques, les uns après les autres, selon leur rang.

Rosanna Spearman se présenta avec les autres. Elle était, à sa manière, aussi fine que le sergent, et je la soupçonnais d'avoir entendu une partie de notre conversation avant d'avoir été surprise dans les framboisiers.

La cuisinière fut la première à être interrogée ; le sergent ne la retint qu'un moment et voici l'appréciation qu'elle donna en sortant de la chambre : « Le sergent Cuff semble assez fatigué et on ne le comprend pas toujours très bien. Mais c'est un parfait gentleman. » Puis ce fut au tour de la femme de chambre de Milady. Elle demeura un peu plus longtemps chez le sergent, et elle déclara en sortant : « Si ce monsieur ne croit pas une femme honorable, qu'il garde pour lui son opinion ! » Pénélope ne resta, elle non plus, qu'un moment ; de son entretien, elle retira la chose suivante : « Le sergent Cuff est assurément à plaindre. Un amour de jeunesse malheureux, sans aucun doute. » Notre première femme de chambre lui succéda ; comme la femme de chambre de Milady, elle mit assez longtemps à nous rejoindre et y alla elle aussi de ses réflexions : « Je ne suis pas entrée au service de Milady, Mr. Betteredge, pour qu'un simple policier vienne me soupçonner ! » L'interrogatoire de Rosanna Spearman fut le plus long. En sortant de la chambre, elle ne fit aucun commentaire ; les lèvres blêmes, elle observa un silence de mort. Samuel, le valet de pied, revint au bout d'une ou deux minutes seulement en affirmant : « Celui qui cire les bottes du sergent Cuff, ma parole, doit avoir honte de lui-même ! » Enfin, Nancy, la fille de cuisine, disparut à son tour pour reparaître au bout d'une minute : « Le sergent Cuff est un homme de cœur ; il ne plaisante pas méchamment, lui, Mr. Betteredge, quand il parle à une pauvre domestique ! »

La série d'interrogatoires terminée, je pénétrai moi-même dans la Cour de justice pour savoir si le sergent désirait autre chose. Il était à la fenêtre, le regard perdu dans une lointaine rêverie, sifflotant comme à son habitude « La dernière rose de l'été ».

– Rien de nouveau ? lui demandai-je.

– Si Rosanna Spearman demande l'autorisation de sortir, permettez-le-lui, mais surtout prévenez-moi.

J'aurais mieux fait, me disais-je, de tenir ma langue au sujet de la malheureuse et de Mr. Franklin, puisque de toute évidence le sergent Cuff la soupçonnait.

– J'espère que vous ne la croyez pas coupable ? hasardai-je.

Les coins de la bouche mélancolique du sergent se retroussèrent de nouveau et il me regarda aussi sérieusement qu'il l'avait fait dans le jardin.

– Je préfère me taire, Mr. Betteredge ; vous pourriez perdre la tête une seconde fois, vous savez.

Je commençais à me demander si j'avais réellement mérité l'estime du sergent Cuff quand, à mon grand soulagement, on frappa à la porte pour nous remettre un mot de la cuisinière : Rosanna Spearman avait demandé de sortir ainsi qu'elle le faisait d'habitude lorsqu'elle souffrait de la tête. Sur un signe du sergent, je donnai ma permission.

– Où se trouve la sortie de service ? me demanda-t-il lorsque le messager fut sorti.

Je lui montrai sur-le-champ.

– Fermez à clef la porte de votre chambre, Mr. Betteredge, et si quelqu'un me demande, qu'on lui réponde que je me repose.

Il retroussa de nouveau le coin de ses lèvres et il disparut.

Une curiosité dévorante m'incitait à agir ; il était clair que pendant l'interrogatoire les soupçons du sergent au sujet de Rosanna avaient pris corps. Les deux domestiques qui, hormis Rosanna, avaient subi le plus long examen, étaient la propre femme de chambre de Milady et la première femme de chambre ; or c'étaient précisément ces deux femmes qui avaient pris la tête de la fronde contre leur infortunée compagne, dès son arrivée dans la maison. Ayant réfléchi de la sorte, je me dirigeai vers l'office, espérant les y rencontrer. Je les trouvai, en effet, installées à prendre le thé et je m'invitai à partager leur repas (N.B. – Une goutte de thé est pour une langue de femme de chambre ce qu'est une goutte d'huile pour une lampe en train de s'éteindre).

J'avais raison de faire confiance à la théière ; en moins d'une demi-heure, j'en sus autant que le sergent Cuff lui-même. Les deux femmes n'avaient ni l'une ni l'autre cru à l'indisposition de Rosanna. Ces diablesses (car comment appeler autrement des femmes pleines de rancœur) étaient montées en cachette et à plusieurs reprises, dans l'après-midi du jeudi, jusqu'à l'étage des domestiques ; elles avaient essayé d'ouvrir la porte de Rosanna et l'avaient trouvée fermée à clef ; elles avaient frappé sans obtenir de réponse, écouté sans entendre le moindre souffle. Quand la jeune fille, après être descendue pour le thé, était remontée, prétendant toujours être souffrante, pour se remettre au lit, les deux espionnes étaient retournées une fois de plus frapper à la porte et, de nouveau, elles l'avaient trouvée verrouillée. Elles avaient regardé par le trou de la serrure et constaté qu'il était bouché. A minuit, elles avaient vu une lueur sous la porte, et entendu le grésillement d'un feu (en plein été, dans une chambre de domestique !) vers quatre heures du matin. Elles avaient raconté tout cela au sergent Cuff qui, pour toute récompense, avait manifesté son scepticisme avec force regards méfiants. D'où l'impression défavorable produite par le policier sur les deux femmes et leur empressement (avec l'aide de la tasse de thé) à me rapporter leur interrogatoire.

Ayant quelque expérience des procédés tortueux de l'illustre Cuff, il me sembla évident qu'il jugeait imprudent de montrer aux femmes de chambre l'importance de leurs révélations. Elles faisaient partie de ces personnes qui se glorifient à haute voix des services rendus et elles n'auraient pas manqué de trop parler et de mettre ainsi Rosanna sur ses gardes.

Je sortis pour profiter de cette agréable journée d'été, encore tout désolé pour la pauvre Rosanna et tourmenté par la tournure que prenaient les événements.

M'aventurant jusqu'aux framboisiers, je rencontrai Mr. Franklin qui, après avoir conduit son cousin à la gare, avait longuement bavardé avec Milady. Elle lui avait parlé de l'inconcevable conduite de Miss Rachel qui avait refusé de laisser visiter sa garde-robe. Il paraissait si désarçonné par la manière d'agir de sa cousine qu'il me parut hésitant à aborder le sujet. C'était, pourrait-on dire, le côté familial qui dominait chez lui à ce moment-là, pour la première fois, dois-je dire, depuis que je le connaissais.

– Eh bien ! Betteredge, comment faites-vous pour supporter l'atmosphère de mystère et de suspicion dans laquelle nous vivons ? Vous souvenez-vous de cette matinée où je suis arrivé ici avec la Pierre de Lune ? Que ne l'avons-nous jetée dans les Sables Frissonnants !

Après s'être ainsi laissé aller, il se tut, cherchant visiblement à recouvrer ses esprits. Nous marchâmes côte à côte en silence pendant quelques minutes, puis il me demanda ce qu'était devenu le sergent. Sans rien lui cacher, je lui racontai tout ce qui s'était passé, en insistant sur ce que les deux femmes de chambre avaient insinué sur la conduite de Rosanna.

Le cerveau lucide de Mr. Franklin vit immédiatement quel tour avaient pris les soupçons du sergent.

– Ne m'avez-vous pas dit, ce matin, qu'un fournisseur prétendait avoir rencontré hier Rosanna sur la route de Frizinghall, alors que nous la croyions malade dans sa chambre ?

– Si monsieur.

– Si ces deux femmes sont sincères, on peut en conclure que le fournisseur l'a vraiment rencontrée. L'indisposition de Rosanna aurait donc été une feinte. Peut-être avait-elle quelque raison secrète pour se rendre clandestinement en ville. La robe tachée de peinture est tout bonnement la sienne et le feu qui pétillait dans sa chambre, au milieu de la nuit, avait pour but de la détruire. Rosanna Spearman a volé le diamant. Je vais immédiatement en avertir ma tante.

– Pas encore, monsieur, s'il vous plaît, implora derrière nous une voix monocorde.

Nous nous retournâmes brusquement et nous trouvâmes nez à nez avec le sergent Cuff.

– Et pourquoi pas ? demanda Mr. Franklin.

– Parce que si vous mettez votre tante au courant, elle ira prévenir Miss Verinder.

– Et alors, quel mal à cela ?

Il y avait tant de véhémence dans les derniers propos de Mr. Franklin que l'on aurait pu croire que le sergent l'avait offensé.

– Pensez-vous qu'il soit raisonnable, monsieur, de me poser une telle question, dans un tel moment ?

Il y eut entre eux un moment de silence. Mon jeune maître continua à marcher aux côtés du sergent. Ils s'observaient tous deux à la dérobée. Puis Mr. Franklin reprit la parole, baissant la voix aussi soudainement qu'il l'avait élevée.

– Vous n'ignorez pas, Mr. Cuff, que vous vous engagez sur un terrain délicat ?

– Ce n'est pas la première fois que cela m'arrive, répliqua le sergent, plus impassible que jamais.

– Si je comprends bien, vous me défendez de dire à ma tante ce qui est arrivé ?

– Exactement, et vous pouvez être sûr que j'abandonne l'enquête immédiatement si vous révélez quoi que ce soit de ce que vous savez à lady Verinder ou à quiconque avant que je vous y autorise.

La question ainsi tranchée, Mr. Franklin n'avait plus qu'à se soumettre ; il se détourna, furieux, et nous laissa seuls.

Pour moi, c'est en tremblant que je les avais écoutés : je ne savais pas qui il fallait soupçonner, ni ce qu'il fallait penser désormais. Mais deux choses, toutefois, me paraissaient claires : D'abord, que Miss Rachel, d'une manière que je ne pouvais m'expliquer, était à l'origine des paroles acerbes que le sergent et Mr. Franklin venaient d'échanger ;

ensuite, qu'ils se comprenaient parfaitement à ce sujet, sans que ni l'un ni l'autre aient eu besoin de s'expliquer.

– Mr. Betteredge, me dit alors le sergent, vous avez commis une erreur stupide. Vous avez voulu jouer au détective; à l'avenir, vous voudrez bien, j'espère, travailler sous mes ordres.

Le sergent me prit le bras et m'entraîna vers le chemin par lequel il était arrivé. J'avoue que j'avais mérité ses reproches, mais je n'allais pas l'aider à tendre un piège à Rosanna Spearman. Qu'elle fût voleuse ou non, je ne désirais pas m'en mêler; j'avais pitié de la pauvre fille.

– Que voulez-vous de moi? demandai-je en l'arrêtant brusquement.

– Un simple renseignement sur les environs.

Je ne pouvais me refuser à lui faire connaître la géographie du pays.

– N'y a-t-il pas dans cette direction un sentier qui conduit de la maison à la plage?demanda le policier.

Tout en parlant, il montrait la plantation de pins qui menait aux sables mouvants.

– Il y a en effet un chemin.

– Montrez-le moi.

Nous nous dirigeâmes, côte à côte, dans le soir tombant, vers les Sables Frissonnants.

15

Le sergent, absorbé dans ses pensées, garda d'abord le silence. Mais, au moment d'entrer dans la plantation qui menait à la mer, il m'adressa de nouveau la parole, comme un homme qui venait de prendre une décision.

– Mr. Betteredge, comme vous m'avez fait l'honneur de vous engager avec moi dans cette aventure et que vous pourrez, je le pense, m'être de quelque utilité avant la fin de cette journée, il n'est pas nécessaire de nous cacher mutuellement le fond de nos réflexions. Je vais vous donner l'exemple en vous parlant très simplement : vous êtes bien résolu à ne causer aucun tort à Rosanna Spearman parce qu'elle a toujours été gentille avec vous et que vous avez pitié d'elle. Ces considérations humaines sont tout à votre honneur mais, en ces circonstances, elles nous encombrent. Rosanna Spearman n'aura pas d'ennuis, même si je la considère comme responsable de la disparition du diamant, ce qui est aussi évident qu'un nez au milieu d'un visage.

– Voulez-vous dire que Milady n'engagera pas de poursuites contre elle ?

– Non, votre maîtresse ne peut tout simplement pas la poursuivre, car elle n'est qu'un instrument entre les mains d'une autre personne ; pour protéger cette autre personne, il ne sera fait aucun mal à Rosanna Spearman.

A n'en pas douter, il parlait sérieusement. Quelque chose cependant continuait de me tracasser et de me mettre mal à l'aise dans son comportement.

– Pouvez-vous nommer cette autre personne ? demandai-je.

– Et vous, en êtes-vous capable ?

– Non.

Le sergent Cuff resta immobile et me considéra avec un intérêt empreint de mélancolie.

– Je suis toujours heureux de compatir aux faiblesses humaines, et voyez-vous, Mr. Betteredge, je me sens en ce moment particulièrement compatissant à votre égard. De la même manière que vous éprouvez de la pitié pour Rosanna Spearman, n'est-ce pas ? Pouvez-vous me dire si on a offert dernièrement une parure de lingerie à votre protégée ?

Impossible de deviner où il voulait en venir avec cette question saugrenue. Aussi, ne voyant pas que je pusse faire du tort à Rosanna en racontant la vérité, je dis que la jeune fille était arrivée chez nous avec un trousseau fort modeste, et que Milady, satisfaite de sa bonne conduite (j'insistai sur ce dernier point), lui en avait offert récemment un plus beau.

– Triste monde ! s'exclama le policier. La vie humaine est une cible que le malheur vise toujours et toujours atteint. Ce trousseau causera la perte de Rosanna. Nous aurions dû découvrir dans ce trousseau une chemise de nuit ou un jupon qui nous aurait permis de la confondre. Suivez-moi bien : vous avez interrogé les domestiques et vous savez ce que deux d'entre elles ont aperçu à travers une porte. Vous êtes également au courant de ce que la jeune fille a fait hier, alors qu'on la supposait malade. Vous devinez ? Non ? C'est pourtant aussi clair que ce rayon de lumière qui brille dans le fond de la plantation.

» A onze heures, jeudi matin, l'inspecteur Seegrave – l'homme le plus sot du monde – montre à toutes les femmes de chambre la porte tachée. Rosanna a de bonnes raisons pour s'en croire responsable. Elle saisit la première occasion pour monter dans sa chambre examiner ses vêtements et elle trouve une tache de peinture sur sa chemise de nuit ou sur son jupon, peu importe. Elle feint d'être malade et court à la ville chercher du tissu pour confectionner un autre jupon ou une autre chemise. C'est dans sa chambre, dans la nuit de jeudi à vendredi, qu'elle effectue ce travail. Si elle allume un feu, ce n'est pas pour détruire le linge compromettant (il y a deux espionnes sur le palier et elle a bien mieux à faire que de répandre dans la maison une odeur de brûlé compromettante), mais pour repasser le nouveau vêtement qu'elle vient de confectionner. Elle cache probablement le vêtement souillé sur elle et, en ce moment précis, elle est en train de le faire disparaître, dans un lieu sûr, sans doute sur ce petit bout de plage, devant nous.

» Je l'ai suivie jusqu'à votre petit port de pêche et jusqu'au village ; elle est entrée alors dans une chaumière que je vous demanderai probablement de visiter avec moi avant de rentrer. Elle y est restée un bon moment et elle en est ressortie, j'en ai l'impression, avec un objet caché sous son manteau. Je l'ai vue se diriger ensuite vers le nord de la côte. Y a-t-il par-là un panorama qui puisse l'attirer ?

Je répondis oui, aussi brièvement que possible.

– Étrangeté des goûts… reprit le sergent. En regardant dans cette direction, il m'a semblé que je n'avais jamais vu plus morne paysage. Lorsque vous suivez quelqu'un le long de votre côte, vous ne trouvez pas le plus petit repli de terrain derrière lequel vous dissimuler s'il prend fantaisie à cette personne de jeter un œil autour d'elle. J'avais donc à choisir entre arrêter Rosanna sur de simples soupçons ou la laisser agir ; c'est à cette dernière solution que je me ralliai. Je suis donc retourné à la maison pour vous demander de me conduire à la plage par un autre chemin. Quand il s'agit de relever des empreintes de pas, le sable est l'un des meilleurs détectives que je connaisse. Si nous ne rencontrons pas Rosanna Spearman de ce côté, le sable nous indiquera, s'il fait encore assez jour, par où elle a passé. Nous y voici ; si vous n'y voyez pas d'inconvénient, laissez-moi passer devant et ne parlez pas.

Si les médecins possèdent dans leurs catalogues de maladies des symptômes évoquant la « fièvre détective », nul doute que c'est ce mal dont votre humble serviteur était subitement atteint. Je laissai le sergent s'engager sur la dune et se diriger vers la plage. A quelques pas derrière lui, je le suivis, l'estomac dans les talons, résolu à savoir ce qui allait se produire.

Je me trouvais à l'endroit même où je causais avec Rosanna le jour où Mr. Franklin nous était si soudainement apparu, arrivant de Londres. Tandis que mes yeux guettaient le sergent, mon esprit, malgré moi, me ramenait à la jeune fille. Je sentais encore sa petite main se glisser dans la mienne et la presser pour me remercier de lui avoir parlé si gentiment. J'entendais encore sa voix me déclarer que les sables mouvants l'attiraient malgré elle chaque fois qu'elle sortait. Je voyais encore son visage s'éclaircir à l'apparition de Mr. Franklin sur la dune. Ces souvenirs m'attristaient de plus en plus et la vue de cette baie ne faisait qu'augmenter mon malaise.

La dernière lueur du soir allait disparaître. Sur ce lieu désolé pesait un calme accablant que pas un bruit ne troublait. Les vagues du large qui s'enflaient pour retomber sur le grand banc de sable qui fermaient la baie, ces vagues elles-mêmes semblaient silencieuses. La mer, dans la crique, s'étendait de plus en plus sombre, sans un souffle de vent; sur la surface de l'eau, parfaitement immobile, s'étalaient des flots de vase d'un jaune blanchâtre. L'écume scintillait faiblement çà et là, dans les reflets du soleil couchant, le long des deux grandes pointes rocheuses qui s'avançaient dans la mer, au nord et au sud. C'était l'heure de la marée montante et, tandis que je me tenais là, immobile, l'immense surface brune des Sables Frissonnants commença à se soulever – seule chose agitée de mouvements dans cet endroit sans vie.

Je vis le sergent tressaillir quand il remarqua le mouvement des sables. Après l'avoir contemplé quelques minutes, il se retourna et revint vers moi.

– Un endroit traître, Mr. Betteredge, et aucune trace nulle part de Rosanna. Venez voir vous-même.

Il me fit descendre sur le rivage; pas d'autres empreintes sur le sable que ses pas et les miens.

– Où sommes-nous par rapport au village de pêcheurs ?

– Cobb's Hole est juste à côté, plein sud.

– Quand elle a quitté Cobb's Hole, Rosanna a longé le rivage vers le nord. Par conséquent, elle devait bien se diriger vers ici. Cobb's Hole se trouve de l'autre côté de cette pointe de terre, n'est-ce pas, et nous pouvons nous y rendre, pendant que la mer est basse, en traversant la plage ?

Je répondis par l'affirmative à ses deux questions.

– Si vous le voulez bien, nous allons presser le pas. Je veux absolument découvrir l'endroit où elle a quitté le rivage avant qu'il ne fasse nuit.

Nous avions déjà parcouru plusieurs centaines de mètres dans la direction de Cobb's Hole, quand le sergent Cuff s'agenouilla sur la plage, avec toutes les apparences d'un homme impatient de faire ses dévotions.

– Tiens ! après tout votre paysage marin n'est peut-être pas si dénué d'intérêt, s'écria-t-il. Je distingue ici des pas de femme. Jusqu'à preuve du contraire, disons que ce sont ceux de Rosanna. Les empreintes sont bien confuses, me direz-vous, mais elles le sont à dessein. La pauvre fille connaît elle aussi les vertus détectives du sable, mais elle était trop pressée pour effacer complètement la trace de ses pas. C'est du moins ce que je pense. En voici une venant de la direction de Cobb's Hole ; là, une autre qui y retourne. N'est-ce pas la pointe de ses souliers qui a laissé cette trace juste au bord de l'eau ? Et un peu plus loin ses talons ? Je ne voudrais pas vous contrarier, mais il me semble que Rosanna est bien maligne. Elle a dû marcher dans l'eau jusqu'aux rochers qui sont derrière nous et revenir par le même chemin, sans laisser d'autre trace que celle que vous voyez là. Oui, cela s'accorde avec ce que je prétendais : elle a quitté la maison en cachant un objet sous son manteau ; mais un objet qu'elle ne voulait pas détruire, sans cela pourquoi aurait-elle pris tant de précautions pour m'empêcher de découvrir le but de sa promenade. Non, c'était un objet qu'elle désirait cacher. Allons jusqu'à la chaumière, nous pourrons peut-être découvrir de quoi il s'agissait.

Ma fièvre détective tomba aussitôt.

– Vous n'avez pas besoin de moi, rétorquai-je. En quoi vous serais-je utile ?

– Plus je vous connais, Mr. Betteredge, plus je découvre en vous de qualités. La modestie, croyez-moi, est une vertu bien rare ici-bas, et cette rare vertu, Mr. Betteredge, vous la possédez ! Mais si je vais seul à la chaumière, voyez-vous, à la première question que je leur poserai, les gens se tairont. Si vous m'accompagnez, en voisin respecté, vous me présenterez à eux, ce qui ne manquera pas de faciliter amplement la conversation…

Ne trouvant rien d'efficace à lui répondre, je tâchai de gagner du temps en lui demandant dans quelle chaumière exactement il voulait se rendre.

D'après la description qu'il m'en fit, je reconnus la chaumière d'un pêcheur nommé Yolland, qui y vivait avec sa femme et ses enfants, un fils et une fille. Je vous les ai déjà mentionnés en vous parlant des promenades que faisait parfois Rosanna à Cobb's Hole, pour aller visiter des amis. C'étaient précisément les Yolland, de braves gens d'après leurs voisins. Notre femme de chambre était entrée en relations avec eux par l'intermédiaire de leur fille, laquelle était affligée d'un pied bot et connue sous le nom de Lucy la boiteuse. Les deux jeunes filles avaient été, je le suppose, attirées l'une vers l'autre à cause de leurs difformités respectives. En tout cas, Rosanna paraissait être en excellents termes avec toute la famille.

Puisque le sergent Cuff avait vu la jeune fille entrer dans la chaumière des Yolland, ma contribution à l'enquête prenait un tout autre sens : Rosanna s'était simplement rendue là où elle avait coutume de se rendre, et prouver qu'elle avait passé ces moments en compagnie du pêcheur et de sa famille, c'était prouver qu'elle les avait passés de la manière la plus innocente qui soit. C'était donc agir en sa faveur, et non contre elle, que de me laisser convaincre par le raisonnement du sergent. Je me laissai donc convaincre.

C'est ainsi que nous nous dirigeâmes vers Cobb's Hole, en suivant les empreintes de pas aussi longtemps que la lumière du jour nous le permit.

En arrivant à la chaumière, nous apprîmes que le pêcheur et son fils étaient en mer. Lucy la boiteuse, toujours faible et victime de malaises, était couchée dans une chambre du premier étage. La bonne Mrs. Yolland nous reçut donc seule, dans la cuisine. Avertie par mes soins de l'importance du sergent Cuff, elle s'empressa de placer des verres à liqueur sur la table ; puis elle examina le policier avec attention.

Je m'assis tranquillement dans un coin, anxieux de savoir comment le sergent Cuff parviendrait à faire entrer dans la conversation le nom de Rosanna Spearman ? Sa manière indirecte d'arriver au sujet qui l'intéressait fut plus subtile que jamais. Comment il s'y prit, c'est une chose qui m'échappa sur le moment et que je ne m'explique pas encore parfaitement à l'heure où j'écris ces lignes. Une chose est sûre, il commença par parler de la famille royale, des méthodistes et du prix du poisson ; de là, il en arriva – je ne sais pas davantage par quel biais – à la disparition de la Pierre de Lune, et se mit à évoquer la malveillance de notre première femme de chambre et la méchanceté des domestiques en général à l'égard de Rosanna Spearman. Il raconta comment il poursuivait ses recherches pour retrouver le diamant et, par la même occasion, blanchir la jeune fille des soupçons que ses ennemies faisaient odieusement peser sur elle.

Il n'y avait pas plus d'un quart d'heure que nous étions dans la cuisine et la bonne Mrs. Yolland, persuadée d'avoir en face d'elle le meilleur ami de Rosanna, pressait le sergent de questions et insistait pour qu'il reprît un verre de cette excellente liqueur qui « éclaircit les idées et redonne des forces ».

Persuadé, quant à moi, que le sergent perdait son souffle en pure perte à discourir ainsi devant Mrs. Yolland, je jouissais simplement et paisiblement, assis dans mon coin, de leur conversation, tout comme, dans ma jeunesse, je prenais plaisir à une représentation théâtrale. L'illustre Cuff montrait une patience étonnante, avançant à l'aveuglette en quête du moindre renseignement, décochant ses balles au hasard dans l'espoir de toucher la cible tôt ou tard. Tout en faveur de Rosanna, rien qui pût l'accabler, tel fut le résultat de l'entretien malgré l'entière confiance que Mrs. Yolland s'était décidée à placer dans la personne du sergent. Celui-ci était au bout de ses efforts lorsque nous consultâmes nos montres et nous levâmes pour prendre congé.

– Je vais maintenant vous souhaiter une bonne nuit, madame, dit le sergent. J'ajouterai seulement en partant que le meilleur ami de Rosanna Spearman est votre dévoué serviteur. Mais je pense cependant qu'elle ne s'habituera jamais à sa situation actuelle. Elle ferait mieux de la quitter.

– C'est exactement ce qu'elle a l'intention de faire ! s'écria Mrs. Yolland. (N.B. – Je traduis ici les propos de la bonne Mrs. Yolland en anglais, car lorsque je vous aurai dit que, pour aguerri qu'il fût, l'illustre Cuff avait besoin de temps à autre, pour comprendre ce que lui disait la brave femme dans son patois du Yorkshire, que je lui serve d'interprète, vous aurez une idée des difficultés que je vous ai épargnées en ne rapportant pas ses paroles dans son propre langage.)

Rosanna Spearman nous quitter ! A ces mots je dressai l'oreille. Je trouvai étrange, pour le moins, qu'elle n'en eût pas d'abord parlé à Milady ou à moi. Je me demandai alors si, avec son dernier tir, le sergent Cuff n'avait pas visé juste, et si la part que je prenais à l'enquête était aussi inoffensive que je l'avais pensé. Le sergent ne faisait peut-être que son métier en trompant habilement une honnête femme afin d'obtenir des renseignements indispensables, mais j'aurais dû me souvenir, en bon protestant, que le mensonge a été engendré par le diable et que, quand le diable s'en mêle, le chaos n'est jamais loin. Pressentant justement quelque catastrophe, je fis de mon mieux pour emmener le sergent. Mais il se rasseyait en demandant un nouveau petit verre de liqueur. J'opérai pour ma part un repli vers la porte, songeant qu'il était grand temps pour moi de partir… Mais à la vérité je n'en fis rien.

– Elle désire donc s'en aller ? dit le sergent. Mais que fera-t-elle ? Vous et moi exceptés, la pauvre créature n'a pas d'amis.

– Elle va partir cependant, répondit Mrs. Yolland. Elle est venue ce soir, comme je vous l'ai dit, et elle nous a demandé la permission de monter dans la chambre de Lucy pour y prendre une plume et de l'encre. « Je voudrais écrire à un ami, nous a-t-elle expliqué, mais je ne puis le faire à la maison, à cause des multiples questions que me poseraient les autres domestiques. » Je ne sais à qui elle a écrit, mais la lettre doit être bien longue à en juger par le temps qu'elle a passé à l'écrire. Quand elle est redescendue, je lui ai offert un timbre. La missive n'était pas dans sa main et elle n'a pas voulu du timbre. Elle est, comme vous le savez, un peu renfermée, la chère âme, et ne parle pas volontiers d'elle-même. Mais elle a certainement un ami et elle ira le retrouver.

– Bientôt ? questionna le sergent.

– Dès qu'elle le pourra.

A ce point de la discussion, je m'approchai de la table. En ma qualité de chef du personnel de Milady, je ne pouvais en effet tolérer plus longtemps ces spéculations sur le départ d'une de nos employées, sans intervenir personnellement.

– Vous devez vous tromper sur Rosanna Spearman. Si elle avait l'intention de nous quitter, elle m'en aurait certainement averti.

– Me tromper ! s'écria la brave femme, mais comment le pourrais-je, alors qu'il y a une heure à peine elle m'a acheté ici même quelques objets nécessaires à son voyage. Oui Mr. Betteredge, des objets qui m'appartenaient. Et à ce propos, fit-elle en fouillant tout à coup ses poches, j'aurais quelque chose à faire dire à Rosanna. L'un de vous deux la verra-t-il en rentrant au château ?

– Je ferai le message à la pauvre enfant avec le plus grand plaisir, répondit le sergent avant que j'aie pu placer un mot.

Mrs. Yolland sortit alors de sa poche quelques shillings et autre menue monnaie qu'elle se mit à compter dans le creux de sa main avec une lenteur et un soin exaspérants. Puis elle remit au sergent Cuff cet argent dont elle paraissait se séparer à regret.

– Puis-je vous demander de rendre ceci à Rosanna ? dit-elle. Elle a absolument tenu à me payer une ou deux choses qu'elle désirait avoir – et l'argent est toujours bienvenu dans un ménage, n'est-ce pas ? Pourtant, je m'en veux d'avoir pris à cette pauvre fille ses petites économies… Et, à dire vrai, je crois que mon mari ne sera pas content quand il apprendra ça, à son retour du travail, demain matin. Dites à Rosanna, s'il vous plaît, qu'elle me ferait plaisir en acceptant comme un cadeau tout ce qu'elle est venue chercher… Ne laissez donc pas l'argent sur la table, conclut-elle, en poussant vers le sergent les pièces de monnaie, comme si celles-ci lui eussent brûlé les doigts. Prenez-le tout de suite, en homme généreux… Allez ! Les temps sont durs et la chair est faible : je pourrais être tentée, voyez-vous, de le remettre dans ma poche !

– Partons, dis-je à nouveau en m'adressant à l'illustre Cuff. Il faut que je rentre : j'ai déjà trop tardé.

– Je vous suis.

Pour la deuxième fois, je me dirigeai vers la porte ; pour la deuxième fois encore, je ne pus me décider à en franchir le seuil.

– C'est une chose bien délicate, madame, disait le sergent, que de rendre de l'argent. Du reste, vous lui avez fait des prix fort modiques, je suppose ?

– Modiques ! s'écria encore Mrs. Yolland. Venez : vous jugerez vous-même !

Elle prit alors la chandelle et conduisit le sergent dans un coin de la cuisine. Je n'eus pas le courage de les suivre. Par terre, dans un coin, se trouvait un tas d'objets, des morceaux de métal en particulier que le pêcheur avait probablement rapportés de navires naufragés et qu'il n'avait pas encore trouvé à vendre à un prix qui lui parût raisonnable. Mrs. Yolland y plongea la main et ramassa une vieille boîte en fer munie d'un couvercle et d'une poignée pour la transporter ; elle avait servi à renfermer des cartes et des papiers de bord.

– Quand Rosanna est venue ce soir, elle m'a acheté la jumelle de cette boîte. « C'est exactement ce qu'il me faut, a-t-elle dit, pour empêcher mes cols et mes parements d'être froissés dans ma malle. » Un shilling neuf pence que je lui ai pris, Mr. Cuff ! Pas un penny de plus !

– C'est donné ! déclara le sergent en soupirant.

Il prit la boîte et la soupesa. Je crus entendre, pendant qu'il l'examinait, une ou deux notes de « La dernière rose de l'été ». Il venait certainement de faire une autre découverte accablante pour Rosanna Spearman. Je me repentis alors amèrement d'avoir introduit le policier auprès de Mrs. Yolland.

– Nous ferions bien de partir, insistai-je.

Sans m'accorder la moindre attention, la maîtresse de céans plongea de nouveau la main dans le tas de décombres, d'où elle retira cette fois une chaîne de chien.

– Soupesez-la, sergent. Nous en avions trois et Rosanna en a pris deux. « Qu'allez-vous en faire, ma chère petite ? lui ai-je demandé. – En les réunissant, elles attacheront ma boîte, répondit-elle. » Je lui ai fait observer que de la corde aurait été meilleur marché. « Ces chaînes sont plus sûres, a-t-elle répondu. – Qui donc a jamais entendu parler de ficeler une boîte avec des chaînes ! ai-je repris. – Oh ! Mrs. Yolland, donnez-moi ces chaînes ! a-t-elle supplié. » Quelle étrange fille, Mr. Cuff ! Bonne comme l'or, meilleure qu'une sœur pour ma fille, mais toujours un peu bizarre !... Eh bien ! je lui ai fait plaisir... Trois shillings six pence, les chaînes. Croyez une honnête femme, Mr. Cuff : trois shillings six pence !

– Pour chacune des chaînes ? fit le sergent.

– Non, pour les deux ensemble !

– C'est donné, madame, répéta Cuff en hochant la tête. C'est donné !

– Voilà l'argent, fit Mrs. Yolland en revenant près de la table, comme si le petit tas de pièces de monnaie l'attirait irrésistiblement. La boîte et les deux chaînes, c'est tout ce que la pauvre fille a pris… Cinq shillings trois pence en tout. Dites-lui qu'en mon âme et conscience je ne peux me résoudre à lui enlever ses économies, alors qu'elle peut en avoir besoin…

– En mon âme et conscience, madame, je ne puis rendre l'argent à Rosanna Spearman. D'ailleurs, c'est comme si vous le lui aviez rendu.

– Est-ce vraiment votre opinion, monsieur ? demanda Mrs. Yolland, le visage rayonnant.

– Sans aucun doute. Demandez plutôt à Mr. Betteredge ce qu'il en pense !

– Bonsoir ! fis-je.

Ce fut là tout ce que l'on put tirer de moi.

– Au diable cet argent ! reprit Mrs. Yolland, paraissant soudain perdre toute contenance.

Ramassant l'argent, elle l'enfouit précipitamment dans sa poche.

– Cela pourrait vous faire perdre patience, à la fin, de le voir étalé sur la table, sans que personne le prenne ! cria-t-elle en s'asseyant et en jetant au sergent Cuff un regard qui signifiait : « Voilà : il est à nouveau dans ma poche ; reprenez-le, si vous pouvez ! »

Cette fois, non seulement je me dirigeai vers la porte, mais je l'ouvris et sortis. Expliquez-le comme vous voudrez, mais j'avais l'impression que l'un ou les deux interlocuteurs à la fois m'avaient mortellement offensé. Je n'avais pas fait trois pas dans le village que j'entendis le sergent arriver derrière moi.

– Merci de m'avoir introduit dans cette chaumière, Mr. Betteredge. Je suis redevable à cette femme de pêcheur d'une sensation absolument nouvelle : Mrs. Yolland a semé le doute dans mon esprit.

J'allais lui répondre le plus sèchement du monde ; j'étais en colère contre lui pour la bonne et simple raison que je l'étais contre moi-même. Pourtant, quand il m'avoua être envahi par le doute, une pensée réconfortante me vint à l'esprit : tout n'était peut-être pas perdu. J'attendis, observant un silence discret.

– Oui, reprit-il comme s'il devinait ma pensée. Au lieu de me mettre sur la bonne voie – ceci vous consolera peut-être, Mr. Betteredge, en raison de l'intérêt que vous portez à Rosanna – elle a réussi à m'en écarter. Ce que cette fille a fait ce soir est naturellement assez clair ; elle a attaché ensemble les deux chaînes et les a fixées autour de la boîte ; elle a ensuite plongé cette dernière dans l'eau ou dans le sable et placé l'extrémité de la chaîne sous un rocher, dans un endroit connu d'elle seule. Elle laissera sa boîte au mouillage tant que l'enquête n'aura pas pris fin. Après cela, elle ira la placer ailleurs, selon son bon plaisir. Jusque-là, tout est parfaitement clair. Mais, ajouta le sergent, avec pour la première fois un accent d'impatience dans la voix, le problème consiste maintenant à savoir ce qu'elle a déposé dans sa cachette.

Je pensais, bien entendu, à la Pierre de Lune, mais je me contentai de poser une question.

– Ne le devinez-vous pas ?

– Non, ce n'est pas le diamant. C'est toute mon expérience de policier qui est nulle si Rosanna Spearman a le diamant.

– Et pourquoi pas le vêtement taché ? dis-je brusquement, cette infernale fièvre détective me reprenant encore.

Le sergent s'arrêta net dans l'obscurité et il posa sa main sur mon bras :

– Si vous jetiez un objet dans les Sables Frissonnants, remonterait-il à la surface ?

– Jamais, affirmai-je. Lourd ou léger, ce qui va dans le sable y est enfoui pour toujours.

– Rosanna Spearman le sait-elle ?

– Tout aussi bien que moi.

– Alors, pourquoi, diable, n'a-t-elle pas attaché une pierre à son vêtement et ne l'a-t-elle pas jeté au milieu des Sables ? Pourquoi l'a-t-elle caché ? La question, poursuivit le sergent en continuant d'avancer, est de savoir si le vêtement taché est un jupon ou une chemise de nuit, ou si c'est quelque chose d'autre qu'il s'agit de préserver. Si rien ne survient d'ici là, Mr. Betteredge, j'irai demain jusqu'à Frizinghall pour savoir ce qu'elle y a acheté. Dans les circonstances actuelles, je sais qu'il y a un risque à m'absenter de la maison, mais il y a un risque plus grand encore à poursuivre cette enquête dans le brouillard où nous nous trouvons.

Quand nous rentrâmes, les domestiques étaient à table. La première personne que nous vîmes dans la cour fut le policier que l'inspecteur Seegrave avait laissé à notre disposition. Le sergent lui demanda si Rosanna Spearman était revenue.

– Oui.

– Quand ?

– Il y a une heure environ.

– Qu'a-t-elle fait ?

– Elle est montée se déshabiller avant d'aller tranquillement dîner avec les autres.

Sans faire aucune remarque, le sergent Cuff continua sa route derrière la maison. N'apercevant pas l'entrée à cause de l'obscurité, il marcha jusqu'à la barrière qui menait au jardin. Quand je l'eus rejoint pour le ramener dans le bon chemin, je le vis regarder attentivement l'étage des chambres.

Levant les yeux à mon tour, je m'aperçus que son regard était fixé sur la chambre de Miss Rachel où des lumières allaient et venaient comme s'il s'y déroulait quelque événement insolite.

– N'est-ce pas l'appartement de Miss Verinder ? interrogea le sergent.

Ayant confirmé, je l'invitai à venir dîner.

Le sergent ne bougeait toujours pas. Puis il m'exprima le plaisir qu'il prenait à sentir les parfums du jardin en pleine nuit ; je le laissai donc à son plaisir.

Comme je m'apprêtais à rentrer dans la maison, je l'entendis siffloter « La dernière rose de l'été » : Le sergent Cuff venait de faire une nouvelle découverte, liée de toute évidence à la fenêtre de ma jeune maîtresse ! Cette dernière réflexion me ramena vers le policier, car je ne pouvais me décider à le laisser seul.

– Se passe-t-il donc là-haut un fait qui vous intrigue ? fis-je en désignant la fenêtre de Miss Rachel.

A en juger par le son que prit sa voix, le sergent paraissait de nouveau content de lui.

– N'êtes-vous pas de grands parieurs dans le Yorkshire ? me demanda-t-il.

– Pourquoi ?

– Si j'étais de cette région, continua-t-il en prenant mon bras, je parierais cent francs, Mr. Betteredge, que votre jeune maîtresse a décidé brusquement de quitter la maison. Si je gagnais mon pari, j'en ferais un second : elle a pris cette décision dans l'heure qui vient de s'écouler.

Le premier pari du sergent me stupéfia, le second se confondit dans mon esprit avec le rapport du policier nous apprenant que Rosanna Spearman était rentrée des Sables Frissonnants depuis une heure. L'effet cumulé des deux produisit en tout cas sur moi un curieux effet, tandis que je rentrais me mettre à table. Ayant tout oublié de mes bonnes manières, je me dégageai du bras du sergent et le plantai là pour mener ma propre enquête.

La première personne que je rencontrai fut Samuel, le valet de pied.

– Milady vous attend, vous et le sergent Cuff, me dit-il avant que je n'aie eu le temps de lui poser la moindre question.

– Quand nous a-t-elle fait demander ? interrogea derrière moi le sergent Cuff.

– Il y a une heure.

Encore ! Rosanna était rentrée il y a une heure ; Miss Rachel avait pris une résolution extraordinaire il y a une heure et Milady nous avait fait demander il y a une heure !

Je montai l'escalier sans échanger un regard avec le policier, sans prononcer une parole. Ma main fut prise d'un tremblement soudain, lorsque je me décidai à frapper chez ma maîtresse.

– Je ne serais pas surpris, murmura derrière moi l'amateur de roses, qu'un scandale éclate cette nuit. Mais rassurez-vous : j'ai été témoin de drames familiaux plus tragiques que celui-ci.

Comme il prononçait ces mots, j'entendis la voix de ma maîtresse qui nous priait d'entrer.

16

Nous trouvâmes Milady dans sa chambre à peine éclairée par une lampe de chevet. Son visage était dans l'obscurité. Au lieu de nous regarder franchement, droit dans les yeux, comme elle avait l'habitude de le faire, elle restait assise près de son guéridon, les yeux obstinément fixés sur un livre ouvert devant elle.

– Inspecteur, dit-elle, est-il nécessaire pour votre enquête que vous soyez averti lorsqu'une personne désire quitter la maison ?

– Absolument nécessaire, Milady.

– Je dois alors vous apprendre que Miss Verinder se propose d'aller demeurer chez sa tante, Mrs. Ablewhite, à Frizinghall. Elle a tout organisé pour nous quitter demain à la première heure.

Le sergent Cuff me lança un regard. J'avançai d'un pas pour parler à ma maîtresse mais, sentant mon cœur faiblir, je revins en arrière sans avoir prononcé un mot.

– Puis-je vous demander, Milady, quand Miss Verinder vous a informée de la décision qu'elle avait prise ?

– Il y a environ une heure.

Le sergent Cuff me regarda de nouveau. On prétend que le cœur des vieilles personnes n'est pas aisément touché. Le mien ne pouvait battre plus fort qu'en ce moment. Qu'eût-ce été si j'avais eu vingt-cinq ans ?

– Je ne prétends pas, Milady, dit le sergent, contrôler les faits et gestes de Miss Verinder. Je vous demanderai seulement de bien vouloir reculer son départ aussi tard que possible dans la journée. Je dois aller moi-même, demain matin, à Frizinghall et serai de retour vers deux heures de l'après-midi, mais pas avant. Si Miss Verinder peut attendre jusque-là, j'aimerais la voir avant qu'elle parte.

Milady me pria de prévenir le cocher qu'il tînt la voiture à la disposition de Miss Rachel à partir de deux heures de l'après-midi.

– Avez-vous autre chose à me demander ? fit-elle au sergent quand elle eut donné ses ordres.

– Si Miss Verinder s'étonnait de ce changement, ayez la bonté, Milady, de ne pas lui parler de moi.

Ma maîtresse releva brusquement la tête comme si elle allait dire quelque chose, mais avec un effort manifeste elle se maîtrisa et, reposant les yeux sur son livre, elle nous congédia d'un geste de la main.

– Quelle femme extraordinaire ! dit le sergent Cuff quand nous nous retrouvâmes dans le hall. Si elle n'avait pas tant de maîtrise de soi, vous auriez eu ce soir, Mr. Betteredge, l'explication du mystère qui vous obsède.

A ces mots, la vérité jaillit soudain dans ma stupide vieille tête.

Cette découverte me mit littéralement hors de moi et, ayant perdu la tête, je saisis le sergent au col et le clouai contre le mur.

– Soyez damné, m'écriai-je, vous saviez quelque chose de terrible au sujet de Miss Rachel et vous me l'avez caché tout ce temps !

Le sergent Cuff me regarda sans qu'un muscle de son mélancolique visage bougeât.

– Ah, fit-il simplement, vous avez enfin deviné !

Ma main lâcha son col et ma tête tomba sur ma poitrine. Qu'on veuille bien pardonner mon brutal accès de colère en songeant que j'étais au service de la famille depuis cinquante ans, que Miss Rachel, enfant, avait si souvent grimpé sur mes genoux, si souvent tiré mes moustaches ! qu'elle était, quoi qu'elle fît, la plus charmante, la meilleure jeune fille qu'un vieux domestique eût jamais servie et aimée. Les yeux pleins de larmes, je m'excusai auprès du sergent Cuff de m'être laissé emporter à ce point.

– Ne vous mettez pas dans cet état, Mr. Betteredge, me dit mon interlocuteur avec plus de bienveillance que je n'étais en droit d'en attendre de sa part. Dans ma profession, être prompt à s'offenser, c'est renoncer à gagner sa vie. Si cela peut vous faire du bien, saisissez-moi encore par le col. Je ne suis pas sûr que vous vous y preniez le mieux du monde, mais eu égard à vos sentiments je passerai sur cette maladresse.

Il retroussa le coin de sa lèvre ; son air impassible laissait percer la satisfaction que lui procurait l'humour de ses propos.

Je le conduisis dans mon petit salon particulier et fermai la porte.

– Ne me cachez pas la vérité, sergent. Que soupçonnez-vous ? Ce serait cruel de continuer à me cacher la vérité.

– Je ne soupçonne rien, je sais.

Mon mauvais caractère reprit le dessus.

– En termes clairs, êtes-vous en train de me dire que Miss Rachel a volé son propre diamant ?

– Oui, fit le sergent, c'est exactement ce que je veux vous dire. Miss Verinder a depuis le début été, à notre insu, en possession de la Pierre de Lune, et elle a mis Rosanna Spearman dans sa confidence avec l'idée que nous prendrions cette fille pour la voleuse. Ce n'est pas plus compliqué que cela ! Étranglez-moi, Mr. Betteredge, si cela peut vous soulager !

Que Dieu me pardonne, mais dans l'état où je me trouvais je ne sais ce qui aurait pu me soulager. Je ne pus que demander d'une voix blanche au sergent qu'il m'explique comment il en était arrivé à cette conclusion.

– Je vous le dirai demain. Si Miss Verinder refuse de reporter sa visite à sa tante (ce qu'elle ne manquera pas de faire), je serai obligé de tout révéler à votre maîtresse. Comme je ne sais pas ce qui se passera alors, je vous demande d'être présent pour entendre ce qui se dira de part et d'autre. Abandonnons l'affaire pour cette nuit, Mr. Betteredge ; vous n'obtiendrez pas de moi un mot de plus au sujet de la Pierre de Lune. D'ailleurs, notre souper nous attend... Ah ! une autre des faiblesses humaines pour laquelle je montre de l'indulgence... une sorte de tendresse même... Sonnez la cloche, et je dirai les grâces. « Pour ce qu'il va nous être donné... »

– Bon appétit, sergent ! Pour moi, je n'ai pas la moindre envie de me mettre à table. Je veillerai à ce que vous soyez servi, puis je vous prierai de m'excuser si je me retire ; j'ai besoin d'y voir plus clair dans toute cette histoire.

Je veillai à ce qu'on lui servît les meilleurs morceaux – morceaux avec lesquels je n'aurais pas été plus malheureux que ça qu'il s'étouffât. Mr. Begbie, le jardinier en chef, entra bientôt, m'apportant les comptes de la semaine. Immédiatement, le sergent amena la conversation sur les roses et les mérites comparés de l'herbe et du gravier. Laissant les deux hommes en tête à tête, je sortis, le cœur lourd à un point que je ne saurais dire. Aussi loin que remontent mes souvenirs, je connus ce soir-là la première angoisse que ma pipe ne parvint pas à apaiser et contre laquelle *Robinson Crusoé* resta impuissant.

Las et désemparé, je fis un tour sur la terrasse pour retrouver un peu de quiétude. Je me sentais très vieux, usé, incapable de supporter plus longtemps semblable situation ; pour la première fois de ma vie, je me surpris à me demander quand il plairait à Dieu de me rappeler à Lui. Cependant, je persistais à avoir la plus grande confiance en Miss Rachel. Le sergent Cuff eût-il été Salomon lui-même et eût-il accusé ma jeune maîtresse du plus sordide des complots que je ne lui aurais pas répondu autre chose, tout Salomon qu'il fût, que : « Vous ne la connaissez pas ; moi, je la connais. »

Mes méditations furent interrompues par Samuel qui m'apportait un message de Milady.

En rentrant dans la maison pour le lire à la lumière, j'entendis Samuel me dire que le temps allait changer. Mon désarroi m'avait empêché de le remarquer. Mon attention une fois éveillée, j'entendis en effet les chiens grogner et le vent mugir ; je regardai le ciel et vis les nuages s'amonceler et se rapprocher de la lune. Samuel avait raison : nous allions avoir du mauvais temps.

Le message de Milady m'informait que le magistrat de Frizinghall lui avait écrit au sujet des trois Hindous. Dès le début de la semaine suivante, les coquins devaient être remis en liberté. Si nous avions quelques questions à leur poser, nous n'avions pas de temps à perdre. Comme ma maîtresse avait oublié d'en parler au sergent Cuff lors de leur dernier entretien, elle me priait de réparer cette omission. Pour moi, je l'avoue, les Hindous m'étaient bel et bien sortis de la tête. Cependant, j'obéis sur-le-champ, cela va sans dire, aux ordres de Milady.

Je trouvai le sergent Cuff et le jardinier attablés autour d'une bouteille de whisky, plongés dans une discussion palpitante sur la culture des roses. Le sergent était à ce point pris par la conversation qu'en m'apercevant il me fit signe de ne pas les interrompre. A ce que je pus comprendre, il s'agissait de savoir s'il fallait ou non écussonner la rose mousseuse sur l'églantier. Mr. Begbie disait oui, le policier disait non. Dans le feu du débat, ils me prirent à parti : ne connaissant rien à la culture des roses, je tentai de ménager les deux parties, exactement comme le font les juges de Sa Majesté quand les plateaux de la balance de la Justice, ne différant pas du poids d'un cheveu, les rendent perplexes.

– Messieurs, dis-je, il y aurait beaucoup à dire d'un côté comme de l'autre.

Et profitant de la trêve qui suivit mon impartiale réponse, je posai devant le sergent le message de Milady.

C'est presque de la haine que j'éprouvai à ce moment-là pour le sergent, mais je dois bien reconnaître que sa promptitude d'esprit faisait de lui un homme exceptionnel.

Quelques secondes lui suffirent après avoir lu le message pour se remémorer ce que lui avait appris l'inspecteur Seegrave sur les Hindous et pour prendre à leur sujet la décision qui s'imposait : N'y avait-il pas dans le voisinage un grand explorateur qui connaissait la langue de ces étrangers, et dont le nom figurait dans le rapport de l'inspecteur ? En effet. Ne connaissais-je pas son adresse ? Je la connaissais. Dans ce cas, le sergent le verrait dès le lendemain matin à Frizinghall.

– Espérez-vous tirer quelque chose de cette visite ? hasardai-je. L'inspecteur Seegrave a affirmé que ces Hindous étaient aussi innocents que l'enfant qui vient de naître.

– L'inspecteur Seegrave n'en était pas à sa première erreur. Nous verrons demain s'il avait tort ou raison au sujet de ces jongleurs.

Sur ce, il reprit sa discussion avec le jardinier.

– C'est une question de terrain et de saison, de patience et de travail. Maintenant, plaçons-nous d'un autre point de vue. Vous prenez par exemple la rose mousseuse…

Je ne voulus pas en entendre davantage et quittai la pièce.

Dans le corridor, je rencontrai Pénélope qui paraissait attendre quelque chose. Elle m'expliqua qu'elle attendait, en effet, que Miss Rachel l'appelât pour terminer ses bagages. Je posai à ma fille quelques questions, et appris que notre jeune maîtresse avait donné comme motif de son départ l'atmosphère insupportable qui régnait dans la maison, maintenant qu'un policier s'y était installé. Lorsque, une demi-heure plus tôt environ, on l'avait informée qu'elle ne pourrait pas partir avant deux heures de l'après-midi le lendemain, elle était entrée dans une violente colère. Milady, qui assistait à la scène, l'avait sévèrement réprimandée puis, ayant sans doute quelque chose de confidentiel à lui dire, avait renvoyé Pénélope. Celle-ci était fort découragée en songeant à tout ce qui se passait dans la maison.

– Rien ne va plus, père, me dit-elle. Rien n'est plus comme avant ; j'ai l'impression qu'un terrible malheur nous menace.

C'était aussi mon sentiment, mais je me gardai de l'avouer à ma fille. D'ailleurs Miss Rachel sonna à cet instant, et Pénélope monta en courant pour finir les bagages.

De mon côté, je me dirigeai vers le baromètre : j'étais curieux de voir ce qu'il indiquait.

Comme j'approchais de la porte capitonnée qui sépare l'office du hall, elle fut violemment poussée de l'autre côté par Rosanna Spearman qui me rentra dedans en courant. Son visage était crispé par une expression de douleur et elle pressait sa main contre son cœur comme si elle souffrait horriblement.

– Qu'y a-t-il mon enfant ? lui demandai-je en l'arrêtant. Êtes-vous malade ?

– Pour l'amour de Dieu, ne me parlez pas, me dit-elle en s'échappant de mes bras et en s'élançant vers l'escalier de service.

J'appelai la cuisinière qui se trouvait dans les parages pour qu'elle prît soin de la pauvre fille. Deux autres personnes étaient également à portée de voix : le sergent Cuff, qui sortit brusquement de ma chambre pour savoir ce qui se passait…

– Rien, répondis-je,

…et Mr. Franklin, qui apparut en poussant à son tour la porte capitonnée et me demanda si je savais ce qu'était devenue Rosanna Spearman.

– Elle vient justement de passer, monsieur. Sa figure était bouleversée et elle semblait dans un état lamentable.

– J'ai bien peur, Betteredge, d'être involontairement la cause de tout cela.

– Vous, monsieur !

– Je ne saurais dire pourquoi, mais si la pauvre enfant est impliquée dans l'affaire du diamant, j'ai bien l'impression qu'elle était sur le point de tout me révéler il y a quelques minutes à peine.

Comme je jetais un œil sur la porte capitonnée, il me sembla la voir bouger légèrement.

Quelqu'un nous écoutait-il ? La porte cessa de remuer avant que j'aie pu m'en assurer, mais en regardant de l'autre côté, il me sembla apercevoir l'ombre de la redingote de l'illustre Cuff qui disparaissait au fond du corridor. Il savait aussi bien que moi qu'il n'avait plus rien à attendre de moi, depuis que j'avais découvert le tour que prenaient ses investigations. Dans ces conditions, il était tout à fait probable qu'il se mît à opérer sournoisement.

N'étant pas sûr d'avoir réellement vu le sergent et ne désirant pas aggraver la situation, je me contentai de dire à Mr. Franklin que l'un des chiens avait dû s'introduire dans la maison et je le priai de me raconter ce qui s'était passé entre lui et Rosanna.

Mr. Franklin m'indiqua la table du billard.

– J'étais en train de m'exercer en essayant d'oublier l'affaire du diamant, quand je pris soudainement conscience d'une présence silencieuse dans la pièce. Je relevai la tête et aperçus devant moi Rosanna

Spearman, tel un fantôme. Elle avait l'air si étrange que je ne sus d'abord que faire. Voyant qu'elle semblait anxieuse, je lui demandai si elle désirait me parler. « Oui, me répondit-elle, si je le puis… » Sachant les soupçons qui pesaient sur elle, je ne pouvais donner à ces mots qu'une seule interprétation, mais je dois dire que je me sentais fort mal à l'aise à l'idée de recevoir les confidences de cette fille. Cependant, vu les difficultés où nous nous trouvions, j'étais obligé, me semblait-il, de l'écouter si elle avait quelque chose à me dire. Ma situation était fort délicate, et je m'en tirai assez maladroitement. « Je ne comprends pas très bien, lui dis-je. Que saurais-je faire pour vous ? » Vous voyez, Betteredge, je lui parlais gentiment. Ce n'est pas sa faute si elle est laide, la pauvre fille, et j'ai pitié d'elle ! Je tenais encore la queue de billard, et, pour prendre une contenance, je me remis à déplacer les boules. Je ne fis qu'aggraver les choses. Je l'avais blessée sans le vouloir ! En effet, elle s'éloigna brusquement. « Il ne voit que son billard ! l'entendis-je murmurer. Il ferait n'importe quoi pour ne pas avoir à me regarder ! » Avant que j'aie pu la retenir, elle était partie… Je ne suis pas tranquille, Betteredge ! Occupez-vous d'elle et dites-lui que je n'ai pas voulu l'offenser. J'ai peut-être été un peu dur avec elle, sans doute espérais-je secrètement que ce fût elle la responsable de la disparition du diamant. Non que j'aie quoi que ce soit contre elle mais…

Il n'acheva pas sa phrase, et retourna au billard.

Après ma dernière conversation avec le sergent, je ne pouvais ignorer ce qu'il avait été sur le point de me dire.

Seule l'inculpation de notre seconde femme de chambre aurait permis de blanchir Miss Rachel de l'infamie dont le sergent Cuff la soupçonnait. A présent, il ne s'agissait plus seulement de calmer l'excitation nerveuse de la jeune fille : il s'agissait surtout de prouver son innocence. Si Rosanna ne s'était en rien compromise, l'espoir que Mr. Franklin avouait avoir nourri aurait été assurément cruel et même monstrueux. Mais ce n'était pas le cas. Elle avait prétendu être malade et, en cachette, s'était rendue à Frizinghall ; elle était restée debout toute la nuit, occupée, toujours clandestinement, à faire – ou à détruire – on ne savait quoi. Et puis, ce soir, elle était allée aux Sables Frissonnants, dans des circonstances qui, pour le moins que l'on pût dire, apparaissaient fort mystérieuses. Autant de raisons qui me faisaient penser, malgré ma pitié sincère pour Rosanna, que la façon de voir de Mr. Franklin était parfaitement naturelle et frappée au coin du bon sens.

C'est ce que je lui dis en substance.

– Oui, oui, me répondit-il. Et pourtant, il reste une chance – bien petite, assurément – que la conduite de Rosanna ait une explication qui nous échappe, explication que nous ne voyons pas encore. Il me répugne toujours de heurter les sentiments d'une femme, Betteredge. Faites donc à cette pauvre fille le message dont je vous ai chargé. Et si elle tient encore à me parler, eh bien ! qu'elle vienne me trouver dans la bibliothèque...

Sur ce, il reposa la queue sur le billard et sortit.

A l'office, on m'apprit que Rosanna s'était retirée dans sa chambre. Refusant toute aide, elle avait seulement demandé qu'on la laissât se reposer tranquillement. Voilà qui mettait un terme aux aveux qu'elle avait voulu faire ce soir-là, si toutefois telle avait vraiment été son intention. Je rapportai à Mr. Franklin ce que l'on m'avait dit ; il ne resta pas plus longtemps dans la bibliothèque et monta se coucher.

J'étais en train d'éteindre les lumières et de fermer les fenêtres lorsque Samuel entra et me donna des nouvelles du sergent et du jardinier : la discussion sur les roses était manifestement enfin terminée, car le jardinier était retourné chez lui ; quant au sergent Cuff, on ne le trouvait nulle part au rez-de-chaussée.

Comme je regagnais mes appartements, je pus constater que ce que m'avait dit Samuel était exact. La pièce était déserte, il ne restait que deux verres vides et une forte odeur de vin chaud qui emplissait l'atmosphère. Peut-être le sergent était-il monté de son propre chef dans la chambre qu'on lui avait préparée. Je montai à mon tour pour en avoir le cœur net.

Arrivé sur le palier, je crus entendre, à gauche, le bruit d'une respiration régulière et paisible. De ce côté, le couloir conduisait à la chambre de Miss Rachel. Je jetai un coup d'œil, et là, installé tant bien que mal sur trois chaises placées en travers du couloir, un mouchoir rouge noué autour de sa tête grisonnante et son impeccable redingote noire roulée en guise d'oreiller, je vis l'illustre Cuff qui dormait paisiblement.

Tel un bon chien de garde, il s'éveilla à l'instant où je m'approchai de lui.

– Bonsoir, Mr. Betteredge. Et n'oubliez pas, si jamais vous vous mettez à cultiver les roses, qu'il vaut mieux ne pas écussonner la rose mousseuse sur l'églantier, même si votre jardinier prétend le contraire !

– Que faites-vous ici ? Pourquoi n'êtes-vous pas dans votre lit ?

– Je ne suis pas dans mon lit, répondit-il, parce que j'appartiens à cette large catégorie de personnes à qui il n'est pas donné dans ce bas monde de gagner leur vie d'une façon honnête et facile en même temps. Il y a coïncidence entre le moment où Rosanna Spearman est revenue de la plage et celui où Miss Verinder a fait connaître sa décision de quitter la maison. Quel que soit l'objet que Rosanna ait pu cacher, il ne fait aucun doute que votre jeune maîtresse ne pouvait pas s'en aller avant d'être sûre que cet objet était bien caché. Les deux femmes ont sans doute déjà échangé quelques propos secrets et, si elles veulent de nouveau communiquer profitant de ce que tout le monde dort dans la maison, je désire me trouver sur le chemin des deux complices. Ne m'accusez pas, Mr. Betteredge, d'avoir contrarié les arrangements que vous aviez pris pour la nuit ; accusez plutôt la Pierre de Lune.

– Plût à Dieu que ce diamant n'eût jamais pénétré dans cette maison ! m'écriai-je.

Le sergent contempla d'un œil mélancolique les trois chaises sur lesquelles il s'était condamné à passer la nuit.

– Ah oui ! soupira-t-il. Vous n'avez jamais parlé plus sagement, Mr. Betteredge !

17

Rien ne survint pendant la nuit, et (je suis heureux de pouvoir le préciser) ni Miss Rachel ni Rosanna ne tentèrent quoi que ce fût qui eût récompensé la vigilance du sergent.

Je pensais voir le sergent partir pour Frizinghall à la première heure le lendemain matin, mais il prit son temps, paraissant attendre quelque chose. Je le laissai à ses occupations et sortis retrouver Mr. Franklin dans son allée favorite, du côté des framboisiers.

Avant d'avoir pu échanger deux mots, nous étions rejoints par le policier. Il aborda Mr. Franklin qui le reçut, je dois l'avouer, assez froidement.

– Vous avez à me parler ?

– Oui, je dois vous entretenir de l'enquête qui m'a amené dans cette demeure. Vous avez deviné la tournure qu'elle était en train de prendre, hier. Vous avez été, ce qui est bien naturel, révolté et indigné ; tout aussi naturellement, c'est contre moi que s'est tournée votre colère à la pensée du scandale qui menaçait votre famille.

– Où voulez-vous en venir ? interrompit Mr. Franklin assez brusquement.

– Je désire simplement vous rappeler, monsieur, que jusqu'à présent, rien n'a prouvé que je me sois trompé. Souvenez-vous aussi que je suis un représentant de la loi et que j'agis avec l'approbation de la maîtresse de maison. Dans ces circonstances, est-il ou non de votre devoir de me communiquer tout ce qui est susceptible de m'aider dans mes recherches ?

– Je ne possède aucune information particulière.

Le sergent Cuff sembla considérer cette réponse comme nulle et non avenue.

– Vous pouvez m'éviter une perte de temps considérable et quelques milles superflus, si vous acceptez de me comprendre et de me dire ce que vous savez.

– Je ne vous comprends pas et je n'ai rien à vous dire.

– Une des femmes de chambre – inutile, je pense, de vous rappeler son nom, vous a, la nuit dernière, parlé en particulier.

Une fois de plus, Mr. Franklin coupa court. Il répéta :

– Je n'ai rien à vous dire.

Resté silencieux et à l'écart, je pensais au mouvement de la porte capitonnée et au pan de vêtement que j'avais vu disparaître au fond du couloir, la veille au soir. Le sergent Cuff, sans aucun doute, en avait entendu juste assez pour s'imaginer que Rosanna avait soulagé sa conscience en avouant ce qu'elle savait à Mr. Franklin Blake.

J'en étais là de mes réflexions quand, qui vis-je apparaître au bout du chemin ? Rosanna Spearman en personne ! Elle était suivie de Pénélope qui essayait de la faire revenir à la maison. S'apercevant que Mr. Franklin n'était pas seul, la femme de chambre s'immobilisa brusquement, ne sachant plus visiblement que faire.

Pénélope se tenait à quelques pas derrière elle. Mr. Franklin aperçut les jeunes filles en même temps que moi. Le sergent, quant à lui, avec sa ruse habituelle, fit semblant de ne pas les voir et, avant que ni Mr. Franklin ni moi n'ayons eu le temps de dire quoi que ce soit, il feignait de reprendre la conversation le plus naturellement du monde.

– Vous n'avez pas à craindre de faire du mal à cette jeune fille, monsieur, dit-il à mi-voix à Mr. Franklin, assez fort cependant pour se faire entendre de l'intéressée. Bien au contraire ! Si vous portez quelque intérêt à Rosanna Spearman, honorez-moi de votre confiance.

Mr. Franklin répondit d'une voix forte, comme s'il n'avait pas vu les jeunes filles :

– Je ne porte pas le moindre intérêt à Rosanna Spearman.

Je jetai un regard vers le bout de l'allée et je vis que la pauvre fille s'était brusquement retournée au moment où Mr. Franklin avait prononcé ces paroles. Au lieu de s'écarter de Pénélope ainsi qu'elle l'avait fait quelques instants plus tôt, elle laissa ma fille la prendre par le bras et la ramener à la maison.

Au moment où elles disparurent, la cloche du petit déjeuner retentit, obligeant le sergent Cuff à abandonner provisoirement la partie. Il me dit calmement :

– Je vais aller à Frizinghall, Mr. Betteredge ; je serai de retour avant deux heures.

Nous en étions débarrassés pour quelques heures…

– Il faut absolument que vous alliez parler à Rosanna, Betteredge ! me dit Mr. Franklin dès que nous fûmes seuls. Je suis décidément voué à ne commettre que des gaffes avec cette pauvre fille. Il ne vous aura pas échappé que le sergent nous a tendu un piège. S'il était parvenu à me troubler, ou à l'irriter elle, au point de nous faire perdre notre sang-froid, l'un comme l'autre aurions pu dire quelque chose qui répondait à son attente. Dans la confusion du moment, je n'ai pas vu d'autre moyen de m'en tirer que celui que j'ai pris. Cela a empêché Rosanna de parler, et Cuff a compris que je devinais ses intentions. Il nous a évidemment écoutés hier soir, Betteredge.

Il avait fait plus que de nous écouter, pensai-je. Il s'était souvenu que je lui avais dit que Rosanna était amoureuse de Mr. Franklin, et c'est sur cela qu'il avait compté quand il avait mentionné – suffisamment fort pour qu'elle l'entendît – l'intérêt que le jeune homme portait à Rosanna.

– Pour ce qui est d'écouter aux portes, monsieur, lui répondis-je en gardant pour moi mes autres réflexions, nous serons bientôt tous logés à la même enseigne, si cette situation se prolonge. Épier, regarder là où ils ne devraient pas, écouter ce qui ne les regarde pas, voilà à quoi sont condamnés les gens qui nagent, comme nous, en plein mystère. Encore un jour ou deux, Mr. Franklin, et nous serons tous muets, à force de nous espionner mutuellement. Pardonnez-moi, monsieur, mais tout cela me ferait perdre la tête… Je n'oublie pas que vous m'avez demandé d'aller rassurer Rosanna. Je le ferai à la première occasion.

– Vous ne lui avez rien dit de notre conversation d'hier soir ?

– Non, monsieur.

– Eh bien, ne lui en parlez pas tout de suite. Mieux vaut ne pas la pousser aux confidences tant que le sergent risque de nous surprendre. Ma conduite n'est pas tout à fait logique, n'est-ce pas, Betteredge ? Je ne vois pas à cette affaire d'autre issue que tragique, à moins que le diamant ne soit entre les mains de Rosanna. Et pourtant je ne peux ni ne veux aider le sergent Cuff à la prendre en faute.

Ce n'était pas le parti le plus sage, certes, mais je comprenais fort bien les sentiments de Mr. Franklin. Si vous vous souvenez, chers lecteurs, que vous n'êtes rien d'autre que de simples mortels, peut-être les comprendrez-vous aussi.

Pour ce qui est de l'évolution de la situation, dans la maison comme à l'extérieur, pendant que le sergent Cuff était à Frizinghall, elle peut se résumer ainsi :

Miss Rachel attendait l'heure de l'arrivée de la voiture pour se rendre chez sa tante et restait obstinément enfermée dans sa chambre, tandis que Milady et Mr. Franklin prenaient leur déjeuner ensemble. Après quoi, Mr. Franklin se décida brusquement à faire une promenade pour remettre de l'ordre dans ses idées. Je fus la seule personne à le voir sortir ; il m'annonça qu'il serait certainement de retour avant le sergent. Le temps, comme c'était à prévoir, avait tourné. Un vent violent s'était levé à l'aube et avait chassé la pluie. La température avait fraîchi mais, malgré les nuages qui s'amoncelaient à l'horizon, ce n'était pas un temps désagréable pour une promenade.

Après le petit déjeuner, je pris les ordres de Milady et réglai avec elle certains détails domestiques. Elle ne fit qu'une seule allusion à la Pierre de Lune, précisément pour nous interdire d'en dire plus long à son sujet.

– Attendons que cet homme revienne, dit-elle (elle désignait le sergent). Nous serons bien alors obligés d'en parler.

Après avoir quitté Milady, je trouvai Pénélope qui m'attendait dans ma chambre.

– Je voudrais, père, que vous veniez avec moi et que vous parliez à Rosanna. Je suis très inquiète à son sujet.

Je ne compris que trop vite de quoi il s'agissait. Mais j'ai pour principe que les hommes, créatures supérieures, doivent laisser aux femmes leur chance de se fortifier l'esprit. Aussi quand une femme – ma fille ou une autre, peu importe ! – veut me faire faire quelque chose, j'exige toujours de savoir pourquoi. Plus vous les forcerez à réfléchir et se creuser le cerveau afin d'y trouver des explications, plus elles seront faciles à conduire dans l'existence quotidienne. Ce n'est pas leur faute, les pauvres, si elles agissent d'abord et réfléchissent ensuite ; c'est la faute des idiots qui leur passent tous leurs caprices.

Je laissai donc Pénélope exprimer elle-même la raison pour laquelle elle m'appelait auprès de Rosanna :

– Mr. Franklin, je crois, l'a cruellement blessée sans le vouloir.

– Mais que faisait-elle dans l'allée des framboisiers ?

– Une pure folie, il n'y a pas d'autre mot. Elle voulait parler à Mr. Franklin, ce matin, à tout prix ! J'ai fait de mon mieux pour l'en empêcher, vous l'avez vu. Si j'avais seulement pu l'entraîner avant qu'elle entende ces terribles paroles…

– Là, là ! fis-je, n'exagérez rien… Je ne me souviens pas que l'on ait dit quoi que ce soit qui ait pu alarmer Rosanna !

– Ah non ? Mr. Franklin a pourtant déclaré qu'il ne lui portait pas le moindre intérêt ! Et il l'a dit sur un ton si blessant !

– C'était pour faire taire le sergent.

– C'est ce que j'ai essayé de lui expliquer, père. Mais, voyez-vous, même si l'on ne peut l'en blâmer, Franklin a été très dur avec elle lors de ces dernières semaines ; et ce qu'il a dit tout à l'heure vient couronner le tout ! Elle n'a aucune raison, naturellement, d'espérer qu'il s'intéresse à elle. Il est même étrange qu'elle puisse à ce point s'oublier et oublier son rang social ! Mais elle semble vraiment avoir perdu toute fierté, toute faculté d'agir et de penser normalement. Elle m'a effrayée, père ; les paroles de Mr. Franklin ont semblé la transformer en pierre. Depuis lors, elle est singulièrement calme, et elle est retournée à son travail comme une somnambule.

A mon tour, je commençais à être inquiet. Un je ne sais quoi dans le ton de Pénélope faisait taire en moi le sens de ma supériorité. Je me rappelais ce qui s'était passé entre Mr. Franklin et Rosanna, la veille. La pauvre fille, à ce moment-là, paraissait avoir le cœur brisé ; et comble de malchance, elle venait d'être douloureusement touchée de nouveau, à l'endroit le plus sensible.

J'avais promis à Mr. Franklin de parler à Rosanna ; le moment me semblait venu de tenir ma parole.

Nous trouvâmes la jeune fille balayant le corridor du côté des chambres à coucher ; elle était pâle et calme, impeccablement mise comme toujours dans sa modeste robe imprimée. Je lui trouvai les yeux vagues et sans expression, non comme si elle avait pleuré, mais comme si elle avait fixé un objet – certainement pas le balai qu'elle maniait et qu'elle avait vu des centaines et des centaines de fois – pendant trop longtemps.

– Allons Rosanna ! Courage ! Il ne faut pas vous tourmenter. J'ai quelque chose à vous dire de la part de Mr. Franklin.

De la façon la plus amicale, la plus réconfortante que je pus, je lui exposai les faits. Je considère toujours l'autre sexe, vous l'avez remarqué, avec quelque sévérité, mais quand je me trouve devant les femmes, mes principes, je l'avoue, perdent un peu de leur rigueur.

– Mr. Franklin est très bon, remerciez-le beaucoup de ma part.

Ce fut là toute sa réponse.

Ma fille avait déjà remarqué que Rosanna accomplissait son travail comme dans un rêve. J'ajouterai qu'il en était de même quand elle écoutait et quand elle parlait. Je doutai qu'elle fût en état de m'entendre.

– Vous m'avez bien compris, Rosanna ? demandai-je.

– J'ai compris.

Elle me répondit comme un écho, non comme une créature vivante, mais comme un automate, sans s'arrêter de balayer. Je lui pris alors l'instrument des mains aussi gentiment que possible.

– Venez, mon enfant, venez avec moi. Vous n'êtes pas dans votre état normal. Vous êtes tourmentée. Je suis votre ami et je le resterai, même si vous avez fait quelque chose de mal. Parlez, Rosanna, soulagez votre cœur.

A tout autre moment, mes paroles l'eussent fait pleurer. Cette fois rien ne la touchait, elle avait les yeux secs.

– Oui, je soulagerai mon cœur.

– Auprès de Milady ?

– Non.

– De Mr. Franklin ?

– Oui, de Mr. Franklin.

Je ne savais vraiment que faire. Elle n'était pas capable de comprendre les raisons qui poussaient Mr. Franklin à éviter de lui parler directement. J'essayai de lui dire qu'il était parti faire sa promenade habituelle.

– Cela m'est égal. Je ne dérangerai pas Mr. Franklin aujourd'hui.

– Pourquoi ne pas parler à Milady ? C'est le meilleur moyen de vous soulager que de vous confier à une femme aussi chrétienne et qui s'est toujours montrée si bonne avec vous.

Elle me fixa d'un air grave pendant un moment, comme si elle faisait un effort pour comprendre ce que je lui disais. Puis elle me reprit le balai des mains et le promena lentement tout le long du corridor.

– Non, répondit-elle, en continuant de balayer et comme se parlant à elle-même. J'ai un meilleur moyen de me soulager.

– Lequel ?

– Ayez la bonté de me laisser faire mon travail.

Pénélope la suivit et lui offrit de l'aider.

– Non, répondit-elle. Je dois faire mon travail seule. Merci, Pénélope.

Elle se tourna vers moi et ajouta :

– Merci, Mr. Betteredge.

Aucun argument ne pouvait la toucher ; il n'y avait plus rien à dire. Je fis signe à Pénélope de me suivre. Nous la laissâmes comme nous l'avions trouvée, balayant le corridor comme un automate.

– C'est le docteur qu'il faudrait appeler. Cela dépasse mes compétences.

Fort à propos, ma fille me rappela alors la maladie du Dr Candy, conséquence, comme vous le savez, du refroidissement qu'il prit le soir du dîner d'anniversaire. Son assistant – un certain Mr. Ezra Jennings – était à notre disposition, bien sûr, mais on ne savait rien de lui dans la région. Il avait été engagé par le Dr Candy dans des circonstances un peu particulières et, à tort ou à raison, nous n'avions aucune sympathie pour lui et ne pouvions lui accorder notre confiance. Il y avait d'autres médecins à Frizinghall, mais nous ne les connaissions pas, et Pénélope se demandait si, dans l'état actuel de Rosanna, des étrangers ne risquaient pas de lui faire plus de mal que de bien.

J'eus l'idée d'en parler à Milady. Avec tous les soucis qu'elle avait déjà, j'hésitai à la préoccuper davantage, mais l'état de la pauvre enfant me semblait si préoccupant qu'il était malgré tout de mon devoir d'en informer ma maîtresse. J'allai la trouver sans enthousiasme. Il n'y avait personne dans son salon; Milady s'était enfermée avec Miss Rachel. Impossible pour moi de la déranger.

J'attendis en vain jusqu'à ce que la pendule du palier sonnât deux heures moins le quart. Cinq minutes après, je m'entendis appeler du dehors. Je reconnus aussitôt la voix du sergent Cuff qui revenait de Frizinghall.

18

Je rencontrai le sergent sur le perron, au bas des marches.

Je ne désirais nullement, après ce qui s'était passé entre nous, lui montrer que son enquête me préoccupait un tant soit peu. Malgré moi cependant, j'étais poussé par un intérêt plus fort que tout. Je sentis ma dignité s'évanouir en prononçant ces mots :

– Quelles nouvelles de Frizinghall ?

– J'ai vu les Hindous, répondit le sergent Cuff, et j'ai découvert ce que Rosanna a acheté secrètement en ville, jeudi dernier. Les Hindous seront mis en liberté mercredi prochain. Aucun doute dans mon esprit, pas plus que dans celui de Mr. Murthwaite, qu'ils sont venus ici pour dérober la Pierre de Lune. Leurs desseins ont été déjoués, c'est certain, par ce qui s'est passé dans la maison durant la nuit de mercredi à jeudi et ils n'ont pas été mêlés à la perte du bijou. Je peux seulement vous dire une chose, Mr. Betteredge : si nous ne retrouvons pas la Pierre de Lune, eux la trouveront. Les trois jongleurs n'ont pas encore dit leur dernier mot.

Mr. Franklin arriva de sa promenade comme le sergent prononçait cette phrase. Dominant mieux sa curiosité que je n'avais su le faire, il passa sans rien dire et rentra dans la maison.

Quant à moi, puisque aussi bien j'avais déjà perdu ma dignité, j'essayai de tirer au moins de cette situation lamentable tout le bénéfice possible.

– Parfait pour les Hindous, dis-je. Et au sujet de Rosanna ?

Le sergent secoua la tête.

– Sur ce point, le mystère est plus épais que jamais. J'ai retrouvé sa trace dans une boutique de Frizinghall, tenue par un marchand d'étoffes nommé Maltby. Elle n'a rien acheté nulle part ailleurs, ni chez la modiste, ni chez le tailleur, mais seulement chez Maltby, un simple morceau de tissu. Elle tenait beaucoup à la qualité. Quant à la quantité, elle en prit de quoi faire une chemise de nuit.

– Une chemise de nuit pour qui ? demandai-je.

– Pour elle, bien sûr. Entre minuit et trois heures, jeudi matin, elle a dû se faufiler dans la chambre de votre jeune maîtresse pour découvrir la cachette de la Pierre de Lune, pendant que tout le monde dormait. En retournant dans sa chambre, elle a dû frôler la peinture fraîche de la porte. Elle n'a pu enlever la tache, pas plus qu'elle ne pouvait détruire sans danger sa chemise avant de l'avoir remplacée, pour le cas où un inventaire aurait eu lieu.

– Quelle preuve avez-vous que c'était bien la chemise de nuit de Rosanna ? objectai-je.

– Le tissu, répondit le sergent. S'il s'était agi de la chemise de nuit de Miss Verinder, elle aurait acheté de la dentelle, de la soie, Dieu sait quoi, et elle n'aurait pas eu le temps de la confectionner pendant la nuit. Le tissu qu'elle s'est procuré est bien celui qui convient à une femme de chambre. Non, non, Mr. Betteredge, tout cela est clair. La difficulté est de savoir pourquoi, après l'avoir remplacée, elle a caché la chemise tachée au lieu de la détruire. Si cette fille ne parle pas, je ne vois qu'un moyen de nous en tirer. Il faut découvrir aux Sables Frissonnants l'endroit où elle l'a cachée ; c'est là que se trouve la vérité.

– Comment ferez-vous pour le découvrir ?

– Je suis désolé de ne pas vous donner satisfaction, dit le sergent, mais c'est un secret que j'ai l'intention de garder pour moi.

(Comme je ne souhaite pas exciter votre curiosité comme il excita la mienne, je peux vous dire d'ores et déjà que le sergent était revenu de Frizinghall avec un mandat d'arrêt dans sa poche. Son expérience en la matière lui faisait prévoir que, selon toute probabilité, Rosanna portait sur elle un papier indiquant où se trouvait la cachette, pour le cas où elle y retournerait dans d'autres circonstances et après un certain temps. En possession de ce document, le sergent devait alors arriver à ses fins.)

– Maintenant, Mr. Betteredge, continua-t-il, cessons de spéculer et mettons-nous au travail. J'ai dit à Joyce d'avoir l'œil sur Rosanna. Où est-il ?

Joyce était le policier de Frizinghall qui avait été laissé à la disposition du sergent Cuff par l'inspecteur Seegrave. Au moment où il formulait sa question, deux heures sonnèrent. Ponctuelle, la voiture arriva devant le perron pour conduire Miss Rachel chez sa tante.

– Attendez, dit le sergent m'arrêtant comme j'allais partir à la recherche de Joyce. Je dois d'abord m'occuper de Miss Verinder.

Comme la pluie était encore menaçante, c'était la voiture fermée qui avait été commandée. Le sergent Cuff fit signe à Samuel d'en descendre.

– Vous trouverez un de mes amis qui vous attendra sous les arbres, à côté de la grille, dit-il. Il devra grimper à côté de vous sur le marchepied arrière sans faire arrêter la voiture. Vous n'aurez qu'à tenir votre langue et fermer les yeux, sinon vous vous attirerez des ennuis.

A ces mots, le valet de pied prit place. Je ne sais ce que Samuel pensait. Il était clair pour moi que Miss Rachel serait surveillée sans relâche de l'instant où elle quitterait la maison, jusqu'à son retour. Ma jeune maîtresse sous surveillance ! Un espion sur le marchepied de la propre voiture de sa mère ! J'aurais voulu me couper la langue pour me punir d'avoir adressé la parole au sergent Cuff !

La première personne qui sortit de la maison fut Milady. Elle se tenait de côté, sur le haut de l'escalier, de manière à voir ce qui se passait. Elle ne dit pas un mot, pas plus au sergent qu'à moi-même. Les lèvres closes et les bras croisés dans le léger manteau de jardin dont elle s'enveloppait pour sortir, elle restait là telle une statue, attendant que sa fille parût.

Une minute plus tard, Miss Rachel descendit, très gentiment vêtue d'une légère robe jaune qui faisait valoir son teint de brune et sa jolie taille. Elle portait un élégant petit chapeau de paille entouré d'un voile. Ses gants clairs avaient la couleur de sa peau. Ses magnifiques cheveux noirs paraissaient plus doux que le satin ; ses petites oreilles ressemblaient à des coquillages roses d'où pendaient de fines perles. Elle sortit vivement, droite comme un lis sur sa tige, aussi souple dans ses mouvements qu'un jeune chat. Rien ne semblait avoir altéré son beau visage, sauf ses yeux et ses lèvres. Ses yeux brillaient férocement comme je ne les avais jamais vus et ses lèvres avaient totalement perdu leur couleur et leur sourire, ce qui n'était jamais arrivé depuis que je la connaissais. Elle embrassa sa mère brusquement sur la joue. Elle dit seulement : « Essayez de me pardonner, maman. » Elle fit descendre son voile sur son visage aussi violemment que si elle eût voulu l'arracher. L'instant d'après, elle descendait les marches en courant et se précipitait vers la voiture comme pour s'y cacher.

Le sergent Cuff fut rapidement à ses côtés. Il fit monter Samuel derrière la voiture et se tint devant Miss Rachel, en lui tenant la portière ouverte au moment où elle s'installait.

– Que désirez-vous ? murmura-t-elle sous son voile.

– Je veux seulement vous dire un mot, avant que vous partiez. Je ne prétends pas retarder votre visite à votre tante. Je tiens seulement à vous déclarer qu'en l'état actuel des choses, votre départ met un obstacle de plus à mon enquête. Je vous prierai de réfléchir et de décider en conséquence si vous devez partir ou rester.

Miss Rachel ne parut même pas l'entendre.

– En route, James, jeta-t-elle au cocher.

Sans un mot de plus, le sergent referma la portière. Au même moment, Mr. Franklin arrivait en courant.

– Au revoir, Rachel ! dit-il en étendant la main.

– En route ! cria plus fort encore Miss Rachel sans prêter plus d'attention à son cousin qu'elle n'en avait prêté au sergent Cuff.

Mr. Franklin s'arrêta comme frappé par la foudre. Le cocher, ne sachant que faire, tourna la tête vers Milady, restée immobile, sur le haut de l'escalier. Partagée entre la honte et le chagrin, cette dernière lui fit signe de partir et rentra hâtivement dans la maison. Mr. Franklin, recouvrant l'usage de la parole, s'élança derrière elle et lui cria comme la voiture démarrait :

– Tante, vous aviez raison ! Je vous remercie pour toutes vos bontés et vous demande de bien vouloir me laisser partir.

Milady se tourna vers lui et, faisant un effort sur elle-même, lui tendit lentement la main :

– Montez me voir avant de partir, dit-elle d'une voix brisée.

– Faites-moi une dernière faveur, Betteredge, pria Mr. Franklin, en se tournant vers moi avec des larmes dans les yeux ; conduisez-moi au train le plus tôt possible.

Il rentra à son tour dans la maison. Il n'était plus lui-même ; Miss Rachel l'avait complètement décontenancé. Jugez-en combien son amour pour elle devait être profond !

Je me retrouvai en tête à tête avec le sergent Cuff. Il regardait à travers la trouée des arbres qui laissait apercevoir la route partant de la maison. Il avait les mains dans ses poches et sifflotait doucement « La dernière rose de l'été ».

– Ce n'est pas le moment de siffler, lui dis-je d'un air féroce.

Au même instant, la voiture apparut dans le lointain ; un autre homme avait pris place à côté de Samuel derrière la voiture.

– Parfait, se dit à lui-même le sergent.

Et il se tourna vers moi.

– Ce n'est évidemment pas le moment de siffler, Mr. Betteredge. C'est plutôt celui de reprendre mon travail, sans épargner personne, cette fois. Commençons par Rosanna Spearman. Où est Joyce ?

Nous appelâmes Joyce sans recevoir de réponse. J'envoyai un des garçons d'écurie à sa recherche.

– Vous avez entendu ce que j'ai dit à Miss Verinder, reprit le sergent pendant que nous l'attendions. Et vous avez vu comment elle m'a reçu ? Je lui ai simplement déclaré que son départ était un obstacle de plus à notre enquête et elle est partie en nous laissant dans cette situation. Votre jeune maîtresse n'est pas seule dans la voiture de sa mère, Mr. Betteredge. Son compagnon de voyage a pour nom Pierre de Lune.

Je ne pouvais rien dire. Je persistais à m'accrocher à ma foi en Miss Rachel.

Le garçon d'écurie revint avec Joyce qui arborait une drôle de mine.

– Où est Rosanna Spearman ? demanda le sergent Cuff.

– Impossible de la trouver, sergent, commença Joyce. Je suis très ennuyé, mais d'une façon ou d'une autre…

– Avant de partir pour Frizinghall, dit le sergent, en lui coupant la parole, je vous ai demandé d'avoir l'œil sur Rosanna Spearman, sans qu'elle en eût le soupçon. Êtes-vous en train de me faire comprendre que vous l'avez laissée filer ?

– Je suis navré, sergent, dit Joyce qui commençait à trembler. J'ai peut-être mis un peu trop de soin à ne pas lui montrer qu'elle était surveillée. Et puis, il y a tant de passages dans cette maison…

– Depuis combien de temps l'avez-vous perdue ?

– Environ une heure, sergent.

– Vous pouvez retourner à Frizinghall, dit le sergent en parlant avec plus de calme que jamais. Je ne pense pas que vos talents puissent nous convenir. Votre emploi dépasse vos capacités. Au plaisir.

L'homme se retira, honteux. Je ne saurais dire à quel point j'étais affecté moi aussi par la disparition de Rosanna Spearman. Tandis que mille suppositions me traversaient l'esprit, je demeurai interdit et muet devant le sergent Cuff.

– Non, Mr. Betteredge, dit le sergent comme s'il avait découvert mes plus intimes pensées. Votre jeune amie Rosanna ne s'échappera pas aussi facilement que vous le croyez. Tant que je saurai où se trouve Miss Verinder, il me sera facile de retrouver sa complice. Je les empêcherai de communiquer comme je l'ai fait cette nuit. Qu'elles veuillent se retrouver à Frizinghall plutôt qu'ici, fort bien ! L'enquête s'en trouvera simplement déplacée, plus tôt que prévu, de votre maison à la nouvelle demeure de Miss Verinder. Pour le moment, je vous demanderai de bien vouloir réunir de nouveau les domestiques.

Ensemble, nous nous dirigeâmes vers l'office. Je ferais peut-être mieux de ne pas l'avouer, mais c'est la vérité : aux derniers mots du sergent, la fièvre détective m'avait repris. J'oubliai que je haïssais le grand Cuff. Je passai doucement mon bras sous le sien et lui dis sur un ton confidentiel :

– Pour l'amour du ciel, expliquez-moi ce que vous attendez encore des domestiques ?

Il s'arrêta brusquement et, d'une voix où perçait la mélancolie, sembla s'adresser au ciel et à la végétation qui nous entourait :

– Si cet homme (il voulait apparemment parler de moi) pouvait seulement comprendre la culture des roses, il serait l'être le plus parfait de la création !

Après ce brusque accès de sentimentalisme, il me regarda, passa son bras sous le mien et dit en revenant brusquement à l'affaire :

– Voici comment la situation se présente. Ou bien Rosanna est partie pour Frizinghall avant que je n'en revienne, ou elle est allée faire un petit tour aux Sables. Il convient d'abord de savoir quel est le domestique qui l'a vue pour la dernière fois dans la maison.

L'enquête démontra que c'était Nancy, la fille de cuisine.

Nancy l'avait vue s'échapper, une lettre à la main, et arrêter le boucher qui était venu livrer sa commande. La jeune fille l'avait entendue demander à l'homme de bien vouloir mettre sa lettre à la poste, à Frizinghall. L'homme avait lu l'adresse et fait remarquer que ce n'était pas le moyen le plus rapide de la faire parvenir. Une lettre adressée à Cobb's Hole et déposée à Frizinghall ne pouvait arriver avant le lundi matin, étant donné qu'on l'envoyait le samedi. Rosanna répondit que cela n'avait pas d'importance. Elle ne désirait qu'une chose, c'est qu'il fît ce qu'elle lui demandait. L'homme promit en s'en allant. Nancy fut au même moment rappelée à la cuisine. Personne ne savait plus rien au sujet de Rosanna Spearman.

– Alors ? demandai-je, quand nous fûmes de nouveau seuls.

– Alors, dit le sergent, je dois repartir pour Frizinghall.

– A cause de la lettre ?

– Oui. L'indication de la cachette est dans cette lettre. Je verrai l'adresse à la poste. Si c'est l'adresse que je suppose, je ferai à notre amie Mrs. Yolland une autre visite lundi prochain.

Comme nous traversions la cour de l'écurie, un fait nouveau allait surgir qui apportait une nouvelle lumière sur la disparition de Rosanna Spearman.

19

La nouvelle de la disparition de Rosanna s'était vite répandue parmi les domestiques. Ils avaient mené leur propre enquête et avaient découvert qu'un gamin surnommé Duffy, employé à sarcler le jardin, avait vu sortir Rosanna Spearman, une demi-heure plus tôt. Duffy était certain que la jeune fille s'était dirigée vers le bois de pins – elle marchait plus qu'elle ne courait –, en direction de la plage.

– Cet enfant connaît-il bien la côte ? demanda le sergent Cuff.

– Il est né et a été élevé sur la côte, répondis-je.

– Duffy, dit le sergent, voulez-vous gagner un shilling ? Dans ce cas, accompagnez-moi. Mr. Betteredge, tenez une voiture à ma disposition pour quand je reviendrai.

Il partit dans la direction des Sables Frissonnants, d'un pas qui ne me permettait pas de le suivre, bien que mes jambes fussent assez solides pour mon âge. Le petit Duffy rugit de joie à la manière des petits sauvages et s'élança sur les talons du sergent.

Je me trouve une nouvelle fois dans l'impossibilité de vous décrire dans quel état d'esprit me laissa le sergent Cuff. Une indescriptible inquiétude s'était emparée de moi. Je fis tant de choses inutiles au-dedans et en dehors de la maison que je suis incapable de me les rappeler. Je ne savais même plus depuis combien de temps le sergent était parti, quand Duffy revint en courant avec un message pour moi. Le sergent Cuff avait remis à l'enfant une feuille arrachée à son carnet, sur laquelle il avait écrit au crayon : *Envoyez-moi une des chaussures de Rosanna Spearman ; faites vite.*

Je chargeai la première domestique que je rencontrai d'aller dans la chambre de Rosanna Spearman et renvoyai Duffy dire au sergent que j'arrivais moi-même avec la chaussure.

Ce n'était pas, je le sais, le moyen le plus rapide d'exécuter les ordres qu'on me transmettait. Seulement j'avais l'intention bien arrêtée de me rendre compte par moi-même de quel nouveau mystère il s'agissait, avant de remettre le soulier de Rosanna entre les mains du sergent. Le désir que j'avais depuis si longtemps de protéger cette fille autant que cela m'était possible, ce désir me reprenait, à la onzième heure. C'est sous cette impulsion (pour ne rien dire de ma fièvre détective !) que, dès que j'eus la chaussure, je partis en courant comme peut courir un homme de soixante-dix ans passés.

Comme je parvenais au rivage, le ciel se couvrit d'épais nuages noirs et la pluie commença à tomber. J'entendais le grondement de la mer sur le banc de sable à l'embouchure de la baie. Un peu plus loin, je dépassai l'enfant qui s'était abrité derrière la dune. Je vis alors la mer en furie, les lames déferler sur le sable, la pluie balayer les eaux et la teinte sauvage que prenait la baie au milieu de laquelle m'apparut, sombre et solitaire, l'étrange silhouette du sergent Cuff.

Il étendit la main du côté du nord, dès qu'il me vit :

– Prenez par là et rejoignez-moi ! me cria-t-il.

Je descendis vers lui, hors d'haleine et le cœur bondissant. J'étais incapable de prononcer un mot, malgré la foule de questions qui me venaient aux lèvres. Le visage du sergent m'effraya : une profonde horreur se lisait dans ses yeux. Il m'arracha la botte des mains et l'appliqua sur une des empreintes laissées sur le sable en direction du sud, vers le banc de rochers appelé pointe Sud. Les traces n'étaient pas encore effacées par la pluie et la chaussure de la jeune fille s'y adaptait admirablement.

Le sergent me le montra sans dire un mot.

Je m'agrippai à son bras, toujours incapable de lui parler. Il se dirigeait en suivant les empreintes vers l'endroit où les rochers et les sables se rejoignent. La pointe Sud était envahie par les flots ; les sables mouvants disparaissaient sous l'eau. Là comme ailleurs, avec une patience obstinée, le sergent Cuff appliquait la botte sur les traces pointées dans la direction des rochers. Il guettait à n'en pas douter des empreintes revenant en sens inverse. Finalement, il abandonna. Toujours silencieux, il me regarda de nouveau, puis observa l'eau qui envahissait progressivement la plage. Je regardai à mon tour et lus sa pensée sur sa figure. Un terrible frisson m'envahit soudain. Je me laissai tomber sur le sable.

– Elle est retournée à sa cachette, murmura le sergent à part soi. Quelque accident fatal sera survenu dans les rochers.

Les regards étranges de la jeune fille, ses paroles, ses gestes qui semblaient sortir d'un rêve lorsque je l'avais vue qui balayait le corridor un peu plus tôt dans la journée, tout cela me revint alors à l'esprit et me fit pressentir, à l'instant même où parlait le sergent, qu'il était loin d'avoir deviné l'affreuse vérité. J'aurais voulu lui dire la peur qui me glaçait tout à coup ; j'aurais voulu lui dire : « Si Rosanna est morte, sergent, c'est qu'elle a cherché la mort. » Mais non ! Les mots ne franchissaient pas mes lèvres ! Tremblant et muet, j'étais comme anéanti ; je ne sentais même plus la pluie, je ne voyais plus la marée montante. Comme dans un rêve à mon tour, je revoyais devant moi la malheureuse créature. Elle était là, telle que je l'avais vue le matin où j'étais venu la chercher ici pour la reconduire à la maison. Je l'entendais, comme alors, me dire que les Sables Frissonnants l'attiraient malgré elle et se demander si sa tombe ne l'attendait pas là. J'en frémissais d'horreur, ne pouvant m'empêcher de songer à travers elle à ma propre enfant, à ma fille qui avait exactement le même âge, à ma fille qui, ayant subi ce que Rosanna avait subi, aurait certainement connu une mort aussi affreuse.

Le sergent me releva avec bonté et m'entraîna loin de l'endroit où elle avait péri. Je retrouvai peu à peu ma respiration et me sentis plus de courage pour envisager la réalité. Regardant les dunes, j'aperçus quelques-uns de nos domestiques accourir vers nous ; le pêcheur Yolland les accompagnait. Du plus loin qu'ils pouvaient se faire entendre, ils nous demandaient si l'on avait retrouvé Rosanna. En peu de mots, le sergent Cuff leur expliqua ce qu'il avait découvert et leur dit qu'il craignait qu'un malheur ne fût arrivé. Il prit alors le pêcheur à l'écart et, montrant la mer, lui demanda :

– Malgré ce temps, une barque aurait-elle pu venir prendre la jeune fille près de ce rocher où s'arrêtent les empreintes ?

– Aucun bateau ne se risquerait jamais là-dessus !

La mer déchaînée frappait les rochers avec fracas ; il fallait crier pour se faire entendre.

Le sergent regarda une dernière fois les empreintes sur le sable ; la pluie commençait maintenant à les effacer.

– Nous avons ici la preuve, fit-il, qu'elle n'a pas quitté cet endroit par la terre. Et il est évident aussi, ajouta-t-il en se tournant vers le pêcheur, qu'elle n'a pas pu en partir par la mer.

Il réfléchit un moment, puis reprit :

– On l'a vue venir ici une demi-heure avant que je quitte moi-même la maison, expliqua-t-il à Yolland. Une heure environ s'est écoulée depuis lors. Il y a une heure, jusqu'à quelle hauteur, selon vous, l'eau recouvrait-elle les rochers de ce côté-ci ?

Il montrait de la main le côté sud, c'est-à-dire celui qui n'était pas envahi par les sables mouvants.

– Avec la marée d'aujourd'hui, répondit le pêcheur, il ne devait pas y avoir assez d'eau, il y a une heure, pour noyer un jeune chat !

Puis, le sergent se tourna vers le nord, dans la direction des Sables Frissonnants :

– Et de ce côté ?

– Encore moins. Les Sables devaient être mouillés, rien de plus.

Le sergent se tourna alors vers moi et conclut que l'accident avait dû se produire dans les sables mouvants. Sur ce, je retrouvai l'usage de la parole :

– Il n'y a pas eu d'accident. Si Rosanna est venue ici, elle y est venue fatiguée par la vie, avec le désir d'en finir.

– Comment le savez-vous ?

Tous s'étaient approchés. Le sergent, après quelques instants de stupéfaction, se reprit et d'un mouvement brusque les fit s'éloigner en expliquant que j'étais un vieil homme, probablement choqué par toute cette histoire.

– Laissez-le se remettre, fit-il.

Puis, s'adressant de nouveau à Yolland :

– Y a-t-il quelque chance de la retrouver quand la marée se retirera ?

– Non, aucune. Ce que les Sables Frissonnants avalent, ils le gardent pour toujours.

Le pêcheur s'approcha ensuite de moi :

– Mr. Betteredge, j'ai un mot à vous dire à propos de la mort de cette jeune femme. Près de la Pointe, là-bas, il y a des rochers plats, enfoncés dans le sable. Pourquoi n'est-elle pas allée de ce côté ? Si elle avait glissé, par accident, du haut de la Pointe, elle serait tombée à cet endroit, de l'eau à peine jusqu'à la taille ! C'est vers les sables mouvants qu'elle a dû aller, sinon nous l'aurions retrouvée maintenant. Il ne s'agit pas d'un accident, monsieur ! Les Sables Frissonnants l'ont prise, et ils l'ont prise parce qu'elle-même l'a voulu !

Devant ce témoignage d'un homme qui savait ce dont il parlait, le sergent resta silencieux. Nous nous tûmes également, puis, comme par un accord tacite, nous remontâmes vers la dune.

Là, nous fûmes rejoints par le groom. Avec une profonde tristesse, il me tendit un papier.

– C'est Pénélope qui m'envoie, Mr. Betteredge. Elle a trouvé ceci dans la chambre de Rosanna.

C'étaient ses derniers mots d'adieu à un pauvre vieil homme comme moi, qui avait fait de son mieux, Dieu merci, pour lui venir en aide :

Vous m'avez souvent pardonné, Mr. Betteredge. Quand vous retournerez aux Sables Frissonnants, essayez de le faire une fois encore. J'y ai trouvé la tombe qui m'était destinée. Je meurs comme j'ai vécu et je meurs en vous remerciant pour toutes vos bontés.

Rien de plus. C'était peu. Je n'étais pas assez fort pour recevoir un pareil coup. Il en faut peu pour pleurer quand vous êtes jeune et que vous entrez dans la vie. Il faut encore moins quand vous êtes vieux et que vous êtes sur le point de la quitter.

J'éclatai en sanglots.

Le sergent Cuff fit un pas vers moi. Son intention était bonne, je n'en doutais pas, mais instinctivement je reculai :

– Ne me touchez pas. Vous êtes la cause de tout ce qui arrive.

– Vous exagérez, Mr. Betteredge, répondit-il avec calme. Nous en reparlerons plus tard quand vous serez redevenu vous-même.

Je les suivis en m'appuyant sur le bras du groom. Nous avancions sous la pluie battante, vers les nouvelles épreuves qui nous attendaient à la maison.

20

Ceux qui marchaient devant avaient répandu la nouvelle. Nous trouvâmes les autres domestiques dans un état de panique effroyable. Comme nous passions devant la porte de sa chambre, Milady l'ouvrit violemment. Ma maîtresse se dirigea vers nous, suivie de Mr. Franklin qui essayait vainement de la retenir. Elle était hors d'elle-même, l'horreur peinte sur son visage.

– Vous êtes responsable de tout ! s'écria-t-elle, en menaçant le sergent de la main. Gabriel, donnez à cet homme ce qui lui est dû et que je ne le revoie plus !

Le sergent avait toujours été parmi nous le seul à lui tenir tête, le seul également qui soit toujours resté maître de lui.

– Je ne suis pas plus responsable que vous, Milady, de cet affreux malheur, dit-il. Si dans une demi-heure d'ici, vous insistez encore pour que je quitte la maison, j'accepterai mon congé, mais non votre argent.

Il avait parlé très respectueusement, mais tout aussi fermement, ce qui ne manqua pas d'impressionner Milady et tous ceux qui assistaient à la scène. Elle pria Mr. Franklin de l'accompagner dans sa chambre. Quand la porte se referma sur eux, le sergent, jetant sur les femmes son regard habituel, remarqua que seule Pénélope pleurait ; les autres restaient pétrifiées de terreur.

– Quand votre père aura quitté ses vêtements mouillés, dit le sergent à Pénélope, venez dans sa chambre pour que nous parlions un peu.

En moins d'une demi-heure, j'avais changé de vêtements et j'en avais prêté au sergent Cuff pour qu'il fît de même. Pénélope se présenta. Je crois que je n'avais jamais senti comme à ce moment mon bonheur d'avoir à mes côtés une enfant aussi douce. Je la pris sur mes genoux, et je priai le Seigneur de la protéger. Ma fille appuya sa tête contre ma poitrine, passa tendrement ses bras autour de mon cou, et nous attendîmes ainsi quelques instants, sans rien dire. La pauvre morte, pensai-je, était au fond du silence qui s'installait entre Pénélope et moi. Le sergent alla à la fenêtre, et s'arrêta assez longtemps à regarder dans le parc. Je le remerciai de nous traiter tous les deux avec tant d'égards.

Les gens du monde ont, entre autres luxes, celui de pouvoir se laisser aller à leurs sentiments. Mais ceux de modeste condition n'ont pas semblable privilège. La nécessité, qui épargne nos maîtres, n'a aucune pitié de nous. Nous devons apprendre à refouler nos sentiments et à faire notre devoir avec patience. Je note simplement la chose, je ne m'en plains pas.

Pénélope et moi fûmes bientôt prêts à répondre au sergent ; nous n'attendions que son bon vouloir. Il commença par demander à ma fille si elle savait pour quelle raison la jeune servante s'était tuée. Ma fille répondit, comme vous l'imaginez, que c'était certainement par amour pour Mr. Franklin Blake. Il lui demanda ensuite si elle-même avait parlé de cela à quelqu'un d'autre. Elle ajouta que, dans l'intérêt de Rosanna, elle n'en avait jamais soufflé mot à personne. Je sentis alors le besoin d'apporter une précision.

– Elle l'a fait également dans l'intérêt de Mr. Franklin Blake. Si Rosanna s'est tuée pour lui, c'est bien à son insu et ce n'est pas de sa faute. Laissez-le donc partir aujourd'hui s'il en a l'intention, et qu'il ignore la vérité.

– Fort bien, répondit le sergent Cuff.

Et de nouveau le silence régna. Sans doute le sergent comparait-il l'opinion de Pénélope avec la sienne qu'il ne voulut pas exprimer.

Au bout d'un moment, ma maîtresse sonna. En me rendant chez elle, je rencontrai Mr. Franklin qui sortait de la chambre de sa tante. Il me dit que Milady était disposée à recevoir le sergent Cuff en ma présence, et il ajouta qu'il aurait auparavant besoin de lui dire deux mots. En se rendant dans ma chambre, il s'arrêta dans le hall pour consulter l'indicateur des chemins de fer.

– Vous voulez réellement nous quitter, monsieur ? demandai-je. Miss Rachel reviendra sûrement à la raison, si vous lui laissez du temps.

– Elle reviendra sûrement à la raison, répondit Mr. Franklin, quand elle apprendra que je suis parti et qu'elle ne me reverra plus.

Je crus d'abord que c'était son ressentiment contre Miss Rachel qui l'incitait à parler de la sorte. Mais je me trompais, évidemment. Milady avait remarqué, dès l'arrivée de la police, qu'à entendre le seul nom de Mr. Franklin la jeune fille s'irritait violemment. Quant à lui, il aimait trop sa cousine pour s'avouer à lui-même la cause réelle de ces emportements, jusqu'au jour où la jeune fille était partie chez sa tante. Une fois que le fait lui avait été clairement – et brutalement ! – mis sous les yeux, Mr. Franklin avait pris la décision – la seule digne d'un homme ayant un peu de courage – de quitter la maison.

Il formula ce qu'il avait à dire au sergent en ma présence. Il exprimait les regrets qu'avait sa tante d'avoir parlé si brusquement au sergent Cuff et voulait savoir si celui-ci souhaitait, compte tenu des circonstances, se voir régler ce qui lui était dû et abandonner l'affaire du diamant là où elle en était.

– Non, monsieur, répondit le sergent. Je suis payé pour accomplir une mission qu'en l'occurrence je considère comme inachevée. Dans ces conditions je n'accepterai aucun honoraire.

– Je ne vous comprends pas, dit Mr. Franklin.

– Je m'expliquerai donc, monsieur. Quand je suis arrivé ici, j'ai entrepris d'éclaircir l'affaire du diamant. J'attends le moment de remplir mon engagement. Lorsque j'aurai exposé la situation à lady Verinder telle qu'elle se présente et que je lui aurai indiqué le moyen de rentrer en possession de la Pierre de Lune, alors seulement j'aurai rempli mon devoir. C'est à lady Verinder de décider ce qu'il doit en être, et si elle m'autorise à continuer ou non mon enquête.

Ces paroles du sergent nous rappelèrent que même un policier doit veiller à ne pas perdre sa réputation.

Sa manière de voir était si juste qu'il n'y avait rien à ajouter. Comme je me levais pour le conduire dans la chambre de Milady, il demanda si Mr. Franklin désirait assister à l'entrevue.

– Non, à moins que lady Verinder ne le désire elle-même, répondit Mr. Franklin.

Et il ajouta tout bas, à mon intention :

– Je sais ce que cet homme va dire de Rachel et j'aime trop ma cousine pour entendre sur elle la moindre parole désobligeante sans perdre mon sang-froid. Ne vous occupez pas de moi.

Je le laissai ainsi, désemparé, penché sur le rebord de ma fenêtre, la tête entre les mains. Pénélope, jetant un regard par la porte entrebâillée, me dit qu'elle avait pitié de lui. Si j'avais été Mr. Franklin, je l'aurais appelée. Car lorsqu'une femme vous déçoit, c'est une bien grande consolation que d'aller le raconter à une autre. Neuf fois sur dix, croyez-moi, celle-ci prend votre parti contre celle-là. Peut-être l'appela-t-il quand j'eus le dos tourné ? En tout cas, il faut rendre justice à ma fille : elle n'aurait pas hésité à consoler Mr. Franklin Blake.

Pendant ce temps, le sergent Cuff et moi frappions à la porte du petit salon de Milady.

Lors de notre dernier entretien avec elle, nous l'avions trouvée peu disposée à lever les yeux de son livre. Cette fois, au contraire, elle accueillit le sergent avec un regard aussi ferme et courageux que celui du policier lui-même.

21

Elle nous pria de nous asseoir et prit la parole aussitôt.

– Sergent Cuff, dit-elle, il y a peut-être une excuse à la manière dont je vous ai parlé, il y a une demi-heure. Je ne m'en prévaudrai pas. Je vous dis simplement et en toute sincérité combien je regrette de vous avoir offensé.

La grâce de sa voix et sa manière de s'exprimer firent un certain effet sur le sergent. Il demanda la permission de se justifier à son tour, considérant cette justification comme une marque de respect envers ma maîtresse.

– Il est impossible, dit-il, que je sois en aucune façon responsable du malheur qui nous a tous frappés, pour la simple raison qu'il était primordial pour notre enquête de ne rien dire et de ne rien faire qui pût alarmer Rosanna Spearman.

Il me prit à témoin de la chose ; j'affirmai que l'enquête, en effet, avait été menée le plus discrètement possible. Je pensais que l'affaire en resterait là, mais le policier, avec l'intention évidente de provoquer les explications les plus pénibles pour Milady, poursuivit :

– On m'a rapporté l'une des raisons pour lesquelles la jeune femme se serait suicidée. Cette raison, qui est peut-être la bonne, n'a aucun rapport avec la question qui nous occupe. Je m'empresse d'ajouter cependant que mon opinion sur les motifs de cette pauvre fille est tout autre. Je suis persuadé qu'une insupportable angoisse, à laquelle le diamant n'est pas étranger, aura poussé la malheureuse à se tuer. Je ne prétends pas connaître la nature réelle de cette angoisse, mais je pense, avec votre permission, Milady, pouvoir indiquer la personne susceptible de nous éclairer. Elle seule pourra dire si j'ai tort ou raison.

– Une personne actuellement dans la maison ? demanda ma maîtresse après un temps de silence.

– Elle a quitté la maison, Milady.

La réponse ne pouvait désigner plus clairement Miss Rachel. Un lourd silence remplit la pièce, qui me sembla durer une éternité. Seigneur ! Dehors le vent hurlait, et la pluie venait battre les carreaux ; j'attendais dans les affres que l'un ou l'autre reprît la parole.

– Ayez la bonté de vous expliquer, dit Milady. Vous faites allusion à ma fille ?

– Exactement, dit le sergent Cuff.

Le carnet de chèques de ma maîtresse se trouvait sur la table depuis notre entrée dans la pièce, sans aucun doute pour régler les honoraires du sergent. Milady le prit et le rangea dans un tiroir. J'eus le cœur chaviré de voir combien sa pauvre main tremblait, cette main qui, s'il plaisait à Dieu, joindrait les miennes à mon heure dernière !

– J'avais espéré, dit Milady très lentement et très calmement, que je récompenserais vos services et que nous nous séparerions sans qu'il fût besoin de mentionner entre nous le nom de Miss Verinder. Mon neveu ne vous a-t-il rien dit à ce sujet, avant que vous entriez dans ma chambre ?

– Mr. Blake m'a transmis votre message. Et j'ai fait connaître mes raisons à Mr. Blake…

– Inutile de me les donner. Après ce que vous avez dit, vous savez aussi bien que moi que vous êtes allé trop loin pour reculer. Je me dois à moi-même et je dois à mon enfant d'insister pour que vous restiez ; je veux savoir plus exactement où vous voulez en venir.

Le sergent consulta sa montre.

– Si j'en avais le temps, Milady, dit-il, je préférerais écrire mon rapport plutôt que de vous le faire de vive voix. Mais si cette enquête doit se poursuivre, le temps est trop précieux pour le gaspiller sur le papier. Je suis prêt à aller au fond des choses, bien qu'il soit très pénible pour moi d'en parler et pour vous de l'entendre…

Ma maîtresse l'interrompit une fois de plus.

– Je vais faire mon possible pour vous rendre les choses moins pénibles, à vous comme à mon fidèle serviteur et ami, en formulant moi-même certaines choses. Vous soupçonnez Miss Verinder d'avoir dérobé le diamant à des fins personnelles. Est-ce bien cela ?

– Exactement, Milady.

– Très bien. Mais avant que vous preniez la parole, je tiens à vous dire, en tant que mère de Miss Verinder, qu'elle est absolument incapable de faire ce dont vous la soupçonnez. Vous ne la connaissez que depuis un jour ou deux, tandis que mon expérience de son caractère remonte au début de sa vie. Quels que soient vos soupçons, il est impossible que vous m'offensiez. Je suis sûre par avance que, malgré toute votre expérience, les circonstances vous ont pour une fois fatalement abusé. Je ne sais rien. Ma fille ne m'a rien confié. Je ne suis donc pas plus avancée que vous. La seule raison que j'ai de vous parler aussi nettement est celle que je viens de mentionner : je connais mon enfant.

Elle se tourna vers moi et me tendit la main. Je la baisai en silence.

– Vous pouvez continuer, fit-elle en fixant le sergent avec assurance.

Le sergent Cuff s'inclina. Ma maîtresse avait réussi à l'émouvoir. Son visage en lame de couteau s'adoucit un instant, comme s'il était triste pour elle. Mais sa conviction restait la même. Il reprit sa chaise et entama son réquisitoire contre Miss Rachel :

– Je dois vous demander, Milady, d'envisager cette affaire en vous plaçant de mon point de vue. Ayez la bonté de vous mettre un instant à ma place comme si vous veniez d'entrer dans cette maison, pour y jouer mon rôle, munie de toute mon expérience. Et permettez-moi de vous expliquer brièvement en quoi elle consiste.

Ma maîtresse l'autorisant à parler, le sergent reprit :

– Pendant ces vingt dernières années, j'ai eu maintes occasions d'être mêlé à des scandales de famille. La seule leçon que j'ai pu tirer de ces épineuses questions domestiques quant à l'affaire qui nous occupe peut se résumer en deux mots. Il n'est pas rare de rencontrer de jeunes personnes bien nées ayant contracté des dettes personnelles, qu'elles n'osent révéler à leurs proches, parents ou amis. Le plus souvent, la modiste et le bijoutier sont la cause de tout. Parfois il s'agit de raisons plus inavouables, à mille lieues de ce qui peut nous intéresser ici et que, par conséquent, je n'aurai pas l'indélicatesse de mentionner devant vous. Bien, n'oubliez pas ce que je viens de vous dire, Milady, et voyons ensemble comment les événements récents m'ont ramené à ma longue expérience, que je l'aie voulu ou non.

Il réfléchit un moment, puis reprit le fil de son discours avec une horrifiante clarté et un implacable esprit de justice qui ne ménageait personne :

– Les premières informations concernant la perte de la Pierre de Lune me furent données par l'inspecteur Seegrave qui se montra, j'en fus heureux, totalement incapable de suivre l'affaire. Le seul détail qui me frappa et méritait d'être retenu fut que Miss Verinder avait refusé d'être interrogée par lui et l'avait traité avec une rudesse et un mépris absolument incompréhensibles. Je trouvai cette attitude singulière, mais l'attribuai simplement à quelque maladresse de l'inspecteur qui avait pu offenser la jeune fille. Je n'y pensai donc plus et m'appliquai tout seul à débrouiller cette affaire. Cela me conduisit, comme vous le savez, à la tache sur la porte et au témoignage de Mr. Franklin Blake qui me fit voir que cette salissure et la perte du diamant étaient en réalité les pièces d'un même puzzle. Jusque-là, les seuls soupçons que je pouvais avoir me laissaient penser que la Pierre de Lune avait été dérobée, et qu'elle avait pu l'être par l'un des domestiques. Fort bien. Mais qu'arrive-t-il sur ces entrefaites ? Miss Verinder sort brusquement de sa chambre et m'interpelle. Je note alors trois faits qui me semblent suspects : 1) cette jeune personne est encore extrêmement nerveuse, bien qu'il y ait plus de vingt-quatre heures que le diamant a disparu ; 2) elle me traite comme elle a déjà traité l'inspecteur Seegrave ; 3) elle paraît en vouloir mortellement à Mr. Franklin Blake. Très bien encore. Voici, me dis-je, une jeune fille qui a perdu un bijou de valeur, une jeune fille qui, comme je peux le constater, possède une nature extrêmement impétueuse. Dans ces circonstances et avec son caractère, que fait-elle ? Elle témoigne d'un incompréhensible ressentiment contre Mr. Blake, contre l'inspecteur et contre moi-même, c'est-à-dire contre les trois personnes qui ont essayé, par des moyens différents, de l'aider à retrouver son bijou. Arrivé à ce point de mon enquête – et seulement alors, Milady, seulement alors – j'en appelle à ma propre expérience ; et ma propre expérience me fait voir sous un tout autre jour l'incompréhensible conduite de Miss Verinder. J'en conclus que votre fille a des dettes qu'elle n'ose pas avouer, des dettes qui arrivent à échéance. Et j'en arrive à penser que la perte du diamant n'a d'importance pour elle que dans la mesure où elle pourra ou non payer ses dettes. Telle est la conclusion qui découle de mon expérience. Qu'opposez-vous, Milady, à ces déductions ?

– Ce que j'ai déjà dit, répondit ma maîtresse. Les circonstances vous ont égaré.

Quant à moi, je me tus. *Robinson Crusoé* avait, je ne sais trop comment, pénétré dans ma vieille tête. Si le sergent Cuff s'était trouvé, en ce moment, sur une île déserte sans un cher Vendredi pour lui tenir compagnie ni un bateau qui pût venir à son secours, il aurait exactement été dans la situation où je souhaitais qu'il fût ! (Car comme la plupart d'entre vous, je suis un assez bon chrétien, pour autant que l'on n'exige pas trop de ma charité chrétienne.)

– A tort ou à raison, Milady, étant arrivé à cette conclusion, il me fallait une preuve, reprit le sergent. C'est ainsi que j'eus l'idée d'examiner toutes les garde-robes de la maison. C'était la seule manière de trouver le vêtement qui, selon toute probabilité avait été taché, et c'était le seul moyen de vérifier le bien-fondé de mes déductions. Qu'arrive-t-il alors ? Vous consentez ; Mr. Blake et Mr. Ablewhite également. Seule, Miss Verinder s'y oppose. A ce moment-là, je ne doute plus d'avoir raison. Si vous et Mr. Betteredge persistez à ne pas me comprendre, c'est que vous deviez avoir les yeux bandés, ce jour-là ! Il me semble que j'ai averti devant vous Miss Rachel que, dans les circonstances telles qu'elles étaient, son départ de la maison risquait de compromettre mes efforts pour retrouver le bijou. Vous avez pu constater vous-même quelle fut alors son attitude. Vous avez également vu que, loin de remercier Mr. Blake d'avoir levé un pan du voile qui me masquait la vérité, elle l'a insulté publiquement sur le perron de la maison de sa propre mère. Qu'est-ce que tout cela peut signifier, si Miss Verinder n'a rien à se reprocher ?

A ce point de son récit, il se tourna vers moi et me regarda un instant. C'était absolument effrayant de l'entendre ainsi accabler preuve après preuve Miss Rachel sans pouvoir rien contester de ce qu'il disait, pour défendre cette dernière. Dieu merci, je suis, par constitution, bien au-delà de la raison. Rien ne m'empêchait donc de m'en tenir fermement à l'opinion de Milady, que je faisais d'ailleurs entièrement mienne. Fortifié par cette position de principe, je me hasardai à regarder le sergent en face. Mes amis, je vous en supplie, profitez de mon exemple ! Cela vous épargnera des tas d'ennuis. Sachez vous tenir audessus des raisonnements les plus solides, et vous verrez comme vous saurez émousser les griffes des gens sensés lorsqu'ils prétendent vous égratigner pour votre bien !

Constatant que je ne faisais pas de remarques et que ma maîtresse se taisait, le sergent Cuff poursuivit. Dieu ! comme j'enrageais qu'il ne se fût pas démonté de notre silence !

– Voilà, Milady, pour Miss Verinder. Il me reste à établir la relation entre Miss Verinder et Rosanna Spearman. Revenons un instant, si vous le permettez, au refus qu'opposa votre fille à l'examen de sa garde-robe. Sachant quelle conclusion j'en tirai, considérons maintenant deux questions : 1) quelle méthode devais-je adopter pour poursuivre mon enquête ? 2) Miss Verinder avait-elle des complices parmi les domestiques ?

Après mûre réflexion, je décidai de poursuivre l'enquête d'une façon qu'on qualifierait chez nous de très irrégulière. En effet, la réputation d'une famille était en cause, et il s'agissait pour moi d'empêcher la moindre ombre de scandale de transpirer hors des murs de cette maison. Il fallait donc faire le moins de tapage possible et mêler à l'enquête le moins de personnes possible. Il ne fallait donc pas songer à emprisonner qui que ce soit sur de simples présomptions, ni à aller devant les magistrats, surtout si, comme je le crois, Milady, votre fille était mêlée à toute l'affaire. Dans ces conditions, Mr. Betteredge me parut l'homme de la situation. Sa position dans la maison – il connaît les domestiques mieux que personne et a à cœur de protéger l'honneur de la famille – lui accordait une incontestable supériorité sur tous ceux que j'aurais pu avoir sous la main. J'aurais pu aussi bien envisager l'aide de Mr. Blake, mais j'aurais rencontré un obstacle sur ma route. Il comprit immédiatement dans quel sens j'orientais mes recherches et, vu l'intérêt qu'il porte à Miss Rachel, aucune entente n'était possible entre lui et moi. Pardonnez-moi, Milady, de vous ennuyer avec tous ces détails, mais je tiens à vous prouver combien j'ai à cœur d'empêcher que s'ébruite le terrible secret hors de votre famille. Je suis le seul étranger qui le connaisse et mon devoir professionnel est de n'en rien dire.

Je sentis moi que mon devoir professionnel m'obligeait à parler. Passer pour un espion aux yeux de ma maîtresse était plus que n'en pouvait supporter un chrétien de mon âge.

– Croyez bien, Milady, m'écriai-je, que je ne me suis jamais prêté, en aucune manière et à aucun moment, à ces basses besognes d'espion. Que le sergent Cuff me contredise, s'il ose !

Ayant dit ces mots, je me sentis soulagé. Milady m'honora d'un geste amical de sa main sur mon épaule. Je fixai le sergent d'un air indigné pour voir ce qu'il pensait d'un tel témoignage de la part de ma maîtresse. Le sergent redevint doux comme un agneau et parut m'estimer plus que jamais. Milady le pria de continuer son exposé.

– Je vois bien que vous avez honnêtement travaillé croyant servir mes intérêts. Je suis disposée à entendre ce que vous avez encore à me dire.

– Ce que j'ai encore à vous dire, répondit le sergent, concerne Rosanna Spearman. Je reconnus la jeune fille, souvenez-vous-en, quand elle apporta le carnet de blanchissage dans cette chambre. Jusque-là, je n'avais jamais soupçonné Miss Verinder d'avoir confié son secret à quiconque. Quand je vis Rosanna, je changeai d'idée et la soupçonnai sur-le-champ d'être mêlée à la disparition du diamant. La pauvre créature a fini bien tristement et je ne voudrais pas que vous pensiez, maintenant qu'elle n'est plus là, que j'ai été injustement dur avec elle. S'il s'était agi d'un vol quelconque, j'aurais accordé à Rosanna, comme aux autres, le bénéfice du doute. Notre expérience des femmes sorties de maisons de correction et placées dans des familles nous prouve, dans la majorité des cas, qu'elles se conduisent honnêtement et se montrent dignes des égards qu'on a pour elles. Mais il ne s'agit pas ici d'un vol ordinaire; nous avons affaire à un plan savamment combiné par la propriétaire même du diamant. Fort de cette idée, je pensai immédiatement à Rosanna Spearman. Miss Verinder – excusez-moi, Milady – aurait-elle eu la prétention de nous faire croire que la pierre était simplement égarée? Ou bien voulait-elle nous abuser au point de nous faire croire qu'on l'avait volée? Si tel était le cas, Rosanna Spearman était tout indiquée – à cause de son passé de voleuse – pour nous mener, vous comme moi, sur une fausse piste.

Se pouvait-il, demandai-je, que le sergent ose aller si loin dans ses accusations contre Miss Rachel et Rosanna? Hélas! non seulement cela se pouvait mais, comme vous allez le voir, ce n'était pas terminé.

– J'avais une autre raison de suspecter la disparue, poursuivit-il, une raison plus valable encore. Qui pouvait aider Miss Verinder à emprunter secrètement de l'argent sur le diamant sinon Rosanna Spearman? Aucune jeune personne dans la position de Miss Verinder ne pouvait traiter seule une affaire de cet ordre. Puisqu'elle devait prendre un intermédiaire, qui, je vous le demande, aurait mieux fait l'affaire que Rosanna Spearman? Votre ex-femme de chambre était loin, à l'époque de sa précédente carrière, de pratiquer le vol en novice. Elle avait, à ma connaissance, des relations parmi les prêteurs d'argent, qui n'auraient pas refusé d'avancer de grosses sommes sur un bijou aussi fameux que la Pierre de Lune, sans poser aucune question embarrassante ni exiger des conditions gênantes. Admettez cela, Milady, et laissez-moi vous démontrer maintenant comment mes soupçons ont été confirmés par les agissements de Rosanna, et quelles conclusions j'en ai tirées.

Il passa alors en revue toute la conduite de Rosanna depuis le début de l'affaire. Vous êtes déjà aussi bien renseignés que moi et vous comprendrez combien cette partie du rapport laissa peu de place à la réplique. Ma maîtresse elle-même en fut impressionnée. Elle ne fit aucun commentaire. Il importait peu, du reste, au sergent qu'elle répondît ou non. Il continuait son discours – que le diable l'emporte ! – avec plus d'assurance que jamais.

– Vous ayant exposé le cas tel que je le comprends, dit-il, il me reste seulement à vous dire comment je me propose d'agir à présent. Je ne vois que deux moyens de conduire l'enquête à bonne fin. L'un m'apportera la solution avec certitude ; l'autre, je l'admets, est plus hasardeux. A vous de décider, Milady, s'il faut employer le premier ou le second. Dois-je d'abord vous exposer la voie de la certitude ?

Ma maîtresse lui fit signe de choisir à son gré.

– Merci, fit le sergent. Nous commencerons donc par là, puisque vous êtes assez bonne, Milady, pour me laisser choisir. Que Miss Verinder reste à Frizinghall ou qu'elle revienne ici, je me propose, dans un cas comme dans l'autre, d'exercer sur tous ses actes une surveillance sévère, sur les gens qu'elle fréquente, sur ses promenades à pied ou à cheval, sur les lettres qu'elle reçoit aussi bien que sur celles qu'elle écrit.

– Ensuite ? demanda ma maîtresse.

– Ensuite, répondit le sergent, je vous demanderai, Milady, d'engager comme femme de chambre, à la place de Rosanna Spearman, une femme ayant l'habitude des enquêtes de ce genre et dont la discrétion est assurée, j'en réponds.

– Ensuite ? répéta ma maîtresse.

– Ensuite et en dernier lieu, je propose d'envoyer un de mes collègues faire un arrangement avec ce prêteur d'argent londonien dont je vous ai parlé, qui fut autrefois en relations avec Rosanna Spearman, et dont l'adresse, vous pouvez en être sûre, a été communiquée par Rosanna à Miss Verinder. Je ne nie pas que les démarches que je suggère prendront du temps et coûteront de d'argent. Mais le résultat est certain. Nous allons enfermer la Pierre de Lune dans un cercle qui se rétrécira de plus en plus jusqu'à ce que nous la retrouvions entre les mains de Miss Verinder, en admettant que celle-ci décide de garder le diamant. Si ses dettes sont pressantes et qu'elle décide de s'en débarrasser, alors nous aurons notre homme dans la place et nous retrouverons la Pierre de Lune dès qu'elle arrivera à Londres.

A entendre le nom de sa propre fille faire l'objet d'une proposition de ce genre, ma maîtresse fut à ce point offensée qu'elle ne retint plus sa colère.

– Veuillez considérer votre première proposition rejetée dans ses moindres détails, et passons je vous prie à votre seconde suggestion.

– Mon autre moyen, dit le sergent en reprenant la parole avec fermeté, consiste à nous livrer à une expérience audacieuse. Je crois avoir jugé assez exactement le caractère de Miss Verinder. Votre fille, Milady, est tout à fait capable, selon moi, de se livrer à une incroyable supercherie. Mais elle a un tempérament trop ardent, trop impétueux, elle a trop peu l'habitude de se cacher pour parvenir à feindre dans les petits gestes de la vie quotidienne et pour ne pas répondre à la provocation. A plusieurs reprises, on l'a vue perdre le contrôle d'elle-même, alors qu'il était clairement de son intérêt de dissimuler ses sentiments. C'est en me fondant sur cette particularité de son caractère que je me propose d'agir. Je dois lui faire éprouver un choc violent en des circonstances qui la toucheront au vif. En d'autres termes, je dois lui apprendre, sans aucune précaution, la mort de Rosanna, dans l'espoir que sa bonté naturelle reprendra le dessus et la poussera à faire des aveux complets. Acceptez-vous, Milady, cette solution ?

Ma maîtresse m'étonna au-delà de toute expression.

– Oui, répondit-elle.

– Dans ce cas… la voiture est attelée, dit le sergent. Au revoir, Milady.

Milady leva soudain la main et arrêta le sergent à la porte.

– Puisque c'est aux bons sentiments de ma fille que vous désirez faire appel, je réclame, en ma qualité de mère, de lui infliger moi-même cette épreuve. Restez ici, je vous prie. C'est moi qui irai à Frizinghall.

Pour la première fois de sa vie, l'illustre Cuff resta interloqué et ne sut que répondre.

Ma maîtresse sonna et commanda ses vêtements de pluie. Il pleuvait encore à torrent et la voiture fermée était, comme vous le savez, partie avec Miss Rachel à Frizinghall. J'essayai de dissuader Milady, en lui montrant qu'il était impossible pour elle d'affronter pareil temps. Tout à fait inutile ! Je lui demandai de l'accompagner, pour tenir au moins le parapluie. Elle ne voulut rien entendre. Enfin la voiture arriva, conduite par le groom.

– Vous pouvez être sûr de deux choses, dit-elle au sergent Cuff dans le hall. Je ferai l'expérience sur Miss Verinder aussi fermement que vous l'eussiez faite à ma place et je vous informerai moi-même du résultat, de vive voix ou par message, avant le départ du dernier train pour Londres, ce soir.

Sur ces mots, elle monta dans la voiture et, prenant les rênes en main, se dirigea vers Frizinghall.

22

Milady partie, je trouvai le sergent Cuff confortablement installé dans un coin du hall. La lèvre retroussée, il était plongé dans son agenda.

– Vous rédigez les déclarations au sujet de l'enquête ? fis-je.

– Non, je regarde quelle est la prochaine affaire dont je doive m'occuper.

– Ah ! Vous pensez donc en avoir fini, ici ?

– Lady Verinder est, je pense, une des femmes les plus intelligentes d'Angleterre. Je pense également qu'il est infiniment plus agréable de s'occuper d'une rose que d'un diamant. Où est le jardinier, Mr. Betteredge ?

Je renonçai à en savoir davantage sur la Pierre de Lune. Cuff n'y portait plus aucun intérêt ; ce qu'il voulait en ce moment, c'était voir le jardinier.

Une heure plus tard, je les entendis dans la serre, qui se disputaient encore ; il était cette fois-ci question d'églantiers.

Il me fallait quant à moi m'occuper de Mr. Franklin, savoir s'il maintenait sa décision de nous quitter par le train de l'après-midi. Après avoir été informé de la teneur du dernier entretien entre Milady et le sergent Cuff, il avait décidé d'attendre le retour de sa tante et de ne partir qu'après avoir eu des nouvelles de Frizinghall.

Chez tout autre, un tel changement de projets n'aurait eu aucune conséquence importante ; pour Mr. Franklin, cet état d'indécision, qui ouvrait devant lui une longue plage d'oisiveté, eut pour effet de faire surgir les uns après les autres, tels des rats s'échappant d'un sac, les différents aspects étrangers de son caractère. C'est ainsi que je le surpris, allant et venant dans tous les salons de la maison, tantôt en Anglo-Italien, tantôt en Germano-Anglais, tantôt en Franco-Anglais, n'ayant rien d'autre à dire que sa rancœur d'avoir été traité comme il l'avait été par Miss Rachel, et n'ayant personne à qui parler que votre humble serviteur.

Je le trouvai à un moment donné dans la bibliothèque, assis à côté d'une carte de l'Italie moderne, jugeant sans doute que le meilleur moyen d'affronter ses malheurs était encore d'en parler :

– Voyez-vous, Betteredge, je nourris de grandes aspirations ; mais à quoi bon, maintenant ? Sans l'aide de Rachel, je ne pourrai jamais mettre en pratique les excellentes qualités qui sont en moi.

Il était si éloquent dans l'énumération de tous ses talents en friche, si pathétique dans l'évocation de son tragique destin, que je restai bien maladroit devant lui, incapable de le réconforter. C'est alors qu'il me vint un éclair de génie : la situation ne requérait pas autre chose qu'un petit extrait bien choisi de *Robinson Crusoé* ! Je montai sur-le-champ dans ma chambre et en redescendis, l'immortel chef-d'œuvre à la main. Mais plus personne dans la bibliothèque ! Seule, au mur, la carte de l'Italie moderne qui semblait me narguer.

J'essayai le salon. Sur le plancher, le mouchoir de Mr. Franklin prouvait qu'il y était passé ; pour le reste, la pièce vide montrait assez qu'il en était sorti.

J'essayai la salle à manger. J'y trouvai Samuel, un plateau garni d'un verre de sherry et d'un biscuit entre les mains, regardant autour de lui d'un air interrogateur. Il m'expliqua qu'il apportait à Mr. Franklin ces petites douceurs que le jeune maître avaient demandées, mais qu'arrivé dans la pièce avant même que la cloche de l'office ait fini de tinter, il l'avait trouvée déserte.

J'essayai enfin la petite salle à manger où mes efforts furent récompensés. Il était là, près de la fenêtre, en train de dessiner du doigt des sortes de hiéroglyphes sur la vitre embuée.

– Votre sherry vous attend, monsieur, lui dis-je.

– Comment vous expliquez-vous la conduite de Rachel, Betteredge ?

Je lui tendis *Robinson Crusoé* dans lequel, pour peu qu'il prenne le temps d'en lire attentivement quelques passages, il trouverait certainement une réponse. Mais Mr. Franklin referma le livre presque aussitôt et se lança dans son galimatias germano-anglais :

– C'est qu'il faut regarder les choses en face, Betteredge, me dit-il comme si j'avais fait mine de ne rien vouloir en faire, ne vous défilez pas ! Il faut de la patience. Seule la patience peut nous conduire à la vérité ! Ne m'interrompez pas ! La conduite de Rachel est parfaitement compréhensible, si seulement l'on consent à considérer en premier lieu l'aspect objectif, puis l'aspect subjectif, et enfin l'aspect objectivement subjectif ! Nous connaissons l'état d'excitation nerveuse dans lequel a été plongée ma cousine par la disparition de la Pierre de Lune. Voilà le côté objectif de l'affaire. Or, la sachant dans cet état de nerfs, pouvons-nous sérieusement attendre d'elle qu'elle ait un comportement normal à l'égard de son entourage ? Voilà qui constitue l'aspect subjectif du problème, et je vous défie de la prendre en défaut ! Il découle naturellement de tout cela que, d'un point de vue objectivement subjectif, Rachel, pour être tout à fait précis n'est pas Rachel, mais quelqu'un d'autre. Et en quoi, je vous le demande, ai-je le droit d'être blessé parce que je suis cruellement traité par quelqu'un qui n'est pas Rachel ? Vous moins que personne, Betteredge, pourriez m'accuser d'une telle folie ! La conclusion de tout cela ? C'est qu'en dépit de votre esprit étroit et de vos préjugés, à vous Anglais, je me sens parfaitement tranquille et heureux. Où est ce sherry ?

Dans l'état de perplexité où m'avait plongé un tel raisonnement, je décidai de faire trois choses, trois choses proprement objectives : 1) je servis à Mr. Franklin son sherry ; 2) je me retirai dans ma chambre ; 3) je pris en guise de réconfort la pipe la plus calmante que j'eusse jamais fumée de ma vie.

N'allez pas imaginer pour autant que je fusse débarrassé de

Mr. Franklin. Attiré par l'odeur de mon tabac, il vint me rejoindre et m'annonça qu'il avait été bien sot de cesser de fumer pour l'amour de Miss Rachel.

Je le vis se précipiter sur moi avec son étui à cigares et se lancer dans une grande tirade à la française.

– Donnez-moi du feu, Betteredge. Ah ! Est-il seulement concevable qu'un homme qui ait fumé pendant tant d'années découvre à peine qu'il possède au fond de son étui à cigares la meilleure philosophie en matière de femmes. Suivez-moi attentivement : vous choisissez un cigare, vous l'essayez, il vous déplaît. Que faites-vous alors ? Vous le jetez et vous en prenez un autre. Application pratique : vous choisissez une femme, vous l'essayez et elle vous brise le cœur. Idiot ! La leçon de l'étui à cigares ! On s'en débarrasse et on en essaye une autre !

J'approuvai d'un signe de tête. Raisonnement subtil, sans aucun doute, mais qui n'avait rien à voir avec ma propre expérience.

– Du temps de la regrettée Mrs. Betteredge, dis-je, je me suis souvent senti enclin à mettre en pratique votre philosophie, Mr. Franklin. Mais la loi exige que l'on fume son cigare, monsieur, une fois qu'on l'a choisi.

J'avais appuyé ma déclaration par un audacieux clin d'œil, Mr. Franklin éclata de rire et nous fûmes de très joyeuse humeur jusqu'au moment où un nouveau côté de son caractère apparut chez mon interlocuteur. C'est ainsi que nous passâmes le temps en attendant les nouvelles de Frizinghall. Le sergent Cuff et le jardinier, quant à eux, continuaient à se quereller pour des roses.

La voiture revint une bonne demi-heure plus tôt que je ne le prévoyais. Milady avait décidé de rester momentanément chez sa sœur. Le groom était porteur de deux lettres : l'une destinée à Mr. Franklin, l'autre à moi-même.

Je fis porter la première dans la bibliothèque où devait se trouver Mr. Franklin, et me rendis dans ma chambre pour lire la mienne. Le chèque qui tomba de l'enveloppe quand je l'ouvris me fit comprendre que le congé donné au sergent Cuff n'était plus matière à discussion.

J'envoyai quelqu'un au sergent, qui était encore dans la serre, pour l'avertir que je souhaitais lui parler personnellement. Il vint me rejoindre, l'esprit encore perdu dans ses roses, et me déclara qu'on n'avait jamais vu, et qu'on ne verrait jamais être aussi entêté que Mr. Begbie. Je le priai de laisser tomber ces bagatelles pour en venir à un sujet infiniment plus sérieux. Il remarqua alors la lettre que je tenais à la main.

– Ah ! s'écria-t-il sans plus aucune trace d'enthousiasme dans la voix. Vous avez des nouvelles de Milady. Cela me concerne-t-il, Mr. Betteredge ?

– Vous en jugerez par vous-même, sergent.

Et je lui lus avec une discrète emphase les lignes suivantes :

Mon bon Gabriel, je vous prie de faire savoir au sergent Cuff que je me suis acquittée de la promesse que je lui ai faite en ce qui concerne Rosanna Spearman. Miss Verinder déclare solennellement n'avoir jamais dit un mot en privé à Rosanna depuis que cette malheureuse fille est entrée à notre service. Elles ne se sont vues à aucun moment dans la nuit de la disparition du diamant, et elles n'ont pas eu l'occasion de se parler entre le jeudi matin et le samedi après-midi, heure du départ de Miss Verinder. Voici ce que m'a dit ma fille après que je lui eus appris, brutalement et en peu de mots, le suicide de Rosanna Spearman.

J'interrompis ma lecture et regardai le sergent Cuff pour savoir ce qu'il pensait de cette lettre.

– Je ne ferais que vous offenser en exprimant mon opinion personnelle. Continuez, Mr. Betteredge, fit-il avec une exaspérante résignation, continuez.

Pensant à l'audace avec laquelle cet homme avait quelques instants plus tôt oser se plaindre de l'entêtement de notre jardinier, je dois avouer que je faillis bien « continuer », mais avec d'autres mots que ceux que contenaient la lettre de Milady. Mais ma charité chrétienne l'emporta et je repris ma lecture :

Ayant parlé à Miss Verinder de la façon jugée la meilleure par le sergent, je lui ai parlé ensuite de la manière qui me semblait la plus propre à l'impressionner. A deux reprises, avant que ma fille ait quitté mon toit, je l'ai mise en garde contre les soupçons intolérables et dégradants auxquels elle s'exposait. Je viens de lui apprendre à l'instant, en termes on ne peut plus clairs, à quel point mes craintes se trouvaient vérifiées.

Sa réponse a été aussi nette que possible. Tout d'abord, elle ne doit aucun argent à personne ; en second lieu, le diamant n'est pas et n'a jamais été en sa possession depuis qu'elle l'a déposé le mercredi soir dans le meuble en bois des Indes.

C'est tout ce que la confiance qu'elle m'accorde a pu la résoudre à me dire. Elle garde un silence obstiné quand je lui demande comment elle explique la disparition du diamant. Elle refuse en pleurant de m'en dire plus long quand je fais appel à ses sentiments pour moi. « Vous saurez un jour pourquoi les soupçons qui pèsent sur moi m'importent peu et pourquoi je garde le silence même avec vous, me dit-elle. Si j'ai mérité votre pitié, je n'ai rien fait pour que vous rougissiez de moi. » Telles ont été les propres paroles de ma fille.

Après ce qui s'est passé entre le sergent et moi, je pense qu'il est de mon devoir de l'informer de ce que m'a déclaré ma fille. Lisez-lui ma lettre et remettez-lui le chèque qu'elle contient. Tout en le priant d'interrompre son enquête, je tiens à lui faire savoir que je suis convaincue de son talent et de sa parfaite honnêteté ; mais je reste plus fermement que jamais persuadée que, dans cette affaire, les circonstances l'ont égaré.

La lettre se terminait là. Avant de lui remettre le chèque, je demandai au sergent s'il avait quelque observation à faire.

– Rien ne m'oblige, Mr. Betteredge, à vous livrer mes commentaires sur cette affaire, du moment que je n'ai plus rien à y voir.

J'avançai le chèque vers lui.

– Et cela, lui dis-je d'un air indigné, cela ne vous inspire aucun commentaire ?

Le sergent regarda le chèque et dut convenir de la libéralité de ma maîtresse.

– Voilà qui surestime beaucoup la valeur de mon temps ; je me sentirai un jour dans l'obligation d'en être digne, et je saurai, à l'occasion me souvenir du montant de ce chèque.

– Que voulez-vous dire ?

– Milady a très bien su arranger les choses, dit le sergent. Mais ce scandale de famille est de ceux qui rebondissent quand on ne s'y attend plus. Nous aurons la partie belle alors et avant peu.

Si ces mots et le ton même sur lequel il les avait prononcés signifiaient quelque chose, c'était que, à son sentiment, la lettre de Milady prouvait que Miss Rachel restait intraitable et qu'elle avait, de manière éhontée, menti à sa mère (à sa propre mère, et dans quelles circonstances, grand Dieu !) Ce que d'autres, à ma place, auraient répondu au sergent, je n'en sais rien ; quant à moi, je répondis simplement :

– Sergent Cuff, je considère votre dernière observation comme une insulte à ma maîtresse et à sa fille !

– Mr. Betteredge, considérez-la plutôt comme un avertissement vous étant destiné, et vous serez plus près de la vérité.

Malgré l'état de fureur où je me trouvais, l'incroyable assurance avec laquelle il me fit cette déclaration me ferma les lèvres.

Je m'approchai de la fenêtre pour reprendre mes esprits. La pluie avait cessé, et qui aperçus-je faisant les cent pas dans la cour ? Mr. Begbie, naturellement, qui attendait de pouvoir reprendre avec le sergent leur discussion à propos des roses.

– Mes compliments au sergent ! me cria Mr. Begbie quand il me vit à la fenêtre. S'il veut marcher jusqu'à la gare, je me ferai un plaisir de l'accompagner !

– Comment ! riposta l'autre derrière moi. N'êtes-vous pas encore convaincu ?

– Et pourquoi diable me laisserais-je convaincre ?

– Venez donc avec moi jusqu'à la gare !

– Je vous attends à la grille !

J'étais en colère, vous le savez, mais quelle colère peut résister à un échange de ce type ? Mon changement d'humeur n'échappa pas à l'illustre Cuff, qui ne put s'empêcher de me manifester ses encouragements.

– Allons, allons ! fit-il, pourquoi ne suivez-vous pas lady Verinder sur son opinion à mon sujet ? Pourquoi ne pas dire comme elle que les circonstances m'ont égaré ?

Prendre les choses exactement comme Milady les prenait ne manquait pas d'attrait, malgré le désavantage qu'il y avait à m'être fait faire cette suggestion par le sergent Cuff en personne. Je me rassérénai peu à peu et en vins à regarder avec mépris toutes les opinions sur Miss Rachel, dès lors qu'elles ne se conformaient pas à celle de Milady ou à la mienne. La seule chose à laquelle je ne pouvais me résoudre, c'était d'oublier la Pierre de Lune ! Mon bon sens, je le sais, aurait dû me conseiller de laisser là cette affaire, mais voilà ! Les qualités par lesquelles se distingue la génération d'aujourd'hui n'étaient pas si fréquentes de mon temps. Le sergent Cuff m'avait piqué au vif et, bien qu'il m'inspirât encore un grand mépris, il avait touché la corde sensible. Je ne pus donc m'empêcher d'évoquer de nouveau la lettre de Milady.

– J'ai mes propres convictions, dis-je. Mais peu importe ! Je vous écoute comme si je pouvais encore me laisser convaincre. Vous pensez qu'il ne faut pas croire ce que dit Miss Rachel, et vous prétendez que l'affaire de la Pierre de Lune rebondira. Défendez donc votre opinion, sergent, défendez-la.

Sans s'offenser le moins du monde, il me prit la main et la secoua presque au point de me briser les doigts.

– Je déclare devant le ciel, dit solennellement cet étrange policier, que je me ferais domestique dès demain, Mr. Betteredge, si j'avais la chance de travailler en votre compagnie ! Affirmer que vous êtes aussi transparent qu'un enfant, monsieur, ce serait faire aux enfants un compliment que neuf fois sur dix ils ne méritent pas. Là, là ! nous n'allons pas nous disputer de nouveau ! Je ne dirai plus un mot de Milady ni de Miss Verinder. Je vais plutôt me faire prophète, par amitié pour vous ! Je vous ai déjà averti que vous n'en avez pas fini avec la Pierre de Lune. Parfait. Maintenant, avant de vous quitter, je vais vous révéler trois faits qui vont bientôt se produire et qui, je crois, retiendront votre attention, que vous le vouliez ou non.

– Allez-y, fis-je, toujours sûr de moi.

– Premièrement, vous aurez des nouvelles des Yolland dès qu'ils auront reçu la lettre de Rosanna, lundi prochain.

Un baquet d'eau froide renversé sur ma tête ne m'aurait pas fait plus d'effet. L'innocence admise de Miss Rachel n'avait pas réglé l'énigme de la conduite de Rosanna – la confection d'une nouvelle chemise de nuit, la manière dont elle avait dissimulé celle qui était tachée, et tout le reste de l'histoire. Et cela m'était complètement sorti de l'esprit jusqu'à ce que le sergent Cuff vînt me le rappeler !

– Deuxièmement, continua le sergent, vous entendrez encore parler des trois Hindous. Ils ne quitteront pas le voisinage tant que Miss Rachel y restera. Ils iront à Londres si Miss Rachel y va.

Ne m'intéressant plus du tout aux jongleurs, et profondément convaincu de l'innocence de ma jeune maîtresse, je pris cette seconde prophétie à la légère et répliquai :

– Allez-y pour la troisième !

– En troisième et dernier lieu, vous aurez tôt ou tard des nouvelles du prêteur sur gages de Londres dont je vous ai déjà dit deux mots. Donnez-moi votre carnet, que je vous marque son nom et son adresse, afin que vous ne les oubliiez pas si jamais il arrivait quelque chose.

Il écrivit sur une page blanche : « Mr. Septimus Luker, Middlesex Place, Lambeth, Londres »

– Voilà, ajouta-t-il en me montrant l'adresse, les derniers mots que j'avais à vous dire au sujet de la Pierre de Lune. Je ne veux pas vous importuner davantage, monsieur, pour le moment. Les événements vous apprendront si j'avais tort ou raison. C'est rempli d'une sincère amitié pour vous que je m'en vais, amitié qui, je pense, nous fait honneur à tous deux. Si nous ne devions plus nous revoir avant que je prenne ma retraite, j'espère que vous viendrez me rendre visite dans la petite maison que je rêve d'acquérir dans les environs de Londres. Et j'aurai des allées de gazon dans mon jardin, Mr. Betteredge, croyez-moi ! Quant à la rose mousseuse…

– Allez au diable avec votre rose mousseuse si vous ne l'écussonnez pas sur l'églantier ! fit une voix sous la fenêtre.

C'était l'éternel Mr. Begbie, qui, impatient de reprendre la dispute n'avait pas su attendre plus longtemps son adversaire à la grille du parc. Le sergent me serra la main plus amicalement – et plus énergiquement – que jamais et sortit en toute hâte.

– Quand il reviendra, parlez-lui de la rose mousseuse et vous verrez alors ce qu'il en pense, me cria-t-il à son tour quand il fut dans la cour.

– Messieurs, répliquai-je en me penchant à la fenêtre et en essayant de les calmer, messieurs, en ce qui concerne la rose mousseuse, il y aurait beaucoup à dire, d'un côté comme de l'autre…

Autant siffler comptines à une borne kilométrique, comme disent les Irlandais ! Ils partirent, engagés dans la guerre des roses, décidés l'un comme l'autre à ne pas faire de quartier. Comme ils allaient disparaître au tournant de la grande allée, je vis Mr. Begbie qui hochait obstinément la tête, et le sergent Cuff qui le prenait par le bras comme un prisonnier dont il aurait eu la garde. Ah ! je ne pouvais m'empêcher, je l'avoue, d'avoir beaucoup de sympathie pour le sergent, encore que je lui en voulusse mortellement.

Expliquez-vous cela comme vous pouvez. Quelques pages encore et vous serez débarrassés de mes éternelles contradictions. Il me reste encore à vous raconter le départ de Mr. Franklin, et j'en aurai enfin fini avec cette journée du samedi. Et lorsque je vous aurai mis au courant de certains événements étranges qui survinrent au cours de la semaine suivante, ma partie du récit sera terminée ; je passerai la plume à la personne qui doit le poursuivre. Si vous êtes fatigués de me lire autant que je le suis d'écrire, ô Seigneur ! quel plaisir nous attend tous !

23

J'avais tenu la voiture prête, au cas où Mr. Franklin persisterait à vouloir prendre le train du soir. Quand je le vis en personne apparaître derrière ses bagages, je tins la chose pour assurée : pour une fois dans sa vie, il n'avait pas changé d'idée.

– Vous avez vraiment pris la décision de partir, monsieur ? dis-je en le croisant dans le hall. Pourquoi ne pas attendre encore un ou deux jours et donner à Miss Rachel le temps de revenir ?

Mr. Franklin avait tout perdu, semblait-il, de son vernis étranger, maintenant que l'heure des adieux était arrivée. Au lieu de répondre directement, il me remit entre les mains la lettre que Milady lui avait adressée. Elle ne faisait en grande partie que répéter ce qu'elle m'avait écrit personnellement. Elle ajoutait seulement un mot au sujet de Miss Rachel qui ne laissait plus de doute à Mr. Franklin sur l'opportunité de sa décision. Il ne lui restait rien de mieux à faire que partir :

Vous vous étonnerez, écrivait Milady, *que moi, sa mère, je ne puisse obtenir de Rachel aucun éclaircissement. Un diamant de plus de vingt mille livres a disparu de la maison et je dois accepter que cette dispa-*

rition reste pour moi un mystère alors qu'elle ne l'est pas pour Rachel et qu'une raison incompréhensible l'oblige à garder le silence pour préserver une ou plusieurs personnes totalement inconnues de moi. Est-il concevable qu'on se joue de moi à ce point ? Comment est-il possible que Rachel se trouve en pareille situation ? Elle est dans un état de nerfs qui fait pitié. Je n'ose pas aborder le sujet de la Pierre de Lune tant qu'il ne sera pas arrivé quelque événement nouveau pour la tranquilliser. Pour en finir, je n'ai pas hésité à congédier l'officier de police. Le mystère qui nous enveloppe en est un aussi pour lui. Un étranger mêlé à cette affaire ne ferait qu'ajouter à ma souffrance. Le nom seul du sergent Cuff affole Miss Rachel.

Mes plans sont aussi bien établis que possible. J'ai l'intention d'emmener Rachel à Londres pour lui changer les idées et consulter le meilleur spécialiste. Puis-je vous demander de nous y retrouver ultérieurement ?

Mon cher Franklin, prenez exemple sur moi pour le moment et, comme je le fais, espérez des temps meilleurs. L'aide inestimable que vous nous avez apportée durant cette enquête semble aux yeux de Rachel une offense, qu'elle n'est pas en état de vous pardonner pour le moment. Vous avez ajouté, sans le savoir, aux tortures qu'elle doit supporter en risquant de nous faire connaître son secret. Je ne puis excuser sa manière d'agir à votre égard, puisque ni vous ni moi ne pouvions pressentir ce qui allait arriver. On ne peut la raisonner ; il faut seulement la plaindre. Je suis désolée d'avoir à vous conseiller de vivre éloigné de Rachel et d'attendre patiemment votre heure.

Je rendis la lettre à Mr. Franklin ; j'étais sincèrement navré pour lui, car je savais combien il était épris de Miss Rachel, et je comprenais que ce que Milady lui écrivait à propos de la jeune fille lui avait littéralement fendu le cœur.

– Vous connaissez le proverbe, « Quand les choses vont au plus mal, elles ne peuvent que s'arranger. » Et les choses, monsieur, ne pourraient aller plus mal qu'à présent…

Mr. Franklin replia la lettre de sa tante ; ma remarque ne semblait pas l'avoir beaucoup réconforté.

– Et dire que le jour où je suis arrivé de Londres avec cet horrible diamant dans ma poche, je croyais que nous étions la famille la plus heureuse d'Angleterre ! Voyez quelle belle famille nous formons à présent ! Éparpillée, désunie, empoisonnée par le mystère et la suspicion ! Vous rappelez-vous notre conversation aux Sables Frissonnants, à propos de mon oncle Herncastle et de son cadeau d'anniversaire ? La Pierre de Lune a servi la vengeance du colonel bien plus encore qu'il l'avait imaginé !

Sur ces mots, Mr. Franklin me serra la main et se dirigea vers la voiture qui l'attendait.

Je le suivis au bas du perron. Quelle tristesse de le voir ainsi quitter notre vieille demeure, où il avait passé les années les plus heureuses de sa vie ! Pénélope, bouleversée par tous ces événements, accourut à son tour pour lui dire adieu. Mr. Franklin l'embrassa. Je fis un signe de la main qui signifiait : « De tout cœur, monsieur, de tout cœur ! » Puis d'autres domestiques apparurent. Notre jeune maître était un de ces hommes qui plaisent à toutes les femmes. Au dernier moment, j'arrêtai la voiture qui s'en allait déjà, et priai le voyageur de bien vouloir nous donner de ses nouvelles en nous écrivant. Il sembla ne pas m'entendre ; il regardait autour de lui, une chose, puis une autre encore, faisant ses adieux à la maison, à la terrasse, au parc.

– Dites-nous où vous allez, monsieur ! criais-je en m'agrippant à la voiture.

– Où je vais, Betteredge ?… Je vais au diable !

A ce mot, la voiture s'emballa, comme poussée par ce cri satanique.

– Dieu vous bénisse, monsieur, où que vous alliez, eus-je encore le temps de crier avant que la voiture fût hors de portée de voix. Quel homme charmant ! Malgré les erreurs et les folies qu'il avait pu commettre, quel homme charmant, assurément ! Il laissait un grand vide derrière lui.

Ce samedi-là, la longue soirée d'été s'acheva dans une infinie tristesse.

Je luttai contre l'abattement en ayant recours à ma pipe et à *Robinson Crusoé*. A l'office, les femmes – à l'exception de Pénélope – trompèrent le temps en parlant du suicide de Rosanna. Toutes, elles soutenaient obstinément que la pauvre fille avait volé la Pierre de Lune et qu'elle avait mis fin à ses jours dans la terreur d'être accusée. Ma fille, bien entendu, s'en tenait à son opinion, mais elle n'en fit part à aucun autre domestique. Mais, dès lors qu'il s'agissait d'expliquer le comportement de Rosanna, la raison qu'elle donnait à son suicide échouait là où échouait également ce qu'avait affirmé Miss Rachel. Cela n'expliquait pas pourquoi Rosanna était allée en secret à Frizinghall ni pourquoi l'affaire des chemises de nuit l'avait à ce point préoccupée. C'eût été inutile de faire cette remarque à Pénélope. Elle était aussi fermée à la moindre objection qu'un vêtement imperméable est… imperméable à une pluie battante. Au vrai, ma fille avait hérité de ma propension à se situer au-delà de la raison et m'avait même largement dépassé en la matière.

Le lendemain dimanche, la voiture fermée revint à vide de chez les Ablewhite. Le cocher me remit un message et des instructions écrites pour la femme de chambre de Milady et pour Pénélope.

Le message m'informait que ma maîtresse avait réussi à convaincre Miss Rachel de se rendre à Londres dès le début de la semaine suivante. Les instructions écrites indiquaient aux femmes de chambre les vêtements dont elles auraient besoin et leur enjoignaient de rejoindre leurs maîtresses en ville. La plupart des autres domestiques devraient les suivre. Milady avait trouvé Miss Rachel si peu disposée à rentrer à la maison après ce qui s'était passé qu'elle avait décidé de se rendre à Londres directement. Quant à moi, je devais garder la maison jusqu'à nouvel ordre. Les domestiques qui restaient avec moi auraient leur nourriture assurée.

Tout cela me faisait repenser à ce qu'avait dit Mr. Franklin sur notre pauvre famille disloquée et désunie. Je pensai à lui et à toutes les difficultés qu'il allait surmonter. Je finis par me décider à écrire au valet de son père, Mr. Jeffco, pour qu'il m'informât des projets de Mr. Franklin.

Le dimanche soir fut, si cela est possible, plus triste encore que le samedi. Nous terminâmes cette journée de repos comme des centaines de milliers d'Anglais en ont coutume une fois par semaine, c'est-à-dire qu'anticipant sur l'heure d'aller au lit, nous nous endormîmes tous sur nos chaises.

J'ignore ce qui arriva le lundi pour les autres. Pour moi, ce fut une violente secousse. La première prophétie du sergent Cuff se réalisait : la famille Yolland faisait parler d'elle.

Pénélope, la femme de chambre de Milady et les bagages étaient partis pour Londres, et j'étais en train de soigner mes fleurs quand je m'entendis appeler par mon nom. Me retournant aussitôt, je me trouvai face à face avec la fille du pêcheur, Lucy la boiteuse. Si l'on exceptait son pied bot et sa maigreur – chose que je considère comme une tare pour une femme – la jeune fille offrait aux regards des hommes quelques traits agréables. Au nombre de ses mérites figuraient un visage pensif, intelligent et fin, une voix claire et de magnifiques cheveux bruns qui tombaient en cascade autour de sa tête. Cela ne suffisait guère hélas à faire oublier la béquille, ni surtout le fort mauvais caractère dont elle était accablée.

– Eh bien, ma chère enfant, que me voulez-vous ?

– Où se trouve l'homme que vous appelez Franklin Blake ? dit la jeune fille appuyée sur sa béquille, en me regardant d'un air farouche.

– Ce n'est pas ainsi que vous devez parler d'un gentleman, répondis-je. Si vous désirez vous informer au sujet du neveu de Milady, appelez-le, je vous prie, Mr. Franklin Blake.

Elle boitilla d'un pas vers moi et me regarda comme si elle avait voulu me mordre.

– Mr. Franklin Blake, répéta-t-elle après moi. Assassin Franklin Blake serait plutôt le mot qui conviendrait.

L'expérience que m'avait fournie la défunte Mrs. Betteredge me revint aussitôt à l'esprit. Chaque fois qu'une femme tente de vous mettre en colère, il faut renverser les rôles, faire en sorte que ce soit elle qui s'emporte. La plupart du temps, les femmes sont persuadées que vous emploierez tous les moyens pour vous défendre, mais, jamais, elles ne pensent à celui-là ! Un seul mot, aussi bien que cent, vous donne la victoire. Et c'est exactement ce qui arriva avec Lucy. Pour toute réponse, je la regardai dans les yeux en souriant légèrement, et lui fis :

– Peuh !

Elle s'enflamma aussitôt. Elle se posa sur son pied-bot et à trois reprises frappa furieusement le sol de sa béquille.

– C'est un assassin ! Un assassin ! Un assassin ! Il a causé la mort de Rosanna Spearman, se mit-elle à hurler d'une voix stridente.

Un ou deux paysans qui travaillaient non loin levèrent la tête mais, apercevant Lucy la boiteuse et connaissant le caractère emporté de la jeune fille, ils reprirent leur besogne.

– Il a causé la mort de Rosanna Spearman, répétai-je. Qu'est-ce qui vous fait dire cela, Lucy ?

– Vous ne comprenez rien ? Les hommes n'y comprennent jamais rien. Si elle avait pensé des hommes ce que j'en pense, elle vivrait encore !

– Elle m'aimait bien pourtant, la malheureuse ! Elle savait que j'avais pour elle de l'affection ; j'essayais toujours de le lui prouver.

Je mis tout le réconfort que je pus dans ces dernières paroles, car je n'avais pas le cœur de blesser de nouveau l'infortunée par une réplique cinglante. Je connaissais son caractère. Je la savais au désespoir et ce désespoir avait quelque chose de pitoyable. Ma réponse l'attendrit. Elle baissa la tête et l'appuya sur sa béquille.

– Je l'aimais tant ! dit-elle doucement. Elle avait eu une vie si misérable, Mr. Betteredge. De mauvaises gens l'ont maltraitée injustement sans parvenir à gâter son bon caractère. C'était un ange. Elle aurait été si heureuse avec moi. Nous avions fait le projet d'aller vivre à Londres comme deux sœurs, d'y subsister par nos propres moyens ; et il a fallu que cet homme vienne tout détruire. Il l'avait ensorcelée. Ne me dites pas qu'il n'en savait rien. Il aurait dû s'en apercevoir et avoir pitié d'elle. « Je ne peux vivre sans lui, me disait-elle, et il ne me regarde même pas ! » Le cruel ! Le cruel ! Le cruel ! Je lui disais qu'aucun homme ne mérite qu'on se torture pour lui, mais elle me répondait : « Il en est pour qui l'on peut mourir et il est de ceux-là ! » J'avais mis de côté un peu d'argent et j'avais tout arrangé avec mon père et ma mère. Je l'aurais éloignée du lieu où elle souffrait tant. Nous aurions pris un petit logement à Londres et nous aurions vécu heureuses. Elle avait reçu une bonne éducation, comme vous le savez, et elle savait écrire d'une jolie écriture. Elle était habile à la couture. De mon côté je suis allée longtemps à l'école et je sais également écrire. Je ne travaille pas aussi bien qu'elle, mais j'aurais appris. Nous nous serions fait une petite vie agréable. Hélas ! Qu'ai-je vu arriver ce matin ? Sa lettre qui m'apprend qu'elle a mis fin à ses jours. Où est-il ? Où est-il, ce gentleman dont je ne dois parler qu'avec respect ? Ah ! Mr. Betteredge, le jour est proche où les pauvres feront payer les riches. Que l'on commence par lui, j'en implore le ciel, que l'on commence par lui !

– Qu'avez-vous à dire à Mr. Franklin ? demandai-je.

– J'ai besoin de le voir.
– Pour un entretien particulier ?
– J'ai une lettre à lui remettre.
– De Rosanna Spearman ?
– Oui.
– Une lettre qu'elle avait glissée dans celle qu'elle vous a envoyée ?
– Oui.

Tout allait-il s'éclaircir ? Les découvertes que je mourais de faire allaient-elles se présenter à moi aussi facilement ? Je fus soudainement sur mes gardes ; le sergent m'avait donné sa maladie contagieuse : certains symptômes, connus de moi seul, m'avertissaient que la fièvre détective me reprenait une fois de plus.

– Vous ne pouvez voir Mr. Franklin, lui dis-je.
– Je dois et je veux le voir.
– Il est parti pour Londres hier soir.

La boiteuse me dévisagea et comprit que je lui disais la vérité. Sans un mot de plus, elle fit demi-tour pour retourner à Cobb's Hole.

– Attendez ! lui dis-je en la rappelant. Je dois recevoir demain des nouvelles de Mr. Franklin Blake. Donnez-moi votre lettre et je la lui ferai parvenir par la poste.

Sans se retourner, mais s'appuyant sur sa béquille, la boiteuse me regarda par-dessus son épaule.

– Je dois remettre cette lettre en main propre, me dit-elle. Je ne m'en séparerai pas autrement.

– Puis-je dans ce cas écrire à Mr. Franklin Blake et lui répéter ce que vous m'avez dit ?
– Dites-lui que je le hais et vous lui direz la vérité.
– Bon, bon. Mais pour la lettre ?
– S'il la veut, qu'il vienne la chercher lui-même.

Sur ces mots, elle reprit en boitant le chemin de Cobb's Hole. Ma fièvre détective était à son comble. Je suivis la jeune fille pour essayer de la faire parler encore. Ce fut en vain. J'avais le malheur de n'être qu'un homme à ses yeux et la boiteuse se faisait un jeu de me décevoir. Un peu plus tard dans la journée, je tentai ma chance avec sa mère. La brave Mrs. Yolland ne sut que pleurer et m'offrir un verre de liqueur réconfortante. Je trouvai le pêcheur sur la plage. Il me dit que c'était une histoire bien triste et il continua de raccommoder son filet. Ni le père ni la mère n'en savaient plus long que moi. La seule chance qui nous restait était d'écrire le lendemain matin à Mr. Franklin Blake.

Je vous laisse imaginer avec quelle impatience j'attendis le mardi matin l'arrivée du facteur. Il m'apporta deux lettres. L'une de Pénélope que je parcourus le plus rapidement possible ; elle m'annonçait la bonne arrivée de nos deux maîtresses à Londres. La deuxième venait de Mr. Jeffco. Elle m'informait que le fils de son maître avait déjà quitté l'Angleterre.

Dès son arrivée dans la capitale, Mr. Franklin s'était immédiatement rendu chez son père. Il y arrivait à un mauvais moment ; Mr. Blake père était plongé dans les affaires de la Chambre des communes et se divertissait, ce soir-là, au passe-temps favori des parlementaires, ce qu'ils appellent le *private bill.* Mr. Jeffco avait lui-même introduit Mr. Franklin dans le bureau de son père. « Mon cher Franklin ! que se passe-t-il pour que vous arriviez ainsi à l'improviste ? Une mauvaise nouvelle ? – Oui, au sujet de Rachel. Je suis terriblement inquiet ! – Navré de l'apprendre, vraiment, mais il m'est impossible de vous écouter en ce moment. – Quand donc pourrais-je vous parler ? – Mon pauvre garçon ! Je ne veux pas vous donner d'illusions, je ne pourrai vous accorder un moment avant la fin de la session. Impossible ! Bonsoir, mon fils ! – Merci monsieur. Bonsoir ! »

Tel fut l'entretien qui eut lieu dans le bureau de Mr. Blake père, tel qu'il me fut rapporté par Mr. Jeffco.

La conversation dans le hall fut plus brève encore. « – Jeffco, voyez à quelle heure le train maritime part demain matin. – A six heures quarante, monsieur. – Bon. Faites-moi réveiller à cinq heures. – Monsieur part pour l'étranger ? – Je vais, Jeffco, où le train voudra bien me conduire. – En informerai-je votre père, monsieur ? – Oui, vous l'en informerez à la fin de la session ! »

Le lendemain matin, Mr. Franklin était parti pour l'étranger. Mais pour quel pays lointain, personne ni lui-même n'aurait pu le deviner. La prochaine fois que nous aurions de ses nouvelles, se trouverait-il en Europe, en Asie, en Afrique ou en Amérique ? A en croire Mr. Jeffco, les chances étaient également réparties entre les quatre parties du globe.

Cette nouvelle, en anéantissant mon projet de mettre en rapport Mr. Franklin et Lucy, arrêtait aussi net le cours de mes découvertes.

Il était avéré que Rosanna avait bien mis fin à ses jours à cause de son amour déçu pour Mr. Franklin Blake – et nous en restâmes là. Que la lettre, que la pauvre fille avait demandé que l'on remît après sa mort à notre jeune maître, contînt les aveux qu'elle s'apprêtait à lui faire avant sa disparition, voilà ce que nous n'étions pas près de découvrir. Il ne s'agissait peut-être, après tout, que d'une lettre d'adieu, ne révélant rien d'autre que la malheureuse et secrète illusion d'une jeune servante amoureuse d'un homme qui ne pourrait jamais répondre à son caprice. A moins, répété-je, que cette lettre renfermât toute la vérité sur les faits et gestes de Rosanna, faits et gestes qu'avait épiés le sergent Cuff, depuis le moment de la disparition du diamant jusqu'à celui de son suicide aux Sables Frissonnants ? C'était une lettre cachetée qui avait été remise à Lucy, une lettre cachetée dont le mystère restait entier à mes yeux et à ceux de l'entourage de la boiteuse. Tous, nous supposions que la morte s'était confiée à Lucy ; tous, nous essayâmes de la faire parler – chaque fois ce fut en vain ! Les domestiques, toujours persuadés que Rosanna avait volé la Pierre de Lune et l'avait cachée, allaient tour à tour chercher parmi les rochers, en suivant pas à pas la piste qu'on avait relevée. Ils cherchèrent sans obtenir le moindre résultat. La marée montait, la marée refluait ; l'été passa, puis ce fut l'automne. Les Sables, qui gardaient le corps de Rosanna, gardaient aussi son secret.

La lettre m'apprenant que Mr. Franklin avait quitté l'Angleterre le dimanche matin, et celle m'annonçant l'arrivée à Londres, le lundi après-midi, de Milady et de Miss Rachel m'étaient parvenues, comme vous le savez, au courrier du mardi matin. La journée du mercredi s'écoula sans rien apporter de neuf. Le jeudi, je reçus encore d'abondantes nouvelles de Pénélope.

Ma fille m'écrivait que l'on avait consulté un médecin renommé de Londres au sujet de la santé de Miss Rachel, et qu'il avait gagné une guinée pour avoir dit que la jeune fille avait besoin de quelques distractions. Aussi expositions florales, opéras et bals furent-ils mis à l'ordre du jour. Miss Rachel, au très grand étonnement de sa mère, semblait s'y prêter d'infinie bonne grâce. Mr. Godfrey était venu faire visite. Il s'était montré aussi charmant que d'habitude à l'égard de sa cousine, en dépit de la manière dont elle l'avait accueilli, lorsqu'il avait tenté sa chance, le fameux jour de l'anniversaire ; et – Pénélope en était navrée – il avait été reçu avec plus de gentillesse, cette fois. De son côté, il s'était empressé d'inscrire Miss Rachel à l'un de ses comités de charité. Quant à Milady, elle se plaignait d'une fatigue extrême, après avoir eu deux longs entretiens avec son avocat. La petite société se répandait par ailleurs en conjectures sur une certaine Miss Clack – une parente pauvre dont j'ai déjà dit un mot à l'occasion du dîner d'anniversaire et qui, assise ce soir-là à côté de Mr. Godfrey, semblait fort apprécier notre champagne. Pénélope s'étonnait que l'on n'eût pas encore vu cette Miss Clack. Elle ne tarderait certainement pas, ajoutait ma fille, à venir comme de coutume s'accrocher à Milady, etc. Bref, c'étaient des pages et des pages à n'en plus finir, comme les femmes savent en écrire quand elles se mettent à parler des autres. Je n'aurais même pas pris la peine de mentionner cette Miss Clack, si je ne savais que c'est son récit que vous allez lire après le mien. A cette occasion d'ailleurs je vous prie de ne pas vouloir croire un traître mot de ce qu'elle dira si elle mentionne votre serviteur.

Le vendredi, rien de particulier ne survint, sinon qu'un des chiens donna des signes de mauvaise digestion. Je lui fis prendre un peu de sirop de nerprun et le mis au régime de bouillon de légumes pour quelques jours. Excusez-moi si je vous rapporte la chose ; cela a en quelque sorte échappé à ma plume. Ne vous y arrêtez pas, et soyez assurés que je cesserai bientôt de blesser votre goût moderne et raffiné. Mais ce chien était une très bonne créature ; il méritait d'être bien soigné et le fut.

Le samedi, dernier jour de la semaine, sera également le dernier jour dont je vais vous entretenir.

La poste du matin devait m'apporter une surprise, sous la forme d'un journal de Londres. Je n'étais pas bien sûr de reconnaître l'écriture de celui qui me l'adressait. En la comparant au nom et à l'adresse du fameux prêteur sur gages de Londres qui étaient inscrits sur mon carnet de poche, j'identifiai bientôt l'écriture du sergent Cuff.

Ayant fait cette découverte, je m'empressai de parcourir le journal ; l'un des faits divers avait été souligné à l'encre. Je vous le rapporte.

Lisez-le comme moi et vous aurez une idée de l'aimable attention qu'eut le sergent Cuff en me faisant parvenir les nouvelles du jour :

LAMBETH – Avant la clôture de l'audience, Mr. Septimus Luker, le négociant bien connu en pierres anciennes, sculptures, etc. a fait appel à l'avis des magistrats. Le solliciteur expliqua comment il avait été importuné à intervalles réguliers, en plein jour, par une bande de ces Hindous ambulants qui parcourent les rues en exerçant leur métier de jongleurs. Ils étaient trois. Après avoir été une première fois chassés par la police, ils étaient revenus et encore revenus, et avaient tenté de s'introduire chez lui sous le prétexte de demander la charité. Chassés par devant, ils étaient revenus par derrière. Non seulement cette insistance de leur part ennuyait Mr. Luker, mais il redoutait qu'un vol ne soit commis chez lui. Sa collection contenait des pièces uniques, grecques et orientales, de la plus haute valeur. Il avait dû se séparer la veille d'un employé – natif des Indes – très habile dans l'art de sculpter l'ivoire, mais qu'il soupçonnait de vouloir le voler. Rien ne prouvait qu'il ne fût pas de connivence avec les importuns dont Mr. Luker se plaignait. Ceux-ci pouvaient avoir projeté de créer à dessein un mouvement de confusion devant sa boutique, pour pouvoir s'introduire chez lui. Malheureusement, Mr. Luker ne possédait aucune preuve de ce qu'il avançait; il ne pouvait que faire état de l'ennui et du trouble que lui causaient ces hommes, rien de plus. Le magistrat fit alors remarquer que si les malandrins continuaient de lui occasionner des troubles, il pouvait aisément les traduire devant la Cour. Quant aux objets de valeur que possédait Mr. Luker, il n'avait qu'à prendre les mesures nécessaires pour assurer leur sauvegarde. Sans doute ferait-il bien de se tenir en rapport avec la police et de prendre les précautions qui lui seraient suggérées. Le solliciteur remercia le président de la Cour et se retira.

On raconte qu'un des sages de la Grèce recommande à ses adeptes, je ne sais à quelle occasion, de considérer la fin avant toutes choses. Considérant la fin de mon récit et stupéfait d'en être arrivé là, je constaterai seulement que de mon exposé des faits incriminés se dégage une conclusion qui s'impose d'elle-même et de la façon la plus appropriée.

Nous avons suivi l'affaire de la Pierre de Lune en passant d'un étonnement à l'autre, et voici pour finir le plus grand de tous : l'accomplissement en moins d'une semaine des trois prédictions du sergent Cuff.

Après avoir entendu parler des Yolland le lundi, j'entendis ensuite parler des Hindous et du prêteur sur gages par le journal de Londres, Miss Rachel, souvenez-vous-en, se trouvant elle-même à Londres à cette époque, comme l'avait prédit le sergent. Vous voyez que je constate sans parti pris l'évidence des faits, quoi qu'il m'en coûte. Devant cette preuve de sa clairvoyance, vous adopterez sans doute l'opinion du sergent Cuff, et je ne pourrai pas vous blâmer si vous en concluez que, Miss Rachel et Mr. Luker s'étant rencontrés, la Pierre de Lune se trouvait alors chez le prêteur sur gages. Peu à peu, je vous ai ainsi conduits en pleine obscurité. C'est sur ces événements pleins d'obscurité que je me vois à présent dans l'obligation de vous abandonner, avec l'expression de mes sentiments respectueux.

Pourquoi « dans l'obligation »? demandera-t-on peut-être. Pourquoi ne pas poursuivre, et conduire ceux qui m'ont suivi jusqu'ici vers ces régions supérieures, nimbées de lumière, où je me trouve moi-même en ce moment?

A cela, je répondrai qu'en écrivant ces pages, je n'ai fait qu'obéir à des ordres, et que ces ordres, si j'ai bien voulu le comprendre, m'ont été donnés dans le seul intérêt de la vérité. On m'a défendu de rien raconter ici dont je n'aie moi-même été le témoin à l'époque des faits. En termes plus clairs, je dois demeurer dans les limites de ma propre expérience, et ne puis vous apprendre ce que d'autres personnes m'ont raconté, parce que cela, ces autres personnes vont vous l'apprendre elles-mêmes, de première source. L'affaire de la Pierre de Lune ne réclame pas des récits mais des témoignages. Que je me figure l'un des membres de la famille de lady Verinder lisant ceci dans cinquante ans, et Seigneur! je vois tout de suite avec quelle satisfaction, quelle fierté il pourra se dire qu'il a été traité avec tous les égards que l'on doit à un juge. Pas de ouï-dire vous dis-je, rien que des faits!

Nous nous séparerons donc, au moins pour l'instant, après avoir longtemps cheminé ensemble; avec, je l'espère, un sentiment d'amitié mutuelle et réciproque. La Pierre de Lune a repris sa danse diabolique et mystérieuse. Elle est désormais en route vers Londres, et c'est à

Londres que vous allez maintenant la rejoindre, me laissant ici, dans notre campagne.

Pardonnez, je vous prie, les maladresses de mon récit, le fait d'avoir tant parlé de moi-même et d'avoir pris avec vous un ton trop familier, je le crains. Ce que j'ai fait, je l'ai fait avec de bonnes intentions ; et venant justement d'achever mon dîner, je bois très respectueusement à votre santé et à votre prospérité en vidant une pinte de bière de la cave de Milady. Puissiez-vous trouver dans ces feuilles couvertes de mon écriture ce qu'a trouvé Robinson Crusoé au cours de son séjour dans son île déserte : *Quelque chose qui vous console et que vous porterez à votre actif dans le Grand Livre du Bien et du Mal.*

Adieu !

SECONDE ÉPOQUE

LA DÉCOUVERTE DE LA VÉRITÉ

(1848-1849)

I

RÉCIT DE MISS CLACK, NIÈCE DU DÉFUNT JOHN VERINDER

1

Je remercie mes chers parents, actuellement au ciel, de m'avoir inculqué l'ordre et l'exactitude, dès mon plus jeune âge.

Dans ces temps heureux, on m'a appris à me coiffer soigneusement soir et matin, à ranger mes vêtements bien en ordre, sur une chaise au pied de mon lit, au moment de me coucher. Avant ce pliage quotidien, je couchais sur le papier, en quelques lignes, les faits marquants de la journée; après le pliage, venait l'heure de l'« hymne vespéral », récité au lit. Enfin, le doux sommeil de l'enfance me prenait invariablement après cette prière.

Des méditations tristes et amères ont, depuis longtemps hélas, remplacé l'hymne, et le doux sommeil s'est changé en insomnies douloureuses qui me rendent le lit intolérable. Cependant, je n'ai jamais cessé de plier mes vêtements ni d'écrire mon journal. La première de ces habitudes est la seule qui me rattache à l'époque heureuse de mon enfance, qui précéda la ruine de mon père. La seconde, destinée surtout à discipliner la mauvaise nature que nous avons tous héritée d'Adam, s'est révélée contre toute attente devoir me servir de façon inattendue. Elle m'a procuré l'occasion de satisfaire le caprice d'un riche membre de la famille de mon oncle défunt. Ainsi, j'ai la bonne fortune d'être utile à Mr. Franklin Blake.

Depuis longtemps déjà, je n'avais plus de rapports avec ma famille par alliance. Seule et pauvre, on est facilement oubliée. Je vis désormais, par raison d'économie, dans une petite ville de Bretagne – au milieu d'une société choisie d'Anglais bien sous tous rapports devenus mes amis – qui jouit de l'inestimable avantage de posséder un pasteur dévoué ainsi qu'un marché tout à fait abordable.

C'est dans cette retraite que me parvint une lettre d'Angleterre. Mr. Franklin Blake se souvenait soudainement de mon insignifiante existence. Mon riche cousin, je devrais dire mon charmant et riche cousin, m'écrivait en me disant clairement qu'il avait besoin de moi. Fantaisie l'avait soudain pris d'élucider le déplorable et scandaleux mystère de la Pierre de Lune, et c'est à moi qu'il s'adressait pour relater les faits dont j'avais été témoin durant mon séjour à Londres, chez ma tante Verinder. Il m'offrait pour ce travail une juste rémunération. Me voici donc obligée de rouvrir des blessures à peine cicatrisées par le temps ; je vais évoquer de douloureux souvenirs pour lesquels je serai dédommagée par l'envoi d'un chèque qui est en lui-même une blessure d'amour-propre. Je suis faible. Il m'en a coûté un violent combat intérieur avant que mon humilité chrétienne triomphât de ma coupable fierté et que mon abnégation acceptât enfin le chèque.

Sans le secours de mon journal – laissez-moi vous le dire nettement – je n'aurais pu gagner honnêtement mon argent. Grâce à lui, l'humble femme laborieuse que je suis et qui pardonne à Mr. Blake son insulte, va se montrer digne de son salaire.

Rien ne m'échappa durant mon séjour chez ma chère tante Verinder. Tout, grâce à mes habitudes de jeunesse, fut quotidiennement inscrit au fur et à mesure, et vous sera rapporté ici dans les moindres détails. Le respect que j'ai pour la vérité est, Dieu merci ! infiniment plus grand que celui que j'ai pour les gens. Il sera loisible à Mr. Blake de supprimer dans ces pages ce qu'il jugera n'être pas assez flatteur à l'égard d'une certaine personne. Il a voulu acheter mon travail, soit ; mais, avec toute sa fortune, il n'a pu acheter ma conscience [1].

1. NOTE DE MR. FRANKLIN BLAKE. Que Miss Clack ait à ce sujet l'esprit tout à fait en repos. Rien ne sera ajouté, changé, ni supprimé dans son manuscrit, ni d'ailleurs dans aucun des autres manuscrits qui me passent entre les mains. Quelles que soient les opinions que les auteurs puissent exprimer, quelle que soit leur manière respective de présenter, et peut-être parfois de défigurer les événements, aucune ligne des récits que je rassemble ici ne sera remaniée. Tous ces documents me sont envoyés comme autant de témoignages véridiques, et c'est en

Mon journal m'informe que, le lundi 3 juillet 1848, je passai par hasard à Montagu Square, là où logeait ma tante Verinder.

En voyant les persiennes ouvertes, les jalousies baissées et les rideaux relevés, je crus de mon devoir de frapper à la porte et de demander des nouvelles. La personne qui m'ouvrit m'apprit que ma tante et sa fille (je ne peux vraiment pas l'appeler ma cousine !) étaient rentrées de la campagne depuis une semaine et projetaient de s'installer à Londres. Sans vouloir les déranger, je fis simplement demander si je pouvais leur être de quelque utilité.

La personne qui m'avait ouvert reçut mon message avec une moue insolente et me laissa patienter dans le hall pendant qu'elle faisait la commission; il s'agissait de la fille d'un vieil homme nommé Betteredge, un vieux païen, depuis longtemps, trop longtemps, toléré dans la famille de ma tante. Je m'assis dans le hall en attendant la réponse. Et comme j'ai toujours quelques brochures dans mon sac, j'en choisis une – qui se révéla providentiellement correspondre à la jeune personne qui m'avait ouvert. Le hall était mal entretenu et mon fauteuil tout à fait inconfortable; mais l'ineffable satisfaction de rendre le bien pour le mal m'élevait bien au-dessus de considérations aussi négligeables. La brochure en question s'adressait aux jeunes femmes et traitait de la frivolité dangereuse de la toilette. Elle avait pour titre : *Quelques mots sur vos rubans de chapeau.*

– Milady vous est très reconnaissante et vous demande de venir prendre le lunch avec elle demain à deux heures.

Je passerai sur la façon cavalière dont elle me remit le message et sur l'extrême arrogance de son regard. Je remerciai cette jeune impertinente et lui répondis sur un ton empreint de charité chrétienne :

– Voulez-vous me faire le plaisir d'accepter cette brochure ?

Elle regarda le titre.

– Est-ce écrit par un homme ou par une femme, mademoiselle ? Si c'est écrit par une femme, cela ne m'intéresse pas; si c'est écrit par un

cette qualité que je les retiendrai. Il me reste seulement à ajouter que cette « certaine personne » à laquelle Miss Clack fait allusion peut non seulement se féliciter – au moment où j'écris ces lignes – d'être à même de braver les passages les plus mordants que puisse produire la plume de Miss Clack, mais qu'elle est également capable de reconnaître la valeur incontestable de ces passages comme preuve du caractère même de Miss Clack.

homme, dites-lui qu'il n'y connaît rien. Elle me rendit la brochure et m'ouvrit la porte. Nous devons répandre la bonne parole chaque fois que nous le pouvons ; j'attendis donc que la porte fût refermée sur moi pour glisser la brochure dans la boîte aux lettres. Quand j'en eus jeté une autre aux abords de l'entrée, je me sentis un peu soulagée de la lourde responsabilité que chacun d'entre nous a vis-à-vis de son prochain.

Le soir même, nous avions une réunion de notre Comité des Mères. Cette excellente entreprise charitable – comme le sait toute personne sérieuse – a pour but de sauver des mains des prêteurs les pantalons que les pères dénaturés ont engagés, et d'empêcher, en les retaillant immédiatement aux mesures des enfants, qu'ils ne se les réapproprient. A cette époque-là, je faisais partie de ce comité et je n'en parle ici que pour mentionner le nom de mon précieux et admirable ami, Mr. Godfrey Ablewhite, associé à ces travaux d'une incontestable utilité matérielle et morale. J'avais espéré le rencontrer ce soir-là, et me proposais de l'avertir de l'arrivée à Londres de notre chère tante Verinder. A mon grand regret, il ne parut pas. Comme je faisais part à mes compagnes de mon étonnement, elles abandonnèrent toutes leur aiguille, levèrent la tête (nous étions surchargées de travail) et me demandèrent un peu ahuries si je n'étais pas au courant. J'avouai mon ignorance et c'est alors que j'entendis parler pour la première fois d'un événement qui sera, pour ainsi dire, le point de départ de ce récit. Le vendredi précédent, deux gentlemen occupant dans la société des situations bien différentes avaient été victimes d'un attentat qui avait fait frémir toute la ville. L'un d'eux était Mr. Septimus Luker, de Lambeth ; l'autre, Mr. Godfrey Ablewhite.

Dans l'isolement où je vis aujourd'hui, je ne suis pas en mesure de produire ici le compte rendu de l'affaire tel qu'il parut dans les journaux. Je n'eus pas davantage à l'époque des faits la chance d'en obtenir le récit détaillé par Mr. Godfrey Ablewhite lui-même, avec l'extraordinaire éloquence qu'on lui connaît. Tout ce que je puis faire, c'est de rapporter exactement ce qui me fut rapporté, ce lundi soir, par les dames du Comité. Je suivrai le plan qu'on m'a enseigné dès ma plus tendre enfance en matière de pliage des vêtements : je procéderai par ordre et avec soin. Serait-on assez impitoyable pour attendre autre chose de la pauvre et faible femme qui écrit ces lignes ?

La chose se produisit le vendredi 30 juin 1848 – grâce à mes chers et regrettés parents, aucun dictionnaire au monde ne fut jamais plus précis que je ne le suis en matière de dates !

De bonne heure, ce jour-là, notre inestimable ami, Mr. Godfrey, se rendit à sa banque, dans Lombard Street, pour toucher un chèque. Le temps a malheureusement effacé dans mon journal le nom de cette firme, et mon respect sacré de la vérité me défend d'avancer la moindre chose dont je ne sois pas absolument certaine ; aussi bien, nous dirons que le nom de la firme importe peu. Ce qui importe en revanche, c'est ce qui se passa au moment où Mr. Godfrey eut terminé l'affaire qui l'avait amené à la banque. Comme il gagnait la porte, il tomba sur un gentleman qui lui était parfaitement inconnu et qui s'apprêtait à sortir comme lui du bâtiment. Il y eut entre eux, au passage de la porte, un échange de politesses. L'étranger insista pour que Mr. Godfrey passât le premier, Mr. Godfrey dit quelques mots aimables ; ils se saluèrent et se séparèrent dans la rue.

Des personnes irréfléchies, superficielles, diront sans doute qu'il s'agit là d'un incident bien insignifiant pour un tel luxe de détails ! Ah, mes frères, gardez-vous de raisonner trop vite ! Ayez de l'ordre en toutes choses ! Que votre conscience soit comme vos chaussettes, et vos chaussettes comme votre conscience : propres et disponibles dès que vous en avez besoin !

Je vous demande mille fois pardon ! Sans m'en apercevoir, j'ai adopté le style des sermons de l'école du dimanche. Il ne convient vraiment pas ici, je le sais. Je vais donc tâcher de m'exprimer de façon plus terre à terre, me permettant au passage de vous faire remarquer que de simples détails – en particulier dans l'affaire qui nous occupe ici – peuvent parfois être les signes avant-coureurs de choses horribles. Quoi qu'il en soit, je me borne ici à signaler que l'aimable étranger qui bouscula Mr. Godfrey était Mr. Luker, de Lambeth, et vous invite à suivre avec moi mon admirable ami jusqu'à son domicile, à Kilburn.

Il trouva, dans le hall, un jeune garçon pauvrement vêtu mais aux traits délicats. L'enfant lui tendit une lettre que lui avait remise, dit-il, une vieille dame qu'il ne connaissait pas ; la lettre n'attendait pas de réponse. Des incidents de ce genre n'avaient rien d'extraordinaire pour Mr. Godfrey, sans cesse sollicité pour ses œuvres charitables. Il congédia le garçon et ouvrit la lettre.

L'écriture lui en était totalement inconnue. On lui demandait son aide et on le priait de se rendre une heure plus tard dans une maison de Northumberland Street, Strand, maison où il n'avait jamais eu l'occasion de pénétrer. Il s'agissait de fournir certains renseignements concernant le Comité des Mères pour la Récupération des Vêtements Usagés à une dame âgée, susceptible d'augmenter largement les ressources de l'œuvre charitable si elle était satisfaite des réponses à ses questions. Elle donnait son nom et ajoutait que son séjour à Londres serait si bref que cela la dispensait d'en dire plus long à l'éminent philanthrope auquel elle s'adressait. Des gens ordinaires auraient sans doute hésité à mettre de côté leurs affaires en cours pour se plier ainsi au bon vouloir d'un étranger. Mais un bon chrétien n'hésite jamais, et immédiatement Mr. Godfrey prit le chemin de Northumberland Street. Un homme d'apparence respectable et d'une certaine corpulence lui ouvrit la porte. En entendant le nom de Mr. Godfrey, il conduisit immédiatement le visiteur au premier étage dans une pièce vide qui donnait sur l'arrière de la maison. Dans la pièce, Mr. Godfrey nota tout de suite deux détails insolites : une odeur de musc et de camphre emplissait l'atmosphère, et un manuscrit oriental richement enluminé avec des légendes et des sujets indiens se trouvait ouvert sur la table.

Il était en train d'examiner le livre, le dos tourné à la porte, lorsque, avant d'en avoir été averti par le moindre bruit, il fut brutalement saisi par le cou. Il eut juste le temps de se rendre compte que les bras qui l'empoignaient étaient bruns, avant d'être bâillonné, d'avoir les yeux bandés et d'être jeté sans défense sur le parquet. D'après ce qu'il sentit, ils étaient deux à le maintenir à terre, tandis qu'un troisième agresseur fouillait ses poches et, s'il est permis à une dame de s'exprimer ainsi, tâtait sans cérémonie les moindres replis de sa personne. Tout cela se déroula dans un silence de mort. Finalement, les bandits échangèrent entre eux quelques paroles en langue étrangère, sur un ton qui, de toute évidence, exprimait la rage et le désappointement. On le redressa bientôt et on l'assit sur une chaise, pieds et poings liés. Un instant après, il sentit un courant d'air lui caresser le visage, écouta attentivement autour de lui et comprit qu'il était de nouveau seul dans la pièce.

Au bout d'un moment il perçut le bruissement d'une robe qui montait l'escalier et s'arrêta soudain. Un cri perçant – le cri d'une femme – déchira cette sombre atmosphère de crime ; puis à l'étage inférieur, une voix d'homme poussa une exclamation ; des pas se firent entendre dans l'escalier, et bientôt Mr. Godfrey sentit des doigts chrétiens qui défaisaient son bandeau et lui ôtaient son bâillon. Stupéfait, il vit deux personnes d'apparence respectable et articula péniblement :

– Que signifie tout cela ?

Les deux inconnus le regardèrent alors et lui répondirent :

– C'est exactement la question que nous allions vous poser.

Le moment des explications était là. Ou plutôt, non ! Soyons précis ! On fit d'abord respirer des sels au cher Mr. Godfrey. Après seulement, vinrent les explications.

D'après la déclaration du maître et de la maîtresse de la maison – deux personnes honorablement connues dans le voisinage – le premier et le second étage de l'immeuble auraient été loués la veille pour une semaine, par un homme d'aspect convenable, celui-là même qui avait ouvert la porte à Mr. Godfrey. L'homme avait tout payé d'avance et avait expliqué qu'il avait besoin de l'appartement pour trois nobles orientaux de ses amis, en visite à Londres pour la première fois. Le matin de l'attentat, deux d'entre eux, accompagnés de leur respectable ami anglais, avaient pris possession de l'appartement. Le troisième devait rapidement les rejoindre; leurs bagages, très volumineux paraît-il, suivraient plus tard dans l'après-midi, aussitôt les formalités de douane accomplies. Le troisième étranger se présenta dix minutes à peine avant l'arrivée de Mr. Godfrey. Il n'y avait rien d'autre à signaler sur ce qui s'était passé, jusqu'à cc que cinq minutes auparavant, le maître et la maîtresse de maison aient vu les trois étrangers et leur ami anglais sortir de la maison et se diriger tranquillement vers le Strand. Se rappelant alors qu'un visiteur était venu et qu'elle ne l'avait pas vu sortir, la dame trouva étrange qu'on le laissât seul là-haut. Après une courte discussion avec son mari, elle crut bon de s'assurer qu'il ne lui était rien arrivé de fâcheux. La suite, vous la connaissez.

On se livra aussitôt à un examen de la pièce. Les effets de Mr. Godfrey avait été éparpillés dans tous les coins. Quand tout fut réuni, on constata que rien ne manquait : sa montre, sa chaîne, sa bourse, ses clefs, son mouchoir de poche, son calepin et tous ses papiers avaient été examinés de près avant d'être abandonnés à côté de leur propriétaire. De même, rien de ce qui appartenait aux propriétaires de la maison n'avait été dérobé. Les nobles orientaux avaient emporté leur précieux manuscrit. Rien de plus.

Que signifiait tout cela ? Selon toute vraisemblance, Mr. Godfrey avait été victime d'une incompréhensible erreur de la part d'inconnus. Il s'était trouvé pris par mégarde dans les rets d'une sombre conspiration. Ah ! le sombre avertissement qu'il nous faut méditer ! Qu'un admirable chrétien ayant à son actif plus de charitables victoires qu'on n'en peut compter se fasse ainsi prendre au piège nous laisse prévoir qu'il n'est pas loin le jour où nos coupables passions, à nous misérables pécheurs, nous conduiront à notre tour dans les griffes de riches orientaux égarés !

Que de réflexions j'aurais à faire à ce propos, mais, hélas ! je ne puis me les permettre. Le chèque de mon riche parent – ce chèque qui hante mon existence comme un remords – m'oblige à m'en tenir à ma narration, laquelle est loin d'être arrivée à son terme, avec son cortège de drames et de violences.

Nous laisserons donc Mr. Godfrey se remettre de sa frayeur à Northumberland Street pour apprendre ce qu'il advint de Mr. Luker, à la fin de cette même journée.

Après être sorti de la banque, Mr. Luker s'était rendu en divers points de Londres pour régler des affaires assez importantes. En rentrant chez lui, il trouva une lettre apportée quelques heures plus tôt par un jeune garçon. Pas plus que Mr. Godfrey, il n'en reconnut l'écriture, mais le nom d'un de ses clients y était mentionné. Celui-ci lui faisait dire par une tierce personne qu'il avait été appelé à Londres à l'improviste. Il logeait à Alfred Place, Tottemham Court Road, et serait désireux de le voir au sujet d'un achat qu'il se proposait de faire. Ce gentleman était un collectionneur passionné d'antiquités orientales et il avait pendant de longues années fait prospérer l'établissement de Lambeth. (Oh ! quand nous délivrerons-nous donc de ce culte de Mammon ?) Mr. Luker appela une voiture et se fit immédiatement conduire auprès de son généreux client.

Il arriva à Mr. Luker, à Alfred Place, exactement ce qu'il était arrivé à Mr. Godfrey, dans Northumberland Street. Une fois de plus, un homme respectable ouvrit la porte et conduisit le visiteur à l'étage supérieur, afin de l'introduire dans un salon. Sur la table se trouvait également un manuscrit, orné de riches enluminures. L'attention de Mr. Luker fut absorbée comme l'avait été celle de Mr. Godfrey par ce magnifique témoignage de l'art indien. Lui aussi fut soudainement assailli par un homme brun le prenant à la gorge. Il fut bâillonné et eut également les yeux bandés. Le traitement qu'il eut à subir fut plus long que celui qu'endura Mr. Godfrey, mais l'aventure se termina de la même façon. Une personne de la maison, craignant qu'il ne fût arrivé quelque accident au visiteur, monta finalement dans la pièce. L'explication qu'avait donnée le propriétaire de Northumberland Street fut répétée mot pour mot par le propriétaire d'Alfred Place. L'un comme l'autre avaient été séduits par les bonnes raisons et la bourse bien garnie du respectable inconnu qui se présentait de la part de ses amis étrangers. La seule chose qui différenciait les deux agressions, c'est que Mr. Luker s'en tirait à moins bon compte que Mr. Godfrey car, s'il retrouva sa montre et sa bourse, il dut constater qu'on lui avait subtilisé le reçu bancaire qu'on lui avait remis le matin même pour un dépôt d'une grande valeur. Ce document ne pouvait être d'aucune utilité pour le voleur, étant donné qu'il stipulait que l'objet ne serait rendu qu'au propriétaire en personne. A peine remis de ses émotions, Mr. Luker se précipita à la banque, dans l'espoir que les voleurs pouvaient ignorer ce détail et se présenter eux-mêmes au guichet. Personne n'était venu et personne ne vint. Leur respectable ami anglais avait vraisemblablement examiné le reçu avant qu'ils tentent d'en faire usage et leur avait conseillé de rester tranquilles. C'était du moins l'avis du banquier.

La police fut prévenue des deux attentats et une enquête approfondie fut ouverte.

Les autorités penchèrent rapidement pour la thèse de l'agression crapuleuse, pensant que l'on avait à faire dans les deux cas à des voleurs mal renseignés. Les malfaiteurs ignoraient sans doute si Mr. Luker avait confié sa précieuse pierre à quelqu'un d'autre. Quant au pauvre Mr. Godfrey, seule sa rencontre fortuite avec Mr. Luker à la sortie de la banque lui avait valu d'être entraîné dans cette affaire. Pour clore l'épisode, j'ajouterai que l'absence de Mr. Godfrey à notre petite réunion du lundi soir était précisément due à sa convocation par la police au même moment.

Tout ceci ayant été dit, je peux à présent relater les événements dont je fus moi-même personnellement témoin à Montagu Square.

Je fus ponctuelle au déjeuner du mardi. Si je me reporte à mon journal, ce fut une journée contrastée avec son lot d'événements infiniment regrettables et sa part de bontés dont nous sommes redevables au Seigneur.

Ma chère tante Verinder me reçut avec sa grâce et sa bonté coutumières. Mais je remarquai bientôt que tout n'allait pas pour le mieux. Ma tante avait l'air inquiète pour sa fille. Je dois dire que je n'ai jamais rencontré Rachel sans me demander comment une personne aussi insignifiante pouvait être l'enfant de parents aussi distingués que sir John et lady Verinder. Cette fois-là, elle ne fit pas que me décevoir, elle me choqua. Son langage comme ses manières semblaient totalement dépourvus de ce qui fait la distinction d'une lady. Elle semblait sous l'empire d'une excitation fiévreuse qui lui donnait un air épouvantable quand elle riait et elle se comporta à table comme une misérable enfant gâtée. Cela me rendit pleine de compassion pour sa mère, avant même que cette dernière m'eût confessé ce qui l'obsédait.

Après le déjeuner, ma tante dit à sa fille :

– Rappelez-vous, Rachel, la recommandation du docteur. Reposez-vous après le déjeuner. Tâchez de lire un peu.

– Je vais dans la bibliothèque, maman, répondit-elle. Mais si Godfrey vient, veillez à ce que l'on m'en avertisse. Je suis inquiète pour lui, depuis son aventure à Northumberland Street.

Elle embrassa sa mère sur le front et regarda dans ma direction.

– Au revoir, Clack, dit-elle d'un ton désinvolte.

Son insolence ne me fâcha pas. Je décidai simplement de prier pour elle.

Dès que nous fûmes seules, ma tante me conta l'horrible histoire du diamant hindou, que je suis heureuse de n'avoir pas à vous répéter ici. Elle m'avoua qu'elle eût préféré garder le silence sur ce sujet mais que, puisque tous ses domestiques étaient au courant de la disparition de la Pierre de Lune, que les journaux en avaient parlé, et que les gens se demandaient à présent s'il y avait un rapport entre les événements survenus chez lady Verinder, à la campagne, et ceux de Northumberland Street et d'Alfred Place, l'heure n'était plus aux cachotteries ; la franchise la plus absolue s'imposait.

D'autres que moi, entendant ce que ma tante me confia alors, seraient sans doute tombés de haut. Pour moi, ayant compris depuis qu'elle était tout enfant que Rachel était une âme dévoyée, j'étais préparée à toutes les révélations que ma tante pourrait me faire sur sa fille. M'eût-elle avoué que sa fille était une meurtrière, je n'aurais pas pensé autre chose que : « C'est bien naturel ; il fallait s'y attendre ! » La seule chose qui me surprit réellement fut l'attitude de ma tante face à une telle situation. C'était de toute évidence un cas à soumettre à un clergyman, au lieu de quoi lady Verinder avait consulté un médecin ! Ma pauvre tante avait passé toute sa jeunesse auprès d'un père sans religion, et nous en avions là le résultat. Encore une fois il fallait s'y attendre, mon Dieu, il fallait s'y attendre !

– Les médecins recommandent à Rachel beaucoup de distractions, et préconisent que tout soit fait pour l'empêcher de penser au passé.

« Quel conseil de païen ! pensai-je ; quel conseil de païen ! »

Ma tante reprit :

– Je fais de mon mieux pour suivre ses prescriptions. Mais l'étrange aventure de Godfrey arrive bien mal à propos. Rachel est surexcitée et n'a pas eu une seconde de repos depuis qu'elle en a eu connaissance. Elle n'a cessé de me harceler pour que j'écrive à mon neveu Ablewhite de venir nous voir. Elle s'est même prise d'un intérêt soudain pour la personne – un certain Mr. Luker, me semble-t-il – qui a subi le même sort que son cousin, et ce bien qu'il soit un parfait étranger pour nous.

– Votre connaissance du monde, ma chère tante, dépasse de beaucoup la mienne, suggérai-je timidement. Mais l'extraordinaire conduite de Rachel a certainement quelque motif. Elle cache son coupable secret, à vous comme à d'autres. Ne verrait-elle pas dans ces récents événements un risque qu'il soit découvert ?

– Découvert ? répéta ma tante. Que voulez-vous dire ? Découvert à cause de ce Mr. Luker ? Découvert à cause de mon neveu ?

Comme elle disait cela, la femme de chambre ouvrit la porte et, par une coïncidence providentielle, annonça Mr. Godfrey Ablewhite.

2

Mr. Godfrey fit son entrée sitôt après avoir annoncé, avec l'exactitude qui caractérisait tous ses gestes, c'est-à-dire au moment exact où il convenait de le faire ; il ne suivait pas immédiatement la femme de chambre, de manière à ne pas nous surprendre trop brusquement, mais il ne se fit pas non plus attendre assez longtemps pour nous causer le double embarras d'une pause dans la conversation et d'une porte ouverte. C'est dans son existence quotidienne qu'apparaît le véritable chrétien. Le cher Mr. Godfrey Ablewhite était un parfait gentleman et un chrétien accompli.

– Allez avertir Miss Verinder que Mr. Ablewhite est arrivé, dit ma tante à la femme de chambre.

Nous nous enquîmes l'une et l'autre de sa santé. Nous lui demandâmes s'il se ressentait encore de sa terrible aventure. Avec un tact parfait, il s'arrangea pour nous satisfaire l'une et l'autre. Ma tante eut sa réponse en paroles, je l'eus en un sourire charmant.

– Eh quoi ! s'écria-t-il, qu'ai-je fait pour mériter toutes ses marques de compassion ? Ma chère tante ! Ma chère Miss Clack ! J'ai simplement été pris pour quelqu'un d'autre. J'ai seulement eu les yeux bandés ; je n'ai été qu'à demi-étranglé et on s'est borné à me jeter à terre, sur un mince tapis recouvrant un parquet particulièrement dur. Imaginez ce qui aurait pu m'arriver. J'aurais pu être assassiné ; on aurait pu me voler ! Laissons cela ! J'aurais autant préféré ne rien ébruiter de cette aventure. Je déteste la publicité, et tout le bruit que cela entraîne ! Mais Mr. Luker a rendu toute l'affaire publique, c'est lui qui l'a voulu ! Et me voilà en vedette dans les journaux… jusqu'au jour où les lecteurs auront assez de toute cette histoire, comme moi j'en ai déjà assez ! Puisse ce jour être proche !

» Comment va notre chère Rachel ? Toujours à profiter des divertissements londoniens ? J'en suis ravi ! Miss Clack, j'ai besoin de toute votre indulgence. Je suis terriblement en retard avec mon comité et ces chères dames. Mais j'ai l'espoir d'intervenir la semaine prochaine à votre Comité des Mères pour la Récupération des Vêtements Usagés. Avez-vous fait d'encourageants progrès à la dernière séance du lundi ? Le conseil a-t-il fondé beaucoup d'espoirs ?

La divine grâce de son sourire rendait irrésistibles ses aimables propos. La qualité de sa voix profonde ajoutait du charme au problème passionnant dont il m'entretenait. En vérité, nous ne savions plus où donner de la tête avec nos vêtements, et j'allais précisément le lui dire quand la porte s'ouvrit de nouveau pour laisser pénétrer un élément perturbateur en la personne de Miss Verinder.

Elle se dirigea vers le cher Mr. Godfrey de cette démarche rapide qui est d'ordinaire l'apanage des femmes vulgaires. Elle avait les cheveux affreusement en désordre et le visage beaucoup trop rouge.

– Je suis heureuse de vous voir, Godfrey, lui dit-elle, de la façon désinvolte d'un jeune homme s'adressant à un autre ; mais je pensais que vous amèneriez Mr. Luker avec vous. Aussi longtemps que durera cette excitante histoire, vous serez tous les deux les hommes les plus intéressants de Londres. C'est triste à dire, presque malsain, propre, je le conçois, à donner des frissons à une personne aussi posée que Miss Clack, mais peu importe. Racontez-moi directement toute l'histoire de Northumberland Street ; je sais que les journaux n'ont pas tout dit.

Le cher Mr. Godfrey n'a beau posséder qu'une bien faible dose des mauvais penchants que nous a légués Adam, hélas ! il n'en est pas complètement dépourvu. Je fus attristée de le voir serrer la main de Rachel dans les siennes et l'appuyer délicatement sur son cœur. C'était un encouragement direct à sa témérité de langage et à son insolence à mon égard.

– Ma chère Rachel, dit-il, de la même voix qui m'avait donné la chair de poule quand il m'avait parlé de nos progrès et de nos espoirs, les journaux vous ont tout dit, et ils l'ont dit beaucoup mieux que je ne le pourrais moi-même.

– Godfrey pense que nous attachons trop d'importance à cette affaire, fit remarquer ma tante. Il nous a justement dit qu'il ne se souciait pas d'en parler.

– Pourquoi ?

Elle posa la question avec une telle flamme dans les yeux et un regard si pressant vers son cousin, et Mr. Godfrey la regarda avec une indulgence tellement incompréhensible et si peu méritée que je crus bon d'intervenir.

– Rachel, chérie ! reprochai-je gentiment, la vraie grandeur et le véritable courage sont toujours modestes.

– Vous êtes en général un excellent camarade, Godfrey, dit-elle, sans m'accorder la moindre attention et en continuant de s'adresser à son cousin comme s'ils avaient été du même sexe, mais je suis sûre que vous n'êtes pas un héros et je ne crois pas que vous possédiez un extraordinaire courage. Je suis même fermement convaincue que, si jamais vous avez été modeste, vos adoratrices vous ont depuis longtemps débarrassé de cette vertu. Vous avez certainement une raison personnelle pour ne pas parler de votre aventure de Northumberland Street, et je voudrais la connaître.

– Ma raison est la plus simple et la plus facile à comprendre, répondit-il sans la moindre impatience : je suis fatigué de toute cette histoire.

– Fatigué de toute cette histoire ? Mon cher Godfrey, puis-je vous faire une remarque ?

– Laquelle ?

– Vous vivez beaucoup trop dans la société des femmes. Vous avez ainsi contracté deux habitudes déplorables : non seulement vous avez appris à parler sérieusement d'absurdités mais également à dire des mensonges pour le plaisir d'en prononcer. Vous ne pouvez être sincère avec vos adoratrices, mais j'attends que vous le soyez avec moi. Venez ici et asseyez-vous. J'ai un tas de questions précises à vous poser et j'espère que vous aurez autant de réponses exactes à me faire.

Sur ce, elle l'entraîna vers une chaise près la fenêtre, où il se trouvait exposé en pleine lumière. Il m'est fort pénible d'avoir à rapporter ici de tels propos et une telle conduite. Mais, prise comme je le suis entre le chèque de Mr. Franklin Blake, d'une part, et mon respect sacré de la vérité, d'autre part, pourrais-je faire autrement ? Je regardai ma tante. Elle demeurait assise, immobile ; on devinait qu'elle ne songeait nullement à intervenir. Jamais encore je ne l'avais vue dans un état aussi proche de la torpeur. C'était peut-être le contrecoup bien naturel, après les épreuves qu'elle avait vécues à la campagne, les jours précédents, mais ces symptômes, vu l'âge de la chère lady Verinder, ne laissaient pas de m'inquiéter.

Cependant, Rachel s'était installée près de la fenêtre, avec notre bon, notre indulgent – beaucoup trop indulgent – Mr. Godfrey. Elle se mit bel et bien, ainsi qu'elle l'en avait menacé, à lui poser toute une série de questions, ne prêtant pas plus d'attention à la présence de sa mère et à la mienne que si nous n'avions pas été dans la pièce.

– La police a-t-elle fait quelque chose, Godfrey ?

– Absolument rien.

– Il est certain, n'est-ce pas, que les trois hommes qui vous ont assailli sont les mêmes que ceux qui ont attaqué Mr. Luker ?

– Humainement parlant, ma chère Rachel, cela ne fait aucun doute.

– Et l'on n'a pu découvrir la moindre trace ?

– Pas la moindre.

– On pense, ai-je entendu dire, que ces trois hommes ne sont autres que les trois Hindous qui se sont introduits chez nous, à la campagne ?

– Beaucoup de gens le pensent en effet.

– Et vous ? Qu'en pensez-vous ?

– Ma chère Rachel, ils m'ont bandé les yeux avant que j'aie pu voir leur figure ! Je ne sais rien. Comment pourrais-je avoir une opinion ?

L'inaltérable douceur angélique de Mr. Godfrey commençait, vous le voyez, à céder sous le traitement sans pitié qu'on lui infligeait. Que ce fût une curiosité effrénée ou une peur irrépressible qui dictait ces questions à Miss Verinder, je ne prétends pas le savoir. J'ajouterai seulement que Mr. Godfrey faisant le geste de se lever après lui avoir répondu de la sorte, sa cousine le prit par les deux épaules et l'obligea à se rasseoir ! Oh ! amis chrétiens ! N'accusez pas cette jeune fille d'indécence ! N'insinuez pas non plus que seule l'audace inspirée par une crainte coupable explique son comportement ! Il ne nous appartient pas de juger autrui ! non, il ne nous appartient pas de juger autrui !

Sans le moindre scrupule, elle continua son interrogatoire. Ceux qui ont sérieusement étudié la Bible se souviendront peut-être, comme je m'en souvins alors, des créatures aveugles du démon qui continuèrent leurs orgies, dénuées de toute honte, aux temps qui précédèrent le déluge !

– J'ai besoin de savoir qui est Mr. Luker.

– Je le regrette, Rachel. Nul ne sait moins que moi qui est Mr. Luker.

– Vous ne l'aviez jamais vu avant de le rencontrer à la banque ?

– Jamais.

– Vous ne l'avez pas revu depuis ?

– Si. Nous avons été interrogés ensemble par la police.

– On a dérobé à Mr. Luker un reçu que lui avait remis sa banque, n'est-ce pas ? Quel était ce reçu ?

– Le reçu d'une pierre de grande valeur mise en dépôt à la banque.

– C'est en effet ce qu'ont rapporté les journaux. C'est peut-être suffisant pour le lecteur ordinaire ; ce ne l'est pas pour moi. Le reçu du banquier devait mentionner la nature de la pierre ?

– Le reçu du banquier, d'après ce que j'ai entendu dire, ma chère Rachel, ne mentionnait rien de la sorte ; simplement qu'il s'agissait d'une pierre de grande valeur, déposée par Mr. Luker, cachetée avec le cachet de Mr. Luker et ne devant être rendue que sur sa demande expresse à Mr. Luker en personne. Voilà exactement ce que mentionnait le reçu. Je n'en sais pas davantage.

Miss Rachel marqua une pause, regarda sa mère et soupira. Puis elle se tourna vers Mr. Godfrey et reprit :

– Certaines de nos affaires de famille semblent avoir intéressé les journaux ?

– C'est exact et j'en suis peiné.

– Et des personnes mal intentionnées, qui nous sont totalement étrangères, essaient d'établir un rapport entre ce qui s'est passé chez nous, dans le Yorkshire, et ce qui vient d'arriver ici, à Londres.

– Dans certains milieux, la curiosité publique, j'en ai bien peur, en est arrivée là.

– Ceux qui disent que les trois inconnus qui vous ont maltraités, vous et Mr. Luker, sont les trois Hindous, insinuent que la pierre précieuse…

Là, elle s'interrompit. Elle était devenue d'une pâleur extrême. Sa merveilleuse chevelure noire rendait, par contraste, la blancheur de son teint si effrayante que nous craignions tous de la voir s'évanouir quand elle s'arrêta de parler. Le cher Mr. Godfrey voulut de nouveau se lever. Ma tante supplia sa fille de se taire. J'imitai ma tante en faisant à Rachel une modeste offrande de paix sous la forme d'un flacon de sels. Rien n'y fit.

– Restez où vous êtes, Godfrey, insista-t-elle. Maman, vous n'avez pas la moindre raison de vous alarmer. Quant à vous, Miss Clack, vous mourez d'envie de connaître la fin de l'histoire ; je ne m'évanouirai donc pas, expressément pour vous faire plaisir.

Ce furent exactement ses paroles, telles que je les notai dans mon journal en rentrant chez moi. Mais, ne jugeons pas, ô amis chrétiens, ne jugeons pas !

Elle revint une fois de plus à Mr. Godfrey. Avec une obstination terrible, elle reprit la phrase qu'elle avait interrompue.

– Je vous parlais, il y a un instant, de ce qu'on raconte dans certains milieux. Dites-moi franchement, Godfrey, si les gens disent que la pierre de Mr. Luker est la Pierre de Lune ?

Comme elle prononçait le nom du diamant, je vis mon admirable ami se transformer totalement. Son visage s'assombrit ; cette grâce qui fait tout son charme l'abandonna subitement. Une noble indignation dicta sa réponse.

– Ils le disent, répondit-il. Il y a même des personnes qui accusent Mr. Luker d'avoir menti pour servir ses propres intérêts. N'a-t-il pas déclaré à plusieurs reprises n'avoir jamais entendu parler de la Pierre de Lune avant son agression ? Les mauvaises langues répondent, sans l'ombre d'une preuve, qu'un mobile secret le pousse à se taire et elles refusent de le croire, malgré son serment. C'est honteux ! Vraiment honteux !

Tandis qu'il parlait, Rachel le regardait d'une façon bizarre que je ne saurais vous décrire. Elle déclara, quand il eut fini :

– Pour quelqu'un qui a croisé par hasard Mr. Luker, vous le défendez bien chaudement, Godfrey.

Mon remarquable ami lui fit la réponse la plus véritablement chrétienne que j'eusse entendue de ma vie :

– J'ai l'habitude, Rachel, de prendre toujours chaudement la défense des opprimés, lui dit-il.

L'émotion avec laquelle il prononça ces mots aurait attendri une pierre. Mais la dureté des pierres n'est rien à côté de la dureté d'un cœur humain dégénéré. Elle ricana – je rougis à me le rappeler –, oui, elle ricana en le dévisageant.

– Gardez vos nobles sentiments pour vos comités de dames, Godfrey. Je suis sûre que les racontars qui accablent Mr. Luker ne vous ont pas épargné.

A ces mots, la torpeur de ma tante disparut.

– Ma chère Rachel, vous n'avez pas le droit de parler ainsi.

– Je ne fais aucun mal, maman, je ne prétends que faire le bien. Patientez encore un moment et vous comprendrez.

Elle jeta vers Mr. Godfrey un regard de pitié. Elle alla même jusqu'à lui prendre la main.

– Je suis sûre, dit-elle, que j'ai trouvé la raison de votre répugnance à parler de cette affaire devant ma mère et devant moi. Un incident malheureux vous a, dans l'esprit des gens, associé à Mr. Luker. Vous m'avez parlé de la rumeur dont il est la victime, mais vous, quelle est donc la rumeur qui vous poursuit ?

Même acculé de la sorte, le cher Mr. Godfrey, toujours prêt à rendre le bien pour le mal, fit un suprême effort pour épargner son inconsciente cousine.

– Ne me le demandez pas, Rachel ! Mieux vaut oublier tout cela !

– Je finirai par l'apprendre ! cria-t-elle avec violence, aussi fort qu'elle le put.

– Dites-le-lui Godfrey ! supplia ma tante. Votre silence serait pire que tout.

Les beaux yeux de Mr. Godfrey se remplirent de larmes.

Il lança vers Rachel un dernier regard avant de prononcer les paroles fatales :

– Puisque vous voulez le savoir, on dit que la Pierre de Lune est chez Mr. Luker en garantie d'un prêt et que c'est moi qui l'ai engagée.

Rachel se leva brusquement en poussant un cri. Son regard se déplaça d'avant en arrière – de Mr. Godfrey à ma tante, de ma tante à Mr. Godfrey – avec de tels éclairs dans les yeux que je la crus vraiment devenue folle.

– Ne me parlez pas ! Ne me touchez pas ! s'écria-t-elle en s'éloignant de nous et se réfugiant dans un coin de la pièce, comme un animal aux abois. C'est ma faute ! Je dois proclamer la vérité. Je me suis sacrifiée. J'avais le droit de le faire puisque cela me plaisait. Mais laisser condamner un innocent, pour garder un secret qui salit à jamais sa réputation, c'est trop horrible, mon Dieu, je ne le puis supporter !

Ma tante fit le geste de se lever puis se laissa retomber en arrière. Elle m'appela d'une voix éteinte et me désigna un petit flacon dans sa boîte à ouvrage.

– Vite ! chuchota-t-elle. Six gouttes dans de l'eau. Surtout que Rachel ne le voie pas.

En toutes autres circonstances, j'eusse trouvé cela étrange. Mais ce n'était pas le moment de penser ; il fallait agir et donner le médicament. Le cher Mr. Godfrey m'aida sans le vouloir en retenant l'attention de Rachel par les paroles qu'il lui adressait à l'autre bout de la pièce.

– En vérité, Rachel, en vérité, vous exagérez. Ma réputation est trop bien établie pour être détruite par une aussi odieuse rumeur. Tout sera oublié dans une semaine. N'en parlons plus !

Elle était parfaitement sourde à tant de générosité. Elle continua de plus belle.

– Je veux et je dois l'arrêter, dit-elle. Maman ! entendez bien ce que je dis ; vous aussi, Miss Clack ! Je sais qui a pris la Pierre de Lune. Je sais – elle insista avec emphase sur ce mot et frappa du pied avec rage – je sais que Godfrey Ablewhite est innocent ! Conduisez-moi devant le magistrat, Godfrey ! Conduisez-moi devant le magistrat et je le jurerai !

Ma tante me dit tout bas :

– Restez encore entre nous une minute ou deux. Que Rachel ne me voie pas.

Je fus impressionnée par la teinte bleuâtre qu'avait prise la figure de la pauvre mère. Elle remarqua ma frayeur.

– Les gouttes me remettront vite. Encore une minute ou deux, dit-elle, puis elle ferma les yeux et attendit.

Pendant tout ce temps, j'entendais Mr. Godfrey continuer gentiment ses remontrances.

– Vous ne devez pas paraître en public dans une affaire comme celle-ci, dit-il. Votre réputation, ma très chère Rachel, est un bien trop pur et trop sacré pour être ainsi terni.

– Ma réputation ! éclata-t-elle en riant. Mais je suis accusée aussi bien que vous, Godfrey. Le meilleur détective d'Angleterre a déclaré que c'est moi qui avais volé mon propre diamant. Demandez-lui ce qu'il pense et il vous dira que j'ai engagé la Pierre de Lune pour payer mes dettes !

Elle s'arrêta, traversa la chambre en courant et vint s'agenouiller aux pieds de sa mère.

– Oh, maman ! Maman ! Il faudrait que je sois folle pour ne pas vous dire la vérité, maintenant.

Elle était trop hors d'elle-même pour remarquer l'état de sa mère. Elle resta un instant debout, puis retourna vers Mr. Godfrey.

– Je ne puis laisser par ma faute accuser et déshonorer un innocent, reprit-elle. Si vous ne me conduisez pas devant les magistrats, rédigez une déclaration proclamant votre innocence et je la signerai. Faites ce que je vous dis, Godfrey, ou bien je l'écrirai aux journaux ; je sortirai et le crierai dans les rues !

Ce n'était en aucun cas le langage d'une repentie, mais celui d'une femme hystérique. L'indulgent Mr. Godfrey la calma en prenant une feuille de papier et en rédigeant la déclaration. Elle la signa avec une hâte fébrile.

– Montrez cela partout, et ne pensez pas à moi, dit-elle en la lui rendant. Je crains, Godfrey, de ne pas vous avoir toujours rendu justice. Vous êtes plus désintéressé que je ne le pensais. Venez nous voir quand vous le pourrez, je m'efforcerai de réparer le tort que je vous ai fait.

Elle lui tendit la main. Hélas ! comme notre nature est faible ! Mr. Godfrey ne s'oublia-t-il pas au point de baiser cette main et de prendre le ton le plus aimable qui soit pour lui faire une réponse qui, en pareil cas, représentait plus qu'un compromis avec le péché.

– Je viendrai, ma très chère, à la condition que nous ne parlions plus de cette maudite histoire.

Avant qu'un autre mot eût été prononcé, un coup de marteau à la porte d'entrée nous fit tous sursauter. Je regardai aussitôt par la fenêtre et je vis, attendant devant la maison, le Monde, le Diable et la Chair, représentés par un somptueux équipage et trois femmes, habillées de la manière la plus audacieuse que j'eusse jamais vue !

Rachel reprit ses sens. Elle traversa la pièce et se dirigea vers sa mère.

– On vient me chercher pour m'emmener à l'exposition florale, dit-elle. Maman, un mot avant que je m'en aille… Je ne vous ai pas fait trop de peine, j'espère ? Dites-le-moi !

L'impudence d'une telle question, après ce qui venait de se passer, devait-elle inspirer pitié ou réprobation ? Comme il me plaît à moi aussi de me montrer indulgente, optons pour la pitié.

Le médicament avait agi. Le teint de ma pauvre tante reprenait sa couleur normale.

– Mais non, mais non, ma chérie ! répondit-elle. Allez avec vos amis, et amusez-vous…

Rachel se pencha pour l'embrasser. Je quittai la fenêtre et je me trouvais près de la porte quand la jeune fille sortit. Elle était en larmes. Enfin ! Son cœur s'adoucissait… Pour combien de temps ? J'eus un mouvement généreux et voulus lui dire quelques mots pour lui témoigner ma compassion. Elle en parut blessée !

– Me plaindre ? Pourquoi ? me demanda-t-elle tout bas et sur un ton fort amer. Ne voyez-vous pas combien je suis heureuse ? Je vais à une exposition florale, Miss Clack, et j'ai le plus joli chapeau de Londres !

Elle accompagna son incompréhensible moquerie d'un geste effronté : elle m'envoya un baiser de la main, puis disparut.

Vraiment, que ne puis-je exprimer ici plus longuement la compassion que j'éprouvai alors pour cette malheureuse fille égarée ! Mais je suis presque aussi pauvre de talent que d'argent. Je dirai seulement que mon cœur saignait pour elle.

Je revins près de ma tante, et je remarquai que le cher Mr. Godfrey arpentait la pièce, visiblement à la recherche de quelque chose. Avant que j'aie eu le temps de lui offrir mon aide, il avait trouvé ce qu'il désirait. Il s'approcha de nous, la déclaration signée par sa cousine dans une main, une boîte d'allumettes dans l'autre.

– Ma chère tante, une petite conspiration, dit-il. Ma chère Miss Clack, une légère fraude que votre haute droiture morale excusera ! Consentez-vous à laisser Rachel supposer que j'accepte le généreux sacrifice qui l'a poussée à signer ce papier ? Et voulez-vous avoir la bonté de constater que je le détruis en votre présence avant de quitter la maison ? (Il enflamma une allumette et, allumant le papier, il le plaça dans une assiette sur la table.) Les légers inconvénients que me valent cette affaire ne sont rien quand il s'agit de préserver une jeune fille du contact du monde, d'éviter que son nom ne soit jeté en pâture aux affamés de scandales. Voilà ! Nous avons réduit ce papier à un léger amas de cendres et notre chère et impulsive Rachel n'en saura rien. Qu'en pensez-vous, mes chères amies ? Pour moi, je me sens le cœur plus léger qu'un enfant !

Il nous adressa son plus radieux sourire, tendit la main à ma tante, puis à moi. J'étais trop profondément touchée par sa noble conduite pour parler ; je fermai les yeux. Je lui baisai les doigts, me sentant réellement élevée vers les plus hautes sphères spirituelles. Il me fit une douce remontrance. Oh ! l'extase, la pure et presque céleste extase ! Combien de temps cela dura-t-il ? Je ne sais… Quand j'ouvris de nouveau les yeux, on eût dit que je redescendais du ciel sur la terre. Ma tante était seule dans la chambre. Il était parti.

J'aurais aimé m'arrêter là. J'aurais voulu terminer mon récit sur la noble conduite de Mr. Godfrey. Malheureusement, il y a plus, plus encore que l'implacable poids du chèque de Mr. Franklin m'oblige à dire. De terribles révélations devaient encore surgir au grand jour en ma présence, au cours de cette visite du mardi à Montagu Square.

En me retrouvant seule avec lady Verinder, j'en revins tout naturellement à sa santé. Je fis délicatement allusion aux précautions qu'elle avait prises pour que sa fille ne s'aperçût pas de son malaise et ne vît pas le remède qu'elle prenait.

La réponse de ma tante m'étonna beaucoup.

– Drusilla (Drusilla est mon nom de baptême, vous l'ai-je dit ?), vous touchez là – bien innocemment, je le sais – un sujet très pénible.

Je me levai ; la délicatesse me commandait de faire mes excuses et de prendre congé. Mais ma tante m'arrêta et me pria de me rasseoir.

– Oui, vous avez surpris un secret, reprit-elle. Un secret que je n'ai confié qu'à ma sœur, Mrs. Ablewhite, et à mon avocat, Mr. Bruff. A personne d'autre. Je suis sûre de leur discrétion, et je suis certaine de pouvoir compter sur la vôtre, quand je vous aurai tout dit. Avez-vous un rendez-vous pressant Drusilla, ou disposez-vous de votre après-midi ?

Inutile de dire que mon temps était à l'entière disposition de ma tante.

– Restez donc avec moi une heure encore, fit-elle. Vous serez peinée d'apprendre ce que je dois vous avouer. Et j'aurai ensuite un service à vous demander, si vous n'y voyez pas d'inconvénient.

Je dois dire encore que, loin d'y voir le moindre inconvénient, j'étais tout à fait désireuse d'aider ma tante.

– Vous resterez ici, continua-t-elle, jusqu'à l'arrivée de Mr. Bruff, à cinq heures ; ainsi vous me servirez de témoin pour la signature de mon testament.

Son testament ! Je pensai au médicament qu'elle gardait dans sa boîte à ouvrage. Je pensai au teint bleuâtre que je lui avais vu soudain. Une lumière qui n'était pas de ce monde, une lumière surgissant d'une tombe qui n'était pas encore ouverte, m'éclaira tout à coup. Le secret de ma tante n'était plus un secret.

3

Mon respect pour la pauvre lady Verinder m'empêcha de lui laisser entendre que j'avais deviné la triste vérité avant qu'elle eût ouvert la bouche. J'attendis en silence, prête à lui prodiguer à la première occasion quelques paroles de circonstance et à assumer le rôle qui m'incombait pour pénible qu'il fût.

– Je suis sérieusement malade depuis quelque temps, Drusilla, commença-t-elle, et, pour étrange que cela paraisse, sans m'en douter le moins du monde.

Je pensai qu'il y avait des milliers et des milliers de pauvres créatures humaines dont, à cet instant précis, l'âme était en danger sans qu'eux-mêmes en eussent conscience ; et je craignais fort que ma pauvre tante fût l'une d'entre elles.

– Oui, chère, fis-je très tristement. Oui.

– Vous le savez, en arrivant à Londres, je voulus avoir l'avis d'un médecin au sujet de Rachel. Je crus bien faire de consulter deux médecins.

Deux médecins ! Mon Dieu ! Et dans l'état où se trouvait Rachel, pas un seul clergyman !

– Oui ? fis-je de nouveau. Oui, chère ?

– L'un d'eux m'était inconnu, mais l'autre était un ancien ami de mon mari et, au nom de cette amitié, il m'a toujours témoigné un intérêt sincère. Après avoir examiné Rachel et prescrit le traitement qu'elle devait suivre, il exprima le désir de me parler en particulier. Je pensais, naturellement, qu'il voulait encore me parler de la santé de ma fille. Quelle ne fût pas ma surprise lorsque, me prenant la main, il me dit sur un ton plein de gravité : « Je viens de vous observer, lady Verinder, en médecin autant qu'en ami. Beaucoup plus que votre fille, j'en ai peur, c'est vous qu'il faut soigner sans tarder ! » Il me posa ensuite quelques questions que je pris d'abord à la légère, jusqu'au moment où je compris que mes réponses le navraient. Le résultat de l'entretien fut que le médecin décida qu'il viendrait me voir le lendemain avec un de ses confrères, à une heure où Rachel ne serait pas à la maison. Cette visite, qu'ils me firent avec infiniment de tact et de sympathie, leur confirma à tous deux que j'avais beaucoup trop tardé à me soigner, que le temps perdu était irrémédiablement perdu, et que leur art ne pouvait plus rien pour moi : je souffre depuis plus de deux ans d'une maladie de cœur de forme insidieuse qui, sans aucun symptôme alarmant, m'a fatalement brisée. Je peux encore vivre des mois, comme je peux mourir ce soir ; les médecins ne peuvent et n'osent se prononcer d'une façon plus précise. Inutile de vous dire, ma chère Drusilla, que j'ai vécu de bien pénibles moments depuis que je connais mon état. Mais je suis plus résignée que je ne l'étais, et je m'efforce à présent de mettre mes affaires en ordre. Mon seul souci est que Rachel ignore la vérité. Si elle l'apprenait, elle l'attribuerait à mon anxiété au sujet de la Pierre de Lune et elle se la reprocherait amèrement. Ce ne serait pas juste ! Les médecins prétendent que le mal remonte à deux ou trois ans. Je suis sûre que vous garderez mon secret, Drusilla, car je lis un profond chagrin et une immense sympathie dans vos yeux.

Du chagrin et de la sympathie ! Voilà des sentiments bien païens pour une Anglaise chrétienne fermement ancrée dans la foi !

Ma pauvre tante imaginait bien peu quel mouvement de pieuse gratitude m'animait tandis qu'elle achevait sa malheureuse histoire ! J'allais pouvoir me rendre utile, et de quelle façon ! Une âme fragile – une parente très chère qui plus est – était sur le point de passer dans l'Au-delà sans y être préparée ; et c'était vers moi que la Providence l'avait guidée pour qu'elle me révélât l'état dans lequel elle se trouvait ! Comment pourrais-je décrire la joie qui fut alors la mienne en songeant aux nombreux et précieux amis à qui j'allais pouvoir m'adresser ? Non pas un ou deux, mais dix, mais vingt clergymen étaient prêts à répondre à mon appel ! Je pris ma tante dans mes bras ; c'était la seule manière que j'avais, dans ces circonstances pénibles, de lui montrer ma tendresse débordante !

– Oh ! m'écriai-je avec ardeur, vous ne savez pas ce que je ressens pour vous ! Oh ! ma chère tante, vous ne savez pas le bien que je voudrais vous faire avant que nous nous disions adieu !

Je lui dis deux ou trois autres paroles pour la préparer et lui donnai à choisir entre trois de mes précieux amis, saints hommes qui, tous les jours de l'aube à la nuit tombée, portaient dans toutes les maisons du voisinage où on les appelait l'espérance de la miséricorde divine et du salut éternel. Hélas ! le résultat fut des moins encourageants ! La pauvre lady Verinder paraissait étonnée et terrifiée tout à la fois ; à chaque chose que je lui disais, elle me répondait – comme s'il se fût agi d'affaires mondaines – qu'elle ne se sentait pas assez de forces pour recevoir des étrangers. Je finis donc par abandonner la partie, momentanément bien sûr ! Je savais par expérience que, dans certains cas, rien n'est plus efficace que les livres pour préparer le salut des âmes.

– Vous liriez bien un peu, n'est-ce pas, ma chère tante ? Si je vous apportais certains livres que j'ai chez moi, vous les liriez, n'est-ce pas ? Vous verrez, les pages les plus importantes seront cornées, et il y aura des marques faites au crayon là où vous devrez vous arrêter et vous demander : « Ce passage me concerne-t-il ? »

Mais ceci sembla de nouveau l'effrayer, preuve supplémentaire que le monde qui nous entoure déchristianise les âmes.

– Je ferai ce que je peux pour vous faire plaisir, Drusilla, me répondit-elle, avec le même air d'étonnement qui me confirma malheureusement dans certaines craintes que je nourrissais à son égard.

Il n'y avait pas un moment à perdre ; un regard jeté à la pendule m'apprit que j'avais juste le temps de retourner chez moi, d'y prendre une première série de brochures et de revenir pour assister à la signature du testament. Promettant à ma tante d'être de retour à cinq heures précises, je la quittai afin d'accomplir la première partie de ma pieuse mission.

Lorsque seuls mes intérêts personnels sont en jeu, je me contente, pour aller d'un endroit à l'autre de la ville, des voitures publiques. Permettez-moi de vous donner une preuve de mon dévouement aux intérêts spirituels de ma tante en vous disant que, en cette occasion, je me payai le luxe d'un fiacre.

Je rentrai chez moi, choisis les brochures qui me paraissaient le mieux convenir, soulignai certains passages, et repartis pour Montagu Square avec une douzaine de ces recueils, et la ferme conviction qu'ils n'avaient pas leur équivalent dans toute la littérature européenne. Je payai au cocher exactement le prix de la course. Au lieu de me remercier, il me lança un juron ; sur quoi, je lui tendis une brochure. Si je l'avais menacé d'un pistolet, le malheureux ne se serait pas détourné plus précipitamment. Remonté sur son siège, il lança, cette fois, un cri de consternation profane, et partit à toute allure. Bien en vain, sans doute, je voulus l'accompagner de ma bonne parole, en jetant par la vitre baissée une seconde brochure dans la voiture.

Le domestique qui m'ouvrit – ce n'était plus, à mon extrême soulagement, la jeune personne à la tête enrubannée, mais le valet de pied – me dit que le médecin se trouvait chez lady Verinder. Mr. Bruff venait également d'arriver et attendait dans la bibliothèque. Et c'est dans la bibliothèque qu'on m'introduisit à mon tour.

Mr. Bruff parut surpris de me voir. Mr. Bruff était l'avocat de la famille, et nous avions eu précédemment, à plusieurs reprises, l'occasion de nous rencontrer chez lady Verinder. Un homme, je regrette de le dire, vieilli et usé au service du monde. Un homme qui, à ses heures d'occupation, était le prophète de Mammon et que l'on pouvait tout aussi bien surprendre en train de lire un roman qu'occupé à déchirer une brochure ou un tract religieux.

– Venez-vous pour vous installer ici, Miss Clack ? me demanda-t-il en voyant mon sac de nuit où j'avais empilé les brochures.

Expliquer à cet homme ce que contenait mon sac, c'eût été l'inciter à un éclat impie. Aussi me rabaissai-je à son niveau, et lui fis-je part le plus simplement du monde de la raison qui m'amenait à cette heure même chez lady Verinder.

– Ma tante m'a informée qu'elle était sur le point de signer son testament. Elle a eu la bonté de me prier de lui servir de témoin.

– Oui, vous pouvez en effet servir de témoin. Vous êtes âgée de plus de vingt et un ans et n'avez pas le moindre intérêt pécuniaire stipulé dans le testament de lady Verinder.

Pas le moindre intérêt pécuniaire dans le testament de lady Verinder ! Comme j'étais heureuse de l'apprendre ! Si ma tante, riche à millions, s'était souvenue de mon humble personne pour qui cinq livres sont précieuses, si mon nom avait été mentionné sur son testament pour un petit legs consolateur, mes ennemis n'auraient pas manqué d'avoir des doutes sur les intentions qui m'avaient poussée à aller quérir chez moi les ouvrages les plus précieux de ma bibliothèque, et à faire le sacrifice, bien lourd pour ma modeste bourse, d'un fiacre pour les porter jusqu'à Montagu Square. A présent, les plus médisants ne pourraient rien contre moi ! Cela valait beaucoup mieux ainsi, cela valait beaucoup mieux, assurément !

Je fus interrompue dans ces consolantes réflexions par la voix de Mr. Bruff. Ma méditation silencieuse semblait peser sur l'esprit de ce mondain qui ne put s'empêcher de m'adresser la parole malgré la piètre envie qu'il avait d'engager une conversation avec moi.

– Eh bien, Miss Clack, quelles sont les dernières nouvelles dans vos milieux charitables ? Comment va votre ami Ablewhite, depuis l'attentat dont il a été l'objet à Northumberland Street ? Ma foi, on raconte à mon club d'amusantes histoires sur ce gentleman.

J'avais passé sur la façon cavalière que cet homme avait eue de me faire remarquer que j'avais plus de vingt et un ans et que ma tante m'avait oubliée sur son testament, mais le ton sur lequel il parla de ce cher Mr. Godfrey vint à bout de ma patience. Je me sentis obligée, après ce qui s'était passé dans l'après-midi, de répondre de façon cinglante à Mr. Bruff pour affirmer l'innocence de mon admirable ami.

– Je vis beaucoup en dehors du monde et je ne possède pas l'avantage, monsieur, d'appartenir à un club, mais j'ai appris par hasard l'histoire à laquelle vous faites allusion et je peux vous affirmer que c'est le mensonge le plus vil qui ait jamais été inventé.

– Oui, oui, Miss Clack, vous croyez en votre ami, et c'est assez naturel. Mais je crains que Mr. Godfrey Ablewhite ait plus de mal à convaincre le monde que les quelques dames charitables qui composent vos comités. Les apparences sont contre lui, voyez-vous. Il se trouvait dans la maison où le diamant a été perdu ; il fut ensuite le premier à quitter cette maison pour rentrer à Londres. Ce sont autant de circonstances qui l'accablent, mademoiselle, compte tenu de la tournure qu'ont prise les événements.

J'aurais dû, je le sais, le détromper avant qu'il n'allât plus loin. J'aurais dû lui dire que, s'il parlait de la sorte, c'est qu'il ignorait le témoignage que venait de faire, en faveur de Mr. Godfrey, la seule personne possédant la preuve indéniable de son innocence. Hélas ! je ne pus me résoudre à la tentation d'amener l'avocat à sa propre déconfiture, et me bornai à lui demander ce qu'il entendait par « la tournure des événements ».

– Ce que j'entends par là, Miss Clack, ce sont les événements qui concernent les Hindous, continua Mr. Bruff avec un air de supériorité de plus en plus marqué à mon endroit à mesure qu'il parlait. Qu'ont fait les Hindous dès qu'ils eurent quitté la prison de Frizinghall ? Ils sont allés tout droit à Londres et se sont attachés aux pas de Mr. Luker. Qu'est-il arrivé alors ? Mr. Luker s'est alarmé du danger que courait une pierre de grande valeur enfermée dans son propre coffre, et il a choisi de la transporter dans le coffre d'une banque. C'était faire preuve d'une remarquable intelligence, mais les Hindous étaient, de leur côté, fort astucieux. Ils se doutaient que la pierre serait ainsi déplacée d'un endroit à un autre et ils ont tout fait pour obtenir confirmation de leurs soupçons. A qui s'en sont-ils pris et qui ont-ils fouillé ? Pas seulement Mr. Luker, ce qui en soi n'a rien d'étonnant, mais également Mr. Godfrey Ablewhite ! Et pourquoi ? Mr. Ablewhite prétend qu'ils ont agi aveuglément parce qu'ils l'avaient vu parler accidentellement à Mr. Luker. C'est absurde ! Une demi-douzaine d'autres personnes ont également parlé à Mr. Luker ce matin-là. Pourquoi n'ont-elles pas aussi été suivies et attirées dans un traquenard ? Non ! Non ! La seule explication est que Mr. Ablewhite était personnellement lié à cette histoire de pierre et que, ne sachant en possession duquel des deux hommes se trouvait la pierre, les Hindous les ont tous les deux attaqués. C'est l'opinion générale, et elle n'est pas facile à réfuter.

Il prononça ces derniers mots avec une telle confiance en soi que je ne pus (à ma grande honte) résister à le pousser dans ses derniers retranchements avant de le confondre.

– Je ne prétends pas discuter avec un avocat aussi habile que vous, mais n'est-ce pas magnifique, de la part de Mr. Ablewhite, d'avoir gagné la confiance du fameux officier de police de Londres qui a mené l'enquête ? Il me semble, n'est-ce pas, que la seule personne à avoir été soupçonnée par le sergent Cuff dans cette affaire est Miss Verinder ?

– Voulez-vous dire, Miss Clack, que vous êtes d'accord avec le sergent ?

– Je ne juge personne, monsieur, et n'exprime aucune opinion à ce sujet.

– Et moi j'ose affirmer, mademoiselle, les deux énormités suivantes : d'une part, je juge que le sergent s'est complètement trompé et d'autre part, j'affirme que s'il avait connu le caractère de Rachel comme je le connais, il aurait soupçonné tout le monde dans la maison, sauf elle. J'admets qu'elle a ses défauts ; elle est secrète et volontaire, bizarre et farouche, différente des autres jeunes filles de son âge. Mais, trempée comme l'acier, elle a l'esprit élevé et généreux. Si d'aventure il me fallait choisir entre l'évidence la plus absolue que puisse nous offrir ce bas monde et la parole d'honneur de Rachel pour choisir un chemin, j'avoue que, tout homme de loi que je suis, je ferais passer sa parole avant l'évidence. Audacieux langage, Miss Clack, mais c'est ce je pense.

– Refuseriez-vous d'expliquer votre pensée, Mr. Bruff, de manière que je la comprenne ? Et supposons que Miss Verinder se soit montrée bien plus intéressée qu'elle n'aurait dû à ce qui est arrivé à Mr. Ablewhite et à Mr. Luker ? Supposons qu'elle ait posé les plus invraisemblables questions sur cet épouvantable scandale et qu'elle ait fait montre d'une agitation qui lui fit perdre toute mesure quand elle vit le tour qu'il prenait ?

– Supposez ce que vous voudrez, Miss Clack, cela ne diminuera pas de l'épaisseur d'un cheveu ma confiance en Miss Verinder.

– Cette jeune fille en est-elle si digne ?

– Sans aucun doute possible.

– Alors permettez-moi de vous apprendre, Mr. Bruff, que Mr. Ablewhite était dans cette maison il y a deux heures environ et que son innocence dans la disparition de la Pierre de Lune a été proclamée par Miss Verinder elle-même, avec une rare violence.

Je goûtai le triomphe – triomphe impie, je le crains et dois l'admettre – de voir Mr. Bruff absolument confondu et dérouté par mes paroles. Il se leva et fixa les yeux sur moi sans dire un mot. Je restai assise, bien tranquillement, et lui contai la scène telle qu'elle s'était passée.

– Et maintenant, que dites-vous de Mr. Ablewhite ? demandai-je, avec la plus extrême gentillesse.

– Si Rachel a affirmé son innocence, Miss Clack, je n'hésite pas à dire que j'y crois aussi fermement que vous. J'ai été trompé par les apparences comme tout le monde, et je vais faire amende honorable en démentant publiquement le scandale dont a été victime votre ami partout où j'en aurai l'occasion. En même temps, permettez-moi de vous féliciter sur la façon magistrale dont vous avez ouvert sur moi le feu de vos batteries au moment où je m'y attendais le moins. Vous auriez fait de grandes choses dans ma profession, mademoiselle, si vous aviez été un homme.

Sur ces mots, il me tourna le dos et se mit à arpenter la pièce sans dissimuler une certaine irritation.

Je pus voir clairement que la nouvelle lumière que j'avais jetée sur le sujet l'avait grandement troublé et impressionné. Alors qu'il s'absorbait dans ses pensées, il lâcha involontairement plusieurs exclamations qui me firent comprendre quel odieux jugement il avait porté sur tout ce qui touchait au mystère de la disparition de la Pierre de Lune. Il n'avait pas hésité à soupçonner Mr. Godfrey de l'infamie du vol et à attribuer à Rachel le désir généreux de cacher le crime. Sur la foi de l'autorité de Miss Verinder – autorité incontestable comme vous le savez, de l'avis même de Mr. Bruff – tous ses soupçons se trouvaient à présent réduits à néant, et la perplexité dans laquelle j'avais plongé cet éminent homme de loi était telle qu'il ne parvenait à la dissimuler.

– Quelle histoire ! l'entendis-je se répéter à lui-même en s'arrêtant devant la fenêtre et en tapotant sur la vitre avec ses doigts. Cela ne défie pas seulement toute explication, cela dépasse l'entendement.

Il n'y avait certes rien dans ces paroles qui appelât une réponse de ma part, et pourtant, je répondis ! Il semble à peine croyable que je n'aie pas pu me résoudre, même alors, à laisser Mr. Bruff réfléchir tranquillement sur tout cela. N'était-ce pas, de ma part, plus que de la méchanceté humaine, que d'avoir trouvé dans ce qu'il venait de dire une nouvelle occasion de me rendre désagréable à son égard ? Ah ! mes amis, la méchanceté humaine ne connaît pas de limites et tout est possible dès lors que notre faible nature reprend le dessus !

– Pardonnez-moi de troubler votre méditation, mais il me semble qu'il reste une conjecture qui ne s'est pas encore présentée à votre esprit.

– Cela se peut, Miss Clack, mais j'ignore ce dont il s'agit.

– Avant que j'aie eu le bonheur de vous convaincre de l'innocence de Mr. Ablewhite, c'était sur sa présence chez ma tante lors de la perte du diamant que vous fondiez vos accusations. Permettez-moi alors de vous rappeler que Mr. Franklin Blake s'y trouvait également.

Le vieux païen se détourna de la fenêtre, prit une chaise en face de la mienne et me regarda fixement avec un sourire cruel et sarcastique.

– Vous n'êtes pas le bon avocat que je croyais, Miss Clack. Vous ignorez que le mieux est l'ennemi du bien.

– Je crains de ne pas vous suivre, Mr. Bruff, avouai-je modestement.

– Je pourrais vous répondre que j'aime beaucoup Franklin Blake, Miss Clack, comme vous le savez certainement, mais là n'est pas la question. Non, ne discutez pas, j'adopte en la circonstance votre manière de voir. Vous avez absolument raison : j'ai soupçonné Mr. Ablewhite en me fondant sur des apparences qui permettaient également, en théorie, de soupçonner Mr. Blake. Parfait. Soupçonnons-les tous deux. Admettons que Mr. Blake ait été capable de voler la Pierre de Lune. Toute la question est de savoir s'il avait un intérêt à le faire.

– Les dettes de Mr. Franklin, remarquai-je, ne sont un secret pour personne dans la famille.

– Et les dettes de Mr. Godfrey Ablewhite ne sont pas aussi importantes. C'est exact. Mais votre raisonnement pèche par deux côtés, Miss Clack. Je m'occupe personnellement des affaires de Franklin Blake et vous prie de croire que ces créanciers – pour la majorité d'entre eux en tout cas – sont ravis de pouvoir faire courir les intérêts de leurs créances et ne montrent aucune impatience dans ces conditions à se voir remboursés. C'est là votre première erreur, et elle est de taille. La seconde ne l'est pas moins. Je sais de lady Verinder elle-même que sa fille était disposée à épouser Mr. Blake avant cette infernale disparition du diamant. Elle l'avait encouragé puis découragé avec toute la coquetterie d'une jeune fille. Mais elle avait avoué à sa mère qu'elle aimait son cousin Franklin et sa mère avait confié ce secret au cousin Franklin. Si bien que d'un côté, Miss Clack, nous avons des créanciers contents d'attendre ; de l'autre côté, un jeune homme, Mr. Franklin, devant qui s'ouvre la perspective d'épouser une riche héritière. Jugez-le comme vous voudrez, considérez-le comme un coquin si bon vous semble, mais dites-moi, je vous prie, quel intérêt il aurait eu à voler la Pierre de Lune ?

– Le cœur humain est insondable, dis-je doucement. Qui peut en connaître les replis cachés ?

– En d'autres termes, mademoiselle, sans avoir la moindre raison de s'emparer du diamant, il l'aurait néanmoins volé par pure dépravation. Parfait. Fort bien. Mais pourquoi diable…

– Excusez-moi, Mr. Bruff, mais si j'entends invoquer le diable de la sorte, je serai obligée de quitter la pièce.

– Je vous demande pardon, Miss Clack. Je serai dorénavant plus prudent dans le choix de mes expressions. Je voudrais seulement vous demander ceci : pourquoi, même en supposant qu'il ait pris le diamant, Mr. Franklin se serait-il montré le plus acharné de tous à le retrouver ? Vous me direz que c'était pure habileté de sa part, une manière de détourner les soupçons. Je vous répondrai qu'il n'avait pas besoin de le faire, car personne ne l'accusait. En premier lieu, il vole la Pierre de Lune sans raison, par dépravation ; il opère ensuite de manière à offenser mortellement la jeune fille qu'il doit épouser. C'est la monstrueuse déduction à laquelle vous êtes amenée si vous associez Mr. Franklin à la perte de la Pierre de Lune. Non, Miss Clack ! Après les révélations que vous venez de me faire, je considère que nous sommes dans une impasse. L'innocence de Rachel est hors de doute ; l'innocence de Mr. Ablewhite est également certaine, sans quoi Rachel n'en eût jamais témoigné. Quant à celle de Franklin Blake, vous l'avez vu, elle s'impose d'elle-même. Par ailleurs, nous avons également la certitude que quelqu'un a apporté la Pierre de Lune à Londres et que Mr. Luker ou son banquier sont actuellement en sa possession. Et à quoi sert mon expérience, à quoi sert celle de quiconque dans un cas comme celui-là ? A me dérouter, à vous dérouter, à dérouter tout le monde !

Non, pas tout le monde. Le sergent Cuff, lui, n'avait pas été dérouté. J'allais le faire remarquer à Mr. Bruff – oh ! avec toute la douceur possible et en protestant fermement que je ne voulais jeter aucun blâme sur Rachel – quand on vint nous avertir que le médecin était parti et que ma tante allait nous recevoir.

Ceci mit fin à notre discussion. Mr. Bruff rassembla ses papiers. Il semblait encore sous le coup de mes dernières révélations. Pour ma part, je pris mon sac contenant les précieuses publications, tout en me disant que j'aurais pu continuer des heures entières à parler de la sorte. En silence, nous montâmes chez lady Verinder.

Permettez-moi d'ajouter, avant de passer à la suite des événements, que c'est à dessein que j'ai rapporté mon entretien avec l'avocat. Je me dois de faire connaître, dans le récit que je donne de l'abominable affaire de la Pierre de Lune, non seulement la nature des soupçons, mais aussi le nom des personnes sur lesquelles ils pesèrent à l'époque où l'on supposait que le diamant hindou se trouvait à Londres. Il m'a semblé que la relation de cet entretien répondait exactement à ce but tout en m'offrant l'immense avantage moral de pouvoir faire amende honorable : il témoigne en effet de la coupable présomption dont j'ai fait preuve et m'oblige à reconnaître que pour une fois ma faible nature avait pris le dessus. Par cette humiliante confession, je triomphe de ma faible nature. La balance morale est rétablie, l'atmosphère spirituelle purifiée de nouveau. Ceci dit, poursuivons.

4

La signature du testament fut une affaire plus vite conclue que je ne l'aurais cru. La hâte qu'on y mit fut même, à mon sentiment, parfaitement indécente. Samuel, le valet de pied, fut appelé pour servir de second témoin, et ma tante prit aussitôt la plume. Mon premier mouvement avait été de prononcer quelques paroles bien senties comme l'aurait voulu cette heure solennelle, mais, à voir les manières de Mr. Bruff, je jugeai plus sage de m'abstenir, du moins en sa présence. En moins de deux minutes tout fut terminé, et Samuel, sans entendre, le pauvre, ce que j'avais à dire, redescendit à l'office.

Mr. Bruff plia le testament, puis il me regarda, se demandant sans doute si j'avais l'intention ou non de le laisser seul avec ma tante. Mais j'avais à remplir une mission charitable, et mon sac rempli de mes précieuses brochures attendait, là, sur mes genoux. Vraiment, si Mr. Bruff croyait pouvoir, par un regard, me faire quitter la place, il eût tout aussi bien pu espérer ébranler de cette façon la cathédrale Saint-Paul ! Je dois toutefois reconnaître à cet homme une qualité, due sans doute à son expérience mondaine : il devinait les choses avec une vitesse exceptionnelle ! Apparemment, je produisis sur lui le même effet que sur le cocher ; comme ce dernier, il proféra à mon adresse quelques paroles bien peu chrétiennes et nous quitta brusquement, me laissant maîtresse du terrain.

Une fois que nous fûmes seules, ma tante se laissa retomber sur le sofa, puis, montrant quelque confusion, fit allusion au testament :

– J'espère que vous n'allez pas croire que je vous oublie, Drusilla, me dit-elle. J'ai bien l'intention, ma chère, de vous faire un petit legs, de la main à la main.

Quelle occasion inespérée ! Je n'allais pas la laisser échapper ! En d'autres termes, j'ouvris immédiatement mon sac, et y pris la première brochure de la pile. Il se trouve que c'était un exemplaire d'une des toutes premières éditions – la vingt-cinquième – de ce célèbre ouvrage anonyme (attribué à la très chère Miss Bellows) ayant pour titre : *le Serpent chez vous*. Le but de cet ouvrage – avec lequel les mondains ne sont sans doute pas très familiers – est de montrer comment le Malin nous guette dans tous les actes en apparence les plus innocents de notre vie quotidienne. Les chapitres particulièrement recommandés aux dames sont ceux qui s'intitulent : « Satan dans la brosse à cheveux », « Satan derrière le miroir », « Satan sous la table à thé », « Satan de l'autre côté de la fenêtre », pour n'en citer que quelques-uns.

– Lisez attentivement cette remarquable brochure, ma chère tante ! Vous me donnerez ainsi tout ce que je demande !

Et je lui tendis le livre, ouvert à un passage choisi, un modèle d'ardente éloquence ; sujet traité : « Satan sous les coussins du sofa ».

La pauvre lady Verinder, appuyée négligemment sur les coussins de son sofa, regarda la brochure d'un air indifférent, puis me la rendit, d'un air trahissant malgré tout un certain embarras :

– Je crains, Drusilla, de devoir attendre d'être un peu mieux pour lire cela. Mon médecin…

Quand elle prononça ce mot, je sus ce qui allait suivre. Si souvent déjà, au cours de mon expérience parmi les faibles mortels (au nombre desquels je me compte), ces messieurs de la Faculté – des êtres sans foi, ce n'est un secret pour personne – m'avaient empêchée de poursuivre ma mission salvatrice, sous le misérable prétexte que le patient avait besoin de calme et de tranquillité, et qu'ils redoutaient entre toutes autres l'influence de Miss Clack et de ses livres. De nouveau, donc, le même matérialisme aveugle cherchait, en opérant traîtreusement derrière mon dos, à m'arracher le seul bien que ma pauvreté pût revendiquer, le bien spirituel de ma tante.

– Mon médecin m'a dit, reprit cette malheureuse créature, que je n'étais vraiment pas bien aujourd'hui. Il me défend de recevoir personne et il m'a ordonné, si j'avais envie de lire, de ne faire que des lectures faciles et divertissantes. « Prenez garde, lady Verinder, de vous fatiguer l'esprit ou de faire quoi que ce soit qui puisse accélérer votre pouls. » Voilà ce qu'il m'a dit, Drusilla, en me quittant tout à l'heure.

Que faire, sinon abandonner une fois encore ? Et, bien sûr, ce ne serait une fois encore, que partie remise… Si je m'étais écriée qu'une mission comme la mienne était autrement plus importante que celle du docteur, j'aurais tout simplement incité ce dernier à exploiter la faiblesse humaine de sa malade, et à menacer de ne plus lui donner ses soins. Heureusement, il existe plusieurs façons de répandre la bonne parole, et peu de gens, je l'avoue, les connaissent aussi bien que moi.

– Vous vous sentirez peut-être plus forte dans une heure ou deux, ma chère tante, lui dis-je ; ou bien, demain matin. Vous vous éveillerez peut-être avec le sentiment qu'il vous manque quelque chose, et alors il se peut que ce volume sans prétention vous apporte un réconfort. Vous me permettez de vous laisser cette brochure, ma tante ? Le médecin ne s'y opposera pas, je pense !

Je glissai la brochure sous les coussins du sofa, la laissant dépasser un peu, entre le mouchoir de poche de lady Verinder et son flacon de sels. Chaque fois que sa main chercherait l'un ou l'autre, elle toucherait la brochure, et tôt ou tard c'est peut-être la brochure qui toucherait enfin son cœur. Ayant agi de la sorte, je jugeai sage de me retirer.

– Je vous laisse vous reposer, ma chère tante. Je reviendrai demain.

Par hasard, mes regards se portèrent vers la fenêtre. Le rebord en était garni de plantes en pots et de corbeilles de fleurs. Lady Verinder avait l'extravagance d'aimer ces trésors périssables, et on la surprenait souvent à les admirer et à en respirer le parfum. Une nouvelle idée me vint à l'esprit.

– Oh ! Puis-je prendre une fleur ?

Et j'allai vers la fenêtre, ma tante ne se doutant de rien ! Au lieu de cueillir une fleur, j'en ajoutai une, sous la forme d'une deuxième brochure que je laissai parmi les géraniums et les roses. Je songeais à la surprise de ma tante... Une idée heureuse en appelant une autre, je songeai aussitôt : « Pourquoi ne pas faire la même chose dans chaque pièce où la pauvre chère malade entrera ? » Prenant congé, je sortis et me dirigeai vers la bibliothèque où j'entrai subrepticement. Samuel, qui arrivait pour me raccompagner, ne me vit pas et, croyant que j'étais déjà partie, redescendit. Sur la table de la bibliothèque, j'aperçus deux de ces « livres amusants » que cet impie docteur avait recommandés à lady Verinder. Afin qu'on ne les vît plus, je les couvris de deux de mes précieuses publications. Dans la petite salle à manger, le canari préféré de ma tante chantait dans sa cage. Je savais qu'elle avait l'habitude de donner elle-même à manger à l'oiseau. Des graines étaient éparpillées sur la table où se trouvait la cage. Là, je mis encore une brochure. Dans le salon, une nouvelle occasion me fut donnée d'alléger mon sac ! Les partitions que ma tante prenait le plus souvent étaient sur le piano. J'y glissai deux brochures. J'en déposai une autre, dans le petit salon attenant, sous un ouvrage de broderie qui, je le savais aussi, était celui de lady Verinder. Une troisième petite pièce suivait ce dernier salon dont elle était séparée non par une porte, mais par une tenture. Sur la cheminée, l'éventail démodé de ma tante attendait on ne savait quoi. J'ouvris ma neuvième brochure à un passage particulièrement important et y plaçai l'éventail comme signet.

Il me fallut alors décider si je monterais un étage plus haut afin de m'aventurer dans les chambres à coucher, au risque, sans aucun doute, d'être fort mal accueillie si jamais j'étais surprise là-haut en train d'accomplir ma mission par la jeune personne à la tête enrubannée. Mais cela devait-il m'arrêter ? Une chrétienne craint-elle les insultes ? Je montai, prête à supporter n'importe quoi. Je ne vis personne, je n'entendis aucun bruit. C'était probablement l'heure du thé à l'office. J'entrai dans la chambre de ma tante, qui donnait sur la façade. La miniature de feu mon oncle était suspendue au mur, en face du lit. J'eus l'impression qu'il me souriait et me disait : « Drusilla, mettez là une brochure ! » Deux tables de chevet étaient disposées de part et d'autre du lit. Comme ma tante souffrait d'insomnies, elle prenait la précaution de s'entourer pour la nuit d'une masse infinie de choses. Sur une des tables, je déposai une brochure à côté des allumettes, sur l'autre, une brochure sous la boîte de chocolats. Que ma tante désirât de la lumière ou un bonbon de chocolat, elle ne manquerait pas de tomber sur l'un de ces précieux écrits, et succomberait sans doute à sa muette éloquence : « Allons ! Lisez-moi, lisez-moi, et vous verrez ! » Il me restait un dernier livre au fond de mon sac, et il ne restait qu'une pièce où je ne fusse pas allée : la salle de bains, qui communiquait avec la chambre à coucher. J'y jetai un coup d'œil, et la sainte voix intérieure qui ne nous trompe jamais murmura en moi : « Vous êtes allée vers elle, Drusilla, partout ailleurs ; allez encore vers elle au bain, et vous aurez accompli votre œuvre. » Je vis une robe de chambre jetée sur une chaise ; sur la robe de chambre, il y avait une poche ; dans cette poche, je glissai ma dernière brochure. Les mots sauraient-ils exprimer l'exquis sentiment du devoir accompli que j'éprouvai lorsque je sortis de la maison, toujours sans être vue, et que je me retrouvai dans la rue, mon sac vide sous le bras ? Ô, mes amis qui ne pensez qu'à ce bas monde, qui poursuivez ce fantôme, le Plaisir, à travers les labyrinthes coupables de la Dissipation, si vous saviez comme il est facile d'être heureux, quand on fait le bien autour de soi !

En pliant mes vêtements ce soir-là, en réfléchissant aux vraies richesses que j'avais semées d'une main si prodigue dans la maison de ma tante fortunée, je me sentis redevenir une enfant qui ignore les soucis. Je me sentais le cœur si léger que je chantai un verset de l'« hymne vespéral », et que je m'endormis malgré mon désir d'en chanter un autre. Une enfant, vous dis-je, j'étais redevenue une enfant !

Ainsi passa cette nuit bénie. En me levant le lendemain matin, comme je me sentais jeune ! Comme je paraissais jeune, pourrais-je ajouter, si j'avais l'habitude de m'occuper de mon pauvre corps ! Mais je n'en ai pas l'habitude, j'en suis bien incapable, aussi je n'ajouterai rien.

A l'heure du lunch – non par désir d'assouvir mes sens, mais parce que j'étais certaine d'être reçue par ma tante à ce moment-là – je mis mon chapeau dans l'intention de me rendre à Montagu Square. Comme j'étais prête à partir, on me dit que quelqu'un venant de la part de lady Verinder désirait me parler.

Durant mon séjour à Londres, j'occupais le rez-de-chaussée d'une maison. Mon salon donnait sur la façade. Très petit, en vérité, très bas de plafond, très pauvrement meublé, mais parfaitement en ordre ! J'allai dans le corridor voir lequel de ses domestiques lady Verinder m'envoyait. C'était Samuel, le valet de pied, un jeune homme au teint frais, aux manières fort polies ; on lisait dans son regard qu'il se laisserait facilement inculquer les bons principes. Samuel m'avait toujours inspiré de l'intérêt spirituel, et j'avais toujours souhaité avoir avec lui un entretien touchant aux choses sérieuses. Je le fis entrer dans mon petit salon.

Il portait sous le bras un gros paquet ; tandis qu'il le déposait, je lus dans ses yeux une expression de crainte.

– Milady vous prie de croire à ses bons sentiments, mademoiselle ; et elle me charge de vous dire que vous trouverez une lettre à l'intérieur de ce paquet.

J'eus l'impression – chose qui m'étonna beaucoup – que le jeune domestique, s'étant acquitté de son message, avait hâte de s'en aller. Je le retins toutefois, car j'avais à lui demander certaines choses. Pourrais-je voir ma tante, si je partais au moment même pour Montagu Square ? Non, lady Verinder était sortie faire une promenade en voiture ; Miss Rachel l'accompagnait, ainsi que Mr. Ablewhite.

Sachant à quel point le cher Mr. Godfrey était en retard dans ses travaux pour nos comités de charité, je trouvai assez bizarre qu'il prît le temps d'aller se promener, tel un homme oisif. J'arrêtai Samuel à la porte du salon, et lui posai encore quelques questions. Miss Rachel allait à un bal le soir même et Mr. Ablewhite devait venir prendre le café à Montagu Square pour accompagner ensuite sa cousine. Un concert était annoncé pour le lendemain après-midi, et Samuel avait reçu l'ordre d'aller retenir des places pour une compagnie assez nombreuse, dont faisait encore partie Mr. Ablewhite.

– Et tous les billets seront vendus, mademoiselle, si je ne cours pas les chercher à l'instant ! expliqua l'innocent jeune homme.

Sur ce, il sortit précipitamment, et je me retrouvai seule, assaillie par de bien sombres pensées.

Nous avions, ce soir-là, une réunion spéciale du Comité des Mères pour la Récupération des Vêtements Usagés, dont le but était de solliciter de Mr. Godfrey conseils et assistance. Et voilà qu'au lieu de répondre à notre appel, il s'était arrangé pour prendre le café chez lady Verinder et pour aller ensuite au bal ! Dans l'après-midi du lendemain, nous avions une fête de charité organisée par l'un des comités les plus importants d'Angleterre ; or au lieu d'y faire acte de présence, lui, l'âme et la vie de cette institution militante, il s'était engagé dans des mondanités et se promettait d'assister à un concert ! Que signifiait donc tout cela ? Hélas ! Tout cela signifiait que notre héros chrétien se révélait soudain à moi sous un jour nouveau, qu'il s'associait dans mon esprit à l'effroyable déchristianisation de notre époque.

Mais revenons à l'épisode qui venait de se jouer. Samuel parti, mes regards se tournèrent tout naturellement vers le paquet qui avait paru intimider de façon si étrange ce jeune homme au teint frais. Ma tante m'envoyait-elle le legs promis ? sous la forme de vieux vêtements usés, de cuillers d'argent hors d'usage, de bijoux démodés, que savais-je encore ?... Prête à accepter n'importe quoi et à ne m'offenser de rien, j'ouvris le paquet et que vis-je ? Les douze brochures que j'avais si soigneusement éparpillées, la veille, dans la maison de lady Verinder ! On me les renvoyait, par ordre du médecin ! Je comprenais pourquoi le jeune Samuel avait frémi de peur en me remettant cela. Je comprenais pourquoi il n'avait paru songer qu'à une chose – s'enfuir – une fois faite sa malheureuse commission ! Quant à ma tante, la pauvre âme, elle me disait simplement dans son billet qu'elle n'osait pas désobéir à son médecin.

Que faire ? Étant donné mon éducation et mes principes, je n'hésitai pas une seconde.

Dès lors qu'il est soutenu par sa conscience, dès lors qu'il a entrepris de sauver l'âme de son prochain, le véritable chrétien ne se laisse jamais décourager ! Aucune pression – qu'elle soit d'ordre public ou privé – ne pourrait nous faire abandonner la mission commencée ! Quelles qu'en soient les conséquences, impôts, émeutes ou guerres, nous allons de l'avant, sans nous préoccuper des considérations humaines qui gouvernent ce monde auquel nous appartenons si peu ! Nous nous plaçons au-dessus de la raison, du ridicule ; nous voyons avec nos propres yeux, nous entendons avec nos propres oreilles, nous sentons avec notre propre cœur, sans nous soucier de ce que pensent les autres. Ô, magnifique privilège ! Comment le gagnons-nous ? Ah, mes amis ! Ne vous posez donc pas cette inutile question… Nous sommes les seuls à pouvoir le gagner, car nous sommes seuls à être toujours dans le droit chemin.

En ce qui concernait ma tante en danger de perdition, je vis immédiatement et clairement la voie qu'il me fallait suivre. La propre opposition de lady Verinder avait eu raison de mon désir de lui apporter l'aide de saints clergymen ; les injonctions du médecin avaient triomphé de mes précieuses brochures. Soit ! Il me fallait à présent avoir recours aux « petites notes ». Je m'explique : les publications m'ayant été renvoyées, des extraits de celles-ci, copiés par différentes mains, seraient tous adressés à ma tante sous forme de lettres, les unes envoyées par la poste, les autres placées un peu partout dans sa maison, comme je l'avais fait la veille. Sous forme de lettres, ils n'éveilleraient aucun soupçon ; ma tante les ouvrirait, ces lettres, et, une fois ouvertes, devrait bien les lire. Je rédigeai moi-même certaines de ces « petites notes », comme je les appelle. *Ma chère tante, puis-je attirer votre attention sur ces quelques lignes ?…* Ou encore : *Ma chère tante, je lisais ceci hier soir, et j'aimerais vous faire partager ma joie…* etc. D'autres lettres furent écrites par mes compagnes du Comité des Mères. *Chère Madame, pardonnez l'intérêt que vous porte une véritable mais très humble amie… Chère Madame, permettrez-vous à une personne très sérieuse de vous adresser quelques paroles bien réconfortantes ?* Par ces moyens courtois, nous rassemblâmes tous nos enseignements salutaires sous une forme contre laquelle même le matérialisme vigilant du médecin était impuissant. Avant que les ombres du soir ne fussent descendues, je tenais une douzaine de lettres instructives, destinées à lady Verinder ; voilà qui remplacerait les douze brochures ! J'en envoyai aussitôt six par la poste ; les six autres, je me réservais de les déposer moi-même chez elle le lendemain, selon un plan déjà établi.

Le lendemain, donc, peu après deux heures de l'après-midi, je reprenais la guerre sainte et me présentais de nouveau chez lady Verinder, où je questionnai Samuel avec toute ma bienveillance coutumière.

Lady Verinder avait passé une fort mauvaise nuit. Elle était en ce moment dans le petit salon où j'avais assisté à la signature du testament ; étendue sur le sofa, elle essayait de dormir un peu.

Je répondis que j'attendrais dans la bibliothèque dans l'espoir de voir ma tante lorsqu'elle serait reposée. Toute préoccupée des lettres qu'il me fallait glisser çà et là, je ne songeai pas un instant à demander des nouvelles de Rachel. La maison était silencieuse, le concert avait dû commencer, de sorte que j'étais persuadée que la jeune fille et toute sa bande d'amis qui ne cherchaient que le plaisir (et Mr. Godfrey, hélas ! se trouvait parmi eux) étaient dehors. Avec zèle, j'entrepris ma pieuse mission, profitant de ce que j'étais seule et sachant que j'avais un peu de temps devant moi.

Le courrier de ma tante, celui du matin même qui comprenait les six lettres que j'avais moi-même postées le soir précédent était sur la table, attendant encore d'être ouvert. Sans nul doute, ma tante ne s'était pas sentie assez bien pour lire ce tas impressionnant de lettres, et elle pourrait encore en être effrayée si elle revenait plus tard dans la bibliothèque. Prenant une des six lettres que j'avais en poche, je la mis, seule, sur la cheminée. N'étant pas avec les autres, elle éveillerait certainement la curiosité de ma tante. Je laissai tomber une autre lettre sur le plancher de la salle à manger. Le premier domestique qui entrerait penserait que lady Verinder l'avait égarée, et il aurait soin d'aller la lui porter. Le champ ainsi ensemencé au rez-de-chaussée, je montai allègrement au premier étage pour répandre mon œuvre miséricordieuse.

Au moment où j'entrai dans le grand salon, j'entendis à la porte de la rue deux coups légers et discrets mais fébrilement répétés. Avant que j'aie pu songer à retourner dans la bibliothèque (où j'étais censée me trouver), le jeune valet de pied était déjà dans le hall et ouvrait la porte. Peu importe ! me dis-je. A cause de l'état de santé de ma tante, on recevait très peu de visiteurs. A ma grande stupéfaction, ce visiteur-là, on le reçut. Au bas de l'escalier, j'entendis la voix de Samuel :

– Si monsieur veut monter…

L'instant suivant, j'entendis des pas dans l'escalier, des pas d'homme… Qui donc pouvait être ce visiteur ? Presque aussitôt, il me sembla trouver la réponse à ma propre question : qui cela pouvait-il être, sinon le docteur ?

S'il s'était agi de toute autre personne, je n'aurais nullement été contrariée que l'on me vît au salon. Qu'y aurait-il eu d'étonnant à ce que, quittant la bibliothèque, je fusse montée au premier étage ? Mais mon amour-propre m'interdisait de rencontrer celui qui m'avait insultée en me faisant renvoyer mes brochures. J'entrai dans la troisième petite pièce dont j'ai déjà parlé, séparée des deux premiers salons par une tenture. Cette tenture, je la fis retomber. Il me suffirait d'attendre là quelques secondes, que le docteur gagnât la chambre de sa patiente.

J'attendis quelques secondes, qui se changèrent en minutes… J'entendais le visiteur qui arpentait la pièce. Je l'entendais aussi qui se parlait à lui-même. Cette voix ne m'était pas inconnue… Me serais-je trompée ? N'était-ce pas le médecin ? Mr. Bruff, par exemple ? Non ! Un instinct infaillible me disait que ce n'était pas Mr. Bruff. Qui que ce fût, le visiteur se parlait toujours à lui-même. Avec une extrême précaution, j'écartai un peu la lourde tenture, et tendis l'oreille.

– Je le ferai aujourd'hui même !

Telles furent les paroles que je saisis. La voix qui les prononçait était celle de Mr. Godfrey Ablewhite.

5

Je laissai retomber la draperie. Mais ne supposez pas – oh ! non – que la situation terriblement embarrassante où je me trouvais était ce qui me préoccupait le plus ! Mes sentiments fraternels pour

Mr. Godfrey étaient encore si profonds que, pas un instant je me demandai pourquoi il n'était pas au concert. Je ne pensais qu'aux surprenantes paroles qu'il venait de prononcer : « Je le ferai aujourd'hui même. » Il avait dit cela sur un ton tel que l'on pouvait croire qu'il prenait une résolution terrible. Il le ferait ce jour-là ! Qu'allait-il faire, mon Dieu ! Allait-il renier sa foi ? Allait-il abandonner le Comité des Mères ? Lors de notre dernière réunion, avions-nous vu pour la dernière fois son sourire angélique. A l'*Exeter Hall*, avions-nous entendu pour la dernière fois son éloquence sans pareille ? J'étais tellement tourmentée à la seule idée qu'un homme comme lui pût en arriver là, que j'étais prête, je crois, à sortir de ma cachette, à m'élancer vers lui et à l'implorer, au nom de toutes les dames de tous les comités de charité de Londres, de bien vouloir s'expliquer, lorsque, soudain, j'entendis une autre voix dans la chambre. C'était une voix perçante qui traversait la tenture ; une voix forte, une voix pleine d'assurance et totalement dépourvue de charme féminin. La voix de Rachel Verinder !

– Pourquoi êtes-vous monté ici, Godfrey ? Pourquoi n'avez-vous pas attendu dans la bibliothèque ?

Il rit tout bas et répondit :

– Miss Clack est dans la bibliothèque.

– Clack dans la bibliothèque !

Elle s'assit aussitôt sur le divan situé au fond du salon.

– Vous avez raison, Godfrey, nous sommes beaucoup mieux ici.

L'instant d'auparavant, j'avais l'esprit en feu, en proie au doute sur ce qu'il me convenait de faire ; à présent, parfaitement calme, j'étais résolue. Après ce que je venais d'entendre, il ne m'était plus possible de me montrer. Comme, d'autre part, il n'était pas question de me retirer, j'arrangeai sans bruit la tenture de manière à pouvoir voir et entendre à la fois. J'allais subir un véritable martyre et j'étais prête à l'affronter avec le courage d'un chrétien de l'Église primitive.

– Ne vous asseyez pas sur le divan, continua la jeune fille. Prenez une chaise, Godfrey. J'aime avoir les gens en face de moi quand je leur parle.

Il choisit le siège le plus rapproché. C'était une chaise basse. Il était trop grand et trop fort pour s'y installer commodément. Je n'avais jamais vu ses jambes dans une position aussi désavantageuse pour lui.

– Eh bien ? reprit-elle. Que leur avez-vous dit ?

– Exactement, ma chère Rachel, ce que vous m'aviez dit.

– Que maman n'était pas bien, et que je ne pouvais pas la quitter pour aller au concert ?

– Ce furent exactement mes paroles. Tous vos amis regrettent beaucoup votre absence, mais tous ils comprennent parfaitement vos raisons. Ils vous envoient leur amitié, avec leurs vœux de prompt rétablissement pour lady Verinder.

– Vous, vous ne pensez pas que cela soit grave, n'est-ce pas, Godfrey ?

– Mais non, assurément ! Dans quelques jours, tout ira bien, vous verrez !

– C'est aussi mon avis, quoique j'aie eu très peur. C'est très gentil à vous d'être allé m'excuser auprès de mes amis que vous ne connaissez presque pas. Mais, j'y pense, pourquoi ne les avez-vous pas accompagnés au concert ? Il n'y a aucune raison que vous vous priviez vous aussi de ce plaisir !

– Ne dites pas cela, Rachel ! Si vous saviez combien je suis plus heureux d'être ici, avec vous !

Il joignit les mains et la regarda. Dans la position où il se trouvait, dès qu'il tourna la tête, je pus apercevoir son visage. Aucun mot ne pourrait exprimer le malaise que j'éprouvai à remarquer ce même air pathétique qui m'avait tant charmée quand il plaidait pour les millions d'indigents sur la scène de l'*Exeter Hall*.

– Il est difficile de se défaire de mauvaises habitudes, Godfrey. Cessez cependant de me faire des compliments, je vous en saurai un tel gré !

– Je ne vous ai jamais fait de compliments, Rachel. Que l'amour payé en retour puisse s'accompagner parfois de flatteries, je l'admets, mais un amour sans espoir ne peut exprimer que la vérité.

Comme il prononçait ces derniers mots, il rapprocha sa chaise et prit la main de la jeune fille ; puis il y eut un long moment de silence. Lui qui émouvait tout le monde l'avait sans aucun doute émue elle aussi ! Je crus deviner qu'il était précisément en train d'entreprendre ce qu'il avait envisagé de faire « aujourd'hui même », alors qu'il se trouvait encore seul dans la pièce. Hélas ! Le respect le plus aveugle des convenances ne pouvait empêcher quiconque de comprendre qu'il était bel et bien en train de mettre son projet à exécution.

– Avez-vous oublié nos conventions, Godfrey ; nous avons décidé de rester cousins, rien de plus. C'est bien ce qui fut convenu à la campagne, n'est-ce pas ?

– Je l'oublie, Rachel, dès que je vous vois.

– Eh bien, ne nous voyons plus.

– Tout à fait impossible ! Je l'oublie également en pensant à vous. Ah, Rachel ! Comme vous avez été bonne l'autre jour de me dire que j'avais grandi dans votre estime. Ai-je été fou de bâtir des rêves sur ces simples mots ? Ai-je été fou d'espérer qu'un jour votre cœur puisse s'attendrir pour moi ? Ne me dites pas que c'est folie ! Laissez-moi mes chères illusions. Il me faut cela pour me réconforter, puisque je n'ai rien d'autre !

Sa voix tremblait et il porta son mouchoir à ses yeux. Encore l'*Exeter Hall* ! Il n'y manquait que l'assistance, les applaudissements et le verre d'eau.

La nature dure et revêche de Rachel fut touchée. Je la vis se pencher légèrement vers lui. Sa voix s'adoucit. Je crus percevoir dans sa voix la marque d'un nouvel intérêt.

– Êtes-vous sûr, Godfrey, de m'aimer autant que vous le dites ?

– Absolument sûr ! Vous savez ce que j'étais, Rachel. Laissez-moi vous dire ce que je suis. J'ai perdu tout intérêt à la vie, en dehors de vous. Une transformation s'est opérée en moi que je ne puis expliquer. Le croiriez-vous ? Mes occupations charitables me sont devenues intolérables et, quand je me trouve maintenant à une de ces réunions de dames, je voudrais me voir à l'autre bout du monde !

S'il existe dans les annales de l'apostasie une déclaration semblable à celle-là, je dois avouer pour ma part n'avoir jamais rencontré rien de tel au cours de mes lectures. Je pensai à notre Comité des Mères, et à toutes les autres assemblées féminines, trop nombreuses pour les nommer ici mais qui toutes reposaient sur la force, la volonté de cet homme exceptionnel. Je pensai à nos luttes, à nous les Femmes Chrétiennes qui, pour ainsi dire, tirions l'élan nécessaire à notre mission du souffle même de Mr. Godfrey ; oui, de cet homme qui osait déclarer ne plus pouvoir supporter ses occupations charitables, et souhaiter se voir à l'autre bout du monde plutôt que parmi nous ! Mes jeunes compagnes se sentiront encouragées lorsque je leur dirai que mon sang-froid luimême fut mis à dure épreuve avant que j'eusse pu faire taire ma juste indignation. Mais je me dois d'ajouter que, dans le même temps, je ne perdis pas une syllabe de la conversation qui se poursuivait.

– Vous avez fait votre confession, dit Rachel. Je suis curieuse de savoir si vous guérirez de votre attachement pour moi, quand je vous aurai fait la mienne.

Il tressaillit et moi aussi. Il pensait, comme moi, qu'elle était sur le point de dévoiler le mystère de la Pierre de Lune.

– Feriez-vous attention à moi, continua-t-elle, si j'étais la plus misérable fille de la terre ? Et pourtant c'est le cas, Godfrey. Quel plus grand malheur peut-on subir que de vivre dégradée dans sa propre estime ? J'en suis là désormais.

– Ma chère Rachel, c'est impossible. Vous n'avez aucune raison pour parler de vous ainsi.

– Comment pouvez-vous le savoir ?

– Pouvez-vous me poser cette question ? Je le sais parce que je vous connais. Votre silence, ma très chère, ne vous a jamais fait perdre l'estime de vos véritables amis. La disparition de votre précieux cadeau d'anniversaire peut sembler étrange, la façon dont vous y avez été mêlée peut le paraître également…

– Voulez-vous parler de la Pierre de Lune, Godfrey ?

– Oui, je croyais que c'était à elle que vous faisiez allusion.

– Je ne faisais allusion à rien de ce genre. Je peux entendre parler de la Pierre de Lune, en laisser parler tant qu'on le voudra, sans me sentir le moins du monde rabaissée dans ma propre estime. Si l'histoire du diamant est un jour révélée, on saura que j'ai accepté une terrible responsabilité, que j'ai été impliquée dans une affaire terrible, obligée de garder un secret. Mais il sera clair aussi, comme le soleil de midi, que je n'ai jamais mal agi. Vous n'avez pas compris, Godfrey. C'est ma faute, je ne me suis pas assez clairement expliquée. Je serai donc plus précise. Supposez que vous ne m'aimiez plus et que vous aimiez une autre femme.

– Oui ?

– Supposez maintenant que vous veniez à découvrir que cette femme que vous aimez soit indigne de vous et que vous soyez nettement convaincu que c'est un grand malheur pour vous de penser à elle. Supposez que la seule idée de l'épouser vous fasse rougir.

– Oui ?

– Et supposez que, en dépit de tout, le sentiment qu'elle a fait naître en vous (à l'époque où vous croyiez en elle) soit un sentiment impossible à faire taire. Supposez que la misérable… Oh, comment trouver les mots pour le dire ! Comment faire comprendre à un homme qu'un sentiment qui m'horrifie puisse être en même temps un sentiment qui me charme ? C'est ma raison de vivre, Godfrey, et c'est en même temps le poison qui me tue. Partez ! Je dois être folle pour vous parler comme je le fais ! Non, vous ne devez pas me quitter ainsi, il ne faut pas que vous emportiez une mauvaise impression de moi. Je vais vous dire tout ce qui peut me disculper. Écoutez-moi bien ! Il ne sait rien, il ne saura jamais ce que je vous ai dit. Je ne le reverrai jamais, jamais, jamais ! Ne me demandez pas son nom ! Ne me demandez rien de plus ! Changeons de conversation. Pouvez-vous me dire, Godfrey, pourquoi je suis si oppressée ? N'est-ce pas une sorte d'hystérie qui se manifeste en paroles plutôt qu'avec des larmes ? J'ai peur ! De quoi s'agit-il ? Vous surmonterez plus facilement la peine que je vous ai causée, n'est-ce pas ? J'ai baissé dans votre estime, n'est-ce pas ? Ne me le dites pas ! Ayez pitié de moi ! Pour l'amour de Dieu, allez-vous-en !

Elle se tourna soudain et frappa sauvagement le dossier du divan. Puis, elle renversa la tête sur les coussins et éclata en sanglots. Avant d'avoir eu le temps de me scandaliser de la tenue de Rachel, je fus frappée d'horreur par l'attitude que venait d'adopter Mr. Godfrey. Peut-on imaginer qu'il se jeta à genoux devant elle ? Oui, je déclare solennellement qu'il tomba sur ses deux genoux. Puis-je dire sans rougir qu'il entoura sa taille de ses bras et qu'il lui suffit de deux mots pour l'électriser : « Noble créature ! »

Rien de plus ! Mais il le dit avec l'élan fameux qui a fait sa réputation d'orateur. Elle s'assit, confondue ou fascinée, je ne sais, sans faire le moindre effort pour l'obliger à retirer ses bras. Quant à moi, je dois avouer que mon sens des convenances était mis à mal. Impuissante à décider s'il fallait que je me bouchasse les yeux ou bien les oreilles, je ne fis ni l'un ni l'autre. Je restai immobile, accrochée à la tenture pour voir et écouter, comme hypnotisée. Les docteurs admettent fort bien qu'en certains cas de névrose, on se sente obligé de tenir fermement un objet dans ses mains.

– Oui, reprit Godfrey avec tout le charme de sa voix et de ses manières d'évangéliste, vous êtes une noble créature, Rachel ! Une femme capable de dire la vérité, pour l'amour de la vérité, une femme qui sacrifiera son orgueil plutôt que de sacrifier un honnête homme qui l'aime. C'est le plus rare de tous les trésors. Quand une telle femme se marie, si son époux n'a su gagner que son affection et son respect, qu'il s'estime heureux pour toute sa vie ! Je vous supplie à genoux de me laisser le soin de votre pauvre cœur endolori. Rachel ! Faites-moi l'honneur d'accepter d'être ma femme.

A ce moment, je me serais certainement bouché les oreilles, si Rachel, par la réponse la plus sage qu'elle eût jamais faite de sa vie, ne m'eût encouragée à écouter plus avant :

– Godfrey, fit-elle, il faut que vous soyez fou !

– Je n'ai jamais parlé plus raisonnablement, très chère, dans votre intérêt comme dans le mien. Pensez un instant à l'avenir. Votre bonheur est-il de vous sacrifier à un homme qui n'a jamais su les sentiments que vous aviez pour lui et que vous êtes bien décidée à ne jamais revoir ? N'est-il pas de votre devoir de vous défaire peu à peu de ce malheureux attachement ? Et trouverez-vous l'oubli dans l'existence que vous menez maintenant ? Vous vous y êtes efforcée et vous en êtes déjà fatiguée. Cherchez donc des préoccupations plus nobles... Un cœur qui vous aime et vous est tout dévoué ; une maison qui vous demande mille soins et vous rend, par là même, chaque jour plus paisible et plus heureuse... Là serait votre consolation, Rachel ! Je n'exige pas l'amour... Je serais déjà content si vous me donniez votre affection, votre estime. Que l'amour que vous inspirerez à votre mari fasse le reste, et aussi le Temps, qui guérit les blessures les plus profondes !

Elle allait céder. Oh ! quel manque de volonté et surtout d'éducation ! Oh ! si j'avais été à sa place !

– Ne me faites pas subir de nouvelles épreuves, Godfrey ! Je suis assez malheureuse et tourmentée comme cela ! N'essayez pas de me tourmenter davantage et de me rendre plus malheureuse encore !

– Une seule question, Rachel. Avez-vous une objection en ce qui me concerne ?

– Moi ! J'ai toujours eu de l'affection pour vous. Après ce que vous venez de me dire, je devrais être insensible pour ne pas en éprouver pour vous davantage encore de respect et d'admiration.

– Connaissez-vous beaucoup de femmes, ma chère Rachel, qui respectent et admirent leur mari ? Et qui continuent, elles et leur mari, à vivre parfaitement ensemble ? Combien de mariées montent à l'autel le cœur léger, capables de tout confesser à celui qui les y conduit ? Et pourtant, cela se termine rarement dans le bonheur ; la première exaltation n'est bientôt plus qu'un souvenir. La vérité, c'est que les femmes considèrent le mariage comme un refuge, bien plus souvent qu'elles ne l'admettent ; et, ce qui est pis, elles sont convaincues que cet acte justifie tout. Examinez-vous une fois encore. A votre âge et avec votre charme, est-il possible que vous vous condamniez à vivre seule ? Croyez-en mon expérience du monde, rien n'est moins possible. C'est une question de temps, croyez-moi. Vous pouvez, dans quelques années peut-être, épouser un homme ou un autre. Ou vous pouvez épouser l'homme qui est maintenant à vos pieds et qui place votre respect et votre admiration plus haut que l'amour de toute autre femme de la terre.

– Doucement, Godfrey ! Vous me faites penser à des choses qui ne m'étaient jamais venues à l'esprit. Vous me tentez par de nouvelles perspectives, alors que tout me semblait sans issue. Je vous le dis encore, je suis assez malheureuse et désespérée pour accepter vos arguments, si vous dites un mot de plus. Vous êtes prévenu. Allez-vous en !

– Je ne me relèverai pas avant que vous ayez dit oui !

– Si je dis oui, vous vous en repentirez et je m'en repentirai moi aussi quand il sera trop tard !

– Nous bénirons tous les deux le jour, ma chérie, où, vous ayant suppliée, j'ai obtenu votre consentement.

– En êtes-vous certain ?

– Vous allez juger vous-même si je me trompe, Rachel. Je parle d'après l'exemple que j'ai vu dans ma propre famille. Est-ce que mon père et ma mère ne vivent pas heureux ensemble ?

– Oh si !

– Eh bien ! Ma mère, dans sa jeunesse – ce n'est un secret pour aucun de nous – a aimé comme vous aimez : elle avait donné tout son cœur à un homme qui n'était pas digne d'elle. Puis elle a épousé mon père ; elle avait pour lui du respect, de l'admiration, rien de plus. Vous avez vu vous-même le résultat. N'y a-t-il pas là un encouragement et pour vous et pour moi [1] ?

1. Cf. le récit de Betteredge, ch. 8.

– Ne me pressez pas, Godfrey !

– J'attendrai aussi longtemps qu'il vous plaira !

– Vous ne me demanderez pas plus que je ne peux donner ?

– Cher ange ! Je ne vous demande que de vous donner vous-même.

– Eh bien, prenez-moi !

C'est ainsi qu'elle accepta de devenir sa femme !

Alors, il fut encore pris d'un enthousiasme furieux. Mais Dieu que cet enthousiasme était loin d'être pieux ! Il attira la jeune fille à lui, de plus en plus près, jusqu'à ce que leurs visages fussent l'un contre l'autre, et alors... Non ! je ne saurais réellement pas me résoudre à décrire ce que je vis alors ! Que je vous dise seulement que je voulus fermer les yeux à temps mais que, malheureusement, je fus une seconde en retard. J'avais cru, voyez-vous, qu'elle résisterait. Elle succomba ! Pour toute femme honnête comme moi, des volumes et des volumes entiers n'ajouteraient rien à cela.

Malgré mon innocence en la matière, je commençai à comprendre à quoi allait aboutir cet entretien. Ils s'entendaient si parfaitement à présent que je m'attendais à les voir sortir bras dessus, bras dessous pour aller se marier. Cependant, à en juger par ce que dit ensuite Mr. Godfrey, il y avait d'abord une autre formalité à remplir.

Il s'assit sur le divan, à côté de Rachel cette fois, et lui demanda :

– Désirez-vous que j'aille parler à votre mère, ou bien le ferez-vous vous-même ?

– Que maman ne sache rien de ceci pour le moment. Attendons qu'elle soit rétablie. Gardons quelque temps notre secret, Godfrey. Maintenant partez, et revenez ce soir. Nous sommes restés seuls assez longtemps.

Elle se leva et, pour la première fois, ses regards se tournèrent vers la petite pièce où j'endurais mon martyre.

– Qui donc a laissé retomber cette tenture ? s'écria-t-elle. Comme si déjà on ne manquait pas assez d'air, ici !

Elle avança vers la draperie. Comme elle allait y poser la main, au moment où j'allais être inévitablement découverte, la voix du jeune valet au teint frais interrompit soudain son geste. C'était la voix d'un homme affolé.

– Miss Rachel ! criait-il. Où êtes-vous, Miss Rachel ?

Elle s'éloigna vivement de la tenture et courut à la porte.

Le valet de pied arrivait tout juste. Ses belles couleurs avaient disparu.

– Il faut que vous descendiez, Miss, dit-il, Milady s'est évanouie. Impossible de la ranimer.

Un instant plus tard, j'étais seule et libre de descendre à mon tour sans être vue.

En courant chercher le docteur, Mr. Godfrey passa devant moi dans le hall.

– Entrez et aidez-les, me dit-il en me montrant la chambre.

Je trouvai Rachel à genoux près du sofa, la tête de sa mère sur son épaule. Un coup d'œil vers ma tante suffit pour m'apprendre l'affreuse vérité. Je me tus jusqu'à l'arrivée du docteur. Il ne tarda pas. Il commença par faire sortir Rachel et nous annonça ensuite que lady Verinder n'était plus.

Certaines personnes à la recherche d'exemples prouvant combien le scepticisme peut endurcir les cœurs trouveront peut-être intéressant d'apprendre que le médecin ne paraissait éprouver aucun remords quand il me regarda.

Un peu plus tard, j'allai jeter un coup d'œil dans la bibliothèque et dans la salle à manger. Ma tante était morte sans ouvrir les lettres que nous lui avions adressées. J'en fus si douloureusement frappée qu'il me fallut bien des jours pour m'apercevoir qu'elle était morte également sans me faire le petit legs qu'elle m'avait promis.

6

1. – *Miss Clack présente ses compliments à Mr. Franklin Blake et, en lui envoyant le cinquième chapitre de son humble récit, voudrait lui dire qu'elle se sent incapable de s'étendre comme elle l'aurait souhaité sur un événement aussi terrible, vu les circonstances, que la mort de lady Verinder. C'est pourquoi elle a joint à son manuscrit de très nombreux extraits de certaines publications remarquables que contient sa bibliothèque, extraits qui traitent tous de ce grave sujet. Miss Clack souhaite de tout cœur que ces extraits résonnent aux oreilles de son*

respecté parent, Mr. Franklin Blake, comme la trompette du jugement dernier.

2. – *Mr. Franklin Blake présente ses compliments à Miss Clack et veut la remercier de lui avoir envoyé le cinquième chapitre de son récit. En lui renvoyant les extraits qu'elle y avait joints, il s'abstiendra de tout commentaire personnel concernant ce genre de littérature, et tient seulement à dire à son aimable correspondante que ces additions à son manuscrit ne sont nullement nécessaires.*

3. – *Miss Clack tient à faire savoir à Mr. Franklin Blake qu'elle a bien reçu les extraits en question; elle lui rappelle à cette occasion qu'elle est une excellente chrétienne et qu'il est donc tout à fait impossible à Mr. Franklin Blake de la blesser en quoi que ce soit. Miss Clack continue à porter à Mr. Franklin Blake l'intérêt le plus profond, et elle se promet, si d'aventure la maladie s'abattait sur Mr. Franklin Blake, de lui offrir une seconde chance de lire ses salutaires extraits. En attendant, elle serait heureuse de savoir, avant d'entreprendre les derniers chapitres de son récit, s'il lui est permis de compléter la modeste partie qu'elle rédige à la lumière des récentes découvertes touchant au mystère de la Pierre de Lune.*

4. – *Mr. Franklin Blake est navré de décevoir Miss Clack. Il doit lui répéter ici les instructions qu'il a eu l'honneur de lui donner au moment où elle a commencé son récit. Elle ne peut raconter que ce qu'elle sait personnellement des gens et des événements, et elle doit s'en tenir à son journal. Pour ce qui est des découvertes récentes, elle est priée de laisser aux personnes qui en ont réellement été témoins le soin d'en parler.*

5. – *Miss Clack est absolument désolée d'importuner à nouveau Mr. Franklin Blake. On lui a renvoyé ses extraits et on lui a défendu d'émettre au sujet de la Pierre de Lune certaines opinions sur lesquelles elle a maintenant beaucoup réfléchi. Miss Clack sait, hélas! qu'elle devrait (selon l'expression en usage dans le monde) se tenir pour battue. Mais non! Miss Clack a appris la Persévérance à l'école de l'Adversité. Le but de sa présente lettre est de demander à*

Mr. Blake s'il s'oppose (lui qui s'oppose à tant de choses) à ce que cette correspondance soit publiée avec le récit de Miss Clack? Ce ne serait que faire justice à l'auteur du récit que d'expliquer la situation où Mr. Blake l'a mise. Miss Clack, d'autre part, désirerait beaucoup que ses propres lettres, publiées, témoignassent de ses intentions.

6. – *Mr. Franklin Blake accepte la proposition de Miss Clack, à condition toutefois qu'elle veuille bien considérer ceci comme le terme de leur correspondance.*

7. – *Avant que ne prenne fin cette correspondance, Miss Clack sent qu'il est de son devoir de chrétienne d'informer Mr. Franklin Blake que la dernière lettre qu'il lui a envoyée – écrite évidemment dans le but de l'offenser, elle, Miss Clack – n'y est guère parvenue. Le plus sérieusement et le plus cordialement du monde, elle demande à Mr. Blake qu'il veuille bien se retirer dans sa chambre pour méditer sur ceci : l'éducation capable d'élever une faible et pauvre femme au point qu'aucune injure ne peut l'atteindre n'est-elle pas digne d'une admiration bien plus grande que celle qu'il lui accorde en ce moment? Au premier mot qu'il lui écrira à cet effet, Miss Clack s'engage à envoyer à Mr. Franklin Blake la série complète de ses salutaires extraits.*

(Cette dernière lettre est restée sans réponse. Tout commentaire est inutile. Signé : Drusilla Clack.)

7

La correspondance que l'on vient de lire explique assez pourquoi je dois me borner à mentionner la mort de lady Verinder comme je l'ai fait à la fin de mon cinquième chapitre, sans entrer plus avant dans les détails qui entourent ce triste événement.

Me limitant désormais au strict domaine de mon expérience personnelle, j'enchaînerai donc en vous apprenant qu'il s'écoula plus d'un mois entre le décès de ma tante et le jour où je revis Rachel Verinder.

A cette occasion je passai quelques jours sous le même toit qu'elle. Je fus alors témoin de choses assez importantes concernant sa promesse de mariage avec Mr. Godfrey Ablewhite, qui méritent que je les relate ici. Cela fait, ma tâche sera terminée, car j'aurai alors dit tout ce que je sais de cette pénible histoire.

Ma tante fut enterrée dans le petit cimetière qui borde la chapelle, dans le parc même de sa propriété du Yorkshire. Je fus invitée aux funérailles avec la famille. Mais il me fut impossible, compte tenu de mes opinions religieuses, de me remettre en quelques jours seulement du choc que cette mort m'avait causé. J'appris, en outre, que le service serait dit par le recteur de Frizinghall. Ayant vu naguère ce misérable clergyman jouer au whist chez lady Verinder, je doute, eussé-je même pu entreprendre le voyage, si je me serais sentie en conscience le droit d'assister à la cérémonie.

La mort de lady Verinder laissa sa fille sous la protection de son beau-frère, Mr. Ablewhite père. Celui-ci était désigné comme tuteur jusqu'au mariage ou jusqu'à la majorité de la jeune fille. Je suppose donc que, dans ces conditions, Mr. Godfrey informa son père de sa situation vis-à-vis de Rachel. Si bien que dix jours après le décès de ma tante, la promesse de mariage n'était plus un secret pour personne dans la famille ; ne restait plus à Mr. Ablewhite père (autre âme naufragée !) qu'à rendre sa tutelle aussi agréable que possible à la riche héritière qui devait épouser son fils.

Rachel lui donna d'abord quelques soucis, quand il s'agit de choisir une résidence. C'était dans la maison de Montagu Square qu'était décédée lady Verinder, celle du Yorkshire était associée au scandale de la Pierre de Lune ; la propre maison du tuteur ne convenait pas davantage, car la présence de Rachel, toujours en deuil, pourrait être un obstacle aux plaisirs auxquels étaient habituées les demoiselles Ablewhite. Sur la proposition du vieux Mr. Ablewhite, on décida alors de louer pour la saison une maison meublée sur la côte, à Brighton. Mrs. Ablewhite, une de ses filles de santé délicate et Rachel y séjourneraient un temps, attendant que le tuteur les rejoignît un peu plus tard dans la saison. Elles ne recevraient pas, sinon de vieux amis de la famille ; Mr. Godfrey, toujours à leur disposition, viendrait passer le week-end en leur compagnie.

Je n'ai d'autre but en décrivant ces vaines allées et venues d'un endroit à un autre – ce mouvement incessant de l'esprit allié à une affligeante inertie de l'âme – que de vous mener au cœur de ce qui nous occupe. Le hasard, en effet, qui nous réunit une fois encore, Rachel et moi, est lié à la location de la maison de Brighton.

Ma tante Ablewhite est une femme grande, silencieuse et de belle prestance. Elle se distingue des autres en ce qu'elle n'a jamais rien su faire par elle-même. Elle a traversé la vie en acceptant l'aide de tous et en adoptant les opinions de chacun. Spirituellement parlant, je n'ai jamais rencontré de personne aussi décourageante.

Elle écouterait le Grand Lama du Thibet exactement comme elle m'écoute, et elle entrerait dans ses vues aussi facilement qu'elle entre dans les miennes. Elle trouva la maison meublée de Brighton en descendant dans un hôtel de Londres, où elle prit ses aises sur un sofa et fit quérir son fils. Elle recruta encore les domestiques devant la suivre dans sa villégiature en prenant son petit déjeuner au lit un matin et en donnant à la femme de chambre une journée de congé, sous la condition que cette fille « acceptât comme première distraction d'aller chercher Miss Clack ».

J'arrivai à l'hôtel à onze heures et trouvai ma tante en robe de chambre, très occupée à s'éventer.

– Drusilla, ma chère, il me faut quelques domestiques. Vous êtes une femme intelligente : je compte sur vous pour me dénicher ces gens.

Je regardai autour de moi : la chambre était dans un désordre inouï ! On sonnait à l'église pour un service de semaine ; en entendant les cloches, j'eus l'idée d'émettre une douce remontrance :

– Oh ! tante, dis-je fort tristement, cela est-il digne d'une bonne Anglaise et d'une bonne chrétienne ? Est-ce ainsi que l'on se prépare à entrer dans l'Éternité ?

– Je vais mettre ma robe, Drusilla, si vous êtes assez aimable pour m'aider, me répondit-elle.

Qu'ajouter à cela ? J'ai fait des merveilles chez certaines criminelles ; je n'ai jamais avancé d'un pouce dans le bien que j'ai pu vouloir inculquer à ma tante Ablewhite.

– Où est la liste des domestiques dont vous avez besoin ? demandai-je simplement.

Elle hocha la tête : elle n'avait même pas eu le courage de rédiger une liste !

– Demandez-la à Rachel, ma chère. Elle est dans la chambre à côté.

Je me rendis dans la chambre de Rachel, et c'est ainsi que je revis la jeune fille, pour la première fois depuis que nous nous étions quittées à Montagu Square.

Elle me parut pitoyable, petite et menue dans ses habits de deuil. Si j'attachais quelque importance à des bagatelles aussi futiles que l'apparence extérieure, je dirais que sa carnation était de celles qui s'accommodent mal du noir s'il n'est relevé d'un liseré blanc. Mais que sont notre teint et notre aspect, sinon de redoutables pièges et faux-semblants placés sur notre route vers les régions supérieures du Bien ! A ma grande surprise, Rachel se leva quand j'entrai dans la chambre et vint au-devant de moi en me tendant la main.

– Je suis contente de vous voir, Drusilla, me dit-elle. Je vous ai parlé durement et stupidement ces derniers temps. Excusez-moi. J'espère que vous me pardonnez.

Mon visage trahissant, je suppose, mon étonnement, elle rougit légèrement et s'expliqua :

– Quand ma mère vivait, ses amis n'étaient pas toujours les miens. Maintenant que je l'ai perdue, mon cœur va vers ceux qu'elle aimait. Elle avait de l'affection pour vous. Essayez, si vous le pouvez, d'être mon amie, Drusilla.

Pour tout esprit droit et honnête, voilà qui, à vrai dire, était choquant ! Une jeune fille anglaise et chrétienne, qui venait de perdre sa mère, égarée au point d'ignorer où se trouvait la véritable consolation ! Qui la cherchait auprès des amis de sa mère ! Et il fallait que ce fût une parente à moi, prête sans doute à se repentir de ses torts envers autrui, mais non par sens du devoir, plutôt par une irrésistible impulsion que lui dictaient ses sentiments ! Chose déplorable, profondément déplorable, encore que mon expérience de chrétienne me fît entrevoir que tout espoir n'était pas perdu. Il ne pouvait pas y avoir de mal, pensai-je, à se rendre compte exactement du changement survenu dans le caractère de Rachel depuis la mort de sa mère. Aussi me décidai-je pour sonder la jeune fille à aborder le sujet de son projet de mariage avec Mr. Godfrey Ablewhite.

Lui ayant tout d'abord répondu avec cordialité, je m'assis près d'elle sur le sofa, comme elle s'empressa de m'y inviter. Nous parlâmes des affaires de famille et des projets d'avenir sans qu'il ne fût question cependant de son mariage. J'eus beau essayer de mettre la conversation sur ce sujet, Rachel ne voulut entendre aucune de mes allusions. Et en parler ouvertement eût été prématuré de ma part, alors que nous venions à peine de nous réconcilier. D'ailleurs, je savais déjà tout ce que je désirais savoir. Rachel n'était plus la jeune fille que j'avais vue et – surtout ! – entendue à Montagu Square, tandis que j'endurais mon martyre. Et cela m'encourageait déjà à m'occuper de sa conversion : j'envisageai en premier lieu de la mettre en garde contre un mariage précipitamment conclu, puis de l'amener de là vers des considérations plus élevées. En la regardant avec ce nouvel intérêt que j'éprouvais pour elle, je me rappelai avec quelle hâte elle avait accepté la demande en mariage de Mr. Godfrey. Je sentis alors que mon devoir était d'intervenir. Mon ardeur à accomplir cette nouvelle mission était telle que pas un instant je ne doutai d'obtenir de magnifiques résultats. Mais il ne fallait pas perdre de temps. Je revins donc sans tarder à la question des domestiques pour la maison de Brighton.

– Où est la liste, très chère ?

Rachel me la donna.

– Cuisinière, fille de cuisine, femme de chambre et valet de pied… Ma chère Rachel, ces domestiques ne doivent être engagés que pour un terme, celui pour lequel votre tuteur a loué la maison, et je crains fort que nous ayons toutes les peines du monde à trouver pour un engagement temporaire des personnes sérieuses et ayant les aptitudes requises, si nous les cherchons à Londres. La maison de Brighton est-elle déjà trouvée ?

– Oui, Godfrey s'en est chargé ; une partie du personnel de la maison a proposé ses services pour le temps de la location, mais Godfrey a jugé que cela ne ferait sans doute pas l'affaire et il est revenu sans avoir rien décidé.

– Et vous-même n'avez aucune expérience en la matière, Rachel ?

– Aucune.

– Ni votre tante ?

– Hélas, non, la pauvre chère tante ! Ne la blâmez pas, Drusilla, je pense qu'elle est la plus heureuse des femmes que j'aie jamais rencontrées.

– Il y a des degrés dans le bonheur, chérie. Nous devrons avoir bientôt un petit entretien sur ce sujet. En attendant je vais me charger de résoudre la difficulté du service. Votre tante va écrire une lettre aux gens de là-bas…

– Elle signera la lettre que je vais écrire en son nom. Cela revient au même.

–.D'accord. Je prendrai la lettre et j'irai demain à Brighton.

– Comme vous êtes bonne ! Nous vous rejoindrons dès que tout sera prêt. Et je tiens à ce que vous séjourniez avec nous, comme mon invitée. Brighton est si agréable que vous vous y plairez beaucoup.

L'invitation était faite ; j'allais pouvoir agir à ma convenance.

Cet entretien s'était déroulé en milieu de semaine ; le samedi après-midi la maison était prête. Pendant ce court laps de temps, j'avais sondé non seulement les aptitudes et les qualités des domestiques qui se présentaient, mais aussi leurs opinions religieuses ; et j'avais fait un choix qu'approuvait ma conscience. J'avais de plus rendu visite à deux de mes amis qui habitaient Brighton et à qui je savais pouvoir confier la pieuse intention qui m'avait amenée dans cette ville. L'un d'entre eux, un clergyman, m'offrit aimablement, pour moi et ma famille, des chaises dans l'église de sa paroisse. L'autre, une dame célibataire comme moi, mit à ma disposition sa bibliothèque, composée exclusivement de publications d'un intérêt remarquable. J'empruntai une demi-douzaine de ces ouvrages, que je choisis en pensant tout spécialement à Rachel. Lorsque, de retour à la maison, j'en eus laissé un petit nombre dans chacune des pièces où ma cousine entrerait, je considérai mes préparatifs terminés. Les domestiques qui devaient la servir étaient prêts ; prêt le pasteur qu'elle écouterait prêcher, prêts les livres sur lesquels se poseraient ses regards. Triple accueil que mon zèle avait réservé à cette orpheline ! Une paix céleste me remplissait l'esprit ce samedi après-midi, tandis que, assise près de la fenêtre, j'attendais l'arrivée de ma famille. La foule insouciante et bruyante passait et repassait devant moi. Ah ! Combien y avait-il de ces gens qui éprouvaient comme moi l'ineffable sentiment du devoir accompli ? Terrible question ! Mieux vaut ne pas l'approfondir.

Entre six et sept heures, les voyageurs arrivèrent. A ma grande surprise, ils étaient accompagnés, non de Mr. Godfrey comme je l'avais supposé, mais de l'avocat, Mr. Bruff.

– Comment allez-vous, Miss Clack ? me dit-il. Cette fois je reste !

Semblable allusion à la visite que nous avions faite lui et moi à

Montagu Square me donna tout de suite à penser que ce vieux mondain venait à Brighton avec des intentions bien opposées aux miennes. J'avais préparé pour ma chère Rachel un vrai petit Paradis, le Serpent s'y glissait déjà !

– Godfrey était vivement contrarié, Drusilla, de ne pouvoir nous accompagner, dit ma tante. Une affaire le retient en ville. Mr. Bruff s'est proposé de le remplacer jusqu'à lundi matin. A propos, Mr. Bruff, on me dit que je dois faire de la marche, or j'ai tout bonnement horreur de ça ! Voilà, ajouta-t-elle en nous montrant par la fenêtre un invalide qu'un monsieur conduisait dans un fauteuil roulant, voilà comment je conçois l'exercice ! Prendre l'air sans quitter son fauteuil ! Et quant à se fatiguer, je suis sûre que l'on se fatigue assez à regarder la personne qui vous conduit !

Rachel restait silencieuse, à la fenêtre, les yeux fixés sur la mer.

– Êtes-vous fatiguée, chérie ? demandai-je.

– Non. Je suis triste, répondit-elle. J'ai souvent vu la mer sur notre côte du Yorkshire, avec une lumière comme celle-ci. Et je pense, Drusilla, aux jours qui ne reviendront plus…

Mr. Bruff dîna et passa la soirée avec nous. Tout ce que je pus voir et pressentir, c'est qu'il était venu à Brighton avec une idée derrière la tête. Je le surveillai attentivement. Il bavarda jusqu'à l'heure de nous quitter. Quand il serra la main de Rachel, il la fixa longuement de ses yeux perçants avec une attention toute particulière. C'était elle l'objet de ses préoccupations ; c'était elle qui l'avait conduit à Brighton. Il ne lui dit rien de spécial, ni à elle ni d'ailleurs à personne. Invité à déjeuner pour le lendemain, il accepta et reprit le chemin de son hôtel.

Il me fut impossible, le dimanche matin, d'obtenir que ma tante quittât sa robe de chambre à temps pour aller à l'église. Quant à sa fille délicate de santé qui, je crois, souffrait uniquement d'une incurable paresse qu'elle avait héritée de sa mère, elle fit dire qu'elle resterait au lit toute la journée. Rachel et moi allâmes donc seules à l'église. Mon admirable ami fit un sermon magnifique sur l'indifférence païenne du monde à l'égard du danger que représentaient les péchés véniels. Pendant plus d'une heure, son éloquence, à laquelle sa voix imposante prêtait plus de majesté encore, résonna dans l'édifice sacré. En sortant, je demandai à Rachel :

– Ce sermon vous a-t-il touché le cœur, ma chère ?

– Non, cela n'a fait que me donner mal à la tête.

Beaucoup de gens, assurément, se seraient sentis découragés ; pour moi, dès lors que j'avais entrepris une œuvre éminemment utile, rien ne pouvait me décourager.

Nous trouvâmes ma tante et Mr. Bruff dans la salle à manger. Le déjeuner était servi. Comme Rachel, prétextant un violent mal de tête, refusait d'avaler quoi que ce soit, le rusé homme de loi saisit immédiatement l'occasion qui s'offrait à lui.

– Il n'y a qu'un remède à votre mal de tête, dit l'horrible vieil homme. Une promenade vous guérira sûrement. Je suis à votre disposition, si vous voulez me faire l'honneur d'accepter mon bras.

– Avec le plus grand plaisir. Je désire tellement prendre l'air !

– Il est deux heures passées, fis-je doucement ; et le service de l'après-midi, Rachel, commence à trois heures.

– Vous pensez vraiment que j'ai l'intention de retourner à l'église ? Avec cet affreux mal de tête ?

Mr. Bruff s'empressa de lui ouvrir la porte. Une minute plus tard, ils avaient quitté la maison. Sans doute n'ai-je jamais senti avec plus de violence l'impérieuse nécessité d'intervenir. Mais que pouvais-je faire sinon attendre la prochaine occasion, laquelle ne manquerait pas de se présenter tôt ou tard dans la journée ?

Ils étaient déjà rentrés quand je revins de l'office. Un regard sur eux me fit comprendre que l'homme de loi avait dit ce qu'il avait à dire. Je n'avais jamais auparavant vu Rachel aussi silencieuse et pensive. Mr. Bruff ne lui avait jamais témoigné autant d'attention et de respect. Il avait (ou prétendait avoir) une invitation à dîner ce soir-là, et prit congé de la famille, ayant l'intention de repartir le lendemain par le premier train du matin.

– Êtes-vous bien sûre de votre résolution, Rachel ? lui dit-il sur le pas de la porte.

– Tout à fait sûre.

Et ils se séparèrent.

Dès qu'il eut le dos tourné, Rachel se retira dans sa chambre. Elle ne parut pas au dîner. Sa femme de chambre (la jeune fille au bonnet enrubanné) nous prévint que le mal de tête de sa maîtresse la faisait de nouveau souffrir. Je montai, et lui offris à travers la porte mes services les plus empressés. Elle avait tiré le verrou et garda sa porte fermée.

Le lendemain matin, j'emboîtai le pas à la femme de chambre qui lui portait sa tasse de thé. Je m'assis près de son lit et lui prodiguai quelques bonnes paroles. Elle m'écouta avec une politesse langoureuse. Je vis les brochures que m'avait prêtées mon amie empilées sur le coin d'une table. Les avait-elle au moins parcourues ? lui demandai-je. Oui, mais cela ne l'avait guère intéressée. Me permettait-elle de lui en lire quelques passages remarquables qui lui avaient probablement échappé ? Non… non, pas dans l'immédiat ; il y avait d'autres choses auxquelles elle devait penser… En me répondant de la sorte, elle était apparemment tout occupée à jouer avec la dentelle de sa chemise de nuit. Je compris la nécessité d'éveiller son attention, par une allusion ou une autre, sur certains problèmes de ce bas monde qui lui tenaient encore à cœur.

– Écoutez, ma chérie, lui dis-je, j'ai eu hier une étrange intuition. Dès que je vous ai vue après votre promenade, j'ai songé que Mr. Bruff vous avait annoncé de mauvaises nouvelles.

Ses doigts laissèrent retomber la dentelle et ses beaux yeux noirs étincelèrent.

– C'est exactement le contraire, répondit-elle. Il m'a révélé ce que je devais savoir et je lui suis profondément reconnaissante de me l'avoir dit.

– Ah ! fis-je intéressée.

Ses doigts reprirent la dentelle et elle détourna la tête d'un air maussade.

Je suis habituée à de telles manières : je les ai vues des centaines de fois au cours de mes missions charitables. Je ne me sentis que plus de courage encore. Dans mon zèle intrépide à la mettre sur la bonne voie, je pris un grand risque : je fis plus qu'une allusion, cette fois, à son projet de mariage.

– Ce que vous deviez savoir ? répétai-je. Et c'est sans doute, ma chère Rachel, au sujet de Mr. Godfrey Ablewhite ?

Elle sursauta et devint mortellement pâle. Elle avait évidemment sur le bout de la langue une réponse insolente du genre de celles qu'elle me faisait autrefois. Elle se retint, posa sa tête sur l'oreiller, attendit une minute et me répondit :

– Je n'épouserai jamais Mr. Godfrey Ablewhite.

Ce fut à mon tour de sursauter.

– Est-il possible que vous parliez ainsi ? m'écriai-je. Toute la famille considère votre mariage comme décidé !

– Mr. Godfrey Ablewhite arrivera ici aujourd'hui, dit-elle. Attendez et vous verrez.

– Mais, ma chère Rachel…

Elle appuya sur le bouton de sonnette proche de son lit. La personne au bonnet enrubanné se présenta.

– Mon bain, Pénélope !

A dire vrai, je fus persuadée qu'elle avait trouvé là l'unique moyen de me forcer à quitter la chambre !

Aux esprits profanes, il semblera peut-être que cette ultime conversation avait mis en péril la mission que je m'étais assignée envers Rachel. J'avais pensé la mener peu à peu à des sujets élevés après lui avoir parlé très sérieusement de son mariage, et voilà que, si on devait l'en croire, il n'était plus question de mariage ! Mais pensez bien, mes amis, qu'une chrétienne militante comme moi, une chrétienne qui souhaite le salut de son prochain, voit les choses d'une façon plus large ! Il se pouvait que Rachel renonçât réellement à ce mariage que les Ablewhite, père et fils, considéraient comme décidé. Qu'allait-il en résulter ? Sans doute un échange de paroles assez violentes, et des accusations amères de part et d'autre. Quel effet aurait cette rupture sur Rachel, une fois terminé l'orageux entretien ? Assurément, un abattement moral des plus salutaires ! Son orgueil serait vaincu, et son obstination tout autant, après la ferme résistance dont elle aurait à faire preuve face à la colère des deux hommes. Elle sentirait alors le besoin de chercher de la sympathie auprès de la personne la plus susceptible de lui en témoigner parmi ses proches. Or j'étais cette personne, j'étais cette consolatrice, authentique et intarissable source de paroles vivifiantes ! Jamais ma mission de chrétienne ne m'était apparue aussi glorieuse.

Elle descendit pour le petit déjeuner, se mit à table, ne mangea pas et prononça à peine une parole.

Après le repas, elle erra nonchalamment de pièce en pièce, puis soudain se ressaisit et ouvrit le piano. Le morceau qu'elle joua relevait d'un genre scandaleusement profane, de ce genre de musique qui accompagne les représentations théâtrales et dont la moindre note fait se coaguler votre sang. Il était trop tôt pour intervenir. Je me renseignai discrètement sur l'heure à laquelle on attendait Mr. Godfrey Ablewhite, et j'échappai à la musique en quittant la maison.

Je profitai de l'occasion pour aller rendre visite aux deux amis dont j'ai parlé plus haut. Saurais-je dire l'immense et rare plaisir que j'eus à m'entretenir enfin de sujets très sérieux avec d'aussi remarquables personnes ? C'est ainsi réconfortée et encouragée que je m'en retournai à la maison. Je comptais y être bien avant l'arrivée de notre visiteur.

J'entrai dans la salle à manger, généralement vide à cette heure, et me trouvai face à face avec Mr. Godfrey Ablewhite !

Il n'essaya pas de m'éviter. Au contraire, il vint vers moi avec le plus grand empressement.

– Chère Miss Clack ! J'attendais impatiemment de vous voir. J'ai eu la chance d'avoir terminé mes affaires à Londres plus tôt que je ne l'espérais, et me voici en avance !

Il ne montrait pas le moindre signe d'embarras en s'expliquant de la sorte, bien que ce fût la première fois qu'il me rencontrât depuis la scène à Montagu Square. Il ignorait, il est vrai, que j'avais assisté à l'entretien décisif qu'il avait eu avec sa cousine, mais d'autre part, il savait également que, étant retournée plus d'une fois depuis lors au Comité des Mères et ayant été en rapport avec mes amies des autres comités de charité, je ne pouvais ignorer la honteuse négligence dont il avait fait preuve envers ses dames et ses pauvres. Et pourtant, il était là, devant moi, me parlant de sa voix charmante, me souriant de son irrésistible sourire !

– Avez-vous déjà vu Rachel ? lui demandai-je.

Il poussa un léger soupir et me prit la main. Je l'aurais certainement retirée, si je n'avais été paralysée par sa réponse.

– J'ai vu Rachel, dit-il avec un calme parfait. Vous saviez n'est-ce pas, chère amie, qu'elle m'avait donné sa parole ? Eh bien, elle a brusquement décidé de la reprendre. Elle s'est convaincue, m'a-t-elle dit, que dans son intérêt comme dans le mien, il fallait rompre un engagement trop hâtif et me laisser libre de chercher mon bonheur ailleurs. C'est la seule raison qu'elle a bien voulu me donner et l'unique réponse qu'elle fera à ceux qui l'interrogeront à ce sujet.

– Avez-vous accepté sa décision ?

– Oui, répondit-il sur le même ton tranquille. J'ai accepté.

Sa conduite en la circonstance était tellement incompréhensible que, troublée, je laissai ma main dans la sienne. C'est une grossièreté de questionner quelqu'un en pareil cas, et c'est une indélicatesse d'obliger un gentleman à s'expliquer. C'est pourtant ce que je fis.

– Qu'est-ce que cela signifie ? demandai-je comme dans un rêve.

– Vous allez le savoir, ma chère Miss Clack. Mais asseyons-nous, voulez-vous ?

Il me conduisit vers une chaise. Je me souviens vaguement qu'il fut très affectueux. Je ne pense pas qu'il m'ait passé le bras autour de la taille – mais je n'en suis pas absolument sûre. J'étais un peu troublée, car ses manières envers les dames étaient si charmantes ! En tout cas, nous nous assîmes. De cela je suis certaine si je ne suis certaine de rien d'autre.

8

– J'ai perdu une femme adorable, une excellente position sociale et de beaux revenus, commença Mr. Godfrey, et je me suis incliné sans protester. Quelle raison avais-je pour agir de la sorte, allez-vous demander… Eh bien ! ma chère amie, je n'en avais pas !

– Comment ? Vous n'aviez aucune raison de… ?

– Laissez-moi en appeler, chère Miss Clack, à votre expérience des enfants. Prenez un enfant qui se conduit, par exemple, d'une certaine façon ; son comportement vous étonne et vous essayez d'en comprendre la raison en questionnant le cher petit : celui-ci est évidemment incapable de vous expliquer le pourquoi de sa conduite. Autant demander à l'herbe pourquoi elle pousse, ou aux oiseaux pourquoi ils chantent ! Eh bien ! à cet égard, je ressemble à ce cher enfant… je ressemble à l'herbe, je ressemble aux oiseaux ! Je ne sais pas pourquoi j'ai demandé à Miss Verinder de m'épouser. Je ne sais pas pourquoi j'ai abandonné – quelle honte ! – le Comité des Mères et mes autres œuvres de charité : elles me sont si chères, pourtant ! « Pourquoi avez-vous été méchant ? » demande-t-on à l'enfant. Le petit ange, le doigt dans la bouche, répond qu'il n'en sait rien. Miss Clack, c'est exactement mon cas ! Je ne l'avouerais jamais à personne d'autre, mais à vous je veux l'avouer.

Je commençais à me ressaisir. Il s'agissait là d'un problème psychologique, et les problèmes psychologiques m'intéressent toujours beaucoup ; on murmure même autour de moi que je m'y entends assez.

– Admirable amie, aidez-moi ! reprit-il. Dites-moi donc pourquoi j'ai eu tout à coup l'impression d'avoir formé en rêve ce projet de mariage ? Pourquoi j'ai soudain compris que mon véritable bonheur était d'aider mes chères amies des Comités et de remplir l'humble mission que l'on attendait de moi ? Qu'ai-je besoin, je vous le demande, d'une position sociale ? J'ai une position sociale ! Qu'ai-je besoin de revenus ? J'ai de quoi acheter mon pain et mon fromage, mes deux redingotes par an, et de quoi payer mon petit loyer ! Qu'attendais-je de Miss Rachel ? Elle m'a dit elle-même (et ceci, ma chère, reste entre nous, bien entendu) qu'elle en aimait un autre et que son seul but en m'acceptant pour mari était d'essayer d'oublier cet homme. Quelle abominable union eût-ce été là ! Abominable en vérité, mon Dieu ! Telles étaient les réflexions, Miss Clack, auxquelles je me suis livré pendant mon voyage jusqu'ici. Et c'est avec le sentiment d'un criminel qui va connaître son jugement que je me présentai devant Rachel. Lorsque je compris qu'elle avait, elle aussi, changé d'idée, qu'elle me proposait de rompre notre engagement, j'éprouvai – oui, c'est absolument cela, sans aucun doute ! – j'éprouvai un merveilleux soulagement… Il y a un mois, je connaissais les délices de serrer Rachel contre moi. Il y a une heure, le bonheur de savoir que je ne la serrerais plus jamais contre moi m'enivrait plus que n'importe quelle liqueur ! Cela paraît impossible, je sais ! Et pourtant c'est la vérité, comme j'ai eu l'honneur de vous le dire il y a un instant quand nous nous sommes assis ici. J'ai perdu une femme adorable, une excellente position sociale et de beaux revenus ; et je me suis incliné sans protester. Pouvez-vous expliquer cela, ma chère amie ? Moi, j'en suis incapable !

Sa belle tête s'inclina sur sa poitrine ; il renonçait à résoudre son propre problème psychologique.

Pour moi, j'étais profondément touchée. Le cas (si je puis m'exprimer par analogie en médecin des âmes) me paraissait très clair. Il n'est pas rare de voir des êtres exceptionnels se rabaisser au niveau de personnes beaucoup plus médiocres. C'est ainsi à n'en pas douter que la Providence aime à rappeler que la grandeur d'âme n'est que passagère, et que la puissance qui l'a conférée peut également la reprendre.

Il était aisé – pour moi en tout cas – de reconnaître l'une de ces humiliations salutaires dans la conduite déplorable du cher Mr. Godfrey. Mais, à en juger par l'horreur que lui inspirait maintenant la seule idée de son mariage avec Rachel et son ardent désir de revenir à ses dames et à ses pauvres, il était tout aussi aisé de constater que sa belle nature avait repris le dessus.

Comme l'eût fait une sœur, je lui dis en peu de mots ce que je pensais. A mesure que je parlais, il rayonnait de joie ; c'était purement merveilleux à voir. Il se comparait à un homme perdu qui émerge peu à peu de l'obscurité pour se trouver baigné de lumière. Et quand je lui dis que nous lui réserverions un accueil des plus chaleureux au Comité des Mères, son cœur pieux et reconnaissant déborda. Il serra mes deux mains dans les siennes et, l'une après l'autre, les porta longuement à ses lèvres. Je fermai les yeux. Je sentis ma tête, dans une extase toute spirituelle, s'appuyer sur son épaule. Un instant encore, et je me serais certainement évanouie dans ses bras ; mais le monde extérieur me fit revenir à moi. Nous entendîmes derrière la porte un horrible cliquetis de couteaux et de fourchettes, et le valet de pied entra pour dresser la table du déjeuner.

Mr. Godfrey sursauta, et jeta un coup d'œil à la pendule de la cheminée.

– Comme le temps passe vite quand on est avec vous ! s'écria-t-il. Il faut que je me dépêche, si je veux avoir mon train !

Alors, j'osai lui demander s'il était si pressé de rentrer en ville. J'oubliais sans doute, me répondit-il, qu'il y avait certaines difficultés de famille à aplanir et d'autres auxquelles on devait encore s'attendre.

– J'ai eu des nouvelles de mon père. Ses affaires l'appellent à Londres aujourd'hui, et il se propose de passer par Brighton, ce soir ou demain. Je dois le mettre au courant de la décision que nous avons prise, Rachel et moi. Il tenait beaucoup à ce mariage ; je crains qu'il accepte mal l'idée d'une rupture. Il me faut en tout cas, dans notre intérêt à tous, l'empêcher de venir ici avant que je l'aie convaincu. Ma très chère et meilleure amie, nous nous reverrons bientôt !

Là-dessus, il sortit. Avec hâte, je montai à ma chambre pour reprendre mes esprits avant de rejoindre ma tante Ablewhite et Rachel.

Oh ! je sais bien – pour parler encore un instant de Mr. Godfrey – que l'opinion mondaine qui profane toute chose l'a accusé d'avoir eu des raisons personnelles de rendre sa parole à Rachel à la première occasion. Il m'est aussi revenu que, dans l'esprit de certains, son empressement à renouer avec moi était lié à son désir intéressé de se réconcilier avec une de mes amies intimes, très respectée au Comité des Mères, et qui a reçu en partage une fortune considérable. Si je rapporte ici ces odieuses calomnies, c'est pour déclarer aussitôt que pas un instant elles ne m'ont influencée. M'en tenant scrupuleusement aux instructions que j'ai reçues, je n'ai rien caché des changements que la conduite de notre héros chrétien a pu amener dans l'estime que j'avais pour lui, et cela en me référant toujours à mon journal. Permettez-moi d'ajouter qu'une fois qu'il eut regagné mon estime, mon admirable ami ne la perdit jamais plus. En écrivant ceci, j'ai les larmes aux yeux et je brûle d'en dire davantage. Mais cela, hélas ! m'est interdit... Moins d'un mois après notre rencontre à Brighton, certains événements de bourse (qui écornèrent jusqu'à mon misérable petit revenu) m'obligèrent à m'exiler à l'étranger et me laissèrent pour tout bien le doux souvenir de Mr. Godfrey que la calomnie du monde avait assailli, mais assailli en vain.

Mais j'essuie mes larmes et reviens à mon récit.

Je descendis pour le déjeuner ; j'étais, je l'avoue, anxieuse de voir l'effet qu'avait produit la rupture sur Rachel. Il me sembla – mais mon expérience fait bien peu autorité en cette sorte de choses – que, sa liberté retrouvée, elle pensait de nouveau à cet autre homme qu'elle aimait, et qu'elle s'en voulait d'être incapable de maîtriser ce sentiment renaissant dont, au fond d'elle-même, elle avait honte. Qui était cet homme ? J'avais certains soupçons, mais il était inutile de perdre du temps en spéculations oiseuses. Quand j'aurais converti Rachel, elle n'aurait naturellement plus de secrets pour moi. Je saurais tout concernant cet homme ; et je saurais tout au sujet de la Pierre de Lune. N'eussent-ils été soutenus que par l'espoir de soulager sa conscience d'un coupable secret, mes efforts pour lui ouvrir la voie des valeurs spirituelles n'en auraient pas moins trouvé là un motif suffisant pour me fortifier dans mon entreprise.

L'après-midi, ma tante fit de l' « exercice » dans un fauteuil roulant. Rachel l'accompagnait. « Je veux pousser le fauteuil ! criait-elle. Je voudrais me fatiguer au point de tomber morte ! »

Le soir, elle était encore dans les mêmes dispositions. Je découvris alors, dans une des brochures que m'avait prêtées mon amie, *la Vie, la Correspondance et les Œuvres de Miss Jane Ann Stamper*, un passage qui s'appliquait à merveille à la situation de Rachel. Je l'invitai à le lire ; au lieu de cela, elle se mit au piano. Comme elle connaissait peu le véritable caractère des personnes de bien, si elle supposait que l'on pût mettre si vite ma patience à bout ! Je gardai Miss Jane Ann Stamper par-devers moi, et j'attendis la suite des événements avec une confiance inébranlable.

Le vieux Mr. Ablewhite ne parut pas ce soir-là. Mais, sachant l'importance que représentait pour lui le mariage de son fils avec Miss Verinder, j'étais convaincue, quoi que Mr. Godfrey pût faire pour l'en empêcher, que ce mondain cupide se présenterait dès le lendemain. S'il se mêlait de cette affaire, l'orage sur lequel je comptais éclaterait certainement et il s'en suivrait, sans aucun doute, chez Rachel, un épuisement salutaire de ses facultés de résistance. Je sais que le vieux Mr. Ablewhite a la réputation d'être un homme remarquablement bon. Comme j'ai pu moi-même m'en rendre compte, il mérite en effet cette réputation aussi longtemps qu'il en fait à sa tête, pas une minute de plus.

Le lendemain, exactement comme je l'avais prévu, ma tante Ablewhite fut aussi surprise que son tempérament le lui permet, en voyant arriver son mari. Celui-ci était dans la maison depuis quelques minutes à peine que, à mon grand étonnement cette fois, se présentait une complication inattendue en la personne de Mr. Bruff.

Je ne me souviens pas que la présence de l'homme de loi m'ait jamais parue plus malencontreuse qu'à ce moment ; il semblait prêt à tout faire pour rendre les choses plus difficiles encore.

– Agréable surprise, monsieur, fit Mr. Ablewhite en s'adressant à lui avec une feinte cordialité. Quand j'ai quitté votre étude, hier, je n'espérais pas avoir l'honneur de vous voir aujourd'hui à Brighton.

– Après votre départ, j'ai beaucoup réfléchi à notre conversation, répondit Mr. Bruff. Et j'ai pensé que, peut-être, je pourrais vous être utile au cours de la petite explication que vous vous apprêtez à avoir avec mademoiselle. J'ai pu avoir le même train que vous, mais je n'ai pas eu le plaisir de trouver le wagon où vous aviez pris place.

Mr. Bruff s'assit à côté de Rachel. Je me retirai discrètement dans un coin, en gardant Miss Jane Ann Stamper sur mes genoux, à toutes fins utiles. Ma tante s'installa près de la fenêtre, s'éventant aussi calmement que d'habitude. Mr. Ablewhite, lui, se tenait au milieu de la pièce, son crâne chauve plus rose que je ne l'avais jamais vu ; il s'adressa à sa nièce sur le ton le plus affectueux du monde.

– Rachel, ma chère, Godfrey vient de m'apprendre une chose bien extraordinaire ! Et c'est pour vous entretenir de cette chose que je suis ici. Voulez-vous bien me conduire dans votre petit salon ?

Rachel ne bougeait pas. Était-elle décidée à faire en sorte qu'il y eût un éclat, ou bien obéissait-elle à quelques signes discrets de Mr. Bruff, je ne saurais le dire. Toujours est-il qu'elle refusa de conduire Mr. Ablewhite dans son petit salon.

– Tout ce que vous avez à me dire, répondit-elle, vous pouvez me le dire ici, en présence de ma famille et devant le très vieil et dévoué ami de ma mère, ajouta-t-elle en regardant Mr. Bruff.

– Comme vous voudrez, ma chère ! répliqua l'affable Mr. Ablewhite, en s'asseyant enfin.

Tous les autres avaient les yeux fixés sur son visage, comme s'ils espéraient que, après soixante-dix années passées dans le monde, la vérité pût sortir de sa bouche. Pour moi, je regardais le sommet de son crâne, car j'avais souvent remarqué que son humeur du moment s'y lisait infailliblement.

– Il y a quelques semaines, reprit le vieux monsieur, mon fils m'annonçait que Miss Verinder lui avait fait l'honneur d'accepter de l'épouser. Est-il possible, Rachel, qu'il ait pu se méprendre à ce point sur ce que vous lui avez dit.

– Il avait parfaitement compris. J'avais accepté de l'épouser !

– Voilà une réponse sincère, ma chère enfant, et qui n'est pas pour me déplaire ! Donc, en ce qui concerne votre entretien, Godfrey ne s'était pas trompé. C'est évidemment ce qu'il m'a rapporté concernant votre conversation d'hier qui est erroné. Je commence à comprendre… Vous avez eu, lui et vous, une querelle d'amoureux et mon idiot de fils a pris cela au sérieux. Ah ! A son âge je me serais montré plus compréhensif.

– Entendons-nous, je vous prie, Mr. Ablewhite. Aucune querelle n'a eu lieu entre votre fils et moi. S'il vous a dit que je lui avais demandé de rompre notre engagement et qu'il avait tout de suite accepté, il vous a dit l'entière vérité.

Le thermomètre crânien de Mr. Ablewhite indiqua subitement une hausse sensible de température. Une très grande amabilité se lisait sur le visage du vieux monsieur, mais son crâne prenait une teinte rose de plus en plus foncée !

– Allons, allons, ma chère Rachel, fit-il encore sur un ton très doux, ne vous fâchez pas, et soyez bonne pour le pauvre Godfrey ! Il a sans doute eu une parole malheureuse... Depuis qu'il est enfant, il est maladroit ; mais il a toujours les meilleures intentions du monde, Rachel, je vous assure !

– Mr. Ablewhite, je me suis probablement mal exprimée, ou bien vous ne voulez pas me comprendre. Une fois pour toutes, c'est une chose décidée : votre fils et moi, désormais, resterons cousins, et rien de plus. Est-ce assez clair ?

À entendre le ton sur lequel elle parlait, il était impossible, même pour le vieux Mr. Ablewhite, de se méprendre plus longtemps sur la signification de ses paroles. Le thermomètre monta d'un degré, et la voix du père de Godfrey, quand elle se fit entendre de nouveau, n'était plus celle d'un homme réputé pour sa bienveillance.

– Dois-je comprendre, dit-il comme éclairé d'une lumière soudaine, que vous avez repris votre promesse de mariage ?

– Oui, Mr. Ablewhite.

– Dois-je aussi considérer comme un fait certain que c'est vous qui avez, la première, proposé la rupture ?

– C'est un fait.

Le thermomètre monta encore. Je veux dire que, de rose, le crâne de Mr. Ablewhite devint écarlate.

– Mon fils est un homme sans caractère ! cria le père, furieux. Par considération pour moi – non certes pour lui ! – dites-moi, s'il vous plaît, Miss Verinder, ce que vous avez à reprocher à Mr. Godfrey Ablewhite.

Mr. Bruff intervint ici pour la première fois.

– Rien ne vous oblige à répondre à cette question, dit-il en se penchant vers Rachel.

– N'oubliez pas, monsieur, répliqua aussitôt Mr. Ablewhite, que personne ne vous a invité ici. Pour donner votre avis, vous feriez donc mieux d'attendre qu'on vous l'ait demandé.

Mr. Bruff feignit de ne pas entendre. Le vernis qui recouvrait son méchant visage resta parfaitement lisse. Rachel le remercia de son conseil, puis se tourna vers le vieux Mr. Ablewhite en gardant un calme qui, chez une jeune fille de son âge, était tout simplement effrayant à voir.

– Votre fils m'a posé la même question, dit-elle. Et je lui ai répondu exactement ce que je vais vous répondre. Je lui ai proposé de reprendre chacun notre liberté parce que, après mûre réflexion, je suis convaincue que dans son intérêt comme dans le mien, il faut rompre un engagement trop hâtif et laisser Godfrey libre de chercher son bonheur ailleurs.

– Mais qu'a fait mon fils ? insista Mr. Ablewhite. Qu'a fait mon fils ? J'ai le droit de le savoir !

Elle ne montra pas moins d'obstination que son oncle.

– Je viens de vous donner la seule explication que je juge nécessaire de vous donner ou de lui donner, dit-elle.

– En d'autres termes, mademoiselle, c'est votre bon plaisir, n'est-ce pas, de faire la coquette avec mon fils ?

Rachel demeura un moment silencieuse. Me trouvant derrière elle, je l'entendis soupirer. Mr. Bruff lui prit la main et la serra sans doute pour l'encourager. Elle se ressaisit bientôt, et répondit à Mr. Ablewhite avec la même fermeté :

– Je me suis exposée à des accusations plus graves que celles-là, et je les ai supportées avec patience. Le temps n'est plus, monsieur, où vous auriez pu me blesser en me traitant de coquette !

Il y avait beaucoup d'amertume dans sa voix, et je ne doutai pas qu'elle songeait, en parlant de la sorte, au scandale de la Pierre de Lune.

– Je n'ai plus rien à dire, ajouta-t-elle, ne s'adressant à personne en particulier et en détournant les yeux.

L'air très las, elle se dirigea vers la fenêtre.

Mr. Ablewhite se leva aussi et repoussa sa chaise si violemment qu'elle se renversa.

– Mais, moi, j'ai encore quelque chose à dire, fit-il en frappant du plat de la main sur la table. J'ai à dire que si mon fils ne se sent pas insulté dans tout ceci, c'est moi qui me sens insulté !

– Insulté ? fit-elle. Que voulez-vous dire ?

– Insulté, parfaitement ! Je sais pourquoi vous refusez d'être la femme de mon fils, Miss Verinder ! Je le sais tout aussi bien que si vous vous étiez clairement expliquée là-dessus ! C'est votre maudit orgueil de famille qui méprise Godfrey, tout comme il m'a méprisé lorsque j'ai épousé votre tante. Sa famille – cette famille sans le sou – lui a tourné le dos parce qu'elle voulait pour mari un honnête homme qui ne devait qu'à lui-même sa position sociale et sa fortune. Je n'avais pas d'ancêtres. Je ne descendais pas d'une lignée de misérables, vivant de rapines et de meurtres ! Je ne pouvais faire remonter mon arbre généalogique au temps où les Ablewhite n'avaient pas de quoi se vêtir et n'étaient pas capables de signer de leur nom. Ah ! Ah ! Je n'étais pas assez bon pour les Herncastle, à cette époque-là ! Et, à présent, nous y revoilà : il paraît que mon fils n'est pas assez bon pour vous ! Je m'en doutais ! Le sang des Herncastle coule dans vos veines, ma jeune demoiselle. Je m'en doutais depuis longtemps !

– C'est un bien indigne soupçon ! fit remarquer Mr. Bruff. Et j'admire, monsieur, que vous ayez le courage d'en faire l'aveu !

Avant que l'autre eût trouvé la réponse à cela, Rachel prit la parole sur un ton de souverain mépris.

– Sans importance, vraiment ! dit-elle à Mr. Bruff. S'il veut penser cela, laissons-lui penser tout ce qu'il lui plaît !

D'écarlate, Mr. Ablewhite devint pourpre. Il respirait difficilement. Ses regards furieux allaient de Rachel à Mr. Bruff, et l'on devinait qu'il ne savait pas bien lui-même sur lequel des deux il allait laisser éclater sa colère. Ma tante, qui jusque-là était restée à s'éventer avec un calme imperturbable, commença à s'inquiéter et tenta de l'apaiser. En vain... De mon côté, durant toute cette scène pénible, j'avais plus d'une fois voulu intervenir par quelque parole sensée, mais je m'étais maîtrisée, par crainte des conséquences, crainte, je l'avoue, bien indigne d'une Anglaise et d'une chrétienne qui ne doit jamais songer à ce qui est prudent, mais à ce qui est honnête et droit. Mais voyant la tournure que prenaient à présent les choses, je me levai, sans plus me soucier de ce que pouvaient entraîner mes actes. Si mon intention avait été de présenter des objections personnelles, j'aurais peut-être hésité à le faire. Mais, dans la *Correspondance* de Miss Jane Ann Stamper, une lettre – la mille et unième –, intitulée *La paix au sein de la famille*, m'apparut comme une réponse providentielle à ce que je voyais se dérouler sous mes yeux. Je me levai donc et ouvris la précieuse brochure.

– Cher Mr. Ablewhite, un mot, je vous prie !

Son premier mouvement, quand je m'étais avancée vers lui, avait visiblement été de m'imposer silence par quelque propos tranchant, avant même que je n'eusse ouvert la bouche. Il n'en fit rien, touché par l'extrême politesse avec laquelle je m'étais exprimée. Il me regarda, fort étonné, croyant sans doute que les bonnes manières étaient l'apanage des seuls mondains.

– En tant que véritable amie qui vous veut du bien et dont l'unique préoccupation est, depuis longtemps, d'éclairer et de fortifier son prochain, repris-je, permettez-moi de prendre la liberté, très excusable je crois, de vous tranquilliser l'esprit.

Il se calmait ! Il avait failli s'emporter, je l'avais vu ; il se serait emporté contre toute autre personne. Mais ma voix, toujours douce, prenait en outre une suavité particulière en certaines circonstances. Elle fit merveille ce jour-là.

Je lui tendis la brochure, en frappant plusieurs fois de l'index la page où je l'avais ouverte.

– Ce n'est pas de moi ! m'écriai-je. Oh ! n'allez pas supposer que je vous donne à lire mon humble prose ! La manne dans le désert, Mr. Ablewhite ! La rosée sur la terre desséchée ! Des paroles de consolation, de sagesse et d'amour ! Les paroles bénies de Miss Jane Ann Stamper !

Je m'interrompis un moment, car j'étais à bout de souffle. Avant que j'aie eu le temps de me remettre, ce monstre à visage humain s'écria :

– Que Miss Jane Ann Stamper aille…

Il m'est tout à fait impossible d'écrire ici le mot abominable que j'ai remplacé par des points de suspension. Je ne pus réprimer un cri quand Mr. Ablewhite le prononça. Je saisis mon sac à main qui était sur la table ; j'en sortis toutes mes brochures ; je choisis rapidement celle qui traitait des jurons profanes, intitulée : *Silence, pour l'amour du ciel !* ; et celle-là aussi, je la lui tendis, en le suppliant douloureusement du regard. Il la déchira en deux et la rejeta sur la table. Tous les autres se levèrent, fort inquiets et se demandant sans doute ce qui allait arriver. Je me rassis dans mon coin. On rapporte qu'en de semblables circonstances, quelqu'un prit Miss Jane Ann Stamper par les épaules et la mit à la porte de la pièce dans laquelle elle se trouvait. J'attendais l'instant où j'allais connaître le même martyre.

Mais non, il ne devait pas en être ainsi.

C'est à sa femme que Mr. Ablewhite s'adressa alors :

– Qui… qui… qui… bégaya-t-il dans sa colère, qui a invité ici cette impudente fanatique ? Est-ce vous ?

Rachel répondit avant sa tante :

– Miss Clack est ici mon invitée.

Ces mots produisirent un singulier effet sur Mr. Ablewhite. D'homme échauffé et rouge vif de colère qu'il était, ils le transformèrent en un homme que le mépris rendait froid comme la glace.

– Ah ! fit-il. Miss Clack est votre invitée… chez moi ?

Ce fut au tour de Rachel de perdre contenance. Elle rougit et ses yeux brillèrent d'indignation. Elle se tourna vers l'avocat et demanda sur un ton plein de hauteur :

– Que veut-il dire ?

Mr. Bruff prit la parole pour la troisième fois.

– Vous semblez oublier, Mr. Ablewhite, que vous avez loué cette maison en tant que tuteur de Miss Verinder, à l'intention de Miss Verinder.

– Doucement, répliqua Mr. Ablewhite. J'ai un dernier mot à dire, et je l'aurais dit depuis longtemps déjà, si… (ici, il me regarda, cherchant quelque horrible nom à me donner) si cette vieille fille insupportable ne m'avait pas interrompu. Je préfère vous avertir, monsieur, que si mon fils n'est pas assez bon pour devenir le mari de Miss Verinder, je ne pense pas être, moi son père, assez bon pour remplir la charge de tuteur de Miss Verinder. Entendez par là, je vous prie, que je refuse la situation pour laquelle me désignait le testament de lady Verinder. Cette maison a été louée en mon nom. C'est ma maison. Je puis la garder ou y renoncer, à ma guise. Je n'ai nullement l'intention de chasser Miss Verinder. Au contraire, je la prie de ne s'en aller avec ses bagages et son invitée que lorsque cela lui conviendra.

Il s'inclina profondément et sortit.

Voilà comment Mr. Ablewhite se vengeait de Rachel, après qu'elle eût refusé d'épouser son fils !

Au moment où la porte se referma, ma tante eut un geste qui nous imposa silence à tous trois. Elle trouva soudain assez d'énergie pour traverser la chambre et venir prendre la main de Rachel.

– Ma chère enfant, dit-elle, j'aurais honte de ce que mon mari vous a dit, si je ne savais pas que ce n'est pas lui qu'il faut accuser, mais sa colère ! Et c'est vous, continua ma tante en se tournant vers moi, toute l'énergie qu'elle avait mise dans ses jambes étant passée dans son regard, c'est vous qui l'avez irrité ainsi ! J'espère ne plus jamais vous revoir, ni vous ni vos brochures ! Je vous demande pardon, ma chère, dit-elle encore à Rachel en l'embrassant, oui, je vous demande pardon au nom de mon mari. Que puis-je faire pour vous, dites-moi ?

La si capricieuse, si déraisonnable Rachel fondit en larmes en entendant ces mots d'une banalité confondante et, pour toute réponse, elle embrassa sa tante à son tour.

– Si vous me permettez de répondre à la place de Miss Verinder, commença Mr. Bruff, puis-je vous demander, Mrs. Ablewhite, de bien vouloir dire à Pénélope qu'elle descende avec le manteau et le chapeau de sa maîtresse ? Ayez l'obligeance, ajouta-t-il plus bas, de nous laisser seuls dix minutes, et croyez que je vais tout arranger d'une manière qui satisfera chacun.

La confiance de la famille en cet homme était vraiment admirable ! Sans répliquer le moindre mot, ma tante Ablewhite quitta la pièce.

– Ah ! soupira Mr. Bruff, les Herncastle ont des défauts, je l'admets ; mais la bonne éducation, c'est tout de même quelque chose !

Ayant fait cette remarque purement mondaine, il lança un regard assez dur vers le coin où j'étais assise, comme s'il attendait que je sorte à mon tour. Mais l'intérêt que m'inspirait Rachel – d'une nature infiniment plus élevée que l'intérêt qu'il éprouvait, lui, pour ma cousine – me rivait à ma chaise.

Il céda, comme il avait cédé chez ma tante Verinder, à Montagu Square. Il conduisit Rachel vers une chaise, près de la fenêtre.

– Ma très chère demoiselle, lui dit-il, l'attitude de Mr. Ablewhite vous a péniblement surprise, et c'est tout naturel. Si nous voulions discuter sérieusement avec lui, nous lui ferions voir bientôt qu'il a tort. Mais cela n'en vaut pas la peine. Ce que vous disiez tout à l'heure était très juste : cela n'a aucune importance !

Il s'interrompit, et me regarda encore. Je restais tranquillement assise, mes brochures dans un bras, et Miss Jane Ann Stamper sur mes genoux.

– Vous savez, poursuivit-il en se tournant à nouveau vers Rachel, que parmi ses beaux traits de caractère, votre mère possédait le don de ne voir que le bon côté des gens, jamais le mauvais. Elle désigna son beau-frère pour votre tuteur parce qu'elle avait confiance en lui, et aussi parce qu'elle pensait que cela ferait plaisir à sa sœur. Quant à moi, je n'ai jamais eu beaucoup de sympathie pour Mr. Ablewhite, et j'ai conseillé à votre mère de me laisser insérer dans son testament une clause qui donnait éventuellement le droit à ses exécuteurs testamentaires de me consulter dans le but de nommer un nouveau tuteur. Après ce qui vient de se passer, la chose est à envisager, et pour vous faire oublier, si possible, cette scène désagréable, j'ai le plaisir de vous transmettre un message de ma femme : accepteriez-vous une invitation de Mrs. Bruff ? Vous demeureriez chez moi, et feriez partie de ma famille jusqu'à ce que nous ayons pris une décision.

En entendant cela, je me levai pour intervenir. Mr. Bruff agissait exactement comme je l'avais redouté au moment où il avait prié Mrs. Ablewhite de faire descendre le manteau et le chapeau de Rachel.

Mais avant que j'aie pu prononcer un mot, Rachel avait déjà accepté l'invitation. Si je laissais ce projet s'accomplir, si ma cousine franchissait jamais le seuil de Mr. Bruff, je pouvais dire adieu à l'espoir le plus cher de ma vie – l'espoir de ramener au bercail ma brebis égarée ! La seule idée d'une telle calamité me bouleversait. Je mis de côté tout souci de discrétion mondaine, et m'abandonnai à toute l'ardeur de mon âme, me servant des premiers mots qui me venaient à l'esprit.

– Arrêtez, arrêtez ! m'écriai-je. Écoutez-moi ! Mr. Bruff, aucune parenté ne vous lie à elle, tandis que je suis, moi, sa cousine ! Je lui demande, et je supplie les exécuteurs testamentaires de me nommer sa tutrice. Rachel, ma chère Rachel, je vous invite à vivre sous mon modeste toit ; rentrez à Londres par le prochain train, et partagez mon logis !

Mr. Bruff se taisait. Rachel me regarda, ne faisant nul effort pour cacher un étrange étonnement.

– Vous êtes bien aimable, Drusilla. J'espère vous rendre visite chaque fois que j'irai à Londres. Mais j'ai accepté l'invitation de Mr. Bruff, et je pense qu'il est préférable, pour le moment, que je reste sous la protection de Mr. Bruff.

– Oh ! ne dites pas cela ! suppliai-je. Il m'est impossible de me séparer de vous, Rachel, absolument impossible !

Je voulus l'attirer dans mes bras, mais elle s'écarta. Mon immense affection ne la touchait pas ; au contraire, cela semblait l'effrayer.

– Voilà bien, dit-elle, d'inutiles démonstrations d'amitié. Je n'y comprends rien !

– Ni moi non plus, fit Mr. Bruff.

Leur dureté de cœur me révoltait. Quels païens !

– Oh ! Rachel, Rachel ! Ne voyez-vous pas encore que tout mon bonheur serait de faire de vous une bonne chrétienne ? Une voix intérieure ne vous a-t-elle pas dit que je m'efforce à présent de faire pour vous ce que je m'efforçais de faire pour votre pauvre mère au moment où la mort me l'a arrachée.

Rachel avança d'un pas ; elle paraissait de plus en plus étonnée.

– Pourquoi évoquer à ce propos le souvenir de ma mère ? Miss Clack, expliquez-vous, je vous prie.

Mais je n'eus pas le temps de répondre. Mr. Bruff s'approcha de Rachel, lui offrit son bras, et avec elle se dirigea vers la porte.

– Il vaut mieux ne pas poursuivre cette conversation, ma chère, lui dit-il. Et il vaut mieux pour Miss Clack qu'elle ne s'explique pas.

Eussé-je été une pierre ou un morceau de bois, de telles paroles m'auraient fait bondir et crier la vérité.

J'écartai violemment Mr. Bruff d'un revers du bras, et j'expliquai, usant d'un langage approprié, comment notre saine doctrine considérait effrayante et irréparable la misère de ceux qui mouraient sans avoir reçu la préparation nécessaire.

Rachel s'écarta à nouveau avec cette fois – je rougis de l'écrire – un cri d'horreur.

– Allons-nous-en ! Allons-nous-en, avant que cette femme n'en dise davantage ! Oh ! Pensez donc à la vie admirable de ma pauvre maman, si bonne, si généreuse ! Vous étiez aux funérailles, Mr. Bruff. Vous avez pu voir combien chacun l'aimait ; vous avez vu les domestiques pleurer sur la tombe de leur amie la plus chère ! Et cette femme, maintenant, essaye de me faire douter que maman, qui fut un véritable ange sur la terre, soit un ange dans le ciel ! Ne lui parlez plus ! Allons-nous-en ! J'étouffe à respirer le même air qu'elle ! J'ai peur rien qu'à me trouver dans la même pièce !

Sourde à toute protestation, elle courut vers la porte. La femme de chambre entrait justement, avec son manteau et son chapeau.

– Faites mes bagages, lui dit Rachel, et envoyez-les chez Mr. Bruff.

Je tentai encore de m'approcher d'elle. J'étais bouleversée, peinée, mais nullement offensée, vous l'avez sans doute deviné ! J'aurais tant désiré lui dire : « Que votre cœur s'adoucisse ! Je vous pardonne de toute mon âme ! »

Elle ramena sa voilette sur son visage, m'arracha des mains son manteau que j'avais pris, et, sortant en hâte, me claqua la porte au nez.

J'essuyai cet affront avec mon courage habituel. Et je ne m'en sens pas davantage offensée aujourd'hui, à l'instant où je me le remémore.

Avant de sortir à son tour, Mr. Bruff ne manqua pas de me lancer une ultime pointe.

– Il aurait mieux valu ne pas vous expliquer, Miss Clack, croyez-moi !

Sur ce, il me salua et quitta la pièce.

La personne au bonnet enrubanné suivit l'exemple.

– Il n'est vraiment pas difficile de deviner qui est la cause de cette brouille générale, déclara-t-elle. Je ne suis qu'une humble femme de chambre, mais j'avoue que vous me faites honte.

Et elle ferma bruyamment la porte après elle.

Ainsi insultée, ainsi ridiculisée par tous, abandonnée par tous, je restai seule dans la pièce.

Y a-t-il quelque chose à ajouter à cette relation des simples faits, à ce tableau émouvant d'une chrétienne persécutée par le monde ? Non ! Mon journal me rappelle que finit là un des nombreux chapitres des vicissitudes dont ma vie a été remplie. Je ne revis plus jamais Rachel Verinder. Je lui ai pardonné le jour où elle m'a insultée. Depuis lors, je n'ai pas cessé de prier pour elle. Et quand je mourrai, témoignant ainsi que jusqu'à la fin j'aurai rendu le bien pour le mal, je lui laisserai par testament *La Vie, la Correspondance et les Œuvres de Miss Jane Ann Stamper.*

II

RÉCIT DE MATHEW BRUFF, DE GRAY'S INN SQUARE

1

Ma chère amie Miss Clack ayant laissé tomber la plume, il y a deux raisons pour que je m'en saisisse à mon tour.

En premier lieu, je suis en mesure d'éclaircir certains points restés jusqu'à présent dans l'ombre. Je suis en partie responsable des motifs personnels allégués par Miss Verinder pour rompre son engagement envers Mr. Ablewhite. Quant à Mr. Ablewhite, je sais également quelles sont les raisons pour lesquelles il a cessé de prétendre subitement à la main de sa charmante cousine.

En second lieu, c'était mon destin – bon ou mauvais – d'être personnellement mêlé au mystère du diamant hindou. Il se trouve qu'un jour, un étranger de type oriental, très distingué, s'est présenté à mon étude pour solliciter un entretien; il s'agissait sans aucun doute du chef des trois Hindous. Il se trouve également que dans les jours qui suivirent cet entretien, je rencontrai le célèbre explorateur, Mr. Murthwaite, avec lequel j'eus une conversation au sujet de la Pierre de Lune, conversation qui n'est pas sans rapport avec les derniers événements. Vous comprendrez donc pourquoi je suis habilité à poursuivre à mon tour cette histoire.

Dans l'ordre chronologique, le premier épisode important est celui de la rupture de la promesse de mariage. C'est par là donc qu'il faut commencer. Remontant la longue chaîne des événements, il me faut, si étrange que cela puisse paraître, évoquer en tout premier lieu mon excellent ami, le regretté sir John Verinder

Sir John était doté de sa part – plutôt conséquente d'ailleurs – de faiblesses humaines, lesquelles se manifestaient essentiellement par une grande douceur et une infinie amabilité. Ces faiblesses, entre autres choses – et c'est ici que nous rejoignons le sujet qui nous occupe – firent qu'il recula toujours, aussi longtemps qu'il jouit d'une bonne santé, devant l'idée de rédiger ses dernières volontés. Cette responsabilité l'effrayait. Lady Verinder essaya par tous les moyens d'éveiller en lui, à ce sujet, le sentiment du devoir, et je fis de même, de mon côté. Il reconnaissait que nous avions raison, mais il n'alla jamais plus loin, jusqu'au jour où il fut pris par la maladie qui devait finalement l'emporter. Alors, enfin, on me demanda de venir auprès de mon ami : il voulait faire son testament. Ses dernières volontés se révélèrent les instructions les plus simples que j'eus jamais à recueillir de toute ma carrière professionnelle.

Il était assoupi quand j'entrai dans sa chambre, mais il se redressa dès qu'il me vit.

– Comment allez-vous, Mr. Bruff ? Je ne serai pas long. Et dès que tout sera réglé, je pourrai me rendormir !

Disant cela, il me regardait attentivement sortir ma plume et mes documents.

– Êtes-vous prêt ? me demanda-t-il enfin.

Je fis un signe de tête affirmatif, trempai la plume dans l'encre, et attendis ses instructions.

– Je laisse tout à ma femme. C'est tout.

Il se retourna sur son oreiller et s'installa pour se rendormir.

Je fus obligé cependant de l'importuner de nouveau.

– Dois-je comprendre, fis-je, que vous laissez à lady Verinder l'entière propriété de vos biens, meubles et immeubles.

– Oui, c'est cela ! Seulement, moi, je l'exprime plus brièvement. Pourquoi ne pouvez-vous pas, comme moi, dire cela en trois mots, et me laisser dormir ! Tout à ma femme. Voilà mon testament.

Sa fortune consistait en terres et en liquidités. Dans d'autres cas, je crois qu'il aurait été de mon devoir de demander à mon client de reconsidérer son testament. Dans le cas de sir John, je ne doutais pas que lady Verinder fût non seulement digne de la confiance illimitée que son mari plaçait en elle (toutes les bonnes épouses sont dignes d'une telle confiance) mais également tout à fait capable de gérer la fortune qu'on plaçait sous sa garde (ce que, selon moi, pas une femme sur mille n'est susceptible de bien faire). En dix minutes, le testament de sir John fut rédigé, signé, et sir John lui-même, l'excellent homme, s'assoupissait pour n'être plus jamais dérangé.

Lady Verinder justifia pleinement la confiance que lui avait témoignée son mari. Dans les premiers jours de son veuvage, elle me fit appeler au sujet de son propre testament. La manière dont elle jugeait sa situation me parut si juste et si raisonnable que je ne crus même pas nécessaire de la conseiller. Je n'eus qu'à donner une forme légale à ses instructions ; il n'y avait pas quinze jours que sir John avait été porté en sa dernière demeure que l'avenir de sa fille était assuré de la manière la plus sage et la plus attentionnée qui fût.

Ce dernier testament resta enfermé dans un coffre-fort, à mon étude, pendant de très longues années. Ce ne fut qu'au cours de l'été 1848 que j'eus l'occasion de me pencher de nouveau sur lui, dans des circonstances fort pénibles.

Les médecins venaient de déclarer condamnée la pauvre lady Verinder. Je fus la première personne qu'elle informa de son état et je la trouvai anxieuse de vérifier encore une fois avec moi la teneur de son testament.

Il était impossible de rien améliorer quant aux dispositions concernant sa fille. Mais depuis qu'elle m'avait dicté ses volontés, ses désirs relatifs aux legs de peu d'importance, laissés à des parents éloignés, avaient subi quelques modifications. Il était nécessaire d'ajouter trois ou quatre conditions au document original. Ceci fait, et pour parer à toute éventualité, j'obtins de Milady la permission de formuler ses récentes instructions dans un second testament. Mon but était de supprimer certaines confusions et répétitions qui déformaient l'original et qui, pour dire la vérité, blessaient ma vanité professionnelle.

L'exécution de ce second testament a été rapportée par Miss Clack qui eut l'obligeance de bien vouloir servir de témoin, lors de la signature du document. Pour ce qui concernait les intérêts pécuniaires de Rachel Verinder, il reprenait mot pour mot les termes du premier testament. Le seul changement introduit concernait la désignation d'un tuteur et certaines clauses relatives à celle-ci, ajoutées en dernier ressort sur mes conseils. A la mort de lady Verinder, le testament fut remis entre les mains d'un avoué de mes amis pour être homologué selon l'usage.

C'est trois semaines plus tard – autant que je puisse m'en souvenir – qu'il me sembla pour la première fois qu'il se passait, sans qu'on le sût, quelque chose d'anormal. J'en eus l'intuition un jour où je faisais une visite à mon ami l'avoué et où je remarquai qu'il témoignait plus d'empressement que de coutume à me recevoir.

– J'ai des nouvelles à vous communiquer, dit-il. Savez-vous ce que j'ai appris ce matin ? Le testament de lady Verinder a déjà été réclamé et examiné !

Des nouvelles, en effet ! Je ne voyais rien dans le testament qui pût être contesté, ni personne qui fût susceptible, selon moi, d'avoir un quelconque intérêt à en prendre connaissance. (Je dois ajouter ici, pour ceux qui l'ignorent, que la loi autorise quiconque à consulter un testament, moyennant un shilling.)

– Savez-vous qui l'a réclamé ? demandai-je.

– Oui. L'huissier me l'a dit sans hésiter. C'est Mr. Smalley, de la Société Skipp and Smalley. Comme le testament n'a pas encore été recopié sur les registres, il a fallu, contre tous les usages, autoriser ce monsieur à consulter le document original. Il l'a regardé très soigneusement et a pris quelques notes. Avez-vous idée de ce qu'il peut bien vouloir en faire ?

Je secouai la tête.

– Je le saurai, répondis-je, et avant demain.

Là-dessus, je retournai à mon étude.

Si cette inexplicable enquête avait été menée par une autre firme d'avocats, j'aurais peut-être rencontré certaines difficultés à en connaître la raison, mais il se trouve que j'étais en excellents termes avec Skipp and Smalley, ce qui facilita mes recherches. Mon premier clerc (un homme charmant et très compétent) était le frère de Mr. Smalley et, en raison de cette parenté, Skipp and Smalley, depuis de nombreuses années, ramassaient les miettes qui tombaient de ma table, en d'autres termes les dossiers confiés à mon étude mais dont, pour des raisons diverses, je ne jugeais pas intéressant de me charger.

J'avais donc, de ce fait, une certaine autorité dans la maison. Je crus bon d'en user en la circonstance.

Rentré à mon étude, je convoquai mon clerc ; après lui avoir raconté ce qui était arrivé, je l'envoyai à l'étude de son frère avec les compliments de Mr. Bruff et la mission de demander pourquoi Messrs. Skipp and Smalley avaient jugé nécessaire d'examiner le testament de lady Verinder.

Mr. Smalley se présenta lui-même à mon étude pour m'apporter la réponse. Il me dit qu'il avait agi d'après les instructions d'un client. Cela dit il me fit part de ses scrupules quant à savoir s'il pouvait révéler le nom de ce client sans commettre une faute professionnelle.

Nous eûmes une vive discussion à ce sujet. Il avait raison sans aucun doute, et j'avais tort. Mais j'étais irrité et méfiant ; j'insistai donc pour en savoir davantage. J'allai même plus loin en refusant de considérer comme secret professionnel les informations qu'il pourrait me fournir et en me déclarant parfaitement libre d'en user à ma convenance. Pire encore, je profitai de ma position avantageuse pour dire à Mr. Smalley :

– Choisissez, monsieur, entre le risque de perdre les affaires de votre client ou celui de perdre les miennes.

Ma position n'était pas défendable, je l'admets. C'était de ma part un véritable acte de tyrannie, et comme tous les tyrans je gagnai la partie. Mr. Smalley choisit sans une seconde d'hésitation. Il ébaucha un pauvre sourire et me donna le nom de son client : Mr. Godfrey Ablewhite.

Cela me suffisait ; je n'avais guère besoin d'en savoir davantage.

Étant arrivé à ce point de mon récit, il m'est nécessaire de placer le lecteur sur un pied d'égalité avec moi-même, en ce qui concerne tout du moins les informations se rapportant au testament de lady Verinder. Je le ferai aussi brièvement que possible.

Rachel Verinder ne jouissait que de l'usufruit des biens. Sa mère, avec un bon sens qui m'émerveillait, avait arrangé les choses de façon qu'aucune responsabilité ne lui incombât et qu'elle ne pût jamais devenir la victime d'un homme qui l'aurait épousée uniquement pour son argent. Ni elle ni son mari – si elle se mariait – n'auraient le droit de spéculer sur la moindre miette de l'héritage – terres ou liquidités – fût-ce pour une valeur de dix sous. Ils auraient à leur disposition la maison de Londres et celle du Yorkshire, et ils jouiraient d'une rente fort coquette, mais c'était tout.

Ceci étant posé, je restai extrêmement perplexe quant à la marche à suivre, après ce que je venais de découvrir. Il ne s'était pas écoulé une semaine depuis que j'avais appris – je vous laisse imaginer avec quelle stupéfaction – le projet de mariage de Miss Verinder. J'avais pour elle une profonde estime, et je ne saurais dire combien me navrait la perspective de son union avec Mr. Godfrey Ablewhite. Or voilà que cet homme – que j'avais de tout temps considéré comme un imposteur – se révélait plus vil encore en montrant qu'il n'épousait sa cousine que par intérêt ! Et alors me direz-vous, des mariages semblables ont lieu tous les jours ! Sans doute, mais jugeriez-vous la chose avec autant de légèreté si, par exemple, il s'agissait du mariage de votre sœur ?

La première des considérations à laquelle je m'arrêtai fut la suivante : Mr. Godfrey Ablewhite tiendrait-il encore à épouser Miss Rachel, à présent qu'il connaissait la nature exacte du testament ?

Cela dépendait exclusivement de sa situation financière, laquelle m'était totalement inconnue. Si sa situation n'était pas mauvaise, il ne dédaignerait pas d'épouser Miss Verinder pour jouir du revenu qu'elle lui apporterait. Si, au contraire, il se trouvait dans la nécessité urgente de trouver une grosse somme d'argent, alors le testament de lady Verinder se révélait trop prudent, puisqu'il empêchait Rachel d'être dépossédée par le premier coquin venu.

Si cette dernière hypothèse se révélait être la bonne, rien ne servait d'ajouter à la douleur de Miss Rachel, encore dans les premiers jours de son deuil, en lui dévoilant tout de suite la cruelle vérité. Dans l'autre cas, celui où la première hypothèse était la bonne, mon silence risquait de me rendre en partie complice d'une union qui ferait le malheur de la jeune fille pour la vie.

La visite que je fis à Mrs. Ablewhite et à Miss Verinder à leur hôtel à Londres mit fin à mon dilemme. Elles m'apprirent qu'elles partaient pour Brighton le lendemain, et qu'un contretemps empêchait Mr. Godfrey de les accompagner. Je proposai sur-le-champ de le remplacer. Tant que je n'avais fait que penser à Rachel Verinder et à la situation dans laquelle elle se trouvait, le doute m'était encore permis ;

à présent que je l'avais devant moi, ma décision fut prise sans hésiter : coûte que coûte, il fallait lui avouer la vérité.

Je trouvai l'occasion de lui parler dès le lendemain de mon arrivée à Brighton, au cours de la promenade que je fis avec elle.

– Puis-je vous parler de votre promesse de mariage ?

– Oui, répondit-elle l'air indifférent, si vous n'avez pas d'autre sujet de conversation.

– Permettez à un vieil ami dévoué de votre famille de vous demander, Miss Verinder, si votre cœur s'engage dans ce mariage ?

– Je me marie en désespoir de cause, Mr. Bruff. Pour goûter un bonheur calme qui me réconciliera avec la vie.

Paroles dures ! Et qui masquaient sans doute un lourd secret, une véritable histoire d'amour peut-être… Mais j'avais un objectif précis et ne voulais pas m'en écarter.

– Mr. Godfrey Ablewhite aurait beaucoup de chagrin de votre rupture. Il a, lui, certainement engagé tout son cœur dans cette promesse, ne pensez-vous pas ?

– Il le déclare et je suppose qu'on doit le croire. Il faut qu'il soit très épris pour vouloir encore m'épouser après ce que je lui ai dit.

Pauvre petite ! L'idée qu'un homme pourrait l'épouser par égoïsme et dans un but intéressé ne lui avait jamais pénétré l'esprit. Le devoir qui m'incombait me parut plus pénible que je ne l'avais cru.

– Tout ceci résonne bien étrangement à mes oreilles d'homme un peu vieux jeu…

– Qu'est-ce qui vous semble étrange ?

– De vous entendre parler de votre futur mari comme si vous n'étiez pas tout à fait sûre de son attachement. Avez-vous une raison de douter de lui ?

La rapidité étonnante avec laquelle elle percevait les choses provoqua aussitôt un changement dans sa voix et dans son attitude. Tandis que je lui posais ma question, elle avait déjà compris que je lui parlais dans un but précis. S'arrêtant et abandonnant mon bras, elle me regarda en face.

– Mr. Bruff, vous avez quelque chose à me dire sur Godfrey Ablewhite ? Parlez, je vous prie.

Je la connaissais assez pour la prendre au mot ; je me mis à raconter.

Elle avait repris mon bras et marchait lentement à côté de moi. Je sentais sa main se crisper par instants tandis qu'elle devenait de plus en plus pâle. Mais elle ne prononça pas une parole pendant que je parlais. Quand j'eus fini, elle continua à garder le silence. La tête légèrement baissée, elle marchait, inconsciente de ma présence, inconsciente de tout, perdue, ensevelie pourrais-je dire, dans ses propres pensées.

Je pris garde de ne pas la troubler. En cette circonstance encore, mon expérience me conseillait de lui laisser du temps.

Lorsqu'on parle aux jeunes filles d'une chose ou l'autre qui les intéresse personnellement, leur premier mouvement, en général, est de vous poser des questions sans fin, et d'aller aussitôt en référer à une amie. Le premier mouvement de Rachel Verinder, au contraire, fut de se taire et de réfléchir gravement à ce que je venais de lui révéler. Ce calme inébranlable est certes une qualité chez un homme. Chez une femme, il comporte le sérieux désavantage de séparer moralement celle qui en est dotée des autres femmes, et donc de l'exposer à l'incompréhension de la société. Je me soupçonne fort d'avoir à ce sujet les mêmes préjugés que le reste du monde, à ceci près que je posais sur Rachel Verinder un regard plus bienveillant et que je considérais que la confiance en soi qu'elle pouvait à l'occasion montrer était l'une de ses plus grandes qualités. Si je la regardais ainsi, c'est d'abord que j'étais profondément attaché à elle et plein d'admiration, et ensuite parce que je ne pouvais dissocier mon opinion sur le rôle qu'elle avait pu jouer dans la disparition de la Pierre de Lune de ce que je pensais bien connaître de son caractère. Dans l'affaire du diamant, aussi défavorables que fussent les apparences, aussi pénible que fût l'idée que, d'une manière ou d'une autre, la jeune fille pût être mêlée au mystère qui entourait encore le vol, j'étais néanmoins convaincu qu'il n'y avait rien eu d'indigne dans sa conduite, parce qu'il était impossible qu'elle eût pris part à l'affaire sans avoir d'abord mûrement réfléchi à quoi elle s'engageait.

Nous marchions depuis longtemps déjà quand enfin elle sortit de ses pensées. Elle leva les yeux vers moi, et je vis s'ébaucher sur son visage l'ombre d'un sourire, le pâle reflet de cet irrésistible sourire – de ceux que l'on rencontre rarement – qu'elle arborait à l'époque des jours heureux.

– Je dois déjà beaucoup à votre bienveillance, dit-elle, et aujourd'hui plus que jamais, je me sens redevable envers vous. Si, de retour à

Londres, vous entendez parler de mon mariage, démentez la chose, je vous en supplie.

– Vous êtes donc décidée à renoncer à ce mariage ?

– Pourriez-vous en douter ? Après ce que vous m'avez dit ?

– Ma chère Miss Rachel, vous êtes jeune ; vous vous apercevrez peut-être que cela est plus difficile que vous l'imaginez. N'avez-vous pas une amie à qui vous confier et demander conseil ?

– Non, personne, répondit-elle d'un ton ferme.

J'étais navré de la voir si jeune et si seule au monde, et pourtant elle montrait un tel courage ! Je n'eus plus qu'un désir : l'aider, sans même me demander si j'en étais capable en cette circonstance. Au cours de ma vie, j'ai conseillé de très nombreux clients et me suis occupé de cas particulièrement difficiles. Mais c'était la première fois qu'il me fallait expliquer à une jeune fille comment rompre sa promesse de mariage. Voici la suggestion que je lui fis : au cours d'un tête-à-tête avec Mr. Godfrey Ablewhite, elle lui dirait qu'elle avait appris, de façon certaine, qu'il voulait l'épouser par intérêt ; que leur mariage, en conséquence, était une chose impossible, et qu'elle lui proposait de choisir : ou bien il acceptait la rupture et elle gardait le silence, ou bien il refusait, et dans ce cas elle exposerait publiquement les raisons de sa décision. Au cas où il essayerait de se défendre ou de nier les faits, elle lui dirait de venir me trouver.

Miss Verinder m'écouta attentivement, sans m'interrompre. Puis elle me remercia de lui avoir donné ce conseil, mais elle m'avertit qu'il lui serait impossible de le suivre.

– Puis-je vous demander pourquoi ? fis-je.

Elle hésita un moment, puis me posa à son tour une question.

– Supposons que l'on vous demande de qualifier la conduite de Mr. Ablewhite ?

– Oui ?

– Que diriez-vous ?

– Je dirais qu'il a agi avec malhonnêteté.

– Et j'ai cru en cet homme, Mr. Bruff ! Je m'étais engagée à l'épouser. Comment pourrais-je lui dire qu'il est malhonnête, comment pourrais-je lui dire qu'il m'a trompée, comment pourrais-je le déshonorer aux yeux du monde, après cela ? Je me suis abaissée rien qu'en le considérant comme mon futur mari, et si je lui dis ce que vous me conseillez de lui dire, alors je m'abaisse ouvertement devant lui. C'est impossible ! Après ce qui s'est passé entre nous, c'est absolument impossible ! Sans doute n'en sentirait-il aucune honte, mais pour moi, ce serait insupportable !

Je découvrais un autre trait de son caractère. Il lui répugnait à tel point d'être tant soit peu liée à ce qui est bas et vil qu'elle en oubliait toute considération de soi-même et préférait se placer dans une situation fausse qui pouvait la compromettre dans l'estime de ses amis !

J'insistai de nouveau pour qu'elle suivît mon conseil ; j'avais jusqu'alors douté qu'il fût réellement judicieux, mais les dernières paroles qu'elle venait de prononcer balayèrent mes derniers doutes.

Mais elle secoua la tête et ne fit que répéter autrement ce qu'elle avait déjà dit :

– Il a été suffisamment proche de moi pour me demander en mariage ; il a été suffisamment haut dans mon estime pour obtenir mon consentement. Je ne peux pas aujourd'hui lui jeter à la face qu'il est l'être le plus méprisable de la terre !

– Mais ma chère Rachel, il vous est également impossible de reprendre votre parole sans lui en donner la raison.

– Je lui dirai que j'ai réfléchi, et que je suis convaincue que cette décision est la meilleure, dans notre intérêt à tous les deux.

– Vous n'ajouterez aucune autre explication ?

– Aucune.

– Avez-vous pensé à ce qu'il pourrait dire, lui, de son côté ?

– Qu'il dise tout ce qui lui plaît !

Il était impossible de ne pas admirer cette alliance de délicatesse et de détermination, mais il était tout aussi impossible de ne pas voir qu'elle courait au-devant de graves ennuis. Je la suppliai de ne pas perdre de vue sa propre situation. Je lui rappelai que si elle ne donnait pas de motifs valables, on interpréterait très mal sa conduite.

– Vous ne pouvez pas braver l'opinion publique, dis-je, pour satisfaire à un sentiment personnel.

– Si, fit-elle, et ce ne serait pas la première fois.

– Comment cela ?

– Vous oubliez la Pierre de Lune, Mr. Bruff. N'ai-je pas, alors, bravé l'opinion publique à cause précisément de raisons personnelles ?

Pendant un instant, je ne sus que répondre. A la lumière de

l'étrange aveu qui venait de lui échapper, je m'efforçai de comprendre son attitude au moment de la disparition de la Pierre de Lune. J'en fus incapable.

Avant de rentrer à la maison, je tentai une dernière fois de la persuader ; elle fut inébranlable. Lorsque je la quittai, ce jour-là, ce fut en proie à des sentiments contradictoires. Miss Verinder était obstinée ; elle était dans son tort. Elle était fascinante, admirable, profondément à plaindre. Je lui fis promettre de m'écrire dès qu'elle aurait quoi que ce fût à me dire ou à me demander, et je retournai à Londres, l'esprit fort inquiet.

Le soir même de mon retour, avant qu'il fût possible que je reçoive la lettre promise, j'avais la visite inattendue de Mr. Ablewhite père ; j'appris par lui que Mr. Godfrey avait reçu son congé et qu'il l'avait accepté.

Compte tenu de ce que je savais déjà de toute l'affaire, il m'apparut que cette muette soumission révélait plus clairement encore que s'il en avait lui-même fait verbalement l'aveu les motifs qui l'avaient poussé à demander la main de sa cousine. Il avait besoin d'une forte somme et cela dans les plus brefs délais. Les revenus que lui aurait apportés Rachel – et qui lui auraient été utiles en d'autres circonstances – ne l'aideraient ici en rien ; de telle sorte que Rachel en reprenant sa parole n'avait rencontré aucune opposition sérieuse de la part du jeune homme. On pourra m'objecter que ce n'est là que pure spéculation, mais puis-je demander alors comment expliquer autrement que Mr. Godfrey Ablewhite ait si facilement renoncé à un mariage qui lui eût assuré jusqu'à la fin de ses jours une somptueuse existence ?

La joie que cette nouvelle aurait dû me donner fut aussitôt anéantie par le tour que prit notre entretien. En venant chez moi, Mr. Ablewhite espérait naturellement que je lui expliquerais pourquoi Miss Verinder avait agi de la sorte. Inutile de préciser que cela m'était rigoureusement impossible. Le refus que je lui opposais, s'ajoutant à la colère où l'avait mis sa conversation avec son fils, lui fit perdre toute mesure. Ses regards et ses paroles violentes ne me laissèrent aucun doute : ce serait à un homme dur, sans pitié, que Miss Rachel aurait affaire quand il irait retrouver ces dames à Brighton, le lendemain.

Je ne fermai pas l'œil de la nuit, pensant sans cesse à ce que je devais faire. Les décisions auxquelles j'aboutis après mûre réflexion, et le bien-fondé de mes craintes à l'égard de Mr. Ablewhite vous ont été rapportés scrupuleusement, me dit-on, par l'édifiante Miss Clack. Je me contenterai d'ajouter que Miss Verinder trouva chez moi, à Hampstead, la tranquillité et le repos dont elle avait tant besoin. Elle voulut bien nous honorer d'un long séjour chez nous. Ma femme et mes filles furent enchantées de sa présence, et j'éprouve une véritable fierté et un plaisir sincère à rappeler que, au moment où l'on nomma un nouveau tuteur, Miss Verinder et les miens se séparèrent comme les meilleurs amis du monde.

2

Je dois maintenant vous fournir les informations complémentaires que je possède sur la Pierre de Lune ou, plus exactement, sur le complot organisé par les Hindous pour s'emparer du diamant. Je n'ai pas grand-chose à vous apprendre à ce propos, mais suffisamment cependant pour que cela comporte un intérêt en regard des événements qui vont suivre.

Huit ou dix jours après ma conversation avec Miss Rachel, un de mes clercs entra dans mon bureau, une carte à la main, et m'informa qu'un gentleman demandait à me parler.

Je regardai la carte. Elle portait un nom étranger, aujourd'hui sorti de ma mémoire. Mais je me rappelle exactement une phrase, écrite en anglais sur le haut de la carte : *Recommandé par Mr. Septimus Luker.*

Qu'un homme qui occupait la position de Mr. Luker eût l'audace de me recommander quelqu'un, voilà qui me surprenait tellement que je restai un moment sans parler, me demandant si mes yeux ne me trompaient pas. Le clerc, remarquant mon étonnement, me livra son appréciation personnelle sur le gentleman qui attendait en bas.

– Il a le teint si foncé, monsieur, que je l'ai pris pour un Hindou, ou quelque chose de ce genre.

Associant l'information que venait de me donner le clerc à ce que je voyais écrit sur la carte, je me pris à penser que la Pierre de Lune était peut-être à l'origine de la visite de l'étranger et de sa recommandation par Mr. Luker. Je le fis donc monter.

Pour justifier cette entorse à mes principes professionnels dont seule est responsable la curiosité, je voudrais rappeler à mes lecteurs que personne à ma connaissance – en Angleterre du moins – n'était impliqué de près ou de loin, depuis aussi longtemps que moi, dans cette rocambolesque affaire de la Pierre de Lune. Le colonel Herncastle m'avait livré le secret de son plan pour échapper à l'assassinat ; j'avais reçu les lettres du colonel, m'informant périodiquement qu'il était en vie ; j'avais rédigé son testament, par lequel il laissait la Pierre de Lune à Miss Verinder ; j'avais persuadé son exécuteur testamentaire de respecter ses instructions, le diamant pouvant se révéler une acquisition très précieuse pour la famille ; enfin, faisant taire tous les scrupules de Mr. Franklin Blake, c'est moi qui lui avais conseillé de porter le diamant chez lady Verinder. Aussi, si quelqu'un avait le droit de s'intéresser tout particulièrement à l'affaire de la Pierre de Lune, on ne niera pas, je pense, que c'était bien moi.

Dès que parut mon mystérieux client, j'eus l'intuition d'être en présence de l'un des trois Hindous, probablement le chef en personne. Il était soigneusement vêtu à l'européenne, mais son teint basané, son corps félin, la gravité et la grâce de ses manières, sa politesse suffisaient à trahir son origine orientale.

Je lui désignai une chaise et le priai de me faire connaître le but de sa visite.

Après s'être excusé en termes choisis et dans le plus pur anglais de la liberté qu'il avait prise, l'Hindou me présenta un petit paquet enveloppé dans un tissu d'or. Ayant enlevé cette première enveloppe, puis une seconde en soie écarlate, il plaça sur ma table une boîte ou plutôt un coffret en ébène merveilleusement incrusté de pierreries.

– Je suis venu, monsieur, me dit-il, pour vous prier de me prêter de l'argent. Je laisserai ceci en garantie de ma dette.

Je lui désignai sa carte.

– Et vous vous adressez à moi sur la recommandation de Mr. Luker ?

L'Hindou s'inclina.

– Puis-je savoir pourquoi Mr. Luker ne vous a pas lui-même avancé la somme dont vous avez besoin ?

– Mr. Luker m'a dit qu'il n'avait pas d'argent disponible.

– Et c'est donc pour cela qu'il vous a recommandé à moi ?

Ce fut au tour de l'Hindou de me montrer la carte.

– C'est écrit, fit-il.

Brève réponse et fort à propos.

Si la Pierre de Lune avait été en ma possession, je suis bien sûr que cet Hindou m'eût assassiné sans l'ombre d'une hésitation. Mais, abstraction faite de ce petit détail, force m'est de reconnaître qu'il se comporta en l'occurrence comme le plus aimable des clients. Sans doute n'aurait-il pas respecté ma vie, mais il fit alors ce qu'aucun de mes compatriotes n'avait jamais fait : il respecta mon précieux temps.

– Je regrette, dis-je, que vous ayez pris la peine de venir à mon étude. Mr. Luker s'est trompé en vous adressant à moi. Je suis autorisé, comme tous mes confrères, à prêter de l'argent. Mais je ne l'ai jamais fait pour des étrangers ni sur de tels gages…

Il n'essaya pas – comme d'autres l'eussent tenté – de me convaincre ; il me fit un autre salut, enveloppa sa boîte sans protester et se leva pour sortir.

– Voulez-vous permettre à un étranger de vous poser une question avant de prendre congé ?

Je m'inclinai à mon tour.

– En supposant, monsieur, qu'il vous eût été possible – et que cela eût été conforme à vos coutumes – de me prêter de l'argent dit-il, en combien de temps aurais-je dû – conformément à vos coutumes, naturellement – vous rembourser ?

– Selon la coutume de notre pays, il vous eût été permis de restituer l'argent – si telle était votre intention – un an après la date du prêt.

L'Hindou me fit un dernier salut, le plus ample de tous ; puis, soudainement – en moins d'une seconde peut-être – et dans un grand silence, il quitta la pièce. Ses mouvements souples, discrets, presque félins, me firent frissonner, je l'avoue. Après m'être ressaisi et avoir réfléchi un instant, j'en arrivai à la conclusion nette à propos de ce visiteur dont le comportement m'était par ailleurs totalement incompréhensible. Son visage, sa voix et ses manières, tout le temps qu'il avait été en ma présence, témoignaient d'une telle maîtrise de soi qu'ils défiaient tout examen. Mais il m'avait fourni une chance de percer ce vernis extérieur, et d'entrevoir ce qui se cachait en dessous. Il n'avait pas semblé prêter la moindre attention à ce que je lui disais, jusqu'à ce qu'il fût question du délai généralement accordé pour restituer l'argent prêté. Quand je lui fournis ce renseignement, il me regarda dans les yeux pour la première fois. J'en conclus qu'il devait être tout particulièrement intéressé à me faire cette demande et à entendre ma réponse. En réfléchissant de la sorte au déroulement de notre entretien, j'en arrivai à la conclusion que le déballage du coffret et l'histoire du prêt n'avaient été que des prétextes pour lui permettre de poser sa question et d'obtenir la réponse.

Cette conclusion me parut satisfaisante et j'essayai de poursuivre plus avant mon raisonnement afin d'élucider le comportement de l'Hindou. C'est sur ces entrefaites qu'on me remit une lettre de Mr. Septimus Luker. Ce dernier sollicitait, en des termes d'une navrante obséquiosité, la faveur d'une entrevue, m'affirmant qu'il était en mesure de me donner satisfaction sur certains points méritant d'être éclaircis.

Je sacrifiai une fois de plus mon sens du devoir professionnel à ma curiosité et pris rendez-vous avec Mr. Luker pour le lendemain, à mon étude.

Cet homme était à tous égards un individu bien inférieur à l'Hindou ; si vulgaire, si laid, si ennuyeux et si vil qu'il me paraît à peine digne de figurer dans ce récit. Je me permets de résumer ce qu'il avait à me dire comme suit :

La veille du jour où j'avais reçu la visite de l'Hindou, Mr. Luker avait eu lui-même un entretien avec ce gentleman accompli. En dépit de son costume européen, Mr. Luker avait identifié son visiteur comme étant le chef des trois Hindous qui l'avaient autrefois tourmenté en venant rôder autour de sa maison et l'avaient mis dans l'obligation de prévenir la police. De cette incroyable découverte, il en était arrivé à cette conclusion – assez naturellement j'imagine – qu'il devait également s'agir de l'un des trois Orientaux qui l'avaient aveuglé, bâillonné et volé. Cet homme lui avait fait, comme à moi, une impression favorable. Il avait déballé son coffret et lui avait tenu exactement les mêmes propos qu'à moi. Pour se débarrasser rapidement de lui, Mr. Luker lui avait déclaré qu'il n'avait pas d'argent à lui prêter. Là-dessus, l'Hindou avait demandé à qui s'adresser pour obtenir la somme dont il avait besoin, et Mr. Luker lui avait répondu que le mieux était de consulter un respectable avocat. Finalement, il lui avait donné mon nom.

– La sueur me coulait tout le long du dos, conclut le triste personnage, et je ne savais plus ce que je disais. J'espère que vous me pardonnerez, Mr. Bruff, en considérant que la frayeur m'a fait perdre la tête.

Je l'excusai assez poliment. C'était la meilleure et la plus rapide façon de me débarrasser de lui. Avant qu'il prît congé, je lui demandai si l'Hindou avait éventuellement fait une remarque digne d'être retenue. Oui ; il avait précisément posé à Mr. Luker la même question qu'il m'avait faite, et Mr. Luker avait fourni une réponse en tous points identique à la mienne. Que signifiait tout cela ? Les explications de Mr. Luker ne me permettaient pas de résoudre le problème, et je ne me sentais pas d'humeur à affronter les difficultés. J'avais ce soir-là une invitation à dîner et je montai à mon appartement dans un état d'esprit bien maussade, convaincu que le chemin de mon cabinet de toilette ne me conduirait certes pas à la vérité.

3

Parmi les hôtes que j'eus l'heur de rencontrer à ce dîner, le personnage le plus important était sans conteste Mr. Murthwaite.

Dès sa réapparition en Angleterre, après tant de courses vagabondes, la bonne société avait paru s'intéresser vivement à l'explorateur qui, selon elle, n'avait survécu à ses aventures périlleuses qu'à seule fin de lui en offrir le récit. Il venait justement d'annoncer son intention de retourner sur le théâtre de ses exploits. La superbe indifférence avec laquelle il envisageait de risquer une seconde fois sa vie ravivait l'intérêt languissant des admirateurs de ce héros. Ce n'est pas tous les jours qu'il nous est donné de rencontrer un grand personnage, tout en sachant qu'il est assez probable que nous entendions prochainement parler de son assassinat.

Quand les dames nous laissèrent seuls à la salle à manger, je me trouvais justement à côté de Mr. Murthwaite. Les invités présents étant tous de bons sujets britanniques, inutile de dire que la politique redevint aussitôt le centre de toutes les conversations.

Pour ce qui me concerne, j'en suis arrivé, dès lors qu'il s'agit de ces questions nationales, à être le moins anglais de tous les Anglais vivants. En général, toute conversation politique me semble fade et dénuée d'intérêt. En jetant un regard sur Mr. Murthwaite, alors que les bouteilles avaient fait un premier tour de la table, il m'apparut que mon voisin était tout à fait de mon avis. Il le montrait très adroitement, avec tous les égards dus à la considération de ses hôtes ; il ne s'en disposait pas moins à faire un petit somme. C'est alors qu'il me vint à l'esprit d'essayer de le tenir éveillé en lui touchant un mot de la Pierre de Lune. Peut-être pourrait-il m'éclairer sur la dernière tentative des Hindous, dont j'avais été témoin dans mon bureau.

– Si je ne me trompe, Mr. Murthwaite, commençai-je, vous étiez en relation avec la regrettée lady Verinder et vous vous êtes intéressé à l'étrange succession d'événements qui ont abouti à la disparition de la Pierre de Lune.

L'éminent voyageur me fit l'honneur de se réveiller une seconde et me demanda qui j'étais.

Je lui fis part de mes relations d'affaire avec la famille Herncastle, sans oublier de lui apprendre la curieuse position qui avait été la mienne dès le début de l'histoire, à l'époque où le colonel était encore en vie.

Mr. Murthwaite plaça sa chaise de manière à tourner le dos au reste de la société et concentra toute son attention sur le modeste Mr. Bruff, de Gray's Inn Square.

– Avez-vous récemment entendu parler des trois Hindous ? me demanda-t-il.

– J'ai toutes les raisons de croire, répondis-je, que c'est l'un d'entre eux qui s'est présenté hier à mon étude.

Mr. Murthwaite n'était pas un homme facile à étonner ; cependant ma réponse parut totalement le stupéfier. Je lui racontai ce qui était arrivé à Mr. Luker et à moi-même, exactement comme je l'ai fait plus haut.

– Il est clair, ajoutai-je, que la question posée par l'Hindou avait un but bien déterminé. Pourquoi s'est-il montré si anxieux de savoir au bout de combien de temps un emprunteur doit rendre l'argent prêté ?

– Est-il possible, Mr. Bruff, que vous ne le deviniez pas ?

– Je suis honteux de ma stupidité, Mr. Murthwaite, mais je n'en ai pas la moindre idée.

Le grand explorateur semblait curieux de savoir jusqu'où pouvait aller ma stupidité.

– Permettez-moi de vous poser une question, dit-il. Qu'en est-il aujourd'hui de cette conspiration qui visait à récupérer le diamant ?

– Je l'ignore, répondis-je. Cette conspiration reste un mystère pour moi.

– C'est un mystère pour vous, Mr. Bruff, parce que vous ne l'avez pas examiné sérieusement. Étudions-le ensemble. En partant de l'époque où vous avez rédigé le testament du colonel, jusqu'à ce jour récent où l'Hindou s'est présenté à votre étude. Étant donné votre position, il peut être d'une importance capitale pour les intérêts de Miss Verinder, que vous puissiez voir clair dans cette affaire. Si vous êtes de mon avis, dites-le-moi, nous pourrons alors résoudre la question ensemble. Nous n'en parlerons plus au contraire, si tel est votre désir.

Inutile de dire que, voyant clairement où il voulait en venir, j'optai pour la première proposition.

– Parfait, dit Mr. Murthwaite. Maintenant, reportons-nous à l'époque où le colonel Herncastle vint en Angleterre et où il vous fit participer à ce fameux système de protection de la pierre qu'il avait imaginé. Inutile de compter les années ; je vous dirai seulement qu'étant donné leur âge, les Hindous d'aujourd'hui sont évidemment les successeurs des trois autres – des brahmanes de haute caste eux aussi – qui suivirent le colonel jusqu'ici. Fort bien. Les trois individus qui nous intéressent aujourd'hui ont donc remplacé les trois premiers. Ayant maintenant déblayé le terrain, je vous poserai une question à laquelle votre expérience doit vous dicter la réponse. Quel fut, selon vous, l'événement qui fournit aux Hindous leur première chance de s'emparer du diamant ?

Je compris l'allusion.

– Elle leur fut donnée, répondis-je, par la mort du colonel Herncastle. Il va de soi qu'on les en informa, n'est-ce pas ?

– Naturellement. Jusque-là la Pierre de Lune dormait en sûreté dans le coffre-fort de la banque. C'est alors que vous ouvrez le testament du colonel dans lequel il est spécifié qu'il lègue le diamant à sa nièce ; le testament est ensuite dûment homologué. En votre qualité d'avocat, vous ne pouvez pas ignorer ce que choisissent de faire les Hindous après cela.

– Ils se procurent la copie du testament du colonel Herncastle.

– Exactement. C'est ainsi qu'ils apprennent que la Pierre de Lune a été léguée à la fille de lady Verinder et que Mr. Bruff ou toute autre personne désignée par lui doit la lui remettre en main propre. Vous conviendrez avec moi qu'il était facile d'obtenir les informations nécessaires sur des personnes dans la situation de lady Verinder et de Mr. Blake. La seule difficulté pour les Hindous consistait à décider s'ils tenteraient de s'emparer du diamant au moment où on le retirerait de la banque ou s'ils attendraient qu'il soit dans le Yorkshire, chez lady Verinder. Cette dernière façon de faire était la plus sûre, et c'est pourquoi les Hindous, déguisés en jongleurs, se rendirent à Frizinghall, attendant la première occasion pour agir. Inutile de préciser que, de Londres, ils étaient tenus au courant des événements par leur organisation : deux hommes, dans la capitale, se chargeaient l'un de prendre en filature toute personne qui pouvait aller de la maison de Mr. Franklin Blake à la banque, l'autre de soudoyer les domestiques à grand renfort de bière pour être tenu au courant de ce qui se passait à l'intérieur de la maison. Ces précautions leur suffirent pour découvrir rapidement que Mr. Franklin Blake s'était rendu à la banque et qu'il était d'autre part la seule personne de la maison qui se rendrait chez lady Verinder. Vous savez aussi bien que moi ce qui s'ensuivit.

Je me rappelai comment Mr. Franklin avait repéré l'un de ses espions dans la rue et comment, il avait, en conséquence, avancé de quelques heures le moment de son arrivée dans le Yorkshire. C'est ainsi que, sur l'excellent avis du vieux Betteredge, il était allé lui-même déposer le diamant à la banque de Frizinghall, bien avant que les Hindous s'attendissent à le voir dans le voisinage. Tout est donc jusque-là parfaitement clair. Mais comment expliquer alors que les Hindous, ignorant cette dernière précaution prise, ne firent aucune tentative pour s'emparer du diamant dans la maison de lady Verinder entre le jour de l'arrivée de Mr. Franklin Blake et celui de l'anniversaire de Rachel, alors que tout laissait supposer que le précieux joyau devait s'y trouver ?

En posant cette question à Mr. Murthwaite, je crus bon d'ajouter ce que je savais du jeune garçon anglais qui les accompagnait, de la bouteille d'encre et de toute la mise en scène mystérieuse qui les entourait.

– Moi non plus, avoua Mr. Murthwaite, je ne comprends pas. Mais cette foi dans le don de seconde vue ne participe d'autre chose en l'occurrence que de l'aspect romanesque du caractère hindou. Les trois hommes ont vu là une manière – tout à fait extravagante, je vous l'accorde, pour les bons Anglais que nous sommes – d'agrémenter leur pénible et périlleux voyage en le nimbant de merveilleux et de surnaturel. Leur garçon était sans aucun doute un sujet sensible au magnétisme mais, soumis à cette influence, il n'a probablement fait que refléter ce qui se trouvait déjà dans l'esprit de ses magnétiseurs. Rien dans mon expérience de la voyance ne me semble pouvoir relever d'autre chose. Mais ce n'est pas ainsi que le conçoivent les Hindous ; pour nos trois individus, le garçon avait pris la dimension d'un prophète, et leur fournissait, je le répète, une nouvelle raison merveilleuse de croire qu'il y avait quelque chose de surnaturel dans le but qui les unissait. Mais nous n'avons rien à faire de la voyance, du magnétisme, ni de quoi que ce soit d'approchant dans l'enquête qui nous intéresse. En suivant pas à pas le complot hindou, mon but est de remonter, par des moyens rationnels, des résultats aux causes naturelles. Ai-je bien jusque-là répondu à votre attente ?

– N'en doutez pas, Mr. Murthwaite ! J'attends cependant avec quelque anxiété l'explication rationnelle du petit problème que je viens d'avoir l'honneur de soumettre à votre clairvoyance.

L'explorateur sourit.

– C'est le fait le plus facile de tous à expliquer, dit-il. Permettez-moi de souligner pour commencer que votre rapport est parfaitement exact. Les Hindous ignoraient certainement ce que Mr. Franklin Blake avait fait du diamant, car nous les avons vus commettre leur première faute le soir de son arrivée dans la maison de sa tante.

– Leur première faute ? répétai-je.

– Certainement ! N'ont-ils pas commis l'erreur de se laisser surprendre aux aguets sur la terrasse, la nuit, par Gabriel Betteredge ? Cependant, ils ont eu le mérite de s'apercevoir qu'ils avaient fait un faux pas puisque, vous l'avez fait observer vous-même, ils ne se représentèrent plus aux abords de la maison pendant des semaines.

– Mais pourquoi, Mr. Murthwaite? C'est ce que j'ai besoin de savoir. Pourquoi?

– Parce qu'aucun Hindou, Mr. Bruff, ne court un risque inutile. Ils savaient, n'est-ce pas, d'après le testament du colonel Herncastle, que la Pierre de Lune devait absolument être remise à Miss Verinder le jour de son anniversaire. Dites-moi dans ces conditions ce qu'ils avaient de mieux à faire? Essayer de reprendre le diamant pendant qu'il était entre les mains de Mr. Franklin Blake, alors que celui-ci s'était déjà montré suffisamment rusé pour les démasquer et les prendre de vitesse? Ou attendre qu'il fût en possession d'une jeune fille qui ne manquerait pas d'exhiber un aussi beau joyau chaque fois que l'occasion s'en présenterait? Peut-être désirez-vous une preuve de l'exactitude de mon raisonnement? Prenez-la dans la conduite même des Hindous. Ils paraissent dans la maison le jour même de l'anniversaire de Miss Verinder et ils sont récompensés de leur patience en voyant la Pierre de Lune au corsage de la jeune fille. Quand on me rapporta, plus tard dans la soirée, l'histoire du colonel et du diamant, j'étais tellement conscient du risque que couraient Mr. Franklin Blake et sa cousine que je conseillai au jeune homme de suivre le plan du colonel et de détruire l'identité de la Pierre en la morcelant. Vous savez aussi bien que moi comment son extraordinaire disparition cette nuit-là rendit mon conseil inutile et déjoua complètement le complot hindou, et comment, d'autre part, l'arrestation des Hindous, dès le lendemain, mit un terme à leurs agissements. Le premier acte de la conspiration se termine là. Avant d'en arriver au second acte, puis-je vous demander si mon explication vous satisfait?

Impossible de le nier. J'étais bel et bien convaincu.

– C'est donc parfait jusque-là, résuma Mr. Murthwaite. Les Hindous ont perdu leur première occasion de s'emparer du diamant le jour de leur internement à la prison de Frizinghall. Quand une seconde chance s'est-elle offerte à eux? Ce fut – je suis en mesure de le prouver – pendant qu'ils étaient en prison.

Il sortit son calepin de sa poche et l'ouvrit avant de continuer.

– A l'époque, reprit-il, je séjournais avec quelques amis à Frizinghall. Un ou deux jours avant l'élargissement des prisonniers – un lundi, je crois – le gouverneur de la prison se présenta chez moi avec une lettre. Cette lettre avait été déposée à l'attention des Hindous par une certaine Mrs. Macann, qui leur avait loué le logement qu'ils occupaient en ville; la missive avait été jetée, la veille, par le facteur, dans la boîte aux lettres de la maison. Le gouverneur de la prison fit remarquer qu'elle était timbrée de Lambeth et que l'adresse, rédigée dans un anglais correct, était formulée de façon plutôt vieillotte. L'ayant ouverte lui-même, il constata que la lettre était écrite dans une langue étrangère qu'il supposa très justement être de l'hindou. Son but, en venant me trouver, était de me prier de la traduire. Je fis une copie de l'original et de ma traduction. La voici.

Il me tendit son carnet ouvert. Il avait d'abord recopié l'adresse, qui tenait en un seul paragraphe : *Aux trois Hindous habitant chez Mrs. Macann, à Frizinghall dans le Yorkshire.* Suivaient les caractères hindous, puis la traduction anglaise, une suite de phrases mystérieuses :

Au nom du Régent de la Nuit dont le trône est sur l'Antilope, dont les bras s'étendent sur les quatre coins de la terre.

Frères, tournez vos visages vers le Sud et venez à moi dans le sentier des ennuis qui descend au fleuve couleur de boue.

En voici la raison.

Mes propres yeux l'ont vu.

La lettre se terminait là, sans date ni signature. Je la rendis à Mr. Murthwaite et lui avouai que ce curieux spécimen de correspondance hindoue était pour moi un rébus.

– Je peux vous expliquer la première sentence; la conduite même des Hindous vous expliquera le reste. Le dieu de la Lune est représenté, dans la mythologie hindoue, comme une divinité à quatre bras, assise sur une antilope; l'un de ses titres est celui de Régent de la Nuit. Voilà donc pour commencer ce qui ressemble fort à une allusion voilée à la Pierre de Lune. Voyons maintenant ce que firent les Hindous quand la lettre leur eut été remise. Dès qu'ils furent libres, ils se rendirent à la gare et prirent le premier train pour Londres. Nous avons tous regretté à Frizinghall qu'ils n'aient pas été suivis. Mais, du moment que lady Verinder avait remercié l'officier de police et prié qu'on arrêtât l'enquête sur la perte du diamant, personne ne se permit la moindre initiative. Les Hindous étaient donc libres d'aller à Londres et c'est ce qu'ils firent. Quelles furent les premières nouvelles que nous eûmes d'eux après cela, Mr. Bruff ?

– Ils importunèrent Mr. Luker, répondis-je, par leurs allées et venues autour de sa maison, à Lambeth.

– Avez-vous lu la copie de la plainte que déposa Mr. Luker auprès du magistrat ?

– Oui.

– Au cours de son exposé, il se référait, si vous vous en souvenez, à un ouvrier étranger, employé chez lui et qu'il avait dû renvoyer parce qu'il le soupçonnait de vouloir le voler et qu'il craignait également qu'il fût de mèche avec les Hindous. Il me semble qu'à partir de là la conclusion s'impose d'elle-même quant à l'identité de l'auteur de la lettre qui vous intrigue aujourd'hui et quant au trésor oriental que l'ouvrier étranger tenta de dérober à Mr. Luker.

La relation entre ces différents éléments n'était que trop évidente. Je n'avais jamais douté que la Pierre de Lune fût entre les mains de Mr. Luker à l'époque dont parlait Mr. Murthwaite ; je me posais seulement la question suivante : comment les Hindous l'avaient-ils découvert ? Cette question, la plus difficile à résoudre à mon avis, avait maintenant trouvé sa solution comme le reste. En ma qualité d'avocat, je commençais à croire que Mr. Murthwaite serait l'homme capable de me conduire à travers les derniers méandres du labyrinthe dans lequel j'avais erré jusqu'ici à l'aveuglette. Je le lui dis en le félicitant, et il se montra heureux de la confiance que je lui témoignais.

– Donnez-moi à votre tour un renseignement avant d'aller plus loin, dit-il. Il a bien fallu que quelqu'un transportât la Pierre de Lune du Yorkshire à Londres et qu'il la mît en gage contre de l'argent, sans quoi elle ne se fût pas trouvée entre les mains de Mr. Luker. Qui a-t-on soupçonné ?

– Personne à ma connaissance.

– On a beaucoup parlé de Mr. Godfrey Ablewhite. Il se trouvait chez lady Verinder, n'est-ce pas ?

Je fus contraint d'expliquer à l'explorateur, sans mentionner, bien entendu, le nom de Miss Verinder, que Mr. Godfrey Ablewhite avait été mis hors de cause sans discussion possible.

– Très bien, dit tranquillement Mr. Murthwaite. Revenons aux trois Hindous. Leur voyage à Londres se solda par un nouvel échec. Ils ne

durent, selon moi, de voir s'évanouir leur seconde chance de récupérer le diamant qu'à la finesse et à la sagacité de Mr. Luker, lequel n'est pas pour rien l'un des plus prospères et des plus habiles usuriers de Londres ! En congédiant promptement son employé, il priva les Hindous de l'aide que leur allié leur eût fournie en demeurant dans la maison. Et en déposant rapidement la Pierre de Lune à sa banque, il prit les conspirateurs par surprise avant qu'ils eussent pu mettre sur pied un nouveau plan pour s'en emparer. Comment les Hindous eurent vent de ce qu'il avait fait, et comment ils réussirent à s'emparer du reçu de la banque, ce sont là des événements trop récents pour qu'il soit nécessaire de s'y attarder. Contentons-nous de dire qu'ils savent la Pierre de Lune une fois encore hors de leur portée, déposée sous la mention de pièce de grande valeur, dans le coffre-fort d'un banquier. Maintenant Mr. Bruff, quelle est leur troisième chance de s'emparer du diamant ? Et quand se présentera-t-elle ?

La question suffit à m'éclairer dans l'instant sur les motifs de la visite que m'avait faite l'Hindou à mon étude.

– J'ai compris ! m'écriai-je. Les Hindous ont supposé, comme nous, que la Pierre de Lune avait été mise en gage ; et ils ont voulu connaître la date à laquelle elle devait être désengagée, car c'est à cette date qu'elle sera retirée de la banque !

– Je vous avais bien dit que vous finiriez par tout découvrir si je vous mettais sur la voie ! Quand un délai de un an se sera écoulé depuis la mise en dépôt du diamant, les Hindous tenteront de saisir leur troisième chance. Ils ont appris de la bouche même de Mr. Luker combien de temps ils devaient attendre, et vous le leur avez confirmé. A quelle époque devons-nous penser que le diamant s'est trouvé entre les mains du prêteur ?

– Vers la fin du mois de juin dernier, répondis-je.

– Nous sommes en 1848, continua l'explorateur. Si l'inconnu qui a engagé la Pierre de Lune est en mesure de la reprendre au bout d'un an, le bijou sera de nouveau en sa possession à la fin du mois de juin 1849. Je serai, à cette date, à des milliers de kilomètres de l'Angleterre et de toutes nouvelles de chez vous. Mais il est peut-être bon que vous en preniez note afin de vous trouver à Londres à ce moment-là.

– Pensez-vous qu'un événement grave puisse survenir alors ?

– Je crois que je serai plus en sûreté parmi les féroces fanatiques de l'Asie centrale que je ne le serais après avoir franchi la porte de la banque avec la Pierre de Lune dans ma poche. Les Hindous ont été battus à deux reprises, Mr. Bruff. J'ai la ferme conviction qu'ils ne le seront pas une troisième fois.

Tels furent les derniers mots qu'il prononça sur le sujet. Le café était servi, les hôtes se levèrent et se dispersèrent dans la pièce; nous rejoignîmes les dames à l'étage supérieur.

Je pris note de la fameuse date, et c'est sur cette note que je termine délibérément mon récit : *Juin 1849. Attendre nouvelles des Hindous vers la fin du mois.*

Ceci fait, je passe la plume à l'écrivain qui doit prendre ma place.

III

RÉCIT DE MR. FRANKLIN BLAKE

1

Au printemps de 1849, je me trouvais à vagabonder en Orient. C'est à cette époque que je modifiai les plans de voyage que j'avais établis quelques mois auparavant et que j'avais communiqués à mon homme de loi et à mon banquier à Londres.

Ce changement m'obligea à envoyer l'un de mes domestiques dans une des villes qui ne faisaient plus désormais partie de mon itinéraire, pour que lui soient remis au consulat britannique ma correspondance et mes fonds. Le domestique devait me joindre en temps et lieu convenus. Un accident dont il n'était pas responsable le mit en retard. Pendant une semaine j'attendis donc, avec ma suite, campant en bordure du désert. Enfin celui que nous attendions revint, muni de l'argent et des lettres, à la porte de ma tente.

– Je crains de vous apporter de mauvaises nouvelles, monsieur, dit-il en désignant une des lettres encadrée de noir dont l'adresse était écrite de la main de Mr. Bruff.

Je ne sais rien de plus insupportable en pareil cas que le suspense. Aussi fut-ce la lettre de deuil que j'ouvris la première.

Elle m'informait que mon père était mort et que j'héritais de sa grosse fortune. Compte tenu de cette richesse qui me tombait entre les mains, de nouvelles responsabilités m'incombaient, et Mr. Bruff me priait instamment de rentrer en Angleterre sans perdre de temps.

Le lendemain dès l'aube, j'étais en route pour mon pays natal.

Le portrait qu'a fait de moi mon vieil ami Betteredge, au moment où je quittai l'Angleterre, me semble légèrement exagéré. Il a dans son style si particulier interprété le plus sérieusement du monde les allusions moqueuses que faisait sa jeune maîtresse à mon éducation étrangère. Il était convaincu de pouvoir distinguer les côtés français, allemand et italien de mon caractère, auxquels ma facétieuse cousine ne faisait le plus souvent allusion que par pure plaisanterie et qui n'existèrent en réalité que dans le cerveau de notre brave Betteredge. Mais, malgré cette restriction, je dois reconnaître qu'il n'a exprimé que la vérité en me disant profondément meurtri par la façon dont m'avait traité Rachel et en attribuant mon départ d'Angleterre à la violence du chagrin que me causa la plus amère désillusion de ma vie.

Je partis pour l'étranger, bien résolu – si le dépaysement et l'absence pouvaient me venir en aide – à oublier ma cousine. Ce n'est guère connaître la nature humaine, j'en suis persuadé, que de dénier au dépaysement et à l'absence le pouvoir d'aider un homme en ces circonstances : l'un et l'autre détournent son attention de la contemplation exclusive de sa propre peine. Je n'oubliai pas Rachel ; mais le souvenir douloureux perdit peu à peu de son amertume tandis que le temps, la distance et la nouveauté s'interposaient de plus en plus entre elle et moi.

A l'inverse, il est tout aussi clair que mon retour en Angleterre risquait d'annihiler instantanément les effets du remède. Et c'est ainsi que, au fur et à mesure que je me rapprochais du pays où vivait Rachel et que grandissaient mes chances de la revoir, je sentis renaître l'ascendant qu'elle avait sur moi. Quand j'avais quitté l'Angleterre, elle était la dernière personne dont j'eusse voulu prononcer le nom ; elle fut la première dont je m'enquis quand j'y revins et rencontrai Mr. Bruff.

Il me fut naturellement rapporté ce qui était arrivé en mon absence ; en d'autres termes, tout ce qui a pu faire suite ici à la narration de Mr. Betteredge, à cette réserve près que Mr. Bruff ne prit pas la liberté de m'informer lui-même des raisons qui avaient déterminé Rachel et Godfrey à se rendre mutuellement leur parole. J'évitai de le mettre mal à l'aise par d'embarrassantes questions à ce sujet. L'annonce de cette rupture était pour moi une délivrance après la peine que j'avais éprouvée d'apprendre qu'elle consentait à devenir la femme de Godfrey.

Après le résumé des épisodes passés, mes questions suivantes (toujours au sujet de Rachel !) se portèrent sur le présent. A la garde de qui avait-elle été confiée après avoir quitté Mr. Bruff ? Où vivait-elle maintenant ?

Ma cousine avait été confiée aux soins d'une veuve, sœur du défunt, Mr. John Verinder – une Mrs. Merridew – que les exécuteurs testamentaires avaient nommée tutrice et qui avait accepté. J'appris qu'elles s'entendaient admirablement bien et qu'elles étaient installées dans la maison de Mrs. Merridew, à Portland Place.

Une demi-heure après avoir reçu cette information, j'étais en route pour Portland Place, sans avoir eu le courage de l'avouer à Mr. Bruff !

L'homme qui m'ouvrit la porte ne sut pas me dire si Miss Verinder était à la maison. Je lui fis porter ma carte, estimant que c'était le plus sûr moyen de résoudre la question. L'homme revint avec un visage impénétrable me dire que Miss Verinder était sortie.

J'aurais pu soupçonner d'autres personnes de refuser délibérément de me recevoir, mais il m'était impossible de soupçonner Rachel. Je laissai donc un mot annonçant ma visite pour six heures du soir.

A six heures, je m'entendis répondre une seconde fois que Miss Verinder n'était pas à la maison. Avait-elle laissé un message ? Non, pas de message. Miss Verinder n'avait-elle donc pas reçu ma carte ? Le domestique s'excusa, Miss Verinder l'avait parfaitement reçue.

La conclusion était trop claire : Rachel refusait de me voir.

De mon côté, je refusai d'être traité de la sorte, sans faire au moins une tentative pour en découvrir la raison. Je me fis annoncer pour Mrs. Merridew, en la priant de bien vouloir m'accorder une entrevue personnelle, à l'heure qu'il lui plairait de me désigner.

Mrs. Merridew ne fit aucune difficulté pour me recevoir sur-le-champ. Je fus introduit dans un confortable petit salon, et me trouvai en présence d'une agréable petite dame d'un certain âge. Elle fut assez bonne pour me témoigner un vif regret et beaucoup d'étonnement quand je lui racontai ce qui m'amenait. Cependant, elle n'était pas en mesure de m'offrir la moindre explication, me fit-elle comprendre, ni d'intervenir auprès de Rachel dans une affaire beaucoup trop intime et personnelle pour qu'elle s'en mêlât. Ceci fut dit et redit avec une patience inlassable et courtoise; et voilà tout ce que j'obtins en m'adressant à Mrs. Merridew.

Ma dernière ressource était d'écrire à Rachel. Je lui fit porter une lettre le lendemain par mon domestique, recommandant expressément à ce dernier d'attendre pour la réponse. Celle-ci me revint en ces mots :

Miss Verinder refuse de correspondre avec Mr. Franklin Blake.

Épris d'elle comme je l'étais, je fus indigné de l'insulte qu'elle m'infligeait. Quand Mr. Bruff se présenta chez moi pour parler affaires, je n'avais pas encore repris possession de moi. J'envoyai promener les affaires et lui racontai ce qui s'était passé. Pas plus que Mrs. Merridew, il ne fut capable de m'éclairer. Je lui posai mille questions et lui demandai si l'on m'avait calomnié devant Rachel. Pas à sa connaissance, me dit-il. Avait-elle, de quelque façon que ce fût, fait allusion à moi, durant son séjour sous le toit de Mr. Bruff ? Jamais. N'avait-elle jamais demandé pendant ma longue absence, si j'étais mort ou vivant ? Aucune question de ce genre n'était sortie de ses lèvres.

Je pris dans mon portefeuille la lettre que la pauvre lady Verinder m'avait écrite de Frizinghall, le jour où je quittai sa maison du Yorkshire. Et j'attirai l'attention de Mr. Bruff sur ces deux phrases :

...L'aide inestimable que vous nous avez apportée durant cette enquête semble aux yeux de Rachel une offense, qu'elle n'est pas en état de vous pardonner pour le moment. Vous avez ajouté, sans le savoir, aux tortures qu'elle doit supporter en risquant de nous faire connaître son secret...

– Est-il possible que le sentiment dont il est question ici soit encore aujourd'hui aussi amer ?

Mr. Bruff me regarda, sincèrement désolé.

– Si vous tenez à connaître mon opinion, j'avoue ne pouvoir fournir d'autre explication à sa conduite que celle de cette lettre.

Je sonnai et ordonnai à mon domestique de faire ma valise et de me procurer un indicateur des chemins de fer. Mr. Bruff me demanda ce que je comptais faire.

– Prendre le premier train pour le Yorkshire.

– Puis-je vous demander dans quel but ?

– J'ai commis, Mr. Bruff, une offense impardonnable envers Rachel, il y a bientôt une année de cela, en apportant mon concours à l'enquête sur la disparition de la Pierre de Lune ; cette offense aujourd'hui n'est toujours pas pardonnée, ce que je ne puis tolérer ! Je suis décidé à découvrir la raison du silence de Rachel vis-à-vis de sa mère et celle de son ressentiment à mon endroit. Dût-il m'en coûter du temps, des souffrances et de l'argent, je mettrai la main sur le voleur de la Pierre de Lune.

L'excellent vieil homme, tout pénétré de l'idée des devoirs qu'il avait envers moi, tenta de me raisonner. Je restai sourd à tout ce qu'il me dit. Aucune considération n'eût pu, en un tel moment, ébranler ma résolution.

– Je reprendrai l'enquête au point où je l'ai laissée, dis-je, et la suivrai pas à pas jusqu'au moment où je suis rentré en Angleterre. Certains chaînons me manquent. Gabriel Betteredge peut me les fournir ; je vais aller voir Gabriel Betteredge !

Au coucher du soleil ce soir-là, je vis apparaître la paisible vieille maison. Le jardinier fut la première personne que j'aperçus. Il avait laissé, une heure plus tôt, Gabriel Betteredge étendu au soleil sur sa chaise longue, dans le coin de la cour, derrière la cuisine. Je décidai d'aller moi-même l'y surprendre.

Je fis le tour de la maison en empruntant des allées familières et jetai un regard dans la cour.

Il était là, le cher vieil ami, la pipe à la bouche, son *Robinson Crusoé* sur les genoux, et ses deux amis les chiens assoupis à ses pieds. De l'endroit où j'étais, mon ombre se trouvait projetée devant moi par le dernier rayon de soleil. Soit que les chiens m'eussent aperçu ou que leur flair aiguisé les eût avertis de mon approche, ils s'élancèrent en grondant. Mon vieil ami sursauta à son tour et, protégeant ses yeux de la main, il regarda d'un air interrogateur la silhouette qui se détachait devant le portail.

Les yeux remplis de larmes, je fus obligé d'attendre un moment avant de pouvoir lui parler.

2

– Betteredge, dis-je, en désignant le vieux livre placé sur ses genoux, *Robinson Crusoé* vous a-t-il ce soir annoncé l'arrivée de Franklin Blake ?

– Certainement, Mr. Franklin ! s'écria le vieil homme, c'est exactement ce qu'a dit *Robinson Crusoé*!

Je l'aidai à se relever, et il resta un moment à me regarder et à regarder son livre préféré, dans le but évident de savoir lequel des deux l'étonnait le plus. Ce fut *Robinson* qui l'emporta. Tenant de ses deux mains le volume ouvert, il observait le texte merveilleux d'un regard fixe comme s'il s'attendait à voir le héros en personne se dresser devant nous et nous accorder la faveur d'un entretien.

– Voici le passage, Mr. Franklin, dit-il, dès qu'il put recouvrer l'usage de la parole. Aussi vrai que je suis là, Mr. Franklin, voici le passage que je lisais quand vous êtes apparu. Page 156 : *Je restai stupéfait, comme devant une apparition.* Si cela ne veut pas dire « J'attendais l'arrivée soudaine de Mr. Franklin Blake », ces mots-là ne signifient rien, dit Betteredge en fermant le livre d'un coup de poing et en libérant une de ses mains pour saisir celle que je lui tendais.

Je m'étais attendu naturellement, étant donné les circonstances, à ce qu'il m'accablât de questions. Pas du tout. Sa réaction fut avant tout celle d'un vieux serviteur accueillant une personne de la famille arrivée à l'improviste dans la maison.

– Rentrons, Mr. Franklin, dit-il en ouvrant la porte et en s'inclinant de cette façon délicieusement démodée qu'il avait de le faire. Puis-je vous demander quel bon vent vous amène ici ? Mais il faut d'abord vous mettre à l'aise. Il y a eu de bien tristes changements depuis votre départ. La maison est fermée et les domestiques sont partis. N'y faites pas attention ! Je préparerai votre dîner et la femme du jardinier fera votre lit, et s'il reste dans la cave une bouteille de notre fameux vin de Bordeaux, elle sera pour vous. Je vous souhaite la bienvenue, monsieur ! De tout cœur, je vous souhaite la bienvenue, dit le pauvre vieil homme qui faisait tout son possible pour tenter d'effacer l'atmosphère sinistre qui se dégageait de la maison vidée de ses habitants, en s'efforçant de me recevoir avec la même hospitalité courtoise qu'autrefois.

J'étais contrarié à l'idée de le décevoir, mais cette maison appartenait maintenant à Rachel. Pouvais-je manger et dormir chez elle après ce qui s'était passé ? Le sentiment de ma dignité m'empêchait d'en franchir le seuil.

Je pris le bras de Betteredge et l'emmenai dans le jardin. Je ne pouvais m'en tirer qu'en lui disant la vérité. Sincèrement attaché à Rachel comme à moi, il s'émut et s'attrista de la tournure qu'avaient prise les événements. Quand il exprima son opinion, il le fit sans réticence, aussi franchement qu'il en avait coutume ; elle reflétait la philosophie la plus positive que je connusse, la philosophie de l'école Betteredge.

– Miss Rachel a ses défauts, je n'ai jamais dit le contraire, commença-t-il. Et un de ses travers est de s'emporter parfois sans raison, ce que j'appellerais « monter sur ses grands chevaux ». C'est ce qu'elle a fait avec vous, et vous vous êtes laissé faire. Seigneur ! Mr. Franklin, ne connaissez-vous toujours pas les femmes, à votre âge ? Ne m'avez-vous jamais entendu parler de feu Mrs. Betteredge ?

Je l'avais entendu parler de feu Mrs. Betteredge plus d'une fois, et il la présentait chaque fois comme un exemple flagrant de la faiblesse et de l'humeur capricieuse des représentantes de l'autre sexe. C'est dans le même esprit qu'une fois encore il y fit allusion :

– Très bien, Mr. Franklin. Écoutez-moi. Toutes les femmes ne montent pas de la même façon « sur leurs grands chevaux ». Feu Mrs. Betteredge s'adonnait à cet exercice favori du sexe féminin chaque fois qu'il m'arrivait de lui refuser quelque chose qu'elle s'était mise en tête d'obtenir. En pareilles occasions, je pouvais être sûr, dès que je rentrais de mon travail, d'entendre ma femme m'appeler du bas de l'escalier de la cuisine pour me déclarer qu'après le traitement brutal que je lui avais fait subir, elle n'avait vraiment pas le cœur de me préparer à dîner. Je m'accommodai de ces caprices pendant un certain temps – tout comme vous supportez à présent l'humeur de Miss Rachel. A la fin, ma patience se lassa. Un jour, je descendis, j'attrapai dans mes bras Mrs. Betteredge – entendez : très affectueusement – et la portai dans la pièce où elle recevait d'habitude ses invités. Je lui dis : « Voici l'endroit qui vous convient, ma chère » ; puis sur ces mots, je m'en retournai dans la cuisine. Je m'y enfermai à clef, ôtai mon veston, retroussai mes manches, et préparai moi-même mon repas. Lorsque celui-ci fut prêt, je me le servis selon les rites, et le dégustai de grand appétit. Ensuite, je fumai ma pipe et bus un petit verre de whisky. Pour finir, je desservis la table, lavai la vaisselle, nettoyai les couteaux et les fourchettes et, après avoir remis tout en ordre, je balayai le carreau devant le foyer. Lorsque toute chose fut aussi brillante et nette que possible, j'ouvris la porte, et fis entrer Mrs. Betteredge. « J'ai dîné, ma chère, et j'espère que vous trouverez la cuisine dans un état conforme à vos plus chers désirs ». Jusqu'à la fin de la vie de cette femme, Mr. Franklin, jamais plus je n'ai préparé mon dîner moi-même ! Moralité : vous avez plié devant Miss Rachel à Londres ; ne pliez pas devant elle dans le Yorkshire. Rentrons à la maison.

Imparable ! Mais je dus pourtant expliquer à mon bon ami qu'en l'occurrence, son pouvoir de persuasion ne pouvait avoir raison de ma décision.

– Il fait une soirée délicieuse, dis-je. Je vais marcher jusqu'à Frizinghall et prendre une chambre à l'hôtel. Venez déjeuner avec moi demain matin ; j'ai à vous parler.

Betteredge secoua gravement la tête.

– Je suis très peiné, me dit-il. J'avais espéré apprendre que tout était de nouveau comme avant entre vous et Miss Rachel. Toutefois, laissez-moi vous dire, reprit-il après un moment de réflexion, qu'il n'est pas nécessaire d'aller jusqu'à Frizinghall pour trouver un lit. Hotherstone's Farm se trouve à deux milles d'ici. Et là, aucune Miss Rachel au monde ne peut vous empêcher d'y dormir, ajouta finement le vieil homme ; le brave Hotherstone, Mr. Franklin, vit sur ses propres terres.

Je me rappelai l'endroit dès que Betteredge l'eut nommé. La maison était située dans une vallée bien abritée, sur la rive de la plus jolie rivière de cette partie du Yorkshire, et le fermier disposait d'une chambre à coucher et d'un salon qu'il avait coutume de louer à des artistes, des pêcheurs à la ligne ou encore des touristes. C'était certainement, dans la région, un des coins les plus agréables.

– Il a des chambres à louer ? demandai-je.

– Mrs. Hotherstone elle-même, monsieur, m'a demandé hier de recommander ses chambres.

– Dans ce cas, ce sera avec grand plaisir, Betteredge.

Nous retournâmes dans la cour où j'avais laissé mes bagages.

Betteredge fit passer un bâton dans la poignée de ma valise et la tint ainsi, la laissant balancer par-dessus son épaule. J'eus soudain l'impression qu'il était retombé dans l'état d'extrême saisissement où l'avait plongé mon arrivée, au moment où je l'avais surpris sur sa chaise longue. Son regard allait sans cesse de la maison à moi avec une expression qui ressemblait à de l'égarement.

– J'ai pourtant bien vécu, je ne suis pas né d'hier, soupira cet excellent et très cher serviteur, mais le diable si je pouvais m'attendre à connaître un jour comme celui-ci ! la maison d'un côté, Mr. Franklin Blake de l'autre, qui, croiriez-vous cela, lui tourne le dos et s'en va loger chez des étrangers…

Il me montra le chemin en balançant sa vieille tête et sans s'arrêter de grommeler.

– Seul un miracle peut tout arranger, me lança-t-il par-dessus son épaule, mais la première chose que vous avez à faire, Mr. Franklin, c'est de me rembourser les sept shillings et six pence que vous m'avez empruntés quand vous étiez enfant.

Cette petite plaisanterie détendit l'atmosphère et lui rendit une partie de sa bonne humeur. Nous abandonnâmes la maison et franchîmes le portail. Une fois hors des murs de la propriété, Betteredge – selon ce que lui dictait comme toujours son propre code moral – abandonna son devoir d'hospitalité pour retrouver sa curiosité naturelle. Il ralentit pour que nous puissions nous trouver côte à côte.

– Jolie soirée pour une promenade, Mr. Franklin, lança-t-il comme si nous venions de nous rencontrer par hasard. Si vous étiez allé à l'hôtel de Frizinghall, monsieur…

– Eh bien ?

– J'aurais eu l'honneur de déjeuner avec vous demain matin.

– Venez déjeuner avec moi à Hotherstone's Farm.

– Je vous remercie pour votre bonté, Mr. Franklin. Mais je ne voulais pas seulement parler du déjeuner. Ne m'avez-vous pas dit que nous avions à causer ? Si ce n'est pas un secret, dit brusquement Betteredge, en abandonnant les moyens détournés pour adopter le plus court chemin, je brûle de savoir ce qui vous a conduit ici.

– Vous rappelez-vous ce qui m'amena autrefois ?

– La Pierre de Lune, Mr. Franklin. Mais aujourd'hui, qu'est-ce qui vous ramène ?

– La Pierre de Lune, encore et toujours, Betteredge.

Le vieil homme s'arrêta soudain et me regarda dans la lumière tombante du crépuscule comme s'il soupçonnait ses oreilles de l'avoir trompé.

– Si c'est une plaisanterie, monsieur, j'ai bien peur d'être devenu un peu obtus avec l'âge. Je ne saisis pas très bien…

– Ce n'est pas une plaisanterie, répondis-je. Je suis venu ici pour apprendre ce qui s'est passé depuis mon départ. Je suis venu également pour faire ce que personne n'a voulu tenter : trouver qui a volé le diamant.

– Laissez dormir le diamant, Mr. Franklin ! Écoutez-moi, laissez dormir le diamant ! Ce maudit bijou indien a égaré tous ceux qui s'en sont approchés. Ne perdez ni votre argent ni votre bonne humeur en ces plus belles années de votre vie, monsieur, à vous occuper de la Pierre de Lune. Comment pouvez-vous espérer réussir (sauf votre respect) quand le sergent Cuff lui-même a abandonné la partie ? Le plus grand policier de l'Angleterre !

– Mon vieil ami, ma décision est prise, sergent Cuff ou non ! A ce propos, j'aurais peut-être besoin de lui parler un de ces jours. Avez-vous eu de ses nouvelles dernièrement ?

– Le sergent ne vous aidera pas, Mr. Franklin.

– Pourquoi ?

– Il y a eu du changement dans la police, depuis votre départ, monsieur. L'illustre Cuff s'est retiré des affaires. Il vit dans un petit cottage à Dorking, où il s'adonne à la culture des roses. C'est lui-même qui me l'a fait savoir, Mr. Franklin. Il cultive la rose mousseuse blanche sans la greffer sur l'églantier. Et Mr. Begbie, le jardinier, doit se rendre lui-même à Dorking pour constater que le sergent l'a battu sur son terrain.

– Cela ne fait rien. Je me passerai de l'aide du sergent Cuff. C'est à vous que je vais m'en remettre pour commencer.

Peut-être avais-je parlé trop à la légère, car je crus sentir que quelque chose avait piqué Betteredge dans mes propos.

– Vous pourriez placer plus mal votre confiance Mr. Franklin, je vous en donne l'assurance, répliqua-t-il un peu sèchement.

Le ton de sa réponse et le trouble qu'il montra après l'avoir prononcée me firent penser qu'il détenait quelque renseignement qu'il hésitait à me communiquer.

– Je compte sur vous, dis-je, pour m'aider à rassembler les fragments de preuves que le sergent Cuff a laissés derrière lui. Je sais que vous en êtes capable. Mais pouvez-vous faire davantage encore ?

– Que pouvez-vous attendre d'autre de moi, monsieur ? demanda Betteredge avec toute l'apparence de la plus parfaite humilité.

– Ce que vous venez de me dire me fait espérer autre chose.

– Pure vantardise, Mr. Franklin, répliqua le vieil homme avec obstination. Certaines gens sont des vantards nés, et le restent jusqu'à leur heure dernière. J'en fais partie.

Il n'y avait qu'un seul moyen de le fléchir. Je fis appel à l'intérêt qu'il portait à Rachel et à celui qu'il me portait à moi-même.

– Betteredge, seriez-vous heureux d'apprendre que Rachel et moi sommes réconciliés ?

– J'aurais bien mal réussi à servir votre famille, monsieur, si vous en doutiez.

– Vous souvenez-vous comment Rachel me traita avant que je quitte l'Angleterre ?

– Comme si c'était hier ! Ma maîtresse elle-même vous écrivit une lettre à ce sujet ; et vous eûtes la bonté de me montrer cette lettre, laquelle attestait que Miss Rachel avait été mortellement offensée, à cause de la part que vous aviez prise aux recherches entreprises pour retrouver son joyau. Et ni madame, ni vous, ni n'importe qui d'autre ne put deviner pourquoi.

– C'est exact, Betteredge ! Et à présent que je suis de retour de mes lointains voyages, je la retrouve dans le même état d'esprit incompréhensible. Je savais, en la quittant l'an dernier, que le diamant était la cause de son aversion pour moi, et je sais aujourd'hui qu'il s'agit encore de lui. J'ai essayé de lui parler, elle ne veut pas me voir. J'ai essayé de lui écrire, elle ne veut pas me répondre. Comment, au nom du ciel, puis-je arranger la situation ? Seule me reste la ressource d'éclaircir le mystère de la Pierre de Lune ; Rachel elle-même ne me laisse aucune autre chance.

Ces paroles, évidemment, lui présentaient le cas sous un jour qu'il n'avait pas envisagé jusqu'alors. Il me posa une question qui me prouva que je l'avais ébranlé.

– Vous n'avez aucune mauvaise intention, Mr. Franklin, n'est-ce pas ?

– J'ai éprouvé de la colère lorsque j'ai quitté Londres, répondis-je, mais elle a fini par s'évanouir. Je souhaite seulement que Rachel et moi puissions de nouveau nous entendre ; c'est ce que je désire le plus au monde.

– Ne craignez-vous pas, monsieur, – à supposer que vous découvriez enfin quelque chose – ce que vous pourriez apprendre sur Miss Rachel ?

Je compris quelle irréductible confiance en sa jeune maîtresse lui dictait ces paroles.

– Je suis aussi sûr d'elle que vous l'êtes vous-même, répondis-je. La révélation de son secret ne pourra rien apporter qui puisse porter atteinte à la place qu'elle occupe dans votre estime et dans la mienne.

Ces derniers mots balayèrent les ultimes scrupules de Betteredge.

– Je me fourvoie peut-être en voulant vous aider, Mr. Franklin, s'écria-t-il, mais tout ce que je puis dire c'est que, si c'est le cas, ce sera malgré moi : je suis à cet égard aussi innocent que l'enfant qui vient de naître ! Je peux vous mettre déjà sur la voie de la découverte, si vous êtes seulement capable ensuite de continuer par vos propres moyens. Vous rappelez-vous cette pauvre fille, Rosanna Spearman ?

– Bien sûr !

– Vous avez toujours pensé, n'est-ce pas, qu'elle avait quelque chose à vous dire au sujet de la Pierre de Lune ?

– C'est exact ; je ne parvenais pas à m'expliquer autrement son étrange conduite.

– N'en doutez plus, Mr. Franklin.

C'était à moi d'être interdit cette fois. J'essayai vainement, dans l'obscurité, de voir son visage. Encore sous le coup de la surprise, je lui demandai avec un peu d'impatience ce qu'il voulait dire.

– Calmez-vous, monsieur, continua Betteredge. Je m'explique : Rosanna Spearman a laissé une lettre – une lettre pour vous.

– Où est-elle ?

– Entre les mains d'une de ses amies, à Cobb's Hole. Vous avez sûrement entendu parler, quand vous étiez à la maison, de Lucy la boiteuse, une pauvre fille qui marchait avec des béquilles ?

– La fille du pêcheur ?

– Celle-là même, Mr. Franklin.

– Pourquoi cette lettre ne m'a-t-elle pas été envoyée ?

– Lucy la boiteuse n'en fait jamais qu'à sa tête. Elle n'a pas consenti à mettre cette lettre en d'autres mains que les vôtres. Et vous avez quitté l'Angleterre avant que j'aie pu vous écrire.

– Faisons demi-tour, Betteredge, et allons la chercher tout de suite.

– Il est trop tard ce soir, monsieur. On est économe en chandelles le long de notre côte, et on se couche de bonne heure à Cobb's Hole.

– C'est stupide. Nous pourrions y arriver en une demi-heure.

– Vous le pourriez, monsieur. Mais, arrivé là, vous trouveriez porte close.

Il désigna une lueur qui brillait faiblement en dessous de nous, et j'entendis, dans le silence nocturne, le murmure de la rivière.

– Voici la ferme, Mr. Franklin. Installez-vous bien pour la nuit et ayez la bonté de venir me retrouver demain matin.

– Viendrez-vous avec moi chez le pêcheur ?

– Certainement, monsieur.

– De bonne heure ?

– Aussitôt qu'il vous plaira, Mr. Franklin.

Nous nous engageâmes alors sur le sentier qui conduisait à la ferme.

3

Je n'ai que le souvenir le plus vague de ce qui se passa à Hotherstone's Farm.

Je me rappelle un accueil cordial ; un souper prodigieux qui, en Orient, aurait nourri tout un village ; une chambre à coucher exquisément propre, où rien ne laissait à désirer, si ce n'est cette détestable invention due à la folie de nos ancêtres : un lit en plume ; une nuit agitée, passée à frotter pas mal d'allumettes et à allumer à maintes reprises ma petite chandelle ; enfin, une immense sensation de soulagement lorsque le soleil se leva et que je pus songer à me lever.

Avec Betteredge, j'avais convenu, la veille, que nous nous mettrions de bonne heure en route pour Cobb's Hole. J'avais hâte de prendre possession de la lettre qui m'était destinée. Sans attendre le petit déjeuner, j'emportai un morceau de pain et sortis avec la crainte de surprendre l'excellent Betteredge dans son lit. A ma grande satisfaction, je le trouvai aussi impatient que moi de connaître la suite des événements. Il était prêt, m'attendant, sa canne à la main.

– Comment allez-vous ce matin, Betteredge ?

– Pas très bien, monsieur.

– Je suis désolé. De quoi souffrez-vous ?

– Je souffre d'une nouvelle maladie, Mr. Franklin, une maladie de mon invention. Ne vous alarmez pas, mais je suis sûr que vous en serez victime avant la fin de la matinée.

– Que le diable m'emporte !

– Ne sentez-vous pas une chaleur intolérable dans le creux de votre estomac, monsieur ? Et des battements dans votre tête ? Ah ! pas encore ? Cela vous prendra à Cobb's Hole, Mr. Franklin. J'appelle cela la fièvre détective ; elle m'a saisi pour la première fois un jour que j'étais en compagnie du sergent Cuff.

– Aïe ! Et le remède en l'occurrence est d'ouvrir la lettre de Rosanna Spearman, n'est-ce pas ? Mettons-nous en route et allons la chercher.

Comme il était très tôt, nous surprîmes la femme du marin dans sa cuisine. Dès que Betteredge m'eut présenté, la bonne Mrs. Yolland fit mille politesses qu'elle réservait aux étrangers de marque, comme je devais l'apprendre par la suite. Elle mit une bouteille de Dutch Gin et deux pipes propres sur la table, puis elle entama la conversation.

– Quelles nouvelles apportez-vous de Londres, monsieur ?

Avant que j'aie trouvé une réponse à cette question toute naturelle, je vis s'avancer vers moi un fantôme, une fille pâle, hagarde, l'air un peu sauvage, la tête ornée de cheveux splendides, le regard féroce. En s'appuyant sur des béquilles, elle s'approcha de la table. Elle posa sur moi un regard où se mêlaient l'horreur et la fascination.

– Mr. Betteredge, dit-elle sans me quitter des yeux, répétez le nom de ce monsieur, je vous prie.

– Le nom de ce monsieur, répondit Betteredge en appuyant sur ce mot d'un ton emphatique, est Mr. Franklin Blake.

La jeune fille me tourna brusquement le dos et quitta la pièce.

La bonne Mrs. Yolland tenta – à ce qu'il me sembla du moins – d'excuser la singulière façon d'agir de sa fille, et Betteredge s'attacha à traduire ses propos en anglais courant. Je le dis sans en être absolument certain, car mon attention, pendant tout ce temps, était détournée par le bruit des béquilles de la jeune fille sur les marches de l'escalier, puis sur le parquet de la chambre au-dessus de nos têtes, de nouveau enfin sur les escaliers. La boiteuse réapparut dans l'ouverture de la porte, une lettre à la main, en me faisant signe de la rejoindre.

J'abandonnai la mère et ses explications pour suivre l'étrange créature qui boitilla devant moi, de plus en plus vite, jusqu'au bas du chemin conduisant à la plage. Elle alla jusqu'à une rangée de bateaux qui nous abritaient du regard et des oreilles des quelques rares habitants du village. Là, elle s'arrêta puis, pour la première fois, me regarda droit dans les yeux.

– Restez là, dit-elle. Je veux vous regarder.

Il n'y avait pas à se méprendre sur l'expression de son visage. Je lui inspirais au plus haut point de l'horreur et du dégoût. Je ne voudrais pas paraître fat en affirmant que, jamais auparavant, aucune femme ne m'avait regardé de cette façon. Disons simplement, pour rester plus modeste, qu'aucune ne m'avait jamais laissé deviner qu'elle pouvait me regarder de la sorte. Je tentai de diriger l'attention de Lucy la boiteuse sur un objet moins repoussant que mon visage.

– Je sais que vous avez une lettre à me remettre, commençai-je. Serait-ce celle que vous tenez à la main ?

– Redites-moi cela.

Ce fut la seule réponse que j'obtins.

Je répétai les mêmes mots, comme un bon petit garçon qui récite sa leçon.

– Non, dit la jeune fille, se parlant à elle-même et ne cessant de me fixer avec cruauté. Non, je ne vois vraiment pas ce qu'elle pouvait trouver à ce visage ni à cette voix.

Puis brusquement, elle regarda loin de moi et inclina la tête sur sa béquille.

– Oh ! ma pauvre chérie ! dit-elle avec une douceur que je n'aurais jamais soupçonnée. Oh ! ma bien-aimée à jamais perdue ! Que pouviez-vous trouver de si bien dans cet homme ?

Elle redressa fièrement la tête et me regarda de nouveau.

– Pouvez-vous boire et manger ? me demanda-t-elle.

Je fis de mon mieux pour garder mon sérieux et répondis par l'affirmative.

– Pouvez-vous dormir ?

– Oui.

– Quand vous voyez une pauvre domestique, n'éprouvez-vous aucun remords ?

– Certainement non. Pourquoi ?

Elle me jeta brusquement la lettre à la figure en me disant :

– Prenez-la ! Je ne vous avais jamais vu. Dieu veuille que je ne vous revoie jamais !

Ceci dit, elle s'éloigna aussi vite qu'elle le put. La seule explication que je pouvais trouver à sa conduite est celle que vous aurez probablement déjà imaginé vous aussi : je pensai qu'elle était folle.

En étant arrivé à cette conclusion, je revins à un sujet de spéculations autrement plus intéressant, je veux parler de la lettre de Rosanna Spearman. L'adresse était rédigée de la manière suivante : *Pour Franklin Blake, Esq. A remettre en main propre – et à personne d'autre – par Lucy Yolland.*

Je brisai le cachet. L'enveloppe contenait une lettre à l'intérieur de laquelle se trouvait un morceau de papier. Je lus d'abord la lettre :

Monsieur, si vous avez la curiosité de chercher l'explication de ma conduite à votre égard, pendant que vous étiez chez ma maîtresse, lady Verinder, faites ce que je vous indique dans le mémorandum inclus, aussi secrètement que possible et sans témoin. Votre humble servante,

Rosanna Spearman.

Je lus ensuite le papier inclus dans la lettre. En voici la copie exacte :

Mémorandum : Aller aux Sables Frissonnants au changement de marée. Se diriger vers la pointe Sud jusqu'à se trouver dans l'axe du phare et du pavillon des gardes-côtes de Cobb's Hole. Déposer ensuite sur les rochers un bâton, exactement dans l'axe du phare et du pavillon. L'une des extrémités du bâton doit se trouver située sur le bord des rochers, du côté où ils surplombent les Sables Frissonnants. Chercher le long du bâton (en commençant par la partie orientée vers le phare), parmi les algues, pour trouver une chaîne. Saisir la chaîne avec la main et la suivre jusqu'au bord du rocher surplombant les Sables. Une fois là, tirer sur la chaîne.

Comme je finissais de lire les derniers mots, soulignés sur le papier, j'entendis derrière moi la voix de Betteredge. L'inventeur de la fièvre détective avait complètement succombé à l'irrésistible maladie.

– Je ne pouvais attendre plus longtemps, Mr. Franklin. Que dit cette lettre ? De grâce, révélez-moi son contenu !

Je lui tendis la lettre et le mémorandum. Il lut la première sans paraître toutefois très intéressé. Le mémorandum, au contraire produisit sur lui une forte impression.

– Le sergent avait raison, s'écria-t-il. Il avait raison du début à la fin. Il avait bien dit que l'endroit exact de la cachette serait indiqué. Voici, grâce à Dieu, Mr. Franklin, voici le secret qui nous tourmentait tous, à commencer par l'illustre Cuff. Il est là ! Il vous attend ! Il s'offre à vous ! La marée est descendante, comme vous pouvez le constater. Combien de temps peut-il nous rester avant qu'elle remonte ?

Non loin de là, il aperçut un garçon qui remaillait un filet.

– Tammie Bright ! cria-t-il d'une voix forte.

– Je vous entends, répondit Tammie.

– A quelle heure la marée commence-t-elle à remonter ?

– Dans une heure.

Nous consultâmes nos montres.

– En longeant la côte, Mr. Franklin, me dit Betteredge, nous avons largement le temps d'atteindre les Sables. Qu'en dites-vous ?

– Allons-y !

Tandis que nous nous dirigions vers les Sables Frissonnants, je demandai à Betteredge de me remémorer les événements qui s'étaient déroulés au moment de l'enquête du sergent Cuff, notamment ce qui touchait à Rosanna Spearman. Grâce à mon vieil ami, j'eus de nouveau en mémoire les moindres détails : la course de Rosanna à Frizinghall, alors que toute la domesticité la croyait enfermée, malade, dans sa chambre ; le mystérieux travail de Rosanna, en pleine nuit, sa porte fermée et sa lampe allumée jusqu'au matin ; l'achat suspect de la boîte de métal et des deux chaînes de chien à Mrs. Yolland ; la conviction formelle du sergent que Rosanna avait caché un objet dans les Sables et son ignorance absolue de ce que cela pouvait être. Tous les détails de l'enquête – la vaine enquête – sur la Pierre de Lune étaient nettement gravés dans mon esprit quand nous atteignîmes les Sables et commençâmes à longer les rochers de la pointe Sud.

Grâce à Betteredge, je me trouvai bientôt dans l'axe du phare et du pavillon des gardes-côtes. En suivant les indications du mémorandum, nous orientâmes le bâton aussi précisément que possible sur la surface inégale des rochers.

Ayant atteint les sables secs, je me disposais à m'asseoir quand, à ma grande surprise, Betteredge fit mine de s'éloigner.

– Où allez-vous ? lui demandai-je.

– Regardez la lettre et vous le saurez.

Un coup d'œil à la lettre me rappela que je devais être seul pour découvrir le secret de Rosanna.

– C'est bien dur pour moi de vous quitter en pareil moment. Mais elle est morte d'une façon horrible, la pauvre créature, et je veux respecter ses dernières volontés. D'autre part, ajouta-t-il confidentiellement, il n'y a rien dans la lettre qui vous empêche de me communiquer son secret, quand vous l'aurez découvert. Je me reposerai dans les sapins et attendrai que vous m'y rejoigniez. Ne soyez pas trop long à venir, monsieur. La fièvre détective n'est pas une maladie facile à soigner.

Sur ce, il me laissa seul.

L'attente, si courte fût-elle au regard du temps qui s'écoula réellement, prit, à l'aune de mon impatience, des proportions formidables. Et je dois dire que j'éprouvai alors tous les bienfaits de cette détestable habitude qui consiste à fumer. J'allumai l'un de mes précieux cigares consolateurs et m'assis sur le talus.

Les rayons du soleil éclairaient splendidement l'horizon à perte de ma vue. L'exquise fraîcheur de l'air rendait plus voluptueuse encore la joie de vivre et la petite baie déserte saluait le matin d'un air joyeux ; la surface humide des Sables brillait d'un éclat doré, comme si leur sombre face, d'ordinaire horrible et sinistre, s'éclairait soudain d'un lumineux sourire. C'était la plus belle journée que je passais depuis mon retour en Angleterre.

Le changement de marée se produisit bien avant que j'eusse achevé mon cigare. Je perçus le premier soulèvement des Sables, puis le majestueux frisson qui rida toute leur surface, comme si quelque démon vivant s'agitait et frémissait dans leurs profondeurs insondables. Je jetai mon cigare et me dirigeai vers les rochers.

Le mémorandum indiquait que je devais chercher dans la zone délimitée par le bâton, en partant du bout le plus proche du phare. Je tâtonnais selon les instructions sur la moitié de la longueur du bâton, sans rien sentir d'autre que le bord des rochers, jusqu'à moitié du chemin. Un pouce ou deux plus loin cependant, ma patience fut récompensée. Dans une étroite fissure, à portée de mon doigt, je sentis la chaîne. J'essayai ensuite de la suivre en direction des Sables, mais je me trouvai arrêté par un amoncellement de varech qui s'était, sans aucun doute, introduit dans la fissure depuis que Rosanna avait choisi cette cachette.

Il m'était impossible d'arracher le varech tout autant que de passer ma main à travers. Après avoir fait une marque à l'endroit où le bout du bâton surplombait les Sables Frissonnants, je décidai de poursuivre la recherche de la chaîne selon mes propres plans. Mon idée était de « plonger » directement sous les rochers, dans l'espoir de retrouver la trace de la chaîne à l'endroit où elle pénétrait dans les Sables. Je saisis le bâton et m'agenouillai sur le bord de la pointe Sud.

Dans cette position, mon visage se trouvait à quelques pieds à peine de la surface des sables mouvants. Je me sentis frissonner, à les voir si près de moi, agités à intervalles irréguliers par un horrible tremblement. La pensée que la morte pouvait soudain surgir sur les lieux de son suicide pour m'aider dans mes recherches – je voyais une horrible apparition déchirer l'épaisse surface des Sables Frissonnants et désigner du doigt la maudite cache – me traversa l'esprit et me glaça les sangs. J'avoue avoir fermé les yeux quand la pointe de mon bâton pénétra dans le sable.

L'instant d'après, le bâton à peine enfoncé de quelques pouces sous la surface, ma terreur superstitieuse s'évanouissait et j'étais anxieux d'en finir. Un seul coup de sonde aveugle suffit ; mon bâton frappa la chaîne.

Me tenant solidement de la main gauche aux racines de varech, je me mis à plat ventre et j'explorai de ma main droite le dessous des rochers ; je rencontrai bientôt la chaîne.

Je la tirai sans difficulté. La boîte était au bout.

L'action de l'eau avait à tel point rouillé la chaîne qu'il me fut impossible de la détacher du moraillon qui la retenait à la boîte. Je dus mettre celle-ci sur mes genoux et tirer de toutes mes forces, afin d'arracher le couvercle. Un objet blanc se trouvait à l'intérieur. Je m'en emparai aussitôt : c'était un morceau de toile.

La toile enveloppait une lettre. Je regardai l'enveloppe ; elle portait mon nom. Je la mis dans ma poche et sortis la toile de la boîte. Elle était soigneusement enroulée sur elle-même ; les plis du tissu avaient épousé les contours de la boîte dans laquelle il avait été tenu si longtemps enfermé et parfaitement préservé des injures de la mer.

J'emportai le linge sur le sable sec de la plage où je le déroulai et l'étendis avec soin. Aucun doute possible : c'était une pièce de lingerie, une chemise de nuit.

La partie supérieure du vêtement présentait d'innombrables plis et froissements, rien de plus. La partie inférieure que j'examinai ensuite portait – cela me sauta immédiatement aux yeux – une trace de peinture, provenant de la porte du boudoir de Rachel !

Mes yeux restèrent rivés à la tache, et, d'un bond, mon esprit me reporta vers le passé. Les propres paroles du sergent Cuff me revinrent en mémoire, comme si l'homme se trouvait de nouveau, en personne, à mes côtés, désignant du doigt la preuve irréfutable de son hypothèse concernant la trace laissée sur la porte.

« Il faut premièrement trouver dans la maison l'accessoire de toilette qui porte la marque de cette peinture ; trouver deuxièmement à qui il appartient ; découvrir troisièmement comment cette personne a pénétré dans cette pièce entre minuit et trois heures du matin. Si elle ne peut donner de réponse satisfaisante, nous n'aurons pas à chercher plus loin qui a pris le diamant. »

L'une après l'autre, ses paroles me revenaient en mémoire, bourdonnant dans mon cerveau comme une obsédante litanie. Je fus tiré de cette transe qui me semblait avoir duré plusieurs heures – mais qui, en réalité, n'avait sans doute duré que quelques minutes – par une voix qui m'appelait. Je levai les yeux et compris que la patience de Betteredge avait atteint son extrême limite. Il venait d'apparaître entre les dunes, et se dirigeait vers la plage.

L'arrivée du vieil homme me ramena au présent, et je me rendis compte que l'enquête que j'étais en train de mener était restée en suspens. J'avais découvert la tache sur la chemise de nuit ; mais à qui appartenait la chemise de nuit ?

Mon premier mouvement fut de consulter la lettre qui était dans ma poche – la lettre que j'avais trouvée dans la boîte. Comme je levais la main pour la prendre, je pensai qu'il y avait un moyen plus rapide de connaître la vérité. La chemise de nuit elle-même me la révélerait, car, selon toute probabilité, elle était brodée au nom de son propriétaire. Je la ramassai sur le sable et cherchai la marque.

Je la trouvai et lus... MON PROPRE NOM!

J'avais devant les yeux des lettres familières m'indiquant que le vêtement était à moi. Était-ce bien vrai ? Je le regardai de plus près. Le soleil brillait, les eaux miroitaient dans la baie, le vieux Betteredge s'approchait de plus en plus. Je regardai les lettres une fois encore. Mon propre nom, mon propre nom qui me narguait dans toute son évidence...

« Dût-il m'en coûter du temps, des souffrances et de l'argent, je mettrai la main sur le voleur de la Pierre de Lune. »

J'avais quitté Londres avec ces mots sur les lèvres. J'avais percé le secret que les Sables avaient jalousement gardé à l'abri de toute curiosité humaine. Et, confronté à l'indiscutable évidence d'une tache de peinture, je venais de découvrir que c'était moi le voleur !

4

Comment vous dire ce que je ressentis alors ?

Je me rappelle seulement que le choc suspendit ma faculté de penser et de sentir. Je n'étais certainement pas en état de comprendre quoi que ce fût, car lorsque Betteredge me rejoignit et me demanda ce que j'avais découvert, je partis d'un grand éclat de rire et, lui mettant la chemise dans les mains, je le priai de déchiffrer l'énigme par lui-même.

Je n'ai pas le moindre souvenir de ce que nous nous sommes dit sur la plage. Les premières images claires qui me reviennent sont celles de la plantation de pins. Betteredge ne cesse de me répéter que lui, comme moi, nous ne serons capables d' « affronter la réalité » que lorsque nous aurons bu un bon verre de whisky.

La scène change à présent ; nous sommes dans le petit salon de Betteredge. J'avais complètement oublié ma résolution de ne pas pénétrer dans la maison de Rachel. J'éprouve une agréable sensation de fraîcheur, d'ombre et de quiétude. Je sirote un whisky – luxe tout à fait inhabituel pour moi à cette heure de la journée – que mon vieil ami a étendu d'excellente eau glacée, celle qui vient du puits. En d'autres circonstances, l'alcool m'engourdirait; dans l'état où je me trouve, il me stimule. Je commence à « affronter la réalité », ainsi que l'a prédit Betteredge. De son côté, le brave serviteur retrouve lui aussi sa lucidité.

L'image que je vous offre de moi-même semblera, je le crains, très étrange, pour ne pas dire plus. Placé dans une situation que l'on pourrait qualifier, je pense, de totalement inédite et sans comparaison, que fais-je ? Est-ce que je me retire, loin de toute société humaine ? Est-ce que j'applique mon esprit à analyser l'abominable réalité ? Est-ce que je me précipite à Londres par le premier train, afin de prendre l'avis des plus hautes autorités et demander sans tarder l'ouverture d'une enquête approfondie ? Non. J'accepte l'hospitalité d'une maison dont ma dignité m'interdisait l'accès et dont j'avais résolu de ne plus franchir le seuil; et me voici installé, à dix heures du matin, sirotant de l'alcool en compagnie d'un vieux serviteur. Est-ce là la conduite qu'on aurait attendue d'un homme dans ma situation ? Je n'ai qu'une chose à répondre à cela; seulement que le visage familier du vieux Betteredge m'apportait un inexprimable réconfort, et que son whisky m'était le meilleur des remontants possibles dans l'état de prostration physique et morale où j'étais plongé. C'est la seule excuse que je puisse me donner; je me bornerai à dire mon admiration à ceux de mes lecteurs qui, du berceau à la tombe, parviennent invariablement à conserver, dans toute circonstance de leur vie, une parfaite dignité et à suivre une ligne de conduite strictement logique et cohérente.

– Quoi qu'il en soit, Mr. Franklin, ce qui est certain, dit soudain Betteredge en plaçant la chemise de nuit devant nous sur la table et en la montrant du doigt comme si c'était un être vivant capable de l'entendre, elle ment !

Ce point de vue réconfortant n'était pas celui qui se présentait immédiatement à mon esprit.

– Je suis aussi innocent que vous, dis-je. Il n'empêche que voici un témoignage contre moi ! Une tache de peinture sur une chemise marquée à mon nom est un fait que l'on ne peut nier.

Betteredge prit mon verre et le plaça d'un air convaincu entre mes mains.

– Un fait ? répéta-t-il. Buvez, Mr. Franklin, et vous n'aurez plus la faiblesse de croire en un fait pareil. C'est une trahison, monsieur !

continua-t-il sur le ton de la confidence. C'est ainsi que j'explique l'énigme. Trahison sur toute la ligne ; et c'est à nous deux de la démasquer. N'y avait-il rien d'autre dans la boîte quand vous l'avez ouverte ?

La question me rappela aussitôt la lettre que j'avais dans ma poche. Je la pris et l'ouvris. C'était une missive de plusieurs pages couvertes d'une écriture serrée. Je cherchai fébrilement la signature : *Rosanna Spearman*.

Comme je lisais le nom, un souvenir me revint soudain à l'esprit et fit naître en moi un nouveau soupçon.

– Attendez ! m'écriai-je. Rosanna Spearman entra chez ma tante à sa sortie de prison, n'est-ce pas ? Et c'était une ancienne voleuse ?

– Il n'y a pas à le nier, Mr. Franklin. Mais où voulez-vous en venir, s'il vous plaît ?

– Où je veux en venir ? Comment savez-vous que ce n'est pas elle après tout qui a volé le diamant ? Comment savez-vous qu'elle n'a pas intentionnellement fait cette tache de peinture sur ma chemise ?

Betteredge posa sa main sur mon bras et m'arrêta avant que j'eusse pu en dire davantage.

– Vous serez lavé de tout soupçon, Mr. Franklin. Mais pas de cette manière, croyez-le bien. Lisez la lettre. C'est un devoir. Un devoir envers la mémoire de cette fille. Lisez-la.

Je sentis alors, à toute l'ardeur qu'il mettait dans ses propos, qu'il m'adressait un amical reproche.

– Vous jugerez d'après la lettre, dis-je. Je vais vous la lire.

Je commençai la lecture des lignes qui suivent :

Monsieur, j'ai un aveu à vous faire. Une confession qui comporte de grandes souffrances peut quelquefois se résumer en peu de mots. Trois suffiront pour la mienne : je vous aime.

La lettre me tomba des mains. Je regardai Betteredge.

– Au nom du Ciel, qu'est-ce que cela signifie ?

Il parut se dérober, évita la question.

– Vous et Lucy la boiteuse étiez seuls ce matin, monsieur. Ne vous a-t-elle rien dit au sujet de Rosanna Spearman ?

– Elle n'a même pas prononcé son nom.

– Continuez de lire, Mr. Franklin. Après tout ce que vous avez déjà souffert, je me garderai de vous affliger davantage. Laissez Rosanna parler, monsieur, et buvez encore un peu. Cela vous réconfortera.

Je repris la lecture de la lettre.

Je serai morte, monsieur, quand vous trouverez cette lettre. C'est ce qui me rend audacieuse. Aucune tombe ne vous parlera de moi; je peux donc vous avouer toute la vérité. J'irai me perdre dans les Sables Frissonnants quand je vous aurai tout dit.

Vous trouverez à côté de cette lettre votre chemise de nuit portant la tache de peinture. Vous devez apprendre comment j'ai réussi à la cacher et pourquoi je n'en ai rien dit tandis que je vivais encore. Je n'ai qu'une raison à vous donner. Je l'ai fait parce que je vous aimais.

Je ne vous importunerai pas longtemps avec ce qu'a été ma vie avant mon arrivée chez lady Verinder. Cette dernière m'a fait sortir d'un pénitencier où j'étais entrée après avoir fait de la prison. J'étais une voleuse. Je l'étais devenue parce que ma mère faisait le trottoir, et parce que mon gentleman de père l'avait abandonnée, alors que je n'étais encore qu'une toute petite fille. C'est une histoire banale. On en lit souvent de semblables dans les journaux.

Lady Verinder fut toujours très bonne pour moi; Mr. Betteredge également. Eux deux et la directrice du pénitencier sont les seules bonnes personnes que j'aie jamais rencontrées dans ma vie. J'aurais conservé ma place – sans être véritablement heureuse –, mais j'aurais pu rester si vous n'étiez pas venu. Je ne vous blâme pas. C'est ma faute, oui, c'est bien ma faute.

Vous rappelez-vous quand vous nous avez retrouvés sur la dune, ce matin où vous cherchiez Mr. Betteredge? Vous étiez comme un prince de conte de fées. Vous m'êtes apparu tel un amoureux dans un rêve. Vous étiez la plus adorable créature que l'on pouvait imaginer. Je n'avais jamais éprouvé le bonheur que je ressentis alors. Ne riez pas, si vous pouvez vous en empêcher. Oh! si je pouvais seulement vous faire sentir combien tout cela était sérieux pour moi!

Je rentrai à la maison et j'inscrivis votre nom et le mien sur ma boîte à ouvrage, avec un nœud d'amour en dessous. Alors, un démon, non je devrais dire un bon ange me murmura : « Regarde-toi dans une glace. » Et le miroir me dit : « N'y pense donc pas. » Mais j'étais trop fière pour suivre ce conseil. Je continuai à vous aimer de plus en plus, comme si j'étais une lady digne de vous, en même temps que la plus belle créature sur qui vos yeux se soient jamais posés.

J'essayais, oui j'essayais de vous forcer à me regarder. Si seulement vous aviez su que je passais mes nuits à pleurer de chagrin et d'humiliation parce que vous ne faisiez pas attention à moi, vous auriez peut-être eu pitié de moi et vous m'auriez accordé un regard de temps à autre pour me permettre de vivre !

Ce n'aurait sans doute pas été un bon regard si vous aviez pu découvrir combien je détestais Miss Rachel. Je crois avoir découvert que vous l'aimiez avant même que vous vous en soyez aperçu. Elle avait l'habitude de vous offrir des roses pour orner votre boutonnière. Ah ! Mr. Franklin, ce sont MES *fleurs à moi que vous portiez, plus souvent qu'elle ou vous ne le pensiez ! Car la seule consolation qui me restait, c'était de mettre secrètement ma rose dans votre verre d'eau à la place de la sienne que je me hâtais de jeter.*

Si elle avait réellement été aussi jolie que vous l'imaginiez, sans doute aurais-je mieux supporté votre amour pour elle ; non, je crois que je lui en aurais voulu davantage. Imaginez Miss Rachel dans une robe de servante, sans aucune parure ? (Je ne sais pas ce qui me pousse à vous écrire ainsi.) Mais c'est sûr qu'elle aurait eu méchante allure ; elle était si maigre ! Ah ! Sait-on jamais ce qui plaît aux hommes ! Les jeunes ladies, elles, ont le droit de se comporter comme une servante ne pourrait jamais le faire. Cela ne me regarde pas. Je ne peux espérer que vous lisiez ma lettre jusqu'au bout, si je l'écris ainsi. Mais je ne peux supporter d'entendre dire que Miss Rachel est jolie quand on sait qu'elle le doit uniquement à ses robes et à sa confiance en elle.

Ne vous impatientez pas, monsieur. J'en arrive maintenant à l'époque qui vous intéresse, celle où le diamant fut perdu.

Cependant, il y a une chose que j'ai résolu de vous dire d'abord.

A l'époque où je volais, ma vie n'était pas si dure à supporter. Ce n'est que lorsque l'on m'enseigna, au pénitencier, à sentir ma propre déchéance, à essayer de m'amender, que les journées devinrent longues et pénibles. Dès lors, l'avenir me préoccupa. Je ressentis la présence des honnêtes gens – même des meilleurs d'entre eux – comme un reproche vivant. Une sensation déchirante de solitude m'envahit, où que j'aille, quoi que je fasse, qui que je fréquente. Il était de mon devoir, je le savais, d'essayer de m'entendre avec les autres domestiques dans ma nouvelle place. Pourtant, je ne pus me lier avec personne. Tous semblaient – du moins à ce que j'imaginais – soupçonner ce que j'avais été. Je ne regrettais pas, loin de là, qu'on m'ait incitée à devenir une femme meilleure ; mais en vérité, en vérité, ma vie était devenue bien pénible. Vous l'avez traversée, d'abord comme un rayon de soleil, mais ensuite, vous aussi, vous m'avez manquée. J'étais assez folle pour vous aimer et je ne pouvais même pas attirer votre attention. Quelle misère ! Vraiment, quelle grande misère ce fut pour moi.

A présent, j'en arrive à ce que je désirais vous dire. Au cours de ces jours d'amertume, je me rendis deux ou trois fois, quand j'étais de sortie, à ma plage favorite, la plage des Sables Frissonnants. Je me disais : « Je pense que tout a une fin. Quand je ne pourrai plus supporter ma peine, je pense que tout finira ici. » Il faut que vous sachiez, monsieur, que cet endroit m'avait comme envoûtée, bien avant votre arrivée. J'avais toujours su que quelque chose m'adviendrait aux Sables Frissonnants. Mais jamais je n'y avais songé comme à un moyen possible de me supprimer ; non, pas jusqu'au moment dont je vous parle à présent dans cette lettre. C'est alors seulement qu'il me vint à l'esprit que c'était là un endroit où tous mes chagrins prendraient fin en l'espace d'un instant, où je disparaîtrais à jamais.

Voilà tout ce que j'ai à vous dire sur moi-même et sur la période qui s'écoula entre le matin où je vous vis pour la première fois et celui où l'alarme fut donnée dans la maison, après la disparition du diamant.

J'étais si exaspérée par les conversations stupides des autres femmes de chambre qui ne cessaient de se demander qui serait soupçonné en premier, et j'étais si fâchée contre vous à cause de toute la peine que vous vous donniez pour retrouver le diamant et envoyer chercher la police, que je me suis tenue à l'écart jusqu'à l'arrivée du policier de Frizinghall.

L'inspecteur Seegrave commença, vous vous en souvenez, par faire garder les chambres des domestiques. C'est alors que les femmes montèrent le trouver pour savoir ce que signifiait cette mesure. Je les suivis, car si je m'étais séparée d'elles, l'inspecteur était le genre d'homme à me soupçonner immédiatement. Nous le trouvâmes dans la chambre de Miss Rachel ; il nous dit que toutes ces femmes autour de lui l'encombraient puis, nous montrant la marque sur la porte, il nous accusa de l'avoir faite en frottant le bois avec nos jupons. Sur ce, il nous renvoya toutes.

En sortant de la chambre de Miss Rachel, ma première pensée fut de m'arrêter sur le palier pour regarder si ma robe n'était pas tachée. Pénélope Betteredge, la seule fille de la maison avec qui je m'entendais, passait par là au même moment; elle s'aperçut de ce que j'étais en train de faire. Elle me dit : « Ne vous inquiétez pas, Rosanna, la peinture de la porte de Miss Rachel est sèche depuis longtemps. Si l'inspecteur ne nous avait pas interdit de monter dans nos chambres – le méchant homme – je l'en aurais avisé. Je ne sais pas ce que vous en pensez, mais pour ma part, je n'ai jamais reçu pareille insulte ! » Pénélope avait un caractère prompt à s'emporter; je tentai de la calmer et je lui demandai : « Comment pouvez-vous savoir si la peinture était sèche ? » Elle me dit : « Je suis restée toute la matinée d'hier avec Miss Rachel, et Mr. Franklin. C'est moi qui mélangeais les couleurs pendant qu'ils finissaient de peindre la porte. J'entends encore Miss Rachel demander si la porte serait bien sèche le soir pour la montrer aux invités. Mr. Franklin secoua la tête négativement et déclara qu'elle mettrait au moins douze heures à sécher. Il était trois heures de l'après-midi; calculez, Rosanna : pour moi, la porte a dû être sèche vers trois heures du matin. »

Je lui demandai alors si des invitées n'étaient pas montées admirer la porte dans la soirée, car je me souvenais avoir entendu Miss Rachel les avertir de bien faire attention à ne pas trop s'en approcher. « Ce ne sont certainement pas les invitées qui ont fait la tache, répondit Pénélope. J'ai regardé la porte en sortant de chez Miss Rachel, après son coucher vers minuit : la peinture était intacte. – Ne devez-vous pas en parler à l'inspecteur Seegrave, Pénélope ? – Je ne dirai rien qui puisse aider l'inspecteur Seegrave dans ses recherches ! » Sur ces mots, elle retourna à son travail, et moi au mien.

Mon travail, monsieur, consistait à faire votre lit et à mettre de l'ordre dans votre chambre. C'était le plus heureux moment de ma journée. J'embrassais l'oreiller sur lequel votre tête avait reposé toute la nuit. Personne ne prit jamais autant de soin que moi à plier vos vêtements, ni à les brosser. Il n'y restait jamais un grain de poussière. Vous n'y avez pas davantage fait attention que vous ne preniez garde à moi… Mais je vous demande pardon, je m'égare; je vais me dépêcher de continuer.

J'allai donc ce matin-là faire votre chambre. Votre chemise de nuit était placée en travers du lit, exactement comme vous l'y aviez jetée. Je la pris pour la plier et c'est alors que mes yeux tombèrent sur la tache de peinture.

Je fus si interloquée que je sortis en courant, votre chemise à la main. Je montai l'escalier de service et m'enfermai à clef dans ma chambre pour bien l'examiner sans être dérangée.

Dès que je fus un peu calmée, ma conversation avec Pénélope me revint en mémoire et je me dis : « Voilà bien la preuve qu'il est entré dans le boudoir de Miss Rachel entre minuit et trois heures du matin ! »

Je ne vous dirai pas clairement le premier soupçon qui me traversa l'esprit après cette découverte. Vous seriez fâché et peut-être que vous déchireriez ma lettre sans continuer votre lecture.

Je vous dirai seulement ceci : après avoir bien réfléchi, je conclus que si vous aviez été dans le boudoir de Miss Rachel, à pareille heure, avec son consentement, mais que vous ayez oublié de faire attention à la peinture de la porte, elle au moins s'en serait forcément souvenue, et elle ne vous aurait pas laissé partir avec un vêtement sali qui l'accablait autant que vous. D'un autre côté, je l'avoue, je n'étais pas tout à fait sûre que ce que j'avais imaginé d'abord ne soit pas la vérité. N'oubliez pas que je détestais Miss Rachel, et vous devez comprendre que cette haine m'influençait un peu. Finalement je décidai de garder la chemise et d'attendre, de guetter et de voir ce que je pourrais en faire. A ce moment, je vous prie de le croire, je n'imaginais pas le moins du monde que vous aviez pu voler le diamant.

Là, j'interrompis pour la seconde fois ma lecture. J'avais lu la partie de la confession de la malheureuse fille qui me concernait avec une totale surprise et, je dois dire, avec une sincère tristesse. Elle m'avait donné des remords d'avoir inconsidérément noirci sa mémoire, avant d'avoir lu une ligne de sa lettre. Pourtant, lorsque j'arrivai au passage que je viens de rapporter, je sentis renaître ma rancœur et mon antipathie contre Rosanna Spearman.

– Lisez le reste vous-même, dis-je en tendant la feuille à Betteredge par-dessus la table. S'il y a vraiment quelque chose là-dedans que je doive connaître impérativement, vous me le direz.

– Je vous comprends, Mr. Franklin, répondit-il. C'est naturel, de votre part. Mais, que Dieu nous aide tous ! ajouta-t-il plus bas, c'est tout aussi naturel de sa part à elle.

Je recopie ici la fin de la lettre, d'après l'original qui est en ma possession.

Ayant décidé de garder la chemise de nuit et de voir ce que me dicterait mon amour ou le désir de me venger (je ne savais pas lequel serait le plus fort), il me restait à trouver comment la conserver sans être découverte. Il fallait à tout prix confectionner une autre chemise exactement semblable avant le samedi, jour de la blanchisseuse, où l'on devait faire l'inventaire du linge.

Je ne voulais pas m'en défaire avant le lendemain (vendredi), de crainte qu'un accident ne se produise dans l'intervalle. Je décidai donc de confectionner la nouvelle chemise le jour même qui était un jeudi. Si je savais m'y prendre, j'aurais alors quelques heures de liberté. Après avoir rangé votre chemise dans mon tiroir, je retournai dans votre chambre, non seulement pour mettre de l'ordre, mais pour voir si la tache de peinture de votre chemise n'avait pas laissé de trace sur le lit ou sur un des autres tissus d'ameublement de votre chambre.

J'examinai tout soigneusement et repérai finalement des traînées de peinture à l'intérieur de votre robe de chambre, pas celle que vous portiez d'habitude en été, mais celle en flanelle que vous aviez également apportée avec vous. J'ai supposé que vous aviez eu froid en circulant en chemise et que vous aviez enfilé, en rentrant dans votre chambre, ce que vous aviez trouvé de plus chaud. Quoi qu'il en soit, il y avait des taches sur votre robe de chambre. Je pus facilement les effacer en grattant le tissu. Ceci fait, il ne restait plus contre vous que la preuve enfermée dans mon tiroir.

Je venais de tout ranger dans votre chambre quand on m'appela pour rejoindre mes compagnes que l'inspecteur Seegrave devait interroger. On examina ensuite nos penderies. Puis se produisit ce qui fut pour moi le plus extraordinaire événement de la journée, après la découverte de la tache sur votre chemise ; cela se passa juste après le second interrogatoire de Pénélope Betteredge par l'inspecteur.

Pénélope nous retrouva, folle de rage à cause de la façon dont l'inspecteur Seegrave l'avait traitée. Il lui avait laissé entendre qu'il la soupçonnait d'avoir volé le diamant. Nous n'en revenions pas et nous lui demandâmes pourquoi l'inspecteur la soupçonnait. « Parce que le diamant était dans le boudoir de Miss Rachel, répondit Pénélope, et que j'ai été la dernière à me trouver dans cette pièce. »

Juste avant que Pénélope ait terminé de parler, je me souvins qu'une autre personne s'était trouvée dans le boudoir après Pénélope. C'était vous. Ma tête se mit à tourner et mes pensées s'embrouillèrent. Au fond de moi, une voix me chuchotait que la tache sur votre chemise pouvait bien avoir une tout autre signification que celle que je lui avais d'abord attribuée. Si la dernière personne passée dans la pièce était celle qu'il fallait soupçonner, le voleur n'était certainement pas Pénélope, mais Mr. Franklin Blake !

S'il s'était agi d'un autre gentleman, je crois que j'aurais eu honte de le soupçonner de vol. Mais la seule pensée que vous vous étiez rabaissé à mon niveau, et que moi, je possédais grâce à votre chemise de nuit, la possibilité de vous empêcher d'être découvert et déshonoré pour le reste de votre vie, oui, cette seule pensée semblait m'offrir une chance unique de me rapprocher de vous, si bien qu'aveuglément, puis-je dire, je passai du soupçon à la certitude. Je fus aussitôt persuadée que vous vous étiez montré plus pressé que n'importe qui d'alerter la police, dans le seul but de nous égarer tous, et que la main qui avait volé le bijou de Miss Rachel n'était autre que la vôtre.

L'excitation dans laquelle me plongea cette découverte dut certainement me tourner la tête pendant un moment. J'éprouvai un si impérieux besoin de vous voir, de faire devant vous une allusion quelconque à la Pierre de Lune et de vous obliger enfin à me regarder et à me parler, que je courus mettre mon bonnet et m'arrangeai de la manière la plus agréable ; puis je me rendis dans la bibliothèque, où j'étais sûre de vous rencontrer.

Vous aviez oublié votre chevalière dans votre chambre et je trouvai là une bonne excuse pour venir vous trouver. Oh ! monsieur, si vous avez jamais aimé, vous comprendrez comment tout mon courage disparut quand j'entrai dans la pièce et me trouvai face à vous. Vous m'avez alors regardée si froidement, et m'avez remerciée, en reprenant votre bague, d'un ton si indifférent, que j'ai senti mes genoux trembler sous moi et que j'ai cru m'effondrer à vos pieds, tandis que vous vous étiez déjà replongé dans vos papiers. J'étais si mortifiée d'être traitée de la sorte que je trouvai malgré tout le courage de vous adresser la parole. Je vous dis alors : « C'est une histoire bien étrange, monsieur, que celle du diamant ! » Vous avez relevé la tête et m'avez répondu : « Oui, en effet. » Vous parliez poliment, je ne peux le nier, mais tout en maintenant une distance, une cruelle distance entre nous. J'étais convaincue que vous cachiez sur vous le diamant disparu, et la froideur de votre ton m'incita à suffisamment d'audace pour vous provoquer. Je poursuivis : « On ne retrouvera jamais le diamant, monsieur. Non ! ni la personne qui l'a pris. J'en réponds. » Je fis un léger signe de la tête et vous souris comme pour vous dire : « Je sais ! » Cette fois-ci vous m'avez regardée avec un semblant d'intérêt et j'ai senti que quelques mots de plus entre nous auraient fait éclater la vérité. Au même moment, Mr. Betteredge vint tout gâter. Il approchait de la porte et je reconnus son pas ; je savais qu'il ne m'était pas permis à cette heure de m'introduire dans la bibliothèque, encore moins pour vous y parler. J'eus tout juste le temps de sortir de moi-même avant d'être chassée. J'étais furieuse et désappointée, mais non désespérée. La glace était rompue entre nous et je pensais faire en sorte que Mr. Betteredge ne se retrouve plus sur notre route quand surviendrait une nouvelle occasion de vous parler.

Quand je retournai à l'office, la cloche du déjeuner sonnait déjà. Il était plus de midi et je n'avais pas encore ce qu'il fallait pour confectionner la nouvelle chemise de nuit. Il ne me restait qu'une seule chance de l'obtenir : je simulai un malaise afin d'être libre jusqu'à l'heure du thé.

Je n'ai donc pas besoin de vous dire ce que je fis tandis que les gens de service me croyaient couchée, ni comment je passai la nuit, après avoir de nouveau simulé un violent mal de tête à l'heure du thé, afin qu'on me renvoie dans ma chambre. C'est ce que le sergent Cuff découvrit, même s'il ne découvrit rien de plus. Et je peux deviner comment. Je fus reconnue (quoique j'aie gardé mon voile baissé), chez le marchand de nouveautés à Frizinghall. Un miroir me faisait face, au comptoir où j'achetai le tissu ; et dans cette glace, je vis que l'un des vendeurs montrait du doigt mon épaule en murmurant quelque chose à son collègue. Le soir, tandis que je travaillais en secret, enfermée dans ma chambre, j'entendis derrière ma porte la respiration des domestiques qui me suspectaient et qui étaient venues m'espionner.

Cela n'avait pas d'importance alors ; cela n'en a pas aujourd'hui.

Le vendredi matin, quelques heures avant l'arrivée du sergent Cuff dans la maison, une nouvelle chemise de nuit avait déjà remplacé l'ancienne dans votre tiroir. Je l'avais moi-même confectionnée, lavée, séchée, repassée, marquée et pliée comme la blanchisseuse avait l'habitude de le faire. Il n'y avait aucun danger (au cas où on aurait examiné le linge) que la chemise parût trop neuve et que je sois ainsi trahie. Tout votre linge avait été renouvelé dès votre arrivée à la maison, à votre retour de l'étranger, je suppose.

Puis arriva le sergent Cuff. Il annonça, à la surprise générale, ce que lui-même pensait de la trace laissée sur la porte.

Je vous avais cru coupable (comme je vous l'ai avoué) plus par désir de vous savoir coupable que pour toute autre raison. Voilà que le sergent était arrivé, de façon toute différente, à la même conclusion que la mienne pour ce qui concernait la chemise de nuit. Et c'est moi qui étais en possession du vêtement qui constituait la seule preuve contre vous ! Personne ne le savait, pas même vous ; et j'ai peur de vous dire tout ce que j'éprouvai en pensant à cela : vous haïriez ma mémoire à tout jamais.

A cet endroit, Betteredge leva les yeux vers moi :

– Pas la moindre lueur, jusqu'à présent, Mr. Franklin, dit le vieil homme, en enlevant ses lourdes lunettes d'écaille et en repoussant la confession de Rosanna Spearman loin de lui. Êtes-vous arrivé à une conclusion, monsieur, en suivant ma lecture ?

– Terminez d'abord la lettre, Betteredge ; il se pourrait qu'il y ait quelque chose qui puisse nous éclairer à la fin. J'aurai un mot ou deux à vous dire ensuite.

– Très bien, monsieur. Permettez que je laisse mes yeux se reposer un instant, puis je continuerai. Pendant ce temps, Mr. Franklin, je ne voudrais pas vous presser, mais verriez-vous quelque objection à me dire, en un mot, si vous voyez le chemin susceptible de nous conduire hors de ce terrible labyrinthe ?

– Je ne vois qu'un seul chemin, celui qui me mènera à Londres, dis-je, où je consulterai Mr. Bruff. Si lui ne peut pas m'aider…

– Alors, monsieur ?

– Et si le sergent Cuff ne veut pas quitter sa retraite de Dorking…

– Il ne le voudra pas, Mr. Franklin !

– Alors, Betteredge, quelle que soit la manière dont j'envisage la question pour le moment, je suis à bout de ressources. A part Mr. Bruff et le sergent, je ne connais personne au monde qui pourrait me fournir le moindre indice.

Comme je venais de prononcer ces mots, on frappa à la porte.

Betteredge me regarda, surpris autant qu'ennuyé de cette interruption.

– Entrez ! dit-il d'un ton où perçait l'irritation. Qui que vous soyez !

La porte s'ouvrit et laissa passer le plus singulier individu qu'il m'eût jamais été donné de rencontrer. A en juger par son allure et par ses gestes, il était encore jeune ; en comparant son visage à celui de Betteredge j'eus pourtant l'impression que c'était lui le plus âgé des deux. Sa peau était aussi foncée que celle d'un bohémien, il avait les joues creuses et les pommettes saillantes. Son nez avait la forme et le fin modelé si caractéristiques des populations anciennes de l'Orient, et que l'on rencontre si rarement chez les races jeunes de l'Occident. Son front se dressait haut et droit au-dessus des sourcils. On ne pouvait compter les taches ni les rides de sa face. Chez cet être étrange, les yeux, plus étranges encore et du brun le plus doux – des yeux tristes et rêveurs, profondément enfoncés dans leurs orbites – vous observaient et captivaient votre attention. Ajoutez à cela une épaisse chevelure bouclée qui, par un caprice de la nature, avait perdu sa coloration de la manière la plus inégale et la plus fantaisiste. Sur le sommet de la tête, elle avait gardé sa couleur noire ; sur les tempes, sans le moindre dégradé pour en atténuer le contraste, elle était complètement blanche. Aucune régularité entre les deux nuances. D'un côté, le blanc pénétrait dans le noir ; de l'autre, le noir dessinait des pointes dans le blanc. Je regardai cet homme, je l'avoue, avec une curiosité impossible à dissimuler. Ses beaux yeux bruns si doux s'étaient néanmoins posés sur moi avec infiniment de respect, et je sentis qu'il avait dû percevoir la grossièreté inconsciente de mon attitude, à laquelle il répondit par une excuse que je ne méritais nullement.

– Je vous demande pardon, dit-il, je ne croyais pas Mr. Betteredge occupé. Il tira une feuille de papier de sa poche et la lui tendit. Voici la liste pour la semaine prochaine.

Ses yeux se posèrent encore sur moi et il sortit de la chambre aussi tranquillement qu'il y était entré.

– Qui est-ce ? demandai-je.

– L'assistant du Dr Candy, répondit Betteredge. A propos, Mr. Franklin, vous serez peiné d'apprendre que le petit docteur ne s'est jamais guéri de la maladie qu'il a contractée en quittant la maison, le soir du dîner. Il se porte assez bien, mais sa fièvre lui a fait perdre la mémoire et il ne l'a jamais recouvrée que par bribes. Toute la besogne retombe sur son assistant. Pas grand-chose en fait, à part quelques indigents. Ils n'ont pas le choix, vous savez ; ils sont bien obligés d'accepter l'homme aux cheveux pie et à la peau de bohémien, sans quoi ils ne pourraient pas se faire soigner.

– Vous n'avez pas l'air de l'aimer, Betteredge.

– Personne ne l'aime, monsieur.

– Pourquoi est-il si impopulaire ?

– Eh bien, Mr. Franklin, son apparence joue contre lui, pour commencer. Et puis, on raconte que le Dr Candy l'a engagé sur des recommandations douteuses. Personne ne sait d'où il vient, et il n'a pas d'ami. Comment penser qu'il puisse être apprécié avec tout cela ?

– Ce serait difficile, en effet ! Mais puis-je vous demander ce qu'il voulait en vous remettant ce morceau de papier ?

– Il m'apporte régulièrement, chaque semaine, la liste des malades qui ont besoin d'un peu de vin. Milady leur faisait distribuer du porto et du sherry ; Miss Rachel désire que l'on continue. Les temps ont changé ! Je me rappelle l'époque où le Dr Candy apportait lui-même la liste à ma maîtresse. Maintenant c'est son assistant qui me la soumet. Je vais continuer la lecture de la lettre, monsieur, dit Betteredge, reprenant la confession de Rosanna Spearman. Ce n'est guère une lecture agréable, je vous assure. Mais quoi ! Cela m'empêchera au moins de ressasser le passé.

Il remit ses lunettes et hocha la tête d'un air sombre.

– Il y a un grand fond de bon sens, Mr. Franklin, dans la façon dont nous nous conduisons envers nos mères lorsqu'elles nous mettent au monde. Tous, nous protestons et semblons venir au monde à regrets. Et comme nous avons raison !

L'assistant du Dr Candy avait produit une trop forte impression sur moi pour quitter aussitôt ma pensée. Je négligeai la dernière et irréfutable expression de la philosophie de Betteredge et ramenai la conversation sur l'homme aux cheveux pie.

– Quel est son nom ? demandai-je.

– Aussi laid que possible, répondit Betteredge d'un air renfrogné : Ezra Jennings.

5

Après m'avoir appris le nom de l'assistant du Dr Candy, Betteredge sembla juger que nous avions perdu assez de temps sur ce sujet insignifiant. Il se remit à parcourir la lettre de Rosanna Spearman.

De mon côté, j'étais assis à la fenêtre, attendant qu'il eût fini. Petit à petit, l'impression produite sur moi par Ezra Jennings – je sais qu'il peut sembler tout à fait inconcevable que, dans ma situation, un être humain quel qu'il fût pût avoir produit une impression quelconque sur moi – s'affaiblit et s'effaça de mon esprit. Mes pensées reprirent leur cours. Une fois de plus je m'efforçai de regarder résolument en face l'incroyable position dans laquelle je me trouvais. Une fois de plus, je récapitulai intérieurement la ligne de conduite que je m'étais fixée, après être parvenu à recouvrer un tant soit peu mes esprits.

Retourner à Londres le jour même, exposer le cas à Mr. Bruff, et enfin – chose primordiale – obtenir (par n'importe quel moyen et au prix de n'importe quel sacrifice) une entrevue avec Rachel, tel était mon plan d'action, pour autant que je fusse capable d'en établir un à ce moment. Un peu plus d'une heure nous séparait encore du départ du train. D'ici là, la seule chance qui nous restait était que Betteredge découvrît, dans la partie de la lettre de Rosanna Spearman qu'il n'avait pas encore lue, un élément qu'il pourrait m'être utile de connaître avant de quitter la maison où le diamant avait été perdu. C'est sur cette unique chance que reposaient tous mes espoirs.

La lettre se terminait ainsi :

Inutile de vous fâcher, Mr. Franklin, même si vous pensez que je jouissais alors du petit triomphe de savoir votre avenir entre mes mains. L'angoisse et la peur ne tardèrent pas à m'assaillir de nouveau. Compte tenu de la manière dont le sergent Cuff envisageait la situation, il en arriverait certainement à examiner notre linge et notre garde-robe. Pas un coin de ma chambre, pas un coin de la maison n'échapperait à son regard inquisiteur. Comment cacher la chemise de nuit afin qu'il ne parvienne pas à la trouver? Et comment le faire sans perdre une minute? C'étaient autant de questions difficiles à résoudre. Je me sortis d'embarras par un moyen qui va peut-être vous faire rire. Je me déshabillai et revêtis la chemise de nuit. Vous l'aviez portée et le seul fait de la mettre après vous me donna un autre petit moment de bonheur.

Aussitôt après être descendue à l'office, j'appris que le sergent Cuff avait fait demander le carnet de la blanchisseuse. J'avais donc bien fait d'agir rapidement. Je pris le livre et le lui portai dans le salon de Milady. Le sergent me connaissait; il m'avait vue plus d'une fois dans ma vie passée. J'étais sûre qu'il me reconnaîtrait. J'étais moins certaine de ce qu'il allait faire en s'apercevant que j'étais domestique dans une maison où un bijou de valeur venait de disparaître. J'avais hâte de me trouver en face de lui et d'être fixée sur mon sort.

Il me regarda comme s'il ne m'avait jamais rencontrée auparavant et se montra même particulièrement aimable en me remerciant de lui avoir apporté le livre du blanchissage. Cela, à mon avis, n'augurait rien de bon. Restait à savoir si le sergent Cuff parlerait et si je n'allais pas être soupçonnée, arrêtée et fouillée. Vous deviez à cette heure-là revenir de la gare où vous aviez accompagné Mr. Godfrey Ablewhite. C'est alors que je me rendis dans l'allée des framboisiers – votre promenade favorite – pour avoir la chance de vous parler.

Vous n'arriviez pas et la malchance voulut que le sergent passât devant le buisson où je me cachais, et qu'il me vît. Je n'avais pas le choix. Je n'avais plus qu'à retourner à mon travail avant qu'il m'arrivât de plus gros ennuis. C'est alors que je vous aperçus. Vous vous dirigiez vers les framboisiers. Quand vous m'avez vue, – car je suis sûre que vous m'avez vue – vous avez changé de direction et vous êtes rentré dans la maison, me fuyant comme la peste [1].

1. NOTE DE MR. FRANKLIN BLAKE. La pauvre créature se méprend totalement. Je ne l'ai jamais aperçue. Mon intention était certainement de faire un tour dans l'allée des framboisiers mais, me souvenant soudainement que ma tante souhaiterait sans doute me voir à mon retour de la gare, je changeai d'avis et rentrai dans la maison.

Je rentrai par la porte de service et, comme il n'y avait personne dans la buanderie, je m'assis là pour réfléchir. Je vous ai déjà parlé des mauvaises idées que faisaient naître en moi les Sables Frissonnants. Ces pensées-là m'assaillirent de plus belle. Je me demandais s'il n'était pas plus cruel encore de supporter votre indifférence que d'en finir avec la vie.

Inutile de me demander l'explication de ma conduite à ce moment-là. J'essaye et n'arrive pas moi-même à comprendre. Pourquoi ne suis-je pas allée vers vous quand vous m'évitiez d'aussi cruelle façon ? Pourquoi ne vous ai-je pas fait comprendre que ce que j'avais à vous dire était grave et vous concernait ? Vous étiez à ma merci. J'avais barre sur vous, comme on dit. Mieux, j'avais le moyen, si vous me faisiez confiance, de vous être utile. Bien entendu, je n'ai jamais supposé que vous – un gentleman – vous aviez pris le diamant pour le seul plaisir de voler. Non, Pénélope avait entendu Miss Rachel parler de vos extravagances et de vos dettes. Tout cela m'incitait à croire que vous aviez dérobé le joyau pour le vendre ou le mettre en gage, obtenir en un mot l'argent dont vous aviez besoin pour payer vos dettes. J'aurais pu vous parler d'un homme, à Londres, qui vous aurait avancé une grosse somme sur le bijou, sans vous poser de questions embarrassantes.

Pourquoi ne vous ai-je pas parlé ? Pourquoi ne vous ai-je pas parlé ?

Je me demande pourquoi les risques et difficultés que j'avais affrontés pour cacher la chemise de nuit ne m'avaient pas suffi, et pourquoi il fallut que d'autres risques et d'autres difficultés viennent encore s'y ajouter ? La plupart des femmes auraient sans doute agi différemment, mais, à l'époque où j'étais une voleuse, j'avais couru des risques cinquante fois plus grands, et je m'étais toujours débrouillée parmi des difficultés auprès desquelles cette difficulté-ci n'était qu'un jeu d'enfant.

J'avais été formée, pourrait-on dire, à l'école de la fraude et des tromperies en tous genres, certaines perpétrées à si grande échelle et avec tant d'art qu'elles acquirent une célébrité qui leur valut de figurer dans les journaux. Est-ce qu'une chose aussi infime que le souci de cacher une chemise de nuit pouvait raisonnablement annihiler mon courage à l'instant où je devais vous parler ? Pure folie que de seulement poser la question ! C'était impossible.

Mais à quoi bon ressasser ainsi ma propre folie ? La vérité est toute simple, bien sûr. Dans votre dos, je vous aimais de tout mon cœur et de toute mon âme. En face de vous – à quoi bon le nier – j'avais peur de vous, peur de vous mécontenter, peur de ce que vous pourriez me dire (même si c'était vous qui aviez volé le diamant) si je me hasardais à vous révéler que j'avais tout découvert. J'avais été aussi près de le faire que je l'osai, lorsque je vous avais parlé dans la bibliothèque. Vous ne m'aviez pas tourné le dos alors. Vous n'aviez pas reculé à ma vue comme si j'avais la peste. Je voulus m'obliger à vous en vouloir, espérant forcer mon courage de cette façon. Mais non ! je ne parvenais à éprouver que misère et mortification. « Tu es une fille sans beauté, tu as une épaule contrefaite ; tu n'es qu'une femme de chambre ; comment oses-tu me parler à moi ? » Jamais vous n'avez prononcé une seule de ces paroles, Mr. Franklin, mais c'est tout comme si vous les aviez dites. Y a-t-il un remède à une telle folie ? Non. Rien d'autre à faire que de se confesser.

Je vous demande pardon, encore une fois, d'avoir laissé ainsi vagabonder ma plume. Il n'y a plus de danger que cela me prenne encore ; j'arrive au bout maintenant.

La première personne qui vint me surprendre dans la pièce où je me trouvais fut Pénélope. Elle avait depuis longtemps deviné mon secret, et avait fait de son mieux pour me faire entendre raison. Elle l'avait fait avec bonté. Elle me dit : « Ah ! Je sais pourquoi vous êtes assise ici, toute seule à vous morfondre. Ce qui pourrait arriver de mieux pour vous, Rosanna, serait que le séjour de Mr. Franklin parmi nous prenne fin ; et je ne crois pas qu'il se passera longtemps avant qu'il quitte la maison à présent. »

En songeant à vous, jamais je n'avais imaginé que vous pourriez vous en aller. Je ne pus parler à Pénélope. Je ne pus que la regarder. Elle continua : « Je viens de quitter Miss Rachel, et j'ai eu bien du mal à endurer sa mauvaise humeur. La maison est intenable avec tous ces policiers, et elle est décidée à parler à Milady ce soir et à s'en aller demain chez sa tante Ablewhite. Si elle fait cela, Mr. Franklin ne tardera pas à trouver une raison pour partir, vous pouvez me croire. »

Je retrouvai l'usage de la parole en entendant cela. Je lui demandai : « Voulez-vous dire que Mr. Franklin partira avec elle ? – Trop volontiers, si elle le lui permettait ; mais elle ne veut pas. C'est lui maintenant qui souffre de son mauvais caractère ; il n'est plus dans ses bonnes grâces, bien qu'il ait fait tout son possible pour l'aider, le pauvre garçon ! Non, non ! S'ils ne sont pas réconciliés avant demain, vous verrez Miss Rachel s'en aller d'un côté et Mr. Franklin de l'autre. Où pourra-t-il se rendre, je n'en sais rien. Mais jamais il ne consentira à rester ici, Rosanna, après le départ de Miss Rachel. »

Je parvins à maîtriser le désespoir que j'éprouvai à la perspective de vous voir partir, et je dois avouer sincèrement que je ne pus m'empêcher de voir s'allumer une petite lueur d'espoir à l'idée que Miss Rachel et vous vous étiez disputés.

« Savez-vous, demandai-je, pourquoi ils se sont querellés ? – C'est entièrement de la faute de Miss Rachel, dit Pénélope, et pour autant que je sache, à cause de son mauvais caractère. Désolée de vous décevoir, Rosanna, mais n'allez pas vous imaginer que Mr. Franklin pourrait jamais lui chercher querelle ; il l'aime trop pour cela ! »

Elle finissait de prononcer ces mots si cruels lorsque nous fûmes appelées par Mr. Betteredge. Tous les domestiques devaient se rassembler dans le hall, pour être interrogés par le sergent Cuff, dans la chambre de Mr. Betteredge. Mon tour arriva après celui de la femme de chambre de Milady et celui de la première femme de chambre. Les questions du sergent, bien qu'habilement posées, n'eurent pas de peine à me convaincre de ce que lui avaient dit les deux femmes – mes pires ennemies dans la maison – à mon sujet, des soupçons qu'elles avaient conçus derrière ma porte et qu'elles n'avaient sûrement pas manqué de lui rapporter. Elles en avaient dit suffisamment long pour lui ouvrir les yeux sur une partie de la vérité. Il était dans le vrai en pensant que j'avais confectionné une nouvelle chemise de nuit, mais il avait tort de croire que celle qui était cachée m'appartenait. De ses paroles, je conclus autre chose dont je tirai – réaction que j'ai à présent du mal à expliquer – quelque satisfaction : il me soupçonnait. Toutefois, il me laissa entendre, délibérément pensai-je, qu'il ne me considérait pas comme la vraie coupable du vol. Il semblait croire que j'avais agi pour le compte de quelqu'un d'autre. Qui pouvait être cette personne, je ne le devinai pas alors et ne le devine pas davantage aujourd'hui.

Dans toute cette incertitude, une chose était vraie à coup sûr : c'est que le sergent Cuff était à mille lieues de soupçonner toute la vérité et que vous resteriez hors de cause tant que la chemise de nuit ne serait pas découverte.

Je n'arriverai jamais à vous faire comprendre le chagrin et la terreur qui s'emparèrent alors de moi. Il m'était impossible de courir le risque de porter plus longtemps sur moi votre chemise. Je pouvais être d'un moment à l'autre conduite à la prison de Frizinghall. Pendant que le sergent Cuff me laissait libre, j'avais à choisir immédiatement entre deux solutions : détruire la chemise ou la cacher dans un endroit sûr, à bonne distance de la maison.

Si je vous avais un peu moins aimé, je crois que je l'aurais détruite. Hélas ! comment détruire la seule chose qui prouvait que je vous avais sauvé ? Si nous pouvions avoir un jour une explication et que vous me soupçonniez de quelque mauvaise action, comment arriverais-je jamais à vous convaincre, si je ne pouvais produire la chemise ? Était-ce vous faire injure que de croire que vous pourriez hésiter à laisser une pauvre fille comme moi partager votre secret, être votre complice dans le vol que vos soucis d'argent vous avaient poussé à commettre ? Pensez à votre manière d'agir à mon égard, monsieur, et ne soyez pas étonné que j'aie hésité à détruire le seul bien qui ait pu me valoir votre confiance et votre gratitude. Je décidai donc de la cacher; l'endroit que je choisis était, à mon avis, le plus sûr : les Sables Frissonnants.

Dès que mon interrogatoire fut terminé, je saisis la première excuse qui me vint à l'esprit. Je demandai à sortir afin d'aller respirer un peu d'air frais. Je me rendis directement à Cobb's Hole, au cottage de Mr. Yolland, sa femme et sa fille étaient mes meilleures amies. Ne supposez pas que je leur confiai votre secret. Je ne l'ai révélé à personne. Tout ce que je voulais était vous écrire cette lettre et trouver le moyen de me débarrasser de la chemise. Soupçonnée comme je l'étais, je ne pouvais agir avec sécurité en restant chez lady Verinder.

Me voici au terme de cette longue lettre, écrite dans la chambre de Lucy Yolland. Quand je l'aurai cachetée, je descendrai avec la chemise pliée sous mon manteau. J'irai ensuite à l'endroit que j'ai choisi – ne craignez pas que l'empreinte de mes pas ne me trahisse ! –, et je placerai la chemise dans le sable, là où personne ne pourra la trouver à moins de connaître mon secret.

Que ferai-je après ?

Eh bien ! monsieur Franklin, deux raisons me pousseront à faire une nouvelle tentative pour vous dire les mots que j'ai dû taire jusqu'à présent. Ma première raison, c'est que si vous quittez la maison, comme Pénélope le croit, et si je ne vous ai pas parlé auparavant, l'occasion sera perdue à jamais. Ma seconde raison, c'est que j'ai la certitude rassurante que, si ma révélation vous met en colère, j'ai là la chemise de nuit, sous la main, prête à plaider ma cause mieux que n'importe qui ne pourrait le faire. Si aucune de ces deux raisons ne parvient à endurcir mon cœur contre le froid qui le fait cruellement souffrir (je veux dire la froideur avec laquelle vous me traitez), ce sera la fin de tous mes efforts – et la fin de ma vie.

Oui. Si je perds ma dernière chance, si vous êtes aussi cruel que vous l'avez toujours été, et si j'en souffre de nouveau comme j'ai déjà souffert, je veux dire adieu à ce monde qui m'a frustrée du bonheur qu'il dispense à d'autres. Adieu à la vie, qu'un peu de bonté de votre part aurait le pouvoir de me rendre agréable. Ne vous faites aucun reproche, monsieur, si tout finit mal. Mais essayez – je vous en prie, essayez – d'éprouver à mon égard un peu de pitié ! Pardonnez-moi ! Je m'arrangerai pour que vous découvriez ce que j'ai fait pour vous, lorsqu'il sera trop tard pour que je puisse encore vous en parler. Voudrez-vous, alors, dire une bonne parole en parlant de moi, un mot gentil comme vous savez si doucement le faire quand vous vous adressez à Miss Rachel ? Si vous faites cela, et s'il existe des fantômes, le mien, je crois, entendra et en frémira de joie.

Il est temps que je vous quitte pour ne pas pleurer. Comment retrouverais-je mon chemin si d'inutiles larmes m'aveuglent ? D'ailleurs pourquoi m'attrister ? Pourquoi ne pas croire, pendant qu'il en est temps encore, que tout finira bien peut-être. Il se pourrait que je vous trouve de bonne humeur, ce soir ou demain matin.

Qui sait si je n'ai pas tracé ces lignes pour rien ? Je les cacherai, par mesure de prudence, dans les plis de la chemise. J'ai eu du mal à vous écrire cette lettre. Oh ! si nous finissions seulement par nous entendre, avec quelle joie je la déchirerais !

Je vous prie de me croire, monsieur, votre très humble servante.

Rosanna Spearman.

Betteredge acheva sa lecture par un long silence. Après l'avoir remise soigneusement dans l'enveloppe, il resta songeur, la tête penchée, les yeux dirigés vers le sol.

– Betteredge, dis-je, y a-t-il dans la fin de cette lettre quelque indice qui puisse me guider ?

– Il n'y a rien qui puisse vous guider, Mr. Franklin, répondit-il. Si vous voulez mon avis, conservez cette lettre dans son enveloppe jusqu'à ce que vos tourments actuels aient pris fin. Elle risquerait de vous attrister profondément si vous la lisiez. Ne la lisez pas maintenant.

Je glissai la missive dans mon portefeuille.

Un regard sur les chapitres 16 et 17 du récit de Betteredge suffira à montrer qu'il avait réellement des raisons pour que je me protégeasse de la sorte, dans un moment où ma résistance morale se trouvait déjà si cruellement ébranlée. A deux reprises, la malheureuse femme avait fait une dernière tentative pour me parler. Et, à deux reprises, la malchance avait voulu que j'eusse repoussé (Dieu sait que ce fut bien innocemment) les avances qu'elle me faisait. Le vendredi soir, ainsi que le raconte Betteredge avec beaucoup de précision, elle me trouva seul au billard. Sa façon d'être, son langage me donnèrent à penser – comme c'eût été le cas pour n'importe quel homme, étant donné les circonstances – qu'elle était sur le point d'avouer qu'elle portait sa part de culpabilité dans la disparition du diamant. Pour son propre bien, je n'avais, à dessein, témoigné aucun intérêt particulier à ce qui allait suivre ; pour son propre bien, j'avais, à dessein encore, concentré toute mon attention sur les boules de billard, au lieu de la regarder elle. Et quel avait été le résultat ? Je l'avais chassée loin de moi, blessée au cœur ! Le samedi, de nouveau, alors que, d'après ce que lui avait dit Pénélope, elle devait sentir l'imminence de mon départ, la fatalité nous poursuivit encore. Une fois de plus elle avait tenté de me rencontrer dans l'allée des framboisiers, et elle m'y avait trouvé en compagnie de Betteredge et du sergent Cuff.

De façon à être entendu d'elle, suivant en cela les objectifs qu'il s'était secrètement fixés, le sergent avait tenté de me faire avouer que je portais de l'intérêt à Rosanna Spearman. Et, une fois de plus, pour venir en aide à la pauvre créature, j'avais opposé au policier un démenti formel, et avais déclaré, – à haute voix également, afin qu'elle pût m'entendre – que je ne « m'intéressais nullement à Rosanna Spearman ». A ces mots, qui n'avaient pour but que de la prévenir qu'il était dangereux d'essayer de me parler en privé, elle s'était brusquement détournée et s'était enfuie ; par prudence, consciente du danger qu'elle courait, crus-je alors ; condamnée au suicide, comme je le sais aujourd'hui. A partir de là, j'ai déjà retracé la succession d'événements qui me conduisirent à la stupéfiante découverte des Sables Frissonnants. La boucle est à présent bouclée. Je peux désormais laisser la misérable histoire de Rosanna Spearman – à qui, même après tout ce temps écoulé, je ne songe sans un serrement de cœur – suggérer d'elle-même tout ce qui, de propos délibéré, n'a pas été dit ici. Je peux passer du suicide des Sables Frissonnants – et de son étrange et terrible influence sur ma position présente et mes perspectives d'avenir – à des événements qui touchent les personnes encore en vie de ce récit, et à ce dont allait être pavé le chemin que j'abordais, dans ce long et douloureux voyage qui allait me conduire des ténèbres vers la lumière.

6

Je me rendis à la gare accompagné, inutile de le dire, de Gabriel Betteredge. J'emportais la lettre dans ma poche et la chemise dans une petite valise, pour les montrer, avant la nuit, à Mr. Bruff.

Nous quittâmes la maison en silence. Pour la première fois, depuis les longues années que je connaissais Betteredge, je me trouvais en sa compagnie sans qu'il trouvât un seul mot à me dire. Comme j'avais de mon côté certaines choses à lui demander, je rompis le silence dès que nous eûmes franchi les grilles.

– Avant de partir pour Londres, j'ai deux questions à vous poser. Elles me touchent directement et je crois qu'elles vont vous surprendre.

– Si elles ont le don de chasser de mon esprit la lettre de cette pauvre créature, Mr. Franklin, peu importe l'impression qu'elles pourront me faire. Je vous prie donc de me faire cette surprise, monsieur, le plus tôt que vous pourrez.

– Ma première question, Betteredge, est celle-ci : étais-je ivre la nuit de l'anniversaire de Rachel ?

– Ivre, vous ! s'écria le vieil homme. Vous avez un grand défaut, monsieur, c'est bien de ne boire qu'en mangeant et de ne jamais toucher un verre de liqueur après le repas.

– Mais cette soirée-là était exceptionnelle. Pour une fois, j'aurais pu sortir de mes habitudes.

Betteredge s'arrêta un moment.

– Vous êtes sorti de vos habitudes, monsieur, et je vais vous dire comment. En effet, vous aviez l'air bien mal en point et nous vous avons persuadé d'avaler un peu de brandy pour vous remettre.

– Je n'ai pas l'habitude de boire du brandy, Betteredge. Et il est fort possible que...

– Attendez un moment, Mr. Franklin. Je savais en effet que vous n'y étiez guère habitué. Je vous ai servi un demi-verre à vin de notre cognac vieux de cinquante ans ; et, à ma grande honte, je dois vous avouer que je vous ai versé cette noble liqueur dans un grand verre d'eau glacée. Un enfant n'aurait pu s'enivrer avec cela. Alors pensez ! Qu'elle ait grisé un homme comme vous !

Je savais pouvoir me fier à Betteredge pour une question comme celle-là. Impossible par conséquent d'avoir perdu le contrôle de moi-même ce soir-là. Je passai donc à la seconde question.

– Avant mon départ pour l'étranger, vous me voyiez beaucoup ici, lorsque j'étais enfant. Parlez-moi franchement. Vous rappelez-vous quelque chose d'étrange sur mon compte, quand j'étais couché, le soir par exemple ? M'avez-vous jamais vu me lever et marcher dans mon sommeil ?

Betteredge s'arrêta net, me regarda un bon moment, secoua la tête, puis se remit à marcher.

– Je vois où vous voulez en venir, Mr. Franklin. Vous essayez d'expliquer la tache sur votre chemise et vous n'y arrivez pas. Vous êtes à mille lieues encore de la vérité. Marcher pendant votre sommeil ? Cela ne vous est jamais arrivé de toute votre vie, que je sache.

Là, encore, je sentis que Betteredge devait dire vrai. Ni à la maison, ni à l'étranger, ma vie n'avait été l'existence d'un solitaire. Si j'avais été somnambule, des centaines et des centaines de personnes eussent pu s'en apercevoir et, dans mon propre intérêt, m'en eussent averti et pris les précautions nécessaires pour éviter des accidents.

Cependant, tout en admettant cela, je me cramponnais – avec une obstination certes naturelle et excusable, étant donné les circonstances – à l'une ou à l'autre des deux seules explications qui, me semblait-il, pouvaient être à l'origine de l'intolérable situation dans laquelle je me trouvais. Constatant que je n'étais pas convaincu, Betteredge, très habilement, bifurqua vers certains épisodes ultérieurs de l'histoire de la Pierre de Lune ; il parvint à détruire l'une et l'autre de mes théories que le vent emporta aussitôt et à tout jamais.

– Cherchons ailleurs, monsieur, me dit-il. Avec des idées pareilles, ce n'est pas demain que vous découvrirez la vérité. Selon vous et si nous en croyons la tache sur votre chemise de nuit, vous auriez faite celle-ci sans vous en apercevoir et vous auriez également volé le diamant sans vous en douter. C'est bien cela, n'est-ce pas ?

– Tout à fait exact. Continuez.

– Très bien, monsieur. Disons donc que vous étiez tout à fait ivre ou en plein sommeil quand vous vous êtes emparé du bijou. Voilà qui permet d'expliquer ce qui arriva dans la nuit et dans la matinée qui suivirent l'anniversaire. Mais comment expliquer alors ce qui se passa par la suite. N'oubliez pas, d'une part, que le diamant a été transporté à Londres et que, d'autre part, il a été mis en gage chez Mr. Luker. Auriez-vous accompli, par hasard, ces deux actions sans le savoir ? Étiez-vous ivre quand je vous conduisis à la gare le samedi soir ? Et seriez-vous allé tout endormi chez Mr. Luker, une fois descendu du train ? Excusez-moi de vous parler ainsi, Mr. Franklin, mais cette histoire vous a tellement bouleversé que vous n'êtes plus capable de juger par vous-même. Plus vite vous pourrez vous trouver en présence de Mr. Bruff, plus vite vous sortirez du tunnel où vous êtes maintenant.

Nous atteignîmes la gare une minute ou deux avant le départ du train. Je donnai rapidement mon adresse à Betteredge au cas où il aurait besoin de m'écrire, lui promettant de lui communiquer de mon côté tout ce que j'apprendrais à Londres. Ceci étant fait et comme j'étais en train de dire adieu au fidèle serviteur, mes yeux se portèrent par hasard vers le kiosque à journaux. Quelle ne fut pas ma surprise d'y découvrir le très singulier assistant du Dr Candy en grande conversation avec le marchand ! Nos yeux se rencontrèrent. Ezra Jennings leva son chapeau ; je lui rendis son salut. Et ce fut pour moi un réel soulagement de penser à autre chose, d'appliquer enfin mon attention sur un sujet auquel je n'attribuais aucune importance. Je pris donc mon train, tout occupé de l'amusante pensée – j'avoue que mon étonnement peut paraître un peu disproportionné au regard de ce qui l'avait provoqué – que j'avais rencontré deux fois dans la même journée l'homme aux cheveux pie.

L'heure à laquelle j'arrivai à Londres m'enleva tout espoir de trouver Mr. Bruff à son étude. Je me fis directement conduire de la gare à sa résidence privée, à Hampstead, où je trouvai le vieil homme de loi assoupi, seul dans la salle à manger, son roquet sur les genoux, sa bouteille de vin à portée de main.

Je décrirai certainement mieux l'effet produit par mon histoire sur l'esprit de Mr. Bruff, en rapportant ce qu'il fit quand il eut tout entendu. Il ordonna de préparer un thé très fort et de le servir dans sa chambre. Puis il fit dire à sa femme de ne le déranger sous aucun prétexte. Ces précautions prises, il examina tout d'abord la chemise de nuit et prit la peine de lire lui-même la longue lettre de Rosanna Spearman. Sa lecture terminée, il m'adressa la parole, pour la première fois depuis que nous étions enfermés dans sa chambre.

– Franklin Blake, dit le vieux gentleman, c'est une affaire très sérieuse à bien des égards, et elle concerne Rachel autant que vous. L'extraordinaire conduite de votre cousine n'est plus un mystère maintenant. Elle croit que c'est vous qui avez volé le diamant.

J'avais toujours désespérément tenté de ne pas me laisser porter vers cette révoltante conclusion. Mais en dépit de tous mes efforts, elle avait fini par s'imposer à mon esprit, et la résolution que j'avais prise d'obtenir un entretien avec Rachel était fondée sur cette seule idée que venait d'évoquer Bruff lui-même.

– Ce qu'il nous faut faire d'abord, continua l'avocat, c'est prendre à témoin Miss Rachel. Elle s'est tue jusqu'ici pour des raisons que j'imagine fort bien, connaissant son caractère comme je le connais. Après ce qui vient de se produire, il est impossible qu'elle garde plus longtemps le silence. Il faut l'amener ou l'obliger à nous dire sur quoi repose sa certitude que c'est vous qui avez volé la Pierre de Lune. Au point où nous en sommes, il y a des chances pour que nous puissions tout démolir d'un mot si nous pouvons briser la réserve de Rachel et la décider à parler.

– Quel soulagement ce serait pour moi, dis-je. Mais j'avoue que j'aimerais savoir…

– Vous aimeriez savoir sur quoi repose mon opinion, interrompit

Mr. Bruff. Considérez avant tout que je suis un avocat et que je n'avance jamais rien qui ne me paraisse une certitude. Or ici, la certitude s'impose d'elle-même, sur un point important.

– Quel point ?

– Vous allez le savoir. J'admets que votre nom sur la chemise prouve qu'elle vous appartient. J'admets encore que la tache de peinture prouve également que la chemise a été tachée sur la porte du boudoir de Miss Rachel. Mais est-ce bien vous qui la portiez la nuit du vol ?

Cette objection me frappa, d'autant plus fort qu'elle faisait écho à ce que je m'étais déjà dit à moi-même.

– Quant à cela, continua l'avocat en prenant la lettre de Rosanna, je comprends que ce soit pour vous une cause de chagrin et que vous ne puissiez l'analyser d'un point de vue strictement impartial. Mais moi, je ne suis pas dans votre situation. Je peux faire appel à mon expérience professionnelle pour juger ce document comme je le ferais avec n'importe quel autre. Sans faire allusion à la carrière de cette femme qui fut longtemps une voleuse, je remarquerai cependant que, de son propre aveu, sa lettre est la preuve qu'elle sait bien mentir ; j'en conclurai donc que rien ne prouve qu'elle vous a dit toute la vérité. Je ne déduirai rien de ce qu'elle a dit ou non, pour le moment, ni de ce qu'elle a fait ou non. Je dirai simplement que, si Rachel vous a soupçonné uniquement sur le fait de la chemise tachée, il y a quatre-vingt-dix-neuf chances sur cent pour que ce soit Rosanna Spearman qui la lui ait montrée. La lettre de cette fille est là, pour nous faire savoir qu'elle était jalouse de Rachel, qu'elle changeait les roses, qu'elle voyait s'allumer une lueur d'espoir quand s'offrait la perspective d'une querelle entre Rachel et vous. Il ne s'agit pas de se demander qui a pris la Pierre de Lune (pour arriver à ses fins, Rosanna Spearman eût été capable de voler cinquante Pierre de Lune), mais seulement de garder à l'esprit que la disparition du diamant a fourni à cette ancienne voleuse convertie au bien, follement amoureuse de vous, l'occasion de vous séparer, Rachel et vous, pour le reste de vos jours. Elle n'avait pas encore à ce moment-là, souvenez-vous-en, décidé de se tuer. Étant donné la situation et le caractère de cette fille, elle tenait là une aubaine. Que répondrez-vous à cela ?

– Ce soupçon m'a traversé l'esprit, je l'avoue, dès que j'ai ouvert la lettre.

– Exactement. Et quand vous l'avez lue, vous avez eu pitié de la pauvre fille et n'avez plus eu le courage de la soupçonner. Ce qui est d'ailleurs tout à votre honneur, monsieur, croyez-le bien.

– Mais supposons que j'aie bien porté cette chemise ?

– Je ne vois pas comment on pourrait le prouver, dit Mr. Bruff. Mais en supposant qu'une telle certitude se trouve, votre défense ne serait pas aisée. De toute manière, nous n'y sommes pas encore. Attendons et voyons si Rachel vous a soupçonné à cause de cette seule chemise.

– Mon Dieu ! Comme vous parlez légèrement des soupçons de Rachel à mon égard ! interrompis-je vivement. De quel droit pouvait-elle me suspecter moi, sur une simple preuve matérielle ?

– C'est là une question très pertinente, mon cher monsieur. Exprimée en termes un peu vifs, mais néanmoins bien digne d'être prise en considération. Ce qui vous intrigue m'intrigue également. Fouillez bien votre mémoire et répondez-moi : quelque chose se serait-il passé durant votre séjour dans la maison qui aurait pu non pas ébranler la confiance de Rachel en votre honorabilité mais, disons, ébranler le crédit qu'elle pouvait porter (peu importe qu'elle eût pour cela de bien maigres raisons) à vos principes de vie en général ?

Je me levai, en proie à une agitation incontrôlable. La question de l'avocat me rappela, pour la première fois depuis que j'avais quitté l'Angleterre, qu'en effet quelque chose de la sorte s'était produit.

Au chapitre 8 du récit de Betteredge, on trouvera une allusion à l'arrivée d'un étranger, inconnu dans la maison de ma tante, qui vint me voir pour affaires. L'objet de sa visite était le suivant :

J'avais commis l'imprudence (étant comme d'habitude, à cette époque, à court d'argent) d'accepter un prêt du tenancier d'un petit restaurant parisien, où j'étais bien connu comme client. Une date d'échéance fut fixée entre nous pour le remboursement ; au jour dit, je me trouvai (ce qui est arrivé à des milliers d'honnêtes gens) dans l'impossibilité de tenir mes engagements. J'envoyai une lettre de créance à mon homme. Mon nom était malheureusement trop bien connu sur cette sorte de document : il ne put le négocier. Ses affaires s'étaient embrouillées depuis l'époque où j'avais fait cet emprunt ; il était au bord de la faillite et un avocat français, un de ses parents, vint en Angleterre pour me voir et réclamer le paiement de la dette. C'était un homme violent et il s'y prit mal avec moi. Nous échangeâmes des paroles assez vives ; ma tante et Rachel qui étaient malheureusement dans la pièce voisine nous entendirent. Lady Verinder entra et insista pour savoir de quoi il s'agissait. Le Français produisit la lettre de créance et me déclara responsable de la ruine d'un pauvre homme qui avait eu foi en ma parole. Ma tante lui paya aussitôt la somme et le renvoya. Elle me connaissait assez, bien entendu, pour ne pas croire aveuglément à la version du Français. Mais elle se montra choquée de ma légèreté et, à juste titre, fâchée que je me fusse mis dans une situation qui, sans son intervention, eût pu devenir très désagréable. Soit que sa mère lui eût parlé, soit que Rachel elle-même eût entendu ce qui se passait, elle prit la chose de la façon romantique et exagérée qui lui était propre. Elle m'accusa d'être « sans cœur », « sans honneur » ; je n'avais pas de « principes », on ne savait « de quoi je pouvais être capable » ; bref, elle me dit quelques-unes des plus sévères vérités qu'une jeune fille m'eût jamais fait entendre. La brouille entre nous dura toute la journée du lendemain. Le surlendemain je parvins à faire la paix avec elle, et je n'y pensai plus. Rachel s'était-elle souvenue de cet incident malheureux, au moment critique où ma place dans son estime était de nouveau, et cette fois bien plus sérieusement, attaquée ? Mr. Bruff, lorsque j'eus mentionné cet épisode, pencha aussitôt pour l'affirmative.

– Cette scène doit avoir agi sur son esprit, dit-il gravement, et je souhaiterais pour vous qu'elle n'ait jamais eu lieu. Toutefois, nous avons découvert qu'il y avait chez elle une prévention contre vous, et voilà au moins une question résolue. Quoi qu'il en soit, je ne vois rien que nous puissions faire à présent. Notre prochaine étape dans cette enquête doit nous mener à Rachel.

Il se leva d'un air soucieux et se mit à arpenter la chambre. Deux fois, je fus sur le point de lui dire que j'étais décidé à voir Rachel personnellement ; deux fois, par égard pour son âge et sa qualité, j'hésitai à lui en faire l'aveu à un moment si peu propice.

– La grande difficulté, conclut-il, réside dans la façon dont nous lui exposerons l'affaire sans réserve. Avez-vous quelque question à me poser ?

– J'avais songé, Mr. Bruff, à parler moi-même à Rachel.

– Vous !

Il s'arrêta brusquement et me regarda comme si j'avais soudain perdu la tête.

– Vous n'y songez pas…

Il s'interrompit de nouveau et refit le tour de la chambre.

– Et pourtant ! dit-il. Dans des situations aussi étranges, le moyen le plus audacieux est parfois le meilleur.

Il envisagea la question un moment et se rangea finalement à mon avis.

– Qui ne risque rien n'obtient rien, résuma le vieux gentleman. Vous avez pour vous une chance que je n'ai pas et je veux bien que vous soyez le premier à relever le défi.

– Une chance, moi ? répétai-je, grandement surpris.

Pour la première fois, le visage de Mr. Bruff s'adoucit dans un sourire.

– C'est un fait, vous avez une chance. Je reste persuadé qu'en un petit coin de son cœur, Rachel conserve encore un faible pour vous. C'est par là qu'il faut l'atteindre et vous l'entendrez certainement tout vous dire alors, et sans restriction. La question est de savoir comment la rencontrer…

– Elle a été votre invitée dans cette maison, répondis-je. Puis-je suggérer qu'elle me rencontre ici, sans qu'elle ait été avertie auparavant de ma présence.

– Doucement ! fit Mr. Bruff en se remettant à arpenter la chambre. Pour parler clairement, reprit-il, ma maison devrait se transformer en piège se refermant autour de Rachel et, si j'ai bien compris, ma femme et mes filles serviraient d'appât. Si vous n'étiez pas Franklin Blake et que l'affaire fût un rien moins grave qu'elle n'est réellement, je refuserais net. Mais au point où nous en sommes, je crois fermement que, toute sa vie, Rachel me remerciera de l'avoir trahie sur mes vieux jours. Considérez donc que je suis votre complice. Rachel va être invitée à passer une journée ici et je vous ferai part de sa réponse.

– Quand ? Demain ?

– Demain serait trop tôt pour nous laisser le temps de recevoir sa réponse. Disons après-demain.

– Comment me préviendrez-vous ?

– Restez chez vous dans la matinée et attendez ma visite.

Je le remerciai pour l'aide inestimable qu'il m'apportait avec la plus sincère gratitude ; et, déclinant l'hospitalité qu'il m'offrait pour la nuit à Hampstead, je regagnai mon appartement de Londres.

Que dire de la journée qui suivit, sinon qu'elle fut la plus longue de ma vie. Bien que me sachant innocent et malgré la certitude que l'abominable accusation qui pesait sur moi serait tôt ou tard écartée, un sentiment de bassesse honteuse m'emplissait l'âme qui, instinctivement, m'incita à ne pas faire signe à mes amis. Que de fois entendons-nous dire (presque toujours, il est vrai, par des observateurs superficiels) que le coupable a souvent le visage de l'innocent. Je crois infiniment plus vrai celui selon lequel c'est l'innocent qui peut avoir un visage de coupable. Toute la journée je refusai de recevoir les visiteurs qui se présentèrent, et je ne me risquai dehors qu'à la nuit tombée.

Le lendemain matin, Mr. Bruff me surprit attablé devant mon petit déjeuner. Il me tendit une grande clef, et m'annonça qu'il avait honte de lui pour la première fois de sa vie.

– Viendra-t-elle ?

– Elle vient aujourd'hui pour déjeuner puis passer l'après-midi avec ma femme et mes filles.

– Mrs. Bruff et vos filles sont-elles dans le secret ?

– Je n'ai pas pu faire autrement. Mais, comme vous l'avez peut-être remarqué, les femmes n'ont pas de principes. Ces dames n'éprouvent pas comme moi de scrupules de conscience. Puisque le but est de vous réunir de nouveau, Rachel et vous, ma femme et mes filles sont prêtes à fermer les yeux sur les moyens employés, aussi sereinement que si elles étaient jésuites.

– Je leur en suis infiniment reconnaissant. Pourquoi cette clef ?

– C'est la clef de la porte donnant sur le jardin. Soyez là à trois heures de l'après-midi. Entrez dans le jardin et dirigez-vous vers la porte de la serre. De là, vous passerez dans le petit salon, vous ouvrirez la porte juste en face de vous, qui donne sur la salle de musique. Là, vous trouverez Rachel ; elle sera seule.

– Comment vous remercier ?

– Je vais vous dire comment. Ne me blâmez pas pour ce qui peut arriver ensuite.

Sur ces mots, il se retira.

Il me restait de longues heures à attendre. Pour passer le temps, j'ouvris mon courrier. Il s'y trouvait une lettre de Betteredge. Je l'ouvris avec une curiosité impatiente. A ma grande surprise et à mon profond désappointement, elle commençait par un long couplet d'excuses m'avertissant que je ne devais m'attendre à trouver dans cette lettre aucune découverte d'importance. Il y était de nouveau question d'Ezra Jennings, lequel avait abordé Betteredge au moment où celui-ci quittait la gare, pour lui demander qui j'étais. Ayant obtenu ce renseignement, il avait rapporté à son patron, le Dr Candy, qu'il m'avait rencontré. Ce dernier, apprenant ceci, avait en personne rendu visite à Betteredge pour lui faire part de ses regrets de n'avoir pu me voir personnellement. Il désirait en effet me parler, pour une raison tout à fait précise, et il me priait, la prochaine fois que je viendrais à me trouver dans les environs de Frizinghall, de le lui faire savoir. A part quelques phrases exemplaires de la philosophie de Betteredge, tel était, en résumé, toute la substance de la lettre de mon correspondant. Le cœur généreux du fidèle vieil homme l'avait incité à m'écrire pour le seul plaisir de m'envoyer une lettre.

Je fourrai la lettre dans ma poche et l'oubliai aussitôt, tout entier occupé de ma prochaine entrevue avec Rachel.

Trois heures sonnaient au clocher de l'église de Hampstead lorsque j'introduisis la clef dans la serrure de la porte du jardin. Comme je pénétrais dans le jardin et refermais la porte derrière moi, j'avoue avoir éprouvé de la culpabilité et un sentiment de crainte pour ce qui allait suivre. Je regardai furtivement autour de moi, redoutant la présence d'un témoin indésirable dans quelque coin reculé du jardin. Rien ne vint justifier mes appréhensions. Les allées étaient désertes; les oiseaux et les abeilles furent les seuls à m'apercevoir.

Je traversai le jardin, entrai dans la serre, et passai dans le petit salon. Comme je posais la main sur la porte du fond, j'entendis quelques accords plaintifs sur le piano dans la pièce voisine. A l'époque où je séjournais chez sa mère, il arrivait souvent à Rachel de laisser ainsi errer ses mains sur l'instrument; je dus m'arrêter un instant, pour calmer mon émotion. Dans ce moment crucial, je voyais se mêler les images du passé et du présent, et le contraste entre elles me bouleversait.

Une minute s'écoula; je m'armai de courage et ouvris la porte.

7

Dès qu'elle m'aperçut dans l'embrasure de la porte, Rachel se leva et s'écarta du piano.

Je refermai la porte derrière moi. Nous nous regardâmes en silence, chacun à un bout de la pièce. Le mouvement qu'elle fit pour s'écarter du piano parut être le seul effort dont elle fut capable. Ses autres facultés physiques et mentales semblaient avoir fondu à mon apparition.

Je craignis un instant d'avoir surgi trop brutalement. Je fis quelques pas dans sa direction et, très doucement, lui murmurai :

– Rachel…

Le son de ma voix sembla lui rendre l'usage de ses membres ; son visage reprit des couleurs. Elle avança, elle aussi, sans dire un mot. Lentement, comme sous l'influence d'une force indépendante de sa volonté, elle s'approcha de plus en plus près de moi. Ses joues qui rosissaient, ses yeux où pétillait une lueur d'intelligence, me firent oublier en un instant l'objet de ma visite ; ils me firent oublier les soupçons qui me salissaient ; ils me firent oublier tout ce qui se rapportait à notre passé, notre présent, notre futur, et dont j'aurais dû me souvenir. Je ne vis plus rien que la femme que j'aimais, qui s'approchait de moi. Elle tremblait, indécise. Je ne pus résister plus longtemps ; je la pris dans mes bras et couvris son visage de baisers.

Pendant un instant je crus qu'elle me rendait mes baisers ; pendant un instant je crus qu'elle aussi avait oublié. Mais cette idée avait à peine pris corps dans mon esprit qu'un geste d'elle, son premier geste conscient, me fit comprendre qu'elle se souvenait. Avec un cri d'horreur et une force à laquelle je n'aurais pu résister si je l'avais voulu, elle me repoussa loin d'elle. Je vis la cruauté envahir son regard, je lus le mépris sur ses lèvres. Elle me regarda de la tête aux pieds, comme elle eût regardé un étranger lui ayant fait injure.

– Lâche ! Vous n'êtes qu'un misérable lâche, lâche et sans cœur !

Ce furent là ses premiers mots. Le plus intolérable reproche qu'une femme pût adresser à un homme, c'est celui-là qu'elle avait choisi !

– Je me souviens du temps, Rachel, lui dis-je, où vous ne m'auriez jamais parlé ainsi. Je vous demande pardon.

Je sentis qu'une sorte d'amertume avait percé dans ma voix. En entendant ma réponse, Rachel dont les yeux regardaient ailleurs, posa de nouveau, comme involontairement, son regard sur moi. Elle répondit à voix basse, avec un ton de résignation auquel elle ne m'avait pas habitué :

– Peut-être ai-je quelque excuse. Après ce que vous avez fait, est-il noble de votre part de vous trouver sur ma route ? C'est une grande lâcheté que d'avoir compté sur le faible que je pouvais avoir pour vous. Mais tout ceci, évidemment, n'est qu'une opinion de femme. J'aurais dû me douter que vous ne pouviez voir les choses ainsi. J'aurais mieux fait de me dominer et de ne rien dire.

Ses excuses m'étaient plus insupportables encore que ses insultes ; l'homme le plus vil se fût senti humilié à ma place.

– Si mon honneur n'était pas entre vos mains, m'écriai-je, je vous laisserais sur-le-champ, sans jamais vous revoir. Vous avez fait allusion à ce que j'avais fait, mais qu'ai-je donc fait ?

– Ce que vous avez fait ! C'est à moi que vous le demandez ?

– Je vous le demande.

– J'ai gardé le secret de votre infamie, répondit-elle. J'ai supporté toutes les conséquences qui en découlèrent. Cela ne me donne-t-il pas le droit d'éviter l'offense de vos questions ? Ce que vous avez fait ! N'avez-vous plus aucun sens de la gratitude ? Autrefois, vous étiez un gentleman, ma mère vous aimait, moi plus encore…

Sa voix faiblit. Elle se laissa tomber sur une chaise, me tourna le dos et couvrit son visage de ses mains.

J'attendis un moment avant de me hasarder à ajouter un mot.

Je parvenais à peine à discerner ce qui me torturait le plus : le dard que son mépris avait enfoncé dans mon cœur, ou sa fière détermination à me tenir à distance de sa détresse ?

– Si vous ne parlez pas, commençai-je enfin, c'est moi qui le ferai. Il le faut. Je suis venu ici parce que j'ai à vous entretenir d'un sujet très sérieux. Voulez-vous au moins me faire la justice de m'écouter ?

Elle ne bougea pas, ne répondit pas. Je ne lui demandai plus rien, je ne fis pas un pas vers elle. Avec un orgueil aussi obstiné que le sien, je lui fis part de ma découverte aux Sables Frissonnants et de tout ce qui m'y avait amené. Le récit fut long. Du commencement à la fin elle resta muette et ne tourna pas une seule fois son regard vers moi.

Je me dominai. Tout mon avenir dépendait de mon aptitude à garder mon sang-froid en un pareil moment. L'heure était venue de vérifier la théorie de Mr. Bruff. Dans un état de fébrilité extrême, je me déplaçai de manière à me trouver en face d'elle.

– J'ai une question à vous poser, lui dis-je. Cela m'oblige à aborder de nouveau un pénible sujet. Rosanna Spearman vous a-t-elle montré la chemise de nuit ? Oui ou non ?

Elle se leva et s'approcha tout près moi. Ses yeux fouillaient mon visage comme pour y découvrir un secret.

– Êtes-vous fou ? demanda-t-elle.

Je me dominai encore. Je lui rétorquai tranquillement :

– Rachel, voulez-vous répondre à ma question ?

Elle continua, sans m'écouter :

– Avez-vous encore dans tout cela quelque chose à gagner, qui m'échapperait ? Quelque basse crainte concernant votre avenir, à laquelle je me trouverais liée ? Il paraît que la mort de votre père a fait de vous un homme riche. Peut-être êtes-vous venu me dédommager de la perte de mon diamant ? Peut-être vous reste-t-il assez de cœur pour avoir honte de votre démarche ? Serait-ce là le secret qui explique vos protestations d'innocence et toute votre histoire à propos de Rosanna Spearman ? Est-ce la honte qui fait naître tant de mensonges ?

Incapable de me dominer plus longtemps, je l'arrêtai là.

– Vous m'avez causé un tort infamant, m'écriai-je emporté par la colère. Vous m'avez soupçonné d'avoir volé le diamant. J'ai le droit de savoir pourquoi, et je le saurai !

– Soupçonné ! s'exclama-t-elle, sa colère s'élevant au diapason de la mienne. Misérable ! Je vous ai vu de mes propres yeux prendre vous-même le diamant !

L'horrible vérité que me firent soudain entrevoir ces paroles, l'anéantissement de toutes les conjectures prévues par Mr. Bruff me laissèrent impuissant. Dans toute mon innocence, je restai devant elle, silencieux. A ses yeux comme aux yeux de tous, je devais avoir l'apparence d'un homme accablé par la découverte de sa culpabilité. Elle recula devant le spectacle de mon humiliation et de son triomphe. Le brusque silence qui s'était abattu sur nous sembla l'effrayer.

– Je vous ai épargné autrefois, me dit-elle. Je l'aurais encore fait aujourd'hui, si vous ne m'aviez obligée à parler.

Elle se disposait à quitter la pièce mais marqua un temps d'hésitation avant de gagner la porte.

– Pourquoi êtes-vous venu vous humilier ? Pourquoi êtes-vous venu m'humilier moi ?

Elle fit quelques pas encore et s'arrêta de nouveau.

– Pour l'amour de Dieu, parlez ! s'écria-t-elle avec flamme. S'il vous reste encore un peu de pitié, ne me laissez pas m'abaisser ainsi ! Dites quelque chose qui me chasse enfin de cette pièce.

J'avançai vers elle, à peine conscient de ce que je faisais. Peut-être avais-je le désir confus de l'obliger à m'en dire davantage. Depuis l'instant précis où j'avais appris que Rachel m'avait condamné en se fondant sur ce qu'elle avait vu de ses propres yeux, plus rien – pas même la conviction de mon innocence – ne paraissait clair à mon esprit. Je lui pris la main ; je voulais lui parler fermement, mais parvins seulement à lui murmurer :

– Rachel, il fut un temps où vous m'aimiez.

Elle frissonna et détourna les yeux. Sa main tremblait dans la mienne.

– Laissez-moi, dit-elle d'une voix éteinte.

Le contact semblait produire sur elle le même effet qu'avait produit le son de ma voix à mon entrée dans la pièce. Bien qu'elle m'eût traité de lâche, que ses aveux fissent de moi un voleur, tant que sa main resterait dans la mienne, je demeurerais encore son maître !

Je la ramenai doucement vers le milieu de la pièce. Je la fis asseoir à côté de moi et lui parlai doucement :

– Rachel, il y a dans ce que je vais vous dire des contradictions que je ne saurais expliquer. Je ne peux que vous répéter ce qui est la vérité. Vous m'avez vu, dites-vous, de vos propres yeux, prendre le diamant. Devant Dieu qui nous entend, je déclare que c'est vous qui venez de m'apprendre que je l'ai volé. Doutez-vous encore de moi ?

Elle n'avait pas écouté.

– Laissez ma main, fit-elle, timidement.

Ce fut sa seule réponse. Sa tête s'inclina sur mon épaule et inconsciemment sa main serra la mienne alors que sa bouche venait de me dire de la laisser. Je me retins de poser une nouvelle fois ma question, mais ma complaisance se limita à cela. Ma chance de pouvoir relever la tête parmi les honnêtes gens dépendait du pouvoir que j'aurais de la pousser à me faire une révélation complète. Le seul espoir qui me restait était qu'elle eût laissé échappé un détail, dans cette accumulation de preuves, un simple détail qui me permettrait peut-être de prouver mon innocence. J'avoue que je gardai sa main dans la mienne et que je lui parlai autant que je le pus avec cette sympathie et cette confiance qui étaient la marque de nos relations d'antan.

– J'ai besoin que vous me disiez, demandai-je, ce qui se passa entre le moment où nous nous sommes souhaité bonne nuit et celui où vous m'avez vu prendre le diamant.

Elle ôta sa tête de mon épaule et fit mine de dégager sa main.

– Oh ! pourquoi revenir à cela ? Pourquoi ?

– Parce que, Rachel, vous êtes victime, comme je le suis, d'une monstrueuse machination, d'un mensonge qui a toutes les apparences de la vérité. Si nous cherchons ensemble ce qui s'est passé la nuit de votre anniversaire, nous finirons par nous comprendre.

Sa tête retomba sur mon épaule. Des larmes inondaient ses yeux et coulaient lentement le long de ses joues.

– Ah ! fit-elle, n'ai-je pas déjà eu cet espoir ? N'ai-je pas déjà tenté d'y voir clair, comme vous le faites maintenant ?

– Vous étiez seule ; je n'étais pas là pour vous aider.

Ces mots parurent éveiller en elle un peu de l'espoir que j'éprouvais moi-même en les prononçant. Elle accepta de répondre à mes questions avec plus que de la docilité – de l'intelligence. Avec toute sa bonne volonté, elle choisit de s'ouvrir entièrement à moi.

– Commençons, dis-je, par ce qui arriva après que nous nous fûmes souhaité bonne nuit. Vous êtes-vous couchée immédiatement ?

– Oui.

– Avez-vous remarqué l'heure ? Était-il tard ?

– Pas très tard. Environ minuit, je crois.

– Aviez-vous sommeil ?

– Non. Je ne pus m'endormir cette nuit-là.

– Étiez-vous anxieuse ?

– Je pensais à vous.

Sa réponse me troubla quelque peu. Le ton, plus que les mots employés, m'alla droit au cœur. Ce ne fut qu'après quelques instants de silence que je pus reprendre.

– Y avait-il de la lumière dans votre chambre ?

– Aucune, jusqu'au moment où je me suis levée pour allumer une chandelle.

– Était-ce longtemps après vous être couchée ?

– Une heure après, je crois. Il pouvait être une heure du matin.

– Êtes-vous sortie de votre chambre ?

– J'allais en sortir. J'avais mis ma robe de chambre pour aller chercher un livre dans mon boudoir…

– Aviez-vous ouvert la porte de votre chambre ?

– Je venais juste de l'ouvrir.

– Mais vous n'aviez pas encore pénétré dans le boudoir ?

– Non. Quelque chose m'empêcha d'avancer plus loin.

– Quoi ?

– Je vis une lumière sous la porte et j'entendis des pas approcher.

– Aviez-vous peur ?

– Pas encore. Je savais que ma pauvre mère avait des insomnies et je me rappelai combien elle s'était efforcée, ce soir-là, de me convaincre de lui confier mon diamant. Elle était déraisonnablement inquiète à ce sujet, comme je le pensais du moins, et j'ai imaginé que c'était elle qui venait voir si j'étais couchée, avec l'intention de me reparler du diamant si elle me trouvait debout.

– Qu'avez-vous fait alors ?

– J'ai éteint ma chandelle pour qu'elle me croie endormie. A ma façon, je n'étais pas non plus raisonnable ; j'étais décidée à laisser le diamant à l'endroit qui me convenait.

– Après avoir éteint votre chandelle, vous êtes-vous recouchée ?

– Je n'en ai pas eu le temps. Juste au moment où j'éteignais ma chandelle, la porte s'est ouverte et j'ai vu…

– Vous avez vu ?

– VOUS.

– Vêtu comme d'habitude ?

– Non.

– En chemise de nuit ?

– En chemise de nuit, votre chandelle à la main.

– Seul ?

– Seul.

– Pouviez-vous voir mon visage ?

– Oui.

– Parfaitement ?

– Oui, assez parfaitement. Il était éclairé par la chandelle.

– Avais-je les yeux ouverts ?

– Oui.

– N'avez-vous rien remarqué d'étrange en moi ? Un regard fixe, un air absent ?

– Rien de ce genre. Vos yeux étaient brillants, plus brillants que d'habitude. Vous regardiez tout autour de la chambre comme si vous aviez conscience de vous trouver là où vous ne deviez pas être et comme si vous aviez peur d'être surpris.

– Avez-vous remarqué quelque chose de particulier quand je suis entré dans la pièce ? Avez-vous noté comment je marchais ?

– Comme d'habitude. Vous êtes allé jusqu'au milieu du boudoir, puis vous vous êtes arrêté et vous avez regardé autour de vous.

– Qu'avez-vous fait quand vous m'avez aperçu ?

– Rien. J'étais pétrifiée. Je ne pouvais ni parler ni appeler. Il m'était même impossible de faire un mouvement pour fermer ma porte.

– Pouvais-je vous voir, là où vous vous trouviez ?

– Vous l'auriez certainement pu, mais vous n'avez jamais regardé dans ma direction. La question n'a pas de sens ; je suis sûre que vous ne m'avez pas vue.

– Pourquoi ?

– Auriez-vous pris le diamant sinon ? Auriez-vous agi comme vous l'avez fait ensuite ? Seriez-vous ici maintenant, si vous aviez vu que j'étais éveillée et que je vous voyais ? Ne me faites pas parler de cela. Je veux vous répondre calmement. Aidez-moi à rester aussi maîtresse de moi que je le puis. Passons à autre chose.

Elle avait raison, tout à fait raison. Je lui posai d'autres questions.

– Qu'ai-je fait après m'être arrêté au milieu de la chambre ?

– Vous vous êtes retourné pour aller tout droit vers la fenêtre, dans l'angle où se trouve mon petit meuble en bois des Indes.

– Une fois près du meuble, je vous tournais le dos. Comment pouviez-vous voir ce que je faisais ?

– Quand vous vous êtes déplacé, je me suis également déplacée.

– De manière à pouvoir voir ce que je faisais ?

– Il y a trois glaces dans mon boudoir. Là où vous vous trouviez, tous vos gestes étaient réfléchis par l'une d'entre elles.

– Qu'avez-vous vu ?

– Vous avez placé votre bougeoir sur le meuble. Vous avez ouvert et fermé les tiroirs les uns après les autres, jusqu'à tomber sur celui dans lequel j'avais placé mon diamant. Pendant un moment, vous êtes resté devant le tiroir ouvert. Puis vous y avez introduit votre main et pris le bijou.

– Comment savez-vous que je l'ai pris ?

– J'ai vu votre main s'introduire dans le tiroir. Ensuite j'ai vu la pierre scintiller entre votre pouce et votre index, quand vous avez retiré votre main.

– Ma main s'est-elle approchée du tiroir, pour le fermer par exemple ?

– Non. Vous teniez le diamant dans votre main droite et vous avez repris votre bougeoir dans votre main gauche.

– Ai-je de nouveau regardé autour de moi ?

– Non.

– Ai-je quitté immédiatement la chambre ?

– Non. Vous êtes resté immobile, assez longtemps d'après moi. Je voyais votre visage de profil, dans la glace. Vous aviez l'air d'un homme songeur mais mécontent de ce qu'il pensait.

– Qu'arriva-t-il ensuite ?

– Vous vous êtes soudainement ressaisi et vous êtes brusquement sorti du boudoir.

– Ai-je fermé la porte derrière moi ?

– Non. Vous avez franchi le seuil rapidement et laissé la porte ouverte.

– Ensuite ?

– Ensuite votre lumière a disparu et le son de vos pas s'est éteint ; je suis restée seule dans l'obscurité.

– Et quelque chose d'autre s'est-il produit entre ce moment-là et le moment où toute la maisonnée a appris la disparition du diamant ?

– Rien.

– En êtes-vous bien sûre ? Ne vous êtes-vous pas endormie à un moment donné ?

– Je n'ai pas dormi du tout. Je ne me suis même pas recouchée. Rien ne s'est passé jusqu'à l'arrivée de Pénélope, au matin.

Je lâchai sa main, me levai et fis un tour dans la pièce. Toutes les questions que je pouvais poser avaient reçu une réponse. Tous les détails que je désirais connaître m'avaient été donnés. J'avais même évoqué le somnambulisme et l'intoxication et, une fois de plus, ces deux thèses se révélaient caduques, sur l'autorité, cette fois, d'un témoin oculaire. Que restait-il à dire ? Que restait-il à faire ?

Devant moi se dressait dans toute son horreur le Vol, seule chose tangible, clairement visible, que je rencontrais dans ces impénétrables ténèbres qui nous enveloppaient. Je n'avais rien trouvé qui pût m'éclairer lorsque j'avais découvert le secret de Rosanna Spearman, aux Sables Frissonnants ; rien qui pût m'éclairer davantage, à présent que Rachel venait de me révéler sa version de la terrible nuit.

Elle fut la première, cette fois, à rompre le silence.

– Eh bien ? Vous m'avez interrogée et je vous ai répondu. Vous m'avez fait espérer que quelque chose surgirait de tout ceci, parce que vous-même en espériez quelque chose. Qu'avez-vous à dire maintenant ?

Je compris, au ton qu'elle prenait en prononçant ces mots, qu'une fois de plus elle était en train d'échapper à mon emprise.

– Nous devions examiner ensemble tout ce qui s'est passé la nuit de mon anniversaire, reprit-elle, pour arriver à nous comprendre. Y sommes-nous parvenus ?

Elle attendait impitoyablement ma réponse. Je commis alors une erreur fatale. Mon impuissance exaspérante me fit perdre mon sang-froid. Brutalement et inutilement, je lui reprochai d'avoir gardé le silence et de m'avoir laissé ainsi jusqu'à présent dans l'ignorance de l'exacte vérité.

– Si vous aviez parlé comme vous deviez le faire, commençai-je, si vous m'aviez fait la grâce de vous expliquer, si vous m'aviez fait la justice…

Elle m'interrompit dans un cri de rage. Les paroles que je venais de prononcer l'avaient plongée dans une sorte de furie.

– M'expliquer ? répéta-t-elle. Oh ! Existe-t-il dans le monde un seul homme comme celui-ci ? Je l'épargne, tandis que mon cœur est brisé ; je le protège, alors que ma propre dignité est en jeu ; et lui – lui entre tous les êtres humains – s'en prend à moi, prétend que j'aurais dû m'expliquer ! Après avoir cru en lui comme je l'avais fait ; après que je l'ai aimé comme je l'ai fait, après que j'ai pensé à lui chaque jour, rêvé de lui chaque nuit, il s'étonne que je ne l'aie pas accablé quand je l'ai revu pour la première fois après son crime : « Mon bien-aimé, vous êtes un voleur ! Mon cher héros, que j'aime et que j'honore, vous vous êtes introduit dans ma chambre en pleine nuit pour me voler mon diamant ! » Voilà ce qu'il aurait fallu que je lui dise ! Misérable, odieux, odieux misérable, vous ne comprenez donc pas que j'aurais perdu cinquante diamants plutôt que de voir votre visage me mentir comme je le vois maintenant.

Je pris mon chapeau – par pitié pour elle, oui, je peux le dire honnêtement, par pitié pour elle –, je me détournai sans parler et j'ouvris la porte par où j'étais entré.

Elle me suivit, m'arracha la porte des mains, la referma et m'indiqua du doigt la place que je venais de quitter.

– Non ! dit-elle. Pas encore. Il semble que je vous doive une explication de ma conduite. Vous resterez et vous l'entendrez. A moins que vous ne vous abaissiez à la plus vile des infamies en vous sauvant.

A la voir, à l'entendre, j'avais le cœur brisé. Je répondis par un signe que je me soumettais à sa volonté. C'était tout ce que je pouvais faire.

Le rouge de la colère avait disparu de son visage. Elle attendit un instant et s'assit en face de moi. Impassible, elle parla, sans me regarder, les mains sur les genoux, les yeux rivés au sol :

– Il eût fallu que je vous fisse la grâce et la justice de m'expliquer, dit-elle en répétant mes propres paroles ; vous allez voir si j'ai oui ou non essayé. Je viens de vous révéler que je n'avais pas dormi et que je ne m'étais pas couchée après votre départ du boudoir. Inutile de vous importuner avec le récit de mes angoisses, vous ne me comprendriez pas. Je me contenterai de vous dire ce que j'ai fait. Je m'abstins de donner l'alarme dans la maison en disant à tous ce qui s'était passé, comme j'aurais dû le faire. En dépit de ce que j'avais vu, je vous aimais assez pour croire à n'importe quelle extravagance, plutôt que d'admettre que vous étiez un voleur. Je ressassai les pensées les plus folles et je finis par vous écrire.

– Je n'ai jamais reçu votre lettre.

– Je sais que vous ne l'avez jamais reçue. Attendez, et vous saurez pourquoi. Ma lettre ne vous aurait rien dit ouvertement. Elle ne vous aurait pas déshonoré si elle était tombée en d'autres mains. Elle vous disait simplement – d'une manière telle que vous ne pouviez absolument pas vous y tromper – que j'avais de bonnes raisons de vous savoir endetté, que, d'après ce que je savais et ce que savait ma mère, vous n'étiez ni délicat ni scrupuleux quand il s'agissait de vous procurer de l'argent. Vous vous seriez souvenu de la visite de cet avocat français, et vous auriez compris à quoi je faisais allusion. Si, après cela, vous aviez poursuivi votre lecture, vous auriez vu quelle offre je vous faisais, une offre tacite (pas un mot ne devait être prononcé ouvertement entre nous à ce sujet) par laquelle je me proposais de vous prêter une somme d'argent aussi importante que je le pourrais. Et je l'aurais obtenue ! s'exclama-t-elle, le rouge lui montant de nouveau au visage, ses yeux de nouveau fixés sur moi. J'aurais engagé le diamant moi-même, si je n'avais pu me procurer l'argent d'une autre façon ! Je décidai de confier la lettre à Pénélope pour qu'elle vous la remît à un moment où vous seriez seul. Je projetai de m'enfermer dans ma chambre à coucher et de laisser le boudoir vide et ouvert toute la matinée. Et j'espérais – de tout mon cœur et de toute mon âme je l'espérais – que vous profiteriez de l'occasion et que vous replaceriez le diamant secrètement dans le tiroir.

J'essayai de parler. Elle fit un geste d'impatience et m'arrêta. Sa colère la reprit. Elle se leva et s'approcha de moi.

– Je sais ce que vous allez objecter, continua-t-elle. Vous allez me rappeler que vous n'avez jamais reçu ma lettre. Je puis vous dire pourquoi. Je l'ai déchirée.

– Pour quelle raison ?

– Pour la meilleure des raisons. J'ai préféré la déchirer que de l'envoyer à un homme qui en était si peu digne. En effet quelle fut la première nouvelle qui me parvint le lendemain matin ? Juste comme je venais de tout combiner, qu'entendis-je ? J'entendis que c'était vous, vous, comprenez-moi bien, qui vous montriez le plus empressé à prévenir la police. Vous fîtes montre d'une activité sans commune mesure, vous aviez pris les choses en main, vous vous dépensiez plus que quiconque pour retrouver le bijou. Vous poussâtes même l'audace jusqu'à demander à me parler au sujet de la perte du diamant, du diamant que vous-même aviez volé, du diamant que vous déteniez entre vos mains ! Devant ce témoignage de votre odieuse duplicité, j'ai déchiré ma lettre. Mais ensuite, alors même que j'étais torturée par les recherches et les questions de l'officier de police que vous aviez vous-même introduit dans la maison, je fus encore assez démente pour ne pas consentir à vous abandonner. Je me disais : « Il a joué la comédie devant tous les autres, nous verrons s'il ose la jouer devant moi. » On m'avertit alors que vous étiez sur la terrasse. Je m'y rendis. Quels efforts je fis pour vous regarder et pour vous parler ! Auriez-vous oublié ce que je vous ai dit ?

J'aurais pu lui répondre que chacun de ses mots était resté gravé dans ma mémoire. Mais à quoi cela aurait-il servi, à présent ? Comment pouvais-je lui dire que ses paroles m'avaient stupéfait, m'avaient désespéré, m'avaient laissé supposer qu'elle était dans un état dangereux d'excitation nerveuse, qu'elles avaient même, à un moment donné, suscité dans mon esprit un doute sur l'énigme que constituait véritablement pour elle la disparition du diamant, mais que pas un instant elles ne m'avaient apporté un semblant de réponse. Sans l'ombre d'une preuve à produire pour attester mon innocence, comment pouvais-je la persuader qu'il m'était impossible alors – aussi impossible qu'au premier étranger venu – de comprendre le fond de sa pensée ?

– S'il vous plaît à vous d'oublier, il me plaît à moi de me souvenir, reprit-elle. Je sais ce que je vous dis, car j'y avais mûrement réfléchi auparavant. Je vous offris toutes les chances possibles de m'avouer que vous étiez le voleur. Je dis tout ce que je pouvais dire, à ceci près que je ne vous avouai pas – comme je viens de le faire – que je vous savais l'auteur du vol. A chacune de mes tentatives, vous répondîtes en feignant lâchement la surprise, en prenant ce faux air d'innocence, que je retrouve aujourd'hui sur votre visage, oui, ce faux air d'innocence. Je vous ai quitté, ce matin-là, enfin convaincue que vous étiez le plus misérable d'entre les misérables.

– Si vous m'aviez parlé clairement, vous m'auriez quitté, Rachel, bien convaincue d'avoir outragé un innocent.

– Si je vous avais parlé clairement devant témoins, rétorqua-t-elle dans une nouvelle explosion de colère, vous auriez été déshonoré pour la vie. Et si j'avais parlé devant vous seul, vous auriez nié, comme vous le faites maintenant. Pensez-vous que j'aurais pu vous croire ? Aurait-il hésité à mentir, l'homme qui a fait ce que je vous ai vu faire, l'homme qui s'est ensuite comporté comme je vous ai vu vous comporter ? Je vous le répète, je frémis d'horreur à vous entendre mentir, comme j'ai frémi d'horreur à vous voir voler. Vous parlez comme s'il s'agissait d'un malentendu facile à dissiper en peu de mots. Très bien ! Le malentendu touche à sa fin. Est-il dissipé ? Non ! Les choses en sont juste au même point. Je ne vous crois pas. Je ne crois pas que vous ayez trouvé la chemise de nuit, je ne crois pas que Rosanna Spearman vous ai écrit, je ne crois pas un mot de tout ce que vous m'avez raconté. Vous m'avez volé le diamant ; je vous ai vu. Vous avez fait semblant d'aider la police ; je vous ai vu. Vous avez engagé le diamant chez un prêteur de Londres ; j'en suis sûre. En vous fondant sur mon silence, vous avez voulu faire retomber les soupçons qui vous déshonorent sur le dos d'un malheureux innocent. Vous vous êtes enfui le lendemain matin ; vous vous êtes embarqué pour le continent avec votre butin. Après toutes ces horreurs, vous n'en aviez plus qu'une dernière à commettre : venir ici, un nouveau mensonge sur les lèvres, me dire que je vous avais outragé.

Si j'étais resté un instant de plus, je ne sais quelles irréparables paroles j'eusse été capable de prononcer. Je passai devant elle et ouvris la porte pour la seconde fois. De nouveau, avec la frénésie outrancière d'une femme hors d'elle-même, elle me saisit le bras et me barra la route.

– Laissez-moi partir, Rachel, dis-je. C'est préférable pour nous deux. Laissez-moi partir.

La fureur lui soulevait la poitrine, sa respiration convulsive se précipitait ; je recevais son souffle en plein visage tandis qu'elle me retenait.

– Pourquoi êtes-vous venu ? insista-t-elle désespérément. Je vous le demande encore. Pourquoi êtes-vous venu ici ? Avez-vous peur que je vous dénonce ? Vous êtes désormais un homme riche, vous avez une place dans le monde et vous pouvez épouser la plus grande dame de la terre. Avez-vous peur que je prononce les mots que je n'ai jamais prononcés devant d'autres que vous ? Je ne peux vous dénoncer ! Je suis pire que vous, si c'est possible !

Elle éclata en sanglots. Elle m'agrippait avec de plus en plus de violence.

– Je ne parviens pas à vous arracher de mon cœur, poursuivit-elle, même maintenant ! Vous pouvez avoir confiance dans ma honteuse faiblesse ; je suis sans ressources contre vous.

Brusquement elle s'éloigna de moi. Elle leva ses mains et les tordit frénétiquement.

– Toute autre femme eût tremblé de honte à le toucher ! s'écria-t-elle. Oh ! Dieu ! Je me méprise bien plus que je ne le méprise, lui !

Malgré moi, les larmes m'emplissaient les yeux. Une si pénible scène avait déjà trop duré.

– Vous saurez que vous m'avez outragé, répétai-je. Ou vous ne me reverrez jamais.

Sur ces mots, je la quittai. Elle bondit de la chaise où elle s'était effondrée un instant plus tôt ; elle bondit, la noble créature, et me suivit hors de la chambre avec une dernière parole de miséricorde.

– Franklin ! dit-elle. Je vous pardonne. Oh ! Franklin, nous ne nous reverrons plus. Dites que vous me pardonnez !

Je me tournai de manière à ce que mon visage lui exprimât ce que je ne pouvais lui dire. Je lui fis un signe de la main et vis confusément sa silhouette se fondre dans le brouillard dont les larmes emplissaient mes yeux.

Un instant encore et tout fut terminé. Je me retrouvai dehors, dans le jardin. Je ne la voyais ni ne l'entendais plus.

8

Tard dans la soirée, je reçus la visite impromptue de Mr. Bruff.

Un notable changement s'était opéré dans les manières de l'avocat. Il avait perdu son optimisme et son entrain. Pour la première fois, il me serra la main en silence.

– Retournez-vous à Hampstead ? demandai-je pour dire quelque chose.

– J'en viens, répondit-il. Je sais, mon cher Franklin, que vous avez fini par savoir la vérité. Mais, à vous parler franchement, si j'avais soupçonné le prix à payer pour cela, j'aurais préféré que vous restiez dans l'ignorance.

– Vous avez vu Rachel ?

– J'arrive ici après l'avoir reconduite à Portland Place. Il eût été impossible de la laisser rentrer seule en voiture. Je ne peux sérieusement vous tenir pour responsable du choc qu'a été pour elle cette malheureuse entrevue puisque celle-ci a eu lieu chez moi et avec ma permission. Tout ce que je peux faire, c'est empêcher que cela ne se renouvelle. Elle est jeune, elle est courageuse, elle surmontera cette épreuve, le temps et le repos aidant. J'ai besoin de savoir que vous ne ferez rien pour l'en empêcher. Puis-je compter sur vous ; pouvez-vous m'assurer que vous ne tenterez pas de la revoir autrement qu'avec mon approbation ?

– Après ce qu'elle a souffert et ce que j'ai souffert moi-même, vous pouvez compter sur moi.

Mr. Bruff sembla soulagé, il posa son chapeau et rapprocha sa chaise de la mienne.

– C'est parfait ! Envisageons maintenant l'avenir, votre avenir, veux-je dire. A mon avis, et compte tenu de la façon dont s'est déroulée l'entrevue, les choses se présentent maintenant de la façon suivante :

» En premier lieu, nous sommes sûrs que Rachel vous a dit toute la vérité aussi clairement qu'elle pouvait le faire. En second lieu, bien que nous sachions qu'il doit y avoir quelque terrible méprise dans tout ceci, nous ne pouvons guère blâmer Rachel de vous avoir cru coupable, sur le témoignage de ses propres yeux, l'évidence ayant été étayée de surcroît par des circonstances qui vous accablent.

Ici, je l'interrompis.

– Je ne blâme pas Rachel, dis-je. Je regrette seulement qu'elle n'ait pu prendre sur elle de me parler clairement à l'époque des faits.

– Vous pourriez aussi bien regretter que Rachel ne soit pas quelqu'un d'autre, répliqua Mr. Bruff. Mais quand bien même elle eût été différente, je doute qu'une jeune fille un tant soit peu délicate, et dont le rêve était de vous épouser, eût pu vous jeter en pleine figure que vous étiez un voleur. De toutes façons, ce n'eût pas été dans la ligne du caractère de Rachel. Il m'a été donné d'apprendre que, dans une question toute différente de celle qui vous concerne, où elle se trouva néanmoins dans une position assez comparable à celle où elle s'est trouvée vis-à-vis de vous, elle choisit de se comporter de la même manière, obéissant aux mêmes motifs que ceux qui lui ont dicté sa conduite envers vous. En outre, comme elle me le confiait ce soir, lors de notre retour en ville, quand bien même elle vous eût parlé clairement à l'époque, elle n'eût alors, pas plus qu'aujourd'hui, été en mesure de croire en vos protestations d'innocence. Que pouvez-vous répondre à cela ? Il n'y a aucune réponse possible.

» Allons, allons, Mr. Franklin, j'ai beau m'être fourvoyé sur toute la ligne, je le reconnais, au point où nous en sommes, mon avis peut pourtant valoir quelque chose. Je vous le dis tout net, nous perdons notre temps et nous nous tourmentons en vain à sans cesse revenir en arrière pour tâcher de démêler ce terrible imbroglio depuis le commencement. Croyez-moi, chassons résolument de notre esprit ce qui se passa l'an dernier dans la maison de campagne de lady Verinder. Voyons plutôt ce qu'il est désormais possible de découvrir dans l'avenir ; n'essayons plus de pénétrer le passé.

– Vous oubliez sans doute que tout le drame s'est joué dans le passé, en ce qui me concerne du moins.

– Je vous l'accorde, mais dites-moi si la Pierre de Lune est, oui ou non, à l'origine de tout ce mal ?

– Elle l'est, en effet.

– Très bien. Que pensez-vous qu'on en fît après l'avoir apportée à Londres ?

– Elle fut mise en gage chez Mr. Luker.

– Or nous savons que vous n'êtes pas la personne qui l'a engagée. Savez-vous qui l'a fait ?

– Non.

– Où croyez-vous que le diamant se trouve en ce moment ?

– Dans le coffre du banquier de Mr. Luker.

– Exactement. Suivez-moi bien maintenant. Nous sommes déjà en juin. A la fin du mois – je ne peux préciser quel jour – il se sera écoulé un an depuis l'époque où nous supposons que la Pierre a été mise en dépôt. Il y a lieu d'espérer, pour ne pas dire plus, que la personne qui l'a engagée est en état de rembourser la somme qui lui a été prêtée. Si elle paie, Mr. Luker doit – selon les termes du contrat – sortir le diamant de la banque. Dans ces conditions, je propose de surveiller les abords de celle-ci dès la fin de ce mois. Cela nous permettra de découvrir la personne à qui Mr. Luker va restituer la Pierre de Lune. Comprenez-vous à présent ?

J'admis (un peu à contrecœur) que c'était là une nouvelle idée à exploiter.

– Ce fut l'idée de Mr. Murthwaite avant d'être la mienne, dit Mr. Bruff. Je n'y aurais jamais pensé sans une conversation que nous avons eue ensemble. Si l'explorateur a raison, les Hindous ne manqueront pas de se trouver eux aussi aux abords de la banque vers la fin du mois, et il peut se produire alors quelque chose d'important qui peut nous aider à mettre la main sur le mystérieux personnage qui a engagé le diamant. La personne en question, songez-y, est responsable – je ne prétends pas savoir de quelle manière – de la situation dans laquelle vous vous trouvez actuellement, et elle est la seule qui soit susceptible de vous rendre l'estime de Rachel.

– Ce plan que vous me proposez permettrait évidemment de résoudre le problème d'une façon très audacieuse, très ingénieuse, et très nouvelle, mais...

– Vous avez une objection à faire ?

– Oui. Je suis las d'attendre.

– C'est entendu. Mais, si je calcule bien, vous avez tout au plus une quinzaine à attendre. Est-ce si long ?

– C'est toute une vie, Mr. Bruff, dans une situation comme la mienne. L'existence me sera simplement insupportable, à moins que je ne tente quelque chose pour me réhabiliter.

– Bien, bien. Je comprends cela. Et avez-vous déjà songé à ce que vous pourriez faire pour cela ?

– J'avais pensé aller consulter le sergent Cuff.

– Il s'est retiré de la police. Inutile de compter sur son aide.

– Je sais où le trouver ; je peux malgré tout essayer.

– Essayez, dit Mr. Bruff, après un moment de réflexion. Les événements ont pris un aspect si singulier depuis l'intervention du sergent Cuff, que vous pourrez peut-être réveiller son intérêt. Essayez toujours et faites-moi connaître le résultat. D'autre part, continua-t-il en se levant, me permettez-vous, si vous ne découvrez rien d'ici la fin du mois, de surveiller la banque le moment venu ?

– Certainement, répondis-je, à moins qu'il ne s'avère, d'ici là, que l'expérience n'est plus nécessaire.

Mr. Bruff sourit et prit son chapeau.

– Dites au sergent Cuff, me recommanda-t-il, qu'à mon avis nous ne serons plus très loin de la vérité quand nous aurons découvert qui a engagé le diamant. Vous me direz ce qu'il en pense.

Là-dessus, il partit.

A la première heure, le lendemain matin, je filai à Dorking où, comme me l'avait appris Betteredge, résidait le sergent Cuff.

A l'hôtel, je m'informai et obtins les renseignements nécessaires pour trouver le cottage où vivait le sergent. On y accédait par un chemin de traverse, situé un peu à l'écart de la ville. La maison était nichée au milieu d'un jardin qu'entouraient par derrière et sur les côtés un bon mur de briques, et sur le devant, une haie d'aubépines. La grille, dont la partie supérieure était ornée d'un treillis soigneusement peint, était fermée. Après avoir agité la sonnette, je risquai un œil à travers le grillage : partout s'épanouissait la fleur favorite de l'illustre Cuff; elle fleurissait dans son jardin, retombait en grappes au-dessus de sa porte, ornait ses fenêtres. Loin des crimes et des mystères de la grande ville, le célèbre détective vivait sereinement, tel un aimable sybarite, les dernières années de sa vie, noyé dans les roses !

Une dame d'un certain âge vint m'ouvrir et anéantit du même coup tous mes espoirs : le sergent Cuff était parti la veille pour l'Irlande.

– Est-il parti pour affaires ? demandai-je.

La femme sourit.

– Une seule affaire l'intéresse désormais, c'est la culture des roses. Le jardinier d'un riche propriétaire d'Irlande a fait une découverte concernant l'amélioration des espèces et Mr. Cuff est parti pour s'informer à ce sujet.

– Savez-vous quand il sera de retour ? demandai-je.

– Je ne sais rien de certain, monsieur. Il m'a dit qu'il se pourrait qu'il fût de retour immédiatement, ou bien qu'il restât parti un certain temps, selon qu'il trouverait la nouvelle découverte sans intérêt ou, au contraire, digne d'être examinée. Au cas où vous auriez un message à lui laisser, je m'en chargerai volontiers et j'aurai soin qu'il le reçoive.

Je lui remis ma carte sur laquelle j'avais écrit au crayon : *J'ai à vous parler au sujet de la Pierre de Lune. Faites-moi savoir quand vous rentrerez.* Ceci fait, je n'avais plus qu'à retourner à Londres.

L'échec de ma démarche ne pouvait qu'aggraver mon tourment et ne fit que m'inciter davantage à agir d'une manière ou d'une autre. Le jour même de mon retour de Dorking, je me jurai de vaincre coûte que coûte les difficultés placées en travers du chemin qui devait me conduire à la lumière.

Par où commencer ?

Si l'excellent Betteredge avait été présent, et s'il avait pu pénétrer dans le secret de mes pensées tandis que je me livrais à l'examen de la situation, il est hors de doute qu'il eût déclaré que le côté allemand de ma nature avait repris le dessus. A parler plus sérieusement, il est possible que mon éducation germanique ait été à l'origine des spéculations vaines et compliquées dans lesquelles je me perdais. Je passai la plus grande partie de la nuit à fumer et à échafauder des théories, plus improbables les unes que les autres. Lorsque je trouvai enfin le sommeil, mes songes éveillés me poursuivirent en rêve. Le lendemain, au lever, mon esprit se trouvait en proie à un mélange inextricable de pensées objectivement subjectives et subjectivement objectives. J'entamai cette journée qui devait voir se concrétiser dans l'action tous mes efforts et toute mon énergie, par un état de doute intense ; j'en étais à me demander si j'avais un droit quelconque (d'un point de vue purement philosophique) à considérer comme réelle l'existence de n'importe quel objet (la Pierre de Lune y comprise).

Qui sait combien de temps je serais resté perdu dans mes pensées si j'étais resté ainsi livré à moi-même ? Un incident vint me libérer. Je portais ce matin-là le vêtement que j'avais sur moi le jour de mon entretien avec Rachel. Comme je fouillais dans mes poches, j'en sortis alors un papier froissé qui n'était autre que la lettre de Betteredge que j'avais totalement oubliée.

Je ne voulus pas avoir la cruauté de laisser sans réponse la missive de mon vieil ami. Je me dirigeai donc vers mon bureau où je relus la lettre. Il n'est pas toujours aisé de répondre à une lettre qui vous paraît sans grande importance. Celle de Betteredge était de cette nature. L'assistant du Dr Candy, autrement dit Ezra Jennings, avait appris à son patron qu'il m'avait vu, après quoi le docteur avait manifesté le désir de s'entretenir avec moi quand je reviendrais à Frizinghall. Que répondre à cela qui méritât vraiment de prendre la plume ? J'étais assis depuis un moment devant la feuille de papier destinée à Betteredge quand me vint soudain l'idée que le surprenant Ezra Jennings, dont je m'amusais à griffonner depuis quelques instants la silhouette, partout sur le papier, se trouvait décidément bien souvent sur mon chemin. Après avoir jeté dans ma corbeille à papiers une bonne douzaine de portraits de l'homme aux cheveux pie, je me décidai enfin à écrire à ce vieil ami Betteredge. Une lettre banale, aussi banale que la sienne, mais dont l'effet fut excellent sur ma personne. L'effort que j'avais fourni pour m'exprimer dans un style à l'usage de

Betteredge avait chassé de mon esprit les absurdes spéculations qui l'encombraient depuis la veille.

M'appliquant une fois de plus à déchiffrer l'impénétrable énigme de ma propre situation, je résolus d'aborder le problème d'une façon purement pratique. Les événements de la nuit mémorable persistant à me demeurer totalement inintelligibles, j'entrepris de remonter aux heures qui avaient précédé, et sondai ma mémoire dans l'espoir d'y découvrir un incident quelconque susceptible de me mettre définitivement sur la voie.

Que s'était-il passé tandis que Rachel et moi terminions la décoration de la porte ? Et durant mon absence, tandis que j'étais parti pour Frizinghall, dont je revins à cheval en compagnie de Godfrey Ablewhite et de ses sœurs ? Ou ensuite, quand la Pierre de Lune passa entre les mains de Rachel ? Plus tard encore, à l'heure où arrivèrent les invités et quand nous nous trouvâmes tous réunis autour de la table ? Ma mémoire ne s'embarrassa guère de toutes ces questions, jusqu'à celle toutefois qui concernait le dîner. Je me trouvai sur ce point-là confronté au blanc absolu, à tel point que je ne parvins même pas à me souvenir du nombre de convives qui étaient ce soir-là à table.

Le fait de me trouver pris en défaut sur ce point m'amena à conclure que les incidents du dîner pourraient tout spécialement valoir la peine d'être examinés. Je suppose que d'autres personnes dans une situation comme la mienne seraient parvenues tout aussi naturellement à cette déduction. Lorsque la poursuite de nos propres intérêts nous conduit à devenir nous-mêmes l'objet de notre enquête, nous éprouvons logiquement de la méfiance à l'égard de ce que nous ne savons pas.

Pensant par ce moyen suppléer à la défaillance de ma propre mémoire, je résolus de me procurer la liste des invités présents à ce dîner, et de faire ensuite appel aux souvenirs de ces autres convives ; de prendre note de tous les détails qu'ils pourraient se rappeler au sujet de cette fête d'anniversaire ; et d'examiner les renseignements ainsi obtenus, à la lumière des événements qui étaient survenus après le départ des invités.

Cette ultime tentative de toutes celles auxquelles j'avais pu jusqu'alors me livrer pour maîtriser le difficile art de l'investigation – tentative que Betteredge n'aurait pas manqué d'attribuer à l'influence prédominante de mon côté rationaliste, c'est-à-dire français – doit en toute justice être rapportée ici, en raison des mérites qui sont les siens. Pour improbable que cela puisse sembler, j'avais réellement, en cherchant ma route à tâtons, atteint le nœud de la question. Il ne me manquait plus qu'un mot, un signe, qui me guiderait dans la bonne direction. Avant qu'une autre journée se fût écoulée, ce signe me fut fourni par l'un des convives du dîner d'anniversaire.

Selon le plan que j'avais adopté, la liste des invités devait être ma première préoccupation. Qui pouvait me la fournir, sinon Gabriel Betteredge ? Je décidai donc de retourner dans le Yorkshire le jour même, afin de commencer mes recherches dès le lendemain matin.

Il était trop tard pour partir par le train qui quittait Londres dans la matinée. Il n'y avait qu'à attendre – pendant près de trois heures – le train suivant. Pouvais-je faire quelque chose d'utile à Londres dans l'intervalle ?

Mes pensées se reportèrent une fois de plus au dîner d'anniversaire. Bien que j'eusse oublié le nombre exact et, pour certains d'entre eux, le nom même des invités, je me souvins que la majorité d'entre eux venaient de Frizinghall ou des environs. Mais la majorité ne représente pas la totalité. Quelques-uns parmi les convives ne résidaient pas toute l'année dans le comté. J'étais moi-même de ceux-là ; Mr. Murthwaite également ; Godfrey Ablewhite aussi ; Mr. Bruff… non, il me revint à l'esprit que ses affaires l'avaient empêché d'assister à la réunion. Y aurait-il eu des dames parmi les invitées présentes dont la résidence principale se trouvait à Londres ? Je ne pus trouver que Miss Clack. Quoi qu'il en soit, j'avais déjà le nom de trois des convives qu'il serait intéressant de voir avant de quitter la ville. Je me fis aussitôt conduire chez Mr. Bruff ; ne connaissant pas l'adresse des personnes que je désirais voir, j'espérais qu'il pourrait me renseigner.

Mr. Bruff se trouva être trop occupé pour me consacrer plus d'une minute de son temps si précieux. Mais cette minute lui suffit cependant pour répondre – de la façon la plus décourageante – à toutes les questions que j'avais à lui poser.

En premier lieu, il jugea ma nouvelle méthode d'investigation trop fantaisiste pour être sérieusement discutée. En deuxième, troisième et quatrième lieux, Mr. Murthwaite était maintenant reparti sur le théâtre de ses aventures passées, Miss Clack avait subi des revers de fortune et s'était établie, pour raison d'économie, en France, et il se pouvait que Mr. Godfrey Ablewhite se trouvât à Londres, mais rien n'était moins sûr. Il me suggéra de m'informer à son club. Et il me suggéra également de l'excuser, lui, Mr. Bruff, s'il retournait à ses occupations en me souhaitant une bonne journée.

Le champ de mes recherches à Londres se limitant désormais à la nécessité de découvrir l'adresse de Godfrey, je suivis l'avis de l'avocat et me rendis à son club.

Dans le hall, je rencontrai l'un des membres, un vieil ami de mon cousin qui comptait aussi parmi mes relations. Ce monsieur, après m'avoir donné l'adresse de Godfrey, me parla de deux événements survenus récemment dans la vie de ce dernier, et qui, quoique d'importance, ne m'étaient pas parvenus aux oreilles.

Godfrey, loin de se laisser abattre par l'abandon de Rachel, avait rapidement renouvelé ses propositions matrimoniales à une autre jeune fille, laquelle était connue pour être une riche héritière. Sa demande fut agréée et le mariage considéré comme chose conclue. Mais, cette fois encore, les fiançailles avaient été brusquement rompues, à cause, disait-on, de sérieuses divergences d'opinion entre le futur mari et le père de la jeune personne au sujet des dispositions du contrat.

Comme pour compenser ce nouvel échec matrimonial, Godfrey avait vu ressurgir, peu de temps après, le plaisant souvenir d'une de ses nombreuses admiratrices, sous la forme d'un legs important. Une vieille dame riche – hautement appréciée au Comité des Mères pour la Récupération des Vêtements Usagés, et grande amie de Miss Clack (à qui elle n'avait laissé qu'une bague) – avait légué à l'admirable et si méritant Godfrey la somme de cinq mille livres. Le bruit courait qu'ayant ainsi coquettement arrondi ses propres ressources, assez modestes au demeurant, il avait ressenti la nécessité de prendre du repos, et de renoncer pour quelque temps à ses occupations charitables ; le docteur lui aurait prescrit « un petit tour sur le Continent, qui ne manquerait pas de faire le plus grand bien à sa santé ». Si donc je désirais le voir, je ferais bien, m'assura-t-on, de lui rendre visite sans tarder.

Ce que je fis.

La même fatalité, qui m'avait fait arriver un jour trop tard chez le sergent Cuff, m'amena de nouveau un jour trop tard chez Godfrey. Il avait quitté Londres, la veille, par le train qui partait pour Douvres. Il devait s'embarquer pour Ostende, et son domestique pensait qu'il continuerait jusqu'à Bruxelles. La date de son retour était incertaine, mais il comptait bien rester absent au moins trois mois.

Je rentrai chez moi un peu déprimé. Trois des invités de ce dîner d'anniversaire – et tous trois, d'une intelligence remarquable – me faisaient faux bond, au moment où il était de la plus haute importance pour moi de pouvoir me mettre en rapport avec eux. Mon dernier espoir, je le plaçai désormais en Betteredge et dans ceux des amis de feu lady Verinder que je pourrais encore trouver installés dans le voisinage de la maison de campagne de Rachel.

Je me rendis donc directement à Frizinghall, puisque c'est là-bas que se situait désormais le centre de mon champ d'investigations. J'arrivai trop tard pour entrer en contact avec Betteredge. Dès le lendemain matin, j'envoyai un messager porteur d'une lettre demandant à mon vieil ami de venir me rejoindre à l'hôtel aussi vite que possible.

Afin d'une part de gagner du temps et d'autre part de ménager les jambes de mon vieux Betteredge, j'avais envoyé mon messager dans une voiture de louage. Sauf imprévu, je pouvais donc espérer que Betteredge serait là dans un délai de deux heures, ce qui me laissait tout juste le temps de réfléchir à la manière de conduire mon enquête parmi ceux des invités de lady Verinder que je connaissais personnellement et avec lesquels je pouvais facilement prendre contact. Il y avait d'abord mes cousins, les Ablewhite, puis le Dr Candy. Le docteur avait exprimé le désir de me voir et il demeurait tout près de mon hôtel ; je me dirigeai donc chez lui en premier.

Après ce que m'en avait dit Betteredge, je m'attendais, bien sûr, à constater sur le visage du docteur les traces de la sévère maladie dont il avait souffert. Mais je n'étais absolument pas préparé à l'ampleur du changement qui me frappa lorsqu'il pénétra dans la pièce et me serra la main. Son regard était terne, ses cheveux complètement gris, son visage grave, sa personne toute ratatinée. Plus rien ne restait du petit docteur gai, enjoué et étourdi que j'avais connu autrefois, sinon peut-être une certaine extravagance dans toute sa mise. Il n'était plus qu'une épave, tandis que ses vêtements et les bijoux qu'il portait étaient aussi éclatants et somptueux qu'autrefois.

– J'ai souvent pensé à vous, Mr. Blake, me dit-il, et je suis infiniment heureux de vous voir enfin. Si je peux faire quelque chose pour vous, n'hésitez pas à me le demander, n'hésitez pas !

Il prononça ces quelques propos banals avec une hâte superflue et un air de curiosité sur ce qui m'avait ramené dans le Yorkshire, qu'il était totalement – je dirais même puérilement – incapable de dissimuler.

Étant donné le but que je poursuivais, j'avais évidemment prévu qu'il me faudrait fournir certaines explications si je voulais retenir l'attention de personnes qui, pour la plupart d'entre elles, m'étaient étrangères, et obtenir qu'elles m'aidassent dans mon enquête. Pendant mon trajet vers Frizinghall, j'avais élaboré mon entrée en matière ; je saisis l'occasion qui s'offrait à moi d'en éprouver l'efficacité sur le Dr Candy.

– Je me trouve dans le Yorkshire pour accomplir une mission assez romanesque, dis-je. C'est une histoire, Dr Candy, à laquelle s'intéressèrent quelques amis de la défunte lady Verinder. Vous souvenez-vous de la mystérieuse disparition du diamant hindou, il y a près d'un an ? Certaines circonstances récentes permettent de croire qu'il pourrait bientôt être retrouvé, et, en tant que membre de la famille, je m'y intéresse tout particulièrement. Parmi les difficultés que je rencontre sur ma route, se trouve la nécessité de réexaminer les preuves que nous avions pu obtenir à l'époque, et, si possible, d'en découvrir d'autres. L'affaire, en effet, offre de telles particularités qu'il me semble souhaitable de ne négliger aucun des souvenirs se rapportant à ce qui s'est passé dans la maison, le jour de l'anniversaire de Miss Verinder. Et j'ose faire appel aux amis de la défunte, présents ce soir-là, pour me prêter l'assistance de leur mémoire…

J'en étais là de mes explications préliminaires quand un coup d'œil sur le Dr Candy me fit immédiatement comprendre que ma tentative était vouée à l'échec.

Le petit docteur n'avait pas cessé de ronger ses ongles tout le temps que je m'étais exprimé. Ses yeux humides étaient fixés sur moi avec une expression vague et mélancolique qui faisait peine à voir. Il était impossible de deviner ce qu'il pensait. La seule chose claire était que j'avais manifestement échoué à retenir son attention avec mon histoire. La seule chance qui me restait était de changer de sujet. Immédiatement, j'abordai un nouveau point.

– Voilà donc, dis-je, ce qui m'amène à Frizinghall. A votre tour de parler, Dr Candy. Ne m'avez-vous pas fait parvenir un message par Gabriel Betteredge ?

Il cessa de se ronger les ongles et s'anima brusquement :

– Oui ! Oui ! Oui ! s'écria-t-il vivement. C'est exact. Je vous ai envoyé un message.

– Et Betteredge me l'a dûment communiqué par lettre, continuai-je. Vous aviez à me parler. Eh bien, Dr Candy, me voici.

– Vous voici, répéta comme en écho le docteur. Betteredge avait tout à fait raison. J'avais en effet à vous parler. C'est bien exact. Betteredge est étonnant. Quelle mémoire ! A son âge, quelle mémoire !

Puis il retomba dans son mutisme et recommença à se ronger les ongles. Me rappelant ce que Betteredge m'avait dit des effets de la fièvre sur la mémoire du docteur, je continuai à parler dans l'espoir de susciter quelque vague réminiscence.

– Bien du temps a passé depuis que nous nous sommes rencontrés, fis-je remarquer. Nous nous sommes vus pour la dernière fois au dîner d'anniversaire qu'offrit ma regrettée tante Verinder.

– C'est cela ! s'écria le Dr Candy. Le dîner d'anniversaire !

Il se leva brusquement et me regarda. Son visage fané se colora vivement et il se rassit comme quelqu'un qui eût cherché sans y parvenir à dissimuler l'une de ses défaillances. Il n'était que trop clair, tristement clair, qu'il était parfaitement conscient de ses troubles de mémoire et qu'il s'efforçait de ne pas les laisser paraître à ses amis.

Jusque-là, il avait simplement éveillé ma compassion. Mais les quelques mots qu'il venait de prononcer avaient excité au plus haut point ma curiosité. Ce fameux dîner d'anniversaire était devenu pour moi un de ces événements du passé que je n'évoquais qu'avec un curieux mélange d'espoir et d'amertume. Et voilà, à n'en pas douter, que le Dr Candy avait précisément quelque chose d'important à me dire à propos de ce dîner !

Une fois de plus, je m'efforçai de l'aider à rassembler ses esprits. Mais l'intérêt que je portais à l'affaire l'emportant à présent sur la compassion, je mis un peu trop d'ardeur à mes intentions.

– Il y a près d'un an, dis-je, que nous avons eu le plaisir d'être assis à la même table. Avez-vous noté dans votre carnet ou en quelque autre endroit ce que vous aviez à me dire ?

Le Dr Candy sembla prendre ma suggestion pour une insulte.

– Je n'ai besoin d'inscrire nulle part ce dont je dois me souvenir, Mr. Blake, répliqua-t-il sèchement. Je ne suis pas un vieillard et, grâce à Dieu, je peux encore compter sur ma mémoire.

Inutile de dire que je feignis de pas voir qu'il semblait offensé.

– Je voudrais pouvoir en dire autant de la mienne, répondis-je. Mes souvenirs ne sont pas toujours aussi vivaces que je voudrais. Prenez par exemple ce dîner de lady Verinder dont je vous parlais tout à l'heure…

Le Dr Candy parut s'animer de nouveau à cette nouvelle allusion.

– Ah ! le dîner, le dîner de lady Verinder ! s'écria-t-il avec plus d'empressement que jamais. J'ai quelque chose à vous dire à ce sujet.

Ses yeux pensifs et absents s'étaient de nouveau posés sur moi avec cette expression vague et douloureuse que j'avais déjà remarquée avec tristesse. Hélas, il essayait désespérément, mais en vain, de rassembler ses souvenirs.

– C'était un dîner fort agréable, dit-il soudain de l'air d'un homme qui vient d'exprimer très précisément le fond de sa pensée, un dîner fort agréable, n'est-ce pas Mr. Blake ?

Il me fit alors un petit signe de tête et sourit. Le pauvre homme croyait bien m'avoir dissimulé son défaut de mémoire grâce à sa présence d'esprit.

La situation semblait si désespérée que j'engageai la conversation sur une toute autre voie et tentai de lui faire recouvrer la mémoire en l'interrogeant sur les petites histoires de la vie locale.

Là, il se mit à causer avec entrain. Les petits scandales et les querelles de la ville, dont certains dataient bien d'un mois, semblaient encore tout frais à sa mémoire. Il bavardait, bavardait, retrouvant presque sa volubilité d'antan. Mais, par moments, au milieu du flot de paroles où l'entraînait son babillage, il hésitait soudain, me fixait un instant de son regard vague et interrogateur, puis se ressaisissait et poursuivait. Je subis mon martyre en silence (car n'est-ce pas un véritable martyre pour un homme habitué à la vie cosmopolite, que d'écouter avec patience et résignation les potins d'une petite ville de campagne ?) jusqu'à ce que la pendule sur la cheminée me confirmât que ma visite durait depuis plus d'une demi-heure. Jugeant mon sacrifice suffisant, je me levai pour prendre congé. Comme nous nous serrions la main, le Dr Candy fit une nouvelle allusion à l'anniversaire.

– Je suis vraiment ravi de vous avoir revu. Je tenais réellement, Mr. Blake, à vous parler de ce fameux dîner chez lady Verinder. Quel agréable dîner, vraiment, quel agréable dîner !

Il répéta cette phrase, à l'évidence moins convaincu que précédemment d'avoir réussi à me cacher ses défaillances de mémoire. Ses yeux reprirent leur expression vide et douloureuse et, alors qu'il s'apprêtait à me raccompagner jusqu'à la porte de la rue, il changea brusquement d'avis, sonna un domestique, et resta dans le salon.

Comme j'avais atteint le bas des marches, une porte s'ouvrit doucement dans le hall, et une voix doucereuse murmura derrière moi :

– J'ai bien peur, monsieur, que vous n'ayez trouvé le Dr Candy terriblement changé ?

Je me retournai et me trouvai face à face avec Ezra Jennings.

9

L'accorte femme de chambre du docteur m'attendait à la porte qu'elle tenait ouverte. Répandue à flots dans le hall, la lumière matinale éclairait en plein la figure de l'assistant du Dr Candy.

Il était impossible de contester l'assertion de Betteredge selon laquelle, si l'on en croyait les réactions populaires, l'aspect d'Ezra Jennings ne plaidait pas en sa faveur. Son teint basané de bohémien, ses joues décharnées, ses pommettes saillantes, ses yeux rêveurs, son étrange chevelure pie, la contradiction troublante entre son visage et sa personne, qui le faisait paraître jeune et vieux à la fois, tout cela contribuait à produire une impression défavorable sur un étranger. Cependant, tout en éprouvant pour mon compte ce sentiment, je ne pouvais m'empêcher d'éprouver pour Ezra Jennings quelque chose qui n'était pas loin de la sympathie. Tandis que mon usage du monde me dictait de répondre à la question qu'il m'avait posée en affirmant qu'en effet j'avais trouvé le docteur bien changé, puis de prendre congé après m'être acquitté de cette politesse, ma curiosité me tint rivé sur place, ce qui fournit à Ezra Jennings l'occasion de me parler de son patron, occasion que, bien évidemment, il avait tout fait pour provoquer.

– Iriez-vous dans ma direction, Mr. Jennings ? fis-je en remarquant qu'il tenait à la main son chapeau. Je me rends chez ma tante, Mrs. Ablewhite.

Ezra Jennings me répondit qu'il avait justement un malade à voir du même côté.

Nous quittâmes ensemble la maison. Je remarquai que la jolie soubrette – qui était tout sourire et amabilité lorsque je la saluai en sortant – reçut d'un air pincé et les yeux ostensiblement détournés le message qu'Ezra Jennings lui adressa concernant l'heure probable de son retour. Le pauvre garçon n'était évidemment pas bien vu dans la maison. Et, au dehors, je savais par Betteredge qu'il était partout impopulaire. « Quelle vie ! » pensai-je, comme nous descendions les marches de l'entrée.

Ayant, de son côté, déjà abordé le sujet de la maladie du Dr Candy, Ezra Jennings parut décidé à me laisser reprendre le sujet. Son silence disait de façon explicite : « A votre tour, maintenant ! » Comme j'avais de bonnes raisons de faire allusion à l'état du docteur, je pris volontiers sur moi de relancer la conversation sur ce point précis.

– A en juger par le changement qui s'est opéré en lui, commençai-je, la maladie du Dr Candy a dû être plus grave que je ne pensais.

– Qu'il soit en vie aujourd'hui, répondit Ezra Jennings, relève presque du miracle !

– Sa mémoire est-elle toujours aussi mauvaise que ce que j'ai pu constater aujourd'hui ? Il a essayé en vain de me parler…

– D'un fait antérieur à sa maladie ? acheva l'assistant qui avait remarqué mon hésitation.

– Oui.

– Sa mémoire des événements se rapportant à cette époque paraît être irrémédiablement obscurcie, poursuivit Ezra Jennings. Il ne lui en reste que de faibles traces, ce qui est déplorable, car il se souvient vaguement de projets qu'il avait formés avant sa maladie, mais il est parfaitement incapable de se rappeler en quoi ils consistaient. Et il est malheureusement conscient de sa déchéance, qu'il s'efforce, comme vous l'avez sans doute remarqué, de cacher à son entourage. S'il avait pu guérir en oubliant totalement le passé, il serait plus heureux. Peut-être serions-nous tous plus heureux, ajouta-t-il avec un triste sourire, si nous avions la faculté de tout oublier.

– Il y a sûrement, répondis-je, dans la vie de tout homme, certains événements dont on ne souhaite pas perdre entièrement le souvenir.

– C'est, je l'espère, le cas de la plupart des hommes, Mr. Blake, mais je crains que cela ne soit pas vrai pour tous. Avez-vous quelque motif de croire que le souvenir que le Dr Candy essayait en vain de retrouver, lorsque vous lui avez parlé tout à l'heure, est un souvenir qu'il serait important pour vous qu'il pût faire surgir de sa mémoire ?

En disant ces mots, il avait spontanément touché le point sur lequel j'avais l'intention de le consulter. L'intérêt que m'inspirait cet homme étrange m'avait poussé tout d'abord à lui fournir l'occasion de me parler, tout en me réservant, de mon côté, de ne lui parler de son patron qu'après avoir pu juger de sa délicatesse et de sa discrétion. Le peu qu'il avait dit suffisait à me faire sentir que j'avais affaire à un gentleman. Il possédait ce que je qualifierais de maîtrise de soi innée, signe certain d'une bonne éducation, non seulement en Angleterre, mais partout dans le monde civilisé. Quel que fût son but en me posant la question qu'il venait de m'adresser, je ne craignis pas de lui répondre sans réserve.

– Je crois, dis-je, avoir le plus puissant intérêt à éveiller la mémoire du Dr Candy sur un point précis qu'il a été incapable de se rappeler. Pourriez-vous me dire si vous connaissez une méthode capable de l'aider à retrouver ses souvenirs ?

Ezra Jennings me regarda, une soudaine lueur d'intérêt s'allumant dans ses yeux bruns rêveurs.

– On ne peut plus rien pour la mémoire du Dr Candy. J'ai suffisamment tenté de la réveiller depuis sa guérison pour être tout à fait formel sur ce point.

Je lui avouai à quel point sa réponse me contrariait.

– Vous sembliez me laisser espérer une réponse moins décourageante, fis-je.

Ezra Jennings sourit :

– Ce pourrait bien ne pas être une réponse définitive, Mr. Blake. Il est peut-être possible de retrouver les souvenirs du Dr Candy, sans avoir recours au docteur en personne.

– Vraiment ? Et serait-il indiscret de ma part de vous demander comment ?

– C'est très simple, malgré la grande difficulté que j'éprouve à expliquer la chose clairement. Puis-je compter sur votre patience si je dois, pour évoquer une fois de plus la maladie du Dr Candy, vous infliger certains détails professionnels ?

– Je vous en prie. Vous m'avez assez alléché pour cela.

Mon empressement semblait l'amuser – peut-être ferais-je mieux de dire, lui plaire. Il sourit de nouveau. Nous venions de laisser derrière nous les dernières maisons de la ville. Ezra Jennings s'arrêta un instant et cueillit quelques fleurs sur la haie qui bordait la route.

– Comme elles sont belles ! dit-il simplement, en me montrant son petit bouquet. Et combien peu de gens en Angleterre les admirent comme elles le méritent !

– Vous n'avez pas toujours vécu en Angleterre ?

– Non. Je suis né et ai été élevé dans une de nos colonies. Mon père était Anglais, mais ma mère… Nous nous écartons de notre sujet, Mr. Blake, et c'est ma faute. En vérité, ces modestes fleurs m'évoquent certaines choses… peu importe ! Nous parlions du Dr Candy ; retournons donc au Dr Candy.

Rattachant les quelques paroles qui lui avaient échappé sur lui-même à l'opinion mélancolique qu'il avait de l'existence et qui lui faisait placer le bonheur dans l'oubli total du passé, je fus persuadé que l'histoire que je lisais inscrite sur son visage, correspondait, en deux points tout au moins, à la réalité. Il avait souffert comme peu d'hommes souffrent ; dans ses veines coulait un autre sang que son sang anglais.

– Je suppose, commença-t-il, que vous connaissez la cause de la maladie du Dr Candy ? reprit-il. La nuit du dîner chez lady Verinder, il pleuvait à torrent. Mon patron rentra chez lui dans son cabriolet et arriva trempé jusqu'aux os. Il trouva là le message d'un malade qui le demandait ; le malheur voulut qu'il s'y rendît sans prendre la peine de changer de vêtements. J'étais cette nuit-là moi-même retenu pour un cas grave, à quelque distance de Frizinghall. Quand je revins, le lendemain matin, je trouvai le domestique qui m'attendait avec impatience pour me conduire à la chambre de mon maître. Le mal était fait, la maladie déclarée.

– On m'a simplement parlé d'une fièvre, dis-je.

– Je ne peux rien ajouter de plus précis, répondit Ezra Jennings. Du commencement à la fin, cette fièvre ne prit aucune forme spécifique.

J'envoyai chercher deux amis du docteur, tous deux médecins, et les priai de me donner leur avis. Ils convinrent que le cas était grave, mais ils ne s'accordèrent pas avec moi sur le traitement à suivre.

» Nous arrivâmes à des conclusions entièrement différentes, après l'examen du pouls du patient. Les deux docteurs, se fondant sur sa précipitation, préconisèrent un traitement calmant ; de mon côté, tout en admettant que le pouls était trop rapide, je m'attachai à démontrer que son extrême faiblesse dénotait un épuisement de tout l'organisme et nécessitait l'administration de stimulants. Les deux docteurs voulurent prescrire un régime de gruau, limonade, eau d'orge, etc. ; moi, je penchai pour du champagne, de l'eau-de-vie, de l'ammoniaque et de la quinine. Les divergences étaient sérieuses, comme vous pouvez le voir ! Or, d'un côté il y avait deux médecins de solide réputation locale, de l'autre moi, simple assistant et étranger de surcroît. Pendant les premiers jours, je n'eus pas le choix ; je m'inclinai devant mes aînés, mes supérieurs. Le patient ne cessait de décliner. Je fis alors une seconde tentative pour obtenir qu'on soutînt l'extrême faiblesse de ce pouls, dont la rapidité n'avait toujours pas diminué. Les deux docteurs se trouvèrent offensés par mon obstination. Ils me dirent : « Mr. Jennings, ou bien vous nous laissez traiter le cas du malade, ou bien vous vous en chargez. Que décidez-vous ? » Je répondis : « Messieurs, donnez-moi cinq minutes de réflexion et je vous répondrai. » Le délai expiré, je donnai ma réponse : « Refusez-vous définitivement de tenter un traitement stimulant ? » Ils refusèrent net. « Je désire l'appliquer sans tarder, messieurs. – Essayez-le donc, Mr. Jennings ; et nous abandonnons le cas. » Je fis chercher une bouteille de champagne à la cave et j'en administrai un demi-gobelet au malade, de ma propre main. Les deux médecins prirent leurs chapeaux en silence et quittèrent la maison.

– Vous avez pris là une grave responsabilité, dis-je. A votre place, j'aurais eu peur et j'aurais probablement cédé.

– A ma place, Mr. Blake, vous vous seriez rappelé que le Dr Candy vous avait pris comme assistant, en des circonstances qui vous faisaient son débiteur pour la vie ; en le voyant s'affaiblir d'heure en heure, vous auriez risqué n'importe quoi plutôt que de laisser le seul homme qui vous avait aidé sur cette terre mourir devant vos yeux.

» Ne croyez pas que je n'avais pas conscience de la terrible position dans laquelle je m'étais placé volontairement. Il y avait des moments où je ressentais toute la misère de ma solitude, tout le poids de cette terrible responsabilité. Si j'avais été un homme heureux, si j'avais mené une existence prospère, je crois que j'aurais succombé à l'ampleur de la tâche que je m'étais imposée. Mais il n'y avait dans mon passé aucun souvenir heureux, pas la moindre trace de sérénité qui eût pu me faire sentir avec trop de violence l'âpreté de ma situation, de mon angoisse et de mes craintes ; aussi m'en tins-je fermement à ma résolution, en dépit de tout. Je me réservais, au milieu de la journée, un court répit pendant lequel je prenais le repos qui m'était indispensable ; c'était le moment où mon malade était plus calme. Pendant le reste du jour et de la nuit, tant que sa vie fut en danger, je ne quittai pas son chevet. Au crépuscule, comme c'est souvent le cas dans ce type de maladie, le délire qui accompagne la fièvre se déclarait. Il durait toute la nuit, pour se calmer progressivement à l'approche de l'aube – entre deux heures et cinq heures –, période où l'énergie vitale, même chez les individus les mieux portants, est à son point le plus bas. C'est l'heure que choisit en général la Mort pour faucher les vies humaines. C'était l'heure où je luttais sans merci contre elle. C'était à qui de nous deux aurait le moribond étendu là, sous mes yeux. A aucun moment je n'hésitai à poursuivre le traitement dont j'attendais tout. Là où le vin n'avait pas réussi, j'essayai le brandy. Quand les autres médicaments eurent cessé leur effet, je doublai la dose. Après une longue période d'incertitude – j'espère ne plus jamais en vivre de semblable – vint un jour où la rapidité des pulsations diminua légèrement, mais de façon sensible ; mieux encore, un changement appréciable survint dans les battements du pouls qui retrouvèrent de la force et de la régularité. Je compris alors que je l'avais sauvé. Mais j'avoue que j'étais brisé. Je reposai sur le lit la main décharnée du malheureux homme et j'éclatai en sanglots. Choc nerveux, Mr. Blake, rien de plus. La physiologie nous apprend, et nous apprend très justement, que certains hommes naissent avec une constitution féminine ; je suis de ceux-là !

Il avait ajouté cette amère excuse pour justifier ses larmes, avec cette tranquillité et cette absence d'affectation qui le caractérisaient depuis le début. Depuis qu'il avait entrepris son histoire, son ton et ses manières avaient témoigné de son désir presque maladif de ne pas se faire valoir.

– Vous pourriez me demander pourquoi je vous ai donné tous ces détails, continua-t-il. C'est à mon avis, Mr. Blake, la seule manière d'en arriver à ce que j'ai à vous dire ensuite. Vous savez maintenant ce qu'était exactement ma position, à l'époque de la maladie du Dr Candy. Vous serez ainsi mieux à même de comprendre quel douloureux besoin j'avais d'alléger parfois le fardeau de mes pensées et de chercher de temps en temps à y faire diversion. Voilà quelques années que j'avais eu la présomption d'écrire un livre dédié à la corporation des médecins, un livre traitant d'un sujet fort délicat : le cerveau et le système nerveux. Mon travail ne sera probablement jamais terminé, et ne sera certainement jamais publié. Il n'en a pas moins été l'ami fidèle de mes heures de solitude et m'a aidé à supporter les longues heures d'anxiété au chevet du Dr Candy. Je vous ai dit qu'il délirait, n'est-ce pas ? Et je vous ai dit à quel moment son délire l'avait pris ?

– Oui.

– Bien. A l'époque dont nous parlons, j'en étais à la partie de mon livre qui traite du délire. Je ne vous entretiendrai pas inutilement de ma théorie sur ce sujet ; je me bornerai simplement à vous dire ce qu'il peut vous être utile de savoir. Il m'est souvent arrivé, dans l'exercice de ma profession, de me demander s'il était juste d'affirmer comme nous avions coutume de le faire qu'en cas de délire, le défaut de suite dans la parole implique nécessairement le défaut de suite dans la pensée. La maladie du pauvre Dr Candy devait me fournir une occasion d'élucider la question. Connaissant la sténographie, je pus noter toutes les divagations du malade, telles qu'il les exprimait. Voyez-vous, maintenant, Mr. Blake, où je veux en venir ?

Je le voyais clairement, et j'attendis, palpitant de curiosité, d'en apprendre davantage.

– De temps en temps, reprit Ezra Jennings, je traduisais mes notes sténographiées, laissant de grands espaces en blanc entre les bribes de phrases ou les mots isolés que j'avais notés comme ils tombaient, sans suite, des lèvres du docteur. Puis, je m'appliquai sur ce texte décousu, un peu à la manière qu'ont les enfants de reconstituer un puzzle ; au début règne la plus grande confusion, mais pour peu que vous sachiez vous y prendre, quelque chose finit peu à peu par prendre forme. C'est donc ainsi que je procédai, m'efforçant de remplir chaque blanc sur le papier au moyen de mots qui me semblaient correspondre à la pensée de celui qui avait parlé dans son délire; je m'y repris à plusieurs fois, changeant, ajoutant, jusqu'à ce que le tout constituât un texte cohérent. Le résultat en fut que, de cette manière, j'occupai non seulement mes moments de loisir et d'attente, mais que j'arrivai à quelque chose qui (à ce qu'il me semble) pouvait confirmer la théorie que je défendais. Pour parler plus clairement, je constatai, après avoir reconstitué et relié entre elles les phrases décousues, que la faculté supérieure de la pensée fonctionnait assez normalement dans l'esprit de mon malade, tandis que la faculté inférieure, celle de l'expression, se trouvait dans un état presque complet d'incapacité et de confusion.

– Un seul mot! interrompis-je avec ardeur. Mon nom fut-il prononcé au cours de ces divagations?

– Écoutez, Mr. Blake. Parmi les preuves écrites sur lesquelles repose ma dernière affirmation, ou plutôt, je devrais dire parmi les expériences écrites qui tendent à prouver la justesse de cette affirmation, il y en a une dans laquelle votre nom figure. Durant presque toute une nuit, le Dr Candy se montra préoccupé d'une chose qui vous concernait lui et vous. J'ai noté les mots entrecoupés comme ils tombaient de ses lèvres, sur une feuille de papier; sur une autre feuille, j'ai inscrit ceux qui, d'après mes recherches, devaient relier les premiers entre eux. Le produit (comme on dit en arithmétique) est inintelligible; on comprend néanmoins qu'il s'agit d'abord d'une chose qui remonte au passé, mais aussi de quelque chose que le docteur projetait de faire dans l'avenir, si la maladie ne l'en avait empêché. La question est de savoir si cela a un rapport avec ce souvenir qu'il a essayé en vain de se remémorer, lors de votre visite de ce matin.

– Cela ne fait aucun doute! répondis-je. Rentrons immédiatement et consultons les papiers!

– Tout à fait impossible, Mr. Blake.

– Pourquoi?

– Essayez de vous mettre à ma place un instant, dit Ezra Jennings. Divulgueriez-vous les propos que vous avez recueillis sur les lèvres d'un patient, d'un être cher, en plein délire, sans que cela soit justifié par une impérieuse raison?

Je sentis bien qu'il n'y avait rien à répliquer à cela, mais je tentai pourtant de discuter.

– Mon comportement en pareil cas, répondis-je, dépendrait grandement des risques qu'il y aurait à compromettre cet ami par mes révélations.

– J'ai eu tout le loisir de considérer cet aspect de la question ; toutes les fois où mes notes pouvaient contenir quelque chose que le Dr Candy eût souhaité garder secret, elles ont été détruites. Ce qu'il reste des expériences manuscrites que j'ai faites au chevet de mon ami ne comporte plus rien qu'il pût hésiter à divulguer s'il avait recouvré l'usage de sa mémoire. Et dans votre cas, j'ai toute raison de supposer que mes notes contiennent quelque chose qu'il souhaitait réellement vous dire.

– Et pourtant, vous hésitez ?

– Et pourtant, j'hésite. Souvenez-vous des circonstances dans lesquelles j'ai obtenu ces renseignements. Bien qu'ils me paraissent tout à fait anodins, je ne puis prendre la responsabilité de vous les remettre, à moins que vous ne me prouviez qu'un motif puissant vous pousse à me les réclamer. Il était si malade, Mr. Blake, si faible, si totalement en mon pouvoir. Est-ce trop vous demander de m'en dire un peu plus sur l'intérêt que vous avez à lui faire recouvrer la mémoire, ou sur ce que vous croyez être ce souvenir qu'il n'est pas parvenu à évoquer devant vous ?

Pour lui répondre avec la franchise que demandaient son langage et ses manières, il m'eût fallu lui dire ouvertement que j'étais soupçonné du vol du diamant. Bien que Ezra Jennings, par son attitude, eût considérablement renforcé le premier sentiment de sympathie que j'avais ressenti spontanément à son égard, il n'était pas parvenu à vaincre ma répugnance à dévoiler la position infamante dans laquelle je me trouvais. J'eus donc recours une fois de plus aux explications que j'avais préparées pour répondre aux questions des étrangers.

Je n'eus pas à me plaindre cette fois d'un manque d'attention de la part de mon interlocuteur. Ezra Jennings m'écouta patiemment, anxieusement même, jusqu'au bout.

– Je suis au regret, Mr. Blake, d'avoir fait naître en vous un espoir et de devoir aussitôt le décevoir, dit-il. Durant toute sa maladie, le Dr Candy n'a jamais prononcé une seule parole se rapportant au diamant. L'affaire à propos de laquelle je l'ai entendu parler de vous n'avait, je vous l'assure, aucune relation avec la perte ou la recherche du diamant de Miss Verinder.

Comme il disait ces mots, nous arrivâmes à l'endroit où la grand-route que nous avions suivie jusque-là en croise une autre ; je devais continuer vers la maison de Mr. Ablewhite, tandis que Ezra Jennings obliquait pour se diriger vers un village au milieu de la lande, à deux ou trois milles de là.

– C'est par là que je dois aller, dit-il. Je suis réellement et sincèrement désolé, Mr. Blake, de n'avoir pu vous être utile.

Je compris à son accent qu'il disait vrai. Ses doux yeux bruns se posèrent sur moi un instant, empreints d'une grande tristesse. Il s'inclina et partit sans un mot de plus dans la direction du village.

Pendant une minute ou deux, je le regardai s'éloigner, emportant toujours plus loin ce que je croyais être la clef du mystère. Je le vis alors se retourner avant de s'engager dans un petit chemin. M'apercevant encore debout à l'endroit où nous nous étions séparés, il s'arrêta à l'idée que je pouvais avoir encore quelque chose à lui dire. Il n'était plus temps pour moi de tergiverser et, par orgueil, de laisser passer ma chance de découvrir la vérité. Il convenait de le rappeler d'abord et de penser ensuite. Je le rappelai donc en me disant que je n'avais rien de mieux à faire que de tout lui révéler.

Il revint aussitôt sur ses pas, et j'avançai à sa rencontre.

– Mr. Jennings, dis-je, je n'ai pas agi tout à fait loyalement envers vous. L'intérêt que j'ai à vouloir rappeler les souvenirs du Dr Candy n'a aucun rapport avec la perte ou la recherche de la Pierre de Lune. Une question personnelle extrêmement grave m'a conduit ici. Ma seule excuse pour ne pas vous avoir parlé franchement est qu'il m'est extrêmement pénible de faire connaître la situation exacte dans laquelle je me trouve actuellement.

Ezra Jennings me regarda du même air embarrassé que j'avais déjà remarqué chez lui.

– Je n'ai ni le droit ni le désir, Mr. Blake, de m'immiscer dans vos affaires privées. Excusez-moi si, bien innocemment, je vous ai fait subir une pénible épreuve.

– Vous avez parfaitement le droit, repris-je, de fixer les conditions dans lesquelles vous pouvez révéler ce que vous avez entendu au chevet du Dr Candy. Je comprends et respecte votre délicatesse. Comment espérer gagner votre confiance si j'hésite à vous accorder la mienne ? Vous devez et allez savoir pourquoi je suis tourmenté d'apprendre ce que le docteur voulait me dire. Si je me suis trompé dans mes espérances, et si vous ne vous sentez pas capable de m'aider quand vous saurez exactement ce que j'attends de vous, je me fie alors à votre parole pour que rien ne soit jamais révélé de mon secret, et je ne doute pas que je puisse avoir confiance en vous.

– Arrêtez, Mr. Blake. J'ai un mot à dire avant de vous laisser aller plus loin.

Je le regardai avec étonnement. Il semblait sous le coup d'une terrible émotion qui l'ébranlait jusqu'à l'âme. Son teint basané avait viré au gris livide, ses yeux étaient devenus brillants et fous ; sa voix avait changé – elle était à présent grave, sévère et résolue –, je ne la reconnaissais pas. Les instincts de l'homme – pour le bien ou le mal, il était difficile d'en juger pour le moment – venaient en un éclair de remonter à la surface.

– Avant que vous me fassiez vos confidences, vous devez savoir dans quelles conditions j'ai été reçu dans la maison du Dr Candy. Ce ne sera pas long. Je n'ai pas l'intention de raconter mon histoire à qui que ce soit. Elle s'éteindra avec moi. Tout ce que je vous demande, c'est de m'autoriser à vous dire ce que j'ai révélé au Dr Candy. Si vous êtes toujours disposé après m'avoir entendu, à me communiquer ce que vous aviez l'intention de me dire, vous pourrez compter sur toute mon attention et user de mes services. Marchons un peu.

La douleur contenue inscrite sur son visage m'incita au silence. Je répondis à sa proposition par un signe d'assentiment, et nous reprîmes notre marche.

Quelques centaines de mètres plus loin, Ezra Jennings s'arrêta devant un trou pratiqué dans le petit mur de pierres qui séparait la lande de la route.

– Voudriez-vous vous asseoir un instant, Mr. Blake ? demanda-t-il. Je ne suis plus aussi fort que jadis, et certaines choses m'ébranlent.

J'acquiesçai, naturellement. Il me conduisit à travers la brèche vers un petit carré de verdure entouré de bruyères, abrité de la route par des buissons et des arbres rabougris et donnant sur la vaste étendue sombre et désolée de la lande. Les nuages s'étaient amoncelés depuis que nous nous étions mis en route, la lumière était voilée, l'horizon brumeux. Le beau visage de la nature était là, devant nous, doux et tranquille, tout en demi-teintes, qui nous regardait sans sourire.

Nous nous assîmes en silence. Ezra Jennings déposa son chapeau et, d'un air las, passa la main sur son front puis dans son étonnante chevelure blanche et noire. Il jeta loin de lui le petit bouquet de fleurs sauvages, comme si les souvenirs qu'il lui évoquait ne pouvaient que lui faire de la peine à présent.

– Mr. Blake, dit-il brusquement, vous êtes en mauvaise compagnie. Une horrible accusation a pesé sur moi pendant des années. Ma vie est un naufrage et je ne suis plus qu'une épave.

J'essayai de parler. Il m'arrêta.

– Non, dit-il, pas encore. Ne m'exprimez pas une sympathie que vous regretteriez plus tard de m'avoir accordée. Je vous ai parlé d'une accusation qui avait pesé sur moi pendant des années. Maintes circonstances plaident contre moi. Je ne peux me résoudre à avouer la teneur de cette accusation. Et je suis incapable, parfaitement incapable, de prouver mon innocence ; je ne puis que l'affirmer. Je l'affirme, monsieur, sur la foi du serment, de mon serment de chrétien. Inutile d'en appeler à mon honneur, en tant qu'homme !

Il fit une nouvelle pause. Je le regardai. Tout son être semblait torturé par ses souvenirs et par l'effort qu'il faisait pour parler.

– J'aurais beaucoup à dire, continua-t-il, sur le cruel traitement que m'infligea ma famille et la terrible haine dont je fus l'objet. Mais le mal est fait, rien n'y peut remédier. Je regrette, monsieur, de ne pouvoir éviter de vous fatiguer ou de vous attrister. Au début de ma carrière dans ce pays, la mauvaise réputation à laquelle je fais allusion me perdit irrémédiablement. Je renonçai aux aspirations que j'avais mises dans ma profession – mon seul espoir résidait désormais dans l'obscurité ; je me séparai de la femme que j'aimais et à qui je ne pouvais faire partager ma disgrâce. Une place d'assistant s'offrit dans un coin perdu de l'Angleterre. Je l'obtins. Cela me promettait la paix et l'obscurité – du moins je le pensais. Je me trompais. Les messagers du diable – avec du temps et un peu de chance – voyagent patiemment et ils vont loin. L'accusation à laquelle je m'étais dérobé par la fuite me rejoignit. Je fus averti de son approche. Je pus quitter la modeste situation que j'occupais et, avec les attestations que j'avais méritées, j'obtins une nouvelle place dans une région tout aussi reculée. Le temps passa de nouveau, et de nouveau la calomnie que je croyais enterrée réapparut. Cette fois je ne l'avais pas vue venir. Mon patron me dit alors :

« Mr. Jennings, je n'ai pas à me plaindre de vous, mais vous devez vous justifier ou partir. » Je n'avais pas le choix. Je le quittai. Inutile d'insister sur ce que je souffris après cet affront. Je n'ai que quarante ans et mon visage peut vous retracer l'histoire de ces misérables années. Elles se terminèrent par mon arrivée dans ce pays où je rencontrai le Dr Candy. Il avait besoin d'un assistant. Je le renvoyai à mon ancien patron pour les renseignements d'ordre professionnel. Restait la question de la moralité. Je lui appris ce que vous savez et plus encore. Je lui dis : « Ici comme ailleurs, je réprouve la manière de fuite qui consisterait à vivre sous un nom d'emprunt. Je ne suis pas plus à Frizinghall qu'ailleurs à l'abri de la calomnie qui me suit partout. » Il me répondit : « Je n'ai pas l'habitude de faire les choses à moitié. Je vous crois, et j'ai pitié de vous. Si vous voulez courir ce nouveau risque, je le courrai avec vous. » Que le Dieu Tout-Puissant le bénisse ! Il m'a donné un abri, un emploi et le repos d'esprit, et j'ai la ferme conviction – je l'ai depuis quelques mois – que plus rien ne pourra désormais le lui faire regretter.

– La calomnie est étouffée ? demandai-je.

– La calomnie est plus vivace que jamais. Mais quand elle sera arrivée jusqu'ici, il sera trop tard.

– Vous aurez quitté cet endroit ?

– Non, Mr. Blake, je serai mort. Je souffre depuis plus de dix ans d'un mal incurable. Je ne vous cache pas que je serais mort depuis longtemps, sans un dernier intérêt à la vie qui donne encore de l'importance à mon existence. Je dois pourvoir aux besoins d'une personne qui m'est très chère et que je ne reverrai jamais. Mon petit patrimoine est à peine suffisant pour lui assurer l'indépendance. L'espoir d'amasser une certaine somme m'a fait lutter contre le mal par tous les moyens possibles. Il n'est plus qu'un remède efficace aujourd'hui dans mon cas, l'opium. Je dois à cette toute-puissante et charitable drogue d'avoir reculé de quelques années ma sentence de mort. Mais les vertus de l'opium ont aussi leurs limites. Les progrès du mal m'ont graduellement porté de l'usage médicinal de l'opium à l'abus. Je commence à en sentir les résultats. Mon système nerveux est détraqué ; mes nuits sont des cauchemars. La fin n'est plus très loin maintenant. Qu'elle vienne, je n'aurai pas vécu ni travaillé en vain. La petite somme est presque réunie et j'ai les moyens de la compléter si la vie me quitte plus tôt que je ne pensais. Je sais combien je me suis égaré en vous disant tout cela. Je n'ai pas voulu faire appel à votre pitié. Je me suis imaginé sans doute que vous seriez plus disposé à me croire si vous saviez que mes paroles sont celles d'un homme près de mourir.

» Je ne puis vous cacher que vous m'intéressez, Mr. Blake. A la faveur de la perte de mémoire de mon pauvre ami, j'ai essayé de mieux vous connaître. J'ai réfléchi à la nature de votre curiosité concernant ce que voulait vous dire le Dr Candy et aux possibilités que j'avais de pouvoir satisfaire cette curiosité. Ai-je seulement une excuse à mon indiscrétion ? Une, peut-être. Celui qui a vécu la vie que j'ai vécue connaît ses moments les plus amers quand il songe à la destinée humaine. Mais vous, vous avez la jeunesse, la santé, la richesse, une place dans le monde, un avenir. Vous me montrez la face ensoleillée de la vie et vous me réconciliez avec le monde avant que je le quitte. Quelle que soit la tournure que prendra cette conversation, je n'oublierai pas le bien que vous m'avez fait. C'est à vous de juger, monsieur, si vous désirez encore me confier ce que vous voulez me dire ou si vous souhaitez simplement me dire adieu.

Une seule réponse était possible. Sans l'ombre d'une hésitation, je lui dis la vérité, sans réserve, comme je l'ai déjà rapportée dans ces pages.

Il s'était levé brusquement et, hors d'haleine, attendait anxieusement que j'en arrivasse à l'épisode crucial de mon histoire.

– Il est un fait certain, dis-je, il est un fait certain que je suis entré dans la chambre et que j'ai pris le diamant. Je puis seulement affirmer que je n'avais pas conscience de ce que je faisais.

Au comble de l'excitation, Ezra Jennings me saisit le bras.

– Arrêtez ! dit-il. Vous m'avez suggéré beaucoup plus que vous ne le croyez. Aviez-vous l'habitude d'user de l'opium ?

– Non.

– Étiez-vous, à cette époque-là, plus nerveux que de coutume ? Étiez-vous plus agité et plus irritable qu'à l'ordinaire ?

– Oui.

– Dormiez-vous mal ?

– Très mal. Je passais d'interminables nuits d'insomnie.

– La nuit de l'anniversaire fit-elle exception ? Essayez de vous rappeler. Avez-vous bien dormi, cette nuit-là ?

– Je m'en souviens maintenant ! J'ai dormi profondément !

Il abandonna mon bras aussi brusquement qu'il l'avait pris et me regarda de l'air d'un homme enfin soulagé du dernier doute qui le torturait.

– Voilà un jour qui marquera votre vie comme la mienne, dit-il gravement. Je suis absolument sûr d'une chose, Mr. Blake, c'est que je possède ce que le Dr Candy voulait vous dire ce matin dans les notes que j'ai prises à son chevet. Et ce n'est pas tout ! Je suis fermement persuadé que je peux vous fournir la preuve que vous n'aviez pas conscience de ce que vous faisiez, quand vous êtes entré dans la chambre et que vous avez pris le diamant. Donnez-moi le temps de réfléchir et de vous questionner. Je crois avoir entre les mains la preuve de votre innocence !

– Expliquez-vous, pour l'amour de Dieu ! Que voulez-vous dire ?

Tout en causant avec animation, nous nous étions écartés de quelques pas du bouquet d'arbres qui nous avait jusqu'à présent cachés de la route. Avant qu'Ezra Jennings eût pu me répondre, il fut hélé de la chaussée par un homme très agité qui, visiblement, était à sa recherche.

– Je viens, répondit-il. Je viens tout de suite.

Il se tourna vers moi.

– C'est un cas urgent, au village voisin. Je devrais y être depuis une demi-heure. Accordez-moi deux heures et revenez me voir chez le Dr Candy. Je m'engage à vous y attendre.

– Comment pourrais-je attendre, m'exclamai-je avec impatience. Ne pouvez-vous me calmer par un mot d'explication, avant que nous nous séparions ?

– Il s'agit d'une chose bien trop sérieuse pour être expliquée à la hâte, Mr. Blake. Croyez bien que je ne mets pas, à la légère, votre patience à l'épreuve. Je ne ferais qu'augmenter votre anxiété, si j'essayais de la calmer au point où en sont les choses. Je vous attendrai à Frizinghall, monsieur, dans deux heures.

L'homme sur la chaussée héla de nouveau. Jennings partit en hâte et me laissa seul.

10

Je ne pourrais dire quel effet l'attente à laquelle j'étais condamné eût produit sur d'autres hommes dans ma position. Mais ces deux heures d'épreuve eurent, sur mon tempérament, l'influence suivante : je me sentis physiquement incapable de demeurer en place, et moralement incapable de parler à qui que ce fût, avant d'avoir entendu tout ce qu'Ezra Jennings avait à me dire.

Dans cet état d'esprit, non seulement je renonçai à la visite que je projetais de faire à Mrs. Ablewhite, mais je craignis même de rencontrer Gabriel Betteredge.

Je retournai à Frizinghall et laissai une note pour Betteredge, lui disant que j'avais été appelé inopinément, mais qu'il pouvait certainement compter sur mon retour vers trois heures de l'après-midi. Je le priai, dans l'intervalle, de commander son dîner à l'heure habituelle et de passer son temps comme bon lui plairait. Je savais qu'il avait beaucoup d'amis à Frizinghall ; il ne serait pas embarrassé pour se distraire avant mon retour à l'hôtel.

Ceci fait, je sortis de la ville et arpentai la lande qui entoure Frizinghall, jusqu'à l'heure de retourner enfin chez le Dr Candy.

Ezra Jennings m'attendait.

Il était seul, assis dans une petite pièce qui communiquait par une porte vitrée avec le cabinet médical. De hideux diagrammes retraçant l'évolution d'horribles maladies décoraient les murs couleur chamois. Une bibliothèque remplie de livres médicaux poussiéreux, et surmontée d'un crâne, en lieu et place du traditionnel buste ; une grande table de bois blanc copieusement éclaboussée d'encre ; des chaises en bois comme on en voit dans les cuisines ou les chaumières ; un tapis élimé couvrant le milieu du plancher ; un évier, un bassin et un tuyau d'évacuation installé de façon rudimentaire dans le mur, qui laissaient imaginer quelles horribles opérations chirurgicales devaient se dérouler ici – voilà ce qui composait tout le mobilier de la pièce. Les abeilles bourdonnaient parmi les fleurs en pots qui garnissaient les fenêtres à l'extérieur ; les oiseaux chantaient au jardin, et le grincement intermittent d'un piano discordant, dans quelque maison voisine, arrivait par moments aux oreilles. En tout autre endroit, ces bruits auraient parlé de la vie de tous les jours. Ici, ils pénétraient comme des intrus forçant un silence que seule la souffrance humaine avait le droit de troubler. Je regardai la caisse d'acajou contenant les instruments et l'énorme rouleau de charpie qui occupaient leurs places respectives sur les étagères à livres, et je frissonnai en pensant à la nature des sons qui régnaient en maîtres ici et qui, quotidiennement, devaient remplir le cabinet d'Ezra Jennings.

– Veuillez m'excuser, Mr. Blake, de vous recevoir dans cette pièce, dit-il. C'est la seule de la maison, à cette heure de la journée, dans laquelle nous pouvons être tout à fait tranquilles, sans être dérangés. Voici les papiers que j'ai préparés pour vous ; et voici aussi deux livres auxquels nous aurons l'occasion de nous référer avant d'avoir terminé. Veuillez approcher votre chaise de la table et nous pourrons les consulter ensemble.

Je m'installai devant la table, et Ezra Jennings me tendit ses notes. Elles couvraient deux grandes feuilles de papier d'écolier. Une feuille contenait des mots écrits, séparés de larges intervalles de blanc. L'autre, était couverte d'une écriture à l'encre rouge et noire. Dans l'état d'énervement où me mettait ma curiosité à ce moment, je déposai la seconde feuille sur le côté de la table, d'un air désespéré.

– Ayez pitié de moi ! dis-je. Dites-moi ce que je dois espérer avant que je lise ceci.

– Bien volontiers, Mr. Blake ! Me permettez-vous de vous poser encore deux questions ?

– Demandez-moi tout ce que vous voudrez.

– Vous m'avez déjà dit, que vous n'aviez jamais – à votre connaissance du moins – essayé l'opium.

– A ma connaissance ? répétai-je.

– Vous allez comprendre tout de suite pourquoi je fais cette réserve. Continuons. Vous n'avez pas connaissance d'avoir jamais pris de l'opium. L'an dernier, vous souffriez d'irritation des nerfs et vous dormiez mal. La nuit de l'anniversaire fit exception à la règle. Vous avez dormi profondément, c'est bien cela ?

– Tout à fait.

– Pouvez-vous attribuer une cause à votre nervosité, et à votre besoin de sommeil ?

– Aucune. Je me souviens cependant que le vieux Betteredge crut en avoir deviné la raison. Mais elle ne me semble pas digne d'être mentionnée ici.

– Pardonnez-moi. Tout est intéressant dans un cas comme celui-ci. Betteredge attribuait votre insomnie à quelque chose ; à quoi ?

– J'avais cessé de fumer.

– Étiez-vous un gros fumeur ?

– Oui.

– Avez-vous renoncé à cette habitude brutalement ?

– Oui.

– Betteredge avait parfaitement raison, Mr. Blake. Quand un homme a l'habitude de fumer, il ne peut cesser brusquement de le faire sans dommage pour ses nerfs. Vos nuits sans sommeil s'expliquent ainsi, à mon avis. Mon autre question se rapporte au Dr Candy. Vous rappellerez-vous avoir discuté avec lui, durant ce dîner, de la profession de médecin ?

Instantanément, la question réveilla un de mes souvenirs de ce soir d'anniversaire. Betteredge a raconté avec une rare précision de détails, au chapitre 10 de son récit, la folle querelle qui s'éleva entre le petit docteur et moi. Elle m'était jusqu'alors totalement sortie de l'esprit, mais je me rappelai à présent avoir attaqué l'art de la médecine, avec assez d'impudence et d'opiniâtreté pour mettre le Dr Candy hors de lui. Je me rappelai fort bien comment lady Verinder était intervenue pour faire cesser la dispute, et comment le petit docteur et moi nous nous étions réconciliés ; redevenus aussi bons amis que par le passé, nous nous étions chaleureusement serré la main au moment du départ.

– Il est encore une chose importante, dit Ezra Jennings, que je voudrais savoir. Aviez-vous, à ce moment-là, une raison d'être anxieux à propos du diamant ?

– J'avais de très fortes raisons de l'être. Je savais que le diamant faisait l'objet d'une conspiration, et l'on m'avait recommandé de prendre des mesures pour protéger Miss Verinder dès qu'elle serait en possession de la pierre.

– Avez-vous abordé cette question avec quelqu'un immédiatement avant d'aller vous reposer dans votre chambre ?

– Ce fut le sujet d'une conversation entre lady Verinder, sa fille et moi.

Ezra Jennings ramassa ses notes et me les tendit.

– Mr. Blake, en lisant maintenant ces papiers, à la lumière de mes questions et de vos réponses, vous ferez deux découvertes surprenantes, qui vous concernent toutes deux. Vous découvrirez, premièrement, que vous êtes entré dans le petit salon de Miss Verinder et que vous avez pris le diamant alors que vous étiez dans un état de transes produites par l'opium ! Deuxièmement, que la drogue vous a été versée par le Dr Candy lui-même, sans que vous vous en doutiez, en guise de réfutation pratique de l'opinion que vous aviez exprimée pendant le dîner.

Les papiers dans la main, je restai absolument stupéfait.

– Essayez de pardonner cette mauvaise plaisanterie au pauvre Dr Candy, murmura doucement l'assistant. Il a commis une faute épouvantable, je l'avoue, mais il l'a fait en toute innocence. Si vous regardez les notes, vous le verrez ; sans sa maladie, il serait retourné dès le lendemain chez lady Verinder et lui aurait avoué le tour qu'il vous avait joué. Miss Verinder l'aurait entendu et l'aurait questionné. Et la vérité, qui s'est tenue cachée pendant toute une année, aurait éclaté aussitôt.

Je repris mes esprit.

– Le Dr Candy n'est plus à la portée de mon ressentiment, dis-je furieux. Mais le tour qu'il m'a joué n'en est pas moins un acte de trahison. Je puis pardonner, mais non pas oublier.

– Dans l'exercice de leur profession, tous les médecins commettent cet acte de trahison, Mr. Blake. L'invraisemblable horreur dans laquelle est tenu l'opium en Angleterre ne se limite pas aux classes populaires et aux gens sans instruction. Tout docteur peut se trouver dans l'obligation de tromper ses malades, comme le Dr Candy l'a fait. Je ne justifie pas sa folie de vous avoir joué un si mauvais tour en de telles circonstances. Je plaide seulement afin que justice lui soit rendue et que vous soyez aussi indulgent que moi.

– Comment parvint-il à m'administrer cette drogue à mon insu ?

– Je suis incapable de vous le dire. Aucune explication n'est sortie des lèvres du Dr Candy à ce sujet au cours de sa maladie. Votre mémoire ne pourrait-elle vous fournir une indication ?

– Non.

– Inutile de chercher. En tout état de cause, l'opium vous fut administré en cachette. Laissons cela et revenons à des questions plus importantes. Lisez mes notes, si vous le pouvez. Rappelez-vous les événements passés. J'ai une proposition très audacieuse et très grave à vous faire, qui concerne votre avenir.

Ces derniers mots ne firent qu'accroître mon impatience.

Je regardai les papiers, dans l'ordre où Ezra Jennings me les avait donnés. La feuille sur laquelle les mots étaient le moins nombreux était placée sur le dessus. Les fragments de phrases qu'avait prononcés le Dr Candy dans son délire apparaissaient comme il suit :

... Mr. Franklin Blake... et agréable... rabatte son orgueil... médecine... il avoue... insomnies... je dis... déréglés... médicament... répond... et tâtonner dans l'obscurité signifient exactement la même chose... toute la société présente à table... réplique... sommeil à tâtons... la médecine... rétorque... conduisant des aveugles... ce que cela signifie... Insolent... une nuit de repos malgré sa sottise... potion de lady Verinder... cinq à vingt-cinq gouttes... sans qu'il le sache... demain matin... Eh bien Mr. Blake... faire connaissance aujourd'hui avec la médecine... jamais sans cela... docteur... excellente... sans cela... assène la vérité... une excellente nuit... dose de laudanum... d'aller vous coucher... Que... l'art de la médecine.

Là se terminait la première feuille. Je la rendis à Ezra Jennings.

– C'est ce que vous avez entendu à son chevet ? demandai-je.

– Littéralement et exactement, me répondit-il, si ce n'est que les répétitions ne sont pas reproduites ici. Il répéta certains mots et certaines phrases une douzaine de fois, jusqu'à cinquante fois par moments, selon qu'il attachait plus ou moins d'importance à l'idée qu'ils représentaient. Ces répétitions me furent d'ailleurs d'un certain secours lorsqu'il s'agit d'assembler ces fragments. Ne pensez pas, ajouta-t-il en désignant la seconde feuille de papier que j'aie la prétention d'avoir reproduit les expressions que le Dr Candy aurait employées s'il avait été capable de parler d'une façon suivie. Je crois seulement que j'ai pénétré à travers l'obstacle de ce langage décousu, jusqu'à la pensée qui, pendant tout ce temps, n'avait cessé de cheminer de façon cohérente sous l'expression fragmentaire. Jugez par vous-même !

Je pris la seconde feuille de papier dont je savais maintenant qu'elle me fournirait la clef de la première. Une fois de plus les divagations du

Dr Candy y apparaissaient, copiées à l'encre noire, les trous ayant été remplis par Ezra Jennings à l'encre rouge. Je produis ici le résultat obtenu ; les paroles originales et leur interprétation étant assez rapprochées, la comparaison est facile.

... Mr. Franklin Blake est intelligent et agréable, mais il a besoin de rabattre son orgueil quand il parle de la médecine. Il avoue qu'il souffre d'insomnies. Je lui dis que ses nerfs sont déréglés et qu'il a besoin de prendre un médicament. Il me répond que prendre un médicament et tâtonner dans l'obscurité signifient exactement la même chose. Ceci devant toute la société présente à table. Je réplique : « Vous cherchez le sommeil à tâtons quand la seule médecine peut vous aider à le trouver. » Il me répond qu'il a déjà entendu parler d'aveugles conduisant des aveugles, et qu'il sait maintenant ce que cela signifie. Insolent ! Je vais lui donner une nuit de repos malgré sa sottise. La potion de lady Verinder est à ma disposition. Donnons-lui cinq à vingt gouttes de laudanum sans qu'il le sache et nous verrons demain matin. « Eh bien, Mr. Blake, voulez-vous faire connaissance aujourd'hui avec la médecine, vous ne dormirez jamais sans cela. – Vous vous trompez, docteur, j'ai eu une excellente nuit sans cela. » Alors je lui assène la vérité « Vous avez eu, n'est-ce pas une excellente nuit ; eh bien ! vous avez avalé une bonne dose de laudanum, avant d'aller vous coucher. Que dites-vous maintenant de l'art de la médecine ? »

Rendant le manuscrit à Ezra Jennings, je lui témoignai mon admiration pour avoir, d'un écheveau embrouillé, tissé une toile lisse et nette. Il m'interrompit modestement pour savoir si la conclusion qu'il avait tirée de ses notes correspondait bien à la mienne.

– Êtes-vous persuadé maintenant, comme je le suis moi-même, que vous avez agi sous l'influence du laudanum durant la nuit de l'anniversaire de Miss Verinder ?

– J'ignore trop l'influence du laudanum pour avoir une opinion personnelle, répondis-je. Je puis seulement adopter la vôtre et me laisser convaincre que vous avez raison.

– Très bien. Une autre question. Comment maintenant convaincre les autres ?

Je regardai les deux feuilles placées sur la table entre nous. Ezra Jennings secoua la tête.

– Inutile, Mr. Blake ! En premier lieu, ces notes ont été prises en des circonstances totalement différentes de celles où se pratiquent les expériences ordinaires. Cela joue largement contre elles ! En second lieu, elles veulent illustrer une théorie médicale et métaphysique, ce qui joue encore contre elles ! Enfin, ces notes sont de moi et il n'y a que moi pour affirmer qu'elles sont sincères. Rappelez-vous ce que je vous ai raconté sur la lande, et voyez ce que vaut ma déclaration. Non ! mes notes n'ont aucune valeur pour des yeux étrangers. Il faut défendre votre innocence. Nous devons en fournir la preuve, et c'est vous-même qui la fournirez.

– Comment cela ? demandai-je.

– Acceptez-vous de tenter une terrible expérience ?

– Je serai prêt à tout pour me débarrasser du soupçon qui pèse en ce moment sur moi.

– Voulez-vous accepter de subir un désagrément personnel pendant un certain temps ?

– N'importe quel désagrément, quel qu'il soit.

– Vous laisserez-vous guider par mes conseils ? Cela peut vous exposer au ridicule et vous attirer les reproches d'amis dont l'opinion vous importe.

– Dites-moi de quoi il s'agit ! N'importe comment, je le ferai !

– Vous allez faire ceci, Mr. Blake : vous allez voler le diamant, inconsciemment, une seconde fois, en présence de témoins dont la parole ne peut être discutée !

Je me levai brusquement. Pas un mot ne sortit de ma bouche. Je ne pus que le regarder.

– Je crois que cela peut se faire, continua-t-il, si vous consentez à m'apporter votre aide. Essayez de vous calmer. Asseyez-vous et écoutez ce que je vais vous dire. Vous avez repris l'habitude de fumer, je l'ai moi-même constaté. Depuis combien de temps ?

– Plusieurs mois.

– Fumez-vous plus ou moins que vous ne fumiez avant ?

– Plus.

– Voulez-vous arrêter de nouveau ? Brutalement, comme vous l'aviez fait l'an dernier ?

Je commençai à deviner vaguement où il voulait en venir.

– J'arrête dès maintenant s'il le faut.

– Si les mêmes conséquences se reproduisent, comme en juin dernier, dit Ezra Jennings, si vous souffrez d'insomnies, comme vous en avez souffert alors, nous aurons déjà gagné la première manche. Vous serez ainsi amené à une surexcitation nerveuse sensiblement identique à celle de la nuit de l'anniversaire. Si nous pouvons reconstituer à quelques détails près les circonstances familiales où vous vous trouviez à l'époque, et si nous parvenons à intéresser votre esprit aux diverses questions concernant le diamant, lesquelles vous obsédaient à l'époque, nous vous aurons replacé dans la même situation physique et morale que celle dans laquelle vous étiez l'an dernier, lorsque vous avez absorbé l'opium. Dans ce cas, nous pourrons tenter notre chance et espérer que la même cause provoquera la répétition des mêmes effets. Telle est ma proposition, exprimée brièvement, en peu de mots. Vous allez voir maintenant les raisons qui justifient cette expérience.

Il prit un des livres qui se trouvaient à côté de lui, et l'ouvrit à une page marquée d'un bout de papier.

– N'imaginez pas que je vais vous ennuyer avec une leçon de physiologie. Je me crois obligé de prouver que je ne vous demande pas de tenter cette expérience sur la foi d'une théorie de mon invention. Des principes admis et des sources autorisées justifient mon opinion. Accordez-moi cinq minutes d'attention ; je vais entreprendre de vous montrer que la science sanctionne ma proposition, pour fantaisiste qu'elle puisse paraître. Tout d'abord voici le principe physiologique sur lequel je me fonde, établi par le Dr Carpenter. Lisez vous-même.

Il me tendit le morceau de papier qui avait marqué la page du livre. Il contenait quelques lignes manuscrites, où on lisait ceci :

Il y a de bonnes raisons de croire que toute impression sensorielle qui a été reconnue une fois par la conscience perceptive, est enregistrée (en quelque sorte) par le cerveau, et peut être reproduite à un moment ultérieur, bien qu'il puisse n'en exister dans l'intervalle aucune conscience claire dans l'esprit.

– Comprenez-vous jusqu'à présent ? demanda Ezra Jennings.

– Parfaitement.

Il poussa le livre ouvert vers moi et me désigna un passage souligné au crayon.

– Lisez maintenant, dit-il, la relation d'un cas qui a, je crois, un rapport direct avec le vôtre et avec l'expérience que je veux tenter. Remarquez, Mr. Blake, avant que vous commenciez à lire, qu'il s'agit ici d'un des plus grands physiologistes anglais. Le livre que vous tenez en main est *la Physiologie humaine* du Dr Elliotson. Et le cas que cite le docteur s'appuie sur l'autorité incontestable de Mr. Combe.

Le passage qu'il m'indiquait disait la chose suivante :

« *Le Dr Abel m'informa, dit Mr. Combe, du cas d'un livreur irlandais qui oubliait quand il était dégrisé ce qu'il avait fait quand il était ivre ; mais qui, lorsqu'il se trouvait de nouveau sous l'influence de la boisson, se rappelait ce qui lui était arrivé lors de sa première ivresse. C'est ainsi qu'un jour, étant ivre, il avait égaré un paquet d'une certaine valeur dont il fut incapable, une fois sa sobriété retrouvée, de se rappeler ce qu'il en avait fait. Ayant bu de nouveau plus que de raison, il se souvint enfin qu'il l'avait oublié dans une certaine maison, où il alla le récupérer.* »

– Est-ce également clair ? demanda Ezra Jennings.

– Aussi clair que possible.

Il replaça le bout de papier à sa place, et ferma le livre.

– Êtes-vous convaincu à présent que je n'ai pas parlé sans me référer à des sources sérieuses ? me demanda-t-il. S'il n'en est pas ainsi, il ne me reste qu'à vous renvoyer à ces étagères, et vous n'aurez qu'à feuilleter ces livres, et lire les passages que je vous indiquerai.

– Je suis tout à fait convaincu, dis-je, sans lire un mot de plus.

– Dans ce cas, revenons-en à ce qui vous concerne ici personnellement. Je me sens obligé de vous dire qu'il y a du pour et du contre à tenter l'expérience dont je vous ai parlé. Si nous parvenions à reproduire exactement les conditions qui étaient celles où vous vous trouviez l'année dernière, il est certain, d'un point de vue physiologique, que nous arriverions au même résultat. Mais ceci – rien ne sert de se le dissimuler – est tout bonnement impossible. Nous ne pouvons qu'espérer arriver à des conditions approximativement semblables, et si nous ne parvenons pas à vous remettre dans un état aussi proche que possible de celui où vous vous trouviez, nous courrons à l'échec. Si nous réussissons, ce que je peux espérer, il est probable que vous referez les mêmes gestes que vous fîtes pendant cette nuit de l'anniversaire, ce qui ne manquera pas de convaincre n'importe quelle personne raisonnable de votre irresponsabilité morale dans cette histoire de vol. Je crois, Mr. Blake, avoir exposé la question sous ses différents aspects, aussi honnêtement que je le puis, dans les limites que je me suis imposées à moi-même. S'il y a la moindre chose que je n'ai pu vous faire bien comprendre, dites-le-moi, et, si je peux vous éclairer, je le ferai.

– J'ai parfaitement compris tout ce que vous m'avez expliqué. J'avoue cependant être encore embarrassé sur un point que vous n'avez pas élucidé.

– De quoi s'agit-il ?

– Des effets du laudanum. Je n'arrive pas à expliquer comment j'ai pu me promener dans les escaliers et les couloirs ni comment j'en suis arrivé à ouvrir et fermer les tiroirs d'un meuble, puis à retourner ensuite dans ma chambre. Tout ceci témoigne d'une intense activité, or je croyais que la première vertu de l'opium était de vous engourdir, puis de vous envoyer directement dans votre lit ?

– C'est l'erreur commune qu'on commet au sujet de l'opium, Mr. Blake. Au moment même où je vous parle, ne suis-je pas moi-même sous l'influence d'une dose de laudanum environ dix fois plus forte que celle que le Dr Candy vous administra ? Mais ne vous fiez pas à moi, même pour une question qui relève uniquement de mon expérience personnelle. J'avais anticipé l'objection que vous venez de me faire, et ici aussi je me suis muni d'un témoignage qui sera d'un grand poids, j'en suis sûr, dans votre esprit et dans ceux de vos amis.

Il me tendit le second des deux volumes qui se trouvaient sur la table.

– Voilà, dit-il, les fameuses *Confessions d'un opiomane anglais*. Emportez le livre avec vous, et lisez-le. Au passage que j'ai noté, vous verrez qu'après s'être livré à ce qu'il appelle « une débauche d'opium », De Quincey pouvait fort bien se rendre à l'Opéra pour y entendre de la musique, ou bien errer sur les marchés londoniens le samedi soir, et s'intéresser aux tractations et marchandages auxquels se livraient les pauvres pour se procurer leur dîner du dimanche. En voilà assez pour vous prouver qu'un homme peut rester actif et circuler d'un lieu à un autre sous l'influence de l'opium.

– Je comprends, dis-je, mais je ne saisis pas encore l'effet produit par le laudanum sur ma propre personne.

– J'essayerai de vous l'expliquer en peu de mots, reprit Ezra Jennings. L'action de l'opium se divise, dans la majorité des cas, en deux phases : une phase stimulante d'abord, puis une phase sédative. Lorsque vous vous trouvez dans la phase stimulante, les impressions les plus récentes et les plus fortes laissées sur votre esprit – dans votre cas précis, celles, à n'en pas douter, qui touchaient au diamant – se trouvent, compte tenu de votre extrême nervosité, intensifiées par votre cerveau au point d'annihiler votre raison et votre volonté exactement comme le fait un rêve ordinaire. C'est ainsi que les appréhensions relatives au joyau qui vous avaient préoccupées tout au long de la journée se sont renforcées jusqu'à devenir des obsessions, qu'elles vous ont poussé, la nuit venue, à vouloir à tout prix préserver le bijou, au point de diriger vos pas vers la chambre où vous êtes entré et de guider vos mains jusqu'au tiroir contenant la Pierre de Lune. Vous avez agi tout ce temps, mentalement intoxiqué par l'opium. Plus tard, dans la phase sédative, vous avez lentement glissé vers l'engourdissement, puis vous êtes tombé dans un profond sommeil. Le matin, l'effet de l'opium totalement dissipé, vous vous êtes réveillé parfaitement inconscient de ce que vous aviez fait durant la nuit. Ai-je été suffisamment clair ?

– Vous avez été si clair, dis-je, que j'ai besoin d'en savoir davantage. Vous m'avez montré comment je suis entré dans le boudoir et comment j'ai pris le diamant. Mais Miss Verinder m'a vu sortir de la pièce, le bijou à la main. Pouvez-vous me dire ce que j'ai fait ensuite ?

– C'est exactement là où j'en arrivais. Je me demande si l'expérience que je propose pour prouver votre innocence ne pourrait pas également permettre de retrouver le diamant. Quand vous êtes sorti du boudoir de Miss Verinder, vous êtes, selon toute probabilité, retourné dans votre chambre…

– Fort bien. Et après ?

– Il est possible, Mr. Blake – je ne m'avancerai pas davantage – que votre idée de préserver le diamant vous a conduit progressivement à l'idée de le cacher quelque part dans votre chambre. En ce cas, vous pourriez sans doute vous rappeler, sous l'influence d'une seconde dose d'opium, l'endroit où vous avez caché le diamant la première fois.

C'était à mon tour d'éclairer Ezra Jennings. Je l'arrêtai aussitôt.

– C'est impossible, dis-je, car le diamant est en ce moment à Londres.

Il se leva brusquement et me regarda surpris.

– A Londres ? répéta-t-il. Comment a-t-il pu passer de la maison de lady Verinder à Londres ?

– Personne ne le sait.

– Vous l'aviez entre les mains ! Comment s'est-il volatilisé ?

– Je n'en ai pas la moindre idée.

– Le matin, l'avez-vous vu en vous réveillant ?

– Non.

– Est-ce que Miss Verinder l'a repris ?

– Non.

– Mr. Blake, il faut éclaircir ce fait inouï. Puis-je vous demander comment vous savez que le diamant se trouve à Londres ?

J'avais posé la même question à Mr. Bruff, lors de ma première enquête sur le diamant, à mon retour en Angleterre. Pour répondre à Ezra Jennings, je répétai donc ce que j'avais moi-même entendu de la bouche de l'avocat et que le lecteur sait déjà. Il me fit clairement comprendre qu'il n'était pas satisfait de ma réponse.

– Avec le respect que je vous dois, à vous et à votre avocat, je maintiens cependant ce que je vous ai dit. J'ai conscience que ma thèse ne repose que sur une simple supposition, mais accordez-moi que c'est également le cas de la vôtre.

La façon dont il envisageait l'affaire était entièrement nouvelle pour moi. J'étais anxieux d'apprendre comment il allait défendre sa théorie.

– Pourquoi ne pas croire, poursuivit-il, que, toujours sous l'influence de l'opium, vous avez voulu mettre le diamant à l'abri dans votre chambre. Vous supposez bien, quant à vous, que les conspirateurs hindous ne commettent jamais de faute et que, puisqu'ils se sont rendus chez Mr. Luker, c'est que le diamant devait fatalement se trouver entre les mains du prêteur sur gages. Mais qui vous prouve que la Pierre de Lune a été transportée à Londres ? Vous ne pouvez même pas dire comment et par qui elle fut enlevée de la maison de lady Verinder ! Comment affirmer que le bijou a été engagé chez Mr. Luker quand ce dernier vous déclare qu'il n'a jamais entendu parler de la Pierre de Lune, et que le reçu de la banque ne porte que la mention « objet de grande valeur » ? Les Hindous sont persuadés que Mr. Luker ment, et, de votre côté, vous décidez que les Hindous ont raison. Tout ce que je vous déclare, moi, c'est que mon point de vue est défendable. A votre tour, qu'avez-vous à me déclarer qui, légalement et logiquement, puisse étayer le vôtre ?

La question était posée sans ambages ; je ne pouvais pourtant qu'en reconnaître la pertinence.

– Votre question m'embarrasse, je l'avoue. Me permettez-vous d'écrire à Mr. Bruff et de la lui transmettre ?

– Certainement. Je serais très heureux que vous écriviez à Mr. Bruff. Son expérience peut nous aider à envisager l'affaire sous un autre jour. Pour l'instant, revenons à ce que nous voulons tenter avec l'opium. Nous avons bien convenu que vous cesseriez dès aujourd'hui de fumer.

– Dès aujourd'hui.

– C'est la première des choses. Nous devons ensuite essayer de reproduire autant que possible les circonstances et l'atmosphère dans lesquelles vous vous trouviez l'an dernier.

Comment pouvions-nous y parvenir ? Lady Verinder était morte, et Rachel et moi – aussi longtemps du moins que pèseraient sur moi les soupçons – étions irrévocablement brouillés. Godfrey Ablewhite était quant à lui en voyage. Inutile donc de songer à réunir les personnes qui s'étaient trouvées dans la maison la nuit de l'anniversaire.

Cette objection ne parut pas embarrasser Ezra Jennings. Dans le cas qui nous occupait, il attachait beaucoup plus d'importance aux choses qu'aux gens, lesquels, estimait-il, auraient de toute façon bien du mal à se replacer dans les mêmes dispositions d'esprit à mon égard après un an. Il jugeait surtout essentiel de reconstruire le cadre dans lequel je me trouvais lors de mon précédent séjour.

– Avant tout, dit-il, vous devez dormir dans la chambre où vous couchiez l'an dernier ; elle doit être meublée de la même manière. Les escaliers, le corridor et le boudoir de Miss Verinder également. Il est donc indispensable, Mr. Blake, que soit remis en place dans cette partie de la maison tout ce qui a pu en être enlevé. Le sacrifice que vous vous imposez de ne pas fumer deviendrait absolument inutile si vous ne pouviez obtenir de Miss Verinder l'autorisation de reconstruire le décor dans ses moindres détails.

– Qui va se charger d'obtenir cette permission ? demandai-je.

– Ne pourriez-vous le faire vous-même ?

– Il ne peut en être question. Après ce qui s'est passé entre nous au sujet de ce diamant, je ne puis ni la voir ni lui écrire.

Ezra Jennings se tut et m'examina un instant.

– Puis-je vous poser une question délicate ?

Je fis un signe de tête affirmatif.

– Ai-je raison, Mr. Blake, de supposer, d'après quelques paroles qui vous ont échappé, que vous éprouviez autrefois pour Miss Rachel un sentiment très profond ?

– C'est exact.

– Étiez-vous payé de retour ?

– Oui.

– Croyez-vous que Miss Verinder serait heureuse de faire éclater votre innocence ?

– J'en suis convaincu.

– Dans ce cas, si vous me le permettez, j'écrirai moi-même à Miss Verinder.

– En lui faisant part de la proposition que vous m'avez faite ?

– En lui révélant tout ce qui s'est passé aujourd'hui entre nous.

Inutile de dire que j'acceptai avec empressement le service qu'il voulait bien me rendre.

– J'ai encore le temps de faire partir ma lettre par le courrier d'aujourd'hui, dit-il en regardant sa montre. Ne manquez pas d'enfermer vos cigares, en rentrant à l'hôtel ! J'irai vous voir demain matin, afin de savoir comment vous avez passé la nuit.

Je me levai pour prendre congé et voulus lui exprimer toute ma gratitude pour la bonté qu'il me témoignait. Il me serra la main avec une grande cordialité.

– N'oubliez pas ce que je vous ai dit sur la lande. Si je peux vous rendre ce petit service, Mr. Blake, ce sera pour moi comme le dernier rayon de soleil qui éclaire la fin d'une longue journée orageuse.

Nous nous séparâmes. Nous étions le 15 juin. Les événements des dix jours suivants se trouvent exactement relatés – dans l'ordre où ils se déroulèrent – dans le journal de l'assistant du Dr Candy. Dans ces pages d'Ezra Jennings, rien n'est resté caché, rien n'a été oublié. Je laisserai donc cet ami sincère vous dire comment fut tentée l'expérience de l'opium et comment elle se termina.

IV

EXTRAITS DU JOURNAL D'EZRA JENNINGS

1849. 15 juin. – Interrompu par des malades et par d'horribles douleurs, j'ai quand même terminé ma lettre à Miss Verinder à temps pour l'envoyer aujourd'hui. Elle est aussi courte que je le désirais et, somme toute, assez claire. Je laisse Miss Verinder entièrement maîtresse de sa décision. Si elle consent à nous aider, elle le fera en toute liberté, n'accordant de faveur à personne, pas plus à Mr. Blake qu'à moi.

16 juin. – Levé tard, après une nuit épouvantable. Une série de rêves effrayants n'ont cessé de me poursuivre ; c'est le prix à payer pour l'opium que j'ai absorbé hier. Tantôt, je tourbillonnais dans le vide, aux prises avec les fantômes des morts, amis et ennemis confondus ; tantôt, l'unique visage aimé que je ne reverrai jamais, surgissait à mon chevet, hideusement phosphorescent dans l'obscurité, et me regardait en ricanant. Une légère atteinte du mal familier, survenue comme d'habitude au petit matin, a été la bienvenue ; je l'ai accueillie comme une diversion. Le mal a chassé les visions, et à cause de cela je l'ai trouvé supportable.

Ma mauvaise nuit ne m'a pas permis d'arriver chez Mr. Franklin Blake avant la fin de la matinée. Je l'ai trouvé étendu sur le sofa, prenant tranquillement son déjeuner, des biscuit secs accompagnés de brandy et de soda.

– Je débute exactement comme vous le souhaitiez, dit-il. Une nuit pénible, très agitée ; un manque total d'appétit ce matin. C'est tout à fait ce qui m'arriva l'an dernier, lorsque je renonçai à mes cigares. Plus vite je serai prêt à prendre ma seconde dose de laudanum, mieux je me porterai.

– Vous l'aurez dans les tout prochains jours, dès que possible, répondis-je. Dans l'intervalle il faut que nous ménagions votre santé autant que nous le pouvons. Si nous vous laissons vous affaiblir, nous échouerons. Il faut que vous ayez de l'appétit pour dîner. En d'autres termes, sortez, à cheval ou à pied, mais prenez l'air ce matin !

– Je monterai à cheval, si on peut m'en trouver un ici. A propos, j'ai écrit à Mr. Bruff, hier. Avez-vous écrit à Miss Verinder ?

– Oui, par le dernier courrier du soir.

– Bien. Demain nous aurons mutuellement des nouvelles intéressantes à nous communiquer. Ne partez pas encore ! J'ai un mot à vous dire. Vous sembliez penser hier que certains de mes amis pourraient voir d'un œil défavorable notre expérience avec l'opium. Vous aviez raison. Je considère Gabriel Betteredge comme l'un de mes amis, et vous trouverez plaisant d'apprendre qu'il a violemment protesté lorsque je l'ai vu hier. « Vous avez fait bon nombre de folies au cours de votre vie, Mr. Franklin, mais là, c'est le bouquet ! » Voilà l'opinion de Betteredge ! Mais vous serez indulgent envers ses préjugés, j'en suis sûr, si jamais vous le rencontrez.

Je quittai Mr. Blake pour aller voir mes clients. Ce court entretien que je venais d'avoir avec lui avait suffi à me remonter ; je me sentais mieux et plus heureux.

Quel est le secret de l'attirance que cet homme exerce sur moi ? Est-ce uniquement parce que les manières franches et cordiales avec lesquelles il a permis que je l'abordasse contrastent tant avec l'antipathie et la défiance ordinaires des gens à mon égard ? Ou bien y a-t-il réellement en lui quelque chose qui réponde à ma nostalgie d'un peu de sympathie humaine – cette nostalgie qui a résisté à l'épreuve du temps, de la solitude et de la persécution, qui devient de plus en plus poignante, au fur et à mesure que se rapproche le jour où je n'éprouverai plus rien ? Qu'il est vain de se poser ces questions ! Mr. Blake a redonné de l'intérêt à mon existence. Que cela suffise, sans qu'il faille chercher à savoir pourquoi.

17 juin. – Ce matin, avant le déjeuner, le Dr Candy m'a prévenu qu'il s'absentait pour passer une quinzaine de jours chez un ami dans le sud de l'Angleterre. Le pauvre homme, il m'a donné autant d'instructions détaillées concernant ses malades que s'il avait encore l'importante clientèle qui était la sienne avant sa maladie. La clientèle est pourtant bien rare à présent ! D'autres médecins l'ont supplanté, et nul ne fait appel à moi s'il peut faire autrement.

C'est peut-être heureux qu'il soit loin précisément en ce moment. Il eût été mortifié de n'être pas tenu au courant de l'expérience que je vais tenter sur Mr. Blake. Et je n'ose songer aux résultats indésirables qui auraient pu se produire si je l'avais mis dans la confidence. Oui, c'est mieux ainsi…

Le facteur m'apporte la réponse de Miss Verinder. Lettre charmante et qui me donne la plus haute opinion de cette jeune fille. Elle ne cherche pas à cacher l'intérêt qu'elle porte à notre expérience. Elle me dit, aussi gentiment que possible, que ma missive lui prouve suffisamment l'innocence de Mr. Blake, sans qu'il soit besoin d'autre preuve. Elle se reproche – bien à tort la pauvre demoiselle – de n'avoir pas immédiatement deviné ce qui s'était passé. Elle est évidemment poussée par un mobile plus puissant que son désir de réparer ou son regret d'avoir fait du tort à Mr. Blake. Il est clair qu'elle n'a jamais cessé d'aimer son cousin pendant tout le temps qu'a duré leur séparation. Sa joie perce à travers les lignes, sans qu'elle se soucie de la laisser paraître devant un étranger. Se peut-il que je devienne l'instrument de leur réconciliation ? Que de pensées me viennent en lisant cette délicieuse lettre ! Moi, dont le propre bonheur a été foulé aux pieds, dont l'amour a été lacéré ! Vivrai-je assez pour contempler ces deux êtres, ce bonheur qu'ils me devront, un amour que j'aurai ressuscité ? Oh ! Mort miséricordieuse, accorde-moi cette satisfaction avant de me prendre, avant de murmurer à mon oreille : « L'heure du repos a sonné pour toi. »

Miss Verinder exprime deux désirs. Tout d'abord que je ne montre pas sa lettre à Mr. Franklin Blake. Je suis simplement autorisé à lui dire que sa cousine consent à mettre sa maison à notre disposition, mais sans ajouter un mot de plus.

Sur ce point, je puis la satisfaire aisément. Mais sa seconde requête m'embarrasse davantage.

Non contente d'avoir écrit à Mr. Betteredge pour le prier de suivre toutes les indications que je lui donnerai, Miss Verinder me demande de la laisser m'aider en personne à réinstaller son boudoir. Elle n'attend qu'un mot de moi pour faire le voyage et venir assister à l'expérience en qualité de témoin.

Elle a pour vouloir cela un motif caché, et je crois pouvoir le discerner. Ce qu'elle me défend de dire à Mr. Blake, elle est impatiente, j'imagine, de le lui avouer elle-même avant qu'il subisse l'épreuve qui doit établir son innocence aux yeux des autres. Je comprends et j'admire le généreux désir qui la pousse à acquitter ainsi son cousin sans attendre que soit prouvée sa bonne foi. C'est une compensation qu'elle a hâte de lui donner, pauvre jeune fille, pour lui avoir innocemment fait du mal.

Je ne puis malheureusement pas accéder à son désir. L'agitation que cette rencontre ne manquerait pas de provoquer chez le sujet nuirait sans aucun doute au succès de l'expérience. Elle réveillerait des sentiments encore trop vivaces qui rappelleraient de vieux souvenirs et feraient naître de nouveaux espoirs. Il est déjà assez difficile de replacer Mr. Blake dans les conditions où il se trouvait l'an dernier à pareille époque. A quoi bon se créer de nouveaux soucis, de nouvelles émotions, qui rendraient tout essai inutile ?

Je n'ai cependant pas le courage de lui faire de la peine. Il faut que je tâche, avant l'heure du courrier, de trouver quels arrangements nouveaux je pourrais prendre qui me permettraient d'acquiescer au désir de Miss Verinder, sans nuire cependant au plan élaboré afin de rendre service à Mr. Blake.

(Deux heures.) – Je reviens de ma tournée de visites à mes malades. J'ai, bien entendu, commencé par passer à l'hôtel. Les nouvelles que Mr. Blake me donne sur sa nuit ne diffèrent pas sensiblement de son rapport précédent. Un sommeil, entrecoupé d'intervalles de veille, rien de plus. Mais il en est moins accablé aujourd'hui, car il avait fait la sieste après le dîner de la veille, résultat sans doute de la promenade que je lui avais conseillé de faire. Il sera nécessaire, je crois, d'abréger ces exercices réparateurs au grand air. Il ne faut pas qu'il se sente trop bien ; mais il ne faut pas non plus qu'il soit trop souffrant. Il s'agit – dirait un marin – de bien manœuvrer.

Il n'a encore rien reçu de Mr. Bruff. Mais il s'est montré anxieux de savoir si Miss Verinder m'avait répondu. Je lui ai dit strictement ce que je pouvais. Il n'a pas été nécessaire d'inventer des excuses pour ne pas lui montrer la lettre. Il m'a dit sur un ton bien amer, le pauvre ami, qu'il comprenait la délicatesse du sentiment qui me faisait agir : « Elle consent par pure courtoisie et par équité, mais elle garde son opinion et attend le résultat final de notre expérience. »

J'étais fortement tenté de répliquer qu'il l'accusait à tort, mais la volonté que m'avait exprimé la jeune fille m'a fermé la bouche ; je n'ai pas voulu la priver du double plaisir de surprendre et de pardonner celui qu'elle aimait.

Ma visite a du reste été très courte. Après mes souffrances de l'autre nuit, j'ai été contraint une fois de plus de renoncer à prendre ma dose d'opium. Mais le mal qui est en moi a repris le dessus. J'étais encore à l'hôtel lorsque j'ai senti l'attaque venir et, pour ne pas alarmer mon nouvel ami, je l'ai quitté rapidement. L'horrible douleur n'a duré qu'un quart d'heure et m'a laissé suffisamment de forces pour reprendre mon travail.

(Cinq heures.) – J'ai répondu à Miss Verinder. La proposition que je lui fais pourrait tout concilier si elle consent à l'accepter. Après avoir fait connaître les difficultés qui s'opposent à sa rencontre avec Mr. Blake avant qu'il ait tenté l'expérience, je lui ai suggéré d'arriver secrètement chez elle le soir où nous le mettrons à l'épreuve. En partant de Londres dans l'après-midi elle pourrait arriver vers neuf heures du soir. Je me fais fort de retenir Mr. Blake dans sa chambre, afin de permettre à Miss Verinder de circuler en toute liberté dans la maison avant l'heure du laudanum. Après quoi rien ne l'empêchera plus d'attendre avec nous le résultat. Le lendemain – si elle le désire – elle pourra montrer notre correspondance à Mr. Blake et lui prouver ainsi qu'elle lui avait rendu sa confiance avant l'expérience.

C'est dans ce sens que je lui écris. Je ne puis faire davantage aujourd'hui. Demain il faudra que je voie Mr. Betteredge afin de lui donner les instructions nécessaires concernant la mise en état de la maison.

18 juin. – Une fois de plus je suis en retard pour faire ma visite à Mr. Blake. A l'aube, l'horrible douleur a atteint une rare violence ; suivie, cette fois, d'une complète prostration qui a duré plusieurs heures. Je prévois, en dépit des pénibles conséquences, qu'il va me falloir recourir à l'opium pour la centième fois. Si je n'avais à songer qu'à moi-même, je préférerais la douleur lancinante aux rêves affreux. Mais la souffrance physique m'épuise. Si je me laisse abattre, je risque finalement de n'être plus d'aucun secours à Mr. Blake, au moment où il a le plus besoin de moi.

Il était presque une heure quand je suis arrivé à l'hôtel aujourd'hui. La visite, même dans l'état lamentable où je me trouvais, a été extrêmement amusante, grâce à la présence de Gabriel Betteredge. Il était dans la chambre lorsque je suis entré. Il s'est retiré près de la fenêtre pour me permettre d'interroger mon patient. Mr. Blake avait encore mal dormi, il se sentait plus fatigué que d'habitude.

Je lui ai demandé s'il avait des nouvelles de Mr. Bruff. Une lettre venait d'arriver dans laquelle celui-ci désapprouvait pleinement l'expérience à laquelle Mr. Blake se soumettait sur mon simple avis. Il est toujours mauvais, disait-il, de susciter des espoirs qui risquent de ne pas se réaliser. Du reste, il n'y comprenait rien et ne voyait dans ma tentative rien moins qu'une dangereuse comédie. La maison de Miss Verinder en serait bouleversée et sans doute la jeune fille elle-même finirait-elle par l'être également. Il avait soumis le cas à un éminent docteur dont il taisait le nom et celui-ci avait souri et secoué la tête sans répondre. Mr. Bruff n'en disait pas davantage.

Je l'ai questionné ensuite au sujet du diamant. L'avocat expliquait-il sur quoi il fondait sa certitude que le joyau se trouvait à Londres ? Non, il refusait purement de discuter la question. Il était convaincu que la Pierre de Lune avait été mise en gage chez Mr. Luker. Et son éminent ami, Mr. Murthwaite – à qui chacun reconnaissait une parfaite connaissance du caractère hindou – partageait totalement sa conviction. Dans ces circonstances, et vu ses occupations pressantes, il se voyait obligé de refuser d'intervenir en quoi que ce soit dans ce genre de polémiques. Le temps serait le meilleur juge, et Mr. Bruff était d'avis de laisser faire le temps.

Il était tout à fait clair – même si Mr. Blake ne me l'avait pas fait comprendre plus clairement encore en exprimant le sens profond de la lettre, au lieu de se contenter d'en citer simplement les termes – que le fond de tout ceci se résumait à une immense méfiance à mon égard.

Ayant moi-même prévu ce résultat, je n'en ai été ni mortifié, ni surpris. J'ai demandé à Mr. Blake si les protestations de son ami ne l'avaient pas ébranlé. Il a répondu avec énergie qu'elles n'avaient produit aucun effet sur son esprit. Ceci me rend tout à fait libre de ne tenir aucun compte de l'opinion de Mr. Bruff, ce que je fais.

La conversation a marqué un temps. Gabriel Betteredge en a profité pour quitter sa retraite près de la fenêtre et s'est approché…

– Pouvez-vous m'accorder un moment d'attention, monsieur ? a-t-il dit en s'adressant à moi.

– Je suis à votre service, ai-je répondu.

Betteredge a pris une chaise et s'est assis à table. Il a tiré de sa poche un énorme carnet de forme démodée, à reliure de cuir, qu'accompagnait un crayon de dimension appropriée. Ayant chaussé ses lunettes, il a ouvert le carnet à une page blanche, et s'est encore adressé à moi.

– Pendant près de cinquante ans, a-t-il commencé en me regardant gravement, j'ai vécu au service de ma défunte maîtresse. J'étais, avant cela, page chez le vieux lord, son père. J'ai à présent entre soixante-dix et quatre-vingts ans, peu importe combien exactement. On s'accorde à me reconnaître une réelle connaissance et une véritable expérience du monde. Et à quoi tout cela me mène-t-il ? Tout cela aboutit, Mr. Ezra Jennings, à de la sorcellerie mise en pratique sur la personne de Mr. Blake par l'assistant d'un médecin, au moyen d'un flacon de laudanum ! Et, par ma foi, me voilà, à mon âge, devenu apprenti sorcier !

Mr. Blake a éclaté de rire. J'ai essayé de placer un mot, mais Betteredge a levé la main, pour montrer qu'il n'avait pas fini.

– Pas un mot, Mr. Jennings. Je ne veux aucune explication de vous, monsieur. Si je reçois un ordre, même s'il paraît sortir d'un asile d'aliénés, peu importe, du moment qu'il est transmis par mon maître ou ma maîtresse, j'obéis. Cela ne m'empêche pas d'avoir mon opinion qui, veuillez vous en souvenir, est aussi celle de Mr. Bruff – le grand Mr. Bruff ! –, dit Betteredge, en élevant la voix et hochant la tête dans ma direction d'un air solennel. Peu importe ; je fais abstraction de mon opinion, malgré cela. Ma jeune maîtresse dit : « Faites cela. » Moi je réponds : « Miss, cela sera fait. » Me voici muni de mon carnet, de mon crayon, ce dernier pas aussi bien taillé que je le souhaiterais, mais quand des chrétiens perdent l'esprit, peut-on espérer que des crayons gardent leur pointe bien affûtée ? Donnez-moi vos ordres, Mr. Jennings, je vais les inscrire ici. Je suis décidé à les exécuter à la lettre, rien de moins, rien de plus. J'obéis aveuglement, voilà ce que je fais. Aveuglément, n'a-t-il cessé de répéter, comme s'il se repaissait de l'image qu'il donnait de sa propre personne.

– Je suis désolé, ai-je répondu, que nous ne soyons pas d'accord vous et moi…

– Ne me mêlez pas à tout ceci. Il ne s'agit pas d'accord ici, il s'agit d'obéissance. Donnez vos directives, monsieur, donnez vos directives.

Mr. Blake m'a fait signe de le prendre au mot. J'ai « donné mes directives » aussi naturellement et aussi gravement que je l'ai pu.

– Je désire qu'on ouvre certaines parties de la maison, et qu'elles soient meublées exactement comme elles l'étaient il y a un an.

Betteredge a humecté la pointe imparfaitement taillée de son crayon du bout de la langue.

– Et pouvez-vous me dire quelles sont ces parties, Mr. Jennings ? m'a-t-il demandé d'un ton digne.

– D'abord, le hall intérieur, qui conduit à la cage d'escalier principale.

– D'abord, le hall intérieur, a noté Betteredge. Il est impossible de le garnir comme il l'était l'an dernier…

– Pourquoi cela ?

– Parce que l'an dernier il y avait un busard empaillé dans le hall, Mr. Jennings. Après le départ de la famille, le busard a été relégué et il a fini par se crever.

– Nous nous passerons donc du busard empaillé.

Betteredge a noté : « Le hall intérieur devra être remis dans l'état où il se trouvait l'an dernier. Seul un busard empaillé crevé manquera. »

– S'il vous plaît, continuez, Mr. Jennings.

– Le tapis sera posé sur l'escalier, comme auparavant.

– Le tapis sera posé sur l'escalier, comme auparavant… Je regrette de vous décevoir, monsieur, mais cela aussi est impossible.

– Et pourquoi ?

– Parce que l'ouvrier qui avait posé ce tapis est mort, monsieur Jennings, et il n'est pas possible de trouver dans toute l'Angleterre son pareil pour adapter convenablement les coins d'un tapis.

– Très bien. Nous nous contenterons donc du meilleur ouvrier que nous pourrons trouver en Angleterre.

Betteredge a inscrit une autre note, et j'ai continué à donner mes directives :

– Le boudoir de Miss Verinder sera remis exactement dans l'état où il se trouvait l'an dernier. Le couloir aussi, qui mène du salon au premier palier. Le second couloir également, qui conduit du second palier aux chambres à coucher principales. Enfin, la chambre à coucher qu'occupait Mr. Blake en juin dernier.

Le crayon émoussé de Betteredge me suivait consciencieusement, mot après mot.

– Continuez, monsieur, a-t-il dit avec une gravité où perçait le sarcasme. Ce crayon est encore assez bon pour écrire bien des choses.

Je lui ai dit que je n'avais aucune autre directive à lui donner.

– Dans ce cas, monsieur, j'aurai un ou deux points à noter de ma propre autorité. Il a ouvert le carnet à une autre page blanche et a commencé par lécher l'inépuisable crayon du bout de la langue.

– Je désire savoir, a-t-il commencé, si je puis me laver les mains…

– Certainement, a fait Mr. Blake, je vais sonner le valet de chambre.

– … de certaines responsabilités, a poursuivi Betteredge impénétrable. Tout d'abord, en ce qui concerne le boudoir de Miss Verinder. L'an dernier, lorsque nous avons enlevé le tapis nous avons trouvé dessous une quantité surprenante d'épingles. Suis-je obligé de replacer les épingles ?

– Certainement pas.

Betteredge a pris note de cette concession sur-le-champ.

– Quant au premier couloir, a-t-il repris, quand nous avons enlevé les ornements qui le décoraient, nous avons emporté la statue d'un enfant nu – désigné dans l'inventaire de la maison sous le nom profane de « Cupidon, dieu de l'Amour ». L'an dernier, il avait deux ailes ; un moment d'inattention de ma part et il n'en eut plus qu'une… Dois-je compter au nombre de mes responsabilités l'aile de Cupidon ?

J'ai fait une autre concession et Betteredge a inscrit une autre note.

– Quant au second couloir, comme l'an dernier il n'y avait rien dans cette partie de la maison que les portes des chambres, j'ai à ce sujet l'esprit complètement tranquille. Mais, en ce qui concerne la chambre à coucher de Mr. Franklin, si elle doit être remise dans l'état où elle se trouvait l'an dernier, je me demande pour quoi doit compter son perpétuel désordre – bien qu'elle fût mise en ordre je ne sais combien de fois par jour –, ici ses pantalons, là ses serviettes de toilette, ses romans français dans tous les coins. Je demande qui doit être tenu pour responsable, et se charger de ce désordre perturbant la netteté de la chambre de Mr. Franklin, lui ou moi ?

Mr. Blake a déclaré qu'il en assumerait l'entière responsabilité avec le plus grand plaisir, mais Betteredge a obstinément refusé d'accepter tout arrangement, avant de l'avoir soumis à mon approbation. J'ai accepté la proposition de Mr. Blake, et Betteredge a pris en note une dernière fois dans son carnet.

– Vous pouvez vous présenter quand vous voudrez, à partir de demain, Mr. Jennings, a-t-il dit en se levant. Vous me trouverez à l'ouvrage, aidé des personnes nécessaires. Je prends la respectueuse liberté de vous remercier d'avoir bien voulu excuser le cas du busard empaillé ainsi que celui de l'aile de Cupidon, et d'avoir bien voulu autoriser à me laver les mains de toute responsabilité en ce qui concerne les épingles du tapis et le désordre de la chambre de Mr. Blake. En ma qualité de serviteur, je me déclare très obligé envers vous. En ma qualité d'homme, je vous considère comme une personne dont la tête est farcie de lubies, et je m'élève contre votre expérience que je considère comme une aberration et un leurre. Mais n'ayez crainte, mon point de vue d'être humain n'interférera pas avec mon devoir de serviteur ! Vous serez obéi. En dépit de vos lubies, monsieur, vous serez obéi. Et si vous mettez le feu à la maison en fin de compte, le diable m'emporte si j'appelle les pompiers, à moins qu'auparavant vous ayez sonné pour m'en donner l'ordre.

Après cette déclaration finale, il m'a salué et est sorti de la pièce.

– Croyez-vous que nous puissions compter sur lui ? ai-je demandé à Mr. Blake.

– Aveuglément, m'a-t-il répondu. Lorsque nous arriverons à la maison, rien n'aura été négligé ni oublié.

19 juin. – Encore des récriminations contre nos projets ! Émanant d'une dame, cette fois. Le courrier du matin m'a apporté deux lettres. L'une, de Miss Verinder, qui consent aimablement aux arrangements que j'ai suggérés. L'autre vient de la dame chez laquelle vit la jeune fille, une certaine Mrs. Merridew.

Mrs. Merridew m'envoie ses compliments ; elle ne prétend pas être compétente pour ce qui se rapporte au fond de ma correspondance avec Miss Verinder, d'un point de vue scientifique du moins. Pour ce qui relève en revanche de la morale et de la bienséance, elle se croit autorisée à émettre une opinion. Mrs. Merridew pense que je ne me rends pas bien compte que Miss Verinder a à peine dix-neuf ans. Permettre à une jeune personne de cet âge d'assister (sans la présence d'un chaperon) à une expérience médicale dans une maison pleine d'hommes, est un défi aux convenances que Mrs. Merridew ne peut absolument pas admettre. Si la chose a lieu, elle croira de son devoir – bien que cela contrarie au plus haut point ses projets antérieurs – d'accompagner Miss Verinder dans le Yorkshire. Dans ces circonstances, elle me prie de bien vouloir encore une fois examiner le cas et espère que je reviendrai sur ma décision, car Miss Verinder refuse de se laisser guider par tout autre que moi-même. Nul doute que la présence de la jeune fille n'est pas si nécessaire ; je n'aurais donc qu'un mot à dire en ce sens pour éviter à tous une situation fort déplaisante.

Ceci, dégagé des formules de politesse et transposé en langage simple et direct, signifie, à mon avis, que Mrs. Merridew a fort peur du qu'en-dira-t-on. Malheureusement ses arguments s'adressent au dernier homme au monde à qui l'opinion de la société puisse imposer du respect. Je ne veux pas décevoir Miss Verinder ; je ne veux pas retarder le moment de la réconciliation entre ces deux jeunes gens qui s'aiment et qui n'ont déjà été que trop longtemps séparés. Traduit en formules de politesse, ce langage simple et direct signifie que Mr. Jennings présente ses compliments à Mrs. Merridew et lui exprime ses regrets de ne plus être habilité à intervenir plus avant dans cette question.

Le rapport matinal de Mr. Blake sur son état est identique aux précédents. Nous avons décidé de ne pas déranger Betteredge en allant visiter la maison aujourd'hui. Il sera encore temps demain d'aller y faire une tournée d'inspection.

20 juin. – Mr. Blake commence à se sentir très agité ; il ne dort plus. Plus tôt la maison sera prête, mieux ce sera.

Tandis que nous nous dirigions vers la maison de lady Verinder, ce matin, il s'est montré nerveux et indécis, et m'a consulté à propos d'une lettre que lui a envoyée à Londres le sergent Cuff, et qui lui a été réexpédiée ici.

Le policier lui a écrit d'Irlande, après que sa gardienne lui eut transmis une carte et un message que Mr. Blake avait déposés à son domicile près de Dorking. Il annonce son retour à Londres sous une huitaine et demande pour quelle raison Mr. Blake désire lui parler de la Pierre de Lune. S'il s'avérait qu'il a commis, au cours de son enquête de l'an passé, une faute sérieuse que Mr. Blake eût constatée, il considérerait comme un devoir, étant donné la générosité de lady Verinder, de se mettre à la disposition du neveu de la défunte. Dans le cas contraire, il sollicite la permission de pouvoir poursuivre sa retraite campagnarde, au milieu de ses fleurs.

Après avoir pris connaissance de cette lettre, je n'ai pas hésité un instant à conseiller à Mr. Blake de rendre compte sur-le-champ au sergent de tout ce qui s'était passé depuis qu'il avait interrompu ses recherches. Il en tirerait ses conclusions. Puis, dans l'espoir que le sergent Cuff serait de retour en Angleterre à ce moment-là, je suggérai à Mr. Blake de l'inviter à assister à notre expérience Son témoignage aurait une importance énorme et, en admettant que le diamant ne fût pas caché dans la chambre de Mr. Blake, comme je le supposais, son avis deviendrait alors précieux pour nous guider. Cette considération a paru décider Mr. Franklin qui m'a promis de suivre mon conseil.

Lorsque nous nous sommes engagés dans l'allée menant à la maison, le son du marteau nous a avertis que les travaux de remise en état battaient leur plein.

Betteredge, qui avait coiffé pour la circonstance un bonnet rouge de pêcheur et revêtu un tablier vert, est venu à notre rencontre dans le hall. Dès qu'il m'a vu, il a tiré de sa poche le carnet et le crayon et s'est obstiné à prendre note de tout ce que je lui disais. En regardant autour de nous, nous avons pu constater, comme l'avait prédit Mr. Blake, que le travail était mené avec toutes la diligence et l'intelligence souhaitables. Mais il y avait encore beaucoup à faire dans le hall intérieur, ainsi que dans le boudoir de Miss Verinder. Il est douteux que la maison puisse être prête à nous recevoir avant la fin de la semaine.

Après avoir félicité Betteredge du travail qu'il avait déjà mené à bien (il persistait à noter le moindre de mes propos, tout en refusant de prêter la moindre attention à ce que disait Mr. Blake), et après avoir promis de revenir faire une autre visite d'inspection d'ici un jour ou deux, nous nous préparions à quitter la maison et nous nous dirigions vers la sortie de service, lorsque Betteredge m'a arrêté devant la porte de sa chambre.

– Pourrais-je vous dire deux mots en particulier ? a-t-il murmuré d'un air mystérieux.

J'ai accepté, bien entendu. Mr. Blake a poursuivi son chemin pour m'attendre dans le jardin, et j'ai suivi Betteredge dans ses appartements. Je m'attendais à ce qu'il sollicite de ma part de nouvelles concessions, après le busard empaillé et l'aile de Cupidon. Mais à ma grande surprise, Betteredge a posé la main sur mon bras, et, d'un air confidentiel, m'a posé cette question surprenante :

– Mr. Jennings, connaîtriez-vous par hasard *Robinson Crusoé* ?

J'ai répondu que j'avais lu *Robinson Crusoé* lorsque j'étais enfant.

– Pas depuis lors ?

– Non, pas depuis lors.

Il a reculé de quelques pas, et m'a regardé avec une expression de curiosité et de pitié mêlées, où perçait également une sorte de crainte superstitieuse.

– Il n'a pas lu *Robinson Crusoé* depuis son enfance, s'est-il murmuré à lui-même. Eh bien ! Voyons l'effet que lui fait *Robinson Crusoé* à présent.

Il a alors ouvert une armoire, en a sorti un livre sali et écorné qui exhalait une forte odeur de vieux tabac lorsqu'il en tournait les pages. Ayant trouvé le passage que manifestement il cherchait, il m'a demandé de m'approcher de lui. Sur le même ton confidentiel, il a continué :

– En ce qui concerne tous vos tours de passe-passe et ce laudanum que vous allez administrer à Mr. Franklin Blake, quand les ouvriers sont dans la maison, mes devoirs de serviteur l'emportent sur mes sentiments d'être humain. Mais dès que les ouvriers s'en vont, mes sentiments d'homme reprennent le dessus sur mes devoirs de serviteur. C'est ainsi que la nuit dernière, Mr. Jennings, la pensée que l'expérience que vous allez tenter pourrait mal finir n'a pas cessé de me poursuivre. Si j'avais écouté alors les injonctions secrètes de ma conscience, j'aurais enlevé tout le mobilier de mes propres mains et j'aurais renvoyé les ouvriers dès leur arrivée ce matin.

– Je suis heureux de constater, d'après ce que j'ai vu en haut, dis-je, que vous avez résisté à vos injonctions secrètes.

– « Résister » n'est pas le mot, m'a rétorqué Betteredge, « lutter » conviendrait mieux. J'ai lutté, monsieur, entre les injonctions profondes de mon cœur qui me tiraient d'un côté, et les ordres inscrits dans mon carnet qui me poussaient d'un autre, jusqu'à ce que (sauf votre respect) je fusse couvert d'une sueur froide. Dans ce trouble effrayant de mon esprit qu'aggravait la faiblesse de mon corps, à quel remède devais-je avoir recours ? Au remède, monsieur, qui ne m'a jamais fait défaut, depuis plus de trente ans, à ce livre !

De sa main ouverte, il a frappé le livre d'un coup si violent qu'un relent de tabac, plus fort encore que précédemment, s'en échappa.

– Qu'ai-je trouvé ici, à la première page que j'ai tournée ? Ce terrible passage, monsieur, page 178, où on lit ce qui suit : *Après ces réflexions et maintes autres, je me fis par la suite une règle, dès que je sentirais une impulsion intérieure me poussant à faire ou ne pas faire une chose, à aller dans un sens ou dans un autre, de toujours obéir à cette injonction secrète de ma conscience.* Aussi vrai que je vis de pain, Mr. Jennings, ces mots furent les premiers qui me tombèrent sous les yeux, à l'instant même où, moi-même, je combattais mes injonctions secrètes ! Ne voyez-vous rien là-dedans qui sorte de l'ordinaire, monsieur ?

– J'y vois une coïncidence, rien de plus.

– Vous ne vous sentez pas du tout troublé en songeant à l'expérience médicale à laquelle vous allez vous livrer, Mr. Jennings ?

– Pas le moins du monde.

Betteredge m'a regardé fixement, en silence. Il a fermé le livre d'un air entendu, et l'a de nouveau enfermé dans son armoire avec un soin tout particulier. Puis il s'est retourné et, il m'a dit d'un ton pénétré :

– Monsieur, il faut se montrer très indulgent envers un homme qui n'a pas relu *Robinson Crusoé* depuis son enfance. Je vous souhaite le bonjour.

Il a ouvert la porte, m'a salué profondément et m'a laissé gagner tout seul le chemin du jardin. Je suis tombé sur Mr. Blake qui retournait vers la maison.

– Vous n'avez pas besoin de me dire ce qui s'est passé ! s'est-il exclamé. Betteredge a joué sa dernière carte : il a découvert une nouvelle prophétie dans *Robinson Crusoé*. Vous êtes-vous montré indulgent à l'égard de sa fantaisie favorite ? Non ? Vous lui avez laissé voir que vous ne croyiez pas à *Robinson Crusoé* ? Mr. Jennings ! Vous voilà tombé aussi bas que possible dans l'estime de Betteredge. Vous pourrez à l'avenir dire ou faire ce que vous voudrez, vous verrez qu'il ne daignera plus vous adresser la parole.

21 juin. – Quelques lignes suffiront aujourd'hui dans mon journal. Mr. Blake a passé une nuit terrible. J'ai été obligé, bien que je n'y sois pas favorable dans son cas, de lui prescrire un remontant. Des hommes de son espèce sont heureusement sensibles aux plus légers remèdes. Autrement, je craindrais qu'il soit totalement déprimé au moment d'agir. Quant à moi, après l'accalmie de ces deux derniers jours, j'ai eu, ce matin, une telle attaque que j'ai dû recourir une nouvelle fois à l'opium. Je ferme donc ce journal pour aller absorber la dose la plus forte que j'aie jamais prise : cinq cents gouttes.

22 juin. – Nos perspectives semblent plus favorables aujourd'hui. Les nerfs de Mr. Blake semblent le faire moins souffrir. Il a dormi un peu la nuit dernière. Quant à moi, grâce à l'opium, j'ai dormi comme une masse. Ce serait un bien grand mot de dire que je me suis réveillé ce matin ; mettons que j'ai recouvré mes esprits.

Nous sommes allés à la maison de lady Verinder pour voir où en étaient les préparatifs. Tout sera terminé demain samedi. Comme l'avait encore prédit Mr. Blake, Betteredge n'a pas soulevé de nouveaux obstacles. Du début à la fin il s'est borné à afficher une politesse et un silence inquiétants.

Il est certain maintenant que mon expérience médicale (comme la nomme Betteredge) ne pourra avoir lieu avant lundi prochain. Demain soir, les ouvriers vont devoir rester fort tard dans la maison. Après viendra dimanche, dont la tyrannie, qui est l'un des piliers de ce pays de liberté, établit les horaires ferroviaires de manière qu'il soit tout à fait impossible aux personnes que nous attendons de songer à nous rejoindre de Londres. S'il passe encore une mauvaise nuit, maintenant, je n'en redoute plus les conséquences. Jusqu'à lundi donc, rien d'autre à faire que de veiller soigneusement sur Mr. Blake et de le maintenir dans l'état où je l'ai trouvé aujourd'hui.

Pour l'heure, je l'ai convaincu d'écrire à Mr. Bruff pour le persuader de figurer parmi les témoins. Mon choix s'est porté sur l'avocat, parce qu'il est précisément prévenu contre notre entreprise. Si nous parvenons à le décider, notre victoire ne souffrira plus aucune contestation.

Mr. Blake a aussi écrit au sergent Cuff, et j'ai moi-même envoyé un mot à Miss Verinder. Avec eux et avec le vieux Betteredge – dont on ne peut pas méconnaître le poids dans la famille –, nous aurons notre compte de témoins, sans parler de Mrs. Merridew, si celle-ci persiste à vouloir se sacrifier pour la sauvegarde de la morale et des bienséances.

23 juin. – Cette nuit, l'opium s'est une fois de plus vengé de moi. Peu importe, je dois m'en accommoder jusqu'à ce que tout soit fini.

Mr. Blake a connu aujourd'hui une nouvelle rechute. Il m'a avoué avoir ouvert, à deux heures du matin, le tiroir dans lequel étaient enfermés ses cigares. C'est seulement au prix d'un violent effort qu'il est parvenu à reverrouiller sa cache. Juste après, il a trouvé comme ruse, pour résister à la tentation, de jeter la clef du tiroir par la fenêtre. Un domestique l'a rapportée ce matin, après l'avoir découverte au fond d'une citerne vide – c'était écrit !… J'ai consigné la clef jusqu'à mardi matin.

24 juin. – Mr. Blake et moi avons fait un bon tour en cabriolet. Nous avons tous les deux éprouvé les bienfaits de la douceur estivale de l'air. J'ai dîné avec lui à l'hôtel. A mon grand soulagement – pour moi qui l'avais trouvé ce matin dans un indescriptible état de nerfs –, après le repas, il a dormi à poings fermés deux heures d'horloge sur le sofa. Si jamais il doit passer une mauvaise nuit, je me ferai moins de souci pour lui.

25 juin. LUNDI. – Enfin, le jour de l'expérience ! Il est cinq heures de l'après-midi. Nous venons d'arriver à la maison.

Tout dépendra maintenant de l'état de Mr. Blake.

A ce que je peux en juger, il promet d'être, physiquement parlant, aussi sensible à l'action de l'opium qu'il pouvait l'être l'an dernier à pareille époque. Il est, cet après-midi, dans une extrême nervosité. Il change à tout propos de couleur, sa main tremble légèrement, il tressaille au moindre bruit. Ce sont là les résultats habituels de l'insomnie due à la brusque privation de tabac chez un individu qui fumait à l'excès. Les mêmes causes ont, comme l'an dernier, produit les mêmes effets. Cet état de choses durera-t-il jusqu'à ce soir ? Les événements de la nuit nous l'apprendront.

Tandis que j'écris ces lignes, Mr. Blake s'amuse à jouer au billard, dans le hall intérieur ; il s'exerce à certains coups, comme il le faisait lorsqu'il était l'hôte de cette maison en juin de l'année dernière. J'ai apporté mon journal ici, en partie pour combler les heures d'inaction qui vont se succéder d'ici demain matin, en partie dans l'espoir qu'il se produise quelque chose qui vaille la peine d'être relaté.

Ai-je omis le moindre détail jusqu'à présent ? Un regard jeté sur ce que j'ai noté hier, m'informe que j'ai oublié de parler de l'arrivée du courrier du matin. Je répare donc cet oubli avant d'en terminer ici et de rejoindre Mr. Blake.

J'ai reçu hier un mot de Miss Verinder. Elle s'est arrangée pour prendre le train de l'après-midi, comme je le lui avais recommandé. Mrs. Merridew a insisté pour l'accompagner. La lettre laisse entendre que le caractère généralement excellent de la vieille dame est un peu irritable en ce moment, et plaide pour l'indulgence compte tenu de l'âge de la dame et du changement de ses habitudes. Je m'efforcerai donc, dans mes rapports avec Mrs. Merridew, d'atteindre à la modération que Betteredge déploie dans ses relations avec moi. Il nous a reçus aujourd'hui, solennellement vêtu de son meilleur costume noir et de sa cravate blanche la plus empesée. S'il lui arrive de regarder de mon côté, il se souvient aussitôt que je n'ai pas relu *Robinson Crusoé* depuis mon enfance, et me témoigne une respectueuse pitié.

Hier également, Mr. Blake a reçu la réponse de l'avocat. Mr. Bruff accepte l'invitation, à son corps défendant. Il est absolument clair à ses yeux, en effet, qu'un gentleman doté d'un tant soit peu de sens commun doit veiller sur Miss Verinder et l'accompagner à ce qu'il se hasarde à appeler notre « petite représentation ». Et pour que tout soit au mieux, Mr. Bruff se propose d'être lui-même ce gentleman. Voici donc la pauvre Miss Verinder flanquée de deux chaperons. Quel soulagement de penser qu'ainsi la morale et les bienséances ont toutes les chances d'être préservées !

Rien reçu du sergent Cuff. Il doit être encore en Irlande. Nous ne devons plus nous attendre à le voir ce soir.

Betteredge vient de me faire savoir que Mr. Blake me réclame. J'abandonne provisoirement ma plume.

(Sept heures.) – Nous avons parcouru les chambres et les escaliers récemment regarnis. Puis nous avons fait une agréable promenade dans l'allée des framboisiers qui était l'endroit favori de Mr. Blake, lors de son séjour ici, l'an dernier. J'espère de cette manière raviver aussi nettement que possible dans son esprit les anciennes impressions que lui firent les lieux et les choses.

Nous allons nous mettre à table à l'heure précise où fut servi le fameux repas de l'année dernière. J'ai pour vouloir cela une raison strictement médicale. Le laudanum doit, autant que possible, intervenir dans le processus de la digestion au moment où il intervint l'an dernier.

Quelque temps après le dîner, je me propose d'amener la conversation, aussi naturellement que je le pourrai, sur le diamant et la conspiration des Hindous pour s'en emparer. Ayant ainsi semé ces pensées dans l'esprit de Mr. Blake, j'aurai fait tout ce qu'il est en mon pouvoir, et je pourrai lui faire absorber le laudanum.

(Huit heures et demie.) – Je viens seulement d'accomplir le plus important de mes devoirs : aller chercher dans la pharmacie familiale le flacon de laudanum dont se servit le Dr Candy l'an dernier.

Il y a dix minutes, j'ai attrapé Betteredge à un moment où il n'avait rien à faire et je lui ai dit ce que je désirais. Sans la moindre objection, sans même tenter de tirer son carnet, il m'a montré (avec une sorte d'indulgence) le chemin qui mène à la réserve où se trouve l'armoire à pharmacie.

J'ai trouvé la fiole, soigneusement bouchée à l'émeri et coiffée d'un capuchon de cuir. Comme je l'avais pensé, elle contenait bien cette simple solution d'opium dont j'avais parlé. Puisqu'il s'en trouvait une quantité suffisante, j'ai décidé de l'employer de préférence à l'une des deux préparations que j'avais apportées en cas de besoin.

La question du nombre de gouttes à administrer est plus délicate. J'ai beaucoup réfléchi avant de me décider enfin à augmenter la dose. Dans mes notes, le Dr Candy parle de vingt-cinq gouttes. C'est une dose bien faible au vu des résultats qu'elle a produits – même dans le cas d'une personne aussi sensible que Mr. Blake. Sachant à quel point le docteur apprécie les plaisirs de la table et me souvenant qu'il versa le laudanum après le repas, j'en ai déduit qu'il avait probablement administré involontairement une dose plus forte que ce qu'il pensait. Aussi ai-je décidé de porter moi-même la dose à quarante gouttes, d'autant mieux que Mr. Blake est prévenu et qu'il sait très bien ce qui l'attend, ce qui, physiologiquement parlant, équivaut à dire que son organisme y est déjà préparé.

(Dix heures.) – Les témoins, ou les invités – je ne sais comment les désigner – sont arrivés il y a une heure.

Peu avant neuf heures, j'ai convaincu Mr. Blake de m'accompagner dans sa chambre à coucher, afin de m'assurer que rien n'avait été oublié. J'avais prié Betteredge de donner la chambre voisine à Mr. Bruff. Il devait également m'avertir de l'arrivée de l'avocat par un coup frappé à la porte. La pendule du hall venait de sonner neuf heures quand j'ai entendu le signal de Betteredge. Je suis aussitôt sorti de la chambre ; j'ai rencontré Mr. Bruff dans le couloir.

Comme à l'ordinaire, mon aspect physique a fait mauvais effet. Le regard méfiant que m'a adressé Mr. Bruff a eu vite fait de m'en avertir. Je suis habitué à produire cet effet sur les étrangers, et l'attitude de l'avocat ne m'a pas démonté. Je n'ai pas tergiversé à lui dire tout ce qu'il devait savoir avant de voir Mr. Blake.

– Vous avez voyagé, je crois, avec Mrs. Merridew et Miss Verinder ? lui ai-je demandé.

– Oui, m'a-t-il répondu avec toute la sécheresse dont il était capable.

– Miss Verinder vous aura dit sans doute que Mr. Blake doit ignorer sa présence dans la maison et, par conséquent, celle de Mrs. Merridew, tant que l'expérience ne sera pas terminée ?

– Je sais que je dois tenir ma langue, monsieur ! dit-il plus sèchement encore. Ayant l'habitude de me taire, particulièrement quand il s'agit des folies de mes semblables, je suis plus que jamais disposé à garder le silence. Êtes-vous satisfait ?

Je l'ai salué, laissant Betteredge le conduire à sa chambre. En sortant Betteredge m'a lancé un regard qui semblait dire textuellement : « Vous avez trouvé votre maître, Mr. Jennings, et son nom est Bruff. »

Il m'a fallu ensuite m'occuper des deux invitées. Je suis descendu, un peu nerveusement, je l'avoue, pour me rendre dans le boudoir de Miss Verinder.

La femme du jardinier (chargée de servir les dames) m'a croisé dans le couloir du premier étage. Cette excellente femme me traite avec une politesse excessive, visiblement dictée par une extrême terreur. Chaque fois que je lui parle, elle me regarde fixement, tremble et fait maintes courbettes. Lorsque je lui ai demandé où était Miss Verinder, elle m'a fixé, toute tremblante. Elle aurait certainement esquissé une courbette, si Miss Verinder en personne n'avait coupé court à cette cérémonie, en ouvrant soudain la porte de son boudoir.

– Est-ce Mr. Jennings ? demanda-t-elle.

Avant que j'aie pu répondre, elle s'est avancée vers moi. Nous nous trouvions sous la lumière d'un plafonnier. En me voyant, Miss Verinder s'est arrêtée puis a hésité. Mais elle s'est aussitôt ressaisie, a rougi et, avec une franchise charmante, elle m'a tendu la main

– Je ne puis vous traiter en étranger, Mr. Jennings. Oh ! si vous saviez combien vos lettres m'ont rendue heureuse !

Elle regardait ma vilaine figure ridée avec une éclatante gratitude qui m'a parue si nouvelle, après ce à quoi m'ont habitué mes semblables, que je n'ai su quoi lui répondre. Je m'attendais si peu à rencontrer une telle bonté, alliée à une pareille beauté, que je suis resté sans voix. Dieu merci ! la misère de toutes ces années n'a pas endurci mon cœur. Je suis en face d'elle aussi gauche et timide qu'un adolescent.

– Où est-il en ce moment ? m'a-t-elle demandé en laissant libre cours à ce qui la préoccupait réellement. Que fait-il ? Vous a-t-il parlé de moi ? Est-il dans de bonnes dispositions ? Comment supporte-t-il d'être ici, après ce qui s'est passé l'an dernier ? A quel moment lui donnerez-vous le laudanum ? Puis-je vous voir le lui verser ? Je suis si anxieuse, si énervée que les dix mille questions que je voudrais vous poser viennent toutes à la fois, si bien que je ne sais par laquelle commencer. Vous n'êtes pas étonné que je vous dise tout cela ?

– Non, dis-je. J'ose croire que j'en connais parfaitement la raison.

Elle était au-dessus de toute mesquine affectation qui lui aurait fait feindre la confusion. Elle m'a répondu comme elle aurait répondu à un frère ou à un père.

– Vous m'avez délivrée de souffrances insupportables ; vous m'avez rendu la vie. Je serais une ingrate si j'avais un secret pour vous. Je l'aime, dit-elle simplement. Je n'ai jamais cessé de l'aimer, alors même que je l'accusais et que je lui adressais les paroles les plus dures et les plus cruelles. Si j'ai des excuses, c'est la seule excuse que j'ai. Que pensera-t-il demain, quand il saura que suis là ? Pensez-vous…

Elle s'est arrêtée brusquement et m'a regardé avec gravité.

– Demain, vous n'aurez qu'à lui répéter ce que vous m'avez confié.

Son visage s'est éclairé. Elle a fait un pas vers moi. Ses doigts jouaient nerveusement avec une fleur que j'avais cueillie dans le jardin et que j'avais glissée dans la boutonnière de mon vêtement.

– Vous l'avez vu souvent ces derniers temps. Croyez-vous réellement ce que vous me dites là ?

– Oui, je le crois réellement. Je suis tout à fait certain de ce qui se passera demain. Je voudrais être aussi sûr de ce qui va se passer cette nuit.

A ce point de notre conversation, nous avons été interrompus par l'arrivée de Betteredge portant un plateau pour le thé. Il m'a lancé un nouveau regard significatif en entrant dans le boudoir. « Ah ! Battez le fer tant qu'il est chaud ! En haut, Mr. Jennings, en haut se trouve votre maître ! »

Nous l'avons suivi dans la chambre. Dans un coin, une vieille dame de petite taille, élégamment habillée, était profondément absorbée dans un délicat travail de broderie. Dès qu'elle eut aperçu mon teint basané et ma chevelure pie, elle a laissé tomber son ouvrage sur ses genoux, et a poussé un petit cri.

– Mrs. Merridew, a fait Miss Verinder, voici Mr. Jennings.

– Je prie Mr. Jennings de m'excuser, a dit la vieille dame en regardant Miss Verinder, mais en me parlant à moi. Les voyages en chemin de fer me rendent toujours nerveuse. J'essaye de me calmer en me livrant à mon occupation favorite. Mais peut-être ma broderie paraît-elle déplacée en ces circonstances exceptionnelles. Si cela doit perturber les buts médicaux de Mr. Jennings, je suis prête, bien entendu, à la ranger.

Je me suis hâté d'approuver la broderie, exactement comme j'avais admis l'absence du busard empaillé et de l'aile de Cupidon. Mrs. Merridew a fait un effort – un louable effort – pour regarder sans sourciller ma chevelure, mais non ! rien à faire, elle s'est de nouveau retournée vers Miss Verinder.

– Si Mr. Jennings veut bien me le permettre, a poursuivi la vieille dame, je voudrais lui demander une faveur. Mr. Jennings va tenter une expérience scientifique cette nuit. Écolière, j'ai souvent assisté à des expériences scientifiques : elles se terminaient généralement par une explosion. Si Mr. Jennings veut bien être assez aimable, j'aimerais, cette fois, être prévenue de l'explosion. Ceci, dans le seul but d'avoir surmonté cette épreuve avant de me coucher.

J'ai assuré Mrs. Merridew que, en l'occurrence, aucune explosion n'était prévue au programme.

– Non, vraiment. Je suis infiniment obligée à Mr. Jennings – j'ai bien conscience qu'il me ment pour mon bien –, mais je préfère qu'on agisse franchement à mon égard. Je suis tout à fait résignée à l'explosion, mais je préfère qu'on en finisse avant que j'aille au lit.

A ce moment la porte s'est ouverte et Mrs. Merridew a de nouveau laissé échapper un cri. Les signes avant-coureurs de l'explosion ? Non, seulement Betteredge.

– Je vous demande pardon, Mr. Jennings, a dit Betteredge, dans son style confidentiel le plus étudié. Mr. Franklin désire savoir où vous êtes. Ayant reçu de vous-même l'ordre de lui cacher la présence de ma jeune maîtresse dans la maison, je lui ai répondu que je ne le savais pas. Je vous prie de remarquer que ceci est un mensonge. Comme j'ai déjà un pied dans la tombe, moins vous m'obligerez à dire de mensonges, plus je vous en serai reconnaissant lorsque, ma dernière heure venue, je devrai affronter les reproches de ma conscience.

Il n'y avait pas un moment à perdre en vaines spéculations sur les remords de conscience de Betteredge. Mr. Blake pouvait arriver d'une minute à l'autre s'il se mettait à ma recherche, à moins que je ne me rende immédiatement auprès de lui dans sa propre chambre. Miss Verinder me suivit dans le couloir.

– Ils semblent tous conspirer pour vous persécuter. Qu'est-ce que cela signifie ?

– Les récriminations de l'humanité, Miss Verinder, – ici à très petite échelle – contre tout ce qui est nouveau.

– Que faire pour Mrs. Merridew ?

– Lui dire que l'explosion n'aura lieu que demain matin à neuf heures.

– Pour l'envoyer au lit ?

– Oui, pour l'envoyer au lit.

Miss Verinder est retournée dans le salon et moi je suis monté chez Mr. Blake.

– A ma grande surprise, je l'ai trouvé seul ; il arpentait la pièce d'un air agité et semblait mécontent d'avoir été laissé seul.

– Où est Mr. Bruff ? ai-je demandé.

Il a montré du doigt la porte de communication entre les deux chambres. Mr. Bruff était passé chez lui et y était resté un moment. Il avait tenté de renouveler ses protestations contre nos projets, mais n'était toujours pas parvenu à impressionner Mr. Blake. Alors l'avocat s'était emparé d'un sac de cuir noir, bourré à éclater de documents professionnels. Il reconnaissait que les affaires sérieuses pouvaient paraître déplacées en une occasion comme celle-ci. Mais on ne pouvait les négliger pour autant. Il priait donc Mr. Blake d'avoir la bonté de se montrer indulgent envers les habitudes démodées d'un homme de bon sens. Le temps était de l'argent… Quant à Mr. Jennings, Mr. Bruff s'engageait à paraître dès qu'on ferait appel à lui. Après s'être ainsi excusé, l'avocat était rentré dans sa chambre où il s'était plongé obstinément dans son sac noir.

Je songeais à Mrs. Merridew et à sa broderie, à Betteredge et à sa conscience. Il y a une merveilleuse monotonie dans le côté raisonnable du caractère anglais, tout comme il y a une merveilleuse monotonie dans l'expression raisonnable qu'on lit sur les visages anglais.

– Quand allez-vous me donner le laudanum ? demanda Mr. Blake avec impatience.

– Il vous faut attendre encore un peu, dis-je. Je vais rester ici et vous tiendrai compagnie jusqu'à ce que le moment soit venu.

Il n'était pas encore dix heures. D'après les renseignements que j'avais recueillis auprès de Betteredge et de Mr. Blake, j'étais arrivé à la conclusion que la dose de laudanum du Dr Candy ne pouvait pas avoir été administrée avant onze heures du soir. J'avais décidé, en conséquence, de ne pas donner le médicament avant ce moment-là.

Nous avons causé un peu, mais nos esprits, à tous deux, étaient préoccupés par ce qui allait suivre. La conversation s'est bientôt épuisée, jusqu'à tomber tout à fait. Mr. Blake feuilletait paresseusement les revues et les livres qui se trouvaient sur sa table de chevet. J'avais pris la précaution de jeter un coup d'œil sur ceux-ci quand nous étions entrés pour la première fois dans la chambre : le *Guardian*, le *Tatler*, *Pamela* de Richardson, *l'Homme de sentiment* de Mackenzie, et aussi le *Laurent de Médicis* de Roscoe, et l'*Histoire de Charles Quint* de Robertson. Des lectures très classiques en somme, des œuvres (cela va sans dire) infiniment supérieures à celles produites par la suite et qui, de mon point de vue, possédaient surtout le grand mérite de n'être ni palpitantes ni troublantes pour l'esprit. J'ai donc abandonné Blake à l'influence lénifiante de la littérature classique, et me suis occupé à reproduire ces derniers événements dans mon journal.

Ma montre m'indique qu'il est près de onze heures. Une fois de plus je dois quitter ces pages.

(Deux heures du matin.) – L'expérience a été tentée. Quel en fut le résultat? Voilà ce que je vais entreprendre de raconter.

A onze heures, j'ai sonné Betteredge et annoncé à Mr. Blake qu'il pouvait enfin se mettre au lit.

J'ai regardé par la fenêtre : la nuit était douce et pluvieuse, en tout point pareille à la nuit de l'anniversaire, le 21 juin de l'année dernière. Sans prétendre croire aux présages, j'ai en tout cas trouvé encourageant qu'il n'y ait dans l'air aucune perturbation orageuse susceptible d'être un facteur d'énervement. Betteredge m'a rejoint à la fenêtre, et m'a glissé mystérieusement un bout de papier dans la main. Il portait ces lignes :

Mrs. Merridew est allée se coucher, étant bien entendu, m'a-t-elle dit, que l'explosion ne devait se produire que demain matin à neuf heures; je ne dois moi-même pas bouger d'ici avant qu'elle ne vienne me délivrer. Dieu merci elle ne se doute pas que le théâtre des opérations est précisément mon boudoir, sans quoi elle y aurait passé la nuit. Je suis seule, et très anxieuse. Permettez-moi de vous regarder verser le laudanum; j'ai besoin de collaborer à l'expérience, ne serait-ce que comme simple spectatrice. – R. V.

J'ai suivi Betteredge dans le couloir et lui ai demandé de transporter la petite armoire à pharmacie dans le boudoir de Miss Verinder.

Cet ordre a semblé le surprendre. Il m'a regardé comme s'il me soupçonnait de quelque dessein occulte dont sa maîtresse pourrait être la victime désignée.

– Oserais-je vous demander le rapport qu'il peut y avoir entre ma jeune lady et la boîte de pharmacie ?

– Restez dans le petit salon et vous l'apprendrez.

Betteredge a paru soudain douter de sa capacité à me surveiller, dès lors que l'armoire à pharmacie participait au déroulement des opérations.

– Y a-t-il une objection, monsieur, à ce que Mr. Bruff soit également présent ? a-t-il demandé.

– Bien au contraire, ai-je répondu. Je vais immédiatement le prier de descendre.

Sans un mot de plus, Betteredge s'est retiré pour aller chercher l'armoire à pharmacie. Je suis retourné chez Mr. Blake et j'ai frappé à la porte qui communiquait avec la chambre de Mr. Bruff. L'avocat m'a ouvert, ses papiers à la main, plongé dans le Droit, imperméable à la Médecine.

– Je regrette de vous déranger. Je vais préparer le laudanum pour Mr. Blake, et je dois vous demander de me servir de témoin.

– Oui ? dit Mr. Bruff, dont l'attention semblait presque entièrement fixée sur ses papiers. C'est tout ?

– Je dois vous prier ensuite de revenir ici avec moi, afin de me voir administrer la dose.

– C'est tout ?

– Il me faut également vous demander de rester dans la chambre de Mr. Blake, afin de voir ce qui va se passer.

– Aucune importance, a répondu Mr. Bruff. Je peux transporter mes dossiers partout, à moins que vous ne m'objectiez, Mr. Jennings, que tous ces papiers qui dégagent tant de bon sens risquent de compromettre votre entreprise.

Sans me laisser le temps de répondre, Mr. Blake, de son lit, a apostrophé l'avocat.

– Pour que cette expérience soit sans intérêt pour vous, Mr. Bruff, il faut vraiment que vous n'ayez pas plus d'imagination qu'une vache.

– Une vache est un animal très utile, Mr. Blake, a répondu l'avocat avant de sortir de la chambre pour me suivre, ses papiers à la main.

Nous avons trouvé Miss Rachel pâle et agitée, arpentant nerveusement son boudoir. Dans un coin, Betteredge montait la garde devant la boîte de pharmacie. Mr. Bruff s'est installé sur la première chaise venue et, s'inspirant certainement de cet animal si utile qu'est la vache, il s'est replongé dans ses dossiers.

Miss Verinder m'a pris à part pour m'entretenir du seul sujet qui l'intéressait. Elle ne pensait qu'à Mr. Blake.

– Comment est-il maintenant ? Est-il nerveux ? Est-il de mauvaise humeur ? Pensez-vous que cela réussisse ? Êtes-vous sûr de ne lui faire aucun mal ?

– Tout à fait sûr. Venez et vous compterez les gouttes avec moi.

– Un instant ! Il est un peu plus de onze heures. Combien de temps faudra-t-il avant qu'il se passe quelque chose ?

– Ce n'est pas facile à dire. Une heure peut-être.

– Je suppose que la pièce doit être dans l'obscurité, comme l'an dernier.

– Certainement.

– J'attendrai dans ma chambre à coucher – exactement comme c'était le cas l'an passé. Je vais garder ma porte entrouverte, c'est ainsi qu'elle était. Je vais surveiller la porte du boudoir et, dès qu'il approchera, j'éteindrai la lumière. C'est ainsi que les choses se sont passées la nuit de mon anniversaire. Tout doit se dérouler exactement de la même manière, n'est-ce pas ?

– Êtes-vous sûre de pouvoir vous dominer, Miss Verinder ?

– Dans *son* intérêt, je suis capable de n'importe quoi, a-t-elle répondu avec ferveur.

Je n'ai eu qu'à la regarder pour voir que je pouvais me fier à elle. Je me suis alors tourné vers Mr. Bruff.

– Puis-je vous prier d'abandonner un instant vos papiers ?

– Ah ! certainement.

Il s'est levé avec un sursaut qui laissait supposer que je l'avais interrompu dans sa lecture à un endroit particulièrement intéressant. Il m'a suivi vers l'armoire à pharmacie. Celle-ci n'offrant évidemment pas l'intérêt palpitant que possédait sa profession, l'avocat lança à Betteredge un regard las et esquissa un bâillement.

Miss Verinder a pris sur une petite table un verre et une carafe d'eau froide.

– Laissez-moi verser l'eau, a-t-elle murmuré. Je dois absolument faire quelque chose.

J'ai versé une à une les quarante gouttes dans le verre.

– Maintenant, remplissez d'eau aux trois quarts, ai-je dit à Miss Verinder.

N'ayant plus besoin de l'armoire à pharmacie, j'ai prié Betteredge de la refermer à clef. Le vieux serviteur m'a alors regardé d'un air d'indicible soulagement. Je pense qu'il m'avait évidemment soupçonné de vouloir droguer sa jeune maîtresse !

Après avoir versé l'eau, comme je le lui avais indiqué, Miss Verinder a profité du moment où Betteredge fermait la boîte et où Mr. Bruff retournait à ses dossiers, pour déposer en cachette un baiser sur le bord du verre.

– Quand vous le lui donnerez, a chuchoté la charmante jeune fille, présentez-le-lui de ce côté.

J'ai pris dans ma poche le morceau de cristal qui devait représenter le diamant et le lui ai tendu.

– Vous devez participer à cela également, dis-je. Placez-le vous-même à l'endroit où se trouvait l'an dernier la Pierre de Lune.

Elle s'est dirigée vers le petit meuble en bois des Indes et a déposé le faux diamant à l'endroit où le vrai avait été rangé le soir de l'anniversaire. Mr. Bruff a été prié de regarder. Il l'a fait en protestant, comme toujours. Mais, à mon grand amusement, la force dramatique de la situation était trop puissante pour que le vieux Betteredge soit capable de se contrôler. Sa main tremblait tandis qu'il tenait la chandelle, et il a murmuré anxieusement :

– Êtes-vous bien sûre, mademoiselle, que ce soit le bon tiroir ?

Je suis sorti devant les autres, le verre à la main. A la porte, je me suis arrêté pour adresser un dernier mot à Miss Verinder.

– Ne tardez pas à éteindre les lumières.

– Je vais le faire immédiatement. J'attendrai dans ma chambre en m'éclairant d'une chandelle.

Elle a fermé la porte de son boudoir derrière nous. Suivi de Mr. Bruff et de Betteredge, je suis retourné dans la chambre de Mr. Blake.

Nous l'avons trouvé très agité dans son lit et se demandant au comble de l'irritation si on allait lui administrer le laudanum cette nuit. En présence des deux témoins, je lui ai administré le médicament, puis j'ai secoué son oreiller et lui ai recommandé de s'étendre de nouveau et de patienter.

Son lit, garni de rideaux de chintz, occupe le centre de la pièce, la tête contre le mur, ce qui laisse de part et d'autre de l'espace pour circuler. Sur l'un des côtés, j'ai tiré complètement les rideaux de sorte que Mr. Blake ne puisse pas voir Mr. Bruff et Mr. Betteredge. Au pied du lit, je ne les ai fermés qu'à moitié et je me suis moi-même installé de telle sorte qu'il puisse éventuellement me voir ou me parler. Sachant qu'il avait l'habitude de dormir avec une lumière dans sa chambre, j'ai placé sur sa table de chevet une chandelle en prenant soin que la flamme de celle-ci ne l'éblouisse pas. J'ai confié une autre chandelle à Mr. Bruff. La fenêtre était entrouverte pour que la chambre soit suffisamment aérée. La pluie tombait doucement, la maison était tranquille. Il était onze heures vingt à ma montre quand, les préparatifs achevés, j'ai pu enfin m'asseoir sur ma chaise, au pied du lit.

Mr. Bruff s'est replongé dans ses papiers, apparemment tout aussi absorbé par ceux-ci qu'auparavant. Mais en le regardant attentivement, j'ai pu voir à certains signes que le Droit commençait enfin à perdre son emprise sur lui. La dimension palpitante de la situation était en train d'avoir raison de son esprit pourtant si dénué d'imagination. Quant à Betteredge, fidélité aux principes et dignité de conduite étaient devenus pour lui des mots vides de sens. Il semblait avoir oublié que je me livrais à des pratiques de sorcellerie occultes sur la personne de Mr. Franklin Blake ; il semblait avoir oublié que j'avais fait bouleverser la maison de fond en comble ; il semblait même avoir oublié que je n'avais pas relu *Robinson Crusoé* depuis mon enfance.

– Pour l'amour de Dieu, monsieur, m'a-t-il murmuré, dites-nous quand cela va commencer à agir.

– Pas avant minuit. Ne dites rien, et restez tranquille.

Betteredge, tombé au plus bas degré de familiarité avec moi, et sans même faire le moindre effort pour se ressaisir, m'a répondu par un clin d'œil.

J'ai ensuite jeté un œil sur Mr. Blake, que j'ai trouvé toujours aussi agité dans son lit, se demandant à présent pourquoi l'influence du laudanum n'avait pas encore commencé à se faire sentir. Dans l'état où il était, lui dire que plus il se remuerait et se tourmenterait, plus il retarderait l'effet du médicament et le résultat que nous attendions aurait été parfaitement inutile. Chasser de son esprit l'idée de l'opium et l'amener insensiblement à penser à autre chose était le plus sage parti à prendre.

A cet effet, je l'ai incité à me faire la conversation, m'efforçant de diriger celle-ci vers le sujet que nous avions déjà abordé plus tôt dans la soirée : la Pierre de Lune. Je pris soin de lui rappeler certains détails relatifs au transfert du diamant de Londres dans le Yorkshire, du risque qu'il avait lui-même couru en le rapportant de la banque de Frizinghall, et de l'arrivée inopinée des Hindous dans la maison le soir de l'anniversaire. En parlant de ces événements, je feignais d'avoir mal compris ce qu'il m'avait narré. Cela l'a obligé à me raconter de nouveau certains épisodes dont il était très important qu'il s'imprégnât l'esprit, tout en continuant de ne rien soupçonner du but que je poursuivais en le faisant parler de la sorte. Petit à petit, il prit tant de soin à mettre les points sur les i qu'il en oublia de s'agiter dans son lit. Il avait cessé d'être obsédé par la question de l'opium, alors même que je pouvais lire dans ses yeux que la drogue commençait à agir sur son cerveau.

J'ai regardé ma montre. Il était minuit moins cinq quand sont apparus les premiers symptômes.

A ce moment, un œil non averti n'aurait pu déceler en lui le moindre changement. Mais, comme la nuit s'avançait, les subtils et rapides progrès de la drogue ont commencé à se manifester plus nettement. L'ivresse s'est mise à faire briller ses yeux, une légère transpiration a couvert son visage. En quelques minutes sa conversation a perdu toute cohérence. Il ne cessait d'évoquer la Pierre de Lune, mais ne terminait plus ses phrases. Bientôt, les phrases elles-mêmes sont devenues des bribes de propos, puis des mots isolés. Enfin, il y a eu un silence, et il s'est dressé sur son lit. Toujours obsédé par le diamant, il s'est remis à parler, mais pas à moi cette fois, à lui-même. Ce changement m'a fait comprendre que nous avions atteint la première phase de l'expérience ; il se trouvait sous l'emprise excitante de l'opium.

Il était minuit vingt-trois minutes. Une demi-heure encore, et nous allions savoir s'il descendrait ou non de son lit et s'il sortirait de sa chambre.

Pris dans l'attente angoissante, puis dans l'indescriptible joie de voir se dérouler la première phase de l'expérience comme je l'avais espéré, j'avais complètement oublié mes deux compagnons de veille. Jetant un regard vers eux, j'ai alors vu le Droit, tel qu'il était incarné dans les dossiers de Mr. Bruff, abandonné sur le parquet; l'avocat lui-même regardait avidement à travers l'étroite fente qui subsistait entre les rideaux du lit. Betteredge, oublieux de tout respect pour les distinctions sociales, guettait par-dessus son épaule.

Tous deux ont sursauté comme des enfants pris en faute quand ils se sont aperçus que je les regardais. J'ai ôté mes souliers et leur ai fait signe d'enlever les leurs. Si Mr. Blake se levait, il était absolument nécessaire de le suivre sans bruit.

Dix minutes se sont encore écoulées. Puis, tout d'un coup, Mr. Franklin a rejeté les couvertures loin de lui et mis une jambe hors du lit.

– Je voudrais ne l'avoir jamais sorti de la banque, a-t-il dit. Il y était en sûreté.

Mon cœur faisait des bonds dans ma poitrine, mes tempes battaient furieusement. Il se trouvait de nouveau absorbé tout entier par son inquiétude au sujet du diamant! De cette obsession dépendait tout le succès de l'expérience. La perspective que tout allait s'accomplir soudain était plus que n'en pouvaient supporter mes nerfs malades. J'ai dû détourner les yeux pour ne pas perdre mon sang-froid.

Il y a eu un nouveau moment de silence.

Quand j'ai posé les yeux de nouveau sur notre patient, j'ai vu qu'il était complètement sorti du lit et se tenait debout. Les pupilles de ses yeux étaient contractées. Ses prunelles étincelaient à la lueur de la chandelle, quand il remuait la tête lentement de droite à gauche. Il réfléchissait, il hésitait; il a parlé de nouveau.

– Que faire? Les Hindous peuvent être cachés dans la maison.

Il s'est tu et s'est dirigé lentement vers le fond de la chambre. Il s'est retourné, a marqué un temps, puis est revenu près de son lit.

– Il n'est même pas enfermé. Il est dans le tiroir du meuble en bois des Indes qui ne ferme pas à clef.

Il s'est assis sur le bord du lit.

– N'importe qui peut le prendre, a-t-il murmuré.

Il attendait encore. Je me suis retiré derrière le rideau du lit. Il a regardé autour de la chambre, d'un air indifférent. Minute angoissante. Il eut un arrêt. Plus rien ne se passait. Était-ce la fin de l'action de l'opium ? La fin de l'excitation à laquelle était soumis le cerveau ? Comment le savoir ? Tout dépendait de ce qui allait suivre.

Il s'est de nouveau étendu sur le lit.

Un doute horrible m'a alors traversé l'esprit. Était-il possible que l'action sédative de l'opium se fasse déjà sentir ? Dans la pratique, il n'en était jamais ainsi. Mais que devient la pratique quand il s'agit de cette drogue dont l'effet diffère sur chacun de nous. La constitution physique de Mr. Blake le porterait-elle à réagir de cette façon ? Allions-nous échouer à la dernière minute ?

Non ! Il s'est levé brusquement.

– Comment diable puis-je dormir avec cette chose qui me tourmente l'esprit ? a-t-il proféré.

Il a regardé la chandelle qui brûlait sur la table, à la tête de son lit. Une minute après, il avait le bougeoir dans la main.

J'ai éteint l'autre chandelle. Je me suis retiré, avec Mr. Bruff et Betteredge, dans le coin le plus éloigné de la chambre. Je leur ai fait signe de se taire, comme si leur vie était en jeu, et nous avons attendu, cachés derrière les rideaux.

La lumière que tenait Mr. Blake à la main a soudain remué. Une minute après, il avançait, rapide et silencieux, sa chandelle à la main.

Il a ouvert la porte de sa chambre et en est sorti.

Nous l'avons suivi le long du couloir, dans l'escalier, et de nouveau tout le long du second couloir. Pas une seule fois il n'a regardé derrière lui, pas une seule fois il n'a hésité.

Il a ouvert la porte du boudoir et est entré sans refermer derrière lui.

Comme toutes les portes de la maison, celle-ci est montée sur des charnières d'un vieux modèle. Quand on l'ouvre, il reste un intervalle entre la croisée et le chambranle. J'ai fait signe à mes deux compagnons d'épier à travers la fente, de manière à ne pas être vus. Je me suis moi-même placé de l'autre côté de la porte, légèrement en retrait. Il y avait dans le mur une sorte de niche qui me permettrait de me cacher si jamais Mr. Blake tentait de regagner le couloir.

Il s'est avancé jusqu'au milieu de la chambre, sa chandelle à la main, et a regardé à droite, puis à gauche, jamais derrière lui.

J'ai vu alors la porte de la chambre de Miss Verinder s'entrebâiller.

Miss Verinder avait éteint sa lumière. Elle se maîtrisait merveilleusement. Je ne voyais d'elle que le vague contour blanc de sa robe d'été. Personne n'aurait pu soupçonner la présence d'un être humain dans sa chambre. Dans l'obscurité, elle ne faisait aucun mouvement, aucun bruit qui pût trahir sa présence.

Il était une heure dix. J'entendais dans ce silence mortel la pluie et le vent qui soufflait dans les arbres.

Après une ou deux minutes d'hésitation au milieu de la chambre, Mr. Blake s'est dirigé vers le coin le plus proche de la fenêtre, là où se trouvait le meuble en bois des Indes.

Il a posé sa chandelle sur le haut du meuble. Il a ouvert et fermé les tiroirs les uns après les autres, jusqu'à celui où était enfermé le faux bijou. Il a regardé un instant le tiroir, puis il a saisi la pierre de sa main droite, tandis que de l'autre main il reprenait la chandelle.

Il a reculé de quelques pas vers le milieu de la pièce et est resté encore un temps indécis.

A une année de distance, il répétait exactement ce qu'il avait fait la nuit de l'anniversaire. Allait-il continuer d'agir comme l'an dernier ? Quitterait-il le boudoir ? Retournerait-il comme je le pensais dans sa chambre à coucher ? Nous montrerait-il ensuite ce qu'il avait fait du diamant ?

Le mouvement qu'il a fait ensuite, il ne l'avait pourtant pas fait la fois précédente. Il a posé son bougeoir sur la table et a marché jusqu'au fond de la pièce. Là se trouvait un sofa. Il s'est appuyé lourdement sur le dossier avec sa main gauche, puis il s'est redressé et est revenu vers le milieu du salon. Je pouvais à présent voir ses yeux. Ils étaient tristes et graves, leur éclat avait disparu.

Cette attente était intolérable pour Miss Verinder. Elle n'a pas pu se maîtriser et a fait quelques pas en avant, avant de s'arrêter. Mr. Bruff et Betteredge m'ont regardé pour la première fois. Au même moment la crainte d'une soudaine désillusion nous a traversé l'esprit.

Tant que Mr. Blake resterait où il était, tout espoir n'était pas perdu. Nous attendions, dans une inquiétude mortelle, ce qui allait suivre.

Son geste suivant a été décisif. Il a laissé tomber la pierre.

Elle était là, sur le parquet, devant la porte, aussi visible pour lui que pour chacun d'entre nous. Il n'a pas fait un mouvement pour la ramasser ; il s'est contenté de la regarder d'un air indifférent, tandis que sa tête s'affaissait sur sa poitrine. Il a marqué un temps, a reculé en titubant jusqu'au sofa et s'est assis. Il a encore fait un dernier effort pour se relever, puis s'est effondré. Sa tête est retombée sur les coussins du sofa. Il était alors une heure vingt-cinq. Avant que j'aie eu le temps de remettre ma montre dans ma poche, il dormait.

Tout était fini à présent. Nous étions dans la phase sédative. L'expérience était terminée.

Je suis entré dans le boudoir, avertissant Mr. Bruff et Betteredge qu'ils pouvaient me suivre. Mr. Blake dormait, il n'y avait plus à craindre de le déranger. Nous étions libres de remuer et de parler.

– Qu'allons-nous faire de lui ? ai-je demandé. Il ne se réveillera probablement pas avant six ou sept heures et sa chambre est loin d'ici. Quand j'étais jeune, j'avais de la force, mais aujourd'hui, je crains de ne pouvoir le transporter seul. Je vous prierai donc de m'aider.

Avant qu'ils aient eu le temps de répondre, Miss Verinder m'a appelé à voix basse. Elle s'est avancée vers moi, avec un châle et la couverture de son lit sur le bras.

– Avez-vous l'intention de le veiller pendant qu'il dort ?

– Oui, je ne suis pas assez sûr des effets que peut avoir l'opium sur lui pour le laisser seul.

Elle m'a tendu le châle et la couverture.

– Pourquoi le déranger ? a-t-elle murmuré. Qu'il reste sur le sofa. Je fermerai ma porte et resterai dans ma chambre.

C'était évidemment le moyen le plus simple et le plus sûr. J'ai fait part de cette idée à Mr. Bruff et à Betteredge qui, tous deux l'ont approuvée. En cinq minutes, je l'ai étendu confortablement sur le sofa et l'ai recouvert du châle et de la couverture. Miss Verinder nous a souhaité bonne nuit et a fermé sa porte. Comme j'en avais exprimé le désir, nous nous sommes installés tous les trois autour du guéridon placé au milieu de la pièce, sur lequel la chandelle brûlait encore, et où j'avais disposé à l'avance tout ce qu'il fallait pour écrire.

– Avant de nous séparer, ai-je commencé, j'aurais un mot à dire sur l'expérience que nous avons faite cette nuit. Je poursuivais deux buts. Le premier était de prouver que Mr. Blake était entré dans cette pièce l'an dernier et y avait pris le diamant en agissant sous l'influence de l'opium, c'est-à-dire dans un état de totale inconscience et par conséquent de complète irresponsabilité. Étant donné ce que vous avez vu, êtes-vous maintenant convaincus ?

Ils m'ont répondu par l'affirmative, sans l'ombre d'une hésitation.

– Le second, ai-je continué, était de savoir ce qu'il avait pu faire du diamant, après être sorti de la pièce, le joyau à la main, la nuit de l'anniversaire. Tout dépendait dans ce cas de la manière dont il se comporterait après avoir pris le diamant. Agirait-il exactement comme il l'avait fait l'an dernier ? Il ne l'a pas fait, et je n'ai donc pas atteint le but que je me proposais d'atteindre, mais je ne peux cependant pas vous dire que j'en sois surpris. J'ai dit à Mr. Blake que le succès de notre entreprise impliquait que soient reproduites avec exactitude les conditions matérielles et morales dans lesquelles il se trouvait l'an dernier. Je ne lui ai jamais caché les difficultés que nous rencontrerions. Nous n'avons pu, hélas ! reproduire que partiellement ces conditions et notre succès n'est qu'un succès partiel. Il se peut également que je lui aie administré une trop forte dose de laudanum. Mais je pense plutôt que la première raison que je viens d'évoquer est la seule responsable de cet échec, tout autant que du succès qui l'a précédé.

Ayant dit ces mots, j'ai mis la plume et le papier devant Mr. Bruff et lui ai demandé si, avant de nous séparer pour aller dormir, il ne voyait pas d'objection à déclarer et signer ce dont il avait été le témoin. Il a immédiatement pris la plume, a rédigé et signé cette sorte de procès-verbal avec la rapidité d'une main exercée.

– Je vous dois bien cela, m'a-t-il dit et je vous demande pardon, Mr. Jennings, d'avoir douté de vous. Vous avez rendu à Mr. Franklin Blake un service inappréciable. Comme on dit dans notre jargon, vous avez eu gain de cause.

Les excuses de Betteredge ont été tout à fait dans le ton du personnage.

– Mr. Jennings, quand vous relirez *Robinson Crusoé* – ce que je vous recommande vivement – vous verrez qu'il n'a jamais de scrupule à reconnaître qu'il s'est trompé ou qu'il a eu tort. Ayez la bonté de considérer, monsieur, que je fais comme eût fait Robinson en la circonstance.

Sur ces mots, il a signé à son tour le papier.

Comme nous nous levions, Mr. Bruff m'a pris à part.

– Encore un mot sur le diamant. Selon vous, Mr. Jennings, Franklin Blake aurait caché la Pierre de Lune dans sa chambre, n'est-ce pas ? Pour mon compte, je persiste à croire que le diamant est entre les mains des banquiers de Mr. Luker à Londres. Ne cherchons pas à savoir lequel de nous a raison. Demandons-nous plutôt qui de nous sera en mesure de prouver ce qu'il avance ?

– De mon côté, hélas, je n'ai pas été en mesure d'obtenir la preuve que je cherchais cette nuit.

– L'expérience de mon côté, ajouta Mr. Bruff, est encore à faire. Depuis deux jours, je fais surveiller les abords de la banque dans l'espoir d'une visite de Mr. Luker. Je vais continuer jusqu'à la fin du mois. Je ne doute pas que la chance nous sourie, puisqu'il doit retirer lui-même le diamant des mains des banquiers. Si la personne qui l'a engagée est en mesure de rembourser le prêt au bout de l'année écoulée, elle doit automatiquement rentrer en possession de son gage. Dans ce cas, il ne sera pas difficile de mettre la main sur ce mystérieux personnage. Et si j'y réussis, le mystère sera enfin complètement éclairci, non ?

Je l'ai admis bien volontiers.

– Je rentrerai à Londres demain matin, poursuivit l'avocat. Il se peut que j'apprenne en rentrant qu'on a découvert quelque chose et il pourrait être très important que Franklin Blake fût à proximité en cas de besoin. J'ai l'intention de lui dire, dès qu'il sera réveillé, qu'il doit retourner à Londres avec moi. Après tout ce qui s'est passé, puis-je compter sur votre influence pour me soutenir ?

– Certainement, ai-je dit.

Mr. Bruff m'a serré la main et s'est dirigé vers sa chambre. Betteredge lui a emboîté le pas.

Je suis allé jusqu'au sofa pour regarder Mr. Blake ; il n'avait pas bougé. Il était tombé dans un profond sommeil.

Tandis que je le regardais, j'ai entendu la porte de la chambre à coucher s'ouvrir doucement. Miss Verinder est apparue sur le seuil, vêtue de sa robe d'été.

– Faites-moi encore une faveur ! a-t-elle murmuré. Permettez-moi de le veiller avec vous.

J'ai hésité, non par souci des convenances, mais parce que je souhaitais qu'elle se reposât. Elle s'est alors approchée de moi et m'a pris la main.

– Je ne puis dormir, ni même rester assise dans ma chambre. Mr. Jennings, si vous étiez à ma place, pensez combien vous désireriez rester là, à le regarder. Dites-moi oui, s'il vous plaît.

J'ai accepté.

Elle s'est installée sur une chaise, au pied du sofa. Elle est restée comme en extase, jusqu'à ce que des larmes de bonheur lui emplissent les yeux. Puis elle les a essuyées, s'est levée et m'a dit qu'elle allait chercher son ouvrage. Elle l'a aussitôt rapporté, mais n'y a pas touché. Elle l'avait sur les genoux, mais elle était incapable de détacher assez longtemps ses yeux du dormeur pour enfiler son aiguille. Je pensais à ma jeunesse, et aux doux yeux qui m'avaient autrefois regardé avec amour. Le cœur serré, j'ai alors pris mon journal où je viens d'écrire ces lignes.

Ainsi nous avons veillé ensemble et en silence, l'un absorbé dans sa rédaction, l'autre dans son amour.

Il a continué de dormir. L'aube a paru. Une faible clarté blanchissait la pièce sans qu'il ait fait un mouvement.

Vers six heures, j'ai senti mes souffrances me reprendre. J'ai dû laisser Miss Verinder seule, sous le prétexte d'aller chercher un oreiller supplémentaire pour le réveil de Mr. Franklin Blake. Ma crise n'a pas duré très longtemps. J'ai pu rejoindre Miss Verinder peu de temps après.

Je l'ai trouvée à la tête du sofa. Elle effleurait de ses lèvres le front du dormeur. Je lui ai fait signe aussi gentiment que possible de revenir à sa place. Elle m'a regardé avec un sourire épanoui, le visage délicieusement coloré.

– A ma place, vous en auriez fait autant ! a-t-elle murmuré.

Il est exactement huit heures. Il vient de remuer pour la première fois.

Miss Verinder s'est agenouillée à côté du sofa, de manière à ce qu'il la voie, dès que ses yeux s'ouvriront.

Les laisserai-je seuls tous deux ?

Oui !

(Onze heures.) – La maison est vide de nouveau. Ils n'ont pas mis longtemps à se mettre d'accord. A dix heures ce matin, ils reprenaient tous le train pour Londres.

Ce court moment de bonheur est terminé. Me voici revenu aux réalités de ma solitude et de ma pénible vie solitaire.

Je n'ose confier à ce cahier toutes les paroles de bonté et de vive reconnaissance que m'ont particulièrement adressées Miss Verinder et Mr. Blake. C'est inutile. Je saurai me les remémorer dans mes heures de misère ; elles m'aideront dans les derniers jours qu'il me reste à vivre.

Mr. Blake doit m'écrire pour m'informer de ce qui se passe à Londres. Miss Verinder reviendra avec lui dans le Yorkshire à l'automne (pour un mariage sans doute !). J'ai promis de prendre des vacances et d'être leur hôte à ce moment-là. Je devine alors avec quelle joie elle me regardera. Je lirai la reconnaissance dans ses yeux et sentirai la chaude pression de sa main quand elle me dira : « C'est votre œuvre ! »

Mes pauvres malades m'attendent. Revenons ce matin à la vieille routine ! Revenons à la nuit, aux atroces douleurs et à l'opium !

Que Dieu soit loué ! Un petit rayon de soleil a éclairé ma vie. J'ai eu quelques heures de bonheur.

V

SUITE DE L'HISTOIRE,
PAR FRANKLIN BLAKE

Il me reste quelques mots à ajouter pour compléter le journal d'Ezra Jennings.

Je me réveillai le 26 juin, au matin, dans la plus parfaite ignorance de ce que j'avais dit ou fait sous l'influence de l'opium, entre le moment où la drogue me fut administrée et celui où j'ouvris les yeux dans le petit salon de ma cousine.

Je ne m'étendrai pas sur ce qui arriva après mon réveil. Me bornant aux faits essentiels, je dirai que Rachel et moi nous nous étions parfaitement compris sans qu'il eût été besoin de longues explications. Pas davantage que Rachel, je ne saurais expliquer l'extraordinaire rapidité de notre réconciliation. Le lecteur n'a qu'à se reporter aux périodes de sa vie où il fut lui-même le plus passionnément épris pour comprendre ce qui arriva quand Ezra Jennings eut fermé la porte et nous eut laissés seuls.

Je dois cependant ajouter que nous n'aurions pas manqué d'être surpris par Mrs. Merridew sans la présence d'esprit de Rachel. Elle entendit le bruit de la robe de la vieille dame dans le couloir ; instantanément, elle sortit à sa rencontre. J'entendis Mrs. Merridew demander : « Que se passe-t-il ? » et Rachel lui répondre : « L'explosion ! » Mrs. Merridew se laissa aussitôt prendre par le bras et conduire dans le jardin, hors de portée de l'imminente déflagration. En rentrant dans la maison, la vieille dame me trouva dans le hall, et déclara qu'elle était fortement impressionnée par les grands progrès qu'avait faits la science depuis l'époque où elle était écolière.

– Les explosions, Mr. Blake, sont infiniment moins violentes qu'elles ne l'étaient jadis. Je vous assure que j'ai à peine entendu celle de Mr. Jennings, du jardin où je me trouvais. Et, à présent que nous voilà rentrées dans la maison, pas la moindre odeur décelable ! Je dois vraiment des excuses à votre ami, le médecin. Ce n'est que justice de reconnaître qu'il a manœuvré très habilement !

C'est ainsi qu'après avoir conquis Betteredge et Mr. Bruff, Ezra Jennings conquit Mrs. Merridew elle-même.

Pendant le déjeuner, Mr. Bruff me fit immédiatement part des raisons pour lesquelles il souhaitait me voir l'accompagner à Londres par le train du matin. La surveillance organisée autour de la banque et toutes les conséquences qui pouvaient en découler excitèrent la curiosité de Rachel au plus haut point. Elle demanda même à Mrs. Merridew de nous suivre, de manière à connaître plus vite le résultat des opérations.

Mrs. Merridew se montra pleine de souplesse et d'indulgence, encore sous l'impression favorable qu'avait produite sur elle la discrétion de l'explosion. Betteredge fut par conséquent informé que, tous les quatre, nous partirions par le train du matin. Je m'attendais à ce qu'il nous demandât l'autorisation de se joindre à nous. Mais Rachel avait eu la prévoyance de charger son fidèle serviteur d'une occupation qui l'intéressait : on lui confiait la tâche de continuer la remise en état de la maison, et il était trop conscient de ses responsabilités domestiques pour ressentir les atteintes de la fièvre détective qui n'aurait pas manqué de le saisir en toute autre circonstance.

Notre seul regret fut de quitter Mr. Jennings plus vite que nous ne l'aurions voulu. Impossible de le persuader de se joindre à nous. Je ne pus que lui promettre de lui écrire, et Rachel dut insister pour qu'il vînt la voir dès qu'elle serait de retour dans le Yorkshire. Nous avions ainsi l'espoir de nous retrouver quelques mois plus tard. C'est pourtant avec une infinie tristesse que nous dûmes abandonner notre meilleur et très cher ami sur le quai de la gare, tandis que le train s'ébranlait.

A notre arrivée à Londres, Mr. Bruff fut accosté au terminus par un jeune garçon, vêtu d'une jaquette et d'une culotte noires râpées, dont le visage était rempli par deux gros yeux protubérants, des yeux tellement exorbités et qui se déplaçaient si vite que l'on s'étonnait qu'ils pussent rester dans leurs orbites. Après avoir écouté l'enfant, Mr. Bruff pria les dames de nous excuser si nous les laissions se rendre seules jusqu'à Portland Place.

A peine eus-je le temps de promettre à Rachel que j'allais bientôt revenir lui raconter tout ce qui s'était passé, que Mr. Bruff me saisit par le bras et me poussa dans un fiacre. L'enfant aux yeux protubérants monta sur le siège, à côté du cocher, et nous prîmes la direction de Lombard Street.

– Des nouvelles de la banque? demandai-je dès que la voiture démarra.

– Des nouvelles de Mr. Luker, dit Mr. Bruff. Il y a une heure, on l'a vu sortir de sa maison de Lambeth et monter dans un fiacre, en compagnie de deux personnes que mes hommes ont identifié comme étant des policiers en civil. Si Mr. Luker se protège de la sorte par peur des Hindous, il y a tout lieu de croire qu'il se rend à la banque pour récupérer la Pierre de Lune.

– Nous allons donc à la banque voir ce qui s'y passe?

– Oui, ou pour apprendre ce qui s'y est passé, si nous arrivons trop tard. Avez-vous remarqué mon garçon?

– J'ai remarqué ses yeux.

Mr. Bruff éclata de rire.

– Au bureau, dit-il, on a surnommé le pauvre enfant Groseille. Je l'emploie pour faire les courses et je souhaiterais souvent voir mes clercs aussi dociles et futés que lui. En dépit de ses yeux, Groseille est un des gamins les plus rusés de Londres, Mr. Blake.

Il était cinq heures moins vingt-cinq quand nous arrivâmes devant la banque, dans Lombard Street. En ouvrant la porte du fiacre, Groseille fixa son maître avec insistance.

– Tu veux venir? lui demanda aimablement Mr. Bruff. Viens donc et ne nous quitte pas jusqu'à nouvel ordre. Il est rapide comme l'éclair, ajouta-t-il à mon intention en baissant la voix. Avec Groseille, deux mots suffisent, là où il en faudrait vingt avec n'importe quel gamin.

Nous sommes entrés dans la banque. Le hall était plein de monde; chacun attendait son tour pour retirer ou déposer de l'argent avant la fermeture des guichets, à cinq heures précises.

A la vue de Mr. Bruff, deux hommes se détachèrent de la foule et s'avancèrent vers nous.

– Eh bien ? leur demanda l'avocat. L'avez-vous vu ?

– Il est passé ici devant nous, il y a une demi-heure, monsieur. Il s'est dirigé vers le bureau du directeur.

– Il n'en est pas encore sorti ?

– Non monsieur.

Mr. Bruff se tourna vers moi.

– Attendons, dit-il.

Je regardai autour de moi. Pas la moindre trace des Hindous. La seule personne dont le teint rappelât à la rigueur celui des Orientaux était un homme de haute taille en veste de pilote et chapeau rond, qui ressemblait à un marin. Était-ce l'un d'eux sous un déguisement ? Impossible ! L'homme était plus grand que chacun des trois Hindous et son visage, aux endroits qui n'étaient pas couverts d'une épaisse barbe noire, était deux fois plus large que celui des Asiatiques.

– Ils doivent avoir des espions partout, dit Mr. Bruff, en regardant à son tour le marin. En voici peut-être un.

Avant qu'il ait pu en dire davantage, il sentit qu'on tirait respectueusement sur le pan de sa jaquette. C'était le jeune garçon aux yeux en groseilles qui lui désignait quelqu'un. Mr. Bruff suivit son regard.

– Hush ! dit-il. Voici Mr. Luker !

Le prêteur sortait des bureaux privés de la banque, suivi de ses deux gardes du corps en civil.

– Ayez l'œil sur lui, chuchota Mr. Bruff. S'il doit passer le diamant à quelqu'un, c'est ici qu'il le fera.

Sans le moins du monde nous prêter attention, Mr. Luker se dirigea lentement vers la porte, circulant tantôt en pleine cohue, tantôt dans la partie plus dégagée du hall. Je vis distinctement sa main bouger quand il passa près d'un homme solide mais de petite taille, convenablement vêtu d'un complet gris. L'homme s'arrêta un moment et le suivit du regard. Mr. Luker avança lentement à travers la foule. A la porte, ses gardiens se placèrent de chaque côté de lui. Ils étaient tous les trois suivis par l'un des hommes de Mr. Bruff. Puis je les perdis de vue.

Je me tournai vers l'avocat, et lui désignai du regard l'homme au complet gris.

– Oui ! murmura Mr. Bruff. Je l'ai vu aussi.

Il se tourna alors pour faire signe à son acolyte, mais celui-ci avait disparu. Il voulut alors appeler Groseille : disparu lui aussi.

– Que le diable les emporte ! lança Mr. Bruff furieux. Ils nous lâchent au moment précis où nous avons le plus besoin d'eux.

C'était au tour de l'homme en gris d'être appelé à la caisse. Il déposa un chèque en échange duquel on lui remit un reçu, puis se dirigea vers la sortie.

– Que faire ? demanda Mr. Bruff. Nous ne pouvons tout de même pas nous abaisser à le suivre.

– Moi je peux, dis-je. Je ne le perdrai pas de vue.

– Dans ce cas, je vous suis. Belle occupation pour un homme dans ma position, grommela-t-il, tandis que nous sortions de la banque sur les pas de l'inconnu. Pour l'amour du ciel, n'en parlez jamais. Je serais perdu si cela venait à se savoir.

L'homme en gris monta dans un omnibus qui allait vers l'ouest. Nous grimpâmes derrière lui. Il y avait encore chez Mr. Bruff des réserves de jeunesse, car, je peux vous l'assurer, comme il s'asseyait dans l'omnibus, je le vis rosir de plaisir. L'homme descendit dans Oxford Street, où nous continuâmes notre filature. Il entra dans la boutique d'un pharmacien.

Mr. Bruff lâcha une exclamation de surprise.

– Mon pharmacien ! Je crains bien que nous n'ayons perdu notre temps.

Nous entrâmes dans la pharmacie. Mr. Bruff et le pharmacien échangèrent quelques mots en particulier. L'avocat me rejoignit la tête basse.

– Ah ! c'est tout à notre honneur, vraiment ! dit-il en me prenant le bras et en m'entraînant vers la porte. Tout à fait réconfortant !

– Qu'est-ce qui nous fait honneur ? demandai-je.

– Mr. Blake, à nous deux nous formons le pire couple de détectives amateurs qui soient. L'homme en gris est depuis trente ans au service du pharmacien. Il était allé déposer de l'argent à la banque pour le compte de son patron, et il n'est pas plus renseigné sur la Pierre de Lune qu'un enfant qui vient de naître.

– Que reste-t-il à faire ? demandai-je.

– Retourner à mon bureau, dit Mr. Bruff. Groseille et mon second guetteur ont évidemment suivi quelqu'un d'autre. Espérons qu'eux n'ont pas perdu leur temps comme nous.

Quand nous parvînmes à Gray's Inn Square, le second guetteur était déjà là. Il nous attendait depuis plus d'un quart d'heure.

– Eh bien, demanda Mr. Bruff, quelles nouvelles ?

– Je me suis trompé, monsieur, répondit l'homme. Je le regrette. J'aurais juré avoir vu Mr. Luker passer quelque chose à un vieux monsieur en vêtement clair. Or ce vieux monsieur est connu comme l'un des plus respectables quincailliers d'Eastcheap.

– Et Groseille ? demanda Mr. Bruff d'un air résigné.

L'homme prit une expression perplexe.

– Je ne sais pas, monsieur. Je ne l'ai pas revu après être sorti de la banque.

Mr. Bruff congédia l'homme.

– De deux choses l'une, me dit-il. Ou bien Groseille a pris la clef des champs, ou bien il s'est lancé sur une autre piste. Que diriez-vous de dîner ici en attendant que le gamin revienne ? J'ai un excellent vin dans la cave et nous pouvons trouver des côtelettes au restaurant voisin.

Nous dînâmes dans l'appartement de Mr. Bruff. La nappe n'était pas encore enlevée qu'on annonça une personne désireuse de parler à l'avocat. Était-ce Groseille ? Non. Simplement l'homme qui avait pris Mr. Luker en filature à la sortie de la banque.

Son rapport ne présentait aucun intérêt. Mr. Luker était retourné chez lui et s'était séparé des deux hommes qui l'escortaient. Il n'était plus sorti ensuite. Vers le soir, les volets de fer avaient été rabattus et les portes barricadées. La rue devant la maison et l'allée qui la longeait par-derrière étaient surveillées. Les Hindous ne s'étaient pas montrés. Personne n'avait rôdé aux alentours. Ayant fait son rapport, l'homme attendit de nouvelles instructions. Mr. Bruff le renvoya jusqu'au lendemain.

– Croyez-vous que Mr. Luker a emporté chez lui la Pierre de Lune ? demandai-je.

– Non, dit Mr. Bruff. Il n'eût pas congédié les deux policiers s'il avait pris le risque de reprendre le diamant chez lui.

Nous attendîmes encore une demi-heure sans voir arriver le garçon. Il était l'heure pour Mr. Bruff de rentrer à Hampstead et pour moi de retourner voir Rachel à Portland Place. Je laissai ma carte à son concierge avec un mot expliquant à Groseille que, si jamais il rentrait, il pourrait me trouver chez moi à partir de dix heures et demie du soir.

Certains hommes ont le talent d'être exacts à leurs rendez-vous, d'autres celui de les manquer ; je suis de ces derniers. Circonstance aggravante : je passai la soirée à Portland Place, assis sur le même divan que Rachel, dans une chambre de quarante pieds de long, avec Mrs. Merridew à l'autre bout. Qui peut s'étonner alors, à part quelqu'un incapable d'éprouver le moindre sentiment – plaise à Dieu que je ne croise jamais pour ma part le chemin d'une telle personne – que je ne sois rentré qu'à minuit et demie, au lieu de dix heures et demie ?

Mon valet me remit un morceau de papier. Je lus ces mots écrits d'une écriture nette et précise : *Pardon, monsieur, j'ai sommeil ; je reviendrai demain matin entre neuf et dix.* Mon domestique m'informa qu'un jeune garçon avec des yeux très extraordinaires s'était présenté avec ma carte et le message qu'elle contenait, avait ensuite attendu une heure, puis, ayant écrit un mot pour moi, s'en était retourné chez lui, après avoir gravement prévenu le valet de chambre qu'« il n'était bon à rien s'il n'avait pas eu une bonne nuit de sommeil ».

A neuf heures, le lendemain, j'étais prêt à recevoir mon visiteur. A neuf heures et demie, j'entendis des pas derrière ma porte.

– Entre, Groseille, appelai-je.

– Merci, monsieur, répondit une voix grave et mélancolique.

La porte s'ouvrit. Je me levai brusquement. En face de moi se trouvait le sergent Cuff !

– Je me suis dis que je passerais, Mr. Blake, au cas où vous auriez été en ville, avant d'écrire dans le Yorkshire, dit le sergent.

Il était aussi maigre et avait l'air aussi sinistre que par le passé. Dans ses yeux se lisait toujours cette incroyable faculté (si subtilement soulignée dans le récit de Betteredge) de « vous regarder comme s'il espérait en apprendre plus long que vous n'en saviez vous-même ». Mais, comme il est bien vrai que l'habit fait le moine, l'illustre Cuff était désormais un tout autre homme. Il portait un chapeau blanc à larges bords, une légère veste de chasse, des pantalons blancs et des guêtres brunes. Il semblait mettre toute son application à ressembler à un homme qui, toute sa vie, a vécu à la campagne. Lorsque je le complimentai sur sa métamorphose, il n'y vit pas l'ombre d'une plaisanterie. Il se plaignit très sérieusement des bruits et des odeurs de Londres. Et je ne jurerais pas qu'il ne s'exprimait pas avec un léger accent paysan ! Je lui offris de déjeuner ; le rustique s'en montra fort surpris. Il déjeunait lui, d'ordinaire, à six heures et demie du matin et se couchait avec les poules !

– Je ne suis revenu d'Irlande que hier soir, dit le sergent, abordant l'objet de sa visite de cette manière déconcertante qui était toujours la sienne. Avant de me mettre au lit, j'ai lu votre lettre m'apprenant tout ce qui s'était passé depuis la fin de mes recherches. Je sais maintenant que je me suis complètement trompé. Ce n'est pas la première erreur de ma carrière, Mr. Blake ! Il n'y a que dans les livres que les détectives ne se trompent jamais.

– Vous arrivez au bon moment pour refaire votre réputation, sergent Cuff.

– Je vous demande pardon, Mr. Blake, reprit le sergent. Maintenant que je suis retiré des affaires, je ne me soucie plus de ma réputation. J'ai été à la hauteur plus souvent qu'à mon tour, Dieu merci ! Si je suis ici aujourd'hui, c'est uniquement en souvenir de la générosité de feu lady Verinder. Si vous avez besoin de moi, je reprendrai mon vieux métier pour cette seule et unique raison, pour aucune autre. Qu'il ne soit pas question d'argent entre nous, s'il vous plaît. Dette d'honneur. Maintenant, dites-moi, Mr. Blake, où en est l'affaire depuis que vous m'avez écrit ?

Je lui relatai l'expérience de l'opium et lui fis part de ce qui s'était passé à la banque de Lombard Street. L'expérience d'Ezra Jennings l'impressionna vivement, car il n'avait jamais rien entendu de tel. Il s'intéressa surtout aux hypothèses de l'assistant du docteur concernant ce que j'avais pu faire de la Pierre de Lune, après avoir quitté le boudoir de Rachel, la nuit de l'anniversaire.

– Je ne suis pas d'accord avec Mr. Jennings quand il dit que vous avez caché la Pierre de Lune dans votre chambre, dit le sergent, mais en revanche, je pense comme lui que vous l'y avez effectivement rapportée.

– D'accord, mais que s'est-il passé ensuite ?

– Vous n'en avez pas vous-même la moindre idée, monsieur ?

– Pas la moindre.

– Et Mr. Bruff ?

– Il n'en sait pas plus que moi.

Le sergent Cuff se leva et se dirigea vers mon bureau. Il en revint avec une enveloppe cachetée. Elle m'était adressée et portait dans un coin la mention « Confidentielle » avec, au-dessous, la signature du sergent.

– J'ai fait une erreur l'an dernier, je peux en faire une autre cette année, dit-il. Attendez pour ouvrir l'enveloppe de connaître la vérité. Vous comparerez alors le nom du coupable avec celui que vous trouverez inscrit dans cette enveloppe.

Je mis la lettre dans ma poche et demandai l'opinion du sergent sur la manière dont nous avions procédé à la banque.

– Il me semble que vous avez fait ce qu'il convenait. Mais, outre Mr. Luker, il y avait une autre personne qui aurait dû être surveillée.

– Celui dont le nom est inscrit dans la lettre que vous m'avez remise ?

– Parfaitement, Mr. Blake, la personne nommée dans cette lettre. J'aurai une proposition à vous soumettre, à vous et à Mr. Bruff, quand le moment sera venu. Mais attendons et voyons d'abord si le garçon n'a rien d'intéressant à vous communiquer.

Il était dix heures, et ce dernier n'avait pas encore paru. Le sergent Cuff se mit à parler de choses et d'autres. Il me demanda des nouvelles de son vieil ami Betteredge et de son cher ennemi le jardinier. Il en serait rapidement venu à son sujet favori, la culture des roses, si le valet ne nous avait interrompus pour nous annoncer l'arrivée de Groseille.

En entrant, le garçon s'arrêta sur le seuil et regarda d'un air méfiant l'étranger qui se trouvait là. Je lui fis signe d'avancer.

– Tu peux parler devant ce gentleman. Il est ici pour nous aider et il connaît l'affaire d'un bout à l'autre. Sergent Cuff, ajoutai-je, voici le garçon dont je vous ai déjà dit deux mots.

Dans notre civilisation moderne, la célébrité est un levier puissant. La réputation du sergent Cuff était parvenue jusqu'aux oreilles du petit Groseille qui, en entendant le nom de l'illustre détective, roula de si gros yeux que je craignis de les voir tomber sur le tapis.

– Viens ici mon garçon, dit le sergent, et raconte-nous tout ce que tu sais.

L'invitation de l'illustre Cuff – héros de tant d'histoires fameuses – sembla émerveiller l'enfant. Il se plaça en face du sergent et mit les mains derrière son dos, à la manière d'un néophyte qui subit son premier examen de catéchisme.

– Quel est ton nom ? demanda le sergent.

– Octavius Guy, répondit l'enfant. A l'étude de Mr. Bruff, à cause de mes yeux, on m'appelle Groseille.

– Octavius, autrement dit Groseille, reprit le sergent avec gravité, où es-tu allé hier en quittant la banque ?

– J'ai suivi un homme, monsieur.

– Quel homme ?

– Un homme de petite taille, barbu et habillé en marin.

– Je me rappelle très bien cet individu, interrompis-je. Mr. Bruff et moi l'avons pris pour un espion des Hindous.

Le sergent Cuff ne parut pas impressionné par ce que nous avions pu penser, Mr. Bruff et moi. Il continua d'interroger Groseille.

– Fort bien. Et pourquoi as-tu suivi le marin ?

– Mr. Bruff désirait savoir si Mr. Luker allait passer quelque chose à quelqu'un en sortant de la banque. J'ai vu Mr. Luker donner un objet au marin à la barbe noire.

– Pourquoi ne l'as-tu pas dit à Mr. Bruff ?

– Je n'en ai pas eu le temps. Le marin a décampé en vitesse.

– Et tu as couru derrière lui ?

– Oui, monsieur.

– Groseille, dit le sergent en lui tapotant sur la tête, tu as quelque chose dans ton petit cerveau et ce n'est pas du coton ! Je suis content de toi jusqu'ici.

Le garçon rougit de plaisir. Le sergent Cuff reprit :

– Qu'a fait le marin une fois dans la rue ?

– Il a appelé un fiacre, monsieur.

– Et qu'as-tu fait ?

– Je me suis accroché derrière.

Avant que le sergent eût eu seulement le temps de poser sa question suivante, un autre visiteur était annoncé : le premier clerc de l'étude de Mr. Bruff.

Pour ne pas interrompre l'interrogatoire du garçon, je reçus le clerc dans la pièce voisine. Il m'apportait de mauvaises nouvelles de son patron. L'agitation et l'excitation nerveuse de ces derniers jours avaient fortement éprouvé Mr. Bruff, qui avait eu une attaque de goutte. L'avocat avait dû rester chez lui à Hampstead. Dans la situation critique où nous nous trouvions, il était désolé de m'abandonner à mon sort et de me priver de l'avis et de l'assistance d'une personne expérimentée. Le premier clerc avait reçu l'ordre de se mettre à ma disposition et se montrait désireux de faire tout son possible pour remplacer Mr. Bruff.

J'écrivis immédiatement un mot pour tranquilliser le vieux gentleman et lui appris la visite du sergent Cuff. J'ajoutai qu'à l'heure même où je lui écrivais, Groseille était en train de rendre compte de ses faits et gestes au sergent. Je promis à Mr. Bruff de l'informer personnellement ou par écrit de ce qui arriverait dans la journée. Ayant envoyé le clerc porter ma lettre à Hampstead, je retournai dans mon bureau au moment même où le sergent Cuff se disposait à sonner mon valet.

– Excusez-moi, Mr. Blake, dit le sergent. Je voulais justement vous dire que j'avais besoin de vous parler. A mon avis, ce précieux gamin (disant ces mots, il tapota de nouveau sur la tête de l'enfant) a suivi l'homme qui nous intéresse. Votre absence de chez vous, hier à dix heures et demie du soir, nous a fait perdre un temps précieux. La seule chose à faire maintenant, c'est d'envoyer chercher un fiacre.

Cinq minutes plus tard, le sergent Cuff et moi (avec Groseille sur le siège pour guider le cocher) roulions en direction de l'est, vers la City.

– Dans quelques années, dit le sergent, en indiquant le devant du véhicule, ce garçon-là se fera un nom dans mon ancien métier. Il est certainement l'enfant le plus vif et le plus intelligent que j'aie jamais rencontré. Écoutez ce qu'il m'a dit, Mr. Blake, quand nous étions seuls dans votre chambre. Vous étiez présent, je pense, quand il m'a expliqué comment il avait suivi l'individu en s'accrochant derrière le fiacre ?

– Oui.

– Eh bien, monsieur, le fiacre est allé de Lombard Street à Tower Wharf. Le marin à la barbe noire s'est arrêté là et a abordé l'un des stewards du vapeur en partance pour Rotterdam le lendemain matin. Il a demandé s'il pouvait monter à bord et passer la nuit dans son hamac. Le steward a refusé. Les cabines, les hamacs et les lits devaient être complètement nettoyés dans la soirée et aucun passager ne pourrait monter à bord avant le lendemain. Le marin erra çà et là et quitta le quai. Comme il s'était engagé dans une rue, le garçon a remarqué pour la première fois un homme habillé comme un respectable ouvrier qui marchait sur le trottoir opposé et surveillait apparemment le marin. Celui-ci s'est arrêté devant une auberge où il est entré. A ce moment-là, ne sachant trop quoi faire, notre garçon s'est mêlé à une bande d'autres gamins qui salivaient devant les mets appétissants exposés derrière les vitres de l'auberge. Il a alors remarqué que l'ouvrier attendait comme il le faisait lui-même, toujours sur le trottoir d'en face. Une minute plus tard, un fiacre est passé lentement et s'est arrêté devant l'ouvrier. Le garçon a vu distinctement une personne se pencher à la portière pour parler à l'inconnu. Il m'a décrit cette personne sans même que je l'y invite. Elle avait tout l'air d'un Hindou.

Il était donc clair que Mr. Bruff et moi avions commis une autre erreur. Le marin barbu n'était évidemment pas un espion au service des Hindous. Était-ce l'homme qui était en possession du diamant ?

– Un peu plus tard, reprit le sergent, le fiacre s'est ébranlé et a redescendu la rue. L'ouvrier a traversé celle-ci et a pénétré dans l'auberge. Le garçon est resté là jusqu'à être gagné par la fatigue et la faim. Alors, il est entré à son tour dans l'auberge. Il avait un shilling en poche, avec lequel il a dîné somptueusement, m'a-t-il précisé, d'un boudin, d'un pâté aux anguilles et d'une bouteille de ginger ale.

– Qu'a-t-il vu dans l'auberge ? demandai-je.

– Eh bien, Mr. Blake, il a aperçu le marin qui lisait les journaux à une table et l'ouvrier qui faisait la même chose un peu plus loin. Il faisait déjà nuit quand le marin s'est levé et a quitté sa place. Une fois dans la rue, il a jeté autour de lui des regards soupçonneux. Le garçon – précisément parce que c'est un garçon – est passé inaperçu. Quant à l'ouvrier, il n'était pas encore sorti. Le marin a fait quelques pas, guère fixé visiblement sur ce qu'il allait faire. L'ouvrier, qui avait fini par sortir, a retraversé jusqu'au trottoir d'en face. Le marin a marché jusqu'à Shore Lane, puis s'est engagé dans Lower Thames Street. Il s'est arrêté devant un cabaret à l'enseigne de *La Roue de la Fortune* et, après avoir examiné les alentours, il est entré. Groseille lui a emboîté le pas. Au bar étaient assis des gens à l'air convenable. *La Roue de la Fortune* est une respectable maison, Mr. Blake, fameuse pour sa bière brune et son pâté de porc.

Les digressions du sergent m'irritaient. Il s'en aperçut et reprit en se bornant strictement à la déposition de Groseille.

– Le marin a demandé s'il pouvait avoir un lit. Le patron a répondu : « Non, ils sont tous occupés. » La serveuse a rectifié : « Le numéro 10 est libre. » On appela donc un serveur pour conduire le marin au numéro 10. Un peu plus tôt, Groseille avait vu apparaître l'ouvrier parmi les clients du bar. Avant même que le serveur eût répondu à l'appel de son patron, l'ouvrier avait disparu. Hésitant sur la marche à suivre, Groseille a eu la sagesse d'attendre pour voir s'il allait se passer quelque chose. Et il s'est effectivement passé quelque chose. Le patron a été appelé. On a entendu des cris dans l'escalier, puis l'ouvrier a reparu, tenu au collet par le patron et, au grand étonnement de Groseille, manifestement ivre. Le patron l'a mis à la porte et l'a menacé d'appeler la police s'il revenait. Il ressortait de tout cela que l'homme avait été découvert au numéro 10 et avait déclaré avec l'obstination propre aux ivrognes, que cette chambre était la sienne, qu'il l'avait bel et bien retenue. Groseille a été si frappé de cette brutale intoxication chez un homme à jeun et parfaitement normal quelques instants plus tôt, qu'il n'a pu s'empêcher de se précipiter dans la rue pour suivre l'ouvrier. Aussi longtemps qu'on pouvait le voir du cabaret, l'homme a conservé une démarche titubante. Mais à peine avait-il tourné le coin de la rue, qu'il a repris instantanément son équilibre et paru retrouver la sobriété qui sied à une personne convenable. Groseille est retourné à *La Roue de la Fortune* dans un singulier état d'esprit. Il a attendu encore dans l'espoir d'en apprendre plus. Mais il ne s'est plus rien produit. On n'a plus entendu parler du marin qui, du reste, ne s'est plus montré. Groseille a donc décidé de rentrer à l'étude. Juste au moment où il venait de prendre cette décision, il a de nouveau aperçu l'ouvrier sur le trottoir. L'homme avait les yeux fixés sur une fenêtre en haut du cabaret, la seule qui fût encore éclairée. La lumière semblant l'avoir rassuré, il est reparti. Le garçon, après s'être rendu à Gray's Inn, a cherché à vous atteindre chez vous hier soir mais ne vous y a pas trouvé. Voilà, Mr. Blake, vous savez tout.

– Quelle est votre opinion sur tout cela, sergent ?

– Je pense que c'est sérieux. A en juger par ce qu'a vu le garçon, les Hindous s'occupent de notre affaire.

– Oui. Et ce marin est de toute évidence la personne à qui Mr. Luker a confié le diamant. Il semble bizarre que Mr. Bruff et moi nous soyons trompés à ce point sur celui que nous cherchions.

– Pas du tout, Mr. Blake. Étant donné le risque que la personne courait, il est assez vraisemblable que Mr. Luker ait cherché à vous égarer en se mettant de mèche, à l'avance, avec d'autres individus.

– Comprenez-vous ce qui s'est passé au cabaret ? demandai-je. L'homme habillé en ouvrier agissait certainement pour le compte des Hindous, mais je suis, comme Groseille, très embarrassé par cette brusque ivresse.

– Je crois pouvoir vous expliquer ce que cela signifie, monsieur, dit le sergent. Si vous réfléchissez, vous comprendrez que l'homme avait reçu des Hindous des instructions formelles. Trop reconnaissables pour risquer de se montrer à la banque ou au cabaret, ils ont été obligés de se faire remplacer par un homme de confiance. Celui-ci a entendu quel numéro de chambre on avait attribué au marin dans le cabaret, celle également (à moins que nous nous trompions complètement) où le diamant devait se trouver cette nuit-là. Les Hindous avaient certainement insisté pour obtenir une description de la pièce, de sa position dans la maison, des possibilités d'y arriver, etc. Que pouvait faire leur mandataire, avec des ordres aussi précis ? Il s'est précipité dans l'escalier pour voir la chambre avant l'arrivée du marin. On l'a découvert là, procédant à l'examen des lieux. Il a feint d'être ivre, jugeant que c'était le meilleur moyen de se tirer d'affaire. Voici comment j'explique l'énigme. En sortant du cabaret, il est sans doute allé faire son rapport à ses employeurs. Ceux-ci l'ont renvoyé s'assurer que le marin était bien installé au cabaret jusqu'au lendemain matin. Quant à ce qui est arrivé à *La Roue de la Fortune* après le départ du garçon, il aurait fallu nous occuper de le découvrir cette nuit. Il est onze heures du matin, à présent. Nous n'avons plus qu'à espérer et à tenter d'apprendre ce que nous pouvons.

Un quart d'heure plus tard, le fiacre s'arrêta dans Shore Lane, et Groseille ouvrit la portière pour nous laisser descendre.

– Tout va bien ? demanda le sergent.

– Tout va bien, répondit le garçon.

Dès que nous eûmes pénétré à *La Roue de la Fortune*, il fut clair, même pour des yeux inexpérimentés comme les miens, qu'un grave incident s'était produit dans la maison.

La seule personne qui se tenait derrière le comptoir où l'on servait les alcools était une fille de salle ahurie, tout à fait novice dans le métier. Un ou deux clients, qui attendaient leur consommation matinale, frappaient impatiemment le comptoir avec une pièce de monnaie. La serveuse parut, surgissant des profondeurs de l'arrière-boutique, l'air excité et préoccupé. Elle répondit sèchement au sergent Cuff que son patron se trouvait à l'étage et ne pouvait être dérangé par personne.

– Accompagnez-moi, dit le sergent Cuff avec calme en ouvrant la marche et en faisant également signe à Groseille de nous suivre.

La serveuse, qui avait l'air totalement désorientée, appela son patron en le prévenant de l'arrivée d'étrangers. Nous le rencontrâmes au premier étage, qui descendait les escaliers quatre à quatre, furieux de constater notre intrusion.

– Qui diable êtes-vous et que venez-vous faire ici ?

– Calmez-vous, répondit tranquillement le policier. Je suis le sergent Cuff.

Instantanément, le nom de l'illustre détective produisit son effet. Le patron ouvrit la porte d'un salon et s'excusa auprès du sergent.

– Monsieur, je suis fort ennuyé, dit-il. Un événement très désagréable est arrivé ce matin chez moi. Dans ma profession, les occasions de perdre son sang-froid sont bien nombreuses…

– Je n'en doute pas, dit le sergent. Je vous dirai immédiatement, si vous le permettez, ce qui nous amène ici. Ce gentleman et moi venons vous poser quelques questions à propos d'une affaire qui nous intéresse.

– A quel sujet, monsieur ? demanda le patron.

– Au sujet d'un homme brun, habillé en marin, qui a passé la nuit chez vous.

– Grand dieu ! C'est à cause de lui que toute la maison est bouleversée en ce moment, s'écria le patron. Vous ou le gentleman qui vous accompagne savez donc qui il est ?

– Nous n'en serons certains que lorsque nous l'aurons vu, répondit le sergent.

– Lorsque vous l'aurez vu ? répéta le patron. Le voir est bien ce que nous désirons depuis sept heures ce matin. Il avait demandé à être réveillé à cette heure-là. On a donc frappé chez lui, mais il n'a donné aucune réponse et n'a pas ouvert ! On a essayé de nouveau vers huit heures. En vain ! Impossible d'ouvrir la porte et la chambre est restée silencieuse ! J'étais moi-même sorti et ne suis rentré que depuis un quart d'heure. J'ai tambouriné à la porte sans résultat. Le garçon du bar est allé chercher un menuisier. Si vous pouvez attendre quelques minutes, messieurs, la porte va être ouverte et nous saurons de quoi il retourne.

– Cet homme était-il ivre, hier soir ? demanda le sergent Cuff.

– Pas du tout. Sans quoi, je ne l'aurais pas laissé dormir chez moi.

– A-t-il payé sa chambre d'avance ?

– Non.

– Peut-on sortir de la pièce autrement que par la porte ?

– Elle est mansardée, dit le patron. Mais il y a une fenêtre à tabatière dans le plafond d'où l'on peut monter sur le toit, puis descendre dans la rue par une maison vide, actuellement en travaux, située un peu plus loin. Croyez-vous, sergent, que le drôle soit ainsi parti, sans payer ?

– Un marin, dit le sergent Cuff, en est bien capable, le matin, de bonne heure, quand il y a peu d'activité dans la rue. Il a l'habitude de grimper aux mâts et peut circuler facilement sur les toits des maisons.

Comme il parlait, le menuisier fut annoncé. Nous montâmes tous ensemble. Je remarquai que le sergent était d'une gravité inaccoutumée. Je trouvai également bizarre qu'il dît au garçon, après l'avoir d'abord encouragé à nous suivre, d'attendre son retour dans une pièce du rez-de-chaussée.

Le marteau et le ciseau du menuisier eurent raison en cinq minutes de la résistance de la porte. Un meuble avait été placé derrière en guise de barricade. Nous écartâmes l'obstacle, et il nous fut ainsi possible de pénétrer dans la chambre. Le patron entra le premier, le sergent Cuff le second, moi le troisième. Les autres nous suivirent.

Nous regardâmes vers le lit et restâmes tous abasourdis.

L'homme n'avait pas quitté la chambre. Il était étendu tout habillé sur le lit, un oreiller blanc sur la tête qui cachait sa figure.

– Qu'est-ce que cela signifie ? demanda le patron.

Sans répondre, le sergent Cuff se dirigea vers le lit et retira l'oreiller.

Le visage bronzé de l'homme était calme ; ses cheveux noirs et sa barbe étaient légèrement, très légèrement, en désordre. Ses yeux grands ouverts, vitreux et indifférents, étaient restés dirigés vers le plafond. Ce regard mort et fixe m'horrifia. Je me dirigeai vers la petite fenêtre ouverte. Les autres restèrent près du sergent Cuff, à côté du lit.

– Il est dans un bel état ! dit le patron.

– Il est mort ! dit le sergent. Envoyez chercher le docteur et la police.

Le garçon partit aussitôt prévenir le premier et le second. Une étrange fascination semblait retenir le sergent près du lit. Une profonde curiosité s'était emparée des autres, qui guettaient les moindres gestes du policier.

Je me retournai vers la fenêtre. Soudain, je me sentis tiré par le bas de mon vêtement et entendis une petite voix me chuchoter : « Regardez par ici, monsieur. »

Groseille nous avait suivis dans la chambre. Ses gros yeux roulaient étrangement dans leurs orbites, non de peur, mais d'exaltation. Il avait fait pour son propre compte une découverte digne d'un parfait détective.

– Regardez ici, monsieur, répéta-t-il en me conduisant vers une table placée dans un coin de la pièce.

Sur celle-ci se trouvait une petite boîte en bois, ouverte et vide. A côté de la boîte, du coton de bijoutier. Et, non loin, une feuille de papier blanc chiffonnée portant un cachet en partie détruit et quelques mots écrits, encore parfaitement lisibles :

Déposée chez Messrs. Bushe, Lysaught and Bushe, par Mr. Septimus Luker, de Middlesex Place, Lambeth, une petite boîte de bois enfermé dans cette enveloppe cachetée et contenant un bijou de grand prix. Quand elle sera réclamée, la boîte ne doit être remise par Messrs. Bushe and Co. qu'à Mr. Luker en personne.

Ces lignes ne laissaient aucun doute sur un point : le marin s'était trouvé la veille en possession de la Pierre de Lune, à son retrait de la banque.

Je me sentis de nouveau tiré par le pan de mon vêtement. Groseille n'en avait pas fini avec moi.

– Un vol ! chuchota l'enfant, en montrant d'un air ravi la boîte vide.

– On t'avait dit d'attendre en bas, dis-je. Va-t'en !

– Et un crime ! ajouta Groseille, en montrant avec plus d'enthousiasme encore l'homme étendu sur le lit.

Il y avait quelque chose de si choquant dans l'attitude réjouie de l'enfant devant cette scène d'horreur que je le pris par les deux épaules et le mis dehors.

J'avais passé la porte, quand j'entendis la voix du sergent Cuff demander où j'étais. Il vint à ma rencontre et m'obligea à retourner auprès du lit avec lui.

– Mr. Blake, dit-il. Regardez le visage de l'homme. C'est un visage grimé, et en voici la preuve !

Il suivit avec son doigt une mince ligne d'un blanc livide, en haut du front du mort, entre son teint bronzé et les cheveux noirs légèrement en désordre.

– Voyons ce qui est dessous ! dit le sergent, en saisissant les cheveux d'une main ferme.

C'était plus que ne pouvaient en supporter mes nerfs. Une nouvelle fois, je me détournai et m'écartai du lit.

A l'autre bout de la pièce, je tombai aussitôt sur l'incorrigible Groseille, perché sur une chaise et regardant par-dessus la tête des grands ce que faisait le sergent.

– Il arrache sa perruque ! murmura Groseille qui semblait me plaindre de ne rien voir dans la position où j'étais.

Il y eut un moment de silence, suivi d'un cri d'étonnement parmi ceux qui entouraient le lit.

– Il enlève sa barbe ! cria Groseille.

Il y eut un autre moment de silence. Le sergent Cuff demanda quelque chose. Le patron alla au lavabo et revint avec une serviette et une cuvette d'eau.

Groseille dansait à présent sur sa chaise.

– Venez, montez ici avec moi, monsieur. On lui lave la figure maintenant !

Soudain le sergent écarta ceux qui l'entouraient et, le visage déformé par l'horreur, vint directement vers moi.

– Revenez auprès du lit… commença-t-il.

Mais il m'observa de plus près et se reprit.

– Non ! Ouvrez simplement la lettre cachetée que je vous ai remise ce matin.

J'ouvris la lettre.

– Lisez le nom que j'ai écrit, Mr. Blake !

Je lus le nom qui était écrit : *Godfrey Ablewhite.*

– Maintenant, dit-il, approchez-vous du lit et regardez qui s'y trouve.

Je le suivis.

Je regardai l'homme étendu sur le lit.

GODFREY ABLEWHITE !

VI

CONTRIBUTION DU SERGENT CUFF

1

Dorking, Surrey, 30 juillet 1849. A Franklin Blake, Esq.

Monsieur, je vous prie de m'excuser pour le retard avec lequel je vous adresse le rapport que je m'étais engagé à rédiger pour vous. Je voulais qu'il fût complet et je n'avais pas prévu tant d'obstacles à surmonter.

J'espère avoir atteint le but que je me proposais. Vous trouverez dans ces pages les réponses aux questions concernant le défunt Mr. Godfrey Ablewhite, questions que vous m'aviez prié d'élucider.

Je vous dirai d'abord ce que l'on sait de la mort de votre cousin, et j'ajouterai à cet exposé les conclusions que, selon moi, on peut en tirer.

En second lieu, je m'efforcerai de vous éclairer sur les agissements de Mr. Godfrey Ablewhite, avant, durant et après l'époque où, vous et moi, nous étions en sa compagnie les hôtes de feu lady Verinder.

2

Parlons tout d'abord de la mort de votre cousin.

Il est, semble-t-il, hors de doute qu'il fut asphyxié, pendant son sommeil ou dès son réveil, à l'aide de l'oreiller que nous trouvâmes sur sa tête lors de notre entrée dans la chambre. Les personnes coupables de ce crime sont, sans contredit, les trois Hindous dont le mobile était de reprendre le diamant dit Pierre de Lune. Ils ont atteint leur but.

L'examen de la chambre de la taverne d'une part, et l'enquête du coroner d'autre part, m'ont permis d'arriver à ces conclusions.

La porte de la chambre ayant été forcée, le défunt fut trouvé mort, sur son lit, son oreiller sur la tête. Le médecin qui l'examina, ayant été informé de ces circonstances, conclut à la mort par asphyxie. C'est-à-dire que le crime fut commis par une ou plusieurs personnes qui appuyèrent l'oreiller sur la bouche et sur le nez de leur victime, assez longtemps pour que la congestion des poumons provoquât la mort.

Passons au mobile du crime.

Une petite boîte sortie d'une enveloppe cachetée et chiffonnée, portant une inscription, fut trouvée ouverte et vide, sur une table de la chambre. Mr. Luker a formellement identifié la boîte, le cachet et l'inscription. Il a déclaré que la boîte contenait le diamant dit Pierre de Lune, et il a affirmé l'avoir remise, enveloppée et cachetée, à Mr. Godfrey Ablewhite, déguisé en marin, dans l'après-midi du 26 juin dernier. Il paraît évident de conclure que la Pierre de Lune constitue le mobile du crime.

Voyons maintenant la manière dont l'assassinat fut commis.

L'examen de la chambre, qui n'a que sept pieds de haut, permit d'établir qu'une trappe conduisant sur le toit fut trouvée ouverte. La petite échelle de corde permettant d'accéder à la trappe et généralement placée sous le lit était restée accrochée au toit ; elle avait servi à une ou plusieurs personnes pour pénétrer facilement dans la chambre et en sortir. Sur le bois de la trappe, on constata une ouverture en forme d'équerre, découpée à l'aide d'un instrument pointu et pratiquée juste derrière le verrou intérieur. De cette manière, toute personne venant du dehors pouvait tirer le verrou, ouvrir la trappe et se laisser tomber dans la chambre, la hauteur n'étant, comme on l'a dit plus haut, que de sept pieds. Tout ceci tend à confirmer que l'assassin ou les assassins ont utilisé cette voie pour pénétrer dans la chambre.

Quant à la façon dont ils accédèrent au toit du dehors, on constata que la troisième maison de la rue, en contrebas de la taverne, était vide et en travaux, et qu'une longue échelle laissée par les ouvriers permettait d'accéder au toit. A la reprise de leur travail, le lendemain matin,

27 juin, les ouvriers remarquèrent une brèche dans la barricade qui interdisait l'accès du chantier. Compte tenu que, la nuit, le policier de ronde ne passe dans Shore Lane que toutes les demi-heures, il est tout à fait possible de grimper sur l'échelle, d'arriver par les toits jusqu'à la chambre, puis de parcourir les toits en sens inverse pour redescendre dans la rue, sans être repéré. D'après le témoignage des habitants du quartier, Shore Lane est, passé minuit, l'une des rues les plus désertes de Londres. Il est donc permis d'affirmer qu'une ou plusieurs personnes purent, sans être surprises, se servir de l'échelle pour gagner les toits. Il leur suffit de quelques précautions et d'un peu de prudence. L'expérience a également prouvé que, grâce à l'enseigne placée sur le haut de la taverne, un homme à plat ventre pouvait tranquillement faire une entaille dans la trappe, à l'abri du regard des passants.

Venons-en enfin aux auteurs du crime.

1) On sait que les Hindous avaient intérêt à rentrer en possession du diamant. 2) Il est probable que l'homme qui ressemblait à un Hindou, et qu'Octavius Guy vit à la fenêtre du fiacre parler à l'individu vêtu en ouvrier, était l'un des trois conspirateurs. 3) Il est avéré que ce même homme, habillé en ouvrier, surveilla Mr. Godfrey Ablewhite toute la soirée du 26, qu'il fut découvert dans la chambre numéro 10 avant que Mr. Ablewhite lui-même y pénétrât, circonstances dont on peut déduire qu'il avait pour mission d'examiner les lieux. 4) Un morceau de fil d'or fut trouvé dans la chambre ; les experts déclarèrent qu'il était de fabrication indienne et qu'il s'agissait d'un matériau inconnu en Angleterre. 5) Le matin du 27, trois hommes répondant au signalement des trois Hindous furent reconnus dans Lower Thames Street ; ils furent suivis jusqu'au Tower Wharf d'où on les vit ensuite s'embarquer sur le vapeur en partance pour Rotterdam.

Ces éléments constituent sinon des preuves formelles, du moins un sérieux faisceau de présomptions contre les Hindous.

Il est impossible de dire si l'ouvrier fut complice du crime. Il paraît dans tous les cas absolument improbable qu'il ait pu le commettre seul. Il eût, seul, difficilement maîtrisé Mr. Ablewhite qui était le plus fort des deux ; il ne l'eût pas asphyxié sans qu'il se débattît et qu'on l'entendît crier. La domestique qui dormait dans la chambre voisine a déclaré n'avoir rien entendu. Le propriétaire, qui dormait juste au-dessous, ne fut pas réveillé. Tout porte à conclure que plusieurs hommes ont donc commis ce crime et les circonstances permettent, je le répète, d'en accuser les trois Hindous.

Il me reste à ajouter que le verdict rendu par le coroner après l'enquête, mentionnait : homicide volontaire commis par une ou plusieurs personnes inconnues. La famille de Mr. Ablewhite a offert une récompense, et aucun effort ne sera épargné pour découvrir les coupables. L'homme vêtu comme un ouvrier a échappé jusqu'à présent à toute recherche. On suit la trace des Hindous. Quant à la perspective de les arrêter tôt ou tard, j'aurai un mot à vous dire à ce sujet, quand je serai parvenu au bout de ce rapport.

Ayant relaté tout ce qui concerne la mort de Mr. Godfrey Ablewhite, je vais maintenant vous renseigner sur ce que furent ses agissements avant, pendant et après l'époque où, en sa compagnie, nous fûmes les hôtes de feu lady Verinder.

3

D'après tous les renseignements que je possède, je peux établir avec précision que Mr. Godfrey Ablewhite menait une double vie. Tel qu'il se montrait en société, Mr. Ablewhite offrait l'aspect du plus parfait gentleman ; il avait une réputation bien établie d'orateur éloquent, dévoué à de nombreuses entreprises charitables et doué de capacités administratives toutes particulières dont il faisait bénéficier différentes sociétés de bienfaisance et, de préférence, les associations féminines.

Par ailleurs, il est désormais prouvé qu'il menait simultanément la vie la plus totalement opposée à celle que je viens de décrire. C'était un homme de plaisir. Il possédait une villa dans les environs de Londres, villa qui n'était pas plus à son nom que la femme avec laquelle il vivait n'était légalement la sienne.

Certaines recherches effectuées dans la villa m'auront permis de découvrir plusieurs magnifiques œuvres d'art – peintures et sculptures –, un ameublement choisi avec goût et de belle facture, et une serre renfermant des fleurs d'une telle beauté qu'il ne serait pas facile d'en trouver de pareilles dans tout Londres. J'y trouvai également des bijoux splendides, des voitures et des chevaux qui, de l'avis de personnes autorisées, eussent fait sensation dans le Park.

Tout ceci, somme toute, est assez banal. Mais ce qui peut paraître moins ordinaire, c'est que toutes ces merveilles étaient bel et bien payées. Mon enquête prouva qu'il n'était pas dû un centime sur toutes ces peintures, ces statues, ces fleurs rares, ces bijoux et ces voitures ; j'en fus stupéfait. Quant à la villa, elle avait été achetée, payée intégralement et mise au nom de la dame mentionnée plus haut.

Rien ne m'aurait permis de découvrir le fin mot de cette énigme, si la mort de Mr. Godfrey Ablewhite n'avait provoqué l'ouverture d'enquête sur l'état de ses affaires personnelles.

L'enquête établit ceci :

Mr. Godfrey Ablewhite fut chargé de gérer une fortune de vingt mille livres appartenant à un jeune homme encore mineur en 1848. Deux administrateurs avaient été nommés, Mr. Ablewhite se trouvait être l'un d'eux. La gérance devait se prolonger jusqu'en février 1850, date à laquelle le jeune gentleman, ayant atteint sa majorité, devait rentrer en pleine possession de ses vingt mille livres. Jusqu'à cette époque, une rente de six cents livres devait lui être payée par ses deux administrateurs à Noël et à la Saint-Jean. Cette rente fut toujours régulièrement payée par Mr. Godfrey Ablewhite. A la fin de l'année 1847, les vingt mille livres (capital supposé producteur de la rente) en actions avaient été réalisées jusqu'au dernier centime. Le document autorisant les banquiers à vendre le stock et les ordres écrits stipulant les affaires à liquider devaient être signés par les deux administrateurs. Or il s'avéra que la signature du second administrateur en titre – un officier retraité vivant à la campagne – avait été imitée par l'administrateur actif, autrement dit Mr. Godfrey Ablewhite.

Sur tous ces faits repose l'explication de la conduite honorable de Mr. Godfrey Ablewhite, et de la manière dont il put s'acquitter des dettes engagées pour la dame, pour la villa et pour beaucoup d'autres choses encore.

Nous arrivons ainsi au jour de l'anniversaire de Miss Verinder en 1848, le 21 juin.

La veille, Mr. Godfrey Ablewhite se rendit chez son père et lui demanda (je le tiens de Mr. Ablewhite père lui-même) de lui prêter trois cents livres. Remarquez que cette somme correspond à la rente semestrielle due par ses administrateurs au jeune gentleman, rente qui, je vous le rappelle, devait être obligatoirement payée le 24 du mois, jour de la Saint-Jean. Souvenez-vous également que toute la fortune du jeune gentleman avait été dépensée par son administrateur, à la fin de l'année 1847.

Mr. Ablewhite refusa de prêter un penny à son fils.

Le lendemain, Mr. Godfrey partit à cheval avec vous pour se rendre chez lady Verinder. Quelques heures plus tard, comme vous-même me l'avez appris, Mr. Godfrey faisait à Miss Verinder sa demande en mariage. Il voyait là sans aucun doute, si toutefois sa proposition était acceptée, le moyen de régler tous ses ennuis d'argent, présents et à venir. Mais Miss Verinder repoussa l'offre de son cousin.

Par conséquent, la nuit de l'anniversaire, la situation pécuniaire de Mr. Godfrey Ablewhite pouvait se résumer ainsi : il avait trois cents livres à payer le 24 du mois et vingt mille livres à trouver avant février 1850. S'il n'arrivait pas à se procurer ces sommes, il était un homme perdu.

Étant donné ces circonstances, que se passa-t-il ensuite ?

Vous exaspérâtes le Dr Candy au sujet de sa profession ; c'est alors que ce dernier décida de vous jouer un bon tour, avec une dose de laudanum. Il confia le soin de verser les gouttes à Mr. Godfrey Ablewhite – lequel a lui-même avoué, dans des circonstances que je m'apprête à vous révéler, avoir participé à cette petite plaisanterie. Ayant également souffert de vos sarcasmes au cours du dîner, Mr. Godfrey était tout disposé à apporter son concours au docteur. Il alla donc trouver Betteredge et le persuada de vous servir un verre de brandy avant que vous alliez vous coucher. Il versa secrètement les gouttes de laudanum dans votre carafe. Et vous avez avalé la mixture.

Abandonnons cette scène, pour nous reporter chez Mr. Luker, à Lambeth. Et permettez-moi, tout d'abord, de vous faire remarquer que Mr. Bruff et moi avons mis le prêteur dans l'obligation de tout nous avouer.

Nous avons examiné à fond le rapport qu'il nous a adressé ; il est à votre disposition.

4

Tard dans la soirée du 23 juin 1848, Mr. Luker eut la surprise de recevoir la visite de Mr. Godfrey Ablewhite. Il fut, bien entendu, plus que surpris lorsque Mr. Godfrey lui montra la Pierre de Lune. D'après Mr. Luker, aucune personne en Europe ne possédait de diamant comme celui-là.

Mr. Godfrey Ablewhite lui fit deux modestes propositions. Premièrement, Mr. Luker accepterait-il de l'acheter ? Deuxièmement, à défaut de l'acheter lui-même, accepterait-il de le vendre avec une commission, et de lui avancer une partie du produit de la vente ?

Mr. Luker examina le diamant, le pesa et l'estima avant de faire connaître sa réponse. Son estimation, étant donné la paille qui se trouvait à l'intérieur, ne dépassa pas trente mille livres.

Sa décision prise, Mr. Luker posa à son client une simple question :

– Comment ce diamant se trouve-t-il entre vos mains ?

Quelques mots seulement, mais qui voulaient tout dire.

Mr. Ablewhite se lança alors dans une histoire, que Mr. Luker interrompit bientôt par trois mots seulement : « Pas avec moi. »

Mr. Ablewhite commença donc une autre histoire. Mr. Luker ne prit même plus la peine de l'interrompre une seconde fois. Il se leva et sonna le domestique afin qu'il reconduisît son visiteur. Ce dernier fit donc un effort et présenta une troisième version de son histoire, qui peut se résumer ainsi :

Après avoir versé le laudanum dans votre brandy, il vous souhaita bonne nuit et se retira dans sa chambre. Elle était voisine de la vôtre et une porte de communication permettait d'aller de l'une à l'autre. En entrant dans sa chambre, Mr. Godfrey ferma cette porte (du moins le crut-il). Ses soucis d'argent l'empêchèrent de trouver le sommeil. Il resta assis en robe de chambre et en pantoufles pendant près d'une heure, et réfléchit à sa situation. Il allait se mettre au lit, quand il vous entendit parler dans votre chambre. Il se dirigea vers la porte de communication et constata qu'il ne l'avait pas fermée comme il avait cru le faire en entrant chez lui.

Il jeta un regard dans votre chambre et vous vit, un bougeoir à la main, juste au moment où vous alliez sortir. Il vous entendit parler d'une voix tout à fait méconnaissable. Vous vous disiez à vous-même : « Que faire ? Les Hindous peuvent être cachés dans la maison. »

Jusqu'alors, il avait simplement voulu (en vous administrant le laudanum) se faire le complice d'une mystification innocente. Il comprenait à présent que le laudanum avait sur vous un effet que ni le docteur ni lui-même n'avait prévu. Dans la crainte qu'un accident pût vous arriver, il vous suivit, en silence, pour voir ce que alliez faire ; il vous suivit jusqu'au boudoir de Miss Verinder et vit que vous y pénétriez, en laissant la porte ouverte. Il regarda par la fente entre la porte et le chambranle, avant d'oser lui-même entrer dans la pièce.

De là où il était posté, non seulement il vous vit sortir le diamant du tiroir, mais il aperçut encore Miss Verinder vous guetter silencieusement de sa chambre, par sa porte ouverte. Il fut donc certain qu'elle aussi vous avait vu prendre le diamant.

Avant de sortir du salon, vous avez hésité. Mr. Godfrey en profita pour retourner dans sa chambre avant que vous fussiez dans le couloir et puissiez alors le découvrir. Il eut tout juste le temps d'arriver, mais vous l'aperçûtes (comme il le suppose) au moment où il franchissait la porte de communication. Vous l'appelâtes d'une voix étrange.

Il revint vers vous. Vous le regardiez d'un air ensommeillé. Vous glissâtes le diamant dans sa main en lui disant : « Prends-le, Godfrey, va le porter à la banque de ton père. Il y sera plus en sûreté qu'il ne l'est ici. » Puis vous revîntes vous asseoir. Vous lui dîtes : « Je ne peux pas le rapporter à la banque. J'ai la tête lourde et je ne tiens pas sur mes jambes. » Laissant votre tête retomber sur le dossier du fauteuil avec un soupir, vous plongeâtes dans le sommeil.

Mr. Godfrey Ablewhite retourna dans sa chambre avec le diamant. Il a prétendu qu'il n'avait encore rien décidé à ce moment-là, sinon qu'il allait attendre pour voir ce qui allait se passer.

Dans la matinée, votre langage et votre conduite démontrèrent que vous ignoriez totalement ce que vous aviez dit et fait pendant la nuit. En même temps, la manière d'agir de Miss Verinder prouva qu'elle était décidée à ne rien dire, pour l'amour de vous. Si Mr. Godfrey Ablewhite décidait de garder le diamant, il était sûr de l'impunité. La Pierre de Lune pouvait le sauver de la ruine ; il la mit donc dans sa poche.

5

Telle est l'histoire racontée par votre cousin à Mr. Luker, qui l'avait, en quelque sorte, mis au pied du mur.

Le prêteur ne douta pas que l'histoire fût vraie dans ses grandes lignes ; d'ailleurs Mr. Godfrey Ablewhite n'était pas assez intelligent pour l'avoir inventée de toutes pièces. Mr. Bruff et moi, nous sommes d'accord pour admettre que cette dernière raison constitue une preuve suffisante de la véracité de ses dires.

Reste à savoir ce qu'allait faire Mr. Luker avec la Pierre de Lune. Il proposa les conditions suivantes, les seules qui lui permissent de s'engager dans une transaction qu'il jugeait à la fois louche et dangereuse, même pour un homme de son métier :

Il consentirait à prêter à Mr. Godfrey Ablewhite une somme de deux mille livres, à la condition que la Pierre de Lune fût déposée en garantie entre ses mains. A l'expiration d'un délai d'un an, à dater du jour du prêt, Mr. Ablewhite rentrerait en possession du diamant moyennant trois mille livres à verser à Mr. Luker. Si Mr. Godfrey ne pouvait, à cette date, remplir son engagement, le dépôt – autrement dit la Pierre de Lune – deviendrait propriété de Mr. Luker qui, dans ce cas, ferait de bon gré à Mr. Godfrey la remise de l'un de ses billets à ordre se rapportant à de précédentes opérations.

Inutile de dire que Mr. Godfrey refusa d'accepter des conditions aussi monstrueuses. Mr. Luker lui rendit alors son diamant et lui souhaita la bonne nuit.

Votre cousin se dirigea vers la porte, puis revint sur ses pas. Comment pouvait-il en effet avoir la certitude que cette conversation ne serait pas divulguée ?

En acceptant les conditions de Mr. Luker, Mr. Godfrey faisait du prêteur son complice et pouvait ainsi compter sur l'assurance de sa discrétion. S'il refusait, Mr. Luker n'aurait à considérer que son intérêt propre dans l'hypothèse où une enquête l'amènerait à témoigner. Comment espérer qu'il se compromît pour sauver l'homme qui avait décliné ses propositions ?

Mr. Godfrey, se voyant dans une situation désespérée, agit comme aurait fait tout animal pris au piège. Il regarda autour de lui et son regard se posa sur la date du jour, inscrite sur un petit carton glissé dans une boîte, sur la cheminée du prêteur. C'était le 23 juin. Pour payer le 24, c'est-à-dire le lendemain, trois cents livres au jeune homme dont il administrait la fortune, il n'avait pas d'autre chance que celle que lui offrait Mr. Luker. Plus de temps lui aurait permis de porter le diamant à Amsterdam, de le faire débiter pour l'écouler plus facilement et en tirer le meilleur parti possible. A cette heure, il n'avait plus le choix ; il devait accepter les conditions du prêteur. Après tout, il avait une année entière devant lui pour se procurer ces trois mille livres. C'est long un an !

Mr. Luker prépara les papiers sur-le-champ. Quand ils furent signés, il remit deux chèques à Mr. Ablewhite. L'un de trois cents livres à la date du 23 juin, un autre de dix-sept cents livres postdaté d'une semaine.

Comment la Pierre de Lune fut confiée aux banquiers de Mr. Luker et comment les Hindous attaquèrent Mr. Luker et Mr. Godfrey, vous le savez déjà.

Les événements touchant la vie de votre cousin après ces événements concernent également Miss Verinder. Il la demanda une seconde fois en mariage puis, ayant été enfin agréé, vous savez comment, sur la simple demande de l'intéressée, il consentit à lui rendre sa parole. Mr. Bruff a découvert une des raisons qui ont rendu Mr. Ablewhite si conciliant : Miss Verinder n'avait que l'usufruit des biens de sa mère, et il n'y avait pas là de quoi prélever les vingt mille livres nécessaires !

Vous me direz qu'une fois marié, il eût facilement épargné les trois mille livres indispensables pour reprendre le diamant. Certes, il eût pu le faire, en supposant que sa femme, son tuteur et les administrateurs de ses biens fussent d'accord, la première année de son mariage, pour lui avancer plus de la moitié de ses revenus annuels pour ses besoins personnels. En admettant que cet obstacle eût été surmonté, un autre l'attendait dans l'ombre. La dame de la villa avait entendu parler de son projet de mariage. Une très belle femme, Mr. Blake, et de celles qui ne plaisantent pas, de celles qui joignent à un teint clair un dur profil romain. Elle éprouvait le plus absolu mépris pour Mr. Godfrey Ablewhite. Son mépris resterait silencieux, s'il continuait à la pourvoir largement ; dans le cas contraire, il risquait de devenir bavard... Or la rente de Miss Verinder ne permettrait pas plus à Godfrey Ablewhite d'entretenir sa maîtresse que de se procurer les vingt mille livres. Il ne pouvait réellement pas se marier dans ces conditions-là.

Alors il tenta sa chance auprès d'une autre jeune fille. Vous savez comment ce mariage fut également rompu pour des questions d'argent. Nous avons également eu connaissance du legs de cinq mille livres que lui fit, peu de temps après, une de ses admiratrices les plus acharnées, parmi toutes celles que cet enjôleur avait su captiver par ses bonnes grâces. C'est ce legs, comme l'ont prouvé les événements, qui causa sa perte.

J'ai acquis la preuve qu'en allant à l'étranger toucher ces cinq milles livres, il se rendit à Amsterdam. Là, il prit toutes les dispositions nécessaires pour que le diamant fût morcelé. Il revint sous un déguisement et, au jour dit, donna au prêteur la somme convenue pour rentrer en possession du bijou. Par mesure de précaution, les deux complices s'étaient mis d'accord pour laisser passer quelques jours avant de retirer la Pierre de Lune de la banque. S'il avait pu l'emporter à Amsterdam, il eût juste eu le temps nécessaire, entre juillet 1849 et février 1850, époque de la majorité de son pupille, pour faire morceler le diamant et le rendre aisément négociable en pierres taillées. Vous voyez ainsi, Mr. Blake, toutes les raisons qu'avait Mr. Ablewhite de courir le risque qu'il courut. Il jouait là sa dernière carte.

Je vous rappellerai seulement, avant de terminer ce rapport, que nous avons encore une chance de mettre la main sur les Hindous et de reprendre la Pierre de Lune. Ils sont actuellement (j'ai de bonnes raisons de le croire) en route vers Bombay. Sauf accident, leur bateau ne touchera aucun autre port et les autorités de Bombay, déjà prévenues, monteront à bord du bateau dès son entrée dans le port [1].

J'ai l'honneur de rester, monsieur, votre très dévoué

Richard Cuff

(Ancien sergent de Scotland Yard, Londres).

1. Pour toutes les parties du rapport se rapportant à l'anniversaire et aux événements survenus dans les trois jours qui suivirent, on pourra comparer avec les chapitres 8 et 13 du récit de Betteredge.

VII

UNE LETTRE DU DR CANDY

Frizinghall, vendredi 26 septembre 1849.

Cher monsieur Franklin Blake,

Vous aurez deviné, en ouvrant cette enveloppe et en y trouvant la lettre, non décachetée, que vous aviez envoyée à Ezra Jennings, la mauvaise nouvelle que j'ai à vous apprendre. Il est mort dans mes bras, vendredi dernier, à l'aube.

Ne me blâmez pas de ne pas vous avoir prévenu que sa fin était proche. Il m'avait expressément défendu de vous écrire. « Je suis reconnaissant à Mr. Franklin Blake, a-t-il dit, de m'avoir procuré quelques jours de bonheur. Ne l'attristez pas, docteur Candy, ne l'attristez pas ! »

Les souffrances qu'il endura – sauf pendant les six dernières heures de sa vie – furent horriblement pénibles à voir. Dans les rares moments de répit où son esprit était lucide, je lui ai demandé s'il avait des parents à avertir. Il s'excusa de ne pouvoir rien me dire et il ajouta, sans amertume, qu'il désirait mourir comme il avait vécu, inconnu et oublié de tous. Cette attitude ne varia pas. Aucun espoir désormais d'apprendre quoi que ce soit sur lui.

La veille de sa mort, il m'indiqua l'endroit où se trouvaient ses papiers. Je les lui apportai sur son lit. Il en retira un petit paquet de vieilles lettres qu'il mit à part. Il y avait là son travail (un manuscrit inachevé) et son journal comprenant plusieurs cahiers. Il ouvrit le dernier – celui de cette année – et en arracha les pages qu'il avait écrites quand vous étiez avec lui. « Donne ceci à Mr. Blake, m'a-t-il dit. Il aimera peut-être un jour relire ce qui y est écrit. » Sur ces mots, il croisa les mains et pria Dieu de vous bénir, vous et tous ceux qui vous sont chers. Il ajouta qu'il aurait aimé vous revoir. Mais, une seconde après, comme je lui proposais de vous écrire, il changea d'idée. « Non, répondit-il, je ne veux pas l'attrister ! Je ne veux pas l'attrister ! »

J'ai réuni devant lui tous ses autres papiers, c'est-à-dire ses lettres, son manuscrit et les cahiers de son journal. J'ai mis le tout dans une grande enveloppe que je fermai et cachetai sous ses yeux. « Promettez-moi, me demanda-t-il, de mettre tout cela, de vos propres mains, dans mon cercueil. Que personne n'y touche. »

Je le lui promis et j'ai tenu ma promesse.

Il ajouta encore autre chose : « Que ma tombe soit oubliée, dit-il. Donnez-moi votre parole d'honneur qu'aucun monument, pas même une pierre commémorative, ne marquera la place où je reposerai. Laissez-moi dormir sans nom, inconnu de tous. »

Comme j'essayais de le faire changer d'avis, il se montra pour la première fois – et cette fois-là seulement – nerveux et même violent. Je ne supportais pas de le voir ainsi et je cédai. Un simple tertre de gazon marque sa tombe. Bientôt des monuments de pierre s'élèveront tout autour, et les gens qui viendront après nous la regarderont et s'étonneront de n'y voir aucun nom marqué.

Je vous ai dit que pendant les six heures qui précédèrent sa mort, il ne souffrait déjà plus. Il s'assoupit un peu. Je crus même qu'il rêvait. Une ou deux fois, il sourit. Un nom de femme, Eva, revint à plusieurs reprises sur ses lèvres. Quelques minutes avant la fin, il me demanda de l'asseoir sur son lit, afin qu'il pût, à travers la fenêtre, voir le soleil se lever. Il était si faible que sa tête retomba sur mon épaule. Il murmura : « C'est la fin ! » Puis il ajouta : « Embrassez-moi. » Je baisai son front. Soudain il releva la tête. Le soleil éclairait son visage. Une belle expression, véritablement angélique, détendit ses traits. Il cria trois fois : « Paix ! Paix ! Paix ! » Sa tête retomba sur mon épaule ; il avait fini de souffrir.

Ainsi nous a quittés cet homme de grande valeur que le monde ne put apprécier. Il supporta bravement une vie de souffrances. Il possé-

dait le caractère le plus doux, le plus agréable que j'eusse jamais rencontré. Je suis désolé de l'avoir perdu. N'étant pas redevenu tout à fait ce que j'étais avant ma maladie, je pense parfois renoncer à ma profession, pour partir me reposer, et voir si les bains de mer ou les cures dans des villes d'eaux ne pourraient pas me faire de bien.

On m'a dit que vous alliez épouser bientôt Miss Verinder. Acceptez, je vous prie, mes bien sincères félicitations.

Les pages du journal de mon pauvre ami, cachetées par mes soins, sont chez moi, à votre disposition. Votre nom est sur l'enveloppe. J'ai eu peur de les confier à la poste.

Mes respectueux compliments et mes meilleurs vœux à Miss Verinder. Je reste, croyez-moi, cher Mr. Franklin Blake, votre tout dévoué

Thomas Candy.

VIII

DERNIÈRE CONTRIBUTION DE GABRIEL BETTEREDGE

Je suis celui – comme vous vous en souvenez sans aucun doute – qui a ouvert ce récit. Je suis encore celui qui va à présent l'achever.

Ne craignez pas que je vous parle encore du diamant hindou. J'ai pris cette pierre en horreur et je renvoie ceux qui souhaiteraient en apprendre plus long à son sujet à des autorités plus compétentes que moi en la matière. Je voudrais seulement vous entretenir ici d'un fait passé sous silence et qui me tient à cœur. Je veux le faire, par respect pour la famille que je vénère depuis toujours. Ce fait auquel je fais allusion est le mariage de Miss Rachel et de Mr. Franklin Blake, qui fut célébré ici même, dans notre maison du Yorkshire, le mardi 9 octobre 1849. J'avais acheté pour la circonstance un complet neuf. Les époux allèrent passer leur lune de miel en Écosse.

Les fêtes de famille étant devenues rares depuis la mort de ma pauvre maîtresse, j'avoue qu'avant la fin de la journée, sous le coup de l'événement, j'avais pris un verre de trop. Vous me comprendrez s'il vous est jamais arrivé d'en faire autant. Sinon, vous me direz : « Dégoûtant, vieil ivrogne, qu'as-tu besoin de nous en parler ? » En voici la raison :

Ayant donc, comme je vous le disais, pris ce petit verre de trop, ce jour-là comme les autres je recourus au remède que vous savez, mon *Robinson Crusoé*. Je ne saurais vous dire à quelle page exactement j'ouvris mon précieux livre. Ce que je sais en revanche, c'est à quel endroit les lignes cessèrent enfin de danser devant mes yeux ; c'était à la page 318, un passage se rapportant au mariage de Robinson. Et je lus : *Dans cet état d'esprit, je considérai que j'avais une femme* (ce qui était, notez-le, le cas de Mr. Franklin !) *et un enfant* (ce qui serait, notez-le encore, sans doute bientôt le cas de Mr. Franklin) *et que ma femme...* Ce que fit ou ne fit pas la femme de Robinson, je n'eus pas envie de le chercher. Je pris seulement soin d'indiquer d'un trait de crayon la ligne où il était question de l'enfant et plaçai un morceau de papier en guise de signet. « Reste là, dis-je. Attends que le mariage de Mr. Franklin et de Miss Rachel date seulement de quelques mois et nous verrons bien. »

Les mois passèrent plus nombreux que je ne l'eusse pensé et l'occasion ne se présentait toujours pas d'ôter de mon livre le repère. Ce n'est que ce mois-ci, ce mois de novembre 1850, que Mr. Franklin est enfin rentré dans ma chambre, l'air réjoui, et m'a dit :

– Betteredge, j'ai une surprise à vous annoncer : dans quelques mois il y aura du nouveau dans la maison.

– Cela concerne la famille, monsieur ? demandai-je.

– Plutôt ! dit Mr. Franklin.

– Votre femme y est-elle pour quelque chose, monsieur ?

– Elle y est pour beaucoup, a répondu Mr. Franklin un peu surpris.

– Inutile de me dire un mot de plus, monsieur, ai-je répondu. Que Dieu vous bénisse tous deux ! Je suis bien heureux d'apprendre cette bonne nouvelle.

Mr. Franklin m'a regardé stupéfait.

– Puis-je savoir d'où vous tenez cette information ? a-t-il demandé. Pour ma part, je l'ai apprise, et en grande confidence, il y a cinq minutes seulement.

C'était le moment ou jamais de sortir *Robinson Crusoé* ! Quel plaisir pour moi de l'ouvrir à la page marquée le jour du mariage de Mr. Franklin ! Je lui ai lu ces lignes miraculeuses avec toute la solennité qui convenait, puis je l'ai regardé sévèrement droit dans les yeux.

– Maintenant, monsieur, croyez-vous à *Robinson Crusoé* ? lui ai-je demandé avec toute la dignité voulue.

– Betteredge, a dit Mr. Franklin, avec la même dignité, me voilà enfin convaincu.

Il m'a serré la main et j'ai senti que je l'avais enfin converti.

Avec cet ultime et remarquable épisode, il me semble que ma relation touche à sa fin. Et ne laissez personne rire de cet épisode-là. Riez si vous le voulez de tout le reste de mon récit, mais sachez que je vous ai toujours parlé sérieusement de *Robinson Crusoé;* je vous demande donc d'en tenir le plus grand compte !

Ceci dit, mesdames et messieurs, je vous salue et mets un point final à cette histoire.

ÉPILOGUE

LA DÉCOUVERTE DU DIAMANT

I

RAPPORT DE L'ADJOINT DU SERGENT CUFF (1849)

Le mercredi 27 juin dernier, le sergent Cuff me donna l'ordre de suivre trois hommes soupçonnés de crime et dont le signalement répondait à celui d'individus natifs des Indes. On les avait vus sur le Tower Wharf ce matin-là, se disposant à monter à bord du bateau en partance pour Rotterdam.

De mon côté, je quittai Londres, le jeudi matin 28, par un bateau appartenant à une autre compagnie. Le jour même, à mon arrivée à Rotterdam, j'eus la chance de rencontrer le commandant du vapeur qui m'avait précédé. Il m'apprit que les Hindous avaient voyagé à bord de son bateau, mais seulement jusqu'à Gravesend où l'un des trois s'était informé de l'heure de l'arrivée à Calais. En apprenant que le vapeur se rendait directement à Rotterdam, celui qui avait pris la parole avait exprimé son étonnement et ses regrets. Lui et ses amis s'étaient trompés. Ils consentaient, dit-il, à abandonner le prix de leur passage si le commandant du bateau acceptait de les débarquer en cours de route. Prenant en pitié ces étrangers qui voyageaient en terre inconnue et ne voyant aucune raison de les garder à bord, le commandant avait fait appel à un petit bateau côtier et les trois hommes avaient quitté le vapeur.

Cette manière d'agir des Hindous avait certainement été concertée à l'avance, afin qu'on perdît leur trace. Je ne m'attardai donc pas à Rotterdam et repris le premier vapeur en partance pour l'Angleterre.

A Gravesend, j'appris que les trois Hindous étaient retournés à Londres. A Londres, on me dit qu'ils étaient partis pour Plymouth, où ils s'étaient embarqués quarante-huit heures plus tard sur le *Bewley Castle*, de la Compagnie des Indes, qui se rendait directement à Bombay.

Aussitôt renseigné, le sergent Cuff se mit en rapport avec les autorités de Bombay, afin que la police pût monter à bord dès l'entrée du bateau dans le port. Ma mission était terminée. Je n'ai, depuis lors, rien appris de nouveau.

II

RAPPORT DU CAPITAINE
(1849)

Je suis chargé par le sergent Cuff de relater les faits concernant les trois hommes (présumés natifs des Indes) qui voyagèrent, l'été dernier, sur mon bateau, le *Bewley Castle*, pour se rendre à Bombay.

Les Hindous s'embarquèrent à Plymouth. Durant la traversée, je n'entendis personne se plaindre d'eux. Ils avaient pris place à l'avant du bateau. Personnellement, je n'eus que peu d'occasions de les remarquer.

Sur la fin du voyage, nous eûmes la mauvaise fortune d'être retenus au large trois jours et trois nuits. Je n'ai pas sous la main le journal de bord et je ne puis me rappeler à quelle latitude ni à quelle longitude nous nous trouvions. Concernant notre position, je puis donc seulement vous dire que les courants nous poussaient vers la terre et que, le vent ayant repris, nous atteignîmes le port vingt-quatre heures plus tard.

La discipline qui règne sur un bateau, comme le savent ceux qui sont habitués à naviguer, se relâche toujours au cours d'un arrêt forcé. Ce fut ce qui arriva sur mon navire. On vit certains passagers emprunter de petites barques de sauvetage et descendre à la mer, où ils s'amusèrent les uns à ramer, les autres à nager dès que la température le permettait. Au lieu d'être remises en place chaque soir, les barques restaient au mouillage à côté du bateau. Comment obtenir en effet des officiers et des hommes une discipline absolue par une chaleur accablante et une immobilité forcée ?

Durant notre troisième nuit d'immobilité, l'homme qui était de garde ne vit ni n'entendit rien d'anormal. Le matin, on constata pourtant que l'une des barques avait disparu et que les trois Hindous manquaient à l'appel.

Si ces hommes avaient volé l'embarcation au début de la nuit, nous étions suffisamment près de la terre pour qu'il fût vain de se lancer à leur poursuite à l'heure où nous avions constaté leur disparition. Je ne doutai pas qu'ils eussent atteint la côte avant l'aube, étant donné le calme de la mer, cette nuit-là.

J'appris, en arrivant au port, l'intérêt qu'avaient ces trois hommes à se sauver avant notre arrivée. Je ne pus que répéter aux autorités ce que je viens d'écrire ici. Elles m'infligèrent un blâme pour avoir laissé la discipline se relâcher à mon bord. Je leur exprimai mes regrets, ainsi qu'à mes chefs, pour avoir commis cette faute. Depuis lors, je n'ai plus jamais entendu parler des trois Hindous.

III

RAPPORT DE MR. MURTHWAITE (1850)

(Lettre écrite à Mr. Bruff)

Vous souvenez-vous, cher monsieur, d'une personne à demi sauvage avec laquelle vous avez dîné en 1848 ? Permettez-moi de vous rappeler qu'elle s'appelait Murthwaite et que vous eûtes avec elle une longue conversation. Nous avons parlé d'un diamant hindou, appelé la Pierre de Lune, et d'une conspiration qui avait pour objet la possession de ce joyau.

Depuis ce temps, j'ai erré en Asie Centrale. Puis je me suis rendu sur le théâtre de quelques-unes de mes aventures passées, dans le nord et le nord-est des Indes. Il y a quinze jours, je me trouvais, au hasard de ma randonnée, dans un certain district peu connu des Européens, nommé Kattiawar.

C'est alors qu'il m'arriva une aventure qui, aussi incroyable que cela paraisse, vous intéressera tout particulièrement, je n'en doute pas.

Dans les régions sauvages du Kattiawar – et vous comprendrez à quel point elles sont sauvages, quand vous saurez que les laboureurs travaillent dans leur champ armés jusqu'aux dents –, la population est dévouée jusqu'au fanatisme à la vieille religion hindoue, à l'ancien culte de Brahma et de Vishnou. Les quelques familles mahométanes, fort peu nombreuses et dispersées dans les villages de l'intérieur, n'osent pas manger de viande. Bien mieux, un Mahométan, suspecté d'avoir tué une vache, laquelle est considérée comme un animal sacré, est aussitôt mis à mort sans pitié par les pieux Hindous de son voisinage. Et, ce qui ne manque pas de renforcer l'enthousiasme religieux de ce peuple, deux des plus fameux lieux de pèlerinage de l'Inde se trouvent sur le territoire du Kattiawar. L'un d'eux, nommé Dwarka, est le lieu où naquit le dieu Krishna; l'autre est la ville de Somnath, mise à sac et détruite au onzième siècle de notre ère par le conquérant mahométan Mahmoud de Ghizni.

Me trouvant pour la deuxième fois dans cette contrée romanesque, je décidai de ne pas quitter Kattiawar sans aller contempler une fois encore les ruines de Somnath. Quand je pris cette décision, je me trouvais à trois jours de marche de la ville sacrée.

Je ne fus pas long à constater que, sur la route, d'autres personnes, par groupes de deux et trois, semblaient aller dans la même direction que moi.

A ceux qui m'adressèrent la parole, je déclarai être un Hindou bouddhiste, venu en pèlerinage d'une province éloignée. Inutile de dire que j'étais vêtu de manière à étayer cette profession de foi. Ajoutez à cela que je connais la langue de ce pays aussi bien que ma langue maternelle et que je suis suffisamment maigre et bronzé pour ne pas laisser deviner mon origine européenne. Vous comprendrez ainsi qu'il me fut aisé de passer aux yeux de la population, sinon pour un des leurs, du moins pour un Hindou d'une région éloignée de leur territoire.

Le second jour, le nombre des Hindous qui suivaient le même chemin que moi s'était considérablement accru. Le troisième jour, nous étions plus de mille nous rendant tous au même endroit : la ville de Somnath.

Un léger service que je fus capable de rendre à l'un de mes compagnons de voyage me permit d'approcher des Hindous d'une caste supérieure. J'appris ainsi que cette multitude se rendait à une grande cérémonie religieuse qui devait avoir lieu sur une colline voisine de Somnath. La cérémonie, consacrée au dieu de la Lune, devait se dérouler pendant la nuit.

La foule nous retarda quand nous fûmes tout près du lieu de la célébration. Au moment où nous atteignîmes la colline, la lune était dans le ciel à son point culminant. Mes amis hindous possédaient des privilèges spéciaux qui leur permettaient d'avoir accès au temple; ils m'offrirent aimablement de les accompagner. En arrivant, nous trouvâmes le sanctuaire masqué à notre vue par un rideau suspendu entre deux arbres magnifiques. Au pied de ceux-ci, une roche plate s'avançait, formant une sorte de plate-forme naturelle. C'est en dessous de cette pierre que nous nous trouvions, mes amis hindous et moi.

En nous retournant vers le bas de la colline, nous jouissions du plus grandiose spectacle mêlant l'homme et la nature que j'eusse jamais vu. La colline descendait insensiblement et se prolongeait en une vallée verdoyante où venaient se rencontrer trois rivières. D'un côté, les gracieux méandres des eaux se déployaient à perte de vue, tantôt visibles, tantôt cachés par les arbres ; de l'autre, les eaux calmes dormaient dans le silence de la nuit. Des dizaines de milliers de créatures humaines peuplaient cette scène grandiose, toutes habillées de blanc, couvrant les flancs de la colline, atteignant les rives sinueuses des rivières. Ces pèlerins qui se déployaient innombrables sur tous les chemins, étaient éclairés par les étranges flammes rouges de leurs falots et de leurs torches. Imaginez, dans un ciel sans nuages, le clair de lune illuminant cette scène fantastique, et vous aurez une idée du spectacle qui s'offrit à moi quand je le regardai du sommet de la colline.

Les accents d'une musique plaintive jouée sur des instruments à cordes et des flûtes attirèrent mon attention vers le sanctuaire dissimulé à nos yeux.

Je me retournai et vis sur la plate-forme rocheuse les silhouettes de trois hommes. Au centre, je reconnus l'homme à qui j'avais parlé en Angleterre, quand les trois Hindous s'étaient présentés sur la terrasse de la maison de lady Verinder. Les deux autres qui l'accompagnaient alors étaient encore ceux qui étaient à présent à ses côtés.

Un des spectateurs, près de qui je me trouvais, me vit tressaillir. Tout bas, il m'expliqua l'apparition des trois Hindous sur la plate-forme rocheuse.

C'étaient, me dit-il, des brahmanes qui avaient trahi les préceptes de leur caste en voulant servir leur dieu. Leur dieu avait commandé qu'ils se purifiassent en accomplissant un pèlerinage. Cette nuit-là, les trois hommes devaient se séparer. Chacun dans une direction différente, ils devaient prendre le chemin d'un temple des Indes. Jamais plus ils ne devraient se rencontrer, jamais plus, entre le jour de leur séparation et le jour de leur mort, ils ne devraient se reposer de leurs errances.

La musique cessa, tandis que j'écoutais les paroles de mon voisin. Soudain, les trois hommes se prosternèrent sur le rocher devant le tapis qui masquait le sanctuaire. Ils se relevèrent, se regardèrent et s'embrassèrent. Puis, ils descendirent séparément à travers la foule.

Le peuple s'écarta dans un silence de mort pour les laisser passer. Je vis la foule s'ouvrir en trois directions différentes, exactement au même instant. Puis, lentement, la blanche masse s'aggloméra de nouveau. Nous ne devions plus revoir les trois Hindous.

Alors une musique joyeuse s'éleva du temple encore caché à notre vue. La foule qui m'entourait s'ébranla et avança.

Le tapis tendu entre les arbres s'écarta et le sanctuaire nous apparut dans toute sa splendeur.

Là, sur un trône, assis sur sa symbolique antilope, ses quatre bras étendus vers les quatre coins de la terre, plus haut que nous, sombre et terrible dans la clarté mystérieuse du ciel, se tenait le dieu de la Lune. Et sur le front de la divinité resplendissait le diamant jaune, dont j'avais, un soir, en Angleterre, admiré la splendeur au corsage d'une femme !

Oui ! Après un intervalle de huit siècles, la Pierre de Lune resplendissait de nouveau dans la ville sainte où avait commencé son histoire. Comment elle est revenue dans cette contrée sauvage, par l'effet de quel hasard et au moyen de quels crimes les Hindous sont rentrés en possession de leur précieux joyau, vous le savez peut-être aujourd'hui. Je l'ignore quant à moi. Mais je peux vous dire, moi qui connais bien ce peuple, que vous aviez perdu cette pierre en Angleterre et qu'aujourd'hui, une nouvelle fois, vous l'avez perdue à jamais.

Ainsi passent les années et reviennent les saisons, ainsi se répètent les mêmes événements qui marquent le grand cycle du temps. Quels seront les prochaines aventures de la Pierre de Lune ? Nul ne le sait !

TABLE

ÉPILOGUE

LA DÉCOUVERTE DU DIAMANT

Cet ouvrage
réalisé pour le compte des Éditions Phébus
a été mis en pages par In Folio,
reproduit et achevé d'imprimer
en mars 1995
dans les ateliers de Normandie Roto Impressions S.A.
61250 Lonrai

Dépôt légal : mars 1995
ISBN : 2-85940-357-4
ISSN : 1157-3899